Sarah Moss

Schlaflos

Zu diesem Buch

Eine karge schottische Insel, umgeben von den kalt schimmernden Wellen des grauen Meeres. Ständige Stromausfälle, eine wacklige Telefonverbindung, eine Lawine ungeöffneter Post auf dem Küchentisch. Während ihr Zweijähriger die Nacht zum Tag macht und ihr Siebenjähriger Katastrophen mit Lego nachstellt, sehnt sich Anna nach der ehrwürdigen Stille der Bodleian Library. Mitten in diesem Wirbel versucht die junge Historikerin, ihre Forschungsarbeit voranzutreiben und einen klaren Kopf zu bewahren. Ein Bündel alter Briefe und ein seltsamer Fund lassen Anna unversehens eintauchen in die Geheimnisse der rauen Insel und ihrer verfallenen Steincottages. Selbstironisch und gnadenlos ehrlich erzählt Sarah Moss von der Herausforderung, gleichzeitig gute Mutter und Wissenschaftlerin zu sein.

»Dieser rasante Roman ist packend, tiefgründig, klug. Dazu britischer Humor vom Feinsten, schön böse und sarkastisch. Sarah Moss ist eine brillante Erzählerin, das Buch eine große Lesefreude und echte Entdeckung.«
NDR Bücherjournal

Die Autorin

Sarah Moss (*1975 in Schottland) wuchs in Manchester auf und promovierte an der Oxford University in Literatur. Nach Stationen an der University of Kent, Exeter und der Universität Island lehrt sie Kreatives Schreiben an der University of Warwick. Ihre Romane wurden mehrfach für den Wellcome Book Prize nominiert, mit dem sie 2015 ausgezeichnet wurde.

Im Unionsverlag sind außerdem lieferbar: *Wo Licht ist* und *Zwischen den Meeren.*

Die Übersetzerin

Nicole Seifert (*1972), Autorin und Übersetzerin, studierte nach einer Ausbildung im S. Fischer Verlag Allgemeine und Vergleichende Literaturwissenschaften und Amerikanistik. Sie hat u. a. Werke von Phil Rickman, Sarah Moss, Shari Shattuck, Daisy Goodwin, Katie Arnold und D. J. Connell übersetzt. 2021 erschien ihr Sachbuch *Frauen Literatur.* Sie lebt in Hamburg.

Mehr über die Autorin und ihr Werk auf *www.unionsverlag.com*

Sarah Moss

Schlaflos

Roman

Aus dem Englischen
von Nicole Seifert

Unionsverlag

Die Originalausgabe erschien 2011 bei Granta Publications, London.
Die deutsche Erstausgabe erschien 2013 im Mareverlag, Hamburg.

Im Internet
Aktuelle Informationen, Dokumente und Materialien
zu Sarah Moss und diesem Buch
www.unionsverlag.com

Unionsverlag Taschenbuch 927

Originaltitel: Night Waking

Neptunstrasse 20, CH-8032 Zürich
Telefon +41 44 283 20 00
mail@unionsverlag.ch

Reihengestaltung: Heinz Unternährer
Umschlag: Haus – Helen Hotson (Alamy Stock Foto); Mond – Public Domain
Umschlaggestaltung: Sven Schrape
Druck und Bindung: CPI – Clausen & Bosse, Leck
ISBN 978-3-293-20927-5

Der Unionsverlag wird vom Bundesamt für Kultur mit einem
Verlagsförderungs-Strukturbeitrag für die Jahre 2021–2024 unterstützt.

Das Realitätsprinzip

Die Annahme, daß der Übergang vom Lust- zum Realitätsprinzip eine Vorbedingung für die Sozialisierung des Individuums ist, behält ihre Richtigkeit. Sie ist nur nicht umkehrbar: der Fortschritt zum Realitätsprinzip allein gibt keine Sicherheit, daß das Individuum den sozialen Anforderungen nachkommen wird.

Anna Freud, *Wege und Irrwege in der Kinderentwicklung*

Die Singschwäne sind nah am Ufer, wie helle Scherenschnitte treiben sie vor den in der Dämmerung verschwimmenden Wellen dahin. Nachts raunen sie einander Oboenklänge zu, Holzbläser, die sich gegenseitig beruhigen. Gewöhnliche Schwäne, die Schwäne der Königin auf dem Fluss, an dem wir zu Hause Enten füttern, haben Gesichter, die aussehen wie von irgendeiner mittelalterlichen Krankheit gezeichnet, und sie schlafen auf einem Bein stehend, die Köpfe unter den Flügeln, wie kinderlose Passagiere auf Langstreckenflügen, die es unter Schlafbrillen aus Nylon Nacht werden lassen. Die Schwäne hier scheinen nachts wach zu bleiben, sie segeln durch das schwächer werdende Licht wie Schiffe auf dem Weg in ferne Länder, und sie haben Gesichter, so gleichmäßig und neutral wie das *Corps de Ballet*, Gesichter, die weder Trauer noch Schmerz ausdrücken. Vielleicht ist das ein Vorzug bei Gattungen, die sich Partner fürs Leben suchen.

Ich sehe mich nach dem Haus um. Die Fassade, dunkel wie

die Klippenwand am anderen Ende der Insel, weist das Abendrot ab, das noch auf dem Meer leuchtet, von dort, wo Amerika sich einem neuen Tag zuwendet, während wir uns von der Sonne abwenden. Einer der Schwäne reckt sich dem Himmel entgegen und schreit in plötzlicher Erregung auf, seine Flügel dreschen auf das Wasser ein, als wäre ihm gerade wieder eingefallen, dass ein Freund gestorben ist. Ich habe einmal eine Gans sterben sehen, eine Kanadagans, die den ganzen Weg aus der Arktis geflogen war, um ihr Leben auf dem Seitenstreifen der M40 zu beenden, und obwohl ein Flügel noch wie zu Musik schlug, während der andere auf dem Rüttelstreifen lag, wirkte ihr Gesicht ungerührt. Ich stand auf der Brücke, sah hinaus und schuckelte den Kinderwagen, in dem das Baby nur so lange schlafen würde, wie wir uns bewegten, bis irgendein Lastwagenfahrer aus Mitleid oder Unaufmerksamkeit ein Gestöber aus Federn und rotem Matsch auf der Straße hinterließ. Unsere Schwäne sind hier vor so etwas sicher. Einen Sommer lang. Wie wir werden sie im Herbst nach Süden ziehen, aber erst einmal gibt es keine Autos, keine Straßen. Auch keine Brücken. Am dunkler werdenden Himmel über dem Hügel erscheinen die Sterne. Ich erschaudere; es ist nicht besonders kalt, aber Zeit hineinzugehen.

Der Strom ging immer noch nicht wieder, was zu dieser Jahreszeit nicht allzu schlimm ist, solange wir unsere Laptops aufgeladen haben. Giles hatte eine Kerze angezündet.

»Guck! Hier ist es.« Er gab mir einen Urlaubskatalog, umgeschlagen, sodass ein briefmarkengroßes Bild des Blackhouse unten am Strand zu sehen war, aufgenommen im letzten Sommer, ehe die Bauarbeiten begonnen hatten. Geplant ist, es als Ferienhaus zu vermieten und mit diesen Einnahmen irgendwann die Renovierungskosten zu decken. Realistisch ist, dass die mit Argon gefüllten Dreifachfenster, das Grauwassersystem (das Klo wird mit dem Wasser gespült, mit dem vorher die Kleidung gewaschen wurde) und die aufgearbeiteten Möbel (aufgearbeitet von einem Betrieb in Bath und zu einem Preis über Land und Meer transportiert, der Giles dann doch überraschte) vielleicht zu Lebzeiten unserer Enkel abbezahlt werden – falls wir Enkel bekommen –, allerdings nur, wenn Giles aufhört, unseren Freunden und, Gott behüte, seiner Familie zu erzählen, dass sie umsonst dort wohnen können. Ich hielt den Katalog ins Licht.

> Verbringen Sie ein oder zwei Wochen auf Ihrer eigenen Insel! Ein atemberaubend schön umgestaltetes traditionelles Blackhouse mit herrlichem Meerblick aus jedem Fenster, gelegen auf der verlassenen Insel Colsay. Das Haus, von einem preisgekrönten Architekten frisch restauriert, verfügt über Bodendielen mit Fußbodenheizung, eine Regen- und Nebeldusche und eine Küche, die mit regionalen Materialien von Hand gebaut wurde. Kein Fernseher, aber eine umsichtig zusammengestellte Büchersammlung und Mal- und Bastelsachen für Regentage. Es gibt auf der Insel weder Straßen noch Autos. Ihr Gastgeber wird Sie im Hafen von Colla abholen und Sie während Ihres Aufenthalts jederzeit dorthin bringen, wenn Sie einkaufen, Spaziergänge oder Ausflüge machen und das Kulturerbe und die Schätze der Gegend rund um Inversaigh genießen möchten. Colsay selbst hat eine vielfältige Vogelwelt zu bieten und historische Relikte, die erkundet werden wollen. Oder Sie genießen einfach die Stille und Schönheit dieses sehr besonderen Ortes.

»›Sehr besonders‹?« Ich legte den Katalog zu schnell auf den Tisch und die Kerze ging aus. »Und diese ganzen Adjektive? Giles, du hättest mich fragen sollen, ob ich das mache. Da ist sogar ein Ausrufezeichen drin, mein Gott. Stille können die Leute auch zu Hause haben, weißt du? In Bibliotheken.«

Ich vermisse die Stille von Bibliotheken. Nicht mal Singschwäne würden sich in meinen Lieblingsbibliotheken unterhalten.

»Ich konnte dich nicht fragen.« Giles versuchte die Kerze mit einem Teelicht wieder anzuzünden. Wie vorherzusehen war, tropfte Wachs auf seine Zeitung. »Das war das Wochenende, an dem die beiden Kotzeritis hatten.«

In jener Woche war Giles jeden Tag zur Arbeit gegangen, weil es »von ihm erwartet wurde«, und ich war zu Hause geblieben und hatte Erbrochenes aus dem Teppich geschrubbt. Ich werde, wie Giles nicht müde wird zu betonen, bezahlt, egal ob ich tatsächlich arbeite oder nicht. Das steht in meinem Vertrag. »Der Forschungsstipendiat sollte so vorankommen, wie es, gemessen an der im Vorfeld eingereichten Beschreibung des Forschungsprojektes, zu erwarten ist.« Davon abgesehen kann ich meine vertraglichen Verpflichtungen erfüllen, indem ich vierundzwanzigmal pro Jahr im College esse. Die meisten Stipendiaten (Damen eines gewissen Alters mit Leg-dich-nicht-mit-mir-an-Haltung) würden mich auf der Hauptstraße nicht erkennen, aber mich erkennen auf der Hauptstraße sowieso nicht viele Menschen, weil ich normalerweise einen Buggy vor mir herschiebe. Die Karre im Flur mag der Feind aller Hoffnungen sein, aber draußen ist sie die perfekte Tarnung für alle möglichen strafbaren Handlungen. Man könnte die Hauptstraße mit einem Maschinengewehr unter Beschuss nehmen und hinter dem Buggy mit nichts als High Heels an den Füßen und einem

Hut auf dem Kopf davonspazieren, und niemand würde sich daran erinnern, einen gesehen zu haben.

»Wie auch immer«, sagte Giles. »Die Einsiedlerin hat die Stille genossen. Ich meine, ist das nicht der Sinn der Sache? Au.« An seinen Fingern lief Wachs hinunter.

»Ich nehme an, die Einsiedlerin war viel zu beschäftigt damit, etwas zu essen zu suchen und sich vor den Wikingern zu verstecken. Feuerzeug? Streichhölzer?«

Er zuckte mit den Schultern und wir sahen uns beide um, als könnten wir die Kinderbücher, die halb aufgegessenen Kekse und die Zeitungen erkennen, die aus jeder Öffnung des Hauses quollen und darauf warteten, weggeräumt zu werden.

»Ach, na ja. Jedenfalls können wir im Dunkeln nicht aufräumen.« Ich stieß mit dem Fuß gegen etwas Weiches, das entweder am Fußboden festklebte oder überraschend schwer war. »Ich hoffe, dir ist klar, dass du der Fährmann auf Abruf bist. Ich muss *Die Saatzeit meiner Seele* fertig machen. Und wer stellt diese Büchersammlung zusammen?«

Abgabetermin für *»Wie gut war doch die Saatzeit meiner Seele«: Die Erfindung der Kindheit und das Aufkommen von Institutionen im England des späten achtzehnten Jahrhunderts* war letzten Monat. Theoretisch sollte ich mit einem unter meinem Namen veröffentlichten Buch leichter vermittelbar sein. Praktisch gab es in der Geschichtswissenschaft keine Jobs, und wenn es sie gäbe, würden sie Leute bekommen, die in den letzten acht Jahren nicht die Hälfte ihrer Zeit damit verbracht hatten, Windeln zu wechseln, statt an der Bar des Konferenzraums Getränke zu bestellen. Giles fing an, das Wachs von der Zeitung zu pulen und zu Kügelchen zu formen.

»Nicht«, sagte ich. »Die isst Moth doch nur.«

Er ließ eins in das Teelicht fallen. »Besser als Vogeldreck.«

Ich stand auf. »Ich halte Vogeldreck auch nicht für geeignete Kindernahrung. Deshalb habe ich den Garten übrigens aufgegeben. Ich kann diese Scheißbäume nicht einpflanzen, ohne mal für ein, zwei Sekunden den Blick von ihm abzuwenden. Aber Vogeldreck ist immer noch besser als Fingerhut.«

Fingerhut enthält Digitalis, von dem einem kleinen Kind das Herz stehen bleibt, lange bevor man die Meerenge überquert hat und beim Dorfarzt angekommen ist, der an vier Vormittagen in der Woche Sprechstunde hat.

»Ich hab ihn rechtzeitig erwischt«, sagte Giles. »Ich hab ihn dazu gebracht, es auszuspucken. Das hab ich dir doch gesagt.«

»Ja. Das hast du gesagt. Ich geh ins Bett.« Ich balancierte das Teelicht auf meiner Handfläche, verbrannte mir dabei die Finger und durchquerte den Raum, wie man sich im Dunkeln auf ein Minenfeld wagt, was nur vernünftig war, da viele der kleinen Gegenstände, die ich nicht sehen konnte, Räder haben.

Ich habe aufgehört, morgens zu duschen, weil Raph mir drei Minuten gibt und dann mit der Stoppuhr auf der Badematte steht und mir erzählt, um wie viele Millimeter die dafür notwendige Energie die Polkappen weiter abgeschmolzen hat. Während Moth, der noch lebhafte Erinnerungen daran hat, wofür Brüste da sind, um den Vorhang lugt und unmissverständliche Gesten macht, wobei seine Kleidung nass wird. Nachts bei Kerzenlicht zu duschen ist aus offensichtlichen Gründen heikel, also ließ ich mir ein Bad ein, heiß und voll genug, um einen kleinen Eisbären zu ertränken, stellte mich vor das Bücherregal und fragte mich, ob ich meine Sorgen bei *Marjorie schafft es auf der Chalet-Schule* vergessen oder meinen Intellekt mit den Essays von Henry James wiederbeleben sollte. Ich entschied mich für *Für Ihr Kind sorgen* von 1947, in der Hoffnung, beim letzten Lesen übersehen zu haben, welche Lösung es für Schlaflosigkeit bei

Kleinkindern gibt. Giles' Familie benutzt dieses Haus seit dem Krieg als Aufbewahrungsort für unlesbare Bücher.

»Du bist eingeschlafen«, sagte Giles. Er hatte eine weitere Kerze und Streichhölzer gefunden, oder er war kurz draußen gewesen und hatte ein paar Feuersteine geholt.

Mein Nacken war steif und das Wasser hatte sich abgekühlt. Ich setzte mich auf und gähnte.

»Und?« Wenigstens musste ich bei Kerzenlicht nicht den Bauch einziehen.

»Irgendwann ertrinkst du noch.«

Ich rieb mir den Nacken und schöpfte mir Wasser ins Gesicht. »Ich bin sicher, ich würde aufwachen, wenn mir Wasser in die Lunge fließt. Wenn es so leicht wäre, würden die Leute sich doch nicht extra die Pulsadern aufschneiden. Klingt eigentlich nach einer ganz netten Art zu sterben.«

Er fing an, sich die Zähne zu putzen. Wenn Giles sich die Zähne putzt, ist das wahrscheinlich noch auf dem Festland zu hören. »Was ist mit den Kindern?«

»Dir tropft Zahnpasta auf den Pulli. Die sind heute dein Problem.« Was ein ganz guter Grund dafür ist, am Leben zu bleiben.

Ich wartete, bis er die Kerze auf das Regal neben der Tür gestellt hatte, und stieg dann aus der Wanne. Die Badematte war nicht, wo ich sie erhofft hatte, und ich tat, als hielte ich das, wo ich hineintrat, für Wasser – mein üblicher Vorwand, um nicht putzen zu müssen, was ich aus ideologischen Gründen, die ich keine Lust habe zu erläutern (auch mir selbst nicht), ablehne.

Er spuckte Zahnpasta aus. »Schöne Titten, Frau Gemahlin.«

»Verzieh dich bloß. Du kannst sie ja nicht mal sehen.« Und sie sind nicht schön, schon seit ein paar Jahren nicht mehr. Mein Handtuch roch leicht nach Fisch. Ich ging durch einen Dampfkringel zur Tür. »Ich glaube, du hast gerade den *Guardian* in Brand gesetzt.«

»Verdammt.« Er griff nach einem in Flammen stehenden *Weekend*-Magazin, das auf einem Kleiderhaufen im Bücherregal lag, und ließ es ins Bad fallen. Ich sah gerade noch einen Koch mit doppelläufigem Gewehr und Schwein, ehe sie von den grünen Flammen aufgefressen wurden und in sich zusammenfielen. »Macht nichts, das hatte ich schon gelesen.«

»Ich aber nicht. Ich hatte es aufgehoben. Für ein Bad mit elektrischem Licht und allem.«

»Lies es online. Komm, es ist schon Mitternacht.« Er ließ seine Hand über meine Schulter und unter das Handtuch gleiten und fuhr mit der Fingerspitze meine Wirbelsäule entlang.

Ich schlug ihm auf die Hand. »Wenn ich mal unbehelligt am Computer sitzen kann, dann verschwende ich keine Zeit damit, den *Guardian* zu lesen, dann schreibe ich mein Buch. Ich hab gesagt, verzieh dich.«

Wenn der Strom ausfällt, vermisse ich am meisten den steten Blick meines Radioweckers. Ohne die Orientierungspunkte der Uhr ist es schwer, durch die Nacht zu steuern. Ich konnte nicht lange geschlafen haben, denn in unserem nach Westen ausgerichteten Schlafzimmer war es immer noch so dunkel wie in einem Sarg, als ich von Moths Schreien wach wurde. Der Boden unter meinen Füßen war kalt und sandig. Als ich über den Flur ging, dessen vorhangloses Fenster den kommenden Tag noch nicht erahnen ließ, raschelte und knisterte es auf dem Dachboden. Ich nahm Moth auf den Arm und er hielt sich an meinen Haaren fest und rieb seine schmierige Nase an meinem Hals.

»Mami.« Hinter seinem Ohr waren Essensreste, aber seine

Haare hatten immer noch den buttrigen Duft von Babys. Ich küsste seine salzige Wange und spürte sein Gewicht auf meinen Handgelenken. »Mami. Moth Angst.« Ich ging ein paar Schritte, vier vor und vier zurück, immer auf den eisernen Schutzschild aus dem neunzehnten Jahrhundert achtend, der aus dem Kamin ragt. Giles weiß noch, wie sein Vater die elektrischen Heizöfen aufgestellt hat – nicht als Zugeständnis an moderne Vorstellungen von Gemütlichkeit, sondern in Anerkennung der Tatsache, dass auf der Insel niemand mehr war, der für ihn Torf stechen konnte.

»Mami Grüffelo singen.«

»Später. Grüffelo morgen früh.«

»Mami Grüffelo singen!«

Ich streichelte ihn. »Gute Nacht, gute Nacht, Grüffelo. Der Grüffelo schläft.«

»Will Grüffelo!«

Wenn er schreit, weckt er Raphael, der nicht den Grüffelo hören will, sondern Lügen darüber, warum es diese Erde wahrscheinlich immer noch geben wird, wenn er groß ist. Ich murmelte in Moths Ohr.

»Die Maus spazierte im Wald umher. Der Fuchs sah sie kommen und freute sich sehr. Hallo, kleine Maus, wohin geht die Reise? Bei mir zu Haus gibt's Götterspeise …«

Er hob den Kopf.

»Im Bau.«

Ich drückte seinen Kopf wieder nach unten.

»Bei mir im Bau. Weiter.«

»Also, wenn du es weißt, warum …«

»Weiter.«

»Schrecklich nett von dir, Fuchs, doch ich sag leider Nein, ich muss schon zum Tee …«

»Mittag.«

»Zum Mittag. Beim Grüffelo sein. Beim Grüffelo? Sag, was ist das für ein Tier? Den kennst du noch nicht …«

»Den kennst du nicht.«

Ich fürchte, dass ich das Werk von Julia Donaldson inzwischen besser kenne als das von Jean-Jacques Rousseau, aber Moths Insistieren auf wissenschaftlicher Genauigkeit zeigt mir, dass ich es immer noch nicht gut genug kenne.

»Oh! Wer ist dieses Wesen mit schrecklichen Klauen und schrecklichen Zähnen, um Tiere zu kauen?«

Moth war an meiner Brust wieder weich und schwer geworden.

»Mit feurigen Augen, einer Zunge sooo lang und Stacheln am Rücken – da wird's einem bang.«

Ich sang mich der veganen Auflösung entgegen: »Im Wald, da hörte man niemand mehr. Die Maus knackte Nüsse und … freute … sich … sehr«, und seine Finger lagen schlaff an meinem Hals. Ich summte ein schottisches Volkslied und schlenderte, als würde ich ziellos durch das fünfte Arrondissement streifen, auf das Kinderbett zu und dann zum Bücherregal. Erkundung erfolgreich. Ich wagte eine zweite Annäherung, ging auf das Fenster zu und blieb vor dem Bett stehen, als hätte das Schaufenster eines Juweliers meine Aufmerksamkeit erregt. Moths Atem veränderte sich nicht, und ich legte ihn sanft ab, riskierte es, ihn zuzudecken, mied die knarrenden Dielen und den raschelnden Müllbeutel über dem Smoking, der aus Gründen, die Giles vermutlich logisch erschienen, an der Tür hing, und schob Giles wieder auf seine Seite des Bettes, bevor Moth aufwachte und sich verlassen in etwas wiederfand, das einer meiner Erziehungsratgeber hilfreicherweise als »vergitterten Käfig weit weg von Ihnen in der Dunkelheit« bezeichnete.

Nicht weit genug weg. Als Raphael meiner Dienste bedurfte, um die somalischen Kindersoldaten aus dem Magazin des *Guardian* von letzter Woche unter seinem Bett hervorzutreiben, war am Himmel über den Bergen das erste graue Licht zu sehen. Ich begleitete die Kindersoldaten den ganzen Weg die Treppe hinab und versteckte mich mit meinem Laptop in dem unfertigen, atemberaubend schönen, modernen, ökologischen Umbau, bis der Morgen sich mir in Gestalt des Motorboots aufdrängte, das dem Handwerker gehörte.

Mein Buch handelt von der romantischen Feier der Kindheit als Zeit freudvoller Reinheit und der gleichzeitigen Zunahme stationärer Einrichtungen für Kinder: Internate, Waisenhäuser, Krankenhäuser und Gefängnisse. Zur selben Zeit, zu der Wordsworth in der Herrlichkeit der Kindheit schwelgte und Rousseau sagte, man solle von der instinktiven Klugheit von Kleinkindern lernen, förderten andere Leute – tatsächlich waren es manchmal auch dieselben – Institutionen, die armen Familien ihre Kinder wegnahmen und sie zu nützlichen Konsumenten und Produzenten für das Zeitalter des Kapitalismus machten. Es ändert sich nichts; genau wie in modernen Erziehungsratgebern kommen Babys entweder mit einem schönen inneren Selbst auf die Welt, das wir respektieren und freisetzen müssen (»Nehmen Sie Ihr Kind mit in Ihr Bett, wenn es nachts aufwacht«), oder sie kommen als primitive Anhäufung von Bedürfnissen zur Welt und müssen erst zur Menschlichkeit erzogen werden (»Lassen Sie Ihr Baby schreien, bis es lernt, nachts zu schlafen«). Es ist interessant, dass die Ära, die berühmt dafür ist, kindliche Unschuld zu zelebrieren, gleichzeitig und im gleichen Maße der Vorstellung anhängt, die kleinen Wilden müssten in Institutionen gezähmt werden. Als ich anfing zu recherchieren, dachte ich, dahinter stecke einfach ein Konflikt zwischen Idealismus und Pragmatismus, Nachsicht und Disziplin, aber je mehr Manifeste und Regelwerke ich las, desto klarer wurde mir, dass Institutionen ihre eigenen utopischen Absichten verfolgen. Solche Einrichtungen stellen einen Versuch dar, eine leuchtendere Zukunft auf den Weg zu bringen, zu erreichen, was einzelne Haushalte nicht leisten können. Sie sollen Dinge anders oder besser machen, dabei liegt es in der Natur entweder der Menschen oder der Anstalten, dass sie am Ende oft den Status quo bekräftigen oder gleich in Stein meißeln und die Dinge nur verschlimmern. Institutionen verkörpern, zumindest im achtzehnten Jahrhundert, Optimismus und das Vertrauen in die menschliche Fähigkeit zur Veränderung, das wir irgendwo auf dem Weg verloren haben. Meine Lektorin hat gesagt, sie nimmt das Manuskript auch noch, wenn ich es bis September abgebe, und ich glaube, das werde ich schaffen. Wenn das UMTS-Teil, das Giles mir auf dieser Insel ohne Breitband-Internetanschluss als Lösung für meinen Bedarf an Online-Datenbankrecherchen angeboten hat, öfter funktioniert als bisher, schaffe ich es. Wenn ich mich weiterhin verhalte, als brauchte ich keinen Schlaf, schaffe ich es.

Mit der Recherche im Archiv bin ich fertig, sonst wäre nicht mal ich so dumm gewesen, auf Giles' Insel mitzukommen. Ich habe die handschriftlichen Berichte über Mahlzeiten, Rechnungen, Rauswürfe und Strafen in den Internaten der 1790er-Jahre gelesen, bin die Listen der Stifter von Findelhäusern in ganz England durchgegangen, habe vergilbte Seiten mit uneinheitlichem Schriftbild durchgeblättert: »Mit großem Vergnügen sehe ich, dass die Bewahrung von Kindern endlich der Obhut von Männern mit Verstand anheimfällt … Es ist verheerend, dass dieses Geschäft allzu lange Frauen überlassen wurde, von denen man nicht annehmen kann, dass sie über das nötige Wissen verfügen, um einer solchen Aufgabe gewachsen zu sein« (William Cadogan, *An Essay Upon Nursing*, London, 1753). Was die Sekundärliteratur betrifft, bin ich mehr oder weniger auf dem neuesten Stand, obwohl mir erst spät klar wurde, dass das wichtigste Werk über Kindheit und Institutionen nach dem Zweiten Weltkrieg von Anna Freud und ihren Schülern geschrieben wurde. Freud selbst stand lange ziemlich weit oben auf der Liste der Menschen, deren Werk ich gelesen haben sollte oder vorgeben sollte gelesen zu haben. Meinem Verständnis nach zeigt Freud, dass es von der Selbstbeherrschung der Eltern abhängt, ob Menschen ihre Anlagen verwirklichen können. Wobei ich ökonomische und politische Lösungen für die Leiden der Welt für angenehmer und, offen gesagt, auch für leichter umsetzbar halte: Frieden im Nahen Osten und das Ende von Hunger und Armut wären leichter durchzusetzen als gute Mütter für alle, also ziehe ich die Propheten der Linken denen des menschlichen Herzens vor, gebe Marx den Vorrang vor Freud. Man muss schließlich nicht nur bedenken, was richtig ist, sondern auch, was möglich ist. Aber als ich gesehen habe, dass die gesammelten Werke von Sigmund und Anna seit neun Jahren nicht aus der College-Bibliothek ausgeliehen wurden, habe ich beschlossen, dass ich sie genauso gut mit hierherbringen kann, hier haben sie es auch ruhig und kommen ein bisschen an die frische Luft. Der Entwurf des Ganzen steht schon, und die Idee – Giles' Idee – war, dass ich in der Abgeschiedenheit von Colsay ideal schreiben und feilen und über Psychoanalyse meditieren könnte, ohne den übel riechenden Atem der Stipendiaten im Nacken zu spüren. Giles überschätzt meine Fähigkeit, abstrakt zu denken, und hat noch nicht ganz verstanden, wie wenig das die anderen Stipendiaten interessiert.

Ich hätte schon mal versuchen sollen, die Schlussfolgerung zu schreiben, die mir Sorgen macht, weil ich nicht sicher bin, ob das Buch überhaupt schlüssig ist. Hinter meinem Laptop flimmerten Vögel über den Himmel, vielleicht Dreizehenmöwen, und ich beobachtete noch eine andere Möwe, die im Sturzflug auf den Meeresspiegel zuflog. Vom Boot aus kann man an ruhigen Tagen die andere Hälfte ihres Lebens sehen, vom Wasser verwandelt. Bläschen strömen aus ihren Federn, während sie sich wenden wie Robben, die hinter Fischen her sind. Ich reckte den Hals, um die Schwäne zu sehen, aber sie waren irgendwo anders. Ich öffnete die Danksagung. Und nicht zuletzt danke ich Giles Cassingham, wofür genau, kann ich allerdings nicht sagen.

»Hey, du.« Giles saß am Tisch und las einen Gartenkatalog, während Moth sich stirnrunzelnd darauf konzentrierte, mithilfe eines Löffels Haferbrei in einen Umschlag zu füllen, in dem sich außerdem ein Schreiben von den Kinderfreibetrags-Leuten befand, denen es gefällt, uns abwechselnd mit Reichtümern zu überhäufen und im Gegenzug für das, was wir ihnen schulden, unsere Haferflocken einzubehalten – ohne dass wir bisher in der Lage gewesen wären herauszufinden, von welchem Faktor genau dieses Verhalten abhängig ist. »Der Strom geht wieder. Ich mache dir Tee.«

»Er hat zu viel Wasser gekocht.« Raph saß unter dem Tisch.

»Mami trinkt morgens gerne zwei Tassen.« Giles' Blick glitt über mein Outfit, bestehend aus einer Strickjacke und einem viktorianischen Nachthemd, dessen Farbe man inzwischen nur noch als sehr gebrochenes Weiß bezeichnen konnte.

»Aber sie lässt das Wasser sowieso noch mal aufkochen, damit die zweite Tasse frisch ist. Weißt du, dass in Afrika Kinder sterben, weil sie kein Wasser haben? Ich wette, ihre Mamis trinken keinen Tee.«

Moth drehte den Umschlag um und sah zu, wie der Haferbrei zu Boden tropfte, gefolgt von einem Fallschirm aus offiziellen Briefen. Giles hatte die Ausbeute eines ganzen Küchentischs zusammengerafft und aus Oxford mitgebracht, weil er dachte, dass wir uns auf der Insel damit beschäftigen könnten. Giles' glänzende Karriere basiert auf seiner Fähigkeit, das gegenwärtige Verhalten von Papageientauchern zu beobachten und daraus Schlussfolgerungen über ihr künftiges Verhalten zu ziehen. Ich vermute, es ist vernünftig, wenn auch wahnsinnig, zu glauben, dass Menschen eher in der Lage sind, sich zu ändern, als sie.

»Platsch«, sagte Moth. »Noch mal!«

Giles gab ihm einen anderen Umschlag.

Ich schlürfte den Tee, der lauwarm und trüb war. »Es gibt in Afrika auch Kinder, die eine Klimaanlage und Satellitenfernsehen und Chauffeure haben, weißt du. Es ist ein Kontinent, kein Flüchtlingslager.«

»Warum können wir kein Satellitenfernsehen haben?«

Giles stand auf. »Weil es ein Instrument des späten, wuchernden Kapitalismus ist, das das Gehirn verrotten lässt und für den amerikanischen Kulturimperialismus wirbt. Anna, übernimm du ab hier, ich muss los und mit Jake reden.«

»Kein Problem«, murmelte ich. »Also, Raph, denk doch mal an die CO_2-Bilanz eines Fernsehers. Du kannst dir nicht um die globale Erwärmung Sorgen machen und gleichzeitig lauter tolle Geräte haben wollen.«

Er kroch durch Moths zu Boden getropften Haferbrei unter dem Tisch hervor und stand auf. »Warum nicht?«

»Warum?«, fiel Moth ein. »Moth will Mamalade.«

Ich setzte mich hin. »Iss deinen Brei, Moth. Weil elektronische Geräte viel Energie verbrauchen und eine Menge Giftmüll produzieren.«

»Was für Giftmüll?«

Ich hatte vergessen, dass wir neuerdings die Strategie verfolgten, Raphael keinen weiteren Anlass zur Sorge um den Zustand der Welt zu geben.

»Weiß ich nicht. Moth, Schatz, schmier dir nicht den Brei in die Haare. Deinem Bruder auch nicht.«

»Brei in Haare! Mami sauber machen.«

Ich fuhr mit einer alten Mullwindel über Moths Haar. Er schob sie beiseite. »Kuckuck!«

Ich hielt sie mir vor das Gesicht und zog sie dann nach oben auf meinen Kopf.

»Kuckuck!«

»Mami, du siehst wirklich dämlich aus. Willst du den ganzen Tag im Nachthemd bleiben?«

Ich biss von dem Toast ab, den Moth abgelehnt hatte.

»Nein. Ich gehe gleich hoch und werde in einem meiner fantastischen Designer-Outfits wieder erscheinen, um den Brei wegzuwischen.«

Moth fing an, sich mit einem marmeladeverschmierten Messer die Haare zu kämmen.

»Willst du den Boden wischen, Raph? Ich glaube, du bist schon groß genug, um das allein zu machen, wenn du ganz vorsichtig bist.«

»Mit dem großen Eimer?«

Ich hob Moth aus seinem Hochstuhl und suchte ihn nach versteckten Breiresten ab.

»Wenn du meinst, du bist schon groß genug, um nichts zu verschütten.«

Der Garten war Giles' Idee. Ich habe noch nie viel Sinn darin gesehen, die Hausarbeit auch noch auf Bereiche außerhalb des Hauses auszudehnen, zumal wir jetzt den Strand vor der Tür haben, durch den die Kinder flüchtig mit dem bekannt werden können, was Giles beharrlich die natürliche Welt nennt, als wäre die menschliche Angewohnheit, Unterkünfte zu bauen, Lebensmittel zu kaufen, die sie nicht selbst angebaut haben, und Bücher zu lesen, die sie nicht selbst geschrieben haben, auf irgendeine Weise unnatürlich. Giles sagt, in Oxford wäre ich mit den Kindern zu viel drinnen geblieben, auf dem Sofa ineinander verschlungen oder uns wie die Termiten an den Bücherregalen entlangarbeitend. Giles sagt, Moth wäre besser dran, wenn er Fingerhut und Vogeldreck isst und in der freien Natur nass wird. Giles verbringt seine Tage allein, arbeitend.

»Komm«, sagte ich zu Moth. »Wir suchen Mami was zum Anziehen.«

Es dauert lange, bis Moth die Stufen hochklettert, und noch viel länger, wenn man will, dass er schnell macht. Ich bleibe hinter ihm, mit erhobenen Händen, und versuche die Zeit zu nutzen, um über mein Buch nachzudenken. Unten in der Diele liegen herrliche viktorianische Mosaikfliesen in Weiß, Schwarz und einem Rot-Ton, der mich an Metzgereien erinnert, an geschnittenes Fleisch, und beim Treppengeländer ging es um Pracht und Würde, nicht um die Sicherheit von Kleinkindern.

»Raph?«, rief ich. »Raph, willst du mit in den Garten kommen?«

Nach einer Pause, in der ich die Ritzen zwischen den Bodendielen auf dem Treppenabsatz begrüßen konnte, und einer weiteren, in der ich an sämtlichen geschnitzten Blumen der Kommode herumwischen konnte, erreichten wir mein Schlafzimmer. Moth kletterte auf das Bett und schmierte Brei auf das

Kissen. Auf dem Ärmel des Pullovers, den ich die ganze Woche über getragen hatte, waren Suppenreste, aber die Wahrscheinlichkeit, jemanden zu treffen, dem das etwas ausmachte, war ungefähr so groß, wie dass sich die Schwäne in Prinzessinnen verwandelten und am Strand Pirouetten drehten. Moth gab mir einen Strumpf.

»Moth auch Garten?«

Ich schüttelte den Slip von gestern aus meiner Jeans. Es ist nicht wirklich ein Garten. Wir haben Krokusse und im Juni ein paar verwegene und verkrüppelte Narzissen. Und Giles, der den gängigen Interpretationen der historischen Zeugnisse zum Trotz an Autarkie glaubt, was den Obst- und Gemüseanbau hier oben betrifft, hat im Internet ein paar widerstandsfähige Zwergapfelbäume gefunden.

Als er die letzte der vier Bootsfahrten hinter sich gebracht hatte, die nötig waren, um sie von Colla hierherzubringen, kam Jake, der irgendwas wegen der Dachbalken von ihm wollte, und die Stipendiatin der Geschichtswissenschaft musste feststellen, dass sie nicht in der Lage war, Löcher für isländische Bäume zu graben, während ihr Nachwuchs Vogeldreck von den Steinen leckte.

»Moth im Garten Würmer essen«, sagte Moth und setzte sich auf meinen nackten Fuß. Ich wackelte unter seinem Hintern mit den Zehen und er kicherte. Einen zweiten Strumpf schien ich nicht zu haben.

»Raphael?«, rief ich. Manchmal ist dieses Haus zu groß, auch wenn ich es meistens ganz gut finde, dass die Steinmauern das Geschrei wütender Kleinkinder dämpfen. In Giles' Sockenschublade waren saubere Socken, zu Paaren zusammengelegt, also zog ich einen an und streckte Moth die Hand hin. »Komm. Wir pflanzen ein paar Bäume.«

Ich suche noch nach einer Antwort auf die Frage, was ich mit Moth machen soll, während ich versuche, mich meinen sonstigen Aufgaben zu widmen. Eine Frage, die sich zu Hause nie gestellt hat. In Oxford, meine ich. Wenn ich bei der Arbeit war, habe ich gearbeitet, und wenn ich zu Hause war, habe ich mich um die Kinder gekümmert und ständig darauf geachtet, gerade dem vorzulesen, der sonst als Erster einen Trotzanfall bekommen würde. Endlich dann die fernen Ufer Abendessen, Bad und Bett. Danach wurde ich noch ein paarmal wegen verlegter Teddys gerufen, weil jemand Wasser trinken wollte oder es nötig war, vor dem Einschlafen mehr Einsicht in das Verhältnis von Triebkraft und Masse zu gewinnen, und dann hatte das intellektuelle Leben wieder die Oberhand, zumindest bis Moth zum ersten Mal aufwachte. Niemand hat von mir erwartet, Bäume zu pflanzen. Niemand hat von Moth erwartet, sich allein zu beschäftigen. Ich habe noch nie einen Baum gepflanzt. Von dem gepflasterten Platz vor dem Haus hörte ich das rhythmische Aufklatschen von Raphaels Hüpfball.

»Moth? Möchtest du mal gucken, wie die Bäume wachsen?«

Moth wankte über das Gras und trampelte auf der Suche nach Vogeldreck die aufkeimenden Narzissen nieder. Vielleicht enthält er einen äußerst wichtigen Nährstoff, der dem, was ich koche, unverzeihlicherweise fehlt.

»Moth? Sollen wir mit Mamis großem Spaten ein bisschen graben?«

Keine Antwort. Ich folgte ihm.

»Mit Mamis großem, *scharfem* Spaten?«

Er sah sich um. »Scharfen Spaten?«

Ich nickte. »Sehr scharf.«

»Sehr scharfen Spaten.«

Stille.

»Moth sehr scharfen Spaten.«

Er machte kehrt und trudelte auf den scharfen Spaten zu. Es konnte nur ein Fortschritt sein, ihn vom Vogeldreck weg und in den Bereich meines Arbeitsvorhabens hinein zu bekommen. Ich gähnte und streckte mich. Noch Stunden bis zum Schlafengehen. Ich versuchte zu überlegen, wie man ein Loch in die Erde gräbt.

Moth stakste um die Bäume herum, die alle mit einem Leinensack umhüllt waren, und griff nach dem Spaten. Er konnte ihn nicht hochheben.

»Moth sehr scharfen Spaten!«

»Ja. Moth, mein Schatz, willst du Mami helfen, ein Loch zu graben? Ein schön tiefes Loch, in dem die Wurzeln der Bäume Platz haben?«

Er fing an, den Spaten über das Gras zu ziehen, ein Jäger, der so stolz auf sein Mammut war, dass er nicht auf Unterstützung warten konnte.

»Nein. Moth Spaten.«

»Aber der Spaten ist dafür da, Löcher zu graben. Sollen wir ein Loch graben? Moth und Mami?«

»Nein.«

»Aber, Moth, guck mal. Dazu benutzt man einen Spaten.«

Ich nahm ihn mir. Er zog daran.

»Mami hergeben. Moth Spaten.«

»Aber guck mal, Schätzchen …«

Er schmiss sich zu Boden und riss die Arme über den Kopf. Das Geschrei klang, als sähe ein unschuldiges Kind gerade die Gefolgsleute von Herodes auf sich zukommen.

»Na gut, na gut. Moth Spaten.«

Er hatte schon wieder Luft geholt und sah mich an, als wollte er dem Gefolgsmann zu verstehen geben, dass es sich bei diesem konkreten Kind eigentlich um ein Mädchen handelte, er also verschont werden müsse.

»Na gut, Moth spielt mit dem Spaten. Mami findet schon was anderes.«

»Moth Spaten.«

Er setzte sich auf und begann, den Griff zu streicheln.

»Schlaf, Spaten, schlaf, der Vater hüt die Schaf.«

In einem flachen Korb neben den umhüllten Bäumen lag eine Pflanzkelle. Mit der sich in der von Wurzeln durchzogenen Erde nicht mehr bewirken ließ, als zu erwarten gewesen wäre.

»Schlaf jetzt, kleiner Spaten.« Moth beugte sich vor und küsste den Griff des Spatens. »Moths Schatz. Schlaf jetzt.«

Ich fragte mich, ob ich den Spaten wieder der erwachsenen Welt zuführen konnte, wenn er erst einmal eingeschlafen war.

»Ist der Spaten eingeschlafen?«

»Schsch.« Er tätschelte ihn. »Leise, Mami. Spaten schläft.«

Ich kniete mich hin, um mehr Druck auf die Pflanzkelle auszuüben. Genauso gut hätte ich mit einem Löffel graben können. Der Hüpfball war auffällig still geworden.

Zum Mittagessen gab es eine Art Kartoffelomelett, das ich Giles gegenüber als Frittata bezeichnete. Es wäre besser gewesen, wenn ich die Kartoffeln entweder vorher gekocht oder sie ungefähr eine Stunde früher in die Pfanne getan hätte, aber ein Vorteil seiner Kindheit im Internat ist, dass Giles außer den schlimmsten Fehlgriffen alles essen kann und wird. Theoretisch bin ich gegen Kochen. Es ist kein Zufall, dass Fertigmahlzeiten und Supermärkte zur selben Zeit auftauchten wie die Gesetze zur Gleichstellung von Mann und Frau. Praktisch bedeutet Kochen, dass man sich in der Küche verstecken, das Messer schwingen und Radio Four hören kann und trotzdem noch eine gute Mutter ist – eine Spielart häuslicher Dienstbarkeit, die allerdings nicht ganz dem entsprechen dürfte, was Mary Wollstonecraft, Emmeline Pankhurst oder Betty Friedan sich vorgestellt haben. Hier auf der Insel macht es sogar noch weniger Spaß, weil ich meistens kein Radio Four empfangen kann, das Gemüse einmal pro Woche seekrank aus Colla kommt und das Olivenöl, das Giles sich angewöhnt hat über meine fragwürdigeren Kreationen zu tröpfeln wie eine Art Upperclass-Ketchup, vermutlich teurer ist als Heroin. Das in jedem Fall wirksamer sein dürfte.

Nach der Frittata ging ich weg, während Giles noch den Kaffee machte. Das habe ich von ihm gelernt. Man sagt nicht: »Macht es dir was aus, wenn ich ein Stündchen arbeite, und würdest du Moth zum Mittagsschlaf hinlegen und Raph in das einbeziehen, was du als Nächstes vorhast?« Man sagt noch nicht mal: »Ich versuch ein bisschen zu arbeiten, wenn das okay ist.« Sogar das würde als verhandelbar ausgelegt werden. Man verlässt einfach das Zimmer, als wäre einem gar nicht in den Sinn gekommen, dass jemand die Küche aufräumen, Moths Windel wechseln und eine halbe Stunde über seinem Bettchen hängen muss, um seinen Rücken zu streicheln, während Raph das Geländer runterrutscht und jodelt, wie es ihm sein Patenonkel Matthias beigebracht hat, und dass jemand das Klo putzen und Raph mit dem Lego helfen muss, das Moth aufisst, wenn er Gelegenheit dazu bekommt, und dass jemand Brei machen und dann Moth wecken muss, der sonst den ganzen Nachmittag schläft und die ganze Nacht wach bleibt, als gehöre er einem dieser weinseligen Mittelmeer-Völker an, bei denen die Erwachsenen keine Zeit für sich selbst zu brauchen scheinen. Ich schlich um das Haus, entwendete mein Laptop aus dem grünen

Luxusferienhaus beziehungsweise der Baustelle, auf der ich zu leicht zu finden wäre, und ging am Ufer entlang in Richtung des alten Dorfes. Eigentlich ist es nicht mal ein Weiler, bestehend aus den Ruinen von zwölf Steincottages, die kaum größer sind als die Küche von Colsay House. Sie wurden seit dem späten neunzehnten Jahrhundert nach und nach verlassen, und nur das Cottage, in dem bis zuletzt jemand wohnte, verfügt noch über einen Großteil des Daches. Es war bisher ein kühler Sommer, und ich habe mich gefragt, ob ich im Kamin ein kleines Feuer machen könnte, aber das Dorf ist vom großen Haus aus zu sehen, und das Letzte, was die arbeitende Mutter tun sollte, ist Rauchsignale aussenden, die ihren Aufenthaltsort preisgeben, also begnügte ich mich mit Halbfingerhandschuhen und einem Mantel, der mir das bedauerlich angebrachte Gefühl vermittelte, beständig im Aufbruch zu sein. Zum Haus gehört außerdem ein Küchentisch und Schafmist auf dem Boden, und an einer Wand hängt das gerahmte Foto eines jungen Mannes, der eine Uniform aus dem Zweiten Weltkrieg trägt. Aber es ist ein Raum mit intakter Decke, in dem ich Internetzugang habe, also alles, was ich wirklich brauche.

Ich öffnete die Einleitung – normalerweise vermeide ich das, denn sie ist nicht sehr gut. Ich finde es schwer, den Anfang zu begründen. Ich beginne wenig originell mit dem Wolfsjungen von Aveyron, der am Anfang von mehr als einer weiteren Geschichte der Kindheit steht. Der Wolfsjunge wurde 1797 schlafend im Wald in der Nähe von Aveyron gefunden, in den französischen Alpen. Er war ungefähr zwölf, hatte eine tiefe Narbe, die von Ohr zu Ohr verlief, und verfügte weder über Kleidung noch über Sprache. Mehrere Jahre lang hatte er bei den umliegenden Bauernhäusern etwas zu essen erbettelt, aber niemand wusste oder bekannte zu wissen, woher er kam und wohin er wieder ging. Es wurde das perfekte Thema für philosophische Überlegungen – ein menschliches Wesen, das ohne Gesellschaft aufgewachsen war (wobei sie die Menschen ignorierten, die ihn geboren haben mussten, ihn gestillt und davon abgehalten hatten, Fingerhut und Vogeldreck zu essen, als er noch zu jung war, um es besser zu wissen, und die ihm, viele Jahre später, den Hals aufschlitzten und ihn tot im Wald zurückließen). Jean-Marc Itard, der es sich zur Lebensaufgabe gemacht hatte, den Wolfsjungen zu zivilisieren, schrieb:

> Wie hätte man erwarten können, dass er um die Existenz Gottes wüsste? Zeigte man ihm den Himmel, die grünen Felder, die Weite der Erde, das Werk der Natur – er sähe in alldem nichts, sofern es nicht etwas zu essen wäre. Und da haben Sie den einzigen Weg, auf dem äußere Dinge in das Bewusstsein eindringen.

Ich starrte eine Weile darauf. Gott oder Essen, wonach würde man an einem Berghang suchen?

»Mami?«

»Um Gottes willen, Raph, was machst du denn hier?«

»Mami, möchtest du, dass ich dir einen Dynamo für dein Laptop mache? Du könntest darauf sitzen und in die Pedale treten und so die Energie für den Rechner produzieren. Dann könntest du trainieren, während du schreibst.«

»Nein, könnte ich nicht, weil ich nicht genug Zeit zum Schreiben habe, um auch nur eine Weintraube zu verbrennen. Angenommen, es gäbe hier irgendwo Weintrauben. Raph, bitte geh Papa suchen. Bitte lass mich schreiben. Nur solange Moth schläft.«

Sein Haar war am Hinterkopf, wo er nachts darauflag, verfilzt, und sein Oberteil, das ich vor drei Jahren zwei Nummern zu groß gekauft hatte, endete kurz über dem Bauchnabel.

»Es müsste wahrscheinlich irgendwo befestigt werden, wahrscheinlich wäre es nicht möglich, es herumzuschieben, aber ich könnte es entwerfen, das wäre gar nicht so schwer. Du müsstest ziemlich schnell machen, wenn du ein Spiel spielen möchtest oder so, aber für das Schreibprogramm könntest du wahrscheinlich genug Strom generieren. Ich könnte es auch so ausrüsten, dass der Strom in den Ofen oder eine Elektroheizung geleitet werden kann. Ich könnte im Internet nach den Materialien suchen …«

Er sah aus dem Fenster, während er sprach, in Richtung des leer stehenden Hühner- und des dachlosen Schweinestalls.

»Raph, bitte. Das wäre bestimmt ganz toll. Aber lass mich jetzt einen Blick auf die Einleitung werfen.«

»Wir könnten doch im Blackhouse einen Fitnessraum einrichten, damit die Leute ihren eigenen Strom erzeugen. Es könnte ein Laufband geben – das wäre ganz einfach zu bauen, so eine Art Hamsterrad, wie die Römer sie gemacht haben, damit die Sklaven die Kräne bewegen.« Er begann, mit den Armen zu wirbeln, wie die Leute, die auf dem Rollfeld rückwärts vor den Flugzeugen herlaufen. »Man könnte es eigentlich auch mit Bankdrücken machen, das wäre dann zwar ziemlich riesig, aber das ginge bestimmt.«

> Das hier dargestellte Nebeneinander von romantischer Erwartung und der Locke'schen Bedarfsdeckungswirtschaft steht im Zentrum dieses Buches. Die Wildheit des Wolfsjungen besteht, wie gezeigt wird, nicht in seiner spirituellen Beziehung zu Himmel und Landschaft, wie der Leser des frühen neunzehnten Jahrhunderts erwarten würde,

> sondern in der Abwesenheit derselben. Es ist kein Kind, das »den herrlichen Wolken hinterherzieht«, sondern ein kindlicher *homo oeconomicus*, ein Wesen, dessen Potenzial als Konsument und Produzent durch ein in hohem Maße theoretisches Programm freigesetzt werden muss. Mit ebendiesem *homo oeconomicus* beschäftigt sich auch ein großer Teil der populäreren Texte über die Kindheit, insbesondere das neue Genre der Erziehungsratgeber. Elternschaft ist nicht länger einfach ein biologischer Zustand; sie ist zu einem Unternehmen geworden, bei dem man scheitern kann, und es ist diese Möglichkeit des Scheiterns, die Raum schafft für die Institutionen, die anbieten, an die Stelle gescheiterter Familien und Gemeinschaften zu treten.

Wir wissen nicht mehr, dachte ich, als dass wir unsere Menschlichkeit durch die Eltern erlangen und dass wir sie verlieren können, ja dass Menschen so schlimm verletzt werden können, dass sie die Fähigkeit verlieren, menschlich zu sein. Der Wolfsjunge hat niemals eine Sprache erlernt, nie gelernt zu spielen oder zu lieben oder auch nur nachts durchzuschlafen. Weil seine Eltern ihn weggeworfen haben. Wer bin ich, für die Weitergabe von Menschlichkeit zuständig zu sein? Ich löschte das erste *homo oeconomicus* und dachte über ein Synonym nach.

»Mami?«

»Was?«

»Miss Towers bei mir in der Schule hat gesagt, wir sollen ›wie bitte‹ sagen.«

»Da irrt sie sich. Was ist denn?«

»Wenn wir diesen Öko-Fitnessraum haben, ja? Soll der dann auch den Fernseher drüben mit Strom versorgen?«

»Da ist kein Fernseher.«

»Nein, aber da könnte ja einer sein. Weil, wenn sie ihn selbst mit Strom versorgen, dann wirkt das dem späten kapitalistischen Kulturimperialismus entgegen, ja?«

»Raph, hör auf, die ganze Zeit ›ja‹ zu sagen.«

Die Uhr auf meinem Laptop ging nach, aber trotzdem war ich seit über einer Stunde weg und es wurde Zeit, Moth zu wecken. Giles lässt ihn schlafen, nicht unbedingt, weil er meint, die Nächte wären mein Problem – das hoffe ich zumindest –, sondern weil er unfähig ist, so zu handeln, dass es eine Auswirkung auf etwas hat, was sechs Stunden in der Zukunft liegt.

»Komm, wir wecken Moth.«

Colsay House,
Colsay

30. September 1878

Liebste Allie,

ich hatte gehofft, in Inversaigh einen Brief von Dir vorzufinden, da mir gesagt wurde, es könne einige Wochen dauern, bis es jemandem genehm ist, wieder einmal die Meerenge zu überqueren, aber es macht nichts. Ich hoffe, zu Hause ist alles gut und Papas Musen benehmen sich. Ich stelle mir immer vor, wie neun kleine Mädchen aus dem Atelier stürmen, noch nicht fertig angekleidet, und Mamas Damen beschließen, sie einzufangen und ihnen Vernunft beizubringen, und wie verärgert Miss Horton dann wäre! Schreib mir bald, Liebste, ja? Ich habe einen sehr freundlichen Brief von Miss Emily bekommen, in dem sie mir versichert, dass ich jede Ausrüstung und jeden Rat bekomme, den ich benötige, und einen von Sir Hugo persönlich hat sie ebenfalls beigelegt. Er bittet mich, ihm meinen Eindruck von den Menschen hier in Colsay zu beschreiben und dabei besonders den Nöten ein Augenmerk zu schenken, die sich meiner Einschätzung nach durch kleinere Summen lindern lassen. So würde sich ein gebieterischer Hausherr wohl kaum äußern!

Meine Anreise war überwiegend ereignislos, obwohl Du recht hattest, ich hätte mehr zum Lesen mitnehmen sollen. In dem Hotel in Edinburgh kam ich mir so auffällig vor, dass ich den großen Speisesaal mied und mich aus Feigheit von Brötchen aus einer nahe gelegenen Garküche ernährte, die ich im Bett zu mir genommen habe, da es dort ja keine Zeugen gab! Nach einer recht heiklen Überfahrt bin ich hier vor zwei Tagen angekommen und habe meine Zeit seitdem damit verbracht, den großen Schrankkoffer auszupacken, durch den Weiler und am Ufer entlangzuspazieren und zu versuchen, mich mit der Haushälterin anzufreunden. Ich nehme an, ich muss morgen mit der Arbeit beginnen. Die Einheimischen habe ich bisher nur flüchtig gesehen, und ich hatte den Eindruck, dass sie nicht den Wunsch nach einer näheren Bekanntschaft verspüren – die Frauen haben auf der Straße miteinander gesprochen (die Straße ist ein grob gepflasterter Bereich zwischen den Häusern, recht ungeeignet für Räder, was jedoch nicht ins Gewicht fällt, da es hier, wie mir scheint, keine Möglichkeit der Beförderung gibt), aber sie sind in ihren Häusern verschwunden, als sie mich kommen sahen. Möglicherweise ist dieser Eindruck meiner Müdigkeit an den ersten Tagen an einem neuen Ort geschuldet.

Ich soll im Großen Haus wohnen (das so genannt wird, obwohl gerade einmal unsere Bibliothek und Papas Atelier hineinpassen würden), und wenngleich es, verglichen mit den Behausungen der Dorfbewohner, behaglich ist – kannst Du Dir vorstellen, dass einige von ihnen noch mit ihren Tieren zusammen leben und essen? –, frage ich mich, ob sich das nicht am Ende als Nachteil erweist. Vermutlich weiß jeder, dass Miss Emily mich hierherbestellt hat und mich bezahlt, aber ich frage mich doch, ob meine Arbeit nicht leichter wäre, wenn ich unter den Menschen leben würde, die ich betreuen soll. Das Große Haus liegt etwas abseits vom Dorf und von den Feldern, auch vom Meer, als sollte das zeigen, dass seine Bewohner weder Felder noch Fischernetze brauchen, um ihren Tisch zu decken. Obwohl ich schon sagen muss, dass es schwer wäre, die Federbetten und gusseisernen Öfen zurückzulassen, nach allem, was ich von den Unterkünften im Dorf gesehen habe! Mal Dir kein uraltes Schloss aus, wie es Papas Herz erfreuen würde; wenn es hier Gespenster gibt, dann müssen es die jungen Geister der Armen und Kranken sein, denn ich vermute, dass Sir Hugos Vater die alten Unterkünfte der Jungfern der Highlands und der jungen Gefolgsleute von Prinz Charlie abgerissen hat, als er die Insel kaufte, und sie durch saubere, neuartige Hütten ersetzt hat, die in nichts über dem Stand ihrer Bewoh-

ner liegen und Raum für die Familie oder ein paar Fischer bieten, aber in keiner Weise mit dem Haus zu vergleichen sind, das die Cassinghams in Edinburgh bewohnen. Sag es Papa nicht, aber in Wahrheit kann ich mich über einen gefliesten Fußboden und Schießscharten nicht beklagen, solange ich ein Schiebefenster und einen schönen kleinen Schutzschild vor dem Kamin habe, an dem ich meine Füße rösten kann, wenn der Wind in den Traufrinnen wühlt und der Regen auf die Dachziegel peitscht, die über das Meer hierhergebracht wurden, damit die Cassinghams es behaglich haben (ich teile allerdings seine Abneigung gegen die geflieste Halle, die aussieht wie ein öffentliches Bad – selbst von einem frischgebackenen Aristokraten würde man mehr erwarten).

Ich habe ein kleines Zimmer an der Seite des Hauses, in dem die Mädchen schliefen, wenn die Cassinghams hier den Sommer verbrachten, bevor Sir Hugo wieder geheiratet hat. Ich habe gefragt, wann die Familie die Insel zuletzt besucht hat; offenbar gibt es einen Sohn, Hartley, der im Frühling mehrere Wochen hier war, aber niemanden für sich eingenommen zu haben scheint – der Hotelbesitzer aus Inversaigh sagt: »Die Insulaner sind an die Art der jungen Leute von heute nicht gewöhnt und es gibt viele, die denken, dass er es besser wissen sollte, als den Pächtern seines Vaters solche Schwierigkeiten zu machen.« Ich habe bemerkt, man sollte meinen, dass es auf Colsay nicht allzu viele Möglichkeiten gebe zu sündigen, und er hat, ganz im Stil von Samuel Johnson, geantwortet, dass die Erlösung nicht vom Wohnort abhängig ist – worin man ihm kaum widersprechen kann! Er hat eine nur natürliche Neugier für meine eigenen Beweggründe gezeigt, auf die Insel zu kommen, da sicher nur wenige englische Damen eine Neigung erkennen lassen, Colsay zu besuchen, aber als er begriff, dass ich ausgebildete Krankenschwester bin und keine Dame mit viel Muße, sagte er nur, es sei eine Schande, dass die Cassinghams sich nicht in der Lage gesehen hätten, früher etwas zu *tun. Ich wies darauf hin, dass es Sir Hugo und seine Schwester waren, die mich hergeschickt haben, aus reiner Menschenliebe (sofern Menschenliebe jemals rein sein kann), aber dieses Gespräch ist der erste Hinweis auf die Missstimmungen, von denen wir so viel gelesen haben. Mir kommt es in der Tat ungerecht vor, dass politische Umstände einen Schatten auf Miss Emilys Wohltätigkeit werfen.*

Die deutlich geschwätzigere Tochter des Gastwirts sagte, dass die zweite Lady Hugo sich weigere herzukommen, sie ziehe Nizza vor – und man versteht, warum, denn wenn ich aus dem Fenster schaue, sehe ich streng genommen gar nichts, so sehr regnet es, aus Wolken, die so tief hängen, dass sogar die Gartenmauer verschleiert ist. Seltsam, dass Aubreys Gemälde denselben Ort zeigen sollen, aber nicht mal er konnte dieses Licht über dem Meer erfinden. Ich hoffe sehr, dass ich hier all das tun kann, was er sich von mir erhofft. Ich wünschte, ich wüsste, was Aubrey sagte, als er mich Sir Hugo anempfahl, und manchmal frage ich mich wirklich, warum ihm so viel daran lag, dass ich diese Stellung bekomme – ich empfinde es wie eine Prüfung, aber ob es dabei um meine Zuneigung für ihn oder um meinen Charakter oder meine beruflichen Fähigkeiten geht, vermag ich nicht zu sagen. In jedem Fall scheint es, als würden sie alle großes Vertrauen in mich setzen, und ich gebe zu, dass es mich ein wenig erschüttert, wie ich hier bisher empfangen wurde. Miss Emily hat eine Frau namens Mrs. Barwick geschickt, die aus Colsay kommt, aber als ihre Zofe ausgebildet wurde und als solche tätig war, bis sie ihre Sandkastenliebe heiratete und wieder hierher zurückkam. Sie soll sich um den Haushalt kümmern und mir bei anderen Dingen behilflich sein. Aus ihrer Kleidung schließe ich, dass Mrs. Barwick verwitwet ist, obwohl es meines Wissens nur bei den älteren Frauen Sitte ist, Schwarz zu tragen, aber Mrs. Barwicks Kleidung sieht nicht aus, als wäre sie hier gefertigt worden. Wie es scheint, werde ich ihre Dienste nicht nur als Haushälterin und Köchin, sondern auch als Dolmetscherin in Anspruch nehmen müssen, denn viele Frauen sprechen nicht sehr gut Englisch und dürften in Augenblicken größter Bedeutung natürlich noch mehr dazu neigen, in ihre Muttersprache zu verfallen!

Heute bin ich zum Friedhof hinuntergegangen (gut verpackt, mit dem Regenmantel von Miss Emily noch obendrüber), in der Erwartung, viel zu viele kleine Hügel vorzufinden, aber als ich zu Mrs. Barwick zurückkam, die mein unstetes Fortkommen vom Fenster aus beobachtet haben muss, bemerkte sie, dass es »zu viel Arbeit sei, für jedes geborene Baby wieder zu graben«, und dass sich bei der letzten Beerdigung bereits zwei Särge im Grab befunden hätten, vom alten James McGillies gar nicht zu reden. Ich habe nicht nachgefragt, ob es sich bei dem alten James McGillies um den ursprünglichen Grabbesitzer handelte oder um den Gräber dieser unruhigen Ruhestätte!

Wie auch immer, meine Kerze brennt herunter, und wenn ich mir ab morgen meinen Lohn verdienen soll, gehe ich besser schlafen. Schreib mir bald und sag Mama, sie soll es auch tun – ich werde Papa nicht bitten, seine Musen allein zu lassen, denn wer weiß, was sie machen, wenn sie nicht beaufsichtigt sind (vielleicht inspirieren sie die arme Hettie, oder sie lenken die Köchin ab, sodass sie Sonette anfertigt statt Soufflés, und dann wäre Papa verärgert!).

Herzliche Grüße an alle, wie immer,
May

Dem kindlichen Patienten nicht zugänglich

> Das Eisenbahnspiel ist je nach seiner Form für eine ganze Reihe von unbewußten Phantasien charakteristisch: eine nicht endende Folge von Zusammenstößen verrät, daß das spielende Kind im Unbewußten mit den Rätseln des elterlichen Geschlechtsverkehrs beschäftigt ist; die Vorliebe für Tunnels und Untergrundbahnen entspricht der Neugier für das Körperinnere; schwer beladene Fahrzeuge symbolisieren Schwangerschaftsgedanken; die Konzentration auf gutes Funktionieren und Schnelligkeit stammt aus der Freude des männlichen Kindes an der Penisfunktion. (…) Daß der Analytiker selbst das Unbewußte hinter dem Bewußtsein zu sehen gelernt hat, heißt noch nicht, daß er es auch in der Therapie dem kindlichen Patienten zugänglich machen kann. Typische Entsprechungen zwischen Es-Inhalten und Ichhaltungen sind keine guten Grundlagen für die Deutungsarbeit in der Analyse. Symboldeutungen überspringen und vernachlässigen die Ichmaßnahmen gegen abgewehrte Inhalte.
>
> Anna Freud, *Wege und Irrwege in der Kinderentwicklung*

Nachtwache, 01:17 Uhr

Ich erinnere mich an die Pilates-Übungen, die ich gemacht habe, als es noch Pilates-Lehrerinnen in der Nähe gab und andere Mittelklassemütter, die einmal zu oft in den Spiegel gesehen hatten, aber auch nicht genug Selbstverachtung aufbrachten, um ins Fitnessstudio zu gehen. Spüren Sie, wie sich

Ihre Wirbel entlang des Rückenmarks entspannen, sagte die Lehrerin immer. (Was eigentlich kein beruhigendes Bild ist, denn wir brauchen die Wirbel doch sicher, um das Rückenmark zu schützen? Verspannte Schultern scheinen für Erkenntnis und motorische Fähigkeiten kein zu hoher Preis zu sein.) Ich hänge gebeugt über dem Kinderbett, meinen Zeigefinger in Moths klebriger Faust, seit sechsunddreißig Minuten, in denen ich vier Fluchtversuche unternommen, sechzehnmal von Anfang bis Ende »Schlaf, Kindlein, schlaf« gesungen habe und zu der Überzeugung gelangt bin, dass das Kribbeln in meinen Händen auf eine neurologische Erkrankung und einen frühen, wenn auch langsamen Tod hindeutet. Wie viele Jahre meines Lebens würde ich geben für acht Stunden ungestörten Schlaf?

Es hängt davon ab, wie lang mein Leben sein wird. Von hundert Jahren würde ich zehn geben. Ich überlege, wie viel ich zwischen neunzig und hundert lesen könnte. Es stünde mir frei, in dem zu leben, was meine Mutter immer »diese ganze Unordnung« genannt hat, und mich von Kitkat und Chips mit Salz und Essig zu ernähren. Ich habe schon immer für Seniorenwohnanlagen geschwärmt. Ich bin mit dem Fahrrad manchmal an solchen Wohnungen vorbeigekommen, wenn ich zum Pilates oder mit den Kindern zum Schwimmen gefahren bin, und beim Hineinspähen sah ich alte Damen in geblümten Ohrensesseln und kleinen Küchen, die mich an das Barbie-Haus erinnerten, das ich niemals hatte, und sie lasen oder sahen mitten am Vormittag fern. Ich wettete, dass sie in diesen Küchen für sich selbst Kuchen backten, und manchmal trafen sich einige von ihnen in einem Wohnzimmer mit getäfelten Wänden, einem Klavier und Beistelltischchen, auf denen Blumenarrangements und Blechdosen mit Schokoladenkeksen standen, wie in einem Kostümfilm, der im achtzehnten Jahrhundert spielt. Nein, ich werde kein Jahrzehnt zuckerberauschten Sichgehenlassens drangeben, nicht mal, um zu schlafen. Ich versuche, meinen Finger zu bewegen, und Moth schnieft und macht ein Auge auf. Okay, fünf Jahre von hundert. Wenn ich abgeschieden irgendwo schlafen kann, wo es schalldicht ist, und ich weiß, dass Giles für die Kinder sorgt.

Und global betrachtet, was würde ich für ein bisschen Schlaf geben? Wäre mir, wenn ich die Wahl hätte, Frieden in Palästina wichtiger oder zwölf Stunden im Bett? Sauberes Wasser für die Kinder in Afrika oder eine Woche, in der ich vom Muttersein freihätte? Dass sich eine CO_2-neutrale Industrie durchsetzt, oder ein Monat ungestörter Nächte? Wie gut, dass Satan nicht mitten in der Nacht zu den Müttern schlafloser Kleinkinder kommt, um ihnen irgendwelche Angebote zu machen.

Moths Griff lockert sich. Beiläufig ziehe ich meinen Finger Millimeter für Millimeter heraus, wobei ich meine Hand über seine halte, damit sich die Form des Schattens auf dem Kinderbett oder sein Atemfluss nicht verändern. Ich strecke vorsichtig meinen Rücken. Er dreht sich um.

»Mami hierbleiben!«

Ich beuge mich wieder hinunter, biete ihm die andere Hand an, damit ich die taube Schulter bewegen kann.

»Nein. Annere Hand.«

Wie viele Jahre würde ich jetzt geben? In genau diesem geplagten Augenblick? Wenn ich nicht sofort wieder ins Bett gehe und schlafe, laufe ich aus dem Haus und über die Steine ins Meer, und ich werde immer weiter laufen, bis die Insel nur noch ein Fleck auf den schimmernden Wellen ist und das kalte Wasser in meine Lungen steigt.

Ich tue es nicht.

»Du könntest es ja auch bleiben lassen.« Giles, der offenbar Jake gebeten hat, ihm vom Endpunkt des englischen Zeitungsvertriebsnetzes auf dem Festland einen *Guardian* mitzubringen, sah vom Sportteil auf. Mein Blick fiel auf die Titelseite, auf der eine Mutter mit Kopftuch ein schlaffes Kind in den Armen wiegte.

»Zeig das um Gottes willen nicht Raph. Wir hatten das doch alles schon. Moth kann länger schreien, als ich ihm dabei zuhören kann. Er hat die ultimative Waffe, und ich habe keine. Er hält es inzwischen schon für lustig, wenn ich schluchze und meinen Kopf an die Wand schlage.«

Giles stellte seinen Kaffee auf einen älteren, aber ungeöffneten Brief von den Kinderfreibetrags-Leuten. »Ich wünschte, du würdest das nicht tun. Das ist nicht gerade ein gutes Vorbild, oder?«

»Ach, Scheiße, Giles. Probier du mal aus, wie es ist, drei Stunden über dem Kinderbett zu hängen, in die Dunkelheit zu starren und zu beten, dass du stirbst.«

»*Scheiße*«, sagte Moth und ließ seine Schale auf den Tisch donnern.

»Anna!« Giles hasst es, wenn die Kinder fluchen.

»Was? Hast du Sorge, dass er dich vor den Nachbarn in Verlegenheit bringt? Dass er die Möwen mit seiner gottlosen Sprache schockiert? Warum verpisst du dich nicht zu deiner homosozialen Bonding-Session im Ökohaus, während ich das Frühstück wegräume und noch mal versuche, deine verdammten Bäume einzupflanzen.«

»Verpiss dich«, sagte Moth zu seinem Löffel. »Verdammte Bäume.«

Giles stand auf, nicht so bestürzt, dass er nicht daran gedacht hätte, den *Guardian* mitzunehmen. »Es ist erschütternd, wenn du so redest.«

Ich goss mir Tee ein. »Ja, weißt du, mich erschüttert es, wenn ich die ganze Nacht wach bin und du so tust, als würdest du schlafen, und dann vergeht mein Tag damit, den Haushalt zu machen und mich um die Kinder zu kümmern, und ich hab keine Zeit zu schreiben, während du rumstolzierst und Vögel zählst und mit Jake Tee trinkst.«

Er ging langsam aus dem Zimmer. »Anna, ich zähle keine Vögel. Ich versuche herauszufinden, warum die Papageientaucher-Population in den letzten vier Jahren um fünfundzwanzig Prozent zurückgegangen ist ...«

»Also hast du sie gezählt.«

»Und was den Haushalt angeht, kann ich nur sagen, wenn du wirklich den Tag damit verbringst, bist du nicht besonders effizient.«

»Ich bin Historikerin, falls du dich noch erinnerst. Ich bin Rackind-Stipendiatin in St. Mary Hall. Wenn es dir um den Haushalt geht, hättest du eine dieser Clarissas heiraten sollen, die deine Mutter ständig angeschleppt hat. Und dann hättest du ihr eine Pferdekoppel und seltene Zuchtlabradore und wahrscheinlich auch ein Hausmädchen besorgen müssen.«

Er verließ das Haus.

»Labbadore«, sagte Moth. »Labbadore böse?«

»Ja. Wild.« Ich trank von dem Tee, der kalt war. »Komm, wir suchen deinen Bruder.«

Raph spielte wieder seine Katastrophenspiele. Er lag auf dem Fußboden des Spielzimmers, einem Raum mit Stuck an der Decke, der, bis Giles Colsay erbte, das Esszimmer gewesen war und in dem seine Eltern sich mit der Tischwäsche, dem verzierten Silber und der Bratensoße aus ihrem Leben in Sussex umgeben hatten. Es war nicht Giles' Mutter Julia, sondern seine italienische Freundin gewesen (die, über deren Verlust ich ihn hinweggetröstet habe), die ihm beigebracht hatte, was gutes Essen ist. Ihre Risotti hatten nicht die Leichenhaus-Note meiner seltenen hausgemachten Versuche; englische Tomaten bekamen unter ihren schlanken Fingern ein volles Aroma, aber irgendwann wurde sie wieder in das Land der Wildschweinsalami mit Fenchelsamen und Steinpilzen zurückgebeamt. Wahrscheinlich. Giles ist zu galant, ihnen wie mir gegenüber, um über seine Exfreundinnen zu sprechen. Jedenfalls wird Julia mich noch weniger mögen als ohnehin schon, wenn sie sieht, dass in ihrem nun überwiegend mit Lego eingerichteten Esszimmer Acrylteppiche mit Straßen und Verkehrskreiseln liegen und Notfallpläne mit Raphs Diagrammen von atombetriebenen Popcornmaschinen und mit Wasserkraft betriebenen Hubschraubern.

»Was machst du, Raph?«

»Zug!«, sagte Moth und zappelte auf meiner Hüfte. »Runter.«

Ich drückte ihn noch fester an mich. Das Letzte, was jemand braucht, der die Apokalypse nachstellt, ist ein Kleinkind, das alles noch schlimmer macht. Raphael musste seit Stunden wach sein. Er hatte sämtliche Holzschienen zu einem System verbaut, ohne dass es irgendwo ein offenes Ende oder ein übriges Stück gegeben hätte und ohne die Plastikverbindungen zu benutzen, die aus weiblichen Verbindungen männliche machten – ein Kunststück, das verschiedenen Akademikern aus Oxford auch nach der dritten Flasche Wein nicht gelungen ist.

»Nichts.«

Da war ein Bahnhof mit Gleisen, auf denen ein kleiner Zug wartete, ein größerer mit InterCity-Lackierung schwebte unter dem Fenster. Die Anordnung war unmissverständlich.

»Woher weißt du von dem Paddington-Zusammenstoß?«

»Sammenstoß!«, sagte Moth.

»Ich mache nichts Schlimmes. Bitte geh weg.«

»Ich weiß, dass du nichts Schlimmes machst. Ich bin nur überrascht, dass du davon gehört hast. Warst du da überhaupt schon geboren?«

»Mami, bitte bring Moth weg. Er macht sonst alles kaputt.«

Ich überlegte, ob ich die Sache mit den Bäumen ein drittes Mal in Angriff nehmen sollte, aber ich war schließlich nicht diejenige, die fünfhundert Pfund ausgegeben und sie dann in ihren Säcken gelassen hatte. Ich betrachtete die Zeitungslawine, die die Hälfte des Küchentischs unter sich zu begraben drohte. Wenn ich sie schon nicht wegräumte, konnte ich sie wenigstens so zusammenschieben, dass sie ein Podest für die herumstehenden Tassen mit Lapsang Souchong abgab, aber ich wusste, dass ich aus der Lawine eigentlich Müllhaufen machen sollte. Handeln würde ich später an diesem Tag, zu spät, Müll wegbringen und Ablage machen. Dann würde ein dunkler Fluss neuer Zeitungen durch das Tal strömen, und wir wären wieder da, wo wir angefangen haben, nur wüsste ich diesmal, dass es irgendwo da unten archäologische Beweise für menschliche Intelligenz gäbe. Wenn ich mit Blick auf die Wäsche nichts unternahm, würde ich nicht nur auf Unterhosen zurückgreifen müssen, die nur mit Sicherheitsnadel tragbar waren, das Zeug, das ich vor zwei Tagen gewaschen hatte und das immer noch in der Maschine lag, würde auch Stockflecken bekommen, die vom nochmaligen Waschen nicht rausgingen, jedenfalls nicht bei niedrigen Temperaturen mit umweltfreundlichem Waschmittel. Manchmal fantasiere ich von den Kochwäschen und der Bleiche meiner Kindheit, von dem rosa Weichspüler, der nach Hyazinthen duftete und sich, wenn meine Mutter kochte, in der Küche mit den Bratendämpfen vermischte, während die Kleider auf dem Wäscheständer, der immer im Weg stand, feucht blieben. Sie kann nicht verstehen, warum ich, die ich mir einen Wäschetrockner leisten könnte, mich entschieden habe, keinen anzuschaffen. Ich verstehe es manchmal selbst nicht. Dann wieder fantasiere ich von Joachim, den ich nicht geheiratet habe, und der jetzt Arzt ist und in Kopenhagen lebt und mit dem ich in einer Wohnung mit Buchenparkett und Edelstahlküche und Ostseeblick leben würde, beruhigt durch die ansteigende und wieder abfallende Brücke nach Malmö, die Tausende von Menschen ermuntert, im Namen der Zivilisation täglich das entfremdete Meer zu überwinden. Ich bin inzwischen sehr für Brücken, stelle ich fest.

»Mami? Moth mit Gabel platsch macht! Moth hilfbereit!«

»Platsch« bedeutet normalerweise »in die Toilette werfen«. Die Besteckschublade stand offen. Ich ging nachsehen, erleichtert, dass jetzt jedenfalls die Entscheidung gefallen war, um welchen Bereich meiner zusammengeschrumpften Welt ich mich zuerst kümmern sollte.

Giles blieb lange draußen, und wie sie da so zwischen den Narzissen lagen, schienen seine Bäume langsam jede Hoffnung zu verlieren. Moth hatte ein bisschen geschlafen, und ich hatte ungefähr so viel abgewaschen, wie nötig schien, um die Grenze zwischen kurzfristigem Märtyrertum und dem Eindruck lebenslanger häuslicher Knechtschaft nicht zu überschreiten.

»Schönen Tag im Büro gehabt?« Ich schwenkte ein Geschirrhandtuch, das ich nicht die Absicht hatte zu benutzen.

Er setzte sich. Seine Schultern waren vom Regen nass, und sein Haar klebte ihm auf eine Weise im Gesicht, die bedauerlicherweise an Prinz Charles in den frühen Achtzigerjahren erinnerte.

»Ich weiß nicht. Wie ist es an der Heimatfront?«

»Ach, die ist natürlich ein Nährboden für intellektuelle Produktivität. Gott, Giles, was glaubst du eigentlich, wann genau ich dieses Buch schreiben soll?«

Er zuckte mit den Schultern. »Das wird schon. Du bist doch fast fertig. Kannst du dir nicht mal einen Tag freinehmen?«

»Wenn ich mir einen Tag freinehmen würde, dann würde ich den bestimmt nicht von Anfang bis Ende damit verbringen, mich in einem Haus ohne Zentralheizung und Geschirrspüler um die Kinder zu kümmern, Hunderte von Meilen von meinen Freunden entfernt, das kannst du mir glauben.«

Er legte den Kopf in die Hände, was natürlich sehr angemessen ist, wenn jemand den ganzen Tag für sich hatte.

»Du bist freiwillig mitgekommen. Stell das jetzt nicht so dar, als hätte ich dich entführt und versklavt. Du hast gesagt, es wäre gut für die Kinder. Du hast gesagt, du könntest eine Pause von den anderen Stipendiaten gebrauchen.«

»Ja, nun, ich hab mich getäuscht. Abendbrot gibt es nicht. Die Kinder haben Bohnen und Joghurt gegessen.«

Er sah auf, als zöge ein merkwürdiger Geruch durch die Küche. »Wie, zusammen?«

»Ja, das ist in der Molekulargastronomie gerade das Allerneuste. Stand in der Zeitung. Bohnensorbet an Schaum aus Erdbeerjoghurt. Was dachtest du denn?«

Ich ließ ihn in der Küche allein. Die Sonne ging unter und das Gras leuchtete im schwächer werdenden Licht, aber Giles blieb mit dem Rücken zum Fenster sitzen.

»Raphael?«

Er war im Spielzimmer. Der Spielteppich mit dem amerikanischen Stadtplan, den Giles von einer Konferenz mitgebracht hatte, als Raph so klein war, dass man davon ausgehen konnte, er würde mit so etwas spielen – Autos in Parkhäusern parken, an Tankstellen auftanken und an roten Ampeln halten –, lag mitten auf dem Boden, und er hatte zwei Lego-Türme gebaut, die fast so groß waren wie er selbst. Ich wusste gar nicht, dass wir so viel Lego besaßen. Die Flugzeuge lagen auf dem Fensterbrett.

»Raph.« Ich strich ihm über das Haar. »Komm. Es ist schon nach zehn. Du solltest schlafen gehen.«

Sein Blick huschte zu mir. »Noch nicht.«

Ich fragte mich, wann seine Haare zum letzten Mal gewaschen worden waren. Durch die Löcher in seiner Jogginghose waren zerschrammte Knie zu sehen.

»Wartest du auf irgendwas? Gibt es irgendeinen Auslöser für den … Aufprall?«

Er positionierte ein kleines Metallauto am Fuß des einen Turms.

»Noch nicht, Mami.«

»Kann ich zugucken?«

Er zögerte.

»Okay. Ich komme in fünf Minuten wieder, und dann möchte ich, dass du ins Bett gehst, okay? Wenn die Sonne untergegangen ist.«

Ich trat wieder in die Küche. Giles hatte sich nicht bewegt, also ging ich nach draußen und beschloss, den Weg zum Meer zu nehmen, wo ich mich auf einen Felsen setzte, mit dem Rücken zum Haus, und zusah, wie die Sonne sich hinter das Meer schob, so geschmeidig wie ein Sarg, der in einem Krematorium durch die Vorhänge gleitet. Die Schwäne kamen schreiend herangeflogen, als hätten sie die Sperrstunde verpasst, und ordneten sich auf dem Wasser neu an, eifrig wie kleine Kinder, die sich in einem Zug niederlassen, legten ihre Flügel noch einmal an, wippten mit dem Schwanz, tauschten die Plätze. Die letzten Lichtstrahlen suchten sich den Steinhaufen, der angeblich das Zuhause der Einsiedlerin war, oben an der Klippe auf einem Felsvorsprung. Sie hatte jahrzehntelang ihren Frieden und ihre Ruhe, die Einsiedlerin, eine vermutlich mythische Gestalt aus dem dreizehnten Jahrhundert, die dort oben lebte und Wind und Regen heiligen Widerstand entgegensetzte, was diese ihr vergalten, indem sie ihr zu Hilfe kamen, wenn Angreifer in der Meerenge zu sehen waren. Die Fähigkeit, Stürme heraufzubeschwören und Menschen ertrinken zu lassen, ist eine seltsame Gabe Gottes. Außerdem war sie berühmt dafür, von Quellwasser und hin und wieder einer Brotkruste zu leben, obwohl man meinen sollte, Met und Honigwein wären ein überzeugenderer Beweis Seiner besonderen Gunst. Ich stellte mir vor, wie sie ganz still dort sitzt, die Sonne und das Spiel des Windes auf dem Wasser betrachtet, das Kommen und Gehen der Vögel und Boote und die Form der Wolken, während ihr die Haare um das Gesicht wehen und ihr schlichtes Gewand sich an ihren Körper schmiegt. Sie wusste, was sie tat, als sie dem Ruf Folge leistete, dort oben zu bleiben.

Das Licht sickerte aus der Klippe. Die Schwäne trieben in ihre Bucht, jetzt ganz ruhig, und ich ging zurück, um Raph zu suchen und ihm wenigstens abends die Aufmerksamkeit zu geben, die Moth tagsüber beständig auf sich zog. Er war schon zu Bett gegangen, ich fand ihn auf der Decke unter seinem Fenster zusammengerollt, wie er ein technisches Fachbuch las. Ich setzte mich auf sein Bett.

»Hallo. Ich wollte dir Gute Nacht sagen.«

Er sah nicht auf.

»Mami, weißt du, wie man bei Drehbrücken die Senkkästen befestigt?«

»Nein. Hattest du heute einen schönen Tag?«

»Ich werde uns eine Brücke nach Colla bauen, aber es darf keine hohe Brücke sein und hier fahren nicht viele Schiffe, also wird es keine Drehbrücke sein. Für Kabelbrücken braucht man unten Kabel, damit sie nicht schwingen, aber ich glaube, wir hätten gerne eine, die schwingt.«

Ich streichelte seine Schulter. Er hatte keinen Schlafanzug an.

»Schwingen klingt gut, aber wir wollen ja nicht umkippen. Stell dir mal vor, mit den ganzen Einkäufen.«

Ich habe es immer gehasst, in Oxford mit dem Kinderwagen am Fluss langzuschieben. Was, wenn ich das Gefälle falsch einschätzte und vergaß, die Bremsen festzustellen, wenn wir die Enten fütterten? Was tun, wenn ein Fahrradfahrer zu schnell um die Ecke bog? Hineinspringen natürlich, aber ich würde das Gewicht unseres altmodischen Kinderwagens vom Trödel kaum sehr lange halten können, schon gar nicht mit einer Hand in einem Fluss mit starker Strömung, während ich mit der anderen das Kind abschnallte. Raph müsste Hilfe holen, dann brauchte er wenigstens nicht zuzusehen.

Raphs Hand begann Kreise zu beschreiben. »Ich würde ein Stahlnetz spannen, das uns auffängt. So wie für diese Trapez-Menschen. Mit speziellen Stahlträgern, an denen Taschen mit Essen hängen, falls wir lange warten müssen, aber es gäbe Lampen und ein Alarmsignal, das angeht, wenn irgendwas Schweres reinfällt. Das aber nicht durch Vögel ausgelöst wird.«

Der Himmel blieb wirklich sehr lange hell. Die Schlafenszeit verschob sich immer weiter nach hinten, wie ein elterliches Versprechen, das immer wieder aufgeschoben wurde. Es war immer noch hell genug, um Bäume zu pflanzen.

»Und an den Trägern könnten Leitern befestigt sein und

Boote, sodass wir immer noch nach Hause könnten, und man könnte die Kabine abdichten wie bei einem Rettungsboot, dann wäre Moth sicher, sogar, wenn es umkippt.«

»Raph, wo ist dein Schlafanzug?«

»Und es gäbe Warnblinkleuchten, denn von uns hat ja keiner Epilepsie.«

»Raphael? Schlafanzug?«

Er sah mir kurz in die Augen, aber es war, als wäre bei ihm niemand zu Hause.

»Ich habe keinen Schlafanzug. Ich wette, man kann Rettungsboote auch so konstruieren, dass dabei weniger CO_2 ausgestoßen wird, besonders die aufblasbaren.«

Ich küsste ihn auf die Wange.

»Raph, mein Schatz, schlaf jetzt. Es ist spät. Ich lasse das Licht noch an, dann kannst du noch ein bisschen lesen, aber einer von uns beiden macht es in ein paar Minuten aus, okay? Erhol dich mal ein bisschen.«

Giles saß nicht mehr am Küchentisch. Ich überlegte, ihm etwas zum Abendessen zu machen, aber ein Blick in den Kühlschrank ließ vermuten, dass diese Mühe eher Ärger als Reue hervorrufen würde. Ich zog in Erwägung, weiter abzuwaschen, sah aber keinen Grund dazu. Ich hätte mein Laptop holen, mich an den Küchentisch setzen und mich fragen können, wie ich es jemals geschafft hatte, mir Absätze auszudenken, die zu Zitaten aus dem achtzehnten Jahrhundert passten. In einer Schachtel fand ich böse Schokolade in verschiedenen Sorten, die Giles aus gesundheitlichen und ideologischen Gründen von Raphael konfisziert hatte. Ich stellte mich ans Fenster und aß sie.

»Anna?« Giles war im Spielzimmer.

Ich schob die Schokolade in eine der Zeitungslawinen.

»Was?«

»Guck mal. Raph hat das schon wieder aufgebaut.«

Ich ging zu ihm. Giles saß im Schneidersitz auf dem Boden, den Kopf auf Höhe der Cantor-Fitzgerald-Etage oben im zweiten Turm.

»Ich weiß. Davor war es das Zugunglück in Paddington. Mir war nicht mal klar, dass er davon weiß.«

Giles fuhr mit dem Finger über die unteren Stockwerke, die Restaurants und Einzelhändler.

»Kannst du nicht dafür sorgen, dass er damit aufhört? Ihn irgendwie ablenken? Ihm was anderes zu tun geben?«

Es war jetzt fast dunkel, aber ich konnte immer noch die schimmernden Wellen sehen, die sich dort draußen brachen.

»Er will nichts anderes machen. Ich versuche es. Dann schikaniert er nur Moth. Und warum lenkst du ihn eigentlich nicht ab?«

»Ich arbeite, Anna. Die Saison ist kurz. Ich kann nicht einfach nachts ein bisschen was machen oder mal eine Stunde abzwacken, wir brauchen eine ordentliche Statistik.«

»Gut, aber dann kritisier mich nicht dafür, was ich mit den Kindern mache.«

Er seufzte und begann, mit dem Finger die Einbahnstraße entlangzufahren. Auf seinen Schuhen war Papageientaucherscheiße. Er beugte sich vor und nahm das Flugzeug von der Fensterbank.

»Guck. Hier kommt es. Uuuiiii. Und hier kommt das andere. Uuuiiii. Krach.«

Ich kniete mich hin und nahm in jede Hand ein Feuerwehrauto.

»Ta-tü, ta-ta. Sie kommen.«

»Nein«, sagte Giles. Er hielt immer noch die Flugzeuge, deren

Nasen die Lego-Türme nur berührten, um Raph die eigentliche Katastrophe für den nächsten Morgen zu überlassen. »Zu schnell. Sie haben eine Weile gebraucht, bis sie glauben konnten, dass es wirklich passierte.«

Colsay House,
Colsay

1. Okt. 1878

Lieber Aubrey,
ich will Dir kurz von meiner Ankunft berichten. Diese Insel ist so schön, dass ich nicht bereuen werde, hergekommen zu sein, egal, was geschieht. Heute ist es neblig und feucht, und ich habe beobachtet, wie die Wellen den Nebel durchbrachen und auf die Steine schlugen, aus denen Du Papas Steingarten gemacht hast. Ich habe noch nie zuvor so runde, glatte Bergkristalle gesehen und kann mich nur wundern, dass Du es geschafft hast, nicht gleich den halben Strand zu schicken! Der Winter rückt jetzt täglich näher, und manchmal scheinen die dunklen Tage über mir zu schweben wie die ersten Anzeichen einer Krankheit, und wie bei einer Krankheit zweifle ich manchmal, ob ich genug Kraft für die Anstrengungen habe, die vor mir liegen. Aber die Jahreszeiten kann man schließlich nicht bekämpfen; schlimmstenfalls muss man sie aushalten, und ich bin sicher, dass ich das kann. Noch fühlen sich die schreienden Vögel in den Klippen jedenfalls ausgesprochen wohl, und die Tiere verbringen ihre Tage bestimmt noch eine weitere Woche auf dem Feld – oder vielmehr an den Hängen –, auch wenn sie des Nachts den Armen Gesellschaft leisten! Mrs. Barwick erzählte mir, dass es einst eine Heilige gab, die oben in den Klippen lebte, und ich dachte, so eine Figur wäre für Dich ein schönes Thema, aber Mrs. Barwick weiß nicht, ob es eine frühe Keltin war, vielleicht das Gegenstück zu Cuthbert und Aidan, oder aber eine Exzentrikerin aus jüngerer Zeit.

Mit den Insulanern bin ich noch nicht recht warm geworden, aber es braucht natürlich Zeit, ihr Vertrauen zu gewinnen und ihre Bräuche und Sitten kennenzulernen, und ich hoffe, bis Jahresende bin ich in der Lage, Dir die Nachrichten zu senden, auf die Du hoffst, und

Du kannst zufrieden sein, nicht nur die Leben unschuldiger Wesen, sondern die Zukunft der hiesigen Gemeinde zu retten. Denk an mich, ja? Und schreibe, wenn Dir die Inspiration ein paar freie Augenblicke erlaubt. Ich werde nicht vergessen, was an jenem letzten Nachmittag in Deinem Haus gesprochen wurde, als die Sonne durch die Blätter schien. Ich hoffe, ich erweise mich Deines Vertrauens als würdig.

Herzliche Grüße
May

Angst, das Messer zu handhaben

Sie empfand große Zuneigung für das Kind, selbst noch, als sie das Instrument aussuchte, mit dem sie es vernichten würde, während sie selbst bei den Mahlzeiten Angst hatte, das Messer zu handhaben.

Mark Jackson (Hg.), *Infanticide: Historical Perspective on Child Murder*

Wenn ich während des Erziehungsurlaubs derart müde war, bin ich mit den Kindern immer rausgegangen. Das hatte den Vorteil, dass Mami wahrscheinlich nicht plötzlich einschläft, und da Zeugen in der Nähe sind, wird Mami höchstwahrscheinlich auch nicht dem Drang erliegen, eins der Küchenmesser aus dem Holzblock auf der Arbeitsplatte zu benutzen oder einen stumpfen Gegenstand wie das mit Knete beschmierte Nudelholz, nur um mal ein paar Minuten Ruhe zu haben. Es bestand sogar die Möglichkeit, dass ich einen anderen Erwachsenen traf, mit dem ich vollständige Sätze hätte wechseln können, während sich das Baby im Kinderwagen grämte. An solchen Tagen fühlte ich mich draußen, als wäre ich zur falschen Tageszeit aus meinem Bau gekommen, wie ein Kaninchen mit Myxomatose, das beim Anblick intelligenter Menschen, die nachts schliefen und tagsüber nicht über den Stuhlgang ihrer Babys nachdachten, anfing zu blinzeln.

»Ich gehe heute mit den Kindern an den Strand«, sagte ich.

Giles blickte vom *Guardian* hoch. Entweder hatte er sich wieder einen mitbringen lassen, oder er las noch mal den vom Vortag, aber der Anblick gefiel mir so oder so nicht.

»Aber wir sind am Strand.«

»Wir gehen nie hin. Ich meine, gehst du mit ihnen hin? Paddeln, Gezeitentümpel erforschen? Seehunde beobachten, mein Gott. Weißt du noch, wie viel Geld wir bezahlt haben, um auf Vancouver Island einen kurzen Blick auf die Seehunde zu erhaschen?«

»Seehunde waschen?«, fragte Moth.

Raph schob eine schwarze Kruste von sich. »Nicht waschen. Gewaschen werden nicht mal Papas Vögel. Obwohl das manchmal sein muss, nach einer Ölkatastrophe. Wusstet ihr, dass Bakterien entwickelt werden, die ausgelaufenes Öl fressen? Es weiß nur noch niemand, was für Nebenwirkungen das hat.«

»Das ist gut«, sagte ich.

Raph schob seinen Stuhl zurück und trat in den Haferbrei. »Mami, ich will nicht an den Strand.«

»Ach, komm. Katastrophen kannst du doch auch noch später nachspielen. Bloß heute Vormittag. Ich will nur, dass Moth schön müde wird, damit ich ein bisschen arbeiten kann.«

Er betrachtete einen Punkt über meinem Kopf. »Dann geh mit Moth. Ich muss nicht müde sein, damit du arbeiten kannst.«

Der Tee, den ich eingoss, verfehlte die Tasse und setzte einen Kontoauszug unter Wasser, der auf dem Tisch lag. »Ich dachte, dir gefällt das. Wir können in den Gezeitentümpeln nach Krebsen suchen. Ich wette, Papa fällt alles Mögliche ein, wonach wir suchen könnten.«

Ich fürchte, dass dieser Ton, diese Stimme, mit der ich »Komm doch heute Vormittag mit an den Strand« so sage wie »Ich würde demjenigen, der dich für eine Woche mitnimmt, eine fünfstellige Summe zahlen«, für den Rest meines Lebens in allem mitklingt, was ich von mir gebe. Ich werde sagen: »Ich dachte, wir könnten uns heute einen schönen Abend in der Tapasbar machen«, wenn ich meine: »Diese Ehe ist schon seit Jahren tot und ich möchte die Scheidung.« »Möchtest du eine Tasse Tee?« wird bedeuten: »Seit Jahren verbringe ich jeden wachen Moment damit, darüber nachzudenken, auf welche Weise ich sterben könnte.«

Raph ging raus, und einen Augenblick später hörte ich, wie der Hüpfball auf dem Kopfsteinpflaster im Hof seine Morsezeichen von sich gab. SOS.

»Hast du dir das Wetter angeguckt?«, fragte Giles.

Ich trank einen Schluck Tee. Toast machte zu viel Mühe, und essen würde nur heißen, dass ich wieder kochen müsste.

»Das steht schon seit Jahren nicht mehr auf der letzten Seite.«

Ich schob Moth etwas Brei in den Mund, als er gerade nicht hinsah.

»Ich meinte das richtige Wetter.«

Das Fenster schimmerte vor lauter Regentropfen.

»Der Himmel ist weiß, nicht grau. Es ist keine Sintflut. Ich dachte, du fändest es gut, wenn wir rausgehen.«

Der *Guardian* wurde umgeklappt. »Mach dir um mich keine Gedanken. Ich bin sowieso den ganzen Tag auf dem Felsen, tut mir leid.«

Als wir an den Strand kamen, nachdem der halbe Vormittag damit vergangen war, übers Schuheanziehen zu verhandeln, lief Moth ins Meer und bekam einen Trotzanfall, weil es nass war, und Raph stand mit dem Rücken zu den Wellen und sprach darüber, wie man Bohrinseln mithilfe von Wasserkraft betreiben könnte. Ich setzte mich auf einen unebenen Stein, die Arme um Moth geschlungen, während er mit den Hacken gegen meine Schienbeine trat und versuchte, mich in den Arm zu beißen, und dachte an das Treppenhaus in der Bodleian Library, an den kirchlichen Duft nach altem Stein und Möbelpolitur. Ich dachte daran, wie die Buntglasfenster den Hof darunter in ein verwässertes Mosaik verwandelten, dachte an die Stille, die immer dichter wurde, wenn man sich der gepolsterten Tür und der stickigen Wärme näherte, das Gegenteil von frischer Luft, die die Leser oben umschloss wie Chloroform. Ich beschloss, dass Moth, wenn ich ihn die ganzen fünfhundert Meter zurück zum Haus laufen ließe, nach dem Mittagessen weniger als eine Dreiviertelstunde brauchen würde, um einzuschlafen. Und wenn ich ihn nicht antrieb, stehen blieb, um jeden Kieselstein und jede Blüte zu inspizieren, dann wäre es bei unserer Rückkehr schon fast an der Zeit, ein frühes Mittagessen zusammenzubrauen. Ich ließ Raph *in situ* auf das Gras einreden, das sich vor ihm neigte wie das Publikum bei einer staatlich organisierten Kundgebung.

Der Wind wurde stärker und der Strom fiel wieder aus, ehe ich mit dem Mittagessen für die Kinder fertig war. Da keins der Kinder Eier mochte, war das Kochen von vornherein nur ein symbolischer Akt. Ich stocherte in der Pfanne herum und hoffte, dass die restliche Hitze den Salmonellen den Garaus machen würde. Moth warf einen Blick auf das Essen und fegte seinen Teller auf den Boden.

»Mami? Hebst du ihn nicht auf?«

Raphael schabte das Ei ab, als wüsste er, dass es kontaminiert war, aber er knabberte an der Kruste von meinem selbst gemachten Sodabrot. Ich könnte eine Menge Zeit sparen, wenn ich einfach die einzelnen Zutaten kaufen, sie wegschmeißen und mit meinem Buch weitermachen würde.

»Gleich.«

Ich legte meinen Kopf auf den Tisch und atmete tief ein. Das empfehlen einem die Erziehungsratgeber, die moderneren. Atmen. Wenn es so schlimm steht, dass eine extremere Reaktion nötig ist, wird einem geraten, das Zimmer zu verlassen und bis zehn zu zählen. Ein kleiner, mit Ei beschmierter Finger schob sich in mein Ohr. Ich richtete mich auf und stellte Naturjoghurt mit etwas von Julias Pflaumenmus auf den Tisch, eine Mischung, die Joghurt mit Fruchtgeschmack Giles' Meinung nach moralisch überlegen ist.

Raph aß sein Joghurt auf, dann erhob er sich und holte Handfeger und Schaufel aus dem Schrank. Ich sah mit Moths Schüssel in der Hand zu, wie Raphael das Ei aufwischte, es zusammen mit dem Brot in den Mülleimer tat und Moths Teller in die Spüle stellte. Dann kam er zu mir und lehnte den Kopf an meine Schulter. Ich legte meinen Arm um ihn, küsste seine mit Joghurt beschmierte Wange und dachte, dass ich Giles nachher bitten könnte, das Ei aus dem Handfeger zu pulen.

> Der Wolfsjunge ist hier am Nutzen interessiert, nicht an Annehmlichkeiten, und so wird er interessanterweise zum Prototyp des Helden eines Großteils der didaktischen Kinderliteratur dieser Zeit, insbesondere für Jungen. Die kindlichen Anliegen, die nicht nur Thomas Day und Maria Edgeworth, sondern, noch überraschender, auch Mary Wollstonecraft und später Charles und Mary Lamb aufführen, entsprechen denen des im Entstehen begriffenen Kleinbürgertums. Brave Kinder sind ökonomisch aktiv; das moralische Gewissen entspricht einem Verständnis

> des Marktes, manchmal geht es in diesem auf. Oft genug beherrscht dieser Gedanke auch Ratschläge, die Eltern erteilt werden – als kauften sie in Form des Ratgebers Anteile an der metaphorischen oder tatsächlichen künftigen Firma ihrer Kinder.

Ich sah auf, als hätte sich im Zimmer etwas verändert. Ich hatte den Stromsparmodus meines Laptops eingestellt, um die Batterie zu schonen, und das Licht des Bildschirms ließ nur ein paar der mit Teeflecken bedeckten Blätter auf dem Tisch erkennen und den langen Schatten, den mein Becher in dem eintönigen blauen Schimmer warf. Kein Kindergeschrei aus Richtung der dunklen Treppe.

> Damit spielt der literarische Markt in diesen Texten sowohl in Hinsicht auf den tatsächlichen als auch in Hinsicht auf den fiktiven Markt eine Rolle. Der Ratgeber ist sich seines Status als Handelsware überaus bewusst, deutlicher als andere Genres dieser Zeit, und zwar auf eine Weise, in der sich, wie ich aufzeigen möchte, der Status des angeblich nicht sozialisierten Wolfsjungen auf merkwürdige Weise spiegelt. Die Kindheit stand, vielleicht zum ersten Mal überhaupt, zum Verkauf.

Zu viele Füllwörter. Ich löschte »überaus« und »auf merkwürdige Weise« und beschloss dann, lieber auf »angeblich« zu verzichten und »auf merkwürdige Weise« stehen zu lassen. Als ich es noch einmal durchlas, wurde mir bewusst, dass ich auf den ersten drei Seiten keine Zitate und damit auch keine Fußnoten hatte, was gegen die akademischen Regeln Unverständlichkeit und Rette-deinen-eigenen Arsch-zuerst verstößt, also öffnete ich ein Dokument mit Notizen und überflog es auf der Suche nach Zitaten, die ich einsetzen könnte, ohne meine Argumentation zu ändern.

Wieder war da dieses Geräusch, ein Geräusch, das leicht der Wind sein konnte, der eine neue Ritze gefunden hatte, durch die er heulen konnte, oder eine Möwe, die irgendwelche Ängste aufgeschreckt hatten – was für Ängste auch immer Möwen in ihrem Schlaf stören. Mir kam zum ersten Mal der Gedanke, dass wir nur dachten, wir hätten hier nichts zu fürchten als einander, während tatsächlich jeder, der ein kleines Boot hatte, jederzeit anlanden konnte, und das Einzige, was wir zu unserer Verteidigung tun könnten, wäre, nach einem halbwegs aufgeladenen Handy zu suchen, auf Raphs Bett zu steigen, wo der Empfang normalerweise gut genug war, und darauf zu hoffen, dass der Wind aus der richtigen Richtung kam und ein Hubschrauber irgendwo Platz zum Landen fände. Wie die Einheimischen feststellen mussten, als die Wikinger hier vorbeikamen, kann man auf einer Insel nirgendwohin fliehen. Ich fragte mich, ob wir einen Landeplatz für Hubschrauber festlegen sollten, ehe die Gäste kamen, ob wir nicht herausfinden sollten, wie man einen Notruf per Skype absetzen konnte, und dann dämmerte mir, dass ich davon ausging, Giles würde bei den Papageientauchern bleiben, bis er so gut wie sicher sein konnte, dass ich die Kinder im Bett und den Abwasch erledigt hatte, obwohl Papageientaucher vermutlich selbst zu Bett gingen, wenn es dunkel wurde, und es war schwer vorstellbar, was man mit einer Klippe voller Papageientaucher machte, die in ihren Höhlen schliefen, selbst als Ornithologe. Ich hörte wieder das Geräusch. Ich sicherte das Dokument und machte ein Back-up auf einem USB-Stick. Ich drehte das Laptop zur Tür, obwohl das Licht nicht mal gereicht hätte, um den Milchschorf in Moths Haaren zu erkennen. Das Geräusch, wie Atmen, war jetzt deutlicher zu hören, und ich tröstete mich mit der Überzeugung, dass Piraten keine Insel stürmen, um sich dann schluchzend in der Diele zu verstecken.

Im Wohnzimmer war es dunkel. Giles saß in einem niedrigen frühviktorianischen Sessel. Er weinte. Und ich hatte gedacht, ich hätte hier das Monopol auf Gefühlsausbrüche.

»Giles. Was machst du denn, um alles in der Welt?«

»Ich sitze im Dunkeln, wonach sieht es denn aus?«

Ich ging hinüber und stellte mich vor ihn, als wäre er ein Lehrer, der mich bei etwas erwischt hätte. Man würde erwarten, dass Männer wie Giles, wenn sie das Gefühl haben, es ist so weit gekommen, dass Tränen angebracht sind, gleich richtig weinen, mit laufender Nase und vielleicht auch urtümlichem Geheul, aber seinem Kummer schien das Stofftaschentuch Genüge zu tun, das er in der Hand hielt. Ich streckte die Hand nach ihm aus und verschränkte dann die Arme.

»Ist irgendwas schiefgelaufen?«

Er stand auf, im Sternenlicht, mit hängenden Schultern. »Ach, Scheiße. Nein, es ist alles wunderbar. Pa ist vor einem Jahr gestorben, das ist alles. Und tu nicht, als würdest du ihn vermissen. Ich geh ins Bett.«

Er stapfte die Stufen hoch.

»Er hat mich gehasst«, rief ich nach oben. »Er hat versucht, dich davon abzuhalten, mich zu heiraten. Ich werde nicht so tun, als würde ich ihn vermissen.«

Ich ging in die Küche und knallte die Tür zu, die im neunzehnten Jahrhundert für die Ewigkeit gebaut wurde und für so etwas gut geeignet ist. Türenknallen bringt nicht viel, genauso wenig wie bis zehn zählen, es sei denn, das Publikum ist schon in der entsprechenden Stimmung. Giles hat recht, ich vermisse Hugo nicht, der wegen Anstiftung zum Rassenhass belangt worden wäre, hätte er seine Meinungen an weniger exklusiven Schauplätzen als in den Wohnzimmern von West Sussex geäußert. Und der mir bei unserer Hochzeitsfeier gesagt hat, wie glücklich ich mich schätzen könnte, weil Giles einen so katholischen Geschmack habe (was wohl heißen sollte, dass er nicht nur Proleten, sondern auch Ausländer mochte). Er hat ziemlichen Druck ausgeübt, damit Giles einen Ehevertrag abschließt und so den Besitz der Cassinghams schützt, der aus einem Tudorhaus von fragwürdiger Bausubstanz besteht, das nur ein Banker unterhalten kann, sowie einer Sammlung riesiger Antiquitäten, denen die Art Verehrung entgegengebracht wird, die in anderen Teilen der Welt mumifizierten Vorfahren vorbehalten ist. Giles' erste Erinnerung ist, dass Hugo ihn mit einem Gürtel geschlagen hat, weil er seine Spielzeugautos über den Mahagoni-Esstisch fahren ließ. Ich fand in Raphs Schachtel noch etwas Schokolade und aß sie so schnell, dass der Zuckerschock mich die Treppe hinauftrieb, um das letzte Wort zu haben, oder jedenfalls noch ein Wort zu sagen. Ich hörte Raphs Stimme und sah in sein Zimmer. Giles saß auf dem Bett, den Arm um Raphs Schultern gelegt. Sie sahen mich nicht, sie saßen einfach da und sprachen darüber, welcher feste Brennstoff für den Ofen im Cottage der beste war, wenn man bedachte, wie viel CO_2 verbraucht wurde, um die Presslinge aus recyceltem Papier nach Colsay zu transportieren. Ich ging ins Bett.

Nachtwache, 03:07 Uhr

Ich nehme Moth auf den Arm, ehe ich wach genug bin, um richtig gucken zu können. Ich drückte ihn an mich, meine Ohren dröhnen von seinem Schreien. Er ist immer noch steif, windet sich, als würden wir vor seinen Augen zu Tode gequält.

»Moth, Liebling. Mami ist hier. Es ist alles gut, Mami ist hier, du bist bei Mami. Schhh, Schätzchen, Mamis Baby.«

Ich wiege mich von einer Seite zur anderen, reibe ihm den Rücken und fange an auf und ab zu gehen.

Giles tauchte mitten am Vormittag wieder auf. Raphael hatte alle Spielteppiche nebeneinandergelegt. Nachdem die Eisenbahnschienen durch eine Serie von Explosionen zerstört worden waren, baute er eine Stadt, deren außergewöhnliche Anordnung nichts Gutes für ihre imaginären Bewohner verhieß. Ich saß auf dem Boden und las Moth vor, in der Hoffnung, dass meine Nähe und theoretische Ansprechbarkeit für Raphael schwerer wogen als Moths vorhergehende Anschläge auf die Zivilisation.

»Hi«, sagte Giles.

Moth zog an meinen Haaren, die ich nicht gebürstet hatte. »Weiterlesen! Mami weiterlesen!«

»Eines Tages beschlossen Lucy und Tom und ihre Mama und ihr Papa, den Strang zu nehmen. Ich meine, an den Strand zu gehen.«

Giles ging in die Hocke. »Geht's dir gut?«

Ich sah zu Raphael, der am Fahrstuhlschacht eines mehrstöckigen Lego-Parkhauses arbeitete. »Nicht besonders. Und dir?«

Er zuckte mit den Schultern, das Schulterzucken eines alten Eton-Studenten und Gentleman, der die dunkle Nacht der Seele durchlebt.

»*Weiterlesen!*«

»Lucy hilft dabei, das Picknick einzupacken. Es gibt Brote und Kekse und hart gekochte Eier und Äpfel und eine Flasche

Orangensaft. Außerdem gibt es einen schönen Schokoladenkuchen. Giles, Jake hat dich gesucht. Hat irgendwas mit dem Dach zu tun. Tom geht zum Sandkasten, um Eimer und Schaufel zu holen und die Geschlechterklischees damit wieder einmal zu bestätigen.«

»Tut mir leid, dass ich heute Nacht nicht aufgestanden bin.«

»Tust du doch nie.«

Er sah weg. »Sei nicht so. Sollen wir später reden?«

Ich zuckte mit den Schultern, das Schulterzucken einer Frau, die sehr viel mehr sagen würde, wenn die Kinder nicht zuhörten.

»Falls dich die Papageientaucher nicht zu sehr in Anspruch nehmen. Ich schätze, ich werde zu Hause sein. Sie fahren mit dem Zug an den Strand. Lucy hat ihre Schwimmflügel angezogen, damit sie gleich ins Wasser kann, wenn sie ankommen.«

»Moth heute schwimmen?«

Giles und ich sahen aus dem Fenster, als bestünde irgendeine Möglichkeit, dass ein Kleinkind im Juni im Nordatlantik schwimmen ginge.

»Heute nicht. Zu kalt.«

In Oxford bin ich jede Woche mit ihm zu einem Mutter-Kind-Schwimmkurs gegangen, wo die Mütter im kalten Wasser standen, das gegen ihre postnatalen Bäuche schwappte, die Schwangerschaftsstreifen der anderen musterten und »Fährt ein Schiffchen übers Meer« sangen, während die Babys die Lichter anstarrten und langsam blau wurden. »Giles, wenn du mal kurz auf sie aufpassen würdest, könnte ich neues Brot backen.«

Er seufzte. »Ich dachte, du willst, dass ich mit Jake rede.«

Über seinem linken Ohr war ein Streifen von irgendwas Grünem.

»Jake will, dass du mit Jake redest. Mir ist das egal. Ich lege auch keinen besonderen Wert darauf, Brot zu backen. Ich will nicht mal mehr mein Buch schreiben, ich will einfach nur schlafen. Wenn ich es nicht mache, fährst du halt zum Supermarkt und kaufst Brot im Plastikbeutel. Damit habe ich kein Problem.«

Raphael war sehr still geworden, als lausche er auf etwas, das wir anderen nicht hören konnten.

»Mir gefällt es nicht, wenn du so mit mir redest.«

Ich drückte Moth fester an mich.

»Und gefällt es dir, wenn kein Brot mehr da ist?«

Moth drehte sich um und presste sein Gesicht an meine Schulter.

»Gut. Ich kümmere mich um die Kinder.«

Ich versuchte Moth abzusetzen.

»Hoch! Wieder hoch! Moth mitkommen!«

Er scharrte an meinen Knien. Ich nahm ihn auf den Arm und wir gingen in die Küche, wo er sich an meinem Pulli festklammerte, solange ich Mehl, Haferflocken, Natron und Joghurt auftrieb. Ich brauche inzwischen nicht mehr abzumessen, also konnte Moth still auf meiner Hüfte sitzen, als ich alles mischte, während Raphael und Giles still im getäfelten Spielzimmer saßen. Ich fragte mich, wie Raph es aushielt darauf zu warten, dass die Bomben fielen.

Nach dem Mittagessen brachte ich Moth nach oben und wickelte ihn. Wir gingen in sein Zimmer und zogen die Vorhänge zu.

»Zeit, dass du ein bisschen schläfst, okay? Zeit, dass du es dir in deinem Bett gemütlich machst mit Ente und Bär und Baby und schnell einschläfst.«

»Nein«, sagte Moth.

Ich legte ihn auf den Bauch und fing an »Schlaf, Kindlein,

schlaf« zu singen und seinen Rücken zu streicheln. Er sah auf.

»Mit Moth kuscheln!«

»Nicht jetzt. Jetzt ist Schlafenszeit.«

Er schob meine Hand weg und rappelte sich auf.

»Mehr lesen!«

Ich legte ihn wieder hin. Mein Kopf tat weh.

»Nicht jetzt. Wir lesen, wenn du aufwachst. Jetzt schlaf. Schlaf, Kindlein …«

»Mami lesen!«

Ich drückte ihn wieder nach unten. In ein paar Minuten könnte ich die Küche aufräumen und ein großes Glas Wasser trinken und dann könnte ich entweder etwas arbeiten oder mich auf einen Stein setzen und aufs Meer sehen, bis ich mich besser fühlte. Oder versuchen mit Raphael zu spielen.

»Mami lesen! Jetzt!«

»Der Vater hüt' die Schaf …«

»Kein Schaf. Lesen! Moth aufstehen!«

Ich legte eine Hand auf seinen Po und die andere zwischen seine Schultern. Er wand sich und ich drückte ihn nach unten. Ich spürte, wie sein Brustkorb sich spannte. Ich würde Nachrichten hören, während ich aufräumte, dachte ich, und vielleicht würde ich Eiswürfel in mein Wasser tun. Ich könnte versuchen, meine E-Mails zu checken und nachzusehen, ob einer meiner Freunde sich daran erinnert hatte, dass ich hier war, vielleicht würde ich sogar mein Handy mit auf den Hügel nehmen, wo ich manchmal so guten Empfang hatte, dass ich SMS verschicken konnte.

»Die Mutter schüttelt 's Bäumelein, da fällt herab ein Träumelein.«

»Lesen! Nicht drücken!«

Ich stand auf und rammte meine Hand auf die Matratze neben seinen Kopf. Er schrie. Ich rüttelte an seinem Gitterbett.

»Moth, verdammt, schlaf jetzt! Wenn du nicht sofort einschläfst, bring ich mich um. Ich nehme ein Messer und bringe mich um. Willst du das? Dann ist Mami tot und du bist froh.«

Meine Hände zitterten am Gitter des Bettes. Ich darf ihn nicht angreifen. Darf ihn nicht anfassen, sonst lege ich meine Hände um seinen Hals und bringe ihn um. Ich kann nicht weggehen, denn dann würde ich nie wiederkommen, und ich kann nicht bleiben, denn ich bin kurz davor, ihn zu nehmen und seinen Kopf gegen die Wand zu schlagen, bis er aufhört, diesen unerträglichen Lärm zu machen.

»Anna, was machst du denn, zum Teufel?«

Giles umfasste meine Schulter. Ich riss mich gerade noch zusammen, ehe meine Faust Kontakt mit seinem Arm aufnahm.

»Ich will mal drei verdammte Minuten für mich. Ich will pinkeln. Ich will ein Glas Wasser trinken. Ich will mir die Haare bürsten. Ich hab mal Vorlesungen gehalten und an meinem Buch geschrieben.«

Giles zog mich aus dem Zimmer. Moth kreischte lauter und höher als gewöhnlich. Mami, Mami!

»Geh raus, ja? Geh einfach und krieg dich wieder unter Kontrolle. Und achte drauf, dass Raphael dich so nicht sieht.«

Aber Raphael stand auf der obersten Stufe und sah auf die Bodendielen, als läse er in ihnen.

»Ich muss zu Moth.«

Giles stand im Türrahmen.

»Du brauchst vielleicht ihn, aber er dich bestimmt nicht. *Geh* einfach, Anna.«

Raphael trat zur Seite und sah die Wand an, als seine Mutter die Treppe hinuntertaumelte.

Ich ging zum Hafen. Das Meer war grau und undurchsichtig wie Milch, und die Kieselsteine waren vom Nieselregen rutschig. Der Wind zerrte an mir, als wollte er überprüfen, ob ich noch am Leben war. Ich setzte mich hin, an einen Stein gelehnt. Vielleicht schlief ich ein. Nach einer Weile hockte Giles sich neben mich.

»Anna, hast du Moth geschlagen?«

»Wo sind die Kinder?«

»Hast du ihn geschlagen?«

»Nein«, sagte ich. »Habe ich nicht. Wo sind die Kinder?«

Er setzte sich und starrte aufs Meer.

»Moth schläft und Raph liest etwas über Brücken. Ich hab ihm gesagt, du bist sehr müde, und wenn Menschen sehr müde sind, sind sie sehr durcheinander, aber glücklich ist er damit nicht. Du solltest mit ihm reden.«

Ich rückte von ihm ab. »Nicht jetzt. Ich bin zu müde. Ich brauche eine Pause, Giles. Ich kann nicht die ganze Zeit mit ihnen zusammen sein, ich verliere noch den Verstand.«

Er seufzte. »Du verlierst doch nicht den Verstand. Möchtest du, dass ich mit Moth spiele, wenn er aufwacht? Damit du was mit Raph machen kannst?«

»Was ist mit den Papageientauchern?«

Er stand auf. »Eine Stunde oder so kann ich mir freinehmen. Ich verzeichne nur ihren Rückgang. Wahrscheinlich ist es für die Papageientaucher sowieso schon zu spät. Wenn ich heute nicht mehr arbeite, könnten wir die Bäume einpflanzen, oder? Ehe es für sie auch zu spät ist? Ich frage Raph, ob er uns hilft.«

»Nein«, sagte ich. »Ich möchte schlafen.«

»Verbring erst mal ein bisschen Zeit mit Raph, okay?«

Ich weiß nicht viel über Bäume, aber wir schienen sie eher zu begraben, als einzupflanzen. Unwahrscheinlich, dass Bäume in Leinensäcken zwei Wochen lang am Leben bleiben.

Raphael umrundete die kahlen Äste. »Leben die noch?«

Giles nahm den Spaten zur Hand.

»Na klar leben die noch. Sie werden wachsen. Wir sind mit dem Pflanzen ein bisschen spät dran, aber im nächsten Sommer haben wir vielleicht schon ein paar Äpfel.«

Er brachte den Spaten in Position, stieß ihn mit dem Fuß tief in die Erde und hob Gras und Morast und einen halben wild gewordenen Regenwurm aus.

»Papa, geht es dem Regenwurm gut?«

Ich ging zu Raph und legte meinen Arm um ihn. Seine Schulterblätter fühlten sich an wie angelegte Flügel.

»Raph, ist dir kalt? Soll ich dir einen Pulli holen?«

Er lehnte sich an mich. »Nein. Aber danke, Mami.«

Ich küsste ihn auf den Kopf und er sah auf. Er hat das Gesicht eines jungen venezianischen Prinzen von einem dieser Renaissance-Porträts im Ca' d'Oro.

»Es tut mir leid, dass ich geschrien habe, Raph. Ich bin nur so unheimlich müde.«

Er sah zu, wie Giles die Erde umgrub. »Ich könnte dafür sorgen, dass Moth still ist.«

»Nein. Kleinkinder wachen nachts auf, so sind sie einfach. So warst du auch, und jetzt schläfst du durch, nicht?«

»Manchmal. Darf ich den Spaten mal ausprobieren?«

Als Moth aufwachen sollte oder wir ihn jedenfalls wecken sollten, hatten wir einen Baum gepflanzt.

»Ich gehe«, sagte Giles. »Raph, glaubst du, du und Mami, ihr könntet noch einen pflanzen? Und ich hole Moth, damit er zusehen kann? Ich mach den ersten Stich für dich.«

»Giles, nicht dort«, sagte ich. »Das ist zu nah an der Mauer.«

Giles legte mir die Hand auf die Schulter. »Das macht nichts. Es ist ein Zwergapfel, die Wurzeln brauchen nicht viel Platz.«

Ich sah ihn über das Gras gehen. Giles ist groß und schmalhüftig, und nachdem Raphael angefangen hatte durchzuschlafen und bevor Moth geboren wurde, sind wir eine Zeit lang zu einem Tangokurs gegangen. Anschließend haben wir immer den Babysitter aus der Tür geschoben und uns die Kleider vom Leib gerissen. Ich habe versucht, donnerstags keine Strumpfhosen zu tragen, weil die sich so schwer verführerisch ausziehen lassen. Es gefällt mir immer noch, wie er sich bewegt, beschloss ich, aber noch besser würde es mir an jemand anderem gefallen. An jemandem, der hinhört, wenn ich sage, ich verliere den Verstand.

»Mami.« Raphael beugte sich über einen kleinen Haufen Erde. »Ich bekomme den Spaten nicht tiefer rein.«

Ich nahm ihn, versuchte ihn in die Erde zu stoßen und stellte mich darauf, als wäre es der Springstock aus meiner Kindheit. Er glitt ein Stück weiter nach unten und ich machte einen Hüpfer. Raph lachte.

»Da.« Ich stieg herunter und wir zogen zusammen am Griff. Ein Klumpen schwarzer Erde, schwer wie Schokoladenkuchen, kam zum Vorschein.

»Mami …«

Ein kleiner Knochen, von einem Kaninchen vielleicht oder einer Katze – es gibt auf Colsay keine Kaninchen –, war im Lehm eingeschlossen.

»Das ist nur ein Knochen, Raph. Von einem Tier, das vor langer Zeit gestorben ist.«

»Aber Mami.« Er trat einen Schritt vor und kniete sich hin. »Mami, da sind noch mehr. Guck mal. Und so eine Art Decke.«

Ich beugte mich vor. Menschen vergraben Tiere nicht mit einer Decke. Tiere haben keine Hände.

»Sieht aus wie ein Kaninchen. Willst du schnell Papa holen? Er weiß alles über Tierknochen.«

»Aber Tiere haben nichts an.«

Er wollte danach greifen. Ich hielt seine Hand fest.

»Lieber nicht anfassen, Liebling. Würdest du mal Papa holen?«

Er stand auf. »Das ist kein Kaninchen, Mami. Es gibt hier keine, weißt du nicht mehr? Hat Papa gesagt. Und keine Mäuse.«

»Könnte auch ein Dachs sein. Oder vielleicht hatte hier mal jemand eine Katze. Papa wird es wissen. Hol ihn einfach, ja?«

Er sah sich nach mir um, als er über die Wiese lief. Ich wartete, bis die Hintertür zu war, und wischte dann mit den Fingern die Erde von der Decke. Sie war aus Wolle, gestrickt, mit braunen Flecken. Ich kratzte am Erdreich, oberhalb von Raphaels Spatenstich, und dort, wo ich es erwartet hatte, war die eierschalenfarbene Rundung eines sehr kleinen menschlichen Schädels.

Colsay House,
Colsay

12. Oktober

Liebste Allie,
hab vielen Dank für Deinen letzten Brief, der mich gestern über Umwege erreichte, die ich beim besten Willen nicht nachvollziehen kann! Du kannst Dir nicht vorstellen, wie viel er mir bedeutet, vor allem auch das, was ihm beilag. Ich habe mir vorgestellt, wie Du mit Deinem neuen Hut zum Briefkasten gingst (obwohl es im Oktober in Manchester sicher nicht so viel regnet, dass Du den neuen Hut brauchtest) und vielleicht auf dem Rückweg Pippa trafst und zum Tee hineingebeten wurdest und den Kindern geholfen hast, den Toast über dem Feuer in Brand zu setzen. Ich hoffe lieber nicht, dass dieser Brief den Weg zu Dir so schnell findet wie Deiner den Weg zu mir (befördert von den Anderen, soweit ich weiß, denn es stellt sich heraus, dass die Anderen, die auch das Graue Volk genannt werden, auf Colsay immer noch gedeihen), auch wenn Mrs. Barwick ihn schon im richtigen Moment in die richtigen Hände legen wird.

Ich will nicht so tun, als sei ich von Deiner Entscheidung begeistert, denn ich weiß, wie sehr man Dich zu Hause vermissen wird, und ich weiß (Du noch nicht, aber bald), was ein schottischer Herbst ist, aber ich weiß auch, dass wir alle sehr froh und stolz sein werden, wenn Du den Erfolg hast, den Du haben wirst. Es wird ein harter Kampf für Dich, meine liebe Al. Nicht die Arbeit – glaub mir, Du bist sechs Mal so klug wie nötig –, aber der Boden, den Du Dir ausgesucht hast, wird nicht leicht zu pflügen sein, und ich fürchte, Du wirst viel Widerstand zu spüren bekommen. Ich hoffe, Du weißt, wie weit manche Doktoren gehen, um zu verhindern, dass Frauen in ihre Reihen vorstoßen, denn sie wissen, wie arme weibliche Seelen schon bei dem Gedanken an ihre Behandlung erschaudern, und dass sie einige ihrer

Verfahren werden aufgeben müssen, weil Frauen ihre eigenen Heilmethoden anwenden. Ich will Dir beides sagen, dass Du niemandem gestatten darfst, Dich von dem Weg abzubringen, den Du beschreiten willst, und dass ich weit gehen würde, um Dich vor der Behandlung zu beschützen, meine liebste Schwester, die den wenigen tapferen Frauen widerfahren ist, die Dir vorangegangen sind. Sei nur sicher, Al, sei ganz sicher, dass es wahrlich Dein eigener Wunsch ist, ein Doktor zu werden, und Du nicht nur versuchst, Mamas Hoffnungen gerecht zu werden. Und wenn dem so ist, sei Gott mit Dir! Vielleicht lässt Du mich eines Tages, wenn Du eine Praxis hast und in Ruhm und Glanz badest, für Dich arbeiten. Ich wage zu sagen, dass die Körper der armen Wesen, die sich mit meinen Diensten zufriedengeben müssen, sich nicht sehr von den eleganten Schönheiten und besorgten Mamas unterscheiden, die Dich Tag und Nacht um Deinen fachlichen Rat bitten werden, sodass ich nicht vollkommen nutzlos wäre!

Obwohl ich fürchte, dass ich hier bisher kaum zu etwas nütze war. Meine Unkenntnis des Gälischen ist ein sehr viel größeres Hindernis, als ich erwartete – hätte ich das gewusst, ich hätte größere Anstrengungen unternommen, es zu erlernen, ehe ich herkam, allein um meinen guten Willen zu zeigen. Und doch sagt Miss Emily, sie hätte sie nie anders als auf Englisch angesprochen und sei immer vollkommen richtig verstanden worden! Immerhin gibt es eine Frau, Mrs. Grice, deren Kind, wie sie sagt, an Weihnachten erwartet wird, obwohl ein flüchtiger Blick mich ein früheres Datum vermuten lässt. Ich habe nicht gefragt, ob ich sie untersuchen soll, und habe schon früh gelernt, dass es selten weise ist, einer Dame mit Misstrauen zu begegnen, die sich über den erwarteten Zeitpunkt der Niederkunft äußert (nota bene, ich möchte damit nicht sagen, dass es in diesem Fall Grund zu dieser delikaten Annahme gibt). Ich besuchte Mrs. Grice zu Hause (»Haus« ist schon eine höfliche Bezeichnung;

in Wahrheit leben sie wie Menschen aus grauer Vorzeit in verräucherten Steinhütten auf einem Boden, der hoffentlich aus nichts Schlimmerem als Tierkot besteht) und sie erlaubte mir, mich zu setzen, während sie Geflügel rupfte. Aber stelle Dir das nicht heimelig vor: Ihr jüngstes Kind saß auf dem Boden, die Finger in dem, was offenbar ungehindert aus seiner Hose floss, und das Geflügel, weit entfernt von einer fröhlich gackernden Kreatur, war ein großer weißer Vogel, eine Art Gans oder Schwan, dessen Kopf zur einen Seite ihres Schoßes auf den Boden hing, während die Füße zur anderen vor dem Feuer baumelten. Der Hals und die seltsamen Augen schienen im Feuerschein zu leuchten, wodurch das Tier fast lebendig wirkte, obwohl es das nicht sein konnte, so wie der Kopf vom Halse hing, und, Allie, neben ihr befand sich ein großer Haufen solcher Vögel, und ihr helles Haar fiel ihr in das Gesicht und warf im Licht des Feuers die merkwürdigsten Schatten.

Um nicht neugierig zu erscheinen, fragte ich sie danach, wie die Vögel getötet und zubereitet würden, obwohl ich keinen Zweifel daran habe, dass sie alle wissen, warum ich hier bin und was meine Arbeit ist. Sie erzählte mir in stockendem Englisch, in dem immer wieder Worte vorkamen, die ich nicht verstand, und einem Singsang, dem ich nur schwer folgen konnte, was Mrs. Barwick mir bereits erklärt hatte: Zu bestimmten Zeiten hängen sich die Männer an der nördlichen Spitze der Insel an Seilen von der Klippe, um diese Geschöpfe mit Netzen zu fangen, die sie zu diesem Zweck herstellen. Diese Vögel, fügte sie gestikulierend hinzu, kommen vom Meer und können des Nachts eingefangen werden, wofür sie umso mehr wertgeschätzt werden, denn die Männer müssen für sie nicht ihr Leben aufs Spiel setzen. Ich gebe zu, ich kann es mir nicht vorstellen – wie könnte irgendjemand in der Dunkelheit aufrecht in den Wellen stehen und dabei einen großen, verängstigten Vogel in einem Netz fangen? Ein Flügel dieses Vogels war allein so groß wie das Kind auf dem

Boden, das vielleicht zwei Jahre alt und gut gediehen war (Mrs. Barwick erzählte mir später, es sei das letzte Kind, das auf der Insel seine Geburt überlebt habe, und außerdem das erste nach vier Jahren; irgendetwas muss bei dieser Entbindung gemacht worden sein, das bei all den anderen nicht oder anders gemacht wurde). Ich erfuhr, dass die Vögel, wie alles andere hier, und das heißt überwiegend Fische und Eier, in einem großen Kessel gekocht werden, der an einer Kette über dem Feuer hängt. Tatsächlich gibt es keine andere Möglichkeit, Mahlzeiten zuzubereiten, nur im Großen Haus, wo ich mich leidlich von Mehlsuppe, Hafer und Gerstenbrot ernähre, und von dunklem, nach Fisch schmeckendem Geflügel, nach dem ich mich nicht weiter erkundige. Von den Karamellen, die unsere Köchin mir mitgegeben hat, genehmige ich mir jeden Abend zwei, aber von ihrem Früchtebrot habe ich gestern Abend das letzte Stück gegessen, Gott sei's geklagt. Ich versuche daran zu glauben, dass mich bald ein weiteres hier erreichen wird, aber das ist nur ein Traum.

Als Mrs. Grice sich den Flügeln des Vogels zuwandte, lobte ich das Kind auf dem Fußboden, in der Hoffnung, das Gespräch so auf die Umstände seiner Geburt zu lenken (die verfilzten Haare und die farblose Kleidung gaben keinen Hinweis auf das Geschlecht des Kindes). Es kam herüber und begann, mit seinen schwarzen Fingern an den Bändern herumzuspielen, die den Saum meines Rockes zieren, was ich ihm im Geheimen, wie Du Dir vorstellen kannst, nur ausnahmsweise gestattete! Mir kommt der Gedanke, dass das Graue Volk vielleicht genau so ist, wie es heißt. Ich sagte, sie hätte wirklich Glück, ein so gesundes Kind zu haben, und dass ich in all den Jahren, die ich in einer großen Stadt gearbeitet habe, selten ein so hübsches gesehen hätte, und wirklich hatte es die großen blauen Augen seiner Mutter und sähe zweifellos recht nett aus, wenn man es schrubbte und kämmte. Ihr Blick ließ vermuten, dass ich womöglich etwas zu weit gegangen war, also richtete ich mich an das Kind und fragte, ob es das Geflügel möge, das seine Mutter da rupfe (eine dumme Frage, denn es hatte nur die Wahl, es zu mögen oder zu verhungern). Es begann zu weinen und lief zu seiner Mutter, und bald danach entschuldigte ich mich und zog im Regen von dannen.

Als ich Mrs. Barwick erzählte, wo ich gewesen war, lachte sie und sagte, ja, es gebe wohl einen Grund, warum dieses das erste Kind auf Colsay sein solle, das von einer Fremden entbunden werde, aber als ich nachbohrte, sagte sie, danach müsse ich die Familie fragen. Es geht mich natürlich nichts an; hier wie zu Hause ist es meine Aufgabe, die Kinder auf die Welt zu bringen, und nicht, nach ihrer Abstammung zu fragen. Du wirst sagen, dass nicht mangelndes Gälisch, sondern mangelndes Taktgefühl meine Arbeit erschwert, und Du hast vermutlich recht, aber wie soll man es sonst schaffen, in diesem entscheidenden Moment im Leben einer Frau nicht nur anwesend zu sein, sondern auch etwas zu bewirken? Zu Hause erleichtern der Name der Gesellschaft und der Respekt, der meiner Ausbildung entgegengebracht wird, meine Arbeit, aber diese Frauen haben keinen Bedarf an mir, haben von Manchester nie gehört und schon gar nicht von der Princess Alexandra Nursing School, und wenn sie davon gehört hätten, wäre es ihnen vermutlich egal. Aber sie werden doch sicher lebendige Kinder toten vorziehen?

Es tut mir leid, dass ich Dir einen Brief dieser Länge zumute. Es ist so entmutigend, dass ich offenbar mehr Zeit zum Schreiben über das Leben habe, als ich Zeit brauche, um mir meinen Lebensunterhalt zu verdienen! Aber ich habe womöglich noch zwei Monate, um mich bei Mrs. Grice beliebt zu machen, und wer weiß, vielleicht werde ich die große Ehre haben, ihr ein gesundes Baby zu reichen, das überleben wird.

Entschuldige meine Schwermut. Bitte schick mir einen Bericht über Mamas Treffen und Papas neueste Erfolge und Elsa und die Twiggses und Hetties jungen Mann, ach, und darüber, ob Hüte wei-

ter so wachsen wie Sonnenblumen und was überhaupt auf der Welt passiert, denn sogar das Erscheinungsdatum der Zeitungen, die ich in Inversaigh gesehen habe, lag noch vor dem meiner Abfahrt, und wir haben gehört, dass die Monarchie gestürzt wurde und im Königreich Revolte herrscht und in Europa die Revolution (das müsste Mama doch gefallen). Ich nehme an, dass Mrs. Barwick sich durchaus dafür interessieren würde, aber die meisten anderen wissen wenig und interessieren sich für noch weniger, solange nur Vögel am Himmel sind und Fische im Meer. Ich werde schon wieder schwermütig. Gute Nacht.

Herzliche Grüße, wie immer,
May

Die Neugier des Kindes

> Statt in einer gefühlsbetonten, lebendigen, oft genug stürmischen häuslichen Atmosphäre, die für die Neugier des Kindes eine Quelle nicht endender Anregung ist, lebt das Anstaltskind in der strengen Routine eines geordneten Betriebs.
>
> Anna Freud und Dorothy Burlingham, *Heimatlose Kinder*

Das nächste Mal, wenn ich befürchte, dass Piraten in der Nähe sind, werde ich wissen, dass die Polizei in der Lage ist, uns in erfreulich kurzer Zeit zu erreichen – jedenfalls während der Dienstzeiten und bei günstigem Wind und Gezeitenstand –, selbst wenn man ihnen versichert, das Opfer sei schon seit mehreren Jahren tot. Wir konnten nicht ins Internet und fanden auch kein Telefonbuch, also stand Giles schließlich auf Raphs Bett, um unseren Freund Dan in Oxford anzurufen und ihn die *Highlands and Islands Police* googeln zu lassen. Wir wussten, dass es kein Notfall war, aber ich blieb bei dem Baby, als brauchte es Gesellschaft, bis wir hörten, wie sich ihr Boot näherte, und Raph angelaufen kam, um zu sagen, dass sie Watstiefel anhatten und das Boot bis an den Strand brachten. Er stand an meiner Schulter und lugte in das Loch. Das Gesicht des Babys war abgewandt, in der Erde, als würde es schlafen.

»Mami, das ist ein Baby, oder?«

Wir hatten ihm gesagt, es könnten menschliche Knochen von vor sehr langer Zeit sein, und auf die Pikten und die Römer verwiesen. Er weiß sehr gut, dass es keinen Grund gibt, die Polizei zu holen, wenn man die Überreste eines vor Ewigkeiten verstorbenen Tieres entdeckt hat.

Ich sah zu ihm auf. »Sieht ziemlich klein aus«, bestätigte ich.

»Was würdest du machen, wenn Moth stirbt?«

Er sah Richtung Haus, wo eine Tür zuschlug und männliche Stimmen zu hören waren.

»Wenn einer von euch stürbe, wäre es das Schlimmste, was mir auf der Welt passieren kann. Ich möchte nicht darüber nachdenken, das macht mich ganz traurig.«

Sie öffneten die Hintertür, Giles mit Moth auf der Hüfte und zwei Männer in Uniform und mit Mützen, die auf dem Boot sicherlich weggeweht wären.

»Würdest du dein ganzes Leben lang weinen?«

Ich legte meinen Arm um ihn. »Ja. Eltern werden nie wieder froh, wenn ihre Kinder sterben.«

Er entzog sich mir. Sie waren fast bei uns.

»Obwohl du dann schlafen könntest?«

Ich stand auf.

»Mrs. Cassingham? Könnten Sie das Kind bitte von der Stelle fernhalten?«

»Ich bin Dr. Bennet. Oder nennen Sie mich Anna. Raphael hat die Knochen gefunden, und keiner von uns hat sie angerührt, seit uns klar geworden ist, was es ist.«

Der Größere von beiden ging in die Hocke, die behandschuhten Hände flach auf dem Boden, als wolle er sich vorbeugen, um an dem Baby zu riechen. Der andere sah Raph an. »Sollte der Junge nicht in der Schule sein?«

Raph hing an meiner Hose wie früher, wenn ich ihn zu Geburtstagspartys brachte.

»Wir unterrichten ihn für ein paar Monate zu Hause.«

Der Große stand auf und streckte die Hand aus.

»Ich bin Ian MacDonald und das ist Rory Sutton. Es war richtig, dass Sie uns gerufen haben, Mrs. Cassingham.«

Ich schüttelte ihm die Hand. Sie fühlte sich an wie eine Seehundflosse.

»Es sah nicht aus wie die Knochen eines Tieres. Und die Decke …«

Ich blickte zu Raph hinunter, der einen Arm um meine Taille gelegt hatte und sich schwer an mich lehnte.

»Die Decke?«

»Für Tiere stricken Menschen nichts.«

Raph murmelte etwas gegen meinen Brustkorb. Ian MacDonald zog eine Augenbraue hoch.

»Entschuldigen Sie«, sagte ich. Ich löste Raph von mir und beugte mich hinunter. »Was ist denn, Liebling?«

»Vielleicht hat die Mami eine Decke gestrickt.«

Die Augenbraue blieb oben.

»Vielleicht, ja.« Ich streichelte ihm über den Kopf.

»Ich höre, Sie haben die sterblichen Überreste gefunden, Mrs. Cassingham. Vielleicht können wir reingehen, und Sie erzählen mir genau, was passiert ist? Und, Ralph, nicht? Ralph, soll mein Freund Rory dir und deinem Papa mal ein richtiges Polizei-Schnellboot zeigen?«

Raph rührte sich nicht.

»Raphael«, sagte ich. »Wie der Erzengel. Raph, ich muss mit Mr. MacDonald reden. Du kannst ein bisschen hüpfen gehen oder du könntest an deiner Stadt weiterbauen.«

»Kann ich nicht. Die Stadt ist von den Serben überfallen worden, als du zum Strand gelaufen bist, und alle Menschen sind gestorben. Sogar die Babys.«

Ich überlegte, dass es wahrscheinlich schneller ginge, wenn

auch nur etwas schneller, wenn ich Ian MacDonald erzählte, dass ich ein Baby zur Welt gebracht, eine Decke gestrickt und es dann im Garten vergraben hatte, als darauf zu warten, dass Raph mich belastete.

»Raph«, sagte Giles. »Komm, wir gucken mal, wie Jake mit dem Dach vorankommt. Er macht sich gleich auf den Nachhauseweg.«

Nicht, wenn er die Polizei-Barkasse am Strand sieht und Dreck am Stecken des Gutsherrn vermutet, dachte ich.

Raph nahm Giles' Hand. »Papa, wenn du vorwärts oder rückwärts in der Zeit reisen könntest, wofür würdest du dich entscheiden?«

»Nicht jetzt, Liebling«, murmelte ich.

»Jake?«, fragte Ian MacDonald.

»Der Handwerker«, sagte ich. »Wir richten eins der alten Blackhouses als Ferienhäuschen her. Um es zu vermieten.«

Er lächelte. »Natürlich. Rory?«

Rory nickte. »Ich werd auch mal kurz mit Jake reden, Mr. Cassingham.«

Moth taumelte in meine Arme, und dann gingen die drei, um Jake Anlass für viele ausgegebene Runden im *Black Sheep* in Shepsay zu geben.

Ich machte eine Kanne Tee und beschloss, den Rose Pouchong zu nehmen, statt meine dahinschwindenden Vorräte von Yorkshire-Tee zu verbrauchen und mich dem Boden der Milchflasche zu nähern. Ian MacDonald setzte sich an den Tisch. Man könnte den Leuten genauso gut Zugang zu unseren Bankkonten, Krankenberichten und Lebensläufen gewähren, wie sie an unseren Küchentisch zu setzen (tatsächlich ist es vermutlich der einzige Ort, an dem es möglich ist, an all diese Informationen zu kommen). Moth saß auf meiner Hüfte, kleinlaut angesichts des Fremden, hoffte ich, und nicht wegen der Misshandlung, die er durch seine Mutter erlitten hatte.

»Sie haben also Bäume gepflanzt?«

Ich wandte ihm weiterhin den Rücken zu und kümmerte mich um die Menge der Teeblätter im Sieb. Moth, der das Teesieb mag, beugte sich vor, um zu helfen.

»Timothy, dieser hier, hat geschlafen. Ich habe versucht, die Bäume zu pflanzen, wenn er dabei ist, aber er wollte immer wieder den Spaten haben oder ist rumgelaufen und hat an den Steinen geleckt oder so …« Ich unterbrach mich und goss das Wasser auf. Meine Unfähigkeit, häusliche Erledigungen und Kinderbetreuung unter einen Hut zu bekommen, ist peinlich und beschämend, aber bisher noch kein Fall für die Polizei. »Jedenfalls, ja, wir haben Bäume gepflanzt.«

»Aber Sie sagten, Ihr Sohn hätte die Knochen gefunden?«

Moth nahm meine Haare in den Mund und lehnte sich zurück.

»Au.« Ich kitzelte ihn am Kinn. »Er hat mir beim Graben geholfen. Wir haben sie beide gesehen, nehme ich an. Er hat es zuerst gesagt.«

»Und dann?«

»Ich habe versucht, ihm weiszumachen, es wären Tierknochen. Er hat genauer hingesehen und die Decke entdeckt. Ich hab ihn zu Giles geschickt, damit er ihn holt.«

»Die Decke?«

»Ich habe es mir angesehen, als er weg war. Sah aus wie selbst gestrickt. Und ich wusste, dass die Knochen klein waren.«

Ich stellte ihm den Tee hin, durchscheinend wie Bernstein, und wartete ab, ob er wusste, dass er nicht um Milch bitten sollte. Oder um Zucker. Giles und ich rebellierten zwar gegen die entgegengesetzten Enden des gesellschaftlichen Spektrums, aber wir trafen uns in der Weigerung, eine Zuckerdose bereitzustellen. Ich würde, wenn man mich fragte, bestreiten, eine zu besitzen, und das nicht nur, weil ich finde, dass die zwei silbernen Kaffeegedecke, die wir zur Hochzeit bekommen haben, Giles gehören. Ihr hättet eine Liste bei John Lewis haben sollen, hatte meine Mutter gesagt, und ich sagte, dass ich die Leute lieber hätte bitten sollen, Brunnen für Dörfer in Somalia zu spenden. Das war eine Lüge.

»Danke, Mrs. Cassingham. Anna. Also, Anna, wie Sie vermutlich wissen, ist es nicht ungewöhnlich, dass Menschen auf den Inseln menschliche Überreste finden, und fast immer stellen wir fest, dass wir die Archäologen rufen müssen. Aber das gilt natürlich nicht für jeden Fall. Ich muss Ihnen ein paar Fragen stellen.«

»Natürlich.«

Ich setzte mich und rückte Moth auf meinem Schoß zurecht. Er zeigte auf meine Tasse. »Tee heiß, heiß. Mami hat Blumentasse.«

Er zeigte auf den Tee von Ian MacDonald, fand aber keine Worte dafür, dass ein Mann im Anzug einen unserer Haushaltsgötter in Form der Vogeltasse bekommen hatte.

»Sie haben nur zwei Kinder?«

Mein Magen krampfte sich zusammen.

»Ja. Wir haben mal über ein drittes nachgedacht, aber …« Lass es. Es gibt keine gesetzliche Verpflichtung, drei Kinder zu haben.

»Aber?«

»Nur die zwei.« Oh, und das, das ich im Obstgarten vergraben habe, natürlich.

»Sie waren also zweimal schwanger?«

Ich sah zu ihm auf. Moth zog sich an meinen Haaren hoch

und leckte an meinem Kinn, wie jemand, der eine seltsame Frucht probierte.

»Sind das notwendige Informationen, Mr. MacDonald?«

Ian MacDonald zuckte mit den Schultern. »Das kann ich zu diesem Zeitpunkt nicht sagen, Mrs. Cassingham. Ihre Antwort würde mich interessieren.«

Meine Hand, die die Träger von Moths grüner Cordhose hielt, falls er das Gleichgewicht verlor, war plötzlich schweißnass. Ian MacDonalds Blick ruhte auf Moths Schulter, als säße dort ein seltener Schmetterling. Ich trank einen Schluck Tee. Moth drehte sich um und ich schluckte; er war zu heiß.

»Das ist nicht relevant«, sagte ich. »Jeder, der meine medizinische Vorgeschichte kennen muss, kennt sie.«

Ian MacDonald sah zu, wie sich das Gras draußen im Wind bewegte, und nippte an seinem Tee, aber ich sagte nichts mehr.

»Jetzt Grüffelo lesen?«, fragte Moth.

»Sie und Mr. Cassingham sind jetzt seit ... einem Monat hier?«

»Giles hat hier sein ganzes Leben lang die Ferien verbracht. Ich war, seit wir verheiratet sind, ein paarmal hier. Giles war im Frühling immer mal wieder hier, um das Haus vorzubereiten. Er forscht über die Papageientaucher, über die Auswirkungen des Klimawandels und der Umweltverschmutzung auf die Größe der Population.«

»Ich weiß ein bisschen was über Mr. Cassinghams Forschungen.«

Dr. Cassingham. Vielleicht Professor Cassingham ab Oktober. Bei ihm klang es, als wäre das Zählen von Papageientauchern ein bekannter Vorwand von Drogenschmugglern oder terroristischen Vereinigungen.

»Interessiert sich die Polizei für Papageientaucher?«

»Ich interessiere mich für Ornithologie. Aber Sie selbst sind vor einem Monat gekommen?«

Ich nickte. Mütter von Kleinkindern sind naheliegende Verdächtige, wenn es um Kindstötung geht. Ich streichelte Moth über den Kopf und wickelte die langen Haarsträhnen in seinem Nacken um meine Finger. Er sabberte auf meine Jeans.

»Grüffelo singen?«

»Später, Moth. Als das Semester zu Ende war. In Oxford.«

Manchmal übt allein der Name der Stadt eine gewisse Macht aus. Wissen Sie, wer ich bin?

»Hatten Sie seitdem Besuch?«

»Nein.« Moth steckte einen Finger in meinen Tee. »Nicht, Liebling, heiß!«

»Mami muss küssen.«

Ich küsste seinen Finger. »Jake hatte Besuch. Er arbeitet manchmal mit einem Freund zusammen. Doug.«

Ian MacDonald nickte. Ich glaube nicht, dass Jake genug Zeit mit seinen Kindern verbringt, um Mordgelüste zu entwickeln; dafür hat er eine Frau. Ich trank einen Schluck Tee.

»Aber es liegt da doch sicher schon länger als ein paar Wochen. Dauert es nicht Jahre, bis dieser Grad des Verfalls eintritt? In Torf?«

»Ist das so?« Er nippte an seinem Tee, den Blick auf meine Visa-Abrechnung gerichtet. 147 Pfund plus Porto für Kleider eines gewissen schwedischen Designers.

»Ich weiß es nicht, ich bin Historikerin, keine Archäologin. Ich wusste nichts von dieser Leiche, diesen Knochen, bis ich sie gesehen habe. Ich meine, wäre es anders, hätte ich dort nicht gegraben und wir hätten Sie nicht gerufen, oder?«

Ich schob die Visa-Abrechnung beiseite. Er stellte die Vogeltasse neben einen braunen Umschlag, auf den ich für Moth ein paar Katzen gezeichnet hatte.

»Mrs. Cassingham – Anna –, ich erhebe überhaupt keinen Tatvorwurf. Wie Sie andeuten, ist es wahrscheinlich ein Todesfall, der sehr lange zurückliegt. Aber wir versuchen auszuschließen, dass es sich um einen Fall aus der jüngeren Vergangenheit handelt, bevor wir *Heritage Scotland* verständigen, das verstehen Sie sicher. Die haben ein paar Leute losgeschickt. Ich bin sicher, sie werden Ihnen keine Unannehmlichkeiten machen.«

Ich fragte mich, was für Auswirkungen das auf die Gästebuchungen haben würde. Auf dieser Insel gibt es weiß Gott viel mehr tote als lebende Menschen. Unten im alten Dorf ist ein ganzer Friedhof und ein neolithischer Hügel, der zwar nicht abgetragen wurde, den Grabkammern auf Shepsay aber sehr ähnlich sieht, jedenfalls für diejenigen, die einen grasbewachsenen Hügel vom anderen unterscheiden können. Man nimmt an, dass die Insel mehrere Tausend Jahre lang kontinuierlich bewohnt war, und es ist unwahrscheinlich, dass die Einwohner zum Sterben woanders hingegangen sind. Vielleicht ziehen Menschen, die die Abgeschiedenheit auf einer Insel mögen, es vor, wenn ihre Gesellschaft mehr oder weniger aus Toten besteht. Hätte ich die Wahl, würde ich es vorziehen, den Urlaub in Venedig oder Wien oder New York zu verbringen.

»Ich nehme an, Ihr Mann kennt wahrscheinlich die meisten Menschen, die in den letzten Jahren hier waren.«

Moth steckte wieder seine Hand in den Tee.

»Mami küssen!«

Ich küsste seine Hand, und er wischte sie an meinem Oberteil ab.

»Na ja, es kann natürlich jeder kommen. Wenn nicht er, dann

kennt zumindest Giles' Mutter alle, die eingeladen waren. Wir können Ihnen die Nummer geben.«

»Jeder?«

Ich sah ihm in die Augen. »Wir haben das Haus ja nicht mit Stacheldraht umzäunt. Giles lädt die Leute immer gerne ein, nach Colsay zu kommen. Solange sie die Vögel nicht aufscheuchen.«

Der Wind fegte durch den Garten und rüttelte an den Fenstern.

»Sein Vater ist letztes Jahr gestorben, nicht?«

»Im Juni.« Ich trank meinen Tee aus. »Die Testamentseröffnung war kurz vor Weihnachten. Die Mädchen waren sauer, weil Giles die Insel bekommen hat.«

»Die Schwestern Ihres Mannes?«

Zwei unverheiratete Frauen im gebärfähigen Alter, die jederzeit nach Colsay kommen konnten.

»Thea und Camilla. Ich glaube, Thea hat vor ein paar Jahren den Sommer hier verbracht. Sie hat ihr Jurastudium in Nottingham oder Manchester oder so abgebrochen.«

»Wann war das?«

Ich dachte über Thea nach, die ihre Haare glättete, ihre Klamotten bügelte und ihr Auto wusch und ihre Blusen in ausgestellte Röcke stopfte, sodass ihr Bauch aussah, als stecke er in einer Wurstpelle. Vermutlich war es nicht unmöglich, dass jemand mit Thea Sex hätte, aber etwas so Unkonventionelles, wie ganz auf sich gestellt Mutter zu werden, traute ich ihr nicht zu. Obwohl wir natürlich gerade nach jemandem suchten, der davon überfordert wäre.

»Vor ein paar Jahren, glaube ich. Bevor Moth zur Welt kam. Giles wird es wissen.«

Moth zappelte auf meinem Schoß. »Runter!«

Er näherte sich Ian MacDonalds Jacke, blieb stehen, um das zu tun, was der Kopf eines Kleinkindes unter Risikobewertung versteht, ging dann weiter und berührte einen der glänzenden Knöpfe mit dem ausgestreckten Finger. Er mag die Glasfahrstühle im Kaufhaus Debenhams, vor allem den Notrufknopf, der rot schimmert und sich in Reichweite der an den Buggy Gefesselten befindet. »Moth Knopf drückt!« Er lief wieder zu mir, über die Schulter blickend, als erwarte er, dass die Sirene losging. Ich nahm ihn hoch.

»Tut mir leid«, sagte ich. »So ein Knopf ist das gar nicht. Moth, sollen wir dein Spieltelefon suchen, damit du Knöpfe drücken kannst?«

»Nein.«

Stimmen näherten sich der Hintertür. Ian MacDonald stand auf.

»Gut. Also, danke für Ihre Hilfe, Mrs. Cassingham. Wir werden uns die Stelle noch mal ansehen, wenn das in Ordnung ist. Wie gesagt, Kollegen von uns sind auf dem Weg, aber Sie müssen sich nicht weiter beunruhigen. Wir hoffen, auf der Insel fertig zu sein, bevor es dunkel wird. Wir werden ein Zelt über der Stelle aufstellen, aber wir müssen Sie bitten, nichts anzufassen, bis wir hier fertig sind. Ist das in Ordnung?«

»Natürlich.«

»Bye-bye«, sagte Moth. »Bye-bye, Mann. Weg mit dir. Tee ist alle.«

Ian MacDonald drehte sich um. »Bye-bye, Timothy. Ich finde allein raus, Mrs. Cassingham. Und – äh – ich werde noch mal mit Ihnen reden müssen.«

Später, viel später, nachdem Raph den Nachmittag damit verbracht hatte, durch sein Fenster zuzusehen, wie Männer in weißen Overalls ein Zelt aufstellten und Sachen heraustrugen, nachdem Giles nicht mit Moth gespielt hatte, sondern zu den Papageientauchern gegangen war, während ich versuchte, mit Kleinkindhilfe und unwahrscheinlichen Ersatzstoffen für entscheidende Zutaten minderwertige Spaghetti alla Carbonara zu kochen, nachdem ich auf meinen Computer gestarrt hatte, als wären die Worte auf dem Bildschirm Inuktitut oder Japanisch, während Giles abwusch, als spiele er in einem Film über einen Vater mit, der den Haushalt machte, kam er und fand mich im Bad – nicht mein bevorzugter Treffpunkt, um sich zu unterhalten, schon gar nicht bei elektrischem Licht. Er klappte den Deckel herunter, setzte sich aufs Klo und betrachtete meinen unförmigen Körper, als ziehe er in Erwägung, ihn zu kaufen.

»Also, was ist vorhin passiert?«

»Vorhin im Sinne von, als wir im Garten eine Leiche gefunden haben, oder vorhin im Sinne von, als ich Moth angeschrien habe? Oder vielleicht vorhin im Sinne von, als ich Moth letzte Nacht nicht angeschrien habe, während du geschlafen hast?«

Er blickte düster auf seinen Schuh.

»Vorhin im Sinne von, als du Moth angeschrien hast.«

Ich setzte mich auf und zog die Knie an. Das Wasser wurde langsam kühl.

»Ich hätte nicht die Beherrschung verlieren sollen, aber ich hatte in den letzten drei Tagen weniger als fünf Stunden Schlaf und ich hatte großen Durst und ich musste aufs Klo. Von den Verheerungen meines Geistes und dem Ruin meiner Karriere gar nicht zu reden. Und ich bin zwar meistens zu beschäftigt und zu müde, aber ich mache mir tatsächlich Sorgen um Raph.«

»Raph geht es gut. Er ist klug. Machst du dir wegen der Knochen Gedanken?«

Ich war zu müde, um mir wegen irgendwas Gedanken zu machen.

»Mir gefällt es nicht, dass sie sie mitnehmen. Sie sah fast aus, als würde sie schlafen. In der Decke.«

»Sie?«

Ich zuckte mit den Schultern. Der Wind, der durch den alten Fensterrahmen zog, fuhr über meinen nackten Rücken wie Fingernägel.

»In meiner Vorstellung ist es irgendwie ein Mädchen. Giles, der Polizist hat nach Thea gefragt. Als sie alleine hier war.«

Er sah auf und lächelte. Es war, als wäre es im Badezimmer plötzlich wärmer geworden.

»Ich weiß. Er hat mich auch gefragt. Ich meine, nach Thea. Wirklich.«

»Du glaubst nicht … Ich meine, wenn sie schwanger gewesen wäre, dann wäre sie nicht gerade jemand, der sich schnell um eine Abtreibung kümmert oder beschließt, dass es auch Vorteile hat, alleinerziehend zu sein, oder? Würde sie nicht einfach gar nichts machen und hoffen, dass es wieder verschwindet?«

»Anna! Sie ist meine Schwester.«

Ich wollte aus der Badewanne raus, aber ich wollte nicht, dass er mich ansah, so entblättert.

»Wer auch immer das getan hat, war von irgendwem die Schwester.«

»Ich weiß, dass du sie nicht magst, aber du kannst meine Schwester doch nicht beschuldigen, ein Kind ermordet zu haben. Ich weiß auch gar nicht, warum du annimmst, dass es sich um einen Mord handelt.«

Ich schlang die Arme fester um meine Knie.

»Es ist nicht so, dass ich sie nicht mag. Ich beschuldige niemanden. Ian MacDonald hat gefragt. Soweit ich weiß, hat Thea irgendwas abgebrochen und ist allein hierhergekommen und ziemlich lange geblieben, ein paar Monate, und dann ist sie nach London zurück, als wäre nichts passiert.«

Er kratzte Vogeldreck von seinem Schuh und ließ ihn auf die Badematte fallen.

»Was meinst du denn mit ›als wäre nichts passiert‹? Es war auch nichts passiert. Ich dachte immer, sie hätten sie rausgeschmissen.«

»Vielleicht war es so. Giles, ich friere hier, ich muss schlafen.«

Er reichte mir ein feuchtes Handtuch und ging. Als ich ins Bett kam, war er da und nahm mich im Dunkeln in den Arm, aber nachdem er eingeschlafen war, lag das Grab so leer da wie ein verwaister Unterleib nach der Entbindung. Ich stellte mir vor, wie das Baby, unbedeckt, im hellen Licht auf einer Platte lag und seine Knochen untersucht wurden. Ich war fast dankbar, als Moth aufwachte, ein echtes Kind mit echten Bedürfnissen und warmer Haut und dem Vanilleduft von Babyschweiß. Ich wiegte ihn in den Schlaf, durch die stickige Luft der Gewächshäuser im Botanischen Garten gehend, durch die Wolken aus herabfallenden Blättern im Park der Universität, als das Semester begann und es dunkel wurde, ehe die Bibliothek schloss, und noch als sein Kopf an meiner Schulter zur Seite kippte und seine Hände wie tote Blumen an meinem Körper herabhingen, wollte ich, dass er gegen meine Arme atmete, bis der Morgen kam.

Colsay House,
Colsay

15. Oktober 1878

Liebe Miss Emily,
ich schreibe wie versprochen, um Ihnen von Colsay und meiner Arbeit hier zu berichten. Ich möchte Ihnen noch einmal dafür danken, dass Sie mich hierhergeschickt haben; die Nöte der Menschen sind tatsächlich groß und damit auch meine Möglichkeiten, Gutes zu tun. Ich hoffe nur, dass ich erreichen kann, was wir uns alle erhoffen. Es ist bereits abzusehen, dass der Weg nicht einfach wird.

Da ich weiß, dass Sie dies an Sir Hugo weitergeben, beginne ich mit dem Bericht über das Wohlergehen der Dorfbewohner, den er erbeten hat. Sir, ich kann nicht sagen, dass alles gut ist. Ich weiß, es ist ein paar Jahre her, seit Sie die Insel zuletzt besuchen konnten, und wie es damals auch gewesen sein mag, ich versichere Ihnen, diesen Menschen geht es heute noch schlechter. Ich weiß kaum, wo ich anfangen soll, denn die Wahrheit ist, dass die »Blackhouses« unhygienisch, überfüllt und nicht belüftet sind, sodass selbst die beste Konstitution leiden muss; die Ernährung der Menschen ist einseitig, es mangelt gleichermaßen an Güte wie Menge, und Obst und Gemüse fehlen gänzlich; wenn ihnen ernsthafte Infekte bisher erspart blieben, so ist das auf das Klima und die natürliche Härte zurückzuführen, denn Abflussrohre und Kanalisation gibt es nicht und – wenn Sie mir erlauben, zu diesem undelikaten Thema etwas zu sagen, das ich in meinem Beruf allzu oft in Betracht ziehen muss – ich habe Grund zu der Annahme, dass die Menschen ihre natürlichen Bedürfnisse, vor allem bei schlechtem Wetter, auf dem Boden ihrer Behausungen verrichten. Über das Wohlergehen der Kinder lässt sich nur wenig sagen, denn es gibt nur ein Kind unter sieben Jahren, wenngleich ich versuchen werde, bei der nächsten Entbindung dabei zu sein, und mit den üblichen modernen Vorsichtsmaßnahmen und Methoden wenigstens zu verhindern hoffe, dass das Baby der »Acht-Tage-Krankheit« anheimfällt – obwohl ich natürlich keinem Kind garantieren kann, dass es überlebt, schon gar nicht, wenn es sein Leben an einem Ort wie diesem beginnt.

Ich muss hinzufügen, dass von den elf Kindern im Alter zwischen acht und vierzehn Jahren keines in der Lage ist, Englisch zu sprechen oder seinen eigenen Namen zu schreiben, und mir wurde gesagt, dass in den letzten fünf Jahren kein Lehrer auf der Insel lebte; meines Erachtens lässt sich dies nicht mit dem neuen Schulgesetz vereinbaren (mit dem ich mich bei meiner Arbeit in Manchester vertraut machen musste), und in jedem Fall dürfte die Einrichtung einer Grundschule die Conditio sine qua non jeder Verbesserung im Leben der Menschen sein. Ich möchte fast sagen, es ist wichtiger, dass die Kinder zur Schule gehen (vorausgesetzt, wir schaffen es, die Kinder bis zur Schulreife am Leben zu erhalten), als dass Trinkwasser und belüftete Häuser zur Verfügung gestellt werden.

Die Menschen leben nicht mal wie im letzten Jahrhundert, sondern eher wie vor achthundert oder sogar tausend Jahren, abgesehen von der teilweisen Einführung von Blatttee und Schuhleder, obwohl die älteren Männer und Frauen immer noch Schuhwerk zur Schau stellen, das aus Vögeln gefertigt ist, an denen noch die Federn zu sehen sind. Die Männer fangen Vögel und Fische (oder sterben bei dem Versuch, was gewiss nur allzu häufig vorkommt) und die Frauen gehen zweimal am Tag bei fast jedem Wetter nahezu drei Meilen über den Hügel, um die Kühe zu melken, und dann wieder zurück, wobei sie die Milch in Holzkübeln an einem großen Joch tragen und, sogar noch bemerkenswerter, im Gehen stricken. Das Essen wird streng danach verteilt, wie viel jeder Haushalt benötigt, ungeachtet dessen, wie viel jeweils gearbeitet wurde; desgleichen werden Dienste wie Beerdigungen und – jedenfalls bis zu meiner Ankunft – Pflege je nach

Fähigkeit und Bedarf zur Verfügung gestellt. Es ist ohne Zweifel ein edles Prinzip, von dem viele von uns einiges lernen könnten, in diesem Fall aber betrifft es ein Volk, das endemisch hungert, endemisch schmutzig und endemisch krank ist und keinen Anlass zu der Annahme gibt, dass es ihm bald besser gehen könnte. Es ist so viel Veränderung nötig, um diese Menschen auch nur auf das Niveau der ärmsten Bewohner der Elendsviertel Manchesters zu bringen, dass ich mir kaum vorstellen kann, wie solche Veränderungen bewirkt werden sollen; in Gorton und Cheetham Hill regen jedenfalls die Aussicht und die Hoffnung, die Lage zu verbessern, dazu an, etwas zu unternehmen, von der Arbeit, die Schulen und Gesellschaften wie meine leisten, gar nicht zu reden. Ich weiß nicht, wo die Menschen, die auf Colsay leben, diese Hoffnung hernehmen sollen, die doch die Voraussetzung für jede Besserung ist.

Was meine eigene Arbeit betrifft, mache ich meines Erachtens Fortschritte, obwohl die letzte Prüfung natürlich Mrs. Grice' Niederkunft im Dezember sein wird. Da ich mich scheue, die Untersuchungen durchzuführen, die man normalerweise durchführen würde, die jemanden, dem solche Prozeduren fremd sind, aber nur verstören würden, habe ich sie besucht und versuche mich mit ihr und ihrer Familie zu befreunden. Im Laufe dieser Gespräche habe ich erfahren, dass die »kniende Frau«, die in den letzten dreißig Jahren bei allen Geburten auf der Insel dabei war, zum Zeitpunkt von Mrs. Grice' letzter Niederkunft krank zu Bette lag, und weiterhin, dass das Kind so schnell zur Welt kam, dass ihrem Ehemann kaum Zeit blieb, eine der Frauen aus dem Dorf zu rufen, ehe die Nachgeburt folgte (Sie werden mir diese Einzelheiten nachsehen, nachdem Ihnen, wie ich weiß, nicht unbekannt ist, was die Gesundheit dieser armen Frauen beeinträchtigen kann). Ich habe gefragt, wer die Nabelschnur durchtrennt hat, aber vielleicht wirkte ich zu eifrig, denn sie hat vorgegeben, meine Frage nicht zu verstehen, und es schien mir ratsam, das

Gespräch in andere Bahnen zu lenken. Dennoch scheint mir dieser Teil meiner Erzählung unsere Vermutung zu bestätigen, dass etwas, das die »kniende Frau« bei der Geburt tut, verantwortlich für die Todesfälle ist. Ich habe selbstverständlich nach dem Namen der »knienden Frau« gefragt, aber es hieß, sie sei »nur eine Alte, die uns hilft, wenn wir sie brauchen«. Natürlich dürfte es nicht schwierig sein, ihren Namen beizeiten in Erfahrung zu bringen. Alles, was ich bisher gehört habe, bestätigt, dass es sich bei der Krankheit um neonatalen Wundstarrkrampf handelt, mit dem sich die Nabelschnur infiziert hat – entweder als Ergebnis unsauberer Methoden bei der Durchtrennung oder durch das Auftragen unsauberer Substanzen auf das verbleibende Ende, wie ich es über einen unzivilisierten afrikanischen Stamm gelesen habe (bei dem es merkwürdigerweise nicht dieselben verheerenden Folgen hat). Die Diagnose dürfte bei diesem Unternehmen jedoch die leichtere Aufgabe sein; schwierig wird es, die Menschen davon zu überzeugen, die Hilfsmittel der modernen Welt anzunehmen, gegen die sie heftigen Widerstand zu empfinden scheinen.

Ich werde Sie natürlich weiterhin von meinen Fortschritten unterrichten.

Mit freundlichen Grüßen
May Moberley

Eine harmlose Schlange

> Eine harmlose, ungefähr 50 cm lange Schlange liegt in einem Karton, der so hoch platziert ist, dass sie nicht sofort herausschlüpfen kann, wenn der Deckel geöffnet wird. Außer der Schlange befindet sich noch ein kleines buntes Spielzeug in dem Karton. Das Kind wird auf den Karton aufmerksam gemacht, der Deckel wird hochgehoben, und das Kind darf hineinschauen. Wenn es irgendwelche Fragen stellt, sagt der Experimentator einfach: »Das ist eine Schlange.« Dann zeigt er auf das Spielzeug und fordert das Kind auf, es sich herauszuholen.
>
> John Bowlby, *Trennung; Angst und Zorn*

Die Polizei kam am nächsten Tag nicht wieder. Das Zelt stand bunt gestreift da, so als befänden sich auf der anderen Seite ein Fenster und ein Kasperletheater, aber niemand von uns ging nachsehen. Es regnete, Giles fuhr nach Colla und brachte seine Ausbeute in so feuchten Pappkartons zurück, dass wir die Schubkarre, die wir benutzten, um sie vom Bootssteg herzutransportieren, direkt in die Küche schoben. Moth lief herum und half beim Auspacken, und sechs Meter entfernt lag das Grab leer wie eine alte Wiege.

Moth legte eine Dose Tomaten in die Waschmaschine. »Danke, Moth. Moth sehr hilfbereit!«

»Giles«, sagte ich. »Diese letzte Familie. Das Paar, an das sich dein Vater erinnert, im Dorf. Hatten die Kinder?«

Giles kniete vor dem Kühlschrank und versuchte, Milchtüten in irgendwelche Lücken zu schieben.

»Keine Ahnung.« Moth gab ihm eine Flasche Shampoo. »Danke, Moth. Anna, es kann da seit Jahrhunderten liegen.«

Ich entriegelte die Kindersicherung des Schranks, in dem das Mehl stand, und Moth kam angelaufen. Manchmal, wenn ich sie nicht spätabends aufgegessen habe, befindet sich darin Schokolade.

»Das nicht, Liebling, das gibt eine schreckliche Sauerei. Es liegt da noch nicht seit Jahrhunderten, nicht mit so einer gestrickten Decke. Ich hab sie doch gesehen.« Ich bot Moth im Austausch gegen einen offenen Topf mit Couscous eine versiegelte Dose mit Backpulver an. Kein Problem. »Giles, kann Thea stricken?«

Er knallte die Kühlschranktür zu. »Anna, hör auf damit.« Die Kühlschranktür sprang wieder auf und er lehnte sich dagegen. »Moth, bitte nicht auf dem Boden. In den letzten zweihundert Jahren müssen auf dieser Insel Hunderte von Frauen gewesen sein, die stricken konnten. Viel wichtiger ist, dass ich heute Morgen eine E-Mail von jemandem bekommen habe, der für nächsten Monat das Blackhouse gebucht hat, wir sollten uns also lieber darauf konzentrieren. Ich meine, schon eine Buchung in diesem Sommer würde die Dinge fürs nächste Jahr ins Rollen bringen. Du kannst dir nicht wegen sämtlicher Beerdigungen auf der Insel Gedanken machen.«

Moth schüttete Couscous auf meinen Fuß. »Scheiße, Couscous auf Boden! Mami wegwischen!«

Giles sah aus, als hätte ich ihm auf den Schuh gepinkelt. »Und bitte hör auf, vor Moth zu fluchen.«

Ich griff nach der Packung, die Moth in den Händen hielt, und er stampfte mir auf den Fuß. »Nicht wegnehmen, Mami!«

»Moth, regnet es draußen immer noch? Die Polizei kümmert sich nicht um sämtliche Beerdigungen auf der Insel. Wenn sie mich fragen, wie viele Kinder ich bekommen habe, ist es mir ja wohl erlaubt, mich dafür zu interessieren.«

Giles hörte auf, den Kühlschrank zu misshandeln. »Sie denken, du warst es?«

»Du hast nicht genug Krimis gelesen. Es wird immer der verdächtigt, der die Leiche gefunden hat. Und du kennst die Geschichte der Frauen nicht gut genug. Kindsmord begehen junge Mütter.« Frauen, die keinen Ausweg sehen und die Teilung von Zellen nicht rückgängig machen können.

Er ging vom Kühlschrank weg und die Tür blieb zu. »So jung bist du ja nicht.«

»Danke. Aber Thea war jung, weißt du? Es sind überwiegend alleinstehende Frauen, die ungeplant schwanger geworden sind.« Überwiegend.

Hinter der Tür war Raphs Stimme zu hören.

»Was heißt ungeplant schwanger werden?«

Ich wandte die Ohne-Erklärung-weggehen-Technik an, nachdem ich Giles dazu verlockt hatte, nach dem Mittagessen Moths volle Windel zu wechseln (»Die Windel da muss gewechselt werden. Ich geh mal aufs Klo«). Ich hatte gestern das letzte Feuchttuch verwendet und vergessen, Giles zu sagen, dass er neue kaufen sollte. Raphael war auf dem Hüpfball und überwachte meine Bewegungen nicht, deshalb vermutete ich, ihnen würde erst auffallen, dass ich das Haus verlassen hatte, wenn ich schon die nächsten fünf Sätze bearbeitet hätte.

> Fallstudien zeigen, wie anfällig utopische institutionelle Projekte für Entropie und Missbrauch sind, obwohl sie

auch von der Möglichkeit anschließender Erlösung zeugen. Das Christ's Hospital ist ein naheliegendes Beispiel für diesen Verlauf: Eine Stiftung, die bedürftige Stadtkinder aufnehmen und pflegen und darüber hinaus die Selbstdisziplin und die Fähigkeiten vermitteln sollte, die nötig sind, um ein selbstständiges und in gewissem Maße sozial bewegliches Leben zu führen, entwickelte sich einigen der etwas reißerischeren Berichte von Coleridges Zeitgenossen zufolge zu einem Ort, an dem de Sades Fantasien Konkretion erlangten – auf Kosten der Kinder, die jeden Schutz einbüßten, als die Institution sich ihrer annahm. In den folgenden Fallstudien lege ich dar, dass andere, undurchsichtigere institutionelle Chroniken sowohl von der Möglichkeit der Rettung als auch von der Möglichkeit der Zerstörung zeugen.

Es ist immer gut, irgendwo das Wort »Konkretion« zu verwenden. Ich bin spät darauf gestoßen, benutze es beim Schreiben also erst seit Kurzem. Ich löschte »Entropie«, weil es abgenutzt war, und schrieb es wieder hin, weil seine Förmlichkeit vielleicht dem persönlichen »lege ich dar« entgegenwirkte. Nur die kühnsten Akademiker wagen es, gelegentlich die erste Person zu benutzen, aber die meisten Stipendiaten halten es für schlechten Stil. Man soll so tun, als würde akademische Prosa von einem allwissenden und namenlosen Bewusstsein wie Gott selbst verfasst.

Ich sah zu dem jungen Mann in Uniform auf, sepiafarben und voll feuchter Flecken. Meinen Großvater hatte der Krieg aus dem beschränkten Leben der Arbeiterklasse in Newcastle befreit. Er meldete sich freiwillig, ehe er eingezogen werden konnte, und die Navy brachte ihn durch seine Buchhalter-Prüfungen und lehrte ihn Skifahren (aus Gründen, die sich uns anderen beharrlich entzogen) und flog ihn rund um die Welt. Allerdings hatte er, bevor er ging, den Fehler gemacht zu heiraten, weshalb er sein Leben mit einer Frau verbrachte, deren Horizont komfortablerweise mit den Grenzen ihres Postleitzahlenbezirks identisch war. Vielleicht war der Sepia-Mann der Erste gewesen, der nach London fuhr, vielleicht hatte er Menschen kennengelernt, die es nicht für eine Sünde hielten, an einem Sonntag zu lachen, hatte Eis gegessen und Rotwein getrunken. Vielleicht hatte er Terrassen mit Olivenbäumen gesehen, die im Sommerwind raschelten, die Schönheit dunkler Trauben bemerkt und Orangen probiert, die von der Sonne ganz warm waren. Und gleichzeitig hatte er das genaue Ausmaß menschlicher Unmenschlichkeit kennengelernt. Vielleicht hatte er eine Französin getroffen und sich in sie verliebt, vielleicht war ihm klar geworden, dass Subsistenzwirtschaft an manchen Orten bedeutet, dass Pfirsiche unter dunklen Blättern leuchten und Kühe mit langen Wimpern in den kühlen Steingemäuern einer Molkerei stehen (ignorieren wir den Wassermangel und die Insekten). Vielleicht ist das alte Paar nicht weggegangen, weil es ein paar Jahre von Porridge leben und in Inverness am Gas sparen musste, sondern wegen dunkeläugiger Enkel in weißer Baumwolle und der Siestas, in denen man die Fensterläden schließt, damit die Sonne draußen bleibt. Ich überflog das dritte Kapitel, in dem ich versuche, die im späten achtzehnten Jahrhundert aufkommende neue Art von Kinderbüchern auf denselben Ursprung zurückzuführen wie das Interesse an der Institutionalisierung.

Der elterliche Status der Kinderbuchautoren nimmt in der Trope des »Textes als Milch« überraschend buchstäb-

> liche Bedeutung an, wenn die Autorin sich mit der stillenden Mutter vergleicht, die ihre Leser mit der förderlichsten moralischen Kost nährt. Diese Metapher legitimiert die Arbeit dieser Autorinnen in moralischer Hinsicht, scheint sie doch die Grenzen zwischen intellektuellen Mühen und den Mühen der Reproduktion einzureißen, über die sich unsere Kultur im Hinblick auf das Muttersein bis heute ärgert. Darüber hinaus jedoch rekonfiguriert sie reproduktive und häusliche Arbeit – wenn auch weniger offensichtlich – in den Begriffen der Ökonomie. Im achtzehnten Jahrhundert stand Muttermilch, den Büchern gleich, zum Verkauf.

Ich löschte »bis heute ärgert«. Es stimmte, aber ich hörte schon die Stimme von Dr. Marjorie Owdon: »Man schreibt doch nicht für die *Daily Mail*, meine Liebe. Die Hausfrauen brauchen Sie nicht anzusprechen.« Als offenbare man mit der Berücksichtigung der Hausfrauen das dreckige Geheimnis, dass man selbst auch ein häusliches Leben hatte. Die Stipendiaten lebten fast alle dort, wo sie arbeiteten – Erwachsenenleben in einem Wohnschlafzimmer mit Gemeinschaftsküchen und -bädern, die sich von denen der Studenten nur durch Farbe an den Wänden und weniger Essen, aber besseren Wein in den Kühlschränken unterschieden. Die Stipendiaten nahmen ihre Mahlzeiten im Studentenwohnheim ein, und der Eifer, mit dem sie die Wahlen zum Essenskomitee durchführten, war darauf zurückzuführen, dass sie alltags stets Ochsenschwanzsuppe vorgesetzt bekamen. Die Mitglieder des Essenskomitees – die ansonsten zu internen Streitigkeiten neigten und über Jahre Krieg um die Position einer Keksdose oder das Falten von Servietten führten – arbeiteten fröhlich zusammen, wenn sie das Vergnügen hatten, das Dinner zu planen, das für die neuen Bewerber ausgerichtet wurde. Es ging darum, einen Hindernislauf des guten Benehmens zu ersinnen, damit die unerwünschten Personen ausgesondert wurden, die sich bloß verstellten, um das britische Klassensystem zu durchbrechen und auf die Shortlist für ein Stipendium am College von Oxford zu kommen. Das All Souls College bot traditionell Kuchen mit Kirschen an, die nicht entsteint worden waren – eine ganz alte Masche. Oliven wären eine naheliegende Alternative, wäre der Koch bereit oder in der Lage gewesen, sich so weit in Richtung Mittelmeerraum zu wagen. Meeresfrüchte hätte der Schatzmeister aus Kostengründen niemals toleriert – als ehemaliges Frauen-College musste St. Mary Hall im Gegensatz zu den großzügiger ausgestatteten Stiftungen jeden Pfennig zweimal umdrehen –, und überhaupt hielt man die nötige Ausrüstung wohl für zu *bourgeois*. Spaghetti waren eine allzu *bohème*-artige Kampfansage, an der außerdem auch die Mehrzahl der Stipendiaten scheitern würde, also begnügten sie sich damit, große Teller mit steinhartem Karamell auf dem Pudding bereitzustellen und kleine Fische unzerlegt aufzutischen. Es bestand die Möglichkeit, beides zu umgehen, indem man sich als Vegetarier ausgab und dem Pudding das Obst vorzog, woraufhin ein Apfel auf einem Teller erschien, dem ein Obstmesser und eine Gabel samt Serviette auf einem Serviertablett folgten, dies allerdings so viele Minuten später, dass der Unachtsame bereits in die Falle gegangen war. Ich sollte den Cassinghams wirklich dankbar sein, dass sie mich in Bezug auf Fischmesser und das Essen eines Apfels mit einer Gabel geschult hatten, denn vielleicht verdanke ich ihnen mein Stipendium.

»Mami?«

Raphael schon wieder. Ich würde in den anderen Cottages

nach einem neuen heimlichen Büro gucken müssen, auch wenn keins von ihnen ein halbwegs heiles Dach hatte.

»Was? Ich arbeite.«

Er kam rein und blieb stehen, wobei er mit seinem Schuh über den Boden schabte.

»Du hast nicht geschrieben.«

Ich straffte die Schultern.

»Raph, ich darf auch nachdenken, okay? Arbeiten besteht nicht nur aus Tippen.«

Er betrachtete das Foto über meinem Kopf. Er hatte Tinte an den Händen und Schmutz unter den Fingernägeln. Die Erde, in der wir gegraben hatten.

»Tut mir leid.«

Ich streckte den Arm nach ihm aus und strich ihm über die Schulter.

»Tut mir leid, Raph. Ich hab nur so wenig Zeit dafür. Und wenn ich dieses Buch nicht fertig bekomme, dann kriege ich keinen neuen Job.«

Er sah auf seinen Fuß, der über den Boden schabte.

»Mami?«

»Ja.«

»Mami?«

Ich seufzte. »Was ist, Raph?«

»Mami, warum ist das Baby gestorben? In der Erde?«

Ich sicherte das Dokument und schloss es.

»Komm her.« Ich legte meinen Arm um ihn. »Du weißt doch, dass die Leute, die hier vor langer Zeit lebten, nicht immer gesundes Essen gefunden haben? Und dass sie nicht immer sauberes Wasser hatten?«

Sein Gesicht hellte sich ein bisschen auf, als er eine vertraute Geschichte wiedererkannte.

»Wie die Kinder in Afrika?«

Regen schlug ans Fenster wie eine Handvoll Steine.

»Wie manche Kinder in manchen Teilen Afrikas. Und in manchen Teilen der Vereinigten Staaten übrigens auch. Wenn Menschen kein gesundes Essen haben, können sich ihre Körper nicht gegen Krankheiten wehren. Und wenn sie kein sauberes Wasser haben, werden sie krank. Die Körper von Babys haben noch keine Übung darin, von selbst wieder gesund zu werden, deshalb wurden Babys öfter krank als andere Menschen, und manchmal sind sie gestorben. Heute haben wir gutes Essen und sauberes Wasser, und wenn Babys krank werden, dann gibt es viele Möglichkeiten, ihnen zu helfen, wieder gesund zu werden.«

»In Krankenhäusern?«

Er erinnerte sich an jemanden aus seiner Klasse in Oxford, dessen zu früh geborene Schwester im Krankenhaus gestorben war.

»Manchmal. Manchmal kommen Babys aber auch zur Welt, lange bevor sie fertig sind, und dann können ihnen nicht mal die Menschen im Krankenhaus helfen.«

Raphael lässt sich nicht so einfach ablenken. Darin, die Geschichte von Geburt und Tod des Babys Olivia zu erzählen, waren wir geübt, und er kannte sie bereits.

Er ließ den Saum seines T-Shirts durch seine Finger gleiten.

»Warum haben sie das Baby beim Haus begraben? Warum nicht auf dem Friedhof? Mit einem Stein mit seinem Namen drauf?«

»Ich weiß es nicht«, sagte ich.

»Sag, was du glaubst.«

»Ich weiß es nicht, Raph. Es ist lange her. Damals waren die Dinge vielleicht anders. Die Leute haben anders gedacht.«

»Sag, was du glaubst.«

Ich klappte mein Laptop zu und schob es in die Plastiktüte von Blackwell's in der Broad Street, die ich als Computerregenschutz und Talisman benutze.

»Vielleicht ist es dort begraben worden, ehe das Haus gebaut wurde, weißt du? Unser Haus ist das neueste auf der Insel. Komm, wollen wir Abendessen machen? Papa hat einen Kopfsalat mitgebracht, wir können Salat machen.«

Seit wir hier sind, betrachten die Kinder, und sogar ihre Eltern, Salat als eine Köstlichkeit. Giles sagt, wenn wir organisierter wären, könnten wir selbst welchen ziehen. Wir könnten eine Menge machen, wenn wir organisierter wären.

Raphael ruderte wieder mit den Armen, so als ob er unsichtbaren Flugzeugen den Weg weisen wollte.

»Wenn ich ein Baby hätte, würde ich es in einen speziellen Kasten legen und die Luft filtern, und ich würde es durch einen speziellen Schlauch ernähren, der sterilisiert ist, und ich würde Maschinen haben, damit ich weiß, dass es richtig atmet, und dann würde es nicht sterben ...«

»Raph?«

»Und es gäbe auch eine Maschine, damit ihm warm ist, und seine Mami und sein Papi könnten auf einer Art Trimmrad fahren, um die Energie dafür ...«

»Raph? So was braucht man nur, wenn das Baby zu früh ...«

»Und wenn es dort heiß ist, dann würde ich eine Maschine machen, damit es kühl genug ist, aber das ist schwieriger, wenn man nicht sehr viel Energie verbrauchen will, weil man die Hitze in Kälte umwandeln muss.«

»Raphael, ich mache jetzt Abendbrot. Komm, hilf mir. Du kannst die Salatschleuder drehen.«

Nachtwache, 03:11 Uhr

Diesmal tauche ich an die Oberfläche, kurz bevor das Weinen losgeht. Das Haus ist still und das Mondlicht so hell, dass ich die Pfosten unseres Himmelbetts erkennen kann, und eine Bewegung in dem Voilestoff, durch den ich Julias nicht waschbare viktorianische Vorhänge ersetzt habe, und den Umriss von Giles, der sich in mehr als seinen Teil der Decke eingerollt hat. Der Wind heult um die Ecke des Hauses, jagt vorbei am Kasperletheaterzelt. Es gibt kein einleitendes Wimmern. Moth schreit, als würde die Mutter des Skeletts in sein Bettchen greifen, mit Händen, die immer noch zittern, weil sie ihrem eigenen Baby den Hals umgedreht hat. Ich finde mich neben ihm wieder und entreiße ihn ihren Klauen. Er hält sich an meinen Haaren fest und klammert sich an meine Schulter, und ich streichele seinen warmen Rücken. Ich küsse Tränen von seiner Schläfe und er rollt sich zusammen, sodass ich ihn so halten kann, wie ich ihn gehalten habe, als er neu und wir noch nicht voneinander getrennt waren.

»Es ist alles gut, Moth. Mami ist hier. Schlaf jetzt.«

Wir gehen. Die Parks Road hinunter, wo das Keble College in der untergehenden Sonne leuchtet wie eine Lavalampe, und plötzlich habe ich eine Vorstellung davon, was die Viktorianer mit Neon hätten anfangen können. Die Blätter wirbeln um meine Füße, als wir am Universitätsmuseum vorbeikommen, hinter dessen Mauern Dinosaurier schlafen, zwischen denen die Schrumpfköpfe und die kolonialen Schuldgefühle von Pitt Rivers lauern. Besucher können lauter kleine Schubladen unter den Vitrinen öffnen, aber wenn sie es tun, setzen sie ihre Träume aufs Spiel. Über die abgewetzte Bordsteinkante, an der man auf Fahrradfahrer achten muss, und an den hohen Mauern von

Rhodes House vorbei. Rosen drängen sich auf den Steinen, und hinter ihnen treibt wie ein umgekipptes Schiff die Bibliothek. Moth schnauft und ich beginne, seinen Rücken zu reiben und zu tätscheln. Der Wind heult wieder, Regen spritzt gegen die Scheiben, und draußen in der Dunkelheit flattert das Zelt über einem seelenlosen Bett. Wenn ich Moth mit in unser Zimmer nähme, wo ich ihn gerne hätte, würde Giles aufs Sofa ziehen, als hätte ich Kröten ins eheliche Bett eingeschleust. Unter dem Blick von Hertford über die Straße und durch das Hobbit-Loch in der Holztür auf den Innenhof der Bodleian Library. Wir nähern uns dem Bett und bleiben stehen. Moths Atem verändert sich, als ich die Arme senke.

»Mami!«

Ich lege ihn mir wieder an die Schulter, und wir schlendern in der Sonne über den Platz, genießen den letzten Sonnenhauch, ehe wir uns gegen die schweren Glastüren lehnen, die einstweiligen Zutritt gewähren. Durch den Shop, wo Besucher Sachen kaufen können, die beweisen, dass ihre Füße die Steine berührt haben, über die Oxford-Wissenschaftler schreiten. Am Rand des Kinderbettes horche ich noch einmal in das Haus. Nichts rührt sich, was nicht heißt, dass es nicht da ist. Ich senke ihn hinab, als wäre er eine griechische Urne. Er murmelt etwas, dreht sich um, greift nach meiner Hand. Ich bin angebunden. Ich lege den Kopf auf meinen Arm, der am Kopfende des Kinderbettes liegt. Nach ein paar Minuten wird meine Hand taub.

Die Polizei kam am Morgen wieder, sechs Mann in zwei Booten. Giles war zu den Papageientauchern gegangen, ich versuchte die Wäsche auf ein Trockengestell zu hängen, das an einer abgedrehten Heizung lehnte, in dem Aberglauben, dass der Geist winterlicher Wärme die Kleidung trocknen würde, und Moth half, indem er die Kleider abnahm und sie zurück in die Waschmaschine tat. Ian MacDonald erschien an der Hintertür.

»Mr. MacDonald. Haben Sie herausgefunden, wie lange das Begräbnis her ist?«

Er sah sich um. Raphael hatte noch nicht gefrühstückt, deshalb hatte ich den Tisch noch nicht abgeräumt, und die Joghurtkleckse rund um Moths Stuhl sahen aus, als hätten dort Vögel genistet. Es ist keine strafbare Handlung, seine Haare nicht gebürstet zu haben.

»Das kann eine Weile dauern, Mrs. Cassingham. Wir würden uns die Stelle gern noch einmal ansehen, wenn das in Ordnung ist.«

»Natürlich. Wann bekommen wir den Garten zurück? Wir müssen die restlichen Bäume pflanzen.«

Obwohl ich vermutete, dass die Bäume bereits tot waren.

»Wir lassen es Sie wissen, Mrs. Cassingham. Wir bitten Sie nur, den Teil, den wir abgesperrt haben, nicht zu betreten. Und vielleicht könnte ich später noch mal mit Ihnen sprechen?«

Moth bummelte zu uns herüber und bot ihm eine meiner weniger appetitlichen Unterhosen an.

»Moth! Nein, gib Mami das zurück.« Ich griff danach und erwischte Moths Kopf, als er sich gegen die Tür warf. Ich ließ ihn wieder los und trat einen Schritt zurück. Manchmal habe ich das Gefühl, als schmeiße er sich statt meiner auf den Boden. Die Polizei sah zu. Ich war mal Gebietsvertreterin des Jugendverbandes für atomare Abrüstung, eine einfache Methode, um meine Mutter zu ärgern, die den möglichen zusätzlichen Vorteil hatte, die Welt vor dem nuklearen Holocaust zu retten. Wir bildeten Arbeitsgruppen über »Konkretes Handeln ohne Gewalt«, in denen wir uns darüber austauschten, wie wir das öffentliche Bewusstsein schärfen und die Obrigkeit auf die Palme bringen konnten – worauf allerdings keiner von uns vorbereitet war, ich, weil ich Angst vor der Polizei hatte, und die meisten anderen, weil sie Jura studieren und sich keine Vorstrafe einhandeln wollten. Statt also mitten in der Nacht mit von der Polizei gestohlenen Verkehrskegeln die Autobahn zu blockieren, brachten wir hausgemachte Stücke über den nuklearen Winter auf der High Street zur Aufführung. Auftritt Kakerlake von links. Kleinkinder wären natürlich die Lösung gewesen. Eine Kampagne, die aus koordinierten Trotzanfällen bestand, würde in den Fluren der Macht schneller politischen Wandel bewirken als jede herkömmliche Protestform.

»Mami, geht es Moth gut?«

Raphael, der seine rosa geblümte Pyjamahose trug und sonst nichts, mit einem grünen Bluterguss an der Schulter. Ich nahm Moth hoch, und er schlug mir ins Gesicht und trommelte mit den Füßen gegen meinen Brustkorb.

»Nicht hauen, Liebling. Raph, willst du dir nicht was anziehen? Dir muss doch kalt sein.«

Er kratzte sich am Po. »Nein.«

Die Polizei stand immer noch da.

»Sprechen Sie ruhig weiter, wenn Sie wollen«, sagte ich.

»Woher hat der Junge den Bluterguss?«, fragte Rory.

»Raph?«

Moth entspannte sich an meiner Brust und winkte. »Hallo, Mann!«

»Ich weiß es nicht. Er bekommt leicht blaue Flecken. Raph, bist du vom Hüpfball gefallen?«

»Nein.« Er ging weg.

»Gut«, sagte ich. »Also, ich gehe nach oben. Die Gartentür ist offen.«

Ich nehme an, in der eigenen Küche kann man der Polizei

vertrauen, und ich hoffte fast, dass sie die Papiere auf dem Tisch durchsahen und merkten, dass wir, theoretisch betrachtet, unschuldig waren.

Die Polizei war immer noch da, als Moth nach dem Mittagessen eingeschlafen war. Ich hatte meine E-Mails seit Tagen nicht angesehen und brauchte den Internetzugang langsam dringender als Schlaf. Ich erwartete zwar nichts Bestimmtes, aber ein paar meiner Aufsätze wurden noch begutachtet, und theoretisch kann es immer sein, dass eine E-Mail kommt, die das Leben verändert – obwohl mir nicht ganz klar ist, welche Form genau so ein Schreiben haben sollte, zumal wir die Nachricht, dass wir eine Million Pfund gewonnen haben, ja löschen würden, ohne sie zu öffnen, genau wie wir Menschen schneiden, die behaupten, der Messias zu sein.

»Raph?« Er baute etwas, das aussah wie ein Flughafen. »Raph, ich geh mal kurz rüber zum Blackhouse, meine E-Mails checken. Willst du mitkommen? Gucken, wie es mit dem Dach vorangeht?«

Er sah zum Fenster, als stünde ich im Garten. »Was ist mit Moth?«

Ich sah die Treppe hinauf. Moth wacht mittags nie auf, bevor ich ihn wecke. Ihm wäre nichts lieber, als den ganzen Nachmittag zu schlafen, um für die kommende Nacht frisch zu sein. Der Garten war voller Gesetzeshüter.

»Ihm steht die halbe *Highlands and Islands Police* zur Verfügung. Ich bin nur eine Minute weg.«

Raph befestigte an der Spitze eines Kontrollturms die Flügel einer Lego-Windmühle, die ich ihm gekauft hatte, um sein Interesse für die Geschichte seiner Vorfahren zu wecken. Radar.

»Was, wenn es brennt?«

»Es ist nichts angeschaltet. Es gibt keinen Grund, warum es brennen sollte. Raph, komm, entscheide dich, ich hab nicht viel Zeit.«

Sekunden vergingen. Er sah mich an.

»Ich glaub, ich bleibe hier und passe auf Moth auf. Danke.«

Jake machte natürlich gerade Mittagspause, rauchte und beäugte die zweimotorige Polizeibarkasse unten am Strand. Ich setzte mich auf die Treppe, und der Computer fand sofort das Netzwerk und wählte sich ein. Mitteilungen an alle Stipendiaten über den Jahresurlaub des Pförtners, ein Aufruf, vor Semesterbeginn die Forderungen der Bibliothek zu begleichen, ein Bericht der *British Association for Eighteenth Century Studies*, die Ankündigung einer Konferenz in Boulder, Colorado, an der ich nach Annahme der Organisatoren so gern teilnehmen wollte, dass ich dafür mehrere Hundert Dollar bezahlen würde. Seit Moths Geburt war ich nur bei einer einzigen Konferenz gewesen. Ich habe abgestillt, damit ich fahren konnte, und dachte, ich würde meiner Karriere nach dem Mutterschutz einen Relaunch verschaffen, und dann verbrachte ich die meiste Zeit schlafend, im Hotelpool oder in Cafés am Hafen, in denen ich kanadische Zeitungen las. Ich habe Pizza gekauft und Eis und habe auf dem Hotelbett gelegen und alles aufgegessen und Krimis gelesen. Auf dem Flug habe ich einen Vortrag aus meinem Buch zusammenkopiert, weil ich sowieso annahm, dass die anderen meinen Vorträgen nicht aufmerksamer zuhören würden als ich ihren; genauer gesagt, fragt sich der größte Teil des Publikums den größten Teil der Zeit, was sie zum Mittag essen, oder überlegt, wen sie sich aussuchen würden, wenn sie mit einem der Leute im Raum Sex haben müssten. Wenn es ein programmatischer Vortrag ist oder ich keinen Hunger habe, entscheide ich, mit welchem der Männer im Raum ich im Austausch gegen eine Festanstellung und/oder einen Buchvertrag mit der Yale University Press schlafen würde (obwohl die Männer, die ich ins Auge fasse, falls sie dasselbe Spiel spielten, auf solchen amerikanischen Konferenzen unter vielen ausgesprochen durchtrainierten Promotionsstudentinnen wählen könnten, wie mir letztes Mal in den Sinn kam. Ich bin nicht mehr sicher, ob meine Person, die von fünf Geburtshelferinnen und einem Assistenzarzt unter Zuhilfenahme einer Reihe metallener Hilfsmittel durchwühlt wurde, auf dem freien Markt noch großen Tauschwert hat). Ich löschte die E-Mails und hatte noch dreizehn Minuten zur Verfügung, bis ich Moth wecken musste. Ich stand auf, um aus dem Fenster zu sehen. Keine Rauchwolken. Ich loggte mich im J-Stor ein und suchte nach Artikeln, die die Schlagworte »Kindsmord« und »Schottland« enthielten, sah wieder aus dem Fenster und speicherte auf der Festplatte die Titel, die am vielversprechendsten klangen und sich überwiegend mit neolithischer Archäologie und Gerichtsprozessen aus dem neunzehnten Jahrhundert befassten.

»Was haben Sie mit Ihren Jungs gemacht?«

Jake stand im Türrahmen, wie üblich bekleidet mit einer zerschlissenen Jogginghose und einem engen schwarzen T-Shirt mit dem verwaschenen Bild von irgendwas Aggressivem auf dem Bauch und Schuppen auf den Schultern. Er scheint für Kälte vollkommen unempfindlich zu sein. Jakes Frau arbeitet ein bisschen als Sekretärin in der Schule, jetzt, wo das jüngste Kind sechs ist.

»Hallo, Jake. Wie geht's?«

»Geht schon. Wo sind Ihre Jungs? Nicht bei ihrem Papa, den hab ich weggehen sehen.«

Ich sah wieder auf den Bildschirm. Ich bezahle Jake, rief ich mir in Erinnerung, und zwar nicht als mein Gewissen. »Moth hält Mittagsschlaf und Raph spielt Lego. Ich musste meine E-Mails checken, und Sie wissen ja, dass das Signal da drüben miserabel ist.«

Er blickte auf den Computer, als hätte er mich dabei erwischt, wie ich Pornos runterlud.

»Und ich lade mir ein paar Artikel runter, die ich lese, wenn ich mal wieder Gelegenheit habe.«

Er hob die Arme und umfasste mit den Händen den Türsturz, womit er den Durchgang blockierte. Das Licht schien durch seine roten Haare, als wäre er ein Racheengel.

»Meine Frau würd meinen Handrücken zu spüren kriegen, wenn sie unsere so behandeln würde wie Sie diese kleinen Jungs.«

Der Wind drückte das Gras hinter ihm zu Boden.

»Was?«

»Ich hab zu arbeiten.« Er hob ein Werkzeug auf und fing an, damit Lärm zu machen.

Ich wandte mich wieder zum Fenster und kam mir vor, als hätte er mich tatsächlich geschlagen. Misshandelte er seine Frau? Mein Drang zu diskutieren rang mit dem Verlangen, die Polizei zu rufen und ihn für seine Drohungen festnehmen zu lassen, obwohl ich mir vorstellen konnte, auf welcher Seite die Polizei wäre, und außerdem bedrohte er ja weder seine Frau, die ihre Kinder nicht allein gelassen hatte, während sie ihre E-Mails checkte, noch mich, da ich nicht seine Frau war.

»Jake?«, schrie ich.

Der Lärm hörte auf. »Was?«

»Ich mache meine Arbeit, Jake. Das, wofür ich bezahlt werde. Stellen Sie sich vor, Sie müssten hier Ihren Job machen und Ihre

Frau wäre elf Stunden am Tag weg, um Papageientaucher zu beobachten. Was würden Sie mit Ihren Kindern machen?«

»Tut sie aber nicht. Ich würd sie nicht lassen.« Er fing wieder an, Lärm zu machen. Es hat keinen Sinn, mit Leuten zu diskutieren, die Lärm machen wollen.

Moth hätte vor drei Minuten geweckt werden sollen. Ich lief über den unebenen Boden zurück, um meine Arbeit für den Abend außer Gefahr zu bringen.

»Mrs. Cassingham.« Ian MacDonald saß am Küchentisch, seine Mütze balancierte auf einem der Papierstapel. Er sah nicht aus, als würde er irgendwas tun.

»Haben Sie mir einen Schreck eingejagt«, sagte ich. Oben war kein Laut zu hören, nichts wies darauf hin, wo Raph sein mochte.

»Mrs. Cassingham, lassen Sie Ihre Kinder öfter allein?«

Ich bog meine Finger nach hinten und verbot es mir dann. Oh ja, ich lasse sie alleine und ich fluche vor ihnen und ich drücke ihre Gesichter in die Matratze, wenn sie nicht schlafen wollen, aber ich möchte nicht, dass Sie sie mir deshalb wegnehmen.

»Sie waren hier«, sagte ich. »Sie waren hier, und außerdem hat Moth geschlafen. Raph wusste, wo ich bin. Es ist eine Insel, verdammt noch mal. Es wimmelt hier nicht gerade von Heroinabhängigen und Menschenhändlern.« Ich unterbrach mich. Mir drehte sich der Magen um. »Warum? Wo sind sie?«

Ian MacDonald wartete, und es war kein Geräusch zu hören, nicht vom Hüpfball und nicht aus Moths Zimmer. Schließlich sprach er zu Moths Schale mit erstarrtem Brei, die vor ihm auf dem Tisch stand.

»In dieser Gegend ist man empfindlich, Mrs. Cassingham, was lästerliche Sprache betrifft. Wenn Sie es vorziehen, keinen

Ärger zu verursachen, finden Sie vielleicht lieber zu einer anderen Ausdrucksweise. Und ich könnte mir vorstellen, dass ich mehr über das Ausmaß der kriminellen Aktivitäten hier weiß als Sie, stimmen Sie mir da nicht zu?«

»Den Kindern geht es gut«, sagte ich. Ich biss mir auf die Lippe.

»Ja. Ich habe vor ein paar Minuten nach Timothy gesehen, und mein Kollege hat Raphael mitgenommen, um ihm unser Boot zu zeigen. Aber, Mrs. Cassingham, die *Highlands and Islands Police* ist nicht hier, um Ihre Kinder zu hüten, und ich weiß zwar nicht, was das Sozialamt davon halten würde, dass Sie sie allein lassen, aber sicher sind wir uns einig, dass es besser wäre, es bestünde keine Notwendigkeit, diesem oder einem anderen Amt Bescheid zu geben. Was immer Sie für berufliche Verpflichtungen haben, ich schlage vor, dass Sie und Ihr Mann es zu Ihrer obersten Priorität machen, Betreuung für Ihre Kinder zu organisieren. Sie sind nicht die erste englische Familie, die mit der Vorstellung hierherkommt, dass die Inseln Zuflucht vor Ihrer Verantwortung bieten.«

»Ich habe nicht …« Ich unterbrach mich. »Ich war nur ein paar Minuten weg. Ich wollte nur …« Ich holte Luft. »Ich muss jetzt nach Moth sehen.«

Ich hoffte, ich war die Treppe schon so weit hochgegangen, dass Ian MacDonald mich nicht weinen hörte. Ich nahm Moth, der immer noch fest schlief, auf den Arm und hielt ihn fest, spürte seine Wärme und den Hall seines Herzschlags, während ich in sein Haar weinte. Ich kann das nicht, Mutter sein. Ich hätte keine Kinder bekommen sollen.

Ich habe mir Notizen gemacht, ich weiß nicht, warum. Ich öffnete einen neuen Order, nannte ihn »Obstgartenbaby« und rollte mich auf dem Sofa zusammen, mit meinem Laptop auf einem Kissen und einem Glas von dem Bordeaux, den Hugo im Keller hinterlassen hatte. In einem neolithischen Kammergrab in Westray waren

> unter den letzten Beerdigten in den ersten beiden Kammern vier Neugeborene. Zwei weitere, voneinander unabhängige Beerdigungen von Neugeborenen müssen zu einem Zeitpunkt stattgefunden haben, als sich das Monument bereits in einem fortgeschrittenen Zustand der Verwitterung befand. Es wird vermutet, dass die Nutzung dieser verfallenen Stätte für die Beseitigung Neugeborener darauf hinweist, dass einige dieser Säuglinge womöglich die Opfer von Kindstötungen waren, und dass diese Stätten für die Beerdigung einer besonderen Kategorie »unerwünschter Toter« genutzt wurden.

Ich stellte fest, dass ich nicht nur Strom hatte, auch das Symbol für den Internetzugang machte sich zuckend bemerkbar. Ich schob das Laptop auf die Sofalehne, und das Signal wurde stärker, sodass ich den Zitaten nachgehen konnte. Auf den Inseln werden regelmäßig neolithische Gräber ausgehoben, von Skye bis Orkney. Draußen an der Landzunge am anderen Ende von Colsay, hinter der Spitze des Hügels, ist auch so ein Grab, das nur vom darunterliegenden Strand aus zu sehen ist. Sogar die Einsiedlerin hat sich in den Klippen niedergelassen, wo ihre Sicht auf das Meer von den Belangen des Lebens und des Todes nicht gestört wurde. Vor zwei Jahren habe ich Raphael mit zu unserem Grabhügel genommen, in dem Sommer, als ich mit

Moth schwanger war und froh, irgendwo Urlaub machen zu können, wo es kühler war als in Oxford, und das, ohne zu fliegen; wir haben gepicknickt und den Wellen und dem Wind gelauscht. Es war ein sonniger Tag, so warm, dass wir später noch im Wasser geplanscht haben, und wir saßen auf dem begrasten Hügel und sprachen über den Tod, während Moth mit den Füßen gegen mein Hüftgelenk und mein Schambein stieß.

Ich nippte an meinem Wein. Das Haus war ruhig, und die Polizei hatte das Zelt abgebaut und ein Loch hinterlassen, das viel größer war als vorher. Schütten Sie es nicht zu, hatte ich zu Ian MacDonald gesagt. Wir machen das, wir pflanzen einen Baum für die Kleine. Wir würden das Baby nicht zurückbekommen, um es anständig zu beerdigen, sagte er, als ich fragte. Nicht, solange sich nicht herausstellte, dass wir seine engsten lebenden Verwandten waren, fügte er bedächtig hinzu. Es gibt auf diesen Inseln nicht mal annähernd so viele Leichen in Gräbern, wie es lebende Einwohner gab, was bedeutet, dass viele der Toten irgendwo anders sind, draußen im Meer oder verschwunden, aber in der Jungsteinzeit wurden Babys überwiegend in den »Grenzgebieten« begraben, an den Rändern und in den Vorräumen der Gräber, die der ganzen Gemeinschaft dienten. Sechzig Prozent der Toten in dem Grab auf Westray waren neugeborene Babys. Sie waren senkrecht in Lücken zwischen den Steinen gestopft worden, unter denen die Leichen der Erwachsenen lagen, die in Embryonalstellung festgebunden waren und Spuren aufwiesen, die darauf hindeuteten, dass man mit ihnen über Jahrzehnte irgendwelche Rituale durchgeführt hatte – zwischen ihrem Tod und dem, was zu ihrer letzten Bestattung wurde, ob sie als solche gedacht war oder nicht. Der leitende Archäologe kommentierte schwarz auf weiß: »Der Ort muss gestunken haben, als er in Gebrauch war. Mit all den toten Körpern, die unter

Steinen und Geröll verwesten« (Orkney Archaeological Trust, *Annual Report 2006*). Man geht davon aus, dass ein so hoher Prozentsatz von Neugeborenen darauf hinweist, dass Kindsmord eine weitverbreitete Praxis war. Etliche jungsteinzeitliche Gräber haben eine Treppe, die in die Erde hinunterführt, und dort unten weist einiges darauf hin, dass gefeiert wurde, als hätten die Menschen ihre Feste zusammen mit den Toten begangen. In dem Artikel waren Fotos von einer Treppe zu sehen, eins mit einem kauernden Archäologen in Regenkleidung, der von unten hochsah. Unser Broch ist nie vollständig freigelegt worden, obwohl der Turm im Verzeichnis von *Heritage Scotland* aufgeführt ist. Ich erinnerte mich nur an aufgeworfenes Gras und verstreute Kieselsteine, aber falls es eine Treppe gab, hätten spätere Anwohner sie wahrscheinlich zugeschüttet. Treppen führen in zwei Richtungen, und wer möchte schon, dass irgendwas herauf- und in die Nacht kriecht?

Mehr Wein. Es war dunkel geworden, und ich stand auf, um die Vorhänge zuzuziehen. Früher habe ich mich über Julia lustig gemacht wegen der Vorhänge, die in einem Zimmer, in dem niemand schläft und in dem man sich darauf verlassen kann, dass niemand draußen vorbeigeht, vollkommen unnötig sind, aber als ich mich und mein elektrisches Licht durch den windgepeitschten Obstgarten wanken sah, verstand ich den Reiz von Falten werfendem Samt. Ich trat in die Halle und blieb stehen, lauschend, unterdrückte den Drang, die Türen zu verriegeln, und ging zum Sofa zurück. In der Bronzezeit, bevor die Menschen Kammergräber bauten, lebten die Insulaner in Rundhäusern. Die Dinge, die sie auf dem Boden zurückgelassen haben, legen nahe, dass sich die Bewohner eines Rundhauses im Laufe des Tages einmal rundherum bewegten. Sie schliefen in der nördlichen Hälfte auf Podesten aus Torf und Heidekraut, wo das Pipi kleiner Kinder Spuren hinterlassen hat, die bis heute nachweisbar sind, und arbeiteten tagsüber in der südlichen Hälfte mit Lebensmitteln und Lederwaren und Textilien. Das nordöstliche Viertel scheinen sie leer gelassen zu haben, was Sinn ergab, als in diesem Teil jedes Hauses unter Bodenhöhe menschliche Körper gefunden wurden, überwiegend von Babys und kleinen Kindern. Die Menschen der Bronzezeit begruben ihre Kinder nicht im Boden, sondern bauten sie in ihre Häuser ein; die Leichen wurden bestattet, nachdem die Mauern gebaut, aber ehe die Böden fertig gemacht wurden. Ich dachte noch einmal über den unebenen Grund des Obstgartens und die überall verstreuten Steine nach, über die Steine in der Mauer, die die Grenze markierte. Baumaterialien werden auf diesen Inseln immer wiederverwendet. Manche dieser Steine können über die Jahrhunderte für jede Menge Häuser verwendet worden, durch jede Menge Hände gegangen sein, die lange nicht mehr da sind. Vielleicht waren wir auf die neu angeordneten Überreste eines bronzezeitlichen Rundhauses gestoßen. Einige der Kinderkörper, die in Rundhäusern gefunden worden waren, scheinen zwischen ihrem Tod und ihrer Beerdigung in Beuteln aufbewahrt worden zu sein, als hätten die Familien die Leiche behalten, bis sie sie für ein neues Haus brauchten, aber andere, vor allem Neugeborene, wurden sofort nach ihrem Tod begraben. Vielleicht nicht unbedingt die ungewollt Toten, aber die nützlichen Toten.

Irgendwo im Haus fiel etwas zu Boden. Ein Stein, den Schornstein hinab, eine der Gummienten, die vor Kurzem in Moths Bett übergesiedelt waren. Ich sah mich um und wünschte dann, ich hätte es nicht getan, obwohl da nichts war, nicht mal in dem schweren viktorianischen Spiegel über dem Kaminsims war etwas, und das hieß, dass alles, was in der dunklen Halle stand, mich sehen würde, bevor ich es sah. Ich zog meine Strickjacke fester um mich. Ich war sicher, dass die Polizei inzwischen eine Vorstellung vom Alter der Knochen hatte, aber ich nahm an, dass sie keinen Grund sahen, sich uns anzuvertrauen. Das Problem an der Idee mit der Bronzezeit war die Decke. Keiner der Artikel schloss Stricken explizit von der Liste der Tätigkeiten aus, denen man in Rundhäusern nachging, aber ich war doch ziemlich sicher, dass wir die neolithische Archäologie mit einem Schlag umgestalten würden, wenn wir eine bronzezeitliche gestrickte Decke fänden.

Auf dem Weg waren Schritte zu hören und die Haustür öffnete sich.

»Giles?«

»Nein, ein Hausierer, der Schrubber verkauft. Natürlich bin ich es, wen hast du denn erwartet?«

Kleine Geister aus der Vorgeschichte natürlich. Es regnete seit Stunden, aber seine gewachste Jacke war fast trocken.

»Giles, du warst nicht bei den Papageientauchern, oder? Wohin gehst du immer?«

Er stand im Türrahmen und sah mich an, als wäre er ein Abgeordneter und ich Journalistin.

»Was meinst du damit? Was denkst du denn, wo ich hingehe, in den Pub?«

»Irgendwohin, wo es trocken ist. Irgendwohin, wo es Licht gibt, schätze ich mal. Entweder hast du eine Höhle gefunden und einen Geheimvorrat an Kerzen, oder es ist das Blackhouse. Gott, Giles, was machst du denn da drin?«

Er wirkte, als hätte jemand die Fäden durchgeschnitten, an denen er hing.

»Es waren nur ein paar Abende. Ich arbeite daran.«

Er sprach den Kaminvorleger an, auf dem von Julias und

Hugos letztem Besuch immer noch Hundehaare lagen. Ich strich über den Stiel meines Glases.

»Daran oder darin?«

»Spielt das eine Rolle?«

Mir tat der Kopf weh. Wir hatten dieses Gespräch schon zu oft geführt. »Für mich spielt es eine Rolle.«

Er streckte die Brust heraus. »Du willst also, dass ich aufhöre, meine Arbeit zu tun? Denkst du, weil ich einen unbefristeten Vertrag habe, kann ich so rumwursteln und mit den Kindern spielen, während du dein Buch schreibst? Du schreibst doch dein Buch, oder?«

Er deutete mit dem Kinn auf das Laptop.

»Ich versuche es. Ich bin seit neunzehn Stunden wach und ich arbeite immer noch, verdammt, weil ich keine andere Möglichkeit sehe, obwohl ich weiß, dass Moth jetzt jeden Moment aufwachen kann und dass es das dann erst mal wieder war. Ich kann das nicht, Giles, ich kann so nicht weitermachen.«

Ich sage das immer wieder und stelle währenddessen unter Beweis, dass ich es kann. Giles blieb an der Tür stehen, drehte sich aber nicht um.

»Ich gehe schlafen. Ich habe noch eine E-Mail von dieser Frau bekommen. Judith Fairchild. Sie hat gefragt, ob sie drei Wochen zum halben Preis bleiben kann. Sagt, das nennt man *soft opening* oder so. Dann könnten sie uns sagen, was noch verbessert werden muss für Leute, die den vollen Preis bezahlen.«

»Klingt ein bisschen frech.«

Er zuckte mit den Schultern. »Ist ja nicht so, dass wir andere Interessenten hätten. Und sie hat vielleicht recht, so kann sie sich jedenfalls nicht beschweren, wenn wir was übersehen haben. Jedenfalls kommen sie, wenn sie zusagt, in zwei Wochen.«

Colsay House

15. Oktober

Lieber Aubrey,
Du wirst mir doch hoffentlich verzeihen, dass ich Dir wieder schreibe, auch wenn ich nicht weiß, ob Du meinen Brief beantwortet hast oder nicht, da wir seit drei Wochen keine Post bekommen haben. In jedem Fall ist mir die Illusion Deiner papierenen Gesellschaft ein Trost, während ich hier sitze, am Feuer, in eine Decke gewickelt, und meine Füße auf dem Feuerschutz fast zu heiß werden. Es ist ein Torffeuer, das hell leuchtet, ohne so schelmisch zu flackern wie Kohle und Holz, und vielleicht ist das ganz gut, denn Mrs. Barwick hat mich mit seltsamen Geschichten über die Selkies und das Graue Volk unterhalten. Hast Du von den Selkies gehört? Manchmal, bei Vollmond, haben die Männer Frauen nackt auf den Schären tanzen sehen (soweit ich weiß, gibt es auf der Insel keine Destillerie, und bestimmt habe ich keine Trunkenheit bemerkt, aber da ich offenbar für eine Abgesandte der Cassinghams gehalten werde, würde ich andernfalls wohl auch nichts davon erfahren). Wenn man sich diesen Visionen näherte, fand man am Strand abgeworfene Robbenfelle, und wenn ein Mann sich eins davon nahm, wurde eine der tanzenden Frauen seine und putzte ihm das Haus und gebar ihm Kinder und gehorchte ihm aufs Wort (das scheint in Mrs. Barwicks Augen das Höchstmaß weiblichen Ruhms zu sein, aber sag es nicht Mama). War er jedoch so unvorsichtig, ihr Fell herumliegen zu lassen, sodass sie es fand, kroch sie wieder an den Strand, ließ ihre menschlichen Kinder vielleicht weinend auf den Steinen zurück und kehrte in die Tiefe zu ihrem natürlichen Ehemann und ihren Kindern zurück. Sag nicht, dass diese Geschichte Deine Fantasie nicht angeregt. Verlangt es Dich nicht, die Tänzerinnen zu malen, vielleicht in der zurückhaltenden Beleuchtung des Polarlichts (das sich hartnäckig versteckt)?

Colsay muss ein ganz anderer Ort gewesen sein, als Du hier warst; das Meer ist jetzt dunkel und wütend, und dass der Himmel über Schottland blau ist, ist nicht mehr als ein Glaubenssatz, denn Colsay hüllt sich seit meiner Ankunft in Grau, man kann nicht einmal die andere Seite der Meerenge sehen, die doch kaum zwei Meilen entfernt liegt. Soviel ich weiß, sind wir hier ziemlich allein auf der Welt, ich und dieses Volk, das mich nicht will. Verzeih, Aubrey, ich bin müde und ein bisschen entmutigt, denn es stellt sich als große Herausforderung dar, schwieriger als meine schwierigste Arbeit zu Hause, diesen grimmigen Inselbewohnern zu helfen, die nach nichts anderem oder Besserem streben. Dennoch sollst Du nicht glauben, ich fände keine Freude an der Aufgabe, die Du mir gestellt hast; es gibt hier Schönes, und sei es die Schönheit des Sonnenlichts und der blühenden Heide, und ich weiß, wenn ich Erfolg habe, wird die Freude die Mühe aufwiegen. Ich weiß noch, dass Du an mich glaubst.

Denk an mich hier, wenn Du Deine Tage verbringst, willst Du das tun? Ich hoffe, die Farben des neuen Fensters für St. Johannes sind wie erhofft und Mrs. Henderson gefällt sich als Penelope! Was hältst Du von Aletheas Entscheidung? Mama ist bestimmt entzückt, aber ich will Dir anvertrauen, dass sie alle zumindest ernsthaft über den Schritt nachdenken würden, den zu tun sie im Begriff ist, wenn sie mehr über das Krankenhausleben wüssten.

Deine May

Ständig mit anderen Dingen beschäftigt

> Beim Vergleich mit Kindern einer Kontrollgruppe zeigte sich, dass von den verunglückten Kindern zahlenmäßig mehr unerwünscht oder unbeliebt waren und/oder eine Mutter hatten, die ständig mit anderen Dingen wie jüngeren Geschwistern, Krankheit, älteren Verwandten oder neuer Schwangerschaft beschäftigt war.
>
> John Bowlby, *Trennung; Angst und Zorn*

Zwischen dem Fenster und dem Meer lag eine Nebelschicht, und die Gartenmauer war dunkel vor Feuchtigkeit, das Moos zwischen den Steinen grün wie der Regenwald.

»Mami Tiger lesen!« Moth drückte mir das Tigerbuch in die Hand.

Nicht weit entfernt gab eine Möwe Geräusche von sich wie eine Sirene aus Kriegszeiten. Mir fielen die Augen zu.

»Mami Tiger lesen!«

»Eines Tages«, sagte ich, »aßen ein kleines Mädchen und seine Mami Kuchen, denn damals durfte man Kindern noch jeden Tag Kuchen geben, was sehr dabei half, die Zeit rumzukriegen. Plötzlich klopfte es an der Tür …«

»Großer, pelziger gestreifter Tiger!« Moth wand sich vor Freude.

»Mami, das steht da nicht. Mami, wenn ich das System baue, damit die Gäste ihre eigene Energie aus dem Fitnessraum speichern können, ja, meinst du, ich sollte dann einen Zähler einbauen, auf dem zu sehen ist, wie man Kilojoule in Kilowatt umrechnet?«

Mein Kopf sackte zur Seite und ich setzte mich gerade hin. Die Möwe kreischte über den weißen Klippen wie eine Messerschmitt.

»Was?« Wärme und Dunkelheit umhüllten mich wie ein Umhang.

»Mami! Schlaf nicht immer ein. Möchtest du einen Zähler, der zeigt, wie aus Kilojoule Kilowatt werden?«

»Mehr Tiger!«

»›Guten Morgen‹, sagte der Tiger. ›Ich symbolisiere die Aufregung und die Gefahr, die in Ihrem stumpfsinnigen häuslichen Leben fehlen. Dürfte ich wohl etwas von Ihrem Kuchen bekommen?‹ – ›Aber natürlich‹, sagte die Mami des kleinen Mädchens. ›Setzen Sie sich.‹«

»Mammmiii! Du liest das falsch, das steht da nicht. Ich hab eine Idee, wie ich den Zähler machen könnte, nur wird er eine ziemlich hohe CO_2-Bilanz haben, ja, aber ich kann ihn so einstellen, dass die Leute erst genug Energie produzieren müssen, um das auszugleichen, bevor sie ihn benutzen können.«

»Mehr Tiger! Jetzt sofort!«

»Und wenn alle einen haben, kann man das Überlandleitungsnetz abstellen, ja?«

»Mehr Tiger! Umblättern! Jetzt!«

»Mami, würdest du lieber vor oder zurück reisen in der Zeit?«

Wieder diese Wärme, und hinter meinen Augenlidern ein Rosa, das an den Mutterleib erinnert.

»Mami! Hör auf, immer einzuschlafen. Das Telefon klingelt.«

»Mehr TI-GER!«

»Schhh, Moth, schon gut. Also kam der Tiger herein und setzte sich auf Daddys Stuhl …«

»Mami, da klingelt ein Telefon.«

»Und die Mami von dem kleinen Mädchen sagte: ›Nimm mich, jetzt.‹ Nein, hier klingelt kein Telefon. Nicht im Umkreis von fünf Meilen.«

»Mami, ich kann es doch hören.«

Er hatte recht.

»Macht nichts, das ist nur Papas Handy. Die werden eine Nachricht hinterlassen.«

Raphael sah sich um, als hätten wir eine Mücke gehört.

»Es liegt auf der Kommode.« Giles' Handy hat besseren Empfang als meins. Raph kletterte auf ein mehrstöckiges Holzparkhaus, um dranzukommen. »Hallo, hier ist Raphael Cassingham. Oh. Hallo. Manchmal geht sie weg, um zu arbeiten, aber jetzt ist sie hier. Mami, da ist dieser Polizist, den du nicht magst.«

Er reichte mir das Telefon, das klebrig war.

»Moth Knopf drücken! Moth fonieren!«

»Mrs. Cassingham, hier spricht Ian MacDonald. Ich würde mich heute Nachmittag gern mit Ihnen und Ihrem Mann unterhalten, wenn möglich. Gegen zwei Uhr.«

»Moth Knopf drücken!«

Ich neigte mich zur Seite, um etwas Abstand von Moth zu bekommen. »Ich habe keine Verpflichtungen. Ich werde mein Bestes tun, um Giles ausfindig zu machen.«

»Dafür wären wir dankbar, Mrs. Cassingham.«

Wenn sie kämen, um jemanden festzunehmen, würden sie einem das doch vorher sicher nicht sagen? Würden sie nicht einfach auftauchen, wahrscheinlich mitten in der Nacht, wenn sie denken, wir schlafen?

Ich setzte Moth ab und stand auf. »Komm, wir suchen besser mal Papa.«

»Moth Kacka macht.«

Ich wechselte Moths Windel, nötigte Raphael, in Schuhe und Socken zu schlüpfen, überzeugte Moth davon, seine wasserfesten Sachen anzuziehen, indem ich jedes Mal aufhörte, eine maßgeschneiderte Version von »Puff, der Zauberdrache« zu singen, wenn er nicht mehr kooperierte, und sagte Raphael, dass ich ihm eine Regenjacke und eine wasserabweisende Hose empfehlen würde, aber es stehe ihm frei, nass zu werden, falls er das vorziehe, und das tat er. Die Papageientaucherkolonien liegen am anderen Ende der Insel, zwischen dem Dorf und der Landzunge, wo nicht mal unsere *Vorsprung durch Technik*-Kinderkarre dem Gelände gewachsen ist. Ich ging noch mal in die Küche und opferte einen privaten Vorrat an Schokoladenkeksen für den Moment, in dem Moth, der sein Frühstück größtenteils darauf verwandt hatte, den Tisch zu bemalen, merken würde, dass Hügelbesteigen bei starkem Regen gegen die Charta der Kleinkinder verstößt.

Als wir schließlich ankamen, trug ich Moth, dessen Weinen von Wind und Regen gedämpft wurde, in der Hoffnung, dass Giles gleich mit uns zurückkommen würde. Die Dorffrauen, wie auch die Frauen aus dem achtzehnten Jahrhundert, über die ich arbeitete, konnten nur dorthin gehen, wohin sie ihre Kinder tragen konnten, eine Einschränkung, die mir weniger empörend erschien, als mir kaltes Wasser in die Stiefel und über die Schultern rann und Moths Gesicht vor Wut rot wurde. Es hat Vorteile, ans Haus gebunden zu sein.

»Jetzt *komm*, Raph. Je langsamer du gehst, desto länger müssen wir draußen sein.«

Die Dorffrauen haben auch keine wasserabweisende Kleidung gehabt. Kein Goretex, keine Klettverschlüsse, keine Reißverschlüsse, nur Wollröcke, die langsam schwerer wurden, und wollene Schals, die nass an ihrem Gesicht hingen. Moths Finger an meinem Kragen wurden langsam blau.

»Raph, jetzt *beeil* dich. Moth friert.« Ich verlagerte Moths Gewicht und schubste Raph vorwärts. Er stolperte in die Heide und wandte sich von mir ab.

Dann sah ich Giles. Er lag auf dem Boden am Rand der Klippe, als wäre er gerade aus großer Höhe heruntergestürzt. Ich hatte sein Handy nicht mitgenommen, würde ihn dort liegen lassen und mit den Kindern zum Haus zurücklaufen müssen, und wenn Raph ihn erst sah, würde er nicht weggehen wollen. Wir hätten unser Testament machen sollen. Die Insel Raph zu treuen Händen, das Haus in Oxford mir, zurück zu Kindergarten, Schlaf – das Ende des Krieges, ich die letzte verbliebene Erwachsene. Ein Leben als Alleinerziehende lockte, mit ruhigen Abenden und heißer Schokolade. Wir könnten Fischstäbchen und Pfirsiche aus der Dose essen, ohne zu sündigen. Wie sollte ich jemals wieder heiraten, nachdem Körper und Geist von kleinen Kindern zerstört worden waren?

»Papa!«

Giles bewegte den Kopf und winkte, als wäre er unverletzt. Ein englischer Gentleman bis zum bitteren Ende.

Raphael rannte an mir vorbei. »Papa! Die Polizei braucht dich! Und Mami!«

Giles rollte sich herum und stand auf. »Was?«

Ich machte Mittagessen, Käse auf Toast, Tomaten und das letzte Stück Gurke, Apfelschnitze und Joghurt. Wenigstens würden wir wohlgenährt ins Gefängnis gehen.

»Giles?« Ich versuchte, die Schale von einem Apfelschnitz zu ziehen. »Was passiert, wenn wir einfach ins Boot steigen und wegfahren? Nach Shepsay, meine ich, oder sonst wohin, und wenn sie weg sind, fahren wir zum Flughafen und fliegen nach Hause oder so.«

Er runzelte die Stirn und sah Raph an, der *Alternative Technologien für Einfamilienhäuser* las und mit der anderen Hand sein Brot zerbröselte.

»Ich nehme an, sie würden denken, dass wir etwas getan haben, das uns beunruhigt. Legst du den Kleinen hin?«

Moth vergrub seinen Kopf in meinem Schoß. »Moth müde. Mamis Liebling.«

Ich nahm ihn hoch und spürte, wie er an meinem Oberkörper weich wurde. Ich streichelte seine Wange, die von Wind und Regen noch ganz rosa war, und er drückte meine Hand an sein Gesicht. Ich hatte vorgehabt, Giles zu fragen, ob er ihn hinlegen könnte, damit ich mir die Haare bürsten und ein Oberteil ohne Babyrotz und daran klebende Tomatenkerne finden konnte, um Ian MacDonald zu beeindrucken. Ich trug ihn nach oben.

Als ich wieder nach unten kam, saß Ian MacDonald bereits am Tisch. Giles hatte die Cafetiere gefunden und Kaffee gekocht und füllte Milch in Julias Milchkrug. Ich fragte mich, ob er auch Zugriff auf ihre Kristallmine von einer Zuckerdose hatte.

»Tut mir leid, Sie schon wieder zu belästigen, Mrs. Cassingham. Ich habe Ihrem Mann gerade erklärt, dass wir gerne genau wissen würden, wer Ihres Wissens auf dieser Insel war.« Er nippte an seinem Kaffee. Ich hörte den Hüpfball draußen auf die nassen Steine klatschen.

Ich setzte mich. »Wann? Hier leben seit drei Jahrtausenden Menschen.«

Er tauschte einen Blick mit Giles, als wären sie die Erwachsenen.

»Wir befassen uns für gewöhnlich nicht mit Dingen, die mehr als siebzig Jahre zurückliegen, Mrs. Cassingham.«

»Ich bin nicht Mrs. Cassingham.« Ich hatte vorgehabt, ihn nicht zu reizen, mich nicht von meinen Kindern fortbringen zu lassen, in einer Polizeibarkasse. Die, dachte man darüber nach, wahrscheinlich sehr schnell kentern konnte, wenn man erst mal in der Bucht von Colla war.

Giles sah aus dem Fenster, hinter dem immer wieder Raphaels Haare hochflogen. Es hatte fast aufgehört zu regnen.

»Meine Familie hat das Haus Mitte des neunzehnten Jahrhunderts gekauft. Ich kann das genaue Datum nachsehen, wenn Sie möchten. Die McColls mussten es verkaufen, um Schulden zu begleichen, und mein ...« – er zählte an den Fingern ab – »Urururgroßvater war durch die Eisenbahn gerade zu viel Geld gekommen. Es hätte an einen anderen Zweig der Familie gehen sollen – mein Großvater war ein jüngerer Sohn –, aber seine Brüder kamen im Krieg beide ums Leben. Ich glaube, ungefähr ein Jahr lang gehörte es dem Jüngeren der beiden, aber er war irgendwo in Nordafrika, deshalb bezweifle ich, dass er es jemals gesehen hat. Dann, am Ende des Krieges, wurde es, glaube ich, als Ferienheim für evakuierte Kinder genutzt oder so, und dann ging es an meinen Großvater und dann an Pa und jetzt an mich.«

Giles macht guten Kaffee. Meine Gedanken verloren langsam die Unter-Wasser-Dumpfheit extremer Müdigkeit. »Ein Ferienheim für Kinder?«, fragte ich.

Das erschien mir unwahrscheinlich. Selbst zu Friedenszeiten dürfte es fast so schwierig sein, die Massen von Glasgow nach Colsay zu transportieren, wie sie satt zu bekommen, sobald sie einmal hier waren. In jedem Fall hätte die Reise an einigen sehr viel geeigneteren Orten vorbeigeführt, an denen man frische Luft bekam und gemeinsam fröhlich sein konnte und an denen es auch nicht wahrscheinlicher war als hier, dass Bomben fielen. Der Nordatlantik war kein Zufluchtsort.

Giles runzelte die Stirn. Ian MacDonalds Stift wartete.

»Ich weiß wirklich nicht mehr darüber. Nur, dass an dem Haus einiges getan werden musste, nachdem sie weg waren. Die Evakuierten, oder wer auch immer.«

»Ich nehme an, Ihre Großeltern sind verstorben?« Ian MacDonald rollte den Stift zwischen seinen Fingern hin und her.

»Vor dreißig Jahren. Mein Vater und sein Vater haben beide spät im Leben Kinder bekommen.«

Ian MacDonald notierte etwas. *Gibt zu, ein spätes Baby zu sein.*

»Wo Behörden sind, gibt es Akten«, sagte ich. »Garantiert.«

Behörden haben Menschen manchmal auch erlaubt, sich unliebsamer Individuen zu entledigen, sogar – oder vor allem – kleiner.

»Ich könnte es herausfinden.« Ich schob die Finger in den Henkel meiner Tasse. Julias Tasse eigentlich, Knochenporzellan, so dünn, dass man den Kaffee von außen sehen kann, und in den kunstvoll verzierten Henkel passten genau zwei Plebejerfinger. »Giles, weißt du noch irgendwas darüber? Woher kamen sie? Wie lange waren sie hier? Wer hat ihnen erlaubt zu bleiben?«

»Danke, Mrs. Cassingham, wir werden unsere eigenen Nachforschungen anstellen. Und nach dem Krieg, Mr. Cassingham? Ihre Familie hat die Insel als Urlaubsort genutzt, ist das richtig? Nachdem die Einheimischen sie verlassen hatten.«

Ian MacDonald sah in sein Notizbuch, die Schultern hochgezogen. Ich trank einen Schluck Kaffee.

»Die Einheimischen, Mr. MacDonald?«

Seine Schultern zuckten. »Die, die hier geboren wurden.«

Im Gegensatz zu Giles, der der Welt in sterilen Tüchern präsentiert worden war, in einer privaten Entbindungsklinik in Sussex. Giles schluckte hastig seinen Kaffee hinunter. Es wäre interessant zu sehen, wie die alten Jungs aus Eton in eine Reihe gestellt und für die ererbten Sünden des Kolonialismus zur Verantwortung gezogen würden. Dann wäre in Oxford gleich eine ganze Reihe Stipendien neu zu vergeben.

»Ja«, sagte Giles. »Wir haben das Haus in den Ferien genutzt.« Er lief rot an. »Es gibt hier immer noch keine Gasleitung, keine Kanalisation und kein Telefon, Mr. MacDonald. Seit dem neunzehnten Jahrhundert sind die jungen Leute immer von hier weggegangen. Bei Kriegsende gab es nur noch ein paar Haushalte, oder? So kann man nicht leben. Und eine Familie ist nach Australien gegangen – wofür, wie ich hinzufügen könnte, mein Großvater gezahlt hat –, und an das letzte Paar hier erinnert sich mein Vater. Er mochte sie. Er dachte, sie würden ihn mögen. Er hat keine Miete genommen. Und als der Mann in den frühen Siebzigerjahren gestorben ist, ist seine Frau natürlich zu Verwandten gezogen. Sie wollte nicht allein hier bleiben. Mein Vater hat es mit ihr noch diskutiert. Ist sichergegangen, dass sie wusste, sie könnte bleiben, wenn sie wollte. Genau wie ihre Kinder, falls sie zurückkommen wollten.«

Sie wäre nicht allein gewesen, es gab das neolithische Kammergrab und den Friedhof mit den Namen und Daten und das Baby im Obstgarten. Sie hätte auf dem Hügel stehen und den Wind singen hören und nach den nächsten Nachbarn in den Matchbox-Häusern in Colla Ausschau halten können. Sie hätte schlafen können, als wäre sie tot.

»Das weiß ich, Mr. Cassingham. Die Dame war Mrs. McAlpin, und die Familie, die nach Australien ging, betreibt jetzt eine

Catering-Firma in Melbourne. Die Tochter war im letzten Jahr hier zu Besuch. Und dann?«

»Nach den Einzelheiten müssten Sie meine Mutter fragen. Meine Eltern haben 1969 geheiratet. Wir haben Fotos von ihnen, aus der Zeit, bevor ich geboren wurde, und wir waren mindestens ein Mal pro Jahr hier, soweit ich zurückdenken kann.«

»Sie sind 1971 geboren? Und Sie sind der Erstgeborene?«

Giles lehnte sich in seinem Stuhl zurück. »Wie Ihnen Ihre Informanten offensichtlich gesagt haben.«

Das Hüpfen draußen hörte auf. Ich wartete, dass die Haustür ging. Julia? Konnte Julia, die uns nicht erlaubt hatte, im selben Zimmer zu schlafen, ehe wir verheiratet waren, ein Ausrutscher passiert sein? Wenn es so wäre, läge es in ihrem Charakter, still zu gebären und sich des Beweises für das Vergehen genauso still zu entledigen. Aber selbst wenn ich mir ein komplexes Szenario vorstellte, in dem Julia heimlich von jemand anderem als Hugo geschwängert worden war, ehe sie ihn heiratete, und es geschafft hatte, diese Tatsache zu verschleiern, bis sie das Baby zur Welt und zum Schweigen gebracht hatte – die Zeit, in der es für sie katastrophal gewesen wäre, schwanger zu sein, war die Zeit, ehe sie Zutritt zu der Insel ihres Ehemannes hatte. Raph war immer noch nicht aufgetaucht.

»Entschuldigen Sie mich. Ich möchte nur gucken, was Raphael macht.«

Ian MacDonald nahm seine Kaffeetasse in die Hand. »Das höre ich gern.«

Ich stand auf der Türschwelle. Die Luft war klar und duftete nach Meer. Der Hüpfball rollte im Wind, unpassend wie ein Party-Ballon vor dem Hintergrund aus Steinen und windgebeugten Bäumen.

»Raphael?«

Ich ging um die Ecke. Er saß am Rand der Grabstätte.

»Raph, was machst du da?«

Er sah sich um. »Über den Tod nachdenken.«

Ich hockte mich neben ihn. »Und was hast du gedacht?«

»Nichts. Als wäre ich tot.«

»Ach so.« Einer der Leinensäcke von den Bäumchen, die auf unseren Wunsch hin aus Island gekommen waren, wehte über die Wiese. Ich erinnerte mich daran, was die gute Mutter sagen sollte, um weitere Geheimnisse zu erfahren. »Wie fühlst du dich damit?«

Er zuckte mit den Schultern. »Wahrscheinlich nicht tot, denn tot fühlt sich nicht wie irgendwas an, oder?«

Ach, armer Yorick. Raphs Handgelenke, die aus seinem rosablau gestreiften Lieblingsoberteil herausragten, waren lila gefleckt.

»Raph?« Ich berührte seine Schulter. »Tut mir leid, dass ich dich geschubst habe. Als wir Papa geholt haben. Das hätte ich nicht machen sollen.«

»Du hast mir wehgetan.«

Der Wind hob meine Haare an und Regen besprühte die Apfelbäume, die immer noch aussahen wie tote Stöcke.

»Es tut mir leid. Ich war müde und in Sorge, aber ich hätte mich unter Kontrolle haben sollen.« Ich sage solche Sachen, als würde ich dadurch eine bessere Mutter werden, als meine Mutter war, die sich nicht entschuldigt oder Schwächen oder Fehler zugegeben hat – bis heute nicht. Aber ich fürchte, ich werde dadurch nur zu einer anderen Art schlechter Mutter, eine von der schwachen und apologetischen Art.

Ich zögerte. Als ich meine Mutter danach fragte, hat sie mir erzählt, dass tote Menschen sich in Engel verwandeln, die mit Gott zusammen im Himmel feiern. Ich stellte mir eine Art weichgezeichnete Geburtstagsparty vor, die auf einer Wolke stattfand, wo geflügelte Blondinen ihre Füße über dem Abgrund baumeln ließen, wie die Bauarbeiter auf dem Poster, die Mittagspause machen, und unter den Blicken von Gott, dem Albino-Weihnachtsmann, Käse, Ananasstückchen und Schokoladenstäbchen aßen. In Sachen Weihnachtsmann haben wir es auch nicht geschafft, überzeugend zu sein, und Raph ist – womöglich als Folge davon – weniger leichtgläubig, als ich es war. Es war vermutlich zu spät, um es mit so einer Geschichte über den Tod zu versuchen, selbst wenn ich mir alle Mühe gab.

»Raph, du weißt, dass manche Menschen glauben, tot sein wäre eine andere Form von lebendig sein, oder?«

Er sah auf. »Ja. Aber das stimmt nicht. Du hast gesagt, es gibt keine Gespenster.«

»Nein. Die gibt es nur in Geschichten.« Raph mag keine Geschichten, er sieht in Fiktion keinen Sinn. Regen tropfte mir von den Haaren aufs Gesicht.

»Warum kommst du nicht mit rein und arbeitest noch ein bisschen an deinem Generator? Für den CO_2-neutralen Fitnessraum?«

Er stand auf. »Er ist nicht CO_2-neutral, wegen der Herstellung. So was kann man überhaupt nicht CO_2-neutral produzieren, man muss es einfach so entwerfen, dass es über eine bestimmte Zahl von Jahren mehr einspart, als es verbraucht. Nimmt dieser Polizist dich mit?«

Es klang fast, als hoffte er das. Wir gingen auf die Hintertür zu. »Nein«, sagte ich. »Natürlich nicht. Wie kommst du denn darauf?«

Wenn Ian MacDonald mich mitnehmen würde, dann irgendwohin, wo ich schlafen könnte. Ich könnte auf einer Pritsche unter Neonlicht liegen und schlafen oder auf einem echten Bett neben einer Toilette. MacDonald war gegangen. Es war Zeit, Moth zu wecken und seine Windel zu wechseln und einfache Geschichten von Frauen vorzulesen, die durch die systematische Verweigerung ökonomischer Unabhängigkeit der Dummheit anheimfielen, und die Wäsche rauszuhängen, wenn es aufhörte zu regnen, und mir Monologe über Einspritzanlagen anzuhören und Moths Windel zu wechseln und die Arbeitsfläche in der Küche abzuwischen und eine Mahlzeit zu kochen und das meiste davon wegzuwerfen und allen die Hände zu waschen und die Arbeitsfläche abzuwischen. Es waren noch fünf Stunden und drei Minuten, bis ich Moth baden konnte, sechs Stunden und dreiunddreißig Minuten, bis Raphael legitimerweise jede weitere Gelegenheit zum Gespräch verweigert werden konnte, zumindest bis zum nächsten Morgen.

»Giles? Gibt es irgendeine Möglichkeit, dass du dich eine Stunde um die Kinder kümmern und mich schlafen lassen könntest? Nur eine Stunde? Ich bin so müde, ich schneide mich schon dauernd, guck mal, und heute Vormittag bin ich auf dem Fußboden eingeschlafen, nicht, Raph?«

Raph war nicht da. Ich zeigte Giles die Schnitte an meinen Fingern, dort, wo ich vor dem Mittagessen immer wieder die Tomaten verfehlt hatte. Er zog eine Augenbraue hoch und ließ den Blick über meine Jeans wandern. Er sah sich nach Raph um.

»Nur wenn du später mit mir Sex hast.«

»Ich muss arbeiten. Das weißt du doch.«

»Okay. Dann eben nicht.«

»Giles! Es kann doch nicht sein, dass ich mit dir verhandeln muss, damit du eine Stunde lang nach deinen eigenen verdammten Kindern guckst.«

Raphael steckte den Kopf durch den Türspalt. »Wir sind keine verdammten Kinder.«

»Nein, Liebling, ihr seid so süß. Entschuldige. Ich bin müde.«

»Will ich doch meinen.« Er verschwand wieder.

Ich gähnte und näherte mich bedrohlich dem Einschlafen.

»Na gut«, sagte ich zu Giles. »Gut. Wenn du gekauften Sex willst, kannst du ihn haben. Jetzt weck Moth. Weck mich nicht vor halb vier und häng die Wäsche auf, sonst hast du keine sauberen Unterhosen. Und ich behalte mir das Recht vor, still zu liegen und an die Bodleian Library zu denken, während du die ganze Arbeit machst.«

Er stand auf und tätschelte mir den Hintern, als ich vorbeiging. »Großartige Neuigkeiten.«

Wie sich herausstellte, verkaufte ich mich nicht für eine Festanstellung, sondern für eine Stunde Schlaf.

Es war dunkel, als ich aufwachte, und das Haus war ruhig. Das Meer brach sich an den Steinen am Strand, was trotz des Regens zu hören war, der gegen die Fenster schlug, und auf der anderen Seite des Bettes befand sich ein warmer Hügel. Ich drehte vorsichtig den Kopf, in der Hoffnung, dass die Nacht noch jung war und viele weitere Stunden bereithielt, in denen ich schlafen konnte. 23:57 Uhr. Ich streckte mich und betrachtete die Voilevorhänge, die sich wiegten wie Gespenster. Niemand verlangte von mir, dass ich irgendetwas tat, und es war möglich, dass mehrere Stunden lang niemand von mir verlangen würde, irgendetwas zu tun. Ich legte meine Haare zurecht, weil sie mich im Nacken störten. Die Vorstellung, dass es Giles gelungen war, beide Kinder zu baden und zu Bett zu bringen, war, als würde ich feststellen, dass eine Zimmerpflanze (die wir nicht haben, ich richte bei meinen Kindern schon genug Schaden an, ohne auch noch Pflanzen zum Vernachlässigen zu haben) einen Kuchen gebacken hat, während ich bei der Arbeit war. Was lagen darin für Möglichkeiten! Es sei denn, er hatte ihnen gar nichts zu essen gemacht und sie nicht gebadet und zu Bett gebracht. Ich schlüpfte unter der Decke hervor und es gelang mir, angesichts des schockierend kalten Bodens unter meinen Füßen nicht aufzustöhnen. Giles hatte vergessen, das nächstbeste Kleidungsstück um die Klinke zu wickeln, um den Schnappverschluss zu dämpfen, der Moth wecken konnte. Wenn er aufwachte, wüsste ich wenigstens, dass er am Leben war. Ich öffnete vorsichtig unsere Tür, betrat die knarrenden Bodendielen und näherte mich Moths Zimmer. Ja. Eine kleine Gestalt unter der Decke, ein Fächer dunkler Haare auf dem Kissen. Ich ging hinein und legte eine Hand auf seine Schulter. Er schniefte und bewegte sich und ich erstarrte, bis sein Atem wieder sacht ans Ufer schwappte. Ich richtete mich langsam auf und folgte der Choreografie des Zimmerverlassens.

Auf die Wand am Treppenabsatz fiel Licht, auf eine Weise, die ich noch nie gesehen hatte. Ich zitterte und schaffte es, mich nicht umzusehen, obwohl ich plötzlich sicher war, beobachtet zu werden. Die Treppe starrte in die Dunkelheit der Halle. Ich wollte umkehren, Moth bewachen.

Raphael ist früher oft zwischen den Konstruktionen eingeschlafen, die er noch nach Mitternacht auf die Eisenbahnschienen vor seinem offenen Fenster gebaut hatte. Ich ging hinein und setzte mich auf seine Matratze. Er lag da auf der Decke, als wäre er einfach abgelegt worden, die große Anzahl technischer Fachbücher um ihn herum sprach nicht dafür, dass er sanft in den Schlaf gefunden hatte. Er hatte Essensreste am Mund, irgendwas Rotes, und es lag Knoblauch in der Luft. Gegessen hatte er, gewaschen worden war er nicht. Ich streichelte sein Haar und seine Schulter, die überraschend warm war, saß da und sah ihm beim Atmen zu; die Rundung seiner Wange vor dem rosa Gitterwerk des Kissenbezugs, sein Brustkorb, die Knochen, die sich in meinem Körper geformt hatten, hoben und senkten sich. Ich schob seine Haare beiseite und küsste seine Stirn, ließ meine Wange an seinem Gesicht ruhen. Ich bin nie sicher, wie legitim diese gestohlenen Zärtlichkeiten sind, die ich mir einfach nehme, mehr zu meinem Vergnügen als zu seinem, beinahe wie sexuelle Belästigung. Ich berührte seinen Nacken, dort, wo sich ein Saum rotgoldener Haare befindet, den Frauen in kommenden Jahren werden küssen wollen. Es ist zu schade, dass wir unsere Kinder weniger lieben, sobald sie aufwachen.

Ich schlich durch den Flur zurück. Über mir knarrte eine Diele. Die Schlafzimmertür rastete ein, als ich sie schloss.

»Hey, du.«

Verdammt.

»Danke, dass du mich hast schlafen lassen.« Ich stieg wieder ins Bett und rollte mich zu einer Kugel zusammen.

»Kalt? Komm her. Ist Moth aufgewacht?«

»Nein. Ich hab nur nach ihnen gesehen. Hast du abgeschlossen?«

Er wickelte sich um mich. Ich zitterte wieder.

Er streichelte meine Schulter, die von einem anachronistischen Stoff namens Flanell bedeckt war. »Ich bin in der Lage, sie ins Bett zu bringen, weißt du.«

Ich streckte mich aus und bereute es, als meine Füße in die halbgefrorene Vertiefung gerieten, die sich in der unteren Hälfte des Bettes gebildet hatte. »Woher um alles auf der Welt soll ich das wissen? Du machst es ja nie.«

Er ließ seine Hand bis zu meiner Taille gleiten. »Als du in Montreal warst, habe ich es gemacht. Du meine Güte, Anna, Kinder zu Bett bringen ist nicht gerade Gravitationsphysik.«

»Nein«, sagte ich. »Kann es ja nicht, oder? Ich meine, das machen seit Jahrhunderten die Frauen. Da kann es wohl nicht so schwer sein.«

Seine Hand bewegte sich weiter nach unten. »Fang nicht so an.«

Ich schob sie weg. »Fang nicht so an.«

»Du hast gesagt, wir könnten Sex haben.«

Ich zog mein Nachthemd nach unten und wickelte meine Füße darin ein. »Ich hab meine Meinung geändert.«

Er fing an, meinen Nacken zu küssen. Das hatte ich ganz vergessen. Er schob meine Haare zur Seite und blies mir sanft ins Ohr. Ich erschauerte. Seine Finger fuhren mein Schlüsselbein entlang und ich drehte den Kopf.

»Und warum sollte ich dir dann nächstes Mal glauben?«

Seine Hand begann, die Knöpfe zu öffnen, von denen es viele gab.

»Nächstes Mal ändere ich meine Meinung vielleicht nicht.«

Er sprach in meinen Bauch. »Nicht, wenn du dich an dieses Mal erinnerst.«

Nachtwache, 03:11 Uhr

Moth schreit. Die zehn Stufen zu seinem Zimmer vergehen zu langsam, der Flur ist immer noch dunkel wie ein Grab. Er steht, stocksteif, umklammert die Stäbe. Ich nehme ihn hoch, aber er ist zu starr zum Kuscheln, und sein Schlafsack ist schweißnass. Vielleicht hat er Fieber. Vielleicht hat er Meningitis. Wir werden den Hubschrauber brauchen. Ich kann in einem fleckigen Nachthemd nicht mit dem Hubschrauber ins Krankenhaus fliegen. Pack seinen Teddy ein. Und viele Bücher. Ich klopfe ihm leicht auf den Rücken.

»Komm, Liebling. Du bist ja ganz heiß. Wir ziehen mal deinen Schlafsack aus. Setz dich auf Mamis Schoß.«

Das Licht im Zimmer ist grau und die Farben kommen wieder. Vom Schlafsack befreit, schlingt er die Arme und Beine um mich und schnaubt an meinem Hals.

»Mami Grüffelo singen.«

Vielleicht doch keine Meningitis. Ich streiche ihm über den Kopf.

»Grüffelo schläft. Es ist Nacht.«

»Mami Grüffelo singen!«

Vielleicht nicht mal ein Gespenst.

»Nicht jetzt. Moth schlafen.«

Sein Gesicht hat sich etwas abgekühlt.

»Schlafsack aus. Ist Morgen!«

Eigentlich könnte ich auch aufstehen, nachdem ich so lange geschlafen oder jedenfalls im Bett gelegen hatte wie seit vor Raphaels Geburt nicht mehr. Wann hatte Giles sie wohl zu Bett gebracht? Wenn ich ihn jetzt aufstehen lasse, wird er später schlafen und ich kann arbeiten. Andererseits, wenn ich ihn jetzt aufstehen lasse, wird er die nächsten drei Monate um vier Uhr morgens aufstehen wollen.

»Komm, Liebling. Ab ins Bett. Es ist Nacht.«

»Grüffelo!«

Ich beuge mich über sein Bett und fange an. »Die Maus spazierte im Wald umher ...«

Ich erinnere mich an vorhin und gewisse Muskeln ziehen sich zusammen. Ich hatte vergessen, wie es mit Giles ist. Wir sollten das öfter machen. Und er sollte die Kinder öfter ins Bett bringen. Ich würde in beiderlei Hinsicht gewinnen.

»Eule, Mami. Eule freute sich sehr.«

»Doch jetzt muss ich weiter zum Grüffelo. Zum Grüffelo?

Sag, was ist das für ein Tier? Den kennst du nicht, dann beschreib ich ihn dir: Er hat …«

Liebe ich Giles? Eine Frage, die man sich, wie ich eine Zeit lang dachte, besser nicht stellt, wenn Kinder im Spiel sind. Was soll ich machen – weggehen? Mit meinem befristeten Vertrag und einem Gehalt, das kaum die Kosten für die Kinderbetreuung deckt? Ich habe Liebe mal so definiert, dass man für den Geliebten sterben würde. Keine Chance. Die Kinder würden besser ohne ihn als ohne mich klarkommen. Tatsächlich kommen sie ja ohne ihn klar. Wir wissen alle, dass Sex und Liebe nicht dasselbe sind, obwohl mir scheint, dass Sex in der Ehe ein adäquater, wenn auch unüblicher Ersatz ist. Ich wusste mal, dass ich ihn liebe, weil ich Zeit auf Dinge verwandte – auf frische Feigen mit Parmaschinken aus seinem Lieblingsfeinkostgeschäft, darauf, Haare von meinen großen Zehen zu entfernen, darauf, Fotos von Colsay rahmen zu lassen –, mit denen ich ihm eine Freude machen wollte, ohne jeden Gedanken an eine Gegenleistung. Ich war glücklich, dass er glücklich war. Und er hat mir, wenn ich so darüber nachdenke, freitags immer Blumen mitgebracht und dafür gesorgt, dass mir die teuren Badesalze nicht ausgehen, von denen das letzte irgendwann vor Moths Geburt zur Neige ging. Ich mache solche Dinge nicht mehr für ihn, und wenn ich es täte, würde ich vorher verhandeln und sie in Form von Kinderbetreuung zurückgezahlt bekommen wollen. Würde ich für den Rest meines Lebens weinen, wenn er stürbe? (Es ist jetzt fast hell genug zum Lesen, aber Moth tut, vielleicht sogar vor sich selbst, so, als würde er schlafen.) Nein. Nein, würde ich nicht. Ich murmele mich noch einmal durch den *Grüffelo* und mache mich auf den Weg nach unten.

Der Wind hatte nachgelassen, aber die Wellen wälzten sich immer noch an den Strand, und in der Luft hing Wasser, das eigentlich kein Regen war. Die Sonne stand über dem Horizont, papieren und provisorisch, als wäre sie noch nicht an die richtige Stelle geklebt worden. Meine Laptophülle schlug gegen meine Beine, während ich versuchte, den Tee über dem feuchten Gras nicht zu verschütten. Das Blackhouse sah, zumindest innen, langsam aus wie die Häuser in den Zeitschriften meiner Mutter, und mir wurde klar, dass wir die Kinder von dem glänzenden Fußboden und den weißen Wänden würden fernhalten müssen. Ich setzte mich auf den Boden vor das bodentiefe Eckfenster, durch das die Gäste beobachten sollen, wie sich »die wilden Wellen des Atlantiks am Strand vor Ihrer Haustür brechen«. Die Satelliten, oder was auch immer, standen günstig, und der Computer fand ein Netz, ehe ich mich beim Beobachten der Möwen langweilen konnte, die über das Dorf flogen. Ich hatte vor, das dritte Kapitel ein letztes Mal gegenzulesen, aber zuerst ging ich auf die Webseite von EBSCO und suchte »Colsay + Zweiter Weltkrieg«. Nichts. Ich versuchte es noch mal mit »Colsay + Kriegszeit«. Irgendwas über Karten der Marine. »Colsay + Evakuierte«. Nichts. Und überraschend wenig zum Thema Evakuierung generell. Ich stellte das Laptop auf den Boden und streckte die Beine aus. Draußen pickte ein Vogel mit schwarz-weißem finnischem Designer-Gefieder, nicht größer als ein Spatz, ein unsichtbares Frühstück von den Steinen. Seine Beine waren so dünn, dass sie aus irgendwas Zarterem als Knochen gemacht sein mussten. Ich überlegte, ob Evakuierung ein zu wenig erforschtes Themengebiet war und ob irgendjemand so ein Projekt finanzieren würde, falls eine Historikerin, deren Gegenstand die Kindheit war, es in Angriff nähme. Ich könnte allein durchs Land reisen und bei Tee und

Keksen alte Damen interviewen, und vielleicht würden einige von ihnen – nachdem sie die Mehrfachverwendung von Bratfett und den moralischen Nutzen des Luftbombardements gepriesen hatten – mir sagen, wie man funktionsfähige Kinder großzog und eine Ehe ohne Ressentiments aufrechterhielt. Der Vogel hüpfte näher ans Fenster heran und sah prüfend hinein, wie jemand, der zweifelnd das Innere eines Restaurants betrachtet. Ich würde natürlich ein Aufnahmegerät brauchen oder das entsprechende Hightech-Gerät, was bedeutete, dass es eigentlich ein soziologisches Projekt war. Historiker sind Menschen, die sich in der Gesellschaft der Toten wohler fühlen.

Colsay House

1. Nov.

Liebe Miss Emily,
ich schreibe in einiger Aufregung, da Mrs. Grice mir gerade eine außergewöhnliche Geschichte erzählt hat. Ich bin sie heute Nachmittag besuchen gegangen, wie ich es gelegentlich tue, und fand sie abgelenkt durch drei Kinder zu ihren Füßen, das Haus in größerer Unordnung als üblich und voller toter Vögel, die zweifellos auf einem Haufen lagen, ehe sich die Kinder ihrer angenommen hatten. Alle Vögel hatten gebrochene Hälse, und ihre Köpfe schaukelten wie verrückt herum, während die zwei älteren, die wohl die Kinder ihrer Schwester sind, sie herumschwenkten. Ich habe zu Hause oft feststellen können, dass den Müttern in solchen Momenten durch Beistand Geheimnisse zu entlocken sind, die sie bei Besuchen in geordneteren Augenblicken über Wochen und Monate standhaft für sich behalten haben, also schalt ich die Kinder und fragte, ob sie sich nicht schämten, der Mutter in ihrem Zustand so mitzuspielen, und versicherte ihnen, dass in der zivilisierten Welt jedes Kind, das sich so verhielte, mit einer tüchtigen Strafe zu rechnen habe. Ich weiß nicht, ob sie meine Worte verstanden, aber den allgemeinen Sinn werden sie wohl vernommen haben, denn sie schlichen nach draußen in den Regen, zweifellos, um noch größeres Unheil anzurichten. »Sie haben ihre Arbeit gemacht«, sagte Mrs. Grice missmutig, als hätte ich mit ihr geschimpft. »So schlimm ist es nicht, wenn die Kinder manchmal munter sind.« Ich nahm den Vogel aus den Händen des jüngsten Kindes, das dessen Augen befingerte und den Schnabel öffnete und schloss, während unter dem Schwanz hervor Exkremente das beschmutzten, was man zögert, die Kleidung des Kindes zu nennen. Stattdessen bot ich ihm eines der Pappbüchlein an, die ich zu Hause oft den Kindern in den Elendsvierteln gebe. Mrs. Grice setzte sich

und erschien mir, soweit ich es in dem trüben Licht erkennen konnte, verhärmt und grau. Sie gestattete mir, ihren Puls zu fühlen, der schnell ging, und ihr etwas Wasser zum Trinken zu geben. Ich bat sie, mich im Geflügelrupfen zu unterweisen, denn damit kenne ich mich, wie Sie mir glauben werden, nicht aus! Es war natürlich eine unangenehme Arbeit, aber das Ergebnis hat sich gelohnt.

Auf vorsichtige Nachfragen hin hat sie verraten, dass die »kniende Frau«, deren Namen sie sich immer noch weigert mir anzuvertrauen, gewisse Rituale oder Kniffe hat, die sie sowohl vor als auch nach der Geburt durchführt. Weder Mutter noch Kind werden allein gelassen, bevor das Kind getauft ist, denn die »Trows« oder das – wenn ich es richtig gehört habe – »Hilduvolk« würden dafür sorgen, dass die Mutter stirbt, und das Baby gegen eines ihrer eigenen eintauschen, wenn sie sie unbewacht vorfänden (scheinbar hat das Hilduvolk besonderen Bedarf an jungen Müttern, damit diese sowohl Trow-Kinder als auch Kuckuckskinder nähren). Ein »Trowie«-Kind ist schwer zu füttern, schreit unablässig, weist mitunter seltsame Züge oder körperliche Eigenarten auf, und wenn es seinen leiblichen Eltern nicht zurückgegeben wird, stirbt es für gewöhnlich im Laufe seines ersten Lebensjahres (ich habe in Manchester weiß Gott genug solche Kinder gesehen – wäre das Graue Volk doch die einzige Ursache dieses Jammers!). Ich fragte, ob die Kinder, die an der Acht-Tage-Krankheit gestorben sind, Trowie-Babys waren, und sie zuckte mit den Schultern; manche vielleicht, andere nicht – auch gut beschützte Kinder können noch sterben. Ich fragte, was getan werde, um einen solchen Austausch zu verhindern, und sie zeigte mir ein Messer oder einen Dolch, der in dem hölzernen Sturz über der Tür steckte. Trows gehen nicht unter einer eisernen Klinge hindurch, und um noch sicherer zu sein, bringt die »kniende Frau« mit Blick auf ihre besondere Vorliebe für Neugeborene die Nachbildung eines Kindes mit, das die Mutter stillt, während sich in den Tagen nach der

Niederkunft ihre Nachbarn um das echte Baby kümmern. Der Gedanke dahinter ist, dass die Trows (die offensichtlich nicht über besondere Intelligenz verfügen, trotz ihrer erstaunlichen Kräfte) die Puppe mitnehmen. Vor der Niederkunft darf über die Schwangerschaft nicht gesprochen werden, auch darf nichts angedeutet werden, falls das Graue Volk zufällig mithört. Es ist ein Unglück, dass ich davon nicht eher gewusst habe, denn so habe ich die Regel durch meine Arbeit unausbleiblich gebrochen, und sie erscheint wahrhaftig grausam, besonders bei Frauen, die ihre erste Niederkunft erwarten und großen Nachteil erleiden, wenn erfahrener Rat ausbleibt. (Ich habe oftmals bei Geburten Hilfestellung geleistet, bei denen deutlich wurde, dass die jungen Mütter nicht verstanden hatten, wie das Baby ihren Körper verlassen würde, bevor die Niederkunft vollendet war.) Ich vermute, dies ist auch einer der Gründe dafür, dass die werdenden Mütter keine kleinen Kleidungsstücke nähen, denn das Hilduvolk könnte sie bei der Arbeit sehen und begreifen, was bevorsteht. So aber sollte es doch den Nachbarn zufallen, diese Vorbereitungen an ihrer Stelle zu treffen.

Ich nahm einen weiteren Vogel zur Hand, nachdem sie mir den ersten abgenommen hatte (während sie selbst in der gleichen Zeit sechs oder sieben gerupft hatte), und fragte, ob die Notwendigkeit, das Kind vor dem Grauen Volk zu schützen, eine besondere Behandlung der Nabelschnur erforderlich mache. Nein, sagte sie. Die kniende Frau tue nur, was natürlich und notwendig sei, und jetzt sei es Zeit, das Essen zuzubereiten, denn die Männer würden frieren und Hunger haben, wenn sie zurückkämen. Ich verstand den Fingerzeig (!) und machte mich auf den Weg hierher, wo Mrs. Barwick mein Abendessen auf den Tisch gestellt hatte – es wird inzwischen so früh dunkel, dass man fast die Zeit vergisst, aber ich vermute, bei Ihnen in Edinburgh ist es dasselbe, obwohl es dort wenigstens Gaslichter und natürlich auch Uhren gibt. Ich glaube, die Uhr auf dem

Kaminsims ist die einzige auf ganz Colsay, und stellen Sie sich vor, als ich ankam, stand sie seit Jahren still, sodass überhaupt niemand wusste, wie spät es war!

Ich bin nicht ganz sicher, was ich von diesen Geschichten über die »Trows« (sind es Trolle?) halten soll. Kann es denn sein, dass wir ein Reich regieren, in dem die Sonne niemals untergeht, und armen Menschen von Indien bis zu den Wilden Neuseelands Bildung und vernünftiges Denken bringen, es jedoch hier in Großbritannien immer noch Wesen gibt, die Angst vor Elfen haben? Aber solange sie in dunklen, unbelüfteten Steinhütten leben und des Lesens und Schreibens unkundig sind, sollte uns das Ausmaß ihres Aberglaubens wohl nicht überraschen, und die Lebensbedingungen hier sind wahrhaft erschütternd.

Mit herzlichen Grüßen
May Moberley

Die Fähigkeit zur Selbstverteidigung

Es ist eine durch psychologische Beobachtung sichergestellte, aber in Laienkreisen nicht genug gewürdigte Tatsache, daß die Fähigkeit zur Selbstverteidigung sich im individuellen Leben später herstellt als die Fähigkeit zum Angriff.

Anna Freud und Dorothy Burlingham, *Heimatlose Kinder*

Die Küche wirkte heller als gewöhnlich, als hätte jemand die Bildschirmauflösung meines Laptops verstellt, und ich nahm mir vor, mich um die Papierstapel zu kümmern, sobald Giles sich auf den Weg gemacht hatte. Und ich würde die Bibliothek und das Archiv in Colla anrufen, um einen Besuchstermin zu vereinbaren, und vielleicht den Kühlschrank sauber machen, vor allem das Salatfach, dessen Inhalt einen Zustand erreicht hatte, in dem man ihn direkt auf ein Blumenbeet kippen konnte, ohne Intermezzo auf dem Komposthaufen. Und ich würde zum Abendessen etwas Vernünftiges kochen, vielleicht sogar etwas, dem normalerweise Kartoffeln beilagen, und dann ein Kinderprojekt von der Art durchführen, für das ich normalerweise Geld bezahlte, Pappmaché (aus Giles' *Guardian*-Archiv) oder eine Collage aus Blättern und Federn oder Männchen aus Lebkuchen, obwohl der Lebkuchen (ökologisch unbedenkliche Weihnachtsbaumdekoration) beim letzten Mal so entschlossen am Backblech festklebte, dass ich das Ganze in der Mülltonne der Nachbarn versenkte und am nächsten Tag auf dem Rückweg von der Arbeit ein neues Backblech kaufte. Wir könnten aus Julias Vorrat an gebrauchtem Geschenkpapier Papierdrachen basteln oder die nächste Fahrt nach Colla herbeiführen, indem wir die Kartoffeln beim Kartoffeldruck aufbrauchten, oder – da der Regen noch nicht so schwer war, dass er tatsächlich herabkam – ich führte die Kinder durch das Dorf und erklärte ihnen, wie man im achtzehnten Jahrhundert gelebt hat, vielleicht gingen wir sogar bis zur Landzunge und ich gäbe mein neu gewonnenes Wissen über neolithische Beerdigungspraktiken weiter. Nicht müde zu sein war fast, wie keine Kinder zu haben oder als hätte man eine Partydroge genommen, es fielen einem lauter kreative und lehrreiche Erfahrungen ein, die man gemeinsam machen konnte. Ich begann das Papier ordentlich übereinanderzustapeln, als wäre es der erste Schritt in Richtung Ordnung.

»Was würdet ihr heute gerne machen?«, fragte ich.

Raph sah auf. »Kann ich am Computer spielen?«

Moth gab mir *Der Tag von Lucy und Tom.* »Mami lesen.«

Ich nahm das Buch. »Nein, Raph.«

»Warum nicht?«

Ich legte das Buch hin und griff nach einem weiteren Papierstapel. Es ginge sehr viel schneller, sie einfach alle zum Altpapier zu tun, als die üblichen Ablagen zu bilden, die dann doch auf dem Küchentisch liegen blieben und sich nur sehr langsam zersetzten.

»Mami lesen!«

»Warum nicht, Mami?«

Ich überlegte, warum nicht. Weil ich nicht will, dass du das machst. Weil ich deine schmutzigen Finger nicht auf meiner schönen sauberen Tastatur haben möchte, die schon mit dem gelegentlichen Tropfen Rotwein und den Überbleibseln der

Schokolade verziert ist, die ich dir geklaut habe. Weil ich mein Laptop als Teil meines Gehirns betrachte, und in dem hast du schon genug angerichtet. Ich öffnete einen der Wertstoffsäcke, zur Verfügung gestellt vom Stadtrat von Oxford.

»Weil ich gern etwas mit euch machen würde und weil diese Spiele bewirken, dass du nicht über andere Menschen nachdenkst.«

»Moth in Sack?«

»Nein, Liebling. Auf gar keinen Fall.«

»*Lucy und Tom* lesen!«

Ich schob einen Arm voll bürokratischer Schreiben in den Sack.

»Aber ich denke nicht gern über andere Menschen nach.«

»Mami lesen!«

»Einen Moment noch.«

Ich hielt den Sack neben dem Tisch auf und fegte alles Papier über den Rand. Eine Tasse, in der blaue Inseln aus Schimmel auf dem schwammen, was mal Tee gewesen war, kullerte vom Tisch.

»Oh, Mami! Verdammter Tee.«

Ich hob die Tasse auf und warf sie nach kurzem Überlegen ebenfalls in den Sack. Wenn ich dran bin, den Müll wegzubringen, werfe ich den Altpapiersack manchmal sowieso in den normalen Müll, einfach um des Nervenkitzels willen.

»Gerade deshalb ist es ja gut für dich. Okay, Moth. Es waren einmal zwei kleine Kinder, die hießen Lucy und Tom. Auf diesem Bild siehst du sie frühmorgens.«

»Du hast gesagt, wir können uns aussuchen, was wir machen wollen, und jetzt machst du, was Moth will, und ich darf nicht machen, was ich will! Das ist gemein.«

»Lucy ist groß genug, um aus dem Bett zu steigen und ihre

roten Hausschuhe und ihren roten Bademantel anzuziehen. Tom schläft im Kinderbett. Er wirft sein ganzes Spielzeug aus dem Bett, eins nach dem anderen fällt auf den Boden. Ich hab nicht gesagt, dass ihr es euch aussuchen könnt, ich habe gefragt, was ihr gerne machen würdet. Vor dem Frühstück klingeln normalerweise drei Leute am Haus von Lucy und Tom, der Zeitungsjunge, der Milchmann und der Postbote. Lucy kratzt den letzten Rest Brei aus ihrer Schale.«

»Aber jetzt machst du, was Moth möchte, und lässt mich nicht machen, was ich möchte.«

Eine bessere Mutter hätte inzwischen dafür gesorgt, dass sie Papierdrachen ausschneiden.

»Raphael, du meine Güte, hör auf so rumzujammern. Ich hab angeboten, mit euch zu spielen. Überleg dir was, das wir alle gerne machen. Nach dem Frühstück ist Lucy damit beschäftigt, ihrer Mutter im Haushalt zu helfen.«

»Du liest einfach dieses dumme Buch weiter und räumst auf, du wirst nie machen, was ich möchte.«

Moth zeigte auf Raphael. »Nich Mami anschreien! Raph ist sehr langweilig.«

»Ich bin gar nicht langweilig! Mami, er hat gesagt, ich bin langweilig!«

»Nich Moth anschreien!«

»Er schreit dich nicht an, Schätzchen. Und ich räume gar nicht immer auf. Raph, du verschwendest nur Zeit, die wir mit etwas verbringen könnten, das Spaß macht. Wir könnten Kartoffeldruck machen oder eine Drachencollage, oder wir könnten uns das Dorf ansehen.«

Ich hob ein Küchenhandtuch mit braunen Flecken an und entdeckte, dass sich darunter ein Stapel von Giles' blasierten Öko-Lifestyle-Magazinen verbarg, die nicht mal er tatsächlich liest, weshalb ich längst den Verdacht habe, dass er sie in der Küche liegen lässt, damit ich die Rezepte nachkoche. Ich schmiss sie in den Müll.

»Ich will mir das blöde Dorf nicht ansehen. Wenn sie es ordentlich gebaut hätten, wäre es nicht so verfallen.«

Ich machte einen letzten Versuch.

»Wir können ja ins Dorf gehen und versuchen herauszufinden, warum es so verfallen ist.«

»Ich will ein Computerspiel spielen.«

»Weiterlesen!«

Rund um die Spüle standen leere Gläser, die darauf warteten, recycelt zu werden – einige standen dort schon seit unserem letzten Besuch, und keins war ordentlich ausgewaschen worden. Ich ließ sie auf die Zeitschriften fallen, und das inspirierte mich dazu, zahlreiche Gläser aus dem Schrank zu nehmen, die wir aus dem – vermutlich auf Julia zurückgehenden – Aberglauben heraus behalten zu haben schienen, dass winzige Reste von Marmite und Senf in der Lage sein könnten, sich eingeschlechtlich fortzupflanzen, wenn man sie nur lange genug sich selbst überließ.

»Mami lesen!«

»Ich habe gesagt, ich will ein Computerspiel spielen.«

Ich knotete den Sack zu.

»Um halb zehn trinken die Kinder etwas und essen einen Keks. Wenn das Wetter schön ist, gehen sie in den Garten.«

»Mami, ich habe gesagt, ich will ein Computerspiel spielen!«

»Und ich habe gesagt, du darfst nicht. Warum basteln wir nicht eine Karte für Papas Geburtstag?«

Moth wedelte mit den Armen. »Kuchen mit Kerzen! Moth aufn Arm!«

Giles' Geburtstag war erst in einem Monat, aber es konnte ja sein, dass die Anfertigung einer Karte so lange dauerte.

Raph schmiss sein Buch auf den Boden. »Weil das scheiße wäre!«

»Raph, jetzt komm. Darüber haben wir doch schon gesprochen. Es ist besser, wenn du solche Worte nicht benutzt.«

»Machst du doch auch.«

Ich setzte Moth ab und er blätterte in *Brückenbau*. »Ich weiß, dass ich das manchmal mache, aber wenn Kinder fluchen, dann ärgern sich die Erwachsenen.«

»Warum?«

»Ach, Raph, ich weiß nicht, es ist einfach so. Weil sie gerne denken, dass Kinder unschuldig sind.«

»Was heißt unschuldig?«

Mir gefallen solche Gespräche. Was Gespräche betrifft, bin ich manchmal eine gute Mutter.

»Es heißt, dass man entweder nichts Falsches gemacht hat oder nicht vorhatte, etwas Falsches zu machen. Es ist das Gegenteil von schuldig.«

»Und was hat das mit ›scheiße‹ sagen zu tun?«

Das Geräusch von zerreißendem Papier war zu hören. Ich griff nach Raph, der einen Satz nach vorn machte.

Raph ging mit erhobenen Fäusten auf Moth los. »Mami, er hat mein Buch zerrissen! Ich hasse ihn, Mami, ich will keinen kleinen Bruder mehr! Ich haue ihn jetzt!«

Moth sah auf, eine halbe Seite in der feuchten Hand, anscheinend ungerührt von der Attacke seines Bruders. »Oje, Raph schon wieder sehr langweilig.«

»Nein, Moth, nicht zerreißen. Keine Bücher zerreißen. Armer Raphael. Gib mir die Seite, Moth. Raph, ich weiß, du bist sehr wütend, aber wir hauen niemanden, ja?«

Moth hielt die Seite in Richtung Fenster und kicherte. Ich klemmte mir Raphael unter den Arm, und er trat gegen den historischen Cassingham-Sessel. Knapp elf Stunden bis zum Schlafengehen, und nirgendwo Pappmaché oder Lebkuchen in Sicht.

Als Giles zurückkam, war ich gerade dabei, Joghurt in Moths Suppe zu rühren, damit sie ein paar Kalorien bekam. Giles legte den Arm um meine Taille und küsste mich.

Raph sah zu. »Papa, warum hast du das gemacht?«

»Was?«

»Mami geküsst.«

»Ich küsse Mami immer. Soll ich dich auch küssen?«

»Moth küssen! Essen fast fertig!«, schrie Moth.

»Nein, du küsst Mami sonst nicht.«

Moths Suppe war jetzt zu flüssig, und mit der Wäsche war ich sowieso schon im Hintertreffen. Ich krümelte etwas Brot hinein und fabrizierte eine Ferkelei, die man niemandem zumuten konnte, der älter als drei Jahre war. Raphael hatte recht, Giles küsste Mami sonst nicht.

Giles setzte sich. Er hatte keinen Vogeldreck auf der Kleidung oder auf den Schuhen.

»Anna, du weißt doch noch, dass die Fairchilds Ende der Woche kommen? Seife und Toilettenpapier habe ich bestellt, aber wir brauchen da drüben immer noch ein paar Bücher, und ich fürchte, irgendjemand wird die Betten machen und Handtücher hinlegen müssen und so. Und ich habe ihr gesagt, dass wir die üblichen Grundnahrungsmittel bereitstellen, Salz und Öl und so weiter.«

Ich stellte ihm seine Schüssel hin. Gemüsesuppe, aus Gemüse und Wasser. Heinz kriegt so was besser hin, aber die werden ja auch dafür bezahlt. »Mit ›irgendjemand‹ und ›wir‹ meinst du nicht rein zufällig ›Anna‹? Und sind bei ›und so weiter‹ zufällig ein paar Stunden zum Recherchieren drin?«

»Ich hab ziemlich viel zu tun, weißt du. Und es ist ja auch in deinem Interesse, dass das funktioniert, nachdem wir das ganze Geld versenkt haben. Jake sagt, mit den Malerarbeiten wird er rechtzeitig fertig, und die Farbe ist dann auch trocken, aber bei anderen Dingen könnte es schon noch Schwierigkeiten geben.«

Ich stellte meine eigene Schüssel ab und holte tief Luft. Moth goss sich eine Handvoll Suppe über das Gesicht. Mir war ungefähr so sehr nach Essen, wie mir danach war, eine gerüschte Schürze umzubinden und mit dem Staubwedel herumzufeudeln.

»Oh, es geht hier also um das Schicksal des Sohnes und Erben, ja? Und es ist meine Pflicht, meinen dummen kleinen Plan, ein Buch zu schreiben, für Ruhm und Ehre der Cassingham-Dynastie zu opfern.«

Er legte den Kopf in die Hände wie ein Ehemann in einer Komödie aus den Dreißigerjahren. »Nein. Es geht nur darum, dass aus unserem Projekt etwas wird, das ist alles. Deins und meins, weißt du noch? Unser Projekt für unsere Insel. An dem wir das ganze Jahr gearbeitet haben. Und das im Übrigen deine Idee war. Nur darum geht es.«

»Ach so.«

Einen Moment herrschte Stille.

Raphael aß den letzten Löffel Suppe und verließ das Zimmer mit seinem Butterbrot. Durch ein Loch in den hohen Wolkentürmen schien ein Stück blauer Himmel, und ich konnte sehen, wie Jakes Boot eine weiße Schneise ins Meer schnitt. Auf dem Weg zum Festland, um Nachschub zu holen. Wieder einmal.

Ich drehte meinen Löffel in der Schüssel um. »Tut mir leid. Ich hätte das nicht sagen sollen. Ich mache mir nur solche Sorgen, dass mir alles abhandenkommt.«

»Nicht alles. Ich und die Kinder zum Beispiel nicht. Es kann nur sein, dass du vielleicht nicht sofort wieder einen Job an der Uni bekommst.«

Moth gähnte und wirkte überrascht.

»Komm, Liebling. Wir ziehen dir dein Oberteil aus. Und dann suchen wir dir ein sauberes und dann ist es Zeit zu schlafen, okay?«

Ich rollte sein Oberteil nach oben, damit die Suppe nicht auf seine Haare überwechselte, wischte ihm das Gesicht und die Hände ab und nahm ihn hoch. Er tätschelte mir das Gesicht. »Mami sehr süß.«

Ich küsste ihn.

Giles beobachtete uns einen Moment. »Ich kann ihn ins Bett bringen, wenn du möchtest. Iss du erst mal auf. Und dann können wir vielleicht zusammen rübergehen und überlegen, was wir bis Samstag noch machen müssen.«

»Okay«, sagte ich. Ich setzte mich.

»Mami«, sagte Moth.

»Ist schon gut, Liebling. Papa bringt dich nach oben.«

»Papa?« Moth sah mich über Giles' Schulter an, während der in die Halle ging. Ich hätte Raphael suchen gehen sollen, aber ich saß am Tisch, betrachtete das Muster, das die von den Kindern verschüttete Suppe hinterlassen hatte, und lauschte konzentriert den Schuldgefühlen, die irgendwo in meinem Hinterkopf herumschwirrten. Ich habe gesündigt, ja, ich habe nicht nur den Altpapier-, sondern auch den Altkleidersack in den Müll geschmissen, statt ihn zur Abgabestelle zu bringen, weil es so einfacher war. Ich habe noch nie einen Kühlschrank sauber gemacht. Ich habe Raph zwei Mal geohrfeigt und den neugeborenen Moth ein Mal auf den Bauch gelegt, halb hoffend, er würde nicht wieder aufwachen. Ich habe die zehn Pfund, die mir in einem rundum angenehmen Restaurant zu viel herausgegeben wurden, behalten. Aber da hallte noch etwas nach, das ich jedoch nicht greifen konnte. Ich schüttelte den Kopf, als wollte ich Wasser aus dem Ohr bekommen, und fing an, die Teller aufeinanderzustapeln.

> Rousseaus Einfluss auf die zeitgenössische literarische Verarbeitung des Themas Kindheit ist offensichtlich und gut dokumentiert, es spricht jedoch wenig dafür, dass sein Werk irgendeine Auswirkung auf das Leben der Kinder hatte. Kindliche Erfahrungen lassen sich nur schwer rekonstruieren; betrachtet man aber die Vorschriften für Kindererziehung, die in diesem Kapitel ausgewertet werden, die Berichte der Findelhäuser und Internate, so entsteht der Eindruck, es handele sich um eine Zeit, in der der Tagesablauf der Kinder, die von ihrer Familie getrennt lebten – im Widerspruch zur vorherrschenden romantischen Ideologie und zu den Methoden weniger experimenteller Fachleute wie Dorothy Wordsworth –, gewissenhaft einer unverrückbaren Routine angepasst wurde, bei der Anregungen jenseits der vorgeschriebenen und anerkannten Aktivitäten nur eine untergeordnete Rolle spielten. Wie gewöhnlich scheint das Verhältnis zwischen Theorie und Praxis des Elternseins invers zu sein.

Der mittlere Satz war zu kompliziert. Ich saß lange da, betrachtete »es handele sich um eine Zeit, in der« und streckte mich dann, bis meine Schultern knackten. Die Dunkelheit spähte durch das Fenster. Ich hörte Giles Raphael oben etwas vorlesen, es ging um Raumfahrt und Computer mit goldener Schrift, und ich konnte das Meer hören, das sich langsam beruhigte. Für »gut dokumentiert« brauchte ich eine Fußnote, obwohl jeder, der auch nur irgendwas zum Thema gelesen hatte, wüsste, dass es stimmte. Eine Fußnote würde mich zumindest meinem Wortlimit näher bringen, das eigentlich eher ein Wortziel war. Ich tippte »Siehe beispielsweise« und starrte dann auf den Bildschirm. Als Bildschirmhintergrund habe ich ein Foto der Kinder, nicht weil ich es so gern ansehe, sondern um mich daran zu erinnern, dass meine Zeit begrenzt ist und ich keinen Blödsinn machen darf, und unter der Fußnote sahen Moths Füße hervor. Ich fragte mich, ob ich mir eine Tasse Tee machen oder, noch besser, nachsehen sollte, ob noch eine Flasche von Hugos Bordeaux da war. Und vielleicht auch Schokolade. Obwohl Giles schlussfolgern könnte, dass meine Arbeit nicht so sehr drängte, wie ich behauptet hatte, wenn er merkte, dass ich in der Küche herumkramte. Draußen auf dem Meer war eine Ansammlung von Lichtern zu sehen, ein Containerschiff, das würdevoll nach Amerika aufbrach oder von dort zurückkam, eine riesige, schwimmende Stellfläche, die Plastikspielzeug in undurchlässigen Verpackungen beförderte und neue, in Seidenpapier gewickelte Schuhe, gefrorene Lammkadaver von den grünen Hügeln Neuseelands und Thunfisch, der sich durch tropisches Seegras geschoben hatte, ein Füllhorn unnötiger Dinge, überragt von kleinen Kabinen, in denen Männer ihren Besitz auf das wirklich Wesentliche konzentriert hatten und, wie die Einsiedlerin, ohne das Gewirr der Dinge und Ansprüche lebten, in dem sich die meisten von uns verfingen. Ich ließ meinen Stuhl nach vorn kippen und googelte »Zweiter Weltkrieg Colsay Evakuierte«. Google eignet sich nicht für wissenschaftliche Recherche.

Menschen erzeugen Geschichte vorsätzlich. Im Archiv befanden sich mehr als fünftausend Zeitzeugenberichte ehemaliger evakuierter Kinder, die entweder als Sauerstoff für die nächste Generation von Historikern dienen würden oder zur Entstellung historischer Aufzeichnungen. Geschichte entsteht im Rückblick und muss parteiisch und fragmentarisch sein, wenn wir ihr irgendeinen Sinn abgewinnen wollen. Im Durcheinander und Schmerz des wahren Lebens, das sich von Jahrhundert zu Jahrhundert wälzt, mit Geburten, Paarungen und Todesfällen, die sich nur durch Kulisse und Kostüme unterscheiden, findet sich keine Geschichte, nur verformte Vertrautheit. Ich versuchte mir das Chaos vorzustellen, das es gegeben hätte, wenn jeder Pikte über die römischen Besatzer berichtet, jeder Römer seine persönliche Geschichte des Auf- und Abstiegs erzählt, jeder sächsische Bauer einen umfassenden, freimütigen Bericht über die Bekehrung zum Christentum hinterlassen und jeder Wikinger alle Einzelheiten über den Diebstahl jeder sächsischen Kuh niedergeschrieben hätte, aber es gelang mir nicht. Was, wenn jeder Mensch, der jemals auf diesem Planeten gelebt hat, seine Geschichte hinterlassen hätte? Schriftliche Aufzeichnungen sind nichts als ein Simulakrum des richtigen Lebens mit all seinen Trivialitäten und Vergeblichkeiten und damit schlimmer als gar nichts; plötzlich erschien es mir möglich, dass die sozialen Netzwerke im Internet tatsächlich das Ende der Geschichte waren. Was eine Spezialistin für das achtzehnte Jahrhundert jedoch nicht unmittelbar betrifft. Zwei Klicks später hatte ich gefunden, was ich suchte.

> Das Haus, in das die Schlossschule während des Krieges zog, war sogar noch schöner als unsere gewohnte Bleibe. Die Bewohner von Colsay House auf der Insel Colsay vor

der Nordwestküste Schottlands boten Miss Leach ihr Haus für diese Zeit an (erst Jahre später kam mir der Gedanke, dass es ihnen womöglich lieber war, eine vornehme Mädchenschule zieht dort ein, als dass es für militärische Übungen oder so etwas beschlagnahmt wird). Schon der Weg dorthin war ein solches Abenteuer! Die meisten von uns waren noch nie so weit im Norden gewesen, und die Züge waren während des Krieges natürlich ein einziger Witz – es gab nicht mal einen Fahrplan und sie fuhren sehr langsam und man bekam nie einen Platz. Es war schon Verdunkelung angeordnet worden, und ich weiß noch, wie meine Freundin Mabel und ich auf meinem Koffer saßen und uns Geistergeschichten erzählten, die immer alberner wurden, je müder wir wurden, bis schließlich ein Mann zu Miss Leach ging und ihr sagte, er würde die Notbremse ziehen, wenn sie uns nicht zum Schweigen brächte. Und dann waren wir in einer Art Herberge in Edinburgh, und dann in einem anderen Zug, und ich glaube, das letzte Stück gingen wir zu Fuß, denn Benzin war so schwer zu bekommen, und am Schluss fuhren wir dann mit dem Boot. Ich habe inzwischen selbst Enkelkinder, und ich erschaudere bei dem Gedanken an die zwei armen Frauen, die auf dieser Reise dreißig Mädchen unter ihren Fittichen hatten, aber es herrschte Krieg und man tat einfach, was man tun musste.

Jedenfalls erinnere ich mich noch an den ersten Morgen. Wir waren im Dunkeln angekommen, aber als wir aufwachten, konnte man schon am Licht erkennen, dass wir am Meer waren, und wir liefen alle in unseren Schlafanzügen nach draußen! Es war erst September und ein so schöner Tag – wir wussten damals nicht, dass wir die Sonne für Wochen zum letzten Mal sehen würden. Das Haus war wunderbar, aus groben Steinen gebaut, aber es war ein furchtbarer Winter, und wir bekamen alle Frostbeulen. Manchmal waren wir während der Schulstunden in Decken gehüllt, aber wenn sich eine beschwerte, wurde ihr gesagt, sie solle daran denken, was unsere Väter und Brüder zu ertragen hatten, und dann war man natürlich still. Wir hatten in der Schule immer ziemlich viele Freiheiten, Kinder waren damals sowieso unabhängiger, und Miss Leach hielt nicht viel von Regeln, aber in Colsay konnten wir so ziemlich tun und lassen, was wir wollten, solange wir nur zu den Schulstunden erschienen, uns wie zivilisierte menschliche Wesen verhielten und uns von den Klippen an der Nordspitze der Insel fernhielten. Ich glaube nicht, dass heute noch jemand auf der Insel lebt, was mich immer traurig macht, wenn ich daran denke, aber damals betrieben noch ein paar Familien Landwirtschaft, und weil das Haus für uns alle nicht groß genug war, wurden einige von uns woanders einquartiert. Sie waren so freundlich zu uns, wenn man es bedenkt. Ich meine, es war dort oben wirklich kein einfaches Leben und die meisten Männer waren fort, obwohl Bauern als unabkömmlich galten, und dann bekamen sie diese närrischen englischen Mädchen einquartiert, obwohl in den Häusern sowieso nicht viel Platz war. Es waren liebenswürdige Menschen. Ich glaube, dass wir ihnen leidtaten, weil wir größtenteils aus London kamen. Sie haben mich sogar ein Schaf melken lassen! Ich hatte vorher noch nie davon gehört, dass man Schafsmilch verarbeiten kann.

Miss Leach meinte, wir sollten versuchen, unser eigenes Gemüse anzubauen, so wie man es überall im Land machte. Die Einheimischen sagten ihr, es würde nicht funktionieren, und natürlich hätten sie es selbst getan, wenn sie gekonnt hätten – ihr Essen war selbst in den besten Zeiten nicht gerade luxuriös –, aber sie dachte, sie hätten es vielleicht einfach nicht mit den richtigen Sorten probiert, und ließ uns alle graben und pflanzen. Es hat uns Spaß gemacht, aber das Ergebnis hat den Aufwand kaum gerechtfertigt! Wir haben Hühner gehalten, was erfolgreicher war, und Ziegen, obwohl ich sicher bin, dass wir sie weder gemolken noch gegessen haben, also weiß ich nicht genau, inwiefern sie den Kriegsanstrengungen nützlich waren. Miss Leach und Miss Bower wechselten sich damit ab, samstags zum Einkaufen nach Colla zu fahren, und wir schrieben ihnen auf, was wir für unsere Süßigkeitsmarken haben wollten, obwohl man nehmen musste, was man bekam, und das war manchmal gar nichts! Natürlich gab es keine Turnhalle und keinen geeigneten Platz, um Tennis oder Netzball zu spielen, deshalb beschloss Miss Bower nach einer Weile, dass wir stattdessen Fußball spielen sollten, was für Mädchen unerhört war, aber wir fanden es gut, und ein paar haben am Ende des Sommerhalbjahres versucht schwimmen zu gehen, aber es war wirklich zu kalt.

Ich erinnere mich, von Dünkirchen gehört zu haben, aber dort, wo wir waren, kam uns das alles so unwirklich vor. Das änderte sich erst, als ein paar Mädchen schlechte Nachrichten von ihren Familien bekamen. Wir hatten ein Mädchen, Esther, die mit dem Kindertransport aus Deutschland gekommen war, und sie hatte immer Albträume, mit denen sie die anderen in ihrem Zimmer geweckt hat, und sie hat nach ihrer Mutter geschrien, obwohl wir damals natürlich nicht wussten, was in Deutschland mit den Juden geschah, und eine andere hatte eine Mutter, die in einem Haus war, das ausgebombt wurde, und so weiter. Das Schlimmste war, dass eins der jüngeren Mädchen einen Unfall hatte. Sie war bei einer Frau namens Mrs. Buchan einquartiert worden, bis Mrs. Buchan ihr Baby bekam, und dann erhielt sie von zu Hause schlechte Nachrichten und war in einem so schlechten Zustand, dass sie in der Woche nicht am Unterricht teilnehmen musste. Sie nahm das Baby zu einem Spaziergang mit und fiel von der Klippe – es war furchtbar. Ich weiß noch, wie sie ihre Leiche zurückbrachten, mit einer Decke darüber, und wir weinten noch nicht einmal, wir wussten nicht, was wir tun sollten. Für ihre Mutter muss es sehr schlimm gewesen sein. Ich glaube, am Ende hatten wir alle jemanden, um den wir trauerten, aber für mich war es wirklich eine glückliche Zeit. Ich wollte immer noch mal nach Colsay zurückkehren, aber jetzt wird es wohl nicht mehr dazu kommen.

Man hört über die Evakuierung schlimme Dinge, vor allem jetzt, wo wir alle so viel älter und vielleicht weniger beschäftigt sind und anfangen, uns an Sachen zu erinnern, an die wir jahrelang nicht gedacht haben, aber für einige von uns war es eine schöne Zeit.

Und das Baby? Ich las es noch mal. War das Baby in die Formulierung »fiel von der Klippe« eingeschlossen oder bedeutete die Tatsache, dass sein Tod nicht erwähnt wurde, dass es irgendwie gerettet worden war? Es hätte keine Notwendigkeit bestanden, ein Baby, das von einem verzweifelten oder suizidalen Schulmädchen getötet worden war, im hinteren Garten zu begraben. Hatte die Mutter ihr erlaubt, das Baby auf den Spaziergang mitzunehmen? Selbst in der Zeit, als man Babys in ihrem Kinderwagen vor Läden stehen und am Ende des Gartens stundenlang schreien ließ, besaßen die Menschen doch sicher so viel Verstand, dass sie ein Baby nicht einem verstörten Kind in die Arme drückten, das auf eine Klippe zusteuerte. Vielleicht war die Mutter nach unten gekommen, nachdem sie die Wäsche weggebracht hatte, und hatte festgestellt, dass das Baby weg war, oder sie war wegen des ungewöhnlich langen Mittagsschlafs nachsehen gegangen und hatte den Kinderwagen leer vorgefunden. Man würde klopfenden Herzens zuerst in der Küche und dann in den anderen Zimmern gucken. Man würde in den Garten laufen und suchen und suchen, sich zur Vernunft rufen und wieder ins Haus laufen, um dort noch mal nachzusehen, und es wäre immer noch nicht real. Wäre es schlimmer, ein Kind durch Nachlässigkeit zu verlieren oder durch ein Unglück, schlimmer, das Einzige im Stich zu lassen, was wirklich eine Bedeutung hatte, oder zu wissen, dass alles, was wirklich eine Bedeutung hatte, sich einfach so auflösen konnte? Weder in dem einen noch in dem anderen Fall sähe ich einen Grund, am Leben zu bleiben.

»Wie läuft's?«

Wäre es verdächtiger, das Fenster zu schließen oder es so zu lassen und zu hoffen, dass er nicht gucken kam? Gentlemen lesen schließlich nicht die Briefe ihrer Frau. Er kam herüber und begann, mir die Schultern zu massieren. »Ich dachte, ich könnte noch mal zum Blackhouse rübergehen. Ich hab Jake gesagt, ich würde den Wänden im Badezimmer den zweiten Anstrich verpassen, wenn ich Zeit habe.«

»Okay«, sagte ich. »Ich arbeite sowieso.«

Er hörte auf, mich zu massieren. Er hatte auf den Bildschirm gesehen.

»Ja? Über Evakuierte im Zweiten Weltkrieg?«

»Ich hab noch mal über psychoanalytische Theorien nachgedacht. Anna Freud hat viel mit Evakuierten gearbeitet.«

»Auf Colsay?«

Er hatte die Hände von meinen Schultern genommen.

»Ich hab auch gearbeitet.«

»Ja, klar. Gott, Anna. Wonach suchst du, nach jemandem, der sich daran erinnert, beim Schlafwandeln mal über jemanden gestolpert zu sein, der ein Baby begraben hat? Hier finden eine Menge Leute historische menschliche Überreste, das weißt du doch. Man wirft uns nichts vor, du brauchst dir kein Alibi zu suchen.«

Ich ließ meinen Stuhl nach hinten kippen, um zu ihm aufzusehen.

»Achte lieber auf deine Ausdrucksweise. Hat Ian MacDonald gesagt.«

»Was hat er gesagt?«

»›Auf dieser Insel ist man empfindlich, Mrs. Cassingham, was lästerliche Sprache betrifft.‹«

»Nur, wenn man der verdammte Pastor ist. Komm. Jake flucht sogar mehr als Connor.« Connor ist einer von Raphs Klassenkameraden in Oxford.

»Vielleicht dürfen nur Frauen nicht fluchen. Giles, er sagt, es gebe ›hiesige Bedenken‹, was das Wohl der Kinder betrifft.«

»*Was* sagt er?«

»Du hast es gehört. Hiesige Bedenken. Betonung auf ›hiesig‹.«

»Bist du dir sicher? Du denkst doch immer, dass die Leute dich verurteilen. Ich weiß, es wäre ihm lieber, wenn hier Gälisch sprechende Kleinbauern leben würden, aber damit steht er vermutlich nicht allein da. Mir gegenüber hat er sich immer absolut korrekt verhalten.«

Der Bildschirmschoner erschien.

»Oh, er ist immer absolut korrekt. Es gibt nichts, was ich notieren und gegen ihn verwenden könnte. Es ist nur ... Manchmal wünschte ich, wir wären nicht hergekommen. Oder ich wünschte, ich hätte deine Anspruchshaltung. Oder vielleicht wünschte ich auch einfach, wir hätten im Garten kein totes Baby gefunden.«

Er legte seine Hand wieder auf meine Schulter.

»Ich weiß. Nur, weißt du, ich habe diese Anspruchshaltung, weil ich Ansprüche habe. Dies ist meine Insel. Und hier sind viele Menschen begraben worden. Aber ich muss dir nichts über tote Kinder erzählen. Denk an deine Findelkinder.«

Eins der Londoner Findelhäuser hatte im späten achtzehnten Jahrhundert über drei Jahre ein Experiment durchgeführt, bei dem man die Babys »mit der Hand aufzog«, mit einem Gemisch aus Kuhmilch, Zucker und Mehl, und nicht von Ammen stillen ließ. Die Milch wurde in offenen Eimern durch die Straßen von London getragen, und an den Fläschchen, die sie benutzten, waren lange Sauger aus Leder, die man gar nicht erst versuchte zu waschen. Die Sterblichkeitsrate variierte von Jahr zu Jahr, bewegte sich aber immer zwischen 97 und 99,5 Prozent. Nachdem sie genug Beweise gesammelt hatten, gaben die Sachwalter die verlassenen Kinder der nächsten Jahrgänge an Ammen im ganzen Land und erstellten Statistiken darüber, welche Frauen die niedrigsten Sterblichkeitsraten hatten; die lagen dann bei rund 30 Prozent.

»Es gibt so viele Findelkinder, dass ich sie gar nicht als Individuen betrachte. Und sie liegen nicht in meinem Garten.«

Er begann wieder mit der Massage. »Ich weiß. Aber schreib dein Buch fertig, okay? Ich glaub, uns geht's allen besser, wenn es erst mal auf dem Weg zum Verlag ist.«

Ich soll es also fertig schreiben, damit es dir besser geht, damit das Buch nicht mehr im Weg ist und ich mich um Kinder, Küche und Kirche kümmern kann? Ich sagte es nicht. »Ich versuch's, Giles. Ich werde gerade ziemlich müde.«

Er strich mir über das Haar. »Ich kenne dich. Wenn wir es schaffen, dass das mit dem Blackhouse funktioniert, dann können wir uns nächstes Jahr vielleicht ein Au-pair holen oder so, jemanden, der sich tagsüber um die Kinder kümmert.«

Ich ließ meinen Stuhl wieder nach hinten kippen und sah zu ihm auf. Er lächelte mein Laptop an, als würde Mary Poppins herausspringen, wenn er den Befehl dazu gäbe. Ich war für ein paar Monate Au-pair gewesen, als ich achtzehn war, bei einer Pariser Familie, die zu denken schien, dass die Briten sich noch mit Färberwaid bemalten und Menschen im Moor opferten, aber sie hatten ein Haus mit Swimmingpool am Parc Monceau, die Kinder waren den ganzen Tag in der Schule, und ihnen kam nie in den Sinn, ein englisches Mädchen das Essen zubereiten zu lassen.

»Giles, wenn du ernsthaft glaubst, irgendein junges Mädchen, dem wir unsere Kinder anvertrauen würden, verschmäht die europäischen Metropolen, um mit verrückten Akademikern und ihren Kindern auf einer Insel ohne Laden, ohne Fernsehen und ohne Fluchtweg zu leben, auf der es ungefähr dreihundertzweiundsechzig Tage im Jahr regnet, dann brauchst du … Du brauchst definitiv ein Wochenende in Paris, damit du dich daran erinnerst, wie das Leben wirklich ist.«

Er nahm meine Haare hoch und ließ seine Finger ganz sanft über meinen Nacken gleiten.

»Lass uns das machen. Wir parken die Kinder bei meiner Mutter.«

Ich ließ den Stuhl wieder nach vorn kippen. »Und die Fairchilds überlassen wir ihrem Schicksal, oder was? Die Kinder würde ich lieber im Affenkäfig im Zoo lassen als bei deiner Mutter. Tierische Instinkte sind für die Kindererziehung wahrscheinlich besser geeignet als Klassenkampf.«

»Für einen Kampf braucht es immer zwei Seiten, wie du weißt. Sie meint es gut.«

»Ich wage zu behaupten, George Bush hat es auch gut gemeint. Los, geh streichen. Paris kann warten.«

Er ging. Ich weckte den Computer auf, und Giles kam noch mal zurück.

»Anna?«

»Was?«

»Was ist in diesem Sack?«

»In welchem Sack?«

»Verdammt, Anna!«

Ich seufzte und folgte ihm nicht gerade schnell, um nachzusehen. Er hatte versucht, den Sack voller Bürokratie anzuheben, und er war gerissen. Braune Umschläge und Rechnungen, die Giles öffnete, aber wieder in ihre Umschläge schob, lagen auf dem Boden, zwischen fast leeren Gläsern und der Tasse, in der immer noch Schimmel klebte, obwohl die Überbleibsel des Tees überwiegend von den blasierten Lifestyle-Magazinen aufgesogen worden waren.

»Was hast du *getan*?«, fragte er in einem Ton, der besser zu einem toten Fisch unter dem Kopfkissen oder zu Zahnbürsten in der Toilette gepasst hätte als zu Altpapier in einem Sack, auf dem Altpapier stand.

»Ich hab aufgeräumt«, sagte ich. »Ich geh schlafen.«

Als ich die Treppe hochging, fing Moth an zu weinen. Hinter mir konnte ich das Knistern von Papier und Plastik hören, als Giles den ganzen Wust wieder auspackte.

Nachtwache, 01:42 Uhr

Es wäre sehr viel leichter, einfach hier zu schlafen, auf dem Boden zu liegen und meine Hand durch die Stäbe zu stecken. Wenn Moth zuließe, dass ich mich hinlege. Stattdessen nehme ich ihn auf den Arm und wir machen uns auf den Weg zum Fenster und zurück, gehen die Walton Street hinauf und sehen hinter den ineinander verkeilten Fahrrädern die schöne grüne Landschaft der zum Worcester College gehörenden Gärten. An der Ecke zur Little Clarendon Street vorbei, an der mein neunzehnjähriges Ich, kichernd bis an die Grenze der Inkontinenz, aus Gründen, die mir längst entfallen sind, neben einer Gruppe Straßenarbeiter stand. An der Cocktailbar vorbei, die, als ich dreiundzwanzig war, eine Reihe ungeeigneter junger Männer aufbot, von denen zwei anschließend ein Paar wurden und in jedem Café und jeder Bibliothek zu sitzen schienen, die ich in den nächsten Jahren betrat. Moth hängt schlaff an meiner Schulter und wir nähern uns dem Kinderbett.

»Mami Grüffelo singen.«

»Die Maus spazierte im Wald umher …«

Mir fallen die Augen zu. Ich mache mich wieder auf den Weg, um nicht einzuschlafen und zu Boden zu sacken. Hätte ich damals gewusst, was ich jetzt weiß, hätte ich dann Kinder bekommen? Ich denke an kinderlose, kinderfreie Freunde, die nicht nur nach New York fliegen, um ins Theater zu gehen, und nach Singapur, weil sie zu einer Hochzeit eingeladen sind, sondern die am Wochenende auch nicht vor elf Uhr angerufen werden dürfen, die die Samstagszeitung am Samstag lesen und zum Kochen beide Hände frei haben und ständig »aus« sind, wenn meine Kinder schlafen und ich sie anrufen könnte, um mir von Theaterstücken und Galerien und neuen Restaurants erzählen zu lassen – dieses mysteriöse »Ausgehen« kinderloser Leute, die es sich erlauben können, in Tarifzone zwei zu leben. Sie halten ihre Abgabetermine ein und bekommen die Jobs, um die wir uns alle bewerben. Würde ich es wieder tun, nachdem ich weiß, was ich damals nicht wusste: dass es ein Leben und länger anhält, wenn man als Mutter versagt, dass alles, was meinen Kindern und den Kindern meiner Kinder geschieht, meine Schuld ist? Dass meine Gereiztheit und meine Gemeinheit in die Zukunft sickern werden wie radioaktiver Abfall in die Irische See? Nein. Nicht, weil ich meine Kinder nicht lieben würde – jeder liebt seine Kinder, auch Kinderschänder lieben ihre Kinder –, sondern weil ich das Muttersein nicht mag, und das merkt man erst, wenn es zu spät ist. Liebe ist nicht genug, wenn es um Kinder geht. So einfach ist das wohl.

Colsay House

14. Nov.

Liebste Allie,
danke für Deinen Brief! Ich habe mich sehr weit weg gefühlt, als ich gelesen habe, dass Du mit Mama in London warst, während ich Euch im Geiste immer noch zu Hause sah. Ihr könntet natürlich nach Paris oder Rom oder noch mal nach Lausanne fahren und schon wieder zu Hause sein, ehe ich von Eurer Reise erfahren würde. Aber ich habe den Eindruck, Du hast meinen letzten Brief nicht bekommen. Ich muss Mrs. Barwick noch mal fragen, wie das mit der Post geregelt ist, aber Du weißt ja, dass die nächste Straße in Inversaigh ist (für die die Inselbewohner Gebühren bezahlen müssen! Manchmal zweifle ich an Sir Hugos Menschenliebe, eine Schule gibt es auch nicht), also muss alles auf dem Rücken transportiert werden, als wären die armen Leute Lasttiere. In der Tat sieht man die Frauen hier die Arbeit von Tieren verrichten; offenbar schirren sie sich im Frühling an wie die Ochsen, ziehen den Pflug und eggen selbst. Ich freue mich nicht auf diesen Anblick. Aubrey und Papa würden sagen, es unterscheidet sich nicht von Fabrikarbeit, aber das tut es – einen Pflug zu ziehen erfordert nicht einmal die Fingerfertigkeit der Jungen an den Webmaschinen, und aus irgendeinem Grunde setzt es mir besonders zu, die Frauen auf reines Vieh herabgesetzt zu sehen. Natürlich sind es keine schönen Damen, obwohl ein oder zwei sich durchaus sehen lassen können, wenn sie ihre Alltagshauben abnehmen und saubere Schürzen umbinden, aber wahrscheinlich würde mir sogar Mama zustimmen, dass es schmerzt zu sehen, wie der Körper einer Frau sich unter einem Gewicht krümmt, das ein Mann heben sollte. Allerdings hat mich auch die Art und Weise, wie sie ihre Tiere behandeln, durchaus erregt. Die Hunde (und es gibt viele davon) verbringen ihre Tage herumhoppelnd, weil ihnen eine Pfote

an den Hals gebunden ist, damit sie die Kinder oder die Schafe nicht aufstören, und natürlich verfängt sich von Zeit zu Zeit so ein Band und schneidet dem Hund die Luft ab. Und Schafe, die auf dem Markt verkauft werden sollen, werden markiert, indem ihnen mit dem Messer ein Stück vom Ohr abgeschnitten wird. Das Schlimmste aber ist, was Mrs. Barwick mir erzählt hat, als sie meine Verzweiflung darüber sah, wie man sich eines Wurfs unerwünschter Welpen entledigen wollte – jedoch werde ich meine Seele nicht damit quälen, dies zu Papier zu bringen, und auch Deiner will ich es ersparen. Es soll hier genügen festzustellen, dass uns die Unmenschlichkeit, mit der Menschen anderen Menschen begegnen, nicht überraschen dürfte, wenn wir bedenken, was Kindern manchmal erlaubt wird Tieren anzutun. Sie hat mir auch gesagt, dass es üblich ist, neugeborenen Lämmern abends einen Stock oder Stein ins Maul zu stecken, der zum Hinunterschlucken zu groß ist, und ihm dasselbe dann fest zuzubinden, damit die Kinder am nächsten Morgen die Milch des Mutterschafs trinken können, ehe das Lamm gesäugt wird. Ist das nicht fürchterlich?

Ich werde vor Dir nicht tun, als wäre hier alles gut (aber bitte behalte diesen Brief für Dich, denn ich möchte nicht, dass die Familie glaubt, ich enttäuschte das Vertrauen, das Aubrey in mich setzt). Einige Fortschritte habe ich mit Mrs. Grice gemacht, die ihr Kind im nächsten Monat erwartet, aber ich bin alles andere als zuversichtlich, dass sie mir erlauben wird, bei der Niederkunft zugegen zu sein, und noch weniger glaube ich, dass sie mir zuliebe auf die Dienste der »knienden Frau« verzichten wird. So kann ich kaum mehr erhoffen, als dabei zu sein, wenn das Kind sich mit dem Gift infiziert. Ich habe gehört, das Holz für seinen Sarg wird bereits gedämpft, Särge sind hier inzwischen die einzige Säuglingsausstattung. Es gibt auf der Insel wirklich keine Kleidung für Babys. In den letzten Jahren hat man die Neugeborenen in Lumpen gewickelt und abgewartet, ob sie überleben, ehe man sich die Mühe machte, etwas zu nähen, und natür-

lich ist diese Wirtschaftlichkeit bis auf den einen Fall auch immer gerechtfertigt worden. Ich beobachte Mrs. Grice. Ihre Wangen sind eingefallen, jetzt, da das ungeborene Baby an ihren ohnehin schon stark beanspruchten Kräften zehrt. Manchmal sieht man, wie das Kind sie unter ihrem Kleid tritt (ich glaube nicht, dass die Frauen hier sich die Anfertigung und Pflege vieler Unterröcke zumuten), und sie weiß und alle wissen, dass es noch vor Weihnachten kalt in der Erde liegen wird. Es gibt nichts, was ich tun kann.

Letzte Woche habe ich versucht, den Kindern ein bisschen Schulunterricht zu geben. Ich dachte, ich könnte ihnen wenigstens das Alphabet beibringen oder vielleicht ein paar Brocken Englisch. Mir ist natürlich klar, dass ich keine großen Fortschritte erwarten kann, da ich selbst kein Gälisch spreche, aber irgendjemand muss etwas tun, sonst wachsen sie ohne die Hoffnung auf, jemals etwas anderes kennenzulernen als den Schmutz und das Elend. Bildung oder Auswanderung scheinen die einzigen Möglichkeiten zu sein, um etwas zu verbessern, obwohl die Menschen selbst, soweit ich es sagen kann, sich nicht unzufrieden über ihr Schicksal äußern, abgesehen von dem weitverbreiteten Glauben, dass die Pacht und andere Kosten im Verhältnis zum Einkommen zu hoch sind (wo wir gerade dabei sind, wäre es Dir irgendwie möglich, mir sechs neue Paar Strümpfe zu schicken, das, was Du diesen Herbst gelesen hast, was auch immer es war, und bitte, liebste Allie, noch ein Früchtebrot und vielleicht eine dieser Schachteln von Kendal Milne?). Ich bat Mrs. Barwick, es allen Eltern zu sagen, und habe mir selbst ein Alphabet mit Dingen ausgedacht, die den Kindern vertraut sind, statt auf das übliche Apfel, Ball, Elefant usw. zurückzugreifen (Katzen, Hunde und Fische sind ihnen vertraut – im Fall der ersten beiden etwas zu vertraut für meinen Geschmack!). In Ermangelung von Schiefertafeln wollte ich einiges von diesem Papier und meine eigene Tinte opfern, und ich hatte vor, die Jungen zu bitten, die Federn so zu be-

arbeiten, dass man mit ihnen schreiben kann, schließlich sind die in jedem Haushalt in unbegrenzter Zahl vorhanden. Doch niemand kam.

Mrs. Barwick hat mir Stricken beigebracht. Oft geht sie, nachdem sie mir das Abendessen auf den Tisch gestellt hat, zu den Dorfbewohnern (denk bloß nicht an Suppe oder mit Käse überbackenen Toast oder Omelett – Trockenfisch und Haferschleim und ausnahmsweise auch mal Gerstenbrot mit einem Hauch Butter darauf). Aber in letzter Zeit, da das Wetter so schlecht ist und die Lebensmittel, wie ich fürchte, knapp werden, gehen die meisten wohl sehr früh zu Bett, und ich habe festgestellt, dass sie in der Küche sitzt und ihre Nadeln schneller bewegt, als die Uhr tickt. Die Frauen stricken nicht, um ihre Familien einzukleiden, die überwiegend eine Art groben Tweed tragen, von dem Du Ausschlag bekommen würdest, sondern lassen die Schals und Pullover nach Inversaigh bringen, wohin ein- oder zweimal im Jahr jemand kommt, der sie »wegbringt«. Bezahlt wird für diese Arbeit nicht die Frau, sondern der Laden in Colla, abzüglich der Transportkosten, und das wird mit den Schulden verrechnet, die die Haushalte für Mehl und Tee gemacht haben. Ein Rätsel ist mir, warum Mrs. Barwick, die schließlich in Edinburgh gearbeitet hat und mit Miss Emily sogar nach London gereist ist, als sie jung war, sich entschlossen hat, hierzubleiben, aber schließlich ist sie gut gekleidet und gut untergebracht, und ihr Stricken dient sicher nicht dazu, Schulden für Mehl abzubezahlen. Ich mache eine Art Decke oder Schal, die sind gerade und einfach, und eine gelegentlich fallen gelassene Masche richtet keinen großen Schaden an!

Ich hoffe außerdem, dass diese Abende am Feuer mir Gelegenheit geben werden, mehr über die Insulaner herauszufinden und darüber, wie man ihnen helfen kann. Allerdings zieht Mrs. Barwick es bisher vor, alte Geschichten von übernatürlichen Geschehnissen zu erzählen, nach denen es selbst einer so hartgesottenen Rationalistin wie mir schwerfällt, im Dunkeln ruhig die Treppen hinauf- und bei Kerzenlicht zu Bett zu gehen! Ich wünschte, das Graue Volk hätte nicht die Angewohnheit, hinter Schränken und Truhen hervorzuspringen und Drohungen und unvernünftige Forderungen auszustoßen!

Aber mein Feuer geht aus und ich muss ins Bett, ehe der schwache Schein erstirbt. Die Schatten scheinen meinem Stuhl bereits näher zu rücken.

Allerliebste Grüße, wie immer,
May

Die Fähigkeit eines Erwachsenen

Die Schwierigkeit der Verwendung von Realität als Kriterium liegt nicht darin, dass es keine Realität gibt, sondern darin, dass unsere Fähigkeit, sie zu begreifen, unzureichend ist. Dass die Fähigkeit eines Kindes, zu begreifen, was wirklich gefährlich ist oder sein könnte, noch unvollkommen ist, wird gewöhnlich als selbstverständlich hingenommen. Dass die Fähigkeit eines Erwachsenen diesbezüglich häufig nur um wenige Grade größer ist, wird dagegen leicht vergessen.

John Bowlby, *Trennung; Angst und Zorn*

Zwei Tage später gingen wir alle zusammen zum Blackhouse hinüber. Das Sonnenlicht lag strahlend auf unseren Gesichtern, und als Moth durch das Gras rollte, stellte er fest, dass es warm war, also setzten wir uns alle eine Weile hin und beobachteten ein Fangschiff, das schwarz über das glitzernde Meer zog. Ich sah mich nach Colsay House um; am blauesten Sommertag, an dem die Luft über dem sonnenwarmen Gras nach Honig duftete, sah es immer noch aus, als hätte Calvin es erbaut, um Sünder an das Grab zu erinnern. Moth aß Gras. Ein schimmernder Rabe flog über uns hinweg und landete auf dem Dach.

»Mami«, sagte Raph, »hast du schon mal einen Babyraben gesehen?«

»Sie nisten in den Klippen.« Giles legte sich auf den Rücken, die Hände hinter dem Kopf, und schloss die Augen. Die Cassingham-Nase glänzte in all ihrer Pracht in der Sonne. »Sie wollen nicht, dass die Menschen ihre Babys sehen.«

»Hab ein Wurm funden«, sagte Moth. Er hielt den sich windenden Regenwurm in die Höhe. »Ich essen. Mit dem Mund.«

Ich stand auf und streckte ihm meine Handfläche entgegen. »Lass ihn runter, Schatz. Der Regenwurm will sich in der Erde herumschlängeln. Sie mögen die Sonne nicht. Und wir essen sie auch nicht. Sollen wir uns das Blackhouse ansehen?«

Die Malerarbeiten waren beendet, und es war das erste Mal, dass ich dort war, ohne das Gefühl zu haben, Jake würde mir gleich sagen, was ich seiner Meinung nach verdient hätte. Giles hatte recht gehabt mit der weißen Farbe. Das Sonnenlicht ergoss sich über den Fußboden und ließ die Wände leuchten. Es war fast heiß; vielleicht hätten wir über Jalousien nachdenken sollen. Raph hob den Kopf, als hätte er etwas Angenehmes gewittert.

»Hier gefällt es mir.«

Er legte sich mitten auf den Boden, sein kupferrotes Haar breitete sich über die Dielen. Er sah aus wie eine Installation in der Tate Gallery. Gefallener Engel. Moth kam angetrappelt.

»Nicht auf Raph stehen, oder?«

»Nein, Liebling, das stimmt, nicht auf Raph stehen. Komm her und sieh dir die Möwen an.«

Raph breitete die Arme aus. »Können wir hier wohnen?«

Ich sah Giles an. Wir hatten natürlich darüber gesprochen, an all den Abenden, an denen wir die Zeichnungen des Architekten ausgebreitet hatten, in unserem Vier-Zimmer-Reihenhaus hinter dem Bahnhof, in dem wir die Nachbarn in der Küche ihre Schränke schließen hörten. Die Häuser waren für viktorianische Gleisarbeiter erbaut worden und wurden nun von Anwälten und Akademikern mit ererbtem Reichtum bewohnt und mit Bio-Farbe und Blumenampeln mit (längst verkümmerten) Geranien verschönert.

»Statt im großen Haus oder statt in Oxford?«

Er rollte sich herum und stützte sich auf die Ellbogen, als würde er lesen. »Statt in Oxford natürlich. Können wir? Und ich muss nie wieder in die Schule gehen? Bitte?«

Giles, der am Fenster stand, drehte sich um. »Raph, nach Colsay ziehen und nicht mehr nach St. Peter gehen sind zwei verschiedene Dinge. Du musst zur Schule gehen, egal, wo du wohnst, das schreibt das Gesetz vor.«

»Nein, gar nicht. Paul wird zu Hause unterrichtet. Er geht auch nicht.«

»Moth, lass bitte den Herd in Ruhe«, rief ich. »Pauls Mutter hat auch nichts anderes zu tun. Nein, Raph, auf keinen Fall. Wir sind hier ungefähr hundert Meilen und vier Stunden von der nächsten Pflichtexemplarbibliothek entfernt. Moth, lass das bitte. Schatz. Moth!«

»Wenn wir hier wohnen würden, bräuchtest du keine Bibliothek«, sagte Raph. »Du bräuchtest nicht zu arbeiten. Du könntest dich um mich und Moth kümmern, wie Jessicas Mami. Und Marcus' Mami. Und Edwards Mami.«

»Hör auf damit«, sagte ich. »Nein, so eine Mami bin ich nicht.«

Ich bin die Art Mami, deren Abwesenheit gut für euch ist, zumindest manchmal. Giles wandte sich wieder dem Fenster zu. Die Aussicht ist im Blackhouse besser, es liegt näher am Strand und ist eher dafür gebaut worden, dass man hinaus-, als dass jemand hineinsieht. An der *University of the Highlands and Islands* gibt es einen wissenschaftlichen Arbeitskreis, der sich um Giles bemüht, und er würde genug Geld für Lebensmittel und Bücher verdienen. Wir brauchten ein besseres Boot, um die Kinder nach Colla zur Schule zu bringen, und eine bessere Internetverbindung und eine zuverlässigere Stromversorgung, die Raph zweifellos mit größtem Vergnügen ausarbeiten würde. Vielleicht könnte ich einmal in der Woche mit dem Nachtzug nach Oxford pendeln. Der Verkauf des Hauses in Oxford würde das ein paar Jahre lang erlauben. Natürlich vorausgesetzt, ich hätte einen Grund, nach Oxford zu pendeln.

»Außerdem würden wir unsere Freunde vermissen«, sagte ich. »Es gibt ja Gründe dafür, dass alle Colsay verlassen haben. Aber wir haben Glück, dass wir im Sommer herkommen können. Los, wir kümmern uns darum, dass alles fertig ist, wenn die Gäste in ein paar Tagen kommen.«

»Na ja«, sagte Giles. »Weißt du, vielleicht hat sich an ein paar Gründen ja was geändert. Mit dem Internet.«

»Wenn die Bodleian Library online ist und man Online-Kinderbetreuung bekommen kann, können wir darüber reden. In der Zwischenzeit gehe ich davon aus, dass die Fairchilds gerne Bettbezüge hätten.«

Raph bewegte sich nicht. Moth steckte sich den Finger ins Ohr.

»Ich würde gerne hier leben«, sagte Raph.

»Es gibt auch Universitäten, die näher sind als Oxford, weißt du.« Giles zog eine Schublade auf, in der Messer und Gabeln wie Spiegel blinkten, schwer wie Pistolen, und sah zu, wie sie leise wieder zuglitt. »Du könntest immer noch Blockseminare geben.«

Raph rollte sich herum. »Ich dachte, du hasst das College sowieso.«

»Mami mag Institutionen«, sagte Giles.

Ich kam mir vor, als würde ich von Wölfen eingekreist.

»Ich halte sie für interessant, das ist alles. Los. Du und Papa, ihr macht die Betten. Und nein, okay? Nein.«

Giles ging mit dem Bettzeug, das nur leicht feucht war, die offene Treppe hinauf. Das ist einer der Vorteile, wenn man mit sechs auf ein privates Internat geschickt wurde: Er kann Betten machen, zumindest so, wie sie seiner Meinung nach gemacht werden sollen, mit Leinenlaken, vorzugsweise gebügelten, und eingeschlagen wie im Krankenhaus. Nach ein paar Versuchen gelang es mir, die Kindersicherung an der Waschmaschine zu befestigen, und ich gab es auf, Moth zu erklären, dass sie keinen Hunger hatte und keine Banane haben wollte. Ich versuchte das Bücherpaket aufzureißen, das ich bestellt hatte und das Moth bald so interessant fand, dass er aufhörte, leidenschaftlich den Treteimer zu bearbeiten.

»Oh nein! Verdammtes Amazon.«

»Scheißamazonen«, rief Moth zustimmend.

»Nein, das ist keine gute Idee. Mist. Giles? Giles! Gibt es in diesem Haus eine Schere?«

»Küchenschublade«, rief er.

Moth lief voraus. »Scharf, Mami. Vorsicht.«

Es war nicht leicht gewesen, die Bücher auszusuchen. Wir waren übereingekommen, dass ich nicht einfach das kaufte, was ich selbst lesen wollte, damit ich es mir leihen konnte, und ich war entschlossen, auf jeden Fall Bücher mit Lokalkolorit anzubieten. So hatte ich Walter Scott ausgesucht, aus Respekt vor der Kulturerbe-Herangehensweise an den Urlaub, George Mackay Brown für die, die es auf ihrer Insel gern skurril haben, und eine Auswahl etwas zugänglicherer Literatur über die Räumung des Hochlands, damit die Liberalen das Vergnügen hätten, sich zu empören, und Konservative daran erinnert würden, wie sie hierherkamen. Dann wurde mir bewusst, dass keine Frauen dabei waren und eigentlich nichts, was ich selbst gern lesen wollte, also fügte ich Margaret Oliphants Geistergeschichten hinzu und etwas mehr zeitgenössische Lyrik schottischer Dichterinnen, als normalen Lesegewohnheiten angemessen ist.

»Halt Abstand, Moth. Das ist sehr scharf.«

Ich hielt das Brotmesser an den Panzer des zugeklebten Kartons. Er kam näher, um die Folgen des ganzen Messerschwingens und der Kraftausdrücke zu erforschen.

»Mehr Bücher.«

»Bücher für die Gäste«, erklärte ich ihm. »Moth, wir werden Gäste bekommen. Es kommen Leute ins Blackhouse.«

Er drückte an der Luftpolsterfolie herum. »Leute sollen weggehen. Moth mag Gäste nicht.«

Nach dem Mittagessen ging Giles wieder zu der Papageientaucherkolonie. Moth war nicht besonders müde, aber ich war besonders entschlossen, und schließlich schlief er ein. Ich hatte um meiner Arbeit willen die Sperre schlechter Nachrichten verletzt, Raph anschaulich vom Untergang Pompejis berichtet und vorgeschlagen, dass er, wenn er draußen arbeitete, etwas von dem dunkleren Sand an der Spitze des Strandes einsammeln und ihn als Lava benutzen konnte. Ich versuchte, auf dem Sofa ins Internet zu kommen, und stellte fest, dass es ging, also ließ ich mich dort nieder, von wo aus ich Raphael Pompeji aus Lego bauen sehen konnte, wofür er *Das Leben in einer römischen Stadt* konsultierte.

Ich loggte mich im J-Stor ein und suchte nach »Frauengeschichte« und »Kindstötung«. Knochen mögen Geschichte überdauern, aber ich habe noch nie von prähistorischen Textilien gehört. Nasse Wolle verrottet schnell. Wenn das Baby wenigstens schon hundert Jahre tot war, wäre es einigermaßen erträglich, schließlich gab es im neunzehnten Jahrhundert viele

Kindstötungen, weil »Begräbnisclubs« in benachteiligten Gegenden für den Tod eines Kindes zahlten. Die Clubs waren als Versicherung für die Beerdigungskosten eines Kindes gedacht, für Eltern, die es sich kaum leisten konnten zu essen, und sie bezahlten verzweifelte Familien praktisch dafür, ihre jüngsten Mitglieder zu vernachlässigen oder sogar zu töten. Man musste eine Sterbeurkunde beibringen, um das Geld zu bekommen, aber man musste nicht für eine Beerdigung sorgen. Ich überflog die Ergebnisse. Alle Kindstötungen, die es in die Sekundärliteratur schafften – eine Teilmenge, die notwendigerweise all jene ausschloss, die erfolgreich verheimlicht worden waren –, waren von unverheirateten Mädchen ausgeführt worden, die ihre Schwangerschaften verleugneten, allein niederkamen und anschließend behaupteten, sie hätten eine Totgeburt gehabt. Die Geschworenen neigten dazu zu bestätigen, dass es so gewesen sein werde. Die Leichen wurden normalerweise unter dem Bett oder im Klo gefunden, und wenn sie doch einmal außerhalb des Hauses begraben worden waren, schien die Mutter das zu haben, was die Gerichte einen Komplizen nannten, wobei ich es für wahrscheinlicher hielt, dass es sich dabei um den Mörder handelte. Frisch entbundene Frauen sind selten in der Lage, rauszugehen und ein Grab zu schaufeln. Dies waren zumeist auch die Babys, denen die Kehle durchgeschnitten worden war – ich dachte an den Wolfsjungen von Aveyron – oder die auf den Kopf geschlagen worden waren. Mütter, die alleine handelten, erstickten ihr Kind eher, oder sie erdrosselten es mit der Nabelschnur. Raphs Nabelschnur war durchschnitten worden, ehe ich sie sah, weil sie mich, ohne meine Zustimmung, an den Tropf angeschlossen hatten, denn er war unter der Gabe von Medikamenten geboren worden, die nicht in die Plazenta eindringen sollten, aber an Moths erinnerte ich mich – beunruhigend lebendig, eine graue Schlange, pulsierend mit Blut – und ich erinnerte mich an meine Bestürzung, als die Hebamme sie mir hinhielt, damit ich sie durchtrennte. Er hätte wehtun sollen, dieser Schnitt. Das blutige Ende sah aus wie Bilder von guillotinierten Hälsen aus dem achtzehnten Jahrhundert.

»Mami! Sieh mal, ich verlege in den Bädern Fußbodenheizung!«

Ich öffnete das Fenster. Es war draußen nicht gerade sonnig, aber man konnte sehen, wo Schatten wäre, wenn die Wolken weiterzögen.

»Das ist toll, Liebling. Die Bäder bestanden aus mehreren Räumen, oder?«

Ich fand eine Tabelle, die zeigte, wie alt die Opfer von Kindstötungen bei ihrem Tod gewesen waren. Mehr als achtzig Prozent waren weniger als eine Woche alt, der Rest verteilte sich auf diejenigen, die vom Vater oder von einer Betreuerin getötet worden waren, die das Schreien nicht mehr aushielten (evolutionär betrachtet seltsam, aber vielleicht wenig überraschend, dass Mütter, die dem Lärm schließlich stärker ausgesetzt sind und am meisten unter Schlafentzug zu leiden haben, selten zu diesem Mittel greifen), und diejenigen, die von Müttern umgebracht wurden, die ihre Babys nicht stillen konnten und es nicht ertrugen, sie hungern zu sehen. Eine dieser Frauen sagte dem Richter: »Mein Mann hat mich mit fünf Kindern unter zehn Jahren zurückgelassen. Ich wusste, dass das Baby wahrscheinlich sowieso sterben würde, drei hatte ich schon verloren, und ich hatte nicht genug zu essen für alle. Er hat drei Tage lang vor Hunger geschrien. Die zwei großen Jungs arbeiten schon und brauchen alles, was wir ihnen geben können. Ich habe nicht die Kraft gefunden, ihn so langsam sterben zu sehen.« Der Richter machte die Geschworenen darauf aufmerksam, wie dürr die Angeklagte war.

»Mami, hatten die im Kaldarium eine Belüftungstechnik? In Neapel ist es heiß.«

Der Wind zerzauste ihm die Haare. Seine Sommersprossen wurden immer mehr, aber ich brachte es nicht fertig, Raph der physischen Gewalt auszusetzen, die nötig ist, um Sonnencreme aufzutragen.

»Ich vermute, sie waren einfach gut darin, Gebäude zu bauen, in denen es kühl ist. Mit jeder Menge Marmor.«

Er setzte sich auf die Fersen. »Wie denn?«

»Ich weiß es nicht, Schatz. Lass mich meine Arbeit fertig machen, ja?«

»Tut mir leid, Mami.«

Ich versuchte mich zu erinnern, wie groß das Baby aus dem Obstgarten gewesen war und wie groß Neugeborene normalerweise sind. Moth konnte ich mit einem Arm an meinem Oberkörper halten, sein Kopf in meiner Hand und die Füße unter meinem Ellbogen, und er war bei der Geburt ein Kilo schwerer als Raph. Ich sah zu Raph, der im Gras mit den Füßen wackelte, während er sich an einem Torbogen versuchte. Er ist wahrscheinlich jetzt schon so groß, wie viele schottische Erwachsene im neunzehnten Jahrhundert waren, obwohl die Insulaner mit Fisch und Hafer besser dran waren als die Armen aus Glasgow mit verdorbenem Brot und Marmelade mit Sägemehl. Was wir von ihrem Schädel gesehen hatten, war klein, eher wie eine Muschel als eine Kokosnuss, aber die Röhrenknochen waren zumindest erkennbar gewesen. Ich erinnerte mich an die Arme und Beine von Neugeborenen mehr oder weniger als dekorativen Anhang zu Kopf und Bauch. Sie schienen eher als Zeichen künftiger menschlicher Form da zu sein als zum gegenwärtigen

Gebrauch. Wohingegen das Baby aus dem Obstgarten – nennen wir sie, wie so viele weibliche Skelette, Eva – Knochen hatte, die funktionstüchtig aussahen. Vielleicht sehen alle Knochen funktionstüchtig aus. Mir wäre es alles in allem lieber, wenn sie kaum zu Atem gekommen wäre, sich ans Licht nicht gewöhnt, die noch benommene Überraschung über Luft auf ihrer Haut und Geräusche, die nicht durch Wasser in ihren Ohren gedämpft wurden, nie hinter sich gelassen hätte. Wenn sie nie richtig zu leben begonnen hätte. Moth kam in seiner Fruchtblase zur Welt, schlafend, und als die Hebamme mir sagte, ich sollte ihn zu mir nehmen, lag er zwischen meinen Beinen und hatte noch nicht angefangen zu atmen, wusste noch nicht, dass er geboren worden war. Er atmet nicht, sagte ich in Panik, er lebt nicht, und Jane sagte, warte, es ist ja noch keine Minute vergangen, die Nabelschnur pulsiert noch. Ich atmete für ihn noch einmal tief ein, um unser Blut mit Sauerstoff zu versorgen. Und dann öffnete er die Augen, die noch mit einem Film aus Fruchtwasser überzogen waren, er sah mir ins Gesicht und fing an zu atmen. Er begann sein Leben in meinen Armen. Es war noch zu früh, um ihn zu wecken, aber ich schloss alle Fenster und ging hoch, um Moth beim Schlafen zuzusehen.

»Mami«, sagte Raphael.

»Was? Guck, Moth, was ist das?«

»Elefant«, sagte Moth. Er kicherte. »Elefant springt auf Parkhaus!« Der Elefant von Noahs Arche sprang in die zweite Etage des mehrstöckigen Holzparkhauses (»Komplett mit Hubschrauberlandeplatz und funktionstüchtigem Fahrstuhl für stundenlanges fantasievolles Spielen!«).

»Mami?«

Dem Elefanten folgte eine Giraffe,.

»Ja.«

»Kuh fährt Fahrstuhl!«, rief Moth aus.

»Mami, ich glaube, es gibt etwas, das du wissen solltest.«

Er klang, als würde er mir gleich erzählen, dass er schwul war oder beschlossen hatte, zur Armee zu gehen, oder beides. Ich glaube nicht, dass es mir etwas ausmachen würde, keine Enkelkinder zu haben – in gewisser Weise wäre es eine Erleichterung zu wissen, dass der ganze Quatsch hiermit zu Ende war –, jedenfalls sicher nicht so viel, wie es mir ausmachen würde, wenn eins meiner Kinder dafür bezahlt werden würde, Menschen umzubringen. Er kam zu mir und blieb stehen.

»Sprich weiter.«

»Vielleicht erschreckst du dich.«

Ich ließ das Nashorn fallen.

»Nashorn bumm!«, sagte Moth.

Raph knetete seine Hände. »Es … Ich will das nicht sagen.« Er verbarg sein Gesicht in den Händen.

»Was? Raph, Liebling. Komm her.«

Moth saß mit rosafarbenen Bäckchen kichernd da. Ich zog Raph zu mir und hielt ihn fest. Er drückte seine Stirn an mein Schlüsselbein.

»Moth auch kuscheln!« Moth kam angekrabbelt und versuchte sich zwischen uns zu drängen. Ich drehte Raph zu mir um.

»So! Raph, sag es mir. Es wird mich nicht erschrecken. Mein Job ist es, dafür zu sorgen, dass dich nichts erschreckt.«

Raph entzog sich mir, und Moth ergriff die Gelegenheit. »Ich dachte, dein Job wäre es, dein Buch zu schreiben?«

Mir wurde ein wenig übel. »Das auch. Sprich weiter.«

Raph ging zum Fenster. »Da ist was auf dem Dachboden. Etwas, das sich bewegt und Geräusche macht. Ich höre das immer wieder. Ich dachte, es wäre ein Einbrecher.«

»Raph«, sagte ich. »Raph, es ist kein …«

Er drehte sich um und ging raus; als er an mir vorbeiging, wandte er das Gesicht ab. Moth zog mein Oberteil nach vorne und guckte mir in den Ausschnitt. »Da ist Mamis Bauch.«

Raph war auf der Treppe. »Es ist dieses Baby. Es ist dieses tote Baby.«

Ich nahm Moth auf den Arm, griff nach *Mog und das Baby*, um ihn abzulenken, und folgte Raph die Treppe hoch. Er hatte sich ins Bett gelegt und die Decke über den Kopf gezogen.

»Raph versteckt«, sagte Moth. »Kuckuck, Raph!« Er zog die Decke weg und Raph gab ein Brummen von sich.

Ich setzte mich aufs Bett. »Lass ihn in Ruhe, Moth. Guck mal! Hier ist *Mog und das Baby*!«

Moth setzte sich auf den Boden, mit geraden Beinen und geradem Rücken, die perfekte Yoga-Haltung eines Menschen, der noch nie an einem Schreibtisch gesessen hatte, und fing an, den gekünstelt-naiven Bericht über eine postnatale Depression durchzublättern, der eine kaum verhohlene Warnung enthielt, was passierte, wenn man sein schreiendes Baby eine Stunde lang bei einer mütterlichen Nachbarin ließ, um einkaufen zu gehen (es wird auf die Straße krabbeln, in den entgegenkommenden Verkehr, und nur dank einer unwahrscheinlich positionierten Katze überleben, der man dann lebenslang Dank schuldet und dienen muss). Ich streichelte Raphs Schulter.

»Raph, auf dem Dachboden ist nichts. Wirklich. Wie oft waren wir schon da oben und haben nie was gesehen? Da ist nichts Beängstigendes. Dieses Baby ist wahrscheinlich vor mehreren Hundert Jahren gestorben, vielleicht sogar vor den Wikingern. Früher sind viele Menschen schon als Baby gestorben, und jetzt sind wir so gut darin geworden, sicherzustellen, dass die Menschen genug zu essen und sauberes Wasser haben und Ärzte, die ihnen helfen, wenn sie krank werden, dass fast jeder sehr lange lebt.«

Er schob sich die Decke vom Gesicht. »Es sterben immer noch viele Babys wegen schmutzigem Wasser. Sie kriegen Durchfall und sie dehydritieren, und die Leute geben ihnen nicht mal ein bisschen Zucker und Salz, damit es ihnen besser geht.«

»Dehydrieren. Ich weiß. Aber wenigstens wissen wir das und können etwas dagegen tun.«

»Tun wir denn etwas dagegen?«

Nein. Wir geben unser Geld dafür aus, das Blackhouse zu renovieren und Olivenöl und Bücher und Designerklamotten aus schwedischen Katalogen zu kaufen, um uns aufzuheitern, und wenn wir erwachsen sind, denken wir nicht mal mehr kurz an die dehydrierten Babys.

»Wir können Geld für Wohltätigkeitsorganisationen spenden, die etwas dagegen tun. Aber Raph, das Baby ist nicht auf dem Dachboden. Die Polizei kümmert sich um ihre Knochen, und der Rest von ihr ist nicht mehr da.«

»Da oben ist was«, sagte er. »Ich höre es immer wieder.«

»Komm«, sagte ich. »Setz dich mal hin. Hör zu, wenn du das nächste Mal was hörst, dann kommst du zu mir und wir gehen zusammen nachsehen.«

Er zuckte zusammen.

»Oder ich gehe nachsehen und sage dir, was da ist. Sollen wir jetzt runtergehen und Popcorn machen?«

»Gleich.«

Ich umarmte ihn. »Gut. Moth, sollen wir runtergehen und Popcorn machen?«

»Moth auch Topcorn!«

Popcorn bietet eine einzigartig tröstliche Kombination aus Imbiss und kontrollierter Explosion, die ich noch dadurch verstärke, dass ich es in einer Form aus feuerfestem Glas mache, in der die untere Schicht anbrennt, aber so können die Kinder auf Stühlen verantwortungslos nah am Herd stehen und zusehen, wie die Maiskörner hochspringen, was sie in einer konventionelleren Umgebung nie dürften.

Raph nahm noch eine Handvoll, und ich verbrannte mir die Finger bei dem Versuch, die schwarz gewordenen Maiskörner vom Boden der Form abzukratzen.

»Mami, wenn du Öl reintust, würden sie doch nicht ansetzen, oder?«

»Mehr Topcorn!«, sagte Moth.

»Das einzige Mal, als ich Öl reingetan habe, haben sie angefangen zu brennen, weißt du noch?«

Ein kleines Feuer, das sich mit dem Deckel und einem feuchten Handtuch leicht löschen ließ. Noch etwas, das ich vor Giles geheim hielt.

»Wie auch immer«, sagte ich. »Heute Nachmittag fahren wir nach Colla. In die Bibliothek.«

Raph hielt inne, die Hand mit dem Popcorn auf halbem Weg zum Mund.

»Ich will nicht in die Bibliothek.«

»Es wird dir gefallen«, sagte ich. »Komm schon, dort sind lauter Bücher. Du bekommst einen Ausweis und kannst dir Technikbücher ausleihen.«

»Ich will hierbleiben und lesen.«

Ich auch, dachte ich.

Moth griff nach seiner Schale und spuckte Popcorn hinein.

»Moth auch hierbleiben.«

»Unsinn. Wir fahren mit dem Boot und du kannst Vögel sehen und hören, wie die Wellen platsch, platsch machen, und vielleicht kann man Seehunde sehen, vielleicht einen Mama-Seehund und einen Baby-Seehund!«

Obwohl Mutterschaft bei Seehunden, glaube ich, nur etwas Saisonbedingtes ist.

Raph stand auf. »Ich will hierbleiben und lesen, und das mache ich auch.«

»Raph?« Ich folgte ihm. Er wandte die Taktik seines Vaters an und versteckte sich hinter dem *Guardian*, der voller ungeeigneter Geschichten war, in denen das Böse belohnt wird und gute Menschen übel enden. »Raph, du kannst ein Buch mitnehmen. Okay? Du musst nicht aufhören zu lesen. Und die haben wahrscheinlich eine ganze Abteilung mit Büchern übers Brückenbauen. Komm.«

»Nein.«

Ich seufzte. »Also gut. Wenn du nicht draußen vor der Tür bist, sobald ich Moth angezogen habe, nehme ich dir bis zum Wochenende das Lego weg.«

Die Bibliothek war ein niedriges Backsteingebäude am Ortsrand, das mithilfe von EU-Geldern erbaut worden war. Drinnen gab es einen »Kinderwagen-Parkplatz«, an den Wänden hingen Poster mit Figuren aus Kinderbüchern, und der Teppich war violett mit roten Punkten. Das Ganze erinnerte mich an die Kinderstation in unserem Krankenhaus in Oxford, die vor Plastikspielzeug strotzte, als wären Bücher Zeichen der Sterblichkeit, von der die allgemeine Öffentlichkeit, und Kinder im Besonderen, ständig abgelenkt werden mussten.

Raph rieb Vogeldreck vom Rand seines Schuhs in den Teppich. »Sieht aus wie bei so einer verdammten Krabbelgruppe.«

Ich pellte Moth aus seiner Regenjacke und der Regenhose,

die sich nicht über die Schuhe ziehen ließ. »Ich weiß. Aber nicht fluchen. Es gibt hier ganz viele Bücher.«

Moth versuchte wegzulaufen und stolperte über seine Hose.

Raph hielt ihn fest. »Sei still! Sei still! Das hier ist eine *Bibliothek*!«

Ich habe Raph mal in die Bibliothek des Geschichtsinstituts mitgenommen, als ich Bücher zurückbringen musste und er schulfrei hatte. Die Erinnerung daran schien bei ihm immer noch lebendig zu sein. »Ist schon gut, Raph. So eine Bibliothek ist das nicht.«

Ich setzte Moth auf meine Hüfte und nahm Raphs Hand. Die Ausgabestelle der Kinderbuchabteilung war besetzt.

Moth wand sich. »Da Grüffelo!«

»Mami, kann ich an die Computer da?«, fragte Raph.

»Ja. Wenn es sein muss. Warum suchen wir nicht ein paar neue Bücher?«

Die Frau an der Ausgabestelle trug die Art dezente Mode, die ich zuletzt an Frauen mit Blackberrys und teuren Brillen im 19:10-Uhr-Zug in Paddington gesehen hatte. Sie sah auf. »Guten Tag. Er braucht für den Computer einen Benutzernamen und ein Passwort«, sagte sie. »Wollen Sie einen Benutzerausweis für die Bibliothek beantragen?«

»Wenn das möglich ist«, sagte ich. »Gelten wir als ortsansässig?«

»Das ist nicht nötig«, sagte sie. »Besucher dürfen die Bibliothek auch benutzen.«

»Ach so.«

Sie hatte natürlich recht. Die Tatsache, dass Giles jeden Stein von Colsay kannte, machte ihn – oder mich – noch lange nicht zu mehr als einem Besucher. Ich straffte die Schultern.

»Ich wüsste auch gern, wie es mit dem Archiv ist. Ich bin Anna

Bennet, die Frau von Giles Cassingham. Wir sind den Sommer über in Colsay und vermieten das Blackhouse. Ich dachte, ich verfasse vielleicht eine Broschüre für die Gäste.«

Sie tippte irgendwas in ihren Computer. »Es gibt ein sehr gutes Buch über die Geschichte dieser Gegend. Von Thomas MacFarland, er war unser Pfarrer, und als er in den Ruhestand ging, hat er promoviert und dieses Buch geschrieben. Ist bei Birlinn erschienen.«

»Das würde ich mir gerne ansehen«, sagte ich. »Raph und ich haben uns über den Zweiten Weltkrieg unterhalten, nicht, Schatz?«

Sie strich sich die Haare zurück und sah Raph, der sich hinter mich duckte, mit einem Lehrerinnenlächeln an. »Wussten Sie, dass wir hier im Winter eine Ausstellung über den Krieg hatten? Die Schulkinder hatten eine Art Zeitzeugenprojekt, und es gab viele alte Fotos zu sehen.«

Ich atmete ein Mal bewusst ein und wieder aus. »Das wusste ich nicht. Kann man die noch sehen? Raph würde sie bestimmt gerne anschauen, nicht?«

Er bohrte den Kopf in meinen Rücken.

»Und vielleicht kann er an einen der Computer?«

Sie sah mich an, als täte Raph etwas Unanständiges und sie wäre zu wohlerzogen, um darauf einzugehen.

»Das kann er natürlich.«

»Mami!«, rief Moth. »Mami, sieh mal! Ein Baby-Grüffelo! Mami lesen.«

»Tut mir leid«, sagte ich. »Raph ist nur schüchtern. Und wir bekommen im Moment natürlich nicht viele Menschen zu sehen.«

»Kein Problem. Wenn Sie fertig sind, zeige ich Ihnen und den Jungs die Ausstellung, in Ordnung? Einige der Alten haben uns ihre Fotos überlassen, und die Mitschnitte haben wir auch noch.« Sie machte eine Pause. »Ich zeige Ihnen noch etwas, das Sie vielleicht interessiert – für Ihre Broschüre. Wir haben Zuschüsse bekommen, um die Lokalzeitung zu digitalisieren, bis zurück in die Zwanzigerjahre. Es ist alles da, jedes Wort. Und ich kann nicht behaupten, dass es viel genutzt wird. Ich bin übrigens Fiona Firth. Die Archivarin.«

»Danke«, sagte ich. »Wirklich. Vielen Dank.«

Die Fotos hatten etwas merkwürdig Heiteres, wie die meisten Amateuraufnahmen aus dem Krieg, zumindest in Großbritannien. Frauen mit glänzenden Locken lachten in die Kamera, als wären die mittelalterlichen landwirtschaftlichen Geräte in ihren Händen Cocktails und die windgepeitschten Felder kalifornische Swimmingpools. Es gab ein paar ernsthaftere Bilder von Männern, die sich von der Kamera abwandten und mit ihrer körperlichen Arbeit weitermachten, die Gesichter von Tweedmützen und Bärten verschattet.

»Mami? Wenn da Krieg war, warum lachen die dann?«

Fiona Firth legte ihm ein Foto von ein paar Kindern hin. Ich reckte den Hals, um es zu sehen. Mädchen und Jungen, also vermutlich nicht die Schlossschule.

»Vielleicht hatten sie Spaß miteinander«, sagte sie. »Wenn du magst, kannst du ein paar Leuten zuhören, die sich daran erinnern. Die Menschen haben eine Menge Dinge gemacht, die sie ohne den Krieg nicht getan hätten, vor allem die Kinder.«

Raph sah aus dem Fenster. Es waren Kaninchen zu sehen, die das Gras abfraßen, und im Norden türmten sich Wolken auf. Es war bald Zeit, nach Hause zu fahren. »In Deutschland sind viele Menschen gestorben. Und in Polen. Ich habe Bilder gesehen. Und Kinder und Babys.«

Fiona Firth sah mich an.

»Nicht hier«, erinnerte ich ihn. »Hier sind die Kinder einfach zur Schule gegangen und haben gespielt und auf dem Feld geholfen, genau wie immer.«

Sein Blick wanderte zu den Wolken draußen. »Und Menschen haben sich an der Hand gehalten und darauf gewartet, dass sie erschossen werden und die Häuser in sich zusammenfallen.«

Moth steckte eine klebrige Hand in meine. »Moth und Mami Hand halten. Hoch, mehr Kaninchen sehen!«

Ich hob ihn hoch. »Wir sollten wohl langsam gehen«, sagte ich. »Die Wolken dort gefallen mir nicht. Wäre es in Ordnung, wenn wir wiederkommen, vielleicht morgen oder … oder …« Oder am nächsten Tag, der Mittwoch oder Donnerstag sein konnte, aber ich wäre auch nicht besonders überrascht, wenn es ein Freitag oder Samstag wäre. Und an einem dieser Tage kamen die Fairchilds.

Fiona sah Raph an, als könnte er auf dem Weg nach draußen alle Disneybände aus den Regalen reißen und sie durch die verschiedenen Ausgaben von *Ist das ein Mensch?* ersetzen.

»Oh«, sagte sie langsam. »Oh, wann immer Sie wollen. Natürlich.«

Sie folgte uns in die Spielecke. »Haben Sie Interesse an der Zeitung? Wenn Sie da draußen Internetzugang haben, gebe ich Ihnen ein Passwort.«

»Giles? Gibt es hier ein Exemplar von deinem Stammbaum?«

Er wusch ab, und ich wirtschaftete in der Küche herum und versuchte, beschäftigt zu wirken.

»Ganz bestimmt. Warum?«

»Ich hab mich nur gefragt, wer vor dem Krieg hier war. Wer

das Haus dieser Schule zur Verfügung gestellt hat. In dem Artikel steht nur ›der Besitzer‹.«

Sein Gesicht, das sich im Fenster über der Spüle spiegelte, war ausdruckslos.

»Vor dem Krieg? Oder währenddessen? Ich hab Ian MacDonald doch gesagt, dass es weitervererbt wurde, wenn jemand gestorben ist.«

»Vor dem Krieg wahrscheinlich. Oder zu Beginn.« Ich blickte in einen der verschlossenen Behälter im Kühlschrank und sah wieder weg.

»Diese beiden Cousins, Edwin und Nigel …«

»Ich weiß.«

»Sie haben geerbt, sind dann aber kurz hintereinander gefallen. Dann war da meine Großtante Edith …«

»Die darf in keinem Haushalt fehlen.«

»Jetzt halt doch mal den Mund. Sie hat den Großteil des zwanzigsten Jahrhunderts über ein unbescholtenes, wenn auch anachronistisches Leben geführt, in Bath. Das Haus könnte ihr gehört haben, nachdem Nigel starb, aber das war 1942 oder 43. Dir geht es wahrscheinlich um die Zeit davor.«

Also wäre sie ungefähr im richtigen Alter gewesen, um ein Baby zu bekommen, und es würde passen, dass die Wolldecke noch nicht verrottet war; schon mitten im zwanzigsten Jahrhundert, aber so lange her, dass man sich nicht mehr daran erinnerte. Und bevor Giles' Eltern etwas davon mitbekommen hätten.

»Erzähl mir von Großtante Edith.«

Er drehte sich um, Wasser tropfte aus der Popcornschüssel.

»Hast du vor, die Fairchilds mit Familiengeschichte zu beeindrucken, oder bist du darauf aus, Großtante Edith vorehelichen Sex, eine heimliche Schwangerschaft und Kindsmord anzuhängen?«

Ich öffnete den Kühlschrank wieder, als könnten die verschlossenen Behälter inzwischen weitergezogen sein.

»Ich habe nur gedacht, wenn sie vor dem Krieg begraben wurde, ist es sehr viel wahrscheinlicher, dass es jemand war, der im großen Haus gelebt hat, nicht jemand aus dem Dorf. Ich meine, warum sollte man riskieren, ein totes Baby zum Haus von jemand anderem zu bringen? Das wäre für eine Frau, die gerade niedergekommen ist, ein ganz schöner Marsch. Deshalb überlege ich halt, wer vorher hier war.«

Er stellte die Pfanne ab, kam zu mir und legte die Hände auf meine Schultern, als wollte er mich schütteln, was ehemalige Eton-Schüler allerdings nicht tun.

»Anna, hör auf damit. Schreib dein Buch. Schreib ein paar Bewerbungen, wenn du zu viel Zeit hast. Bring Raph Latein bei oder irgendwas. Aber hör auf, Leute zu beschuldigen, Babys umgebracht zu haben, okay?«

»Ich kann überhaupt kein Latein. Staatliche Schule, schon vergessen? Irgendjemand *hat* hier ein Baby umgebracht.«

Er verstärkte seinen Griff, trat einen Schritt zurück und ging wieder an die Spüle.

»Entweder das oder das Kind ist an irgendwas gestorben. Ich weiß nicht, warum du so sicher bist, dass es Mord war. Vielleicht findet die Polizei es ja raus, obwohl ich eher davon ausgehe, dass sie es als historisch abtut. So oder so ist das nicht dein Problem. Gott, Anna, wenn du der Polizei helfen willst, besorg dir einen Job und verdien Geld damit.«

»Ich habe einen Job, weißt du noch? Forschungsstipendiatin? St. Mary Hall?«

»Ja«, sagte er, »das weiß ich noch. Wenn du jetzt bitte dein

Buch schreiben gehen und mich hier weitermachen lassen würdest.«

Ich schlenderte Richtung Sofa, als hätte ich zu viel Zeit. Ich wusste selbst nicht, warum ich so fest an einen Mord glaubte.

> Während das kurze Leben von Findelkindern und verlassenen Kindern im Allgemeinen nicht in den Fokus dieser Art Kulturgeschichte gerät [Fußnote einfügen? Levine?], zeugen die meisten Bilder städtischen Lebens aus dem späten achtzehnten und frühen neunzehnten Jahrhundert von der ständigen Anwesenheit der Notleidenden. Die Kinder aus Hogarths Satiren (siehe Abb. 29 und 30) sind sehr bekannt, aber sogar das nebenstehende Gemälde (Abb. 31) – in Auftrag gegeben von Lady Alicia Chevalier, als ihre Ehe mit dem Duke von Dorset sie dazu brachte, ihr geliebtes Londoner Zuhause zu verlassen – zeigt sehr kleine Kinder, die in den prächtigsten Vierteln der Stadt betteln. Die Tatsache, dass sie auf diesem bewusst romantisierten Bild von London zu sehen sind, legt nahe, dass unterernährte und obdachlose Kinder in europäischen Städten allgegenwärtig waren. Schätzungen lassen vermuten, dass im westlichen Europa in der ersten Hälfte des neunzehnten Jahrhunderts jährlich annähernd 120 000 Babys im Laufe ihres ersten Lebensjahres ausgesetzt wurden. Wo sind diese Kinder dann in den Benimmbüchern für die Kleinen und der didaktischen Kinderliteratur, die in ebendiesen Jahrzehnten florierte?

Ich hörte die Stimme von Antonia Rivett. »Heben Sie sich rhetorische Fragen bitte für Vorträge auf, Anna.« Zehn Jahre später konnte ich ihre Missbilligung immer noch nicht ertragen. Ich löschte »Wo sind diese Kinder dann« und setzte dafür »Diese Kinder fehlen« ein. Der Wind heulte am Strand und im Obstgarten und peitschte den Regen gegen die Fenster. Diese Kinder aus dem achtzehnten Jahrhundert werden nicht einmal richtig menschlich gewirkt haben auf die Leute, die aus Sheridans ausverkauftem neuen Theaterstück kamen und in Räume von der Größe einer Schwimmhalle eilten, um Vol-au-vents und Gewächshaustrauben zu sich zu nehmen. Vermutlich waren sie ein bisschen gefürchtet – wie Kindersoldaten – kleine Menschen, die nichts zu verlieren hatten, Kinder, die für Geld alles tun und alles mit sich machen lassen würden. Oder für etwas zu essen. Ich stand auf, um die Vorhänge zuzuziehen. Wenn wir hierherzögen, bliebe Moth und Raph all das erspart. Die Überzeugung, dass Kinder nichts Gutes im Schilde führen, schuldig bis zum Beweis ihrer Unschuld, Herumtreiber voller heimlicher Absichten. Mich fröstelte. Ich sah Raph in England aufwachsen, Angst davor haben, dass ein weniger gebildetes Kind, das am anderen Ende des Parks einen naiven Streber erblickt, mit dem Messer auf ihn losgeht, weil er kein Handy hat, das er ihm geben könnte, und genauso davor, dass er wegen unsozialen Verhaltens eingesperrt und uns weggenommen wird, weil er die Zähne fletscht und Fremde anknurrt. Hier wäre er in Sicherheit. Falls Ian MacDonald und die hiesigen Bedenken ihn uns nicht schon vorher wegnähmen.

> Diese Kinder wurden nicht aus dem kollektiven Gedächtnis gelöscht, aber sie fungieren ausschließlich als Gegenstand: als Gegenstand der Barmherzigkeit, der Angst oder des Zorns, oft auch – wie die ungezogenen Kinder heutiger »Reality TV«-Sendungen – als Gegenstand des Vergleichs, angesichts dessen sich noch die mittelmäßigste Mutter als

adäquat empfinden kann. Das subjektive Empfinden der Kinder jedoch wird so gut wie nie in Betracht gezogen. Diese Konstellation wirft ein Streiflicht auf den Wolfsjungen von Aveyron, der sich von diesen Kindern nicht durch seine Armut und nicht mal durch seinen nicht sozialisierten Geist unterschied, sondern durch seinen Lebensraum. Europäische Städte des späteren achtzehnten Jahrhunderts waren übersät von Kindern, von denen man annahm, dass sie nie gelernt hatten, menschlich zu sein. Das Alleinstellungsmerkmal des Wolfsjungen, die Grundlage dafür, dass Philosophen an seine mögliche Erlösung glaubten, war die alpine Kulisse.

Das war gut, aber ich war mir nicht sicher, ob es stimmte. Ich konnte die Rotstifte der Stipendiaten sehen, wie sie Reality-TV und Alleinstellungsmerkmal durchstrichen. Ich fuhr mir mit den Fingern durch die Haare, die gewaschen werden mussten, und zog die Geschichte über die Evakuierten von Colsay auf maximale Größe. Ich brachte den Fall immer noch nicht richtig mit dem Obstgarten-Baby in Zusammenhang, obwohl es ein allzu großer Zufall wäre, wenn auf einer kleinen Insel gleich zwei Säuglinge auf tragische Weise ums Leben gekommen wären. Aber vielleicht auch nicht. Vielleicht ist die Erde in Wirklichkeit voll von versehrten Babys. Oder Giles hatte recht, und das Baby war eine Totgeburt und nicht berechtigt, in gesegnetem Boden begraben zu werden, weshalb es still und leise im Obstgarten beigesetzt wurde. Zumindest bestand in England bis zum zwanzigsten Jahrhundert nicht die Pflicht, Totgeburten zu melden, was vermutlich bedeutete, dass man sie, wie Fehlgeburten heute, überall begraben konnte. Auch an einem Ort, den man von seinem Fenster aus bewachen konnte und wo das Meer zu hören wäre bis ans Ende der Zeit. Müsste ich einen von meinen begraben, würde ich …

Ich schob den Stuhl zurück und machte mich auf die Suche nach Giles. Er schien die Spüle zu putzen.

»Was machst du da?«

Er drehte sich um.

»Anna, hör zu, ich kann das nicht länger.« Er wollte mich verlassen. Er hatte ein geheimes Boot und eine Affäre mit einer Frau, die nicht von ihren Kindern und ihrer Karriere besessen war. Mit einer Frau, die sich dafür interessierte, ob er deprimiert war. Er blickte auf die Wand über meinem Kopf. »Ich weiß, was passiert ist. Im College. Mit Moth. Und ich weiß, dass du nicht wieder hingegangen bist.«

Es hätte mich nicht überraschen sollen. Geheimnisse gibt es in Oxford ungefähr so viele wie Studenten aus sozialen Brennpunkten.

»Und?«

»Ach, Anna.« Er kam auf den Türrahmen zu, in dem ich stand, und versuchte die Arme um mich zu legen. Ich stand steif da. »Entschuldige. Aber ich verstehe nicht, warum du einfach nicht mehr hingegangen bist. Du musst doch gewusst haben, dass sie es am Ende merken würden.«

»Nein«, sagte ich. »Nein, das verstehst du wohl nicht. Und wenn du es jemals wieder erwähnen solltest, dann nehme ich die Kinder und gehe.«

»Zurück nach Oxford?«, fragte er.

»Ich geh ins Bett. Ich bin müde.«

Den Schlüssel für die Badezimmertür verstecken wir weit oben, seit Raph sich zum dritten Mal eingeschlossen hat und Jake ihn mit seiner Leiter retten musste. Ich strich mit dem Finger oben über das Bücherregal, wirbelte Staub auf, ließ es bleiben und verkeilte den antiken Handtuchhalter aus Mahagoni unter der Türklinke, von dem die Handtücher Flecken bekommen und über den Moth regelmäßig stolpert. Ich ließ mir ein Bad einlaufen. Ich putzte mir die Zähne. Ich las *Glückliche Babys und Kinder* und konzentrierte mich darauf, mich schuldig zu fühlen (»Alles, was Ihr Kind wirklich braucht, jetzt wie später, ist die absolute Gewissheit, dass Sie es lieben und schätzen, dass Ihre Zuneigung in keiner Weise von Bedingungen abhängt«). Das Bad war gut geworden, das Wasser reichte bis kurz unter den Überlauf, und es war heiß genug, um mich an den Punkt zu erinnern, an dem Schmerz und Vergnügen eins werden. Ich könnte lange darin liegen bleiben, und der Handtuchhalter würde, zumindest vorläufig, Rettungsversuche von Giles' Seite vereiteln.

Im College war Folgendes passiert. Ein Student hatte sich beim Dekan beschwert, weil ich bei einem Tutorium nicht erschienen war, was daran lag, dass ich einen Anruf von St. Peter bekommen hatte, weil Raphael eine Stunde vorher in eine Zankerei auf dem Schulhof verwickelt gewesen war und sich seitdem unter dem Tisch versteckte und sich weigerte zu sprechen. Ein Anruf, den ich verpasst hatte, weil ich mit dem Handy in der Bibliothek gewesen war, wo ich es, wie vorgeschrieben, auf stumm geschaltet hatte, und als ich rauskam und mit dem Fahrrad auf der Keble Road zum Tutorium fuhr, hörte ich meine Nachrichten ab, rief in der Schule an und erfuhr, dass er immer noch nicht reagierte und es ihnen nicht gelungen war, Giles zu erreichen (der, wie sich später herausstellte, einen potenziellen Geldgeber für das College zum Essen ausgeführt hatte). »Ein familiärer Notfall«, sagte ich dem Pförtner. Es kommt ständig vor, dass Leute nicht zum Tutorium erscheinen, normalerweise, weil sie gebeten werden, irgendwo in London einen Vortrag zu halten, weil ihnen die Katze abhandengekommen ist oder sie einen Kater haben, aber der Dekan war in der Stimmung, diesen Fall ernster zu nehmen, denn er hatte das Gefühl, dass mein Engagement für das College nach einem vielversprechenden Start (ehe die morgendliche Übelkeit anfing und ich nachzulassen begann) seit einiger Zeit zu wünschen übrig lasse und ich doch verstehen müsse, dass ein Forschungsstipendium nicht einfach ein Geschenk des Colleges für ein begünstigtes Individuum sei, sondern ein Vertrag mit den anderen Stipendiaten, eine Einladung sogar, sich ihnen für ein paar Jahre anzuschließen. Meine offiziellen Verpflichtungen seien nicht etwa deshalb begrenzt, weil das College meine häuslichen Interessen unterstützen wolle, sondern weil sie hofften, dass der Wissenschaftler, der das Stipendium erhielt, von dieser Freiheit profitiere und so noch anspruchsvollere Forschung betreiben könne. Der Dekan äußerte die Hoffnung, dass es nicht nötig würde, dieses Gespräch zu wiederholen, und sagte, er freue sich darauf, mich künftig häufiger auf den Veranstaltungen zu sehen, bei denen sich die Stipendiaten versammelten und die die Grundpfeiler des College-Lebens seien.

Das Wasser hatte einen roten Rand über meinen Brüsten hinterlassen, aus denen, wie ich mit Interesse bemerkte, Milch sickerte, die davontrieb wie der Rauch einer Zigarette. Ich drehte mich auf den Bauch, sodass meine Beckenknochen, die ich eigentlich für verschollen gehalten hatte, seit die morgendliche Übelkeit vor über zwei Jahren nachließ, über den Emaillelack schabten. Ich holte Luft und hielt den Kopf unter Wasser. Die Geräusche der viktorianischen Rohre gurgelten in meinen Ohren. Wenn Giles hereinkam, Moth schrie, Raphael einen Albtraum oder eine dringende Frage zum Thema Brückenpfeiler hatte, würde ich es nicht mitbekommen. Ich sollte mehr Zeit mit dem Kopf unter Wasser verbringen.

Drei Tage später hatte ein formelles Essen stattgefunden. Man sollte seinen Talar tragen. Ein Magistertalar (den Doktortalar trägt man so selten, dass man ihn sich normalerweise leiht) kostet mehr als ein Kaschmirpullover, und da Giles und ich nie gleichzeitig einen brauchten, weil immer einer von uns auf die Kinder aufpassen musste, teilten wir uns einen, der Giles zu kurz und mir zu lang war. Wie zahlreiche ältere männliche Professoren in unserem Bekanntenkreis bestätigen werden, verdeckt ein Talar eine Vielzahl von Sünden, was Suppe und, weniger weit verbreitet, Babyschnodder und erbrochene Milch betrifft. Das Essen begann um 19 Uhr, ab 18:30 Uhr gab es im Gemeinschaftsraum Sherry. Moth, damals sieben Monate alt, bekam sein Abendessen immer um 18 Uhr, badete gegen 18:30 Uhr und wurde danach noch mal gestillt, bis er so tief schlief, dass ihm die Brustwarze entglitt und der letzte Schluck aus dem offenen Mund rann. Die endlose Arithmetik des Elternseins; ich bat die Krippe, ihn keinen Mittagsschlaf halten zu lassen, damit ich ihn früh zu Bett bringen und Giles mit einem kleinen, warmen Bündel zurücklassen konnte, anästhesiert durch Milch. Ich hoffte, wenn ich das Dessert ausließ (das natürlich nicht aus etwas Süßem besteht, du meine Güte, nein, oder leben wir etwa im post-imperialen Zeitalter?) und mit dem Fahrrad richtig schnell fuhr, wieder zu Hause zu sein, bevor seine Verzweiflung darüber, dass die Brust die Zehn-Uhr-Verabredung unerklärlicherweise nicht eingehalten hatte, den Philosophie-Dozenten nebenan verärgerte.

Moth schlief um 16:30 Uhr auf dem Rückweg von der Krippe im Buggy ein, eine Katastrophe. Ich nahm ihn heraus, sang Lieder über hüpfende Kaninchen, kitzelte ihn, setzte ihn wieder hinein, und er schlief so tief, dass ich immer wieder seine Augenlider berührte, um sicherzugehen, dass er nicht im Koma lag. Wir holten Raphael ab, der, nachdem er einmal davon überzeugt war, dass er wirklich Lärm machen und das Baby wecken sollte, mehr Dezibel produzierte, als ich der menschlichen Stimme zugetraut hatte. Moths Lider flatterten, und er fiel wieder in den Stupor eines überreizten sieben Monate alten Babys, das endlich seinen Frieden gefunden hatte. Dann hoffte ich, dass er bis abends durchschlafen würde, sodass wir die Abendessen-Bad-Bett-Tarantella aufführen könnten, wenn ich wieder zurück wäre.

Er wachte um sechs auf und schrie, als hätte er gerade begriffen, dass uns alle der Tod erwartet. Pürierte Avocado und Babyreis brachten nichts, aber er zerrte an meinem Oberteil, als versteckte ich darin das Elixier für ewige Jugend.

»Ich kann ihn nicht *nicht* stillen«, sagte ich und knöpfte meine Bluse auf.

Giles versuchte Raphael zu überzeugen, dass eine ungerade Anzahl von Fischstäbchen auf dem Teller kein weithin anerkanntes Omen für Unheil ist.

Moth griff in die Polsterung über meinen früher einmal sichtbaren Rippen und schob sich meine Brust in den Mund. Einen Moment lang war es im Zimmer still, dann war Schlucken zu hören. Giles reichte mir ein Glas Wasser. Es war 18:25 Uhr.

»Okay«, sagte Giles. »Ich hole den Talar. Du hast keine Zeit, dich umzuziehen.«

»Ich muss mich ein bisschen schminken«, sagte ich. »Gepunktetes Täschchen im Badezimmerschrank. Ich mach es auf der Toilette im College.«

»Mami«, sagte Raphael. »Mami, was passiert, wenn U-Booten die Pressluft ausgeht?«

»Giles, kannst du mein Handy in den Ärmel vom Talar stecken? Auf stumm gestellt?«

Das Einzige, worauf ich mich freute, war, das Haus ohne Tasche zu verlassen.

Moth trank und trank. Um 18:40 Uhr steckte ich ihm meinen kleinen Finger in den Mund und nahm ihn von der Brust. Die Milch schoss in Strahlen heraus. Moth ging eine Minute in sich, dann fiel ihm wieder ein, dass wir alle sterblich waren.

»Shit, Shit, Shit. So kann ich ihn nicht zurücklassen.«

»Mami, was passiert, wenn einem U-Boot die Pressluft ausgeht, bevor es wieder oben ist?«

»Okay«, sagte Giles. »Hör zu, geh jetzt. Lass dich wenigstens kurz blicken. Wenn er sich in einer Stunde nicht beruhigt hat, komme ich mit ihm im Taxi und du kannst ihn irgendwo stillen, und dann fahren wir wieder. Aber du musst jetzt los.«

Ich erinnerte mich an den erhobenen Zeigefinger des Dekans, an seinen Blick in den Regen. Meine Oxford-Karriere war wahrscheinlich sowieso nicht mehr zu retten.

»Anna, los. Du darfst wegen einmal Stillen nicht dein Stipendium verlieren. Er wird in drei Stunden nicht verhungern.«

Ich steckte ihm wieder meinen Finger in den Mund. Milch sickerte aus meiner Brust. Ich schob mir etwas Küchenpapier in den BH, breitete den Talar über die ganze klägliche Sauerei und lief zu meinem Fahrrad. Moths Schreie wanden sich bis zum Ende der Straße um meine Beine.

Das Badewasser hatte sich abgekühlt. Ich setzte mich auf, ließ etwas Wasser ab- und heißes nachlaufen. Das Haus war ruhig, als wäre Giles schlafen gegangen. Ich lehnte mich wieder zurück und rutschte nach unten, mit zurückgelegtem Kopf, bis nur noch meine Nase und mein Mund über Wasser waren.

Ich war mit wirren Haaren und nassem Rock im College angekommen. Die Stipendiaten bewegten sich in Reih und Glied auf die Tische zu, was bedeutete, dass ich zu spät für den Reigen im Gemeinschaftsraum war, bei dem man versucht, seinen Sherry in unmittelbarer Nähe von jemandem auszutrinken, dessen Gesellschaft man für den Rest des Abends ertragen kann. Es ist nicht erlaubt, Plätze zu tauschen, nachdem der Dekan die Glocke geläutet hat. Ich schloss mich der Prozession an und fand mich neben der Schatzmeisterin wieder, die eine erstklassige Gefängnisaufseherin oder Sprechstundenhilfe abgegeben hätte. Der Dekan schlug dreimal mit dem silbernen Hammer auf den Tisch, bat auf Latein um den Segen des Allmächtigen, und die Studenten setzten sich. Als der Geräuschpegel anstieg, erinnerte ich mich an Moths offenen Mund und spürte, wie die ihm zustehende Milch in meinen BH rann.

»Haben wir Sie schon gesehen, seit Sie diesen ganzen Mutterschaftsurlaub genommen haben?«, fragte die Schatzmeisterin.

»Der frühe Abend ist mit kleinen Kindern eine schwierige Zeit. Ich arbeite seit acht Wochen wieder.« Weil mich der Mutterschaftsurlaub sonst noch die Wände hochgetrieben hätte. Weil es Tage gab, an denen Moth schrie, sobald ich versuchte ihn hinzulegen – etwa damit ich eine Telefonnummer wählen konnte oder um Butter auf einen Toast zu schmieren –, an denen ich schließlich mit ihm auf dem Arm die Straße auf und ab ging, weil ich nirgendwo anders hin konnte, falls er gestillt werden musste (ich war darin zu schlecht, um es in der Öffentlichkeit zu versuchen), an denen ich aber auch nicht länger im Haus bleiben konnte, weil ich mir selbst nicht traute und fürchtete, ihm wehzutun.

»Hmpf«, sagte die Schatzmeisterin. »Zu meiner Zeit mussten wir uns entscheiden. Und wenn man sich für Kinder entschied, hat man sich selbst um sie gekümmert. Ist für alle besser.«

Eine kleine weiße Platte mit einem Arrangement aus Fisch und Roter Bete sank über meiner Schulter herab. Es ist nicht vorgesehen, Blickkontakt zum Butler aufzunehmen. Wenn man es tut, sieht man in seinen Augen, dass er entschieden hat, welches Messer er benutzen und wie viel Zeit er darauf verwenden wird. Mein Handy schlug gegen den Tisch, als ich meinen Arm bewegte.

»Das muss hart gewesen sein«, sagte ich.

Sie spießte Rote Bete auf die Gabel. »Nicht im Geringsten.«

Es gibt vier Gänge, das Dessert nicht eingeschlossen, das eine mehr oder weniger freiwillige Zugabe ist. Man unterhält sich mit der Person zu seiner Linken, bis die Teller abgeräumt werden, dann wechselt man die Seiten, wie bei den Regeln fürs Stillen aus den Vierzigerjahren. Für den Übergang sollte der ältere Stipendiat sorgen. Ich versuchte gerade, beiläufig Bemerkungen über die jüngsten Fortschritte meiner Forschungen in das Gespräch mit dem Maschinenbau-Stipendiaten einfließen zu lassen, als mein Handy anfing zu vibrieren. Ich entschuldigte mich und lief auf den Flur.

»Anna, tut mir leid. Er hat geschrien, bis ihm übel wurde. Wir sitzen im Taxi.«

Ich konnte Raph »Old MacDonald« singen und Moth klagen und hicksen hören.

»Du meinst, er hat überhaupt nicht aufgehört zu schreien?«

»Wir sind am Tor. Ich geh dich jetzt suchen.«

Ich hörte das Heulen am anderen Ende des Flurs. Der Speisesaal hat noch Flügeltüren, die mit grünem Billardtuch bezogen sind, aber mir wäre neu, dass sie in der Lage sind, hysterisches Babyschreien von unbefleckten Stipendiatenohren fernzuhalten. Moths Gesicht hatte die Farbe von Roter Bete, sein Mund war vor Kummer weit aufgerissen.

»Oh Gott, schnell. Gib ihn mir. Raph, Papa zeigt dir irgendwas.«

»Aber Mami, was passiert, wenn ein U-Boot keine Pressluft mehr hat?«

Ich verdrückte mich in den Gemeinschaftsraum, der am nächsten lag und ruhig war, und überließ es Giles, im Flur über Notfallpläne von U-Booten zu sprechen oder vielleicht mit Raph in den Speisesaal zu gehen und den Maschinenbau-Stipendiaten zu befragen. Moths Heulen wurde lauter. Der Tod ist gewiss und Gott existiert nicht, Leiden ist unvermeidlich und wir haben ihn in ein Tal der Tränen geführt. Ich setzte mich auf den nächsten Stuhl, der niedrig und mit Goldbrokat bezogen war und den derjenige, der ihn im achtzehnten Jahrhundert gebaut hatte, vielleicht als Stillstuhl vorgesehen hatte, klemmte mir den Talar unters Kinn und ließ Moth zuschnappen. Er ließ wieder los und schrie. Ich entblößte die andere Brust und ließ die erste frei im Wind schwingen, Milch tropfte auf den Brokat und den Perserteppich darunter, und in diesem Moment kam der Dekan herein.

Giles hat recht. Ich habe seitdem keinen Fuß mehr ins College gesetzt und habe ihre Briefe nicht geöffnet. Das Geld wird mir immer noch überwiesen, aber wenn es eine Vorschrift dafür gibt, wie man Oxford-Stipendiaten entlässt, dann ist sie so obskur, dass nicht mal andere Stipendiaten sie zitieren können. Mein Vertrag läuft in wenigen Wochen aus, und meine Karriere ist praktisch zu Ende.

Was Giles nicht weiß, was niemand außer dem Arzt und der Familienberatungsstelle und inzwischen vielleicht Ian MacDonald weiß, ist, dass ich meine Familie in der Woche darauf nicht um Rat gefragt habe. Ich hatte die Übelkeit und Müdigkeit Moths Schlaflosigkeit und dem ständigen Stillen zugeschrieben, die ich auch für das Ausbleiben meiner Regel verantwortlich machte. Aber als das mit dem Übergeben losging und meine Brüste anfingen zu schmerzen, kam mir der Gedanke, einen Test zu machen. Ich ließ die Arbeit liegen und radelte nach Bicester, um einen Schwangerschaftstest zu kaufen, weil dort nicht die Gefahr bestand, einen ehemaligen Studenten oder einen von Giles' Kollegen zu treffen. Ich wankte in die Apotheke, kurzzeitig davon überzeugt, dass es Packungen für Frauen geben musste, die ein Baby wollten, und solche für Frauen, denen von der Vorstellung schlecht wurde, und dass ich nur den richtigen kaufen musste, um das richtige Ergebnis zu bekommen. Bezeichnet *Clear Blue* die klare blaue Linie eines (männlichen?) Babys oder den klaren blauen Himmel der Freiheit? Ist der Wurm, den *Early Bird* verspricht, ein sich windender Säugling oder die Garantie für einen langen, freien Tag, der vor einem liegt? Die Verkäuferin begann mich zu mustern, und ich griff nach einer namenlosen Packung, in der Hoffnung, die Sparsamkeit und Giles' antikapitalistische Prinzipien würden mir Frieden erkaufen.

Das taten sie nicht. Ich pinkelte auf der Toilette der öffentlichen Bibliothek von Bicester auf den Teststreifen und sah so schnell zwei Linien erscheinen, wie sich auf verbrannter Haut Blasen bilden. Ich wickelte den Test in die Tüte aus der Apotheke, warf sie in den Mülleimer, wusch mir die Hände und radelte wieder in die Stadt, direkt in die Klinik. Giles hat sich immer eine Tochter gewünscht. Nachdem sie meine Geschichte gehört hatten, ließen sich zwei Ärzte schnell überzeugen, dass ein drittes Kind meine geistige Gesundheit gefährden würde. Ich drehte mich schnell um, Wasser schwappte auf den Boden, und blieb mit dem Gesicht unter Wasser, bis die Rohre Ruhe gaben und unter meinen Augenlidern Sterne zerplatzten.

Colsay House

18. November

Lieber Aubrey,
ich schreibe Dir einfach schon wieder, obwohl ich keinen Brief von Dir erhalten habe – aber die Post ist hier so unregelmäßig, dass ich daraus nichts über die Absichten meiner Freunde schließen kann. Wie Du bei Deinen Reisen im Sommer vielleicht bemerkt hast, ist die nächste Poststraße die nach Inversaigh. Ich glaube, ich mache allmählich Fortschritte; es geht langsam voran, aber die besten Preise sind nicht leicht zu gewinnen, und ich habe mehr Grund zur Hoffnung als noch bei meinem letzten Brief.

Die großen Neuigkeiten hier sind, dass Lord Dumfermline beschlossen hat, allen Bewohnern von Shepsay eine kostenlose Überfahrt nach Kanada anzubieten, während er gleichzeitig die Pacht derjenigen erhöht, die hierbleiben wollen. Offenbar drängen sich die Menschen seit ein paar Jahren auf parzellierten Höfen am nördlichen Ende der Insel, wo der Boden minderwertig und das Wasser nicht besonders gut ist, und nach dem Ausbruch einer Krankheit wurde beschlossen, dass es ihnen besser gehen würde an einem Ort, wo es für die, die wollen, Land gibt und schöne Bäume und Flüsse und ein milderes Klima, sodass sie nie wieder Schulden machen müssen, um etwas zu essen zu kaufen. Mrs. Grice erzählte mir, dass man über die Ankündigung sehr unglücklich ist, aber Mrs. Barwick sagt, die meisten vernünftigen Leute freuten sich über die Chance. Es ist schwer zu sagen, wer recht hat, aber mir scheint in jedem Fall, dass es für die Menschen auf Colsay großartig wäre, wenn sie ein ähnliches Angebot bekämen. Hieltest Du es für unzulässig, wenn ich Miss Emily davon schriebe? Ich kann mir vorstellen, dass es billiger wäre, als eine Schule zu bauen und zu unterhalten und für den Rest des Jahrhunderts einen Lehrer zu bezahlen, was Lord Hugo nach dem neuen

Schulgesetz wird tun müssen, wenn die Menschen bleiben, und ich bin ganz sicher, dass es in jeder Hinsicht besser für sie wäre, neue Häuser in einem neuen Land zu bauen, als in dem Schmutz und Rauch und der Feuchtigkeit ihrer gegenwärtigen Behausungen dahinzuvegetieren, egal wie fähig ein solcher Lehrer wäre (wobei man wohl keine allzu großen Fähigkeiten voraussetzen dürfte, wenn man die hiesige Situation und das zu erwartende Gehalt bedenkt, nicht?).

Ich hoffe, ich kann Dir im Laufe des Monats gute Nachrichten von Mrs. Grice schicken, und freue mich, dass ich im Frühling noch eine Patientin haben werde, wenngleich ich mit der Frau bisher noch nicht sprechen konnte! Ich hoffe, Du findest bald einen Augenblick Zeit, um zu schreiben. Ich erinnere mich noch an die Worte, die im August unter dem Baum gefallen sind, und frage mich, ob sie wirklich ernst gemeint waren …

Herzliche Grüße
May

Allgemein bekannt

Wie allgemein bekannt ist, kann nur die Liebe zu den Kindern verhindern, dass ihre ständigen Forderungen, der fortwährend durch sie verursachte Lärm und der Schaden, den sie anrichten, für eine Belästigung gehalten werden.
Von Pflegemüttern wird erwartet, Kinder zu erdulden, die sie weder lieben noch besonders schätzen.

Anna Freud, *Infants Without Families: Reports on the Hampstead Nurseries, 1939–1945*

Nachtwache, 02:08 Uhr

Jemand klopft leise an unsere Schlafzimmertür, jemand, der sich bereits zwischen uns und den Kindern befindet. Wieder ist es zu hören, und da klopft niemand, der uns wecken muss, sondern jemand, der seine Anwesenheit vermelden will.

»Giles!«, zische ich. »Giles! Wach auf.«

Ich rüttele ihn an der Schulter, aber er reagiert nicht. Das Klopfen hört auf, und auf dem Flur sind Schritte zu hören. Moth fängt an zu wimmern. Ich schlage die Decke zurück, ohne Giles zu wecken, und beeile mich. Was immer es ist, es ist jetzt in Moths Zimmer, und er hat Angst.

Es ist Raphael.

»Raph! Was *machst* du denn? Schh, komm. Raus hier!«

Ich schiebe Raph wieder auf den Flur und streichele Moths Rücken. »Schh, Liebling. Alles gut. Schh, Mami ist hier.«

Moth wird nicht richtig wach, und nach ein paar Minuten kann ich aus dem Zimmer schleichen.

Raph sitzt auf der obersten Stufe und hält seine Knie umschlungen. Er hat sein Schlafanzugoberteil nicht an, und an seinem Rücken ist jede Rippe zu sehen. Ich gehe zu ihm, und als ich mich hinsetze, erstarre ich. Auf dem Dachboden bewegt sich etwas.

»Mami«, wispert er. »Mami!«

Ich lege meinen Arm um ihn. Seine Haut ist kalt. »Schh. Ich hab es gehört.«

Wer hat an die Tür geklopft? Ich will Raph nicht fragen, falls es nicht er war.

Über uns ist Rascheln und dumpfes Schlagen zu hören. Moth seufzt, bewegt sich in seinem Bett und stößt gegen die Kuhrassel, die er immer noch gerne mag.

»Das war Moth«, flüstere ich.

Das Ding über uns bewegt sich wieder, und es ist unverständliches Sprechen zu hören. Nicht das Weinen eines Babys. Raph zittert und drängt sich an mein Flanellnachthemd.

»Okay, Raph, hör zu. Ich glaube auch, dass da oben was ist, okay? Ich kann es hören.«

Er wimmert. Ich breche mit meinen feministischen Prinzipien. Zum Gespensterjagen braucht man, wie zum Prüfen des Reifendrucks und zum Pinkeln im Stehen, ein Y-Chromosom.

»Komm mit ins Schlafzimmer, wir bitten Papa nachzusehen, in Ordnung?«

Es ist nicht der richtige Moment, um höflich zu sein. Ich zerre die Decke weg und Raph zieht Giles an den Füßen.

»Papa! Da ist was auf dem Dachboden, und ich und Mami haben Angst.«

Ich lausche auf Schritte auf der Treppe, falls es runterkommt und Moth holt, während wir anderen hier drinnen sind.

»Giles, du meine Güte, wach auf. Ich mache mir Sorgen um Moth.«

»Was? Was hat er?«

»Papa, bitte geh hoch und … und … Papa, ich hab Angst!«

Raph, der nie weint, weint. Ich halte es nicht mehr aus, dass Moth allein ist, und gehe zurück, mit leisen Schritten, schiebe meine Hände unter seinen Rücken, um ihn hochzunehmen, ohne seine Position zu verändern. Er legt die Arme um meinen Hals, warm wie frisches Brot und feucht und schwer. Zurück in unserem Zimmer, zieht Giles sich an, als müsse er Seeleute retten, die auf den Felsen gestrandet sind, und Raph schnieft und zittert in der Mitte des Bettes.

»Das ist lächerlich«, sagt Giles. »Ich hoffe, da ist jetzt auch was, verdammt noch mal. Ist dir klar, dass ich in drei Stunden aufstehen muss, wegen der Papageientaucher?«

»Mami hat es auch gehört«, sagt Raph.

Ich setze mich neben ihn und versuche, Moths Gewicht nicht allzu sehr zu verlagern, aber es ist sinnlos.

»Hallo, Raph. Jetzt ist Morgen. Brei!« Allerdings wirkt er etwas unsicher angesichts dieser Versammlung im gelben Licht meiner Nachttischlampe. Die vier Pfosten werfen turmartige Schatten an die Wand.

»Na gut«, sagt Giles. »Wenn du das sagst.«

Wir kauern uns aneinander, während er nach oben geht. Ich fühle mich wie in *Unsere kleine Farm* (das ich hier irgendwo gesehen habe, ich muss es finden, für Raph, als Mittel gegen die ganzen Kriegsschweinereien), als säßen wir hier und warteten, dass Pa wiederkommt, nachdem er Mann gegen Mann mit einem Bären gekämpft und ihn besiegt hat.

»Was, wenn es sich Papa holt?«, fragt Raph. Dann bekomme ich das Haus, denke ich, und von der Lebensversicherung genug für eine verdammt gute Kinderfrau.

»Wo Papa hin?«

»Papa ist nur nach oben gegangen. Raph, ich bin sicher, da ist in Wirklichkeit gar nichts. Es ist wahrscheinlich nur … nur der Wind oder so.«

Er starrt die Tür an, wartet, dass sie aufgeht. »Du hast es gehört, Mami. Wind läuft nicht über den Fußboden.«

Er greift nach meinem Arm. Es kommen Schritte die Treppe herunter.

»Mami! Es hat Papa wehgetan und jetzt kommt es runter! Mami!«

Er versteckt sich unter der Decke. Moth kichert. »Raph weg. Kuckuck!«

Giles reißt die Tür auf. Was immer da oben ist, hat offenbar nicht die Absicht, sich seinem kritischen Blick zu stellen.

»Da ist nichts. Ich hab's dir gesagt. Absolut rein gar nichts. Geh nachsehen. Und jetzt lass mich um Gottes willen schlafen.« Er zieht sich wieder aus.

Raph kommt unter der Decke hervor und wir sehen uns an. Da war etwas. Wahrscheinlich.

»Raph?« Ich streichele seine Schulter. »Wir gehen morgen früh hoch und sehen nach, okay? Damit du sehen kannst, dass Papa recht hat.«

Raph sieht weg. Moth krabbelt auf Giles zu, der Anstalten macht, wieder einzuschlafen, und drückt die Finger auf seine Augenlider.

»Los«, sage ich. »Alle Mann wieder ins Bett.«

Moth sieht sich entrüstet um, als hätte ich ihm ein neues Spielzeug erst gegeben und dann wieder weggenommen.

»Brei, Mami!«

»Zuerst weiterschlafen.«

»Mami?« Raph steht neben der Tür, als wäre der Flur ein reißender Fluss. »Mami, kann ich hier schlafen? Nur heute Nacht?«

Giles hört auf so zu tun, als würde er schlafen. »Nein«, sagt er. »Tut mir leid, aber nein. Damit schaffen wir einen Präzedenzfall.«

Und schüren seine Angst, denke ich. Alle Erziehungsratgeber, ob aus dem achtzehnten Jahrhundert oder von heute, warnen davor, die irrationalen Ängste des Kindes allzu ernst zu nehmen. Allerdings hat sich meine eigene Angst durch die barsche Anwendung des gesunden Menschenverstands bisher auch noch nicht gelegt.

Raph sieht mir in die Augen, als bitte er mich stumm darum, aus dem Fluss gerettet zu werden.

»Okay«, sage ich. »Komm. Moth und ich schlafen in deinem Zimmer.«

Da habe ich mich natürlich getäuscht. Raph sitzt im Bett und hält Wache, und Moth beschäftigt sich damit, Raphs Lego durcheinanderzubringen und etwas zu singen, das »Es tanzt ein Bi-Ba-Butzemann« ähnelt, bis die Sonne aufgeht und ich aufgebe. Häftlinge, die auf die Hinrichtung warten, begrüßen den Sonnenaufgang sicher weniger begeistert als ich, aber Menschen, die eine Zahnbehandlung oder ihre Führerscheinprüfung vor sich haben, würde ich vermutlich ausstechen.

Später gingen wir noch einmal zum Blackhouse, um einen letzten Kontrollgang zu machen, während Giles mit dem Boot nach Colla fuhr, um die Fairchilds abzuholen. Es waren Wolken zu sehen, aber sie waren weiß und standen hoch am Himmel – harmlos. Obwohl sie sich schneller bewegten, als mir lieb war;

ihre Schatten zogen über den Hang hinter dem Haus. Die Wellen hatten sich seit dem Frühstück weiß gefärbt und wir sahen zu, wie Giles das offene Meer erreichte und von einem Wellenkamm zum nächsten schlingerte. Mit drei weiteren Menschen und Lebensmitteln für sechs Personen beladen, würde das Boot tiefer im Wasser liegen, und ich hoffte, die Fairchilds würden von der großartigen freien Natur genauso bezaubert sein wie von der Regen- und Nebeldusche.

»Moth runter!«

Er landete so ungeschickt wie eine Möwe.

»Okay, aber wir müssen zum Blackhouse gehen.«

»Moth an Strand!«

Raphael lief hinter ihm her.

»Nein, Raph, halt ihn nicht fest. Moth, wir gehen jetzt zum Blackhouse. Strand später.«

»Später« ist ein Konzept, das dem durchschnittlichen Kleinkind etwa so viel sagt wie »New Historicism« oder »Neurophysik«.

»Jetzt an Strand!«

»Später. Jetzt Blackhouse.«

»*Komm* schon, Mami.«

Ich nahm ihn wieder auf den Arm. »Komm. Mami ist ein Pferd. *Ga*-llop, *Ga*-llop.«

»Meinst du, wir sollten ihnen ein paar Blumen hinstellen?«, fragte ich Raphael. »Gräser oder so? In einer Vase, mit ein paar Kieseln.«

Er sah mich an, als hätte ich ein schönes Arrangement aus Socken oder Dosenöffnern vorgeschlagen.

»Warum?«

Moth spielte wieder mit der Waschmaschine.

»Ach, ist auch egal.«

Ich ging umher, mit halbem Ohr bei Moths Gesprächen mit den Haushaltsgeräten. Die angekündigten »Mal- und Bastelsachen« wurden unzureichend von einem Tuschkasten und ein paar Buntstiften repräsentiert, für die Raph sich nie interessiert hatte, und einem Block Künstlerpapier, den ich in einem selten optimistischen Moment vor Moths Geburt gekauft hatte. Aber es gab ein selbst gebackenes Sodabrot, reizend eingewickelt in eins von Julias Leinentüchern (praktischer Zweck unbekannt), und ein Körbchen mit Seife, das eine Frau gemacht hatte, deren Mann in der Nähe von Colla Schafe züchtet. Zwischen den Schafen und der Seife bestand irgendeine Verbindung, über die ich nicht weiter nachdenken wollte.

Es gab jetzt Rollos mit Schnüren, mit denen Kinder sich strangulieren konnten, was aber nichts machte, da das Haus offiziell sowieso nicht für Kinder geeignet war. Am Vorabend, als die Kobolde, die Giles' Internetstick zu Hause kontrollieren, nicht in Stimmung waren, war ich hergekommen, um meine E-Mails zu checken und Fingerabdrücke von den bodentiefen Fenstern zu wischen. Es gab Toilettenpapier und kalt gepresstes Olivenöl und grünen Tee. Giles, den herbeifantasierte gastronomische Ersatzbefriedigungen kurzfristig von den Papageientauchern ablenkten, hatte in der Räucherei von Shepsay geräuchertes Salz bestellt und zwei Arten Pfeffer. Als es eintraf, konnte ich sehen, wie ihm imaginäre Menüs das Wasser im Mund zusammenlaufen ließen, auch wenn ich kein Rezept kannte, das geräuchertes Salz erfordert. Es gab Küchenhandtücher mit Vögeln von einer Webseite eines Ladens in der Marylebone High Street und verschieden große Teller und Tassen und Schüsseln aus der Töpferei in Eynvik, in der Giles mir zum Geburtstag mal eine Vase gekauft hatte. Wir könnten die Kinder aufs Internat schicken und ganz einfach ein neues Leben betreten.

»Oje. Moth bald trocken. Macht nichts.«

»Moth?«, sagte ich. »Mami muss nur mal kurz aufs Klo, okay? Geht ganz schnell.« Das stimmte, aber vor allem gab ich dem plötzlichen Verlangen nach, der erste Mensch zu sein, der ein unbenutztes Badezimmer in Gebrauch nimmt und auf einer Toilettenbrille sitzt, auf die nicht nur vielleicht, sondern mit absoluter Sicherheit noch niemand anders gepinkelt hatte, die Hände mit neuer Seife wäscht und sie mit einem neuen Handtuch abtrocknet.

»Nein.« Moth kam wieder zum Vorschein. Seine Jeans war vollkommen nass. »Nein. Mami nicht auf Klo gehen.«

»Es dauert nur eine Minute.« Ich ging in den Flur.

»Mami! Moth auch mitkommen!«

»Mami, was machst du?«, rief Raph von oben. »Du kannst Moth nicht hierlassen.«

»Ich lasse ihn doch gar nicht allein, ich versuche, pinkeln zu gehen, um Himmels willen.«

Raph steckte seinen Kopf durch die Stäbe des Geländers. »Warum musst du fluchen, wenn es nur ums Pinkeln geht?«

»Ach, verdammt.« Ich marschierte durch den Flur. Wenn ich es schaffte, die Tür hinter mir zuzumachen, ehe Moth bei mir war, würde ich abschließen und ihn draußen hämmern und schreien lassen.

»Moth helfen«, sagte er glücklich und legte eine kalte Hand auf meinen Oberschenkel. Die Fußbodenheizung war ausgestellt, aber die Schieferfliesen waren sauber und glatt, und die Wände schimmerten. Ein Satz Handtücher hing rechtwinklig ausgerichtet auf dem Handtuchheizkörper. Ich stand auf. Giles hatte schöneres Toilettenpapier gekauft, als wir selbst benutzten – ob unwissentlich oder aus romantischen Gründen, war mir nicht klar. Ich bediente mich großzügig und dachte dabei nur ganz kurz an die kleinen Luxusartikel meiner Vergangenheit, zu denen Toilettenpapier nicht gehört hatte.

»Mami.« Moth stand vor mir und sah mich konzentriert an, als nähme ich einen interessanten chirurgischen Eingriff vor, den er erlernen wollte. »Mami, wo ist Mamis Penis? Wo ist er hin?«

Er war jünger, als Jungen Freud zufolge sein sollten, wenn sie diese Frage stellen (wobei ich irgendwie bezweifelte, dass sie Freud persönlich je gestellt worden war). Ich überlegte, ob ich nachfolgende Akte der psychologischen Zerstörung, für die Eltern schließlich zuständig sind, vorwegnehmen sollte, indem ich ihm erzählte, dass Papa ihn abgeschnitten hatte. Raph steckte den Kopf durch die Tür.

»Mamis haben keinen Penis. Mamis sind Frauen und Frauen haben eine Scheide.«

Sie starrten mich beide an. Ich zog mein Höschen hoch.

»Was, da drin?« Moth zeigte mit dem Finger.

»Ja«, sagte Raph. »Und Papas stecken da ihren Penis rein, um Babys zu machen.«

Moth sah von mir zu seinem Bruder und wieder zurück. Ich dachte, Raph hätte diese unwahrscheinliche Geschichte schon vor Moths Geburt wieder vergessen.

Ich betätigte die Spülung. »Okay. Zeit, nach Hause zu gehen.«

Der Wind war zu laut, wir hatten den Bootsmotor nicht gehört. In der Halle waren Stimmen. Ich hatte ein paar von Giles' Urlaubszeitschriften durchgeblättert (»Ruperts Ehefrau Penelope begrüßte uns in ihrer makellosen Schürze, in eine duftende

Zimtwolke gehüllt«) und beschlossen, in der Küche dabei angetroffen zu werden, wie ich mit den Kindern zu meinen Füßen irgendetwas Rustikales machte. Nun musste ich mich damit zufriedengeben, einen Brocken gefrorener Suppe zu bearbeiten, den ich am Abend vorher vergessen hatte aus dem Gefrierschrank zu nehmen, während ich versuchte, Raphael zu erklären, warum die *Titanic* am Schluss in zwei Teile gebrochen war.

»Guten Tag«, sagte ich. »Ich hoffe, Sie hatten eine angenehme Reise. Ich bin Anna.«

Es waren drei. Eine große Frau mit gefärbtem Mahagoni-Haar, der Art von orangefarbenem Make-up, das man am liebsten abkratzen möchte, um zu sehen, was darunter ist, und einer kleinen, aber für höchste Anforderungen gedachten wasserdichten Jacke; ein Mann mit einer aggressiv trendigen Brille, die grauen Haare auf eine Weise geschnitten, die unter Akademikern in Oxford unbekannt ist; und ein junges Mädchen in feuchten Jeans, das sich hinter seinen bleichen Haaren versteckte und so hohlwangig wirkte wie die Menschen in Raphs Buch über die Befreiung von Amsterdam im Jahr 1944.

Die Frau streckte die Hand aus. An ihrer Nase hing ein Tropfen.

»Ich bin Judith. Ich muss sagen, ich hätte nicht gedacht, dass das Boot so klein ist. Ich meine, nicht so klein, dass das Gepäck nass wird. Aber es ist wohl ein ungewöhnlicher Ort, nicht?«

»Allerdings«, sagte ich. »Es tut mir leid, dass Ihr Gepäck nass geworden ist. Ich fürchte, daran haben wir nicht gedacht.«

»Das macht nichts. Ich meine, mein Ehemann war ein bisschen besorgt wegen seines Laptops, aber er wird schon in Ordnung sein. Diese Taschen sind schließlich sehr gut, nicht?«

Der Ehemann räusperte sich. »Ist kein Problem. War nach

der ganzen Zeit im Auto gut, auf dem Wasser zu sein. Hier ist eben alles, wie es schon immer war. Ich bin übrigens Brian.«

Moth sah ihn hinter meiner Jeans hervor an. »Mami hat gar keinen Penis.«

Ich hoffte, diese Bemerkung wäre so ungewöhnlich, dass sie unverständlich war. Judith Fairchilds Mundwinkel zuckten.

»Das ist Timothy.« Ich tätschelte ihn. »Und Raphael.«

»Hallo, Timothy. Und wie alt bist du, Raphael?«

»Kümmern Sie sich um Ihre eigenen Angelegenheiten.« Raph verschwand wieder in der Küche.

»Raphael!«, sagte ich. »Entschuldigung, wir sind schon den ganzen Sommer hier, und sie sind Besuch nicht gewohnt.«

»Das ist vollkommen verständlich«, sagte das Mädchen. Sie warf ihre Haare zurück. »Mom, dir würde es auch nicht gefallen, wenn jemand dich als Erstes fragt: ›Wie alt sind Sie?‹«

»Sei nicht so aggressiv, Zoe. Ich nehme an, er ist schüchtern.«

Zoe ging lässig ein paar Schritte auf und ab. »Du hättest mir eine gescheuert, wenn ich so mit jemandem geredet hätte. Du erlaubst mir nie, schüchtern zu sein.«

Giles rieb seine Hände aneinander. »Erziehungsgewohnheiten ändern sich. Wir hatten früher noch ein Kindermädchen, das uns mit dem Rohrstock geschlagen hat. Anna forscht zur Geschichte der Kindheit, wissen Sie.«

Judith betrachtete mich von Kopf bis Fuß. »Wirklich? Sie haben Glück, dass Sie dafür Zeit finden, mit zwei Jungs.« Sie lächelte Moth an. »Du folgst Mami wahrscheinlich immer auf dem Fuß, nicht?«

Er sah verwirrt auf meine Füße.

»Warum lassen Sie sich nicht von Giles das Haus zeigen?«, fragte ich. »Ich hoffe sehr, dass es Ihnen gefällt.«

Der Tropfen fiel auf ihre Brust und lief an der weißen Goretex-Jacke herunter. »Danke. Möchten Sie, dass ich eine Mängelliste führe?«

»Letztes Jahr waren wir in einer Hütte im Lake District.« Zoe spielte mit einer joghurtverschmierten Schale herum, die auf dem Tisch stand. »Da gab es keine Kaffeemühle. Mom musste improvisieren.«

Giles erwiderte meinen Blick nicht. Die nächste Kaffeemühle befand sich wahrscheinlich in Glasgow in Privatbesitz, zusammen mit den nächsten Kaffeebohnen. »Also«, sagte er, »wenn Sie irgendwas brauchen, das nicht vorhanden ist, kommen Sie jederzeit zu uns, und wir sehen, was wir tun können.«

»Das machen wir«, sagte Judith. »Besser, es fällt einem jetzt auf, nicht?«

Wir waren gerade mit dem Mittagessen fertig, als Giles wiederkam. Die Suppe schien nur aus Kohl zu bestehen und war schlechter als gewöhnlich. Er tat mir zum ersten Mal seit Jahren leid.

»Gott, Giles, wie hast du es geschafft, sie nicht ins Meer zu schubsen?«

Er setzte sich. Er sah aus, als hätte ein Nerz sämtliche Papageientaucher gefressen.

»Die eigentliche Frage ist, warum das Mädchen mit seiner Mutter in den Urlaub gefahren ist. Die hassen sich. Nicht ein freundliches Wort. Der arme Kerl.«

Ich reichte ihm einen Teller. »Da fühle ich mich ja wie ein anständiges menschliches Wesen.«

Er sah auf. »Du bist ein anständiges menschliches Wesen.«

Ich strich Butter auf sein Brot. »Nicht immer.«

Als Moth Mittagsschlaf hielt, ging Giles zu den Papageientauchern und nahm sich eine wohlverdiente Pause von den menschlichen Wesen. Ich versorgte Raph im Badezimmer mit einer Reihe Plastiktöpfen und Spielzeugbooten und ermunterte ihn aufzuschreiben, welche davon am seetüchtigsten waren und warum, was vielleicht als Heimunterricht durchging, falls die Elternpolizei mal vorbeikam. Dann nahm ich meinen Tee mit ins Wohnzimmer und weckte meinen Computer auf. Die Bibliografie war immer noch nicht alphabetisch geordnet, und die Einfachheit dieser Tätigkeit kam mir verlockend vor. Ich öffnete ein Dokument mit dem Titel »Bücher, die erwähnt werden sollten« und begann, die Titel zu markieren und zu kopieren. Einige meiner Kollegen werden sich nur die Bibliografie und das Register ansehen und mit dem Buch zufrieden sein, wenn sie ihren eigenen Namen dort finden. Ich fragte mich, ob ich mir die Mühe machen sollte, die Richtlinien des Verlages für die alphabetische Einordnung anonymer Veröffentlichungen zu überprüfen – unter dem Titel oder unter »Anon.«? –, und beschloss dann, mir mal kurz den *Colla and Inversaigh Free Press Observer* anzusehen.

Fiona Firth muss einen enormen Zuschuss für das Projekt bekommen haben, die Art Zuschuss, die, wenn ich sie in meinem Lebenslauf stehen hätte, dafür sorgen würde, dass meine Bewerbung auf dem kleineren Stapel landete, vorausgesetzt, ich würde mich überhaupt mal wieder bewerben. Ich suchte zwischen 1940 und 1945 nach »Colsay + Schlossschule + Unfall« und wurde sofort belohnt. 10. Juni 1943: »Am Dienstag wurde die Leiche von Mary Homerton, einer Schülerin der Schlossschule, bei Eyness Howe aus dem Wasser unter den Klippen gezogen. Der tödliche Unfall wird untersucht.« Das sollte alles sein? Was war mit dem Baby? Ich klickte den nächsten Link an und stieß auf einen Artikel, der sieben Monate später erschienen war.

TÖDLICHER UNFALL VON MARY HOMERTON: BEFRAGUNG BEGINNT

Gestern begann in der Pfarrhalle von Inversaigh unter der Leitung von Amtsrichter Robert Webb die Befragung im Todesfall Mary Margaret Homerton, deren Leiche im Juni vergangenen Jahres im Meer unter den Klippen von Colsay gefunden wurde. Der Vater des toten Mädchens ist im letzten Jahr gefallen, und ihre Mutter, die sich kurz nach dem Unfall wieder verheiratet hat, ist nicht in den Norden gereist, um bei der Befragung zugegen zu sein.

Mr. Webb hörte zunächst Miss Leach von der Schlossschule an, die erklärte, dass Mary Homerton letztes Jahr auf dem Hof der Buchans gelebt habe, weil nicht alle Mädchen in Colsay House hätten unterkommen können. Auf die Frage, ob es klug gewesen sei, die jüngeren Kinder auszuquartieren, zumal bekannt gewesen sei, dass Mary erst kürzlich unter tragischen Umständen ihren Vater verloren habe, gab sie an, dass sie es für das Kind im Gegenteil für besser erachtet habe, in einer Familie zu leben, und dass es Mary tatsächlich mehr mitgenommen habe, Mrs. Buchan zu verlassen, als anfangs zu ihr zu ziehen. Sie sei ausgezogen, als Mrs. Buchans Verfassung es angeraten scheinen ließ, sei sowohl Mrs. Buchan als auch dem Baby jedoch weiterhin zugewandt gewesen und habe sie oft besucht.

Miss Leach wurde gefragt, warum Mary am 7. Juni nicht in der Schule erschienen sei, und sie gab an, dass ein Brief ihrer Mutter Mary in jener Woche aus der Fassung gebracht habe, weshalb sie Schwierigkeiten gehabt habe, dem

Unterricht zu folgen, und die anderen Mädchen manchmal ablenkte. Miss Leach und Miss Bower beschlossen, gemäß den Grundsätzen, nach denen die Schule geführt werde, ihre »Gefühle zu respektieren«, statt das Kind anzuhalten, den üblichen Anforderungen zu genügen. Miss Leach sagte, da nur zwei Erwachsene die Verantwortung für dreißig Mädchen trugen, sei Mary tagsüber tatsächlich unbeaufsichtigt gewesen, allerdings, fügte sie hinzu, sei den Mädchen gesagt worden, sie sollten sich von den Klippen fernhalten, und wenngleich ihnen erlaubt gewesen sei, die Insel zu erkunden, habe es zuvor keine Schwierigkeiten gegeben.

Danach befragt, ob sie den Inhalt des Briefes kenne, zeigte Miss Leach das Original vor, das sich zwischen Marys Besitztümern gefunden habe, und las laut die sachdienliche Stelle vor, die besagte, dass Mrs. Homerton beabsichtigte, wieder zu heiraten, dass sie das Heim der Familie verkauft habe und im Haus ihres neuen Ehemannes leben werde, wenn Mary in den Sommerferien von der Schule zurückkehre. Es schien, als habe für Mary bis dahin nichts auf diese Absichten ihrer Mutter hingewiesen, und besonders unglücklich war sie mit der Wahl ihrer Mutter. Sie unterstellte, dass Mr. Barker bereits vor dem Tod ihres Vaters der Gefährte ihrer Mutter gewesen sei, dass er Mary nicht mochte und ihr das Anrecht auf ihre Mutter verübele.

Mary hatte die Erlaubnis erhalten, Mrs. Buchan zu besuchen, und zugestimmt, um vier Uhr nachmittags zum Tee in die Schule zurückzukehren. Als sie ausblieb, war Miss Leach verwundert, nahm aber an, dass Mrs. Buchan Mary zum Tee gebeten hatte. Erst als Mrs. Buchan selbst kurz nach vier Uhr erschien und sagte, dass Mary zwei Stunden zuvor mit dem Baby Alexander zu einem Spaziergang aufgebrochen sei, war man beunruhigt.

Mr. Webb bat Miss Leach zu überlegen, ob rückblickend etwas hätte anders gemacht werden sollen oder können. Miss Leach sagte, dass sie und Miss Bower über diese Frage natürlich viel nachgedacht und gesprochen hätten. Sie seien jedoch immer wieder zu dem Schluss gekommen, dass sie – da Mary kein zutrauliches Kind war – nur dann die Möglichkeit gehabt hätten, vom Ausmaß ihres Kummers zu wissen, wenn sie ihre Briefe gelesen hätten. Nach wie vor hielten sie es aber für richtig, den Mädchen ihren persönlichen Bereich zuzugestehen.

Mr. Webb wies darauf hin, dass es an den meisten englischen Schulen üblich sei, die Briefe der Schüler zu lesen, wenn nicht sogar auch die Antworten der Eltern. Miss Leach sagte, genau so eine Art Schule habe sie nie führen wollen, und fügte hinzu, sie und ihre Kollegin seien immer der Meinung gewesen, dass Kinder, die wie intelligente und kluge Wesen behandelt werden, sich aller Wahrscheinlichkeit nach auch wie solche betragen würden.

Mr. Webb vertagte die Befragung auf morgen, um dann die Zeugenaussage von Mrs. Buchan aufzunehmen.

Ich lauschte darauf, was Raph oben machte, wollte hochgehen und mich vergewissern, dass Moth noch da war, dass Marys Geist ihn nicht in aller Stille zu sich geholt hatte, aber ich wollte auch die Geschichte zu Ende lesen. Ich ging in die Halle. Im Badezimmer wurde mit Wasser geplanscht. John Bowlby beschreibt ein Experiment, das er in den Sechzigerjahren durchgeführt und »Die Glasklippe« genannt hat. Der Psychologe baute einen Raum mit zwei Ebenen, benutzte Holzbretter und Stoff, um einen Abgrund von mehreren Fuß Tiefe entstehen zu lassen, und bedeckte die scheinbare Schlucht mit durchsichtigem, nicht spiegelndem Glas. Dann platzierte er auf der einen Seite des Abgrundes Babys, die noch nicht lange krabbeln konnten, und forderte ihre Mütter auf, sie von der anderen Seite zu rufen. Drei der Kinder unter einem Jahr krochen, ohne mit der Wimper zu zucken, über den Rand der »Klippe«. Bei den Kindern, die gerade laufen konnten, war die Wahrscheinlichkeit, dass sie stehen blieben und weinten, größer, aber sie ließen sich überzeugen weiterzugehen. Die Zweijährigen weigerten sich standhaft. (Ich fragte mich, ob die Experimentatoren bedacht hatten, das Zweijährige dazu neigen, jede Aufforderung standhaft abzulehnen, aus Gründen, die nichts mit einer Beurteilung der Lage zu tun haben. Ich fragte mich weiterhin, ob sie einen Gedanken daran verschwendet hatten, dass das Experiment – auch wenn es für die damalige Ethikkommission akzeptabel war – den Versuchspersonen die Lektion erteilte, dass es keine besorgniserregenden Konsequenzen hatte, über den Rand einer Klippe zu krabbeln.) Ich war nicht sicher, ob dieses Experiment bedeutete, dass Mrs. Buchans Baby gestorben war, ohne Angst zu empfinden; kleine Babys mögen vor Höhenangst gefeit sein, aber sie haben einen Selbsterhaltungstrieb, wenn er auch per Definition zu spät einsetzt – den Greifreflex, den Eltern beim Baden oder Windelnwechseln unbedacht auslösen können. Die letzten Sekunden des Babys werden von Grauen erfüllt gewesen sein, und dann von Schmerz.

TÖDLICHER UNFALL VON MARY HOMERTON: BEFRAGUNG WIRD FORTGESETZT

Bei der Befragung zum Tod der zehnjährigen Mary Homerton, die im letzten Juni auf Colsay gestorben ist, hat heute Mrs. Buchan ausgesagt. Mr. Webb, der den Amtsrichter Douglas Henryson vertritt, während dieser im Kriegseinsatz ist, dankte Mrs. Buchan für ihre Anwesenheit und die Bereitschaft, sich an diese höchst betrüblichen Umstände zu erinnern, und bat sie dann, vom 7. Juni zu berichten.

Mrs. Buchan gab an, dass der Tag bis zum Mittagessen recht gewöhnlich verlaufen sei. Sie nehme an, das Gericht interessiere sich nicht für den ersten Teil ihres Tages, ehe Mary zum Cottage gekommen sei, aber das Baby sei den Großteil der vorangegangenen Nacht über wach gewesen, möglicherweise, weil es Zähne bekam und Schmerzen hatte, und nachdem sie zur üblichen Zeit aufgestanden sei, um die Hühner zu füttern und die Wäsche zu machen, sei sie an diesem Tag besonders müde gewesen. Mary kam, als sie dem Baby sein Mittagessen verabreichte, und fragte, ob sie es füttern dürfe. Baby Alexander mochte Mary, und Mrs. Buchan war froh, sitzen und ihre eigene Mahlzeit zu sich nehmen zu können, also gab Mary ihm etwas Erbsenpüree und dann Eiercreme. Mary selbst hatte bereits in der Schule zu Mittag gegessen, da die Lehrerinnen sehr darauf achteten, dass die Inselbewohner ihre Lebensmittelkarten nicht für die Mädchen verwenden mussten. Anschließend half Mary dabei, abzuwaschen und das Haus aufzuräumen, und dann fragte sie, ob sie mit Alexander spazieren gehen dürfe, und schlug vor, dass Mrs. Buchan sich eine Stunde hinlegte.

Mr. Webb fragte, ob irgendetwas darauf hingewiesen habe, dass Mary aufgebracht oder unglücklich gewesen sei. Mrs. Buchan sagte, sie habe gewusst, dass Mary ihren neuen Stiefvater nicht mochte und ärgerlich auf ihre Mutter war, weil diese so bald nach dem Tod von Marys Vater wieder heiraten wollte, aber an diesem Tag sei kein Wort darüber gefallen. Mary hatte Mrs. Buchan den Brief ihrer Mutter ein paar Tage vorher gezeigt und »ordentlich geweint«, aber am 7. Juni sei sie ganz von dem Kind in Anspruch genommen gewesen und habe Mrs. Buchan tatsächlich kaum einmal direkt angesprochen. Mary hatte schon oft mit Alexander gespielt, wenn Mrs. Buchan auf dem Hof beschäftigt war, aber sie war noch nie mit ihm spazieren gewesen, und zunächst zögerte Mrs. Buchan, ihn ihr mitzugeben. Sie war jedoch sehr müde und erwartete, dass ihr Baby am Abend wieder Zahnschmerzen haben würde, und sie wusste, dass Mary ein vernünftiges Mädchen war, also sagte sie, Mary könne mit ihm zum Hafen und wieder zurück gehen, da sie wusste, so weit würde sie ihn tragen und innerhalb einer Dreiviertelstunde wieder zurück sein können. Sie half Mary, das Baby einzuwickeln, und legte sich hin, und als sie aufwachte, war es fast vier Uhr. Sie wusste sofort, dass Alexander nicht im Haus war, und lief zum Strand, um die beiden zu finden. Als sie dort nicht waren, rannte sie zur Schule und die Suche begann.

Mrs. Buchan war bis zu diesem Augenblick gefasst. Mr. Webb versicherte ihr, dass es nicht nötig sei, den Rest des Tages in Erinnerung zu rufen. Er sagte, er habe ihr eine schwierige Frage zu stellen, und fragte, ob sie sich im Geiste einen Moment darauf vorbereiten wolle. Mrs. Buchan sagte, sie ziehe es vor, dass er fortfahre, und er fragte, ob sie das Gefühl habe, die Tragödie hätte irgendwie verhindert werden können. Mrs. Buchan sah auf und sagte deutlich, dass sie natürlich bereue, Mary gehen gelassen zu haben, und dass sie sich nie verzeihen werde, sich selbst vor die Sicherheit der Kinder gestellt zu haben, aber sie denke nicht, dass die Schule etwas falsch gemacht habe, und sehe, nachdem sie viel Zeit damit verbracht habe, sich an Marys Verhalten an diesem Tag zu erinnern, keinen Grund zu der Annahme, dass sie geistig verwirrt gewesen sei. Sie glaube, dass es sich bei dem Sturz um einen Unfall gehandelt habe, obwohl sie nicht sagen könne, warum die Kinder überhaupt am Ende der Insel gewesen seien.

Mr. Webb dankte Mrs. Buchan nochmals und kündigte an, dass am Nachmittag Jamie Norman und John Peterson befragt würden.

Ich schob das Laptop weg und ging leise die Treppe hoch. Moth lag in seinem Gitterbett, den Po in die Höhe gestreckt, das Gesicht im Kissen, und atmete gleichmäßig. Ich hielt meinen Handrücken an seine Wange, die leicht klebrig war, und er seufzte und murmelte etwas. Warm, aber nicht fiebrig, tief atmend, aber ohne Aussetzer, schlafend und nicht bewusstlos. Ich lehnte die Tür an und ging auf Zehenspitzen über den Flur. Raph lag auf einem Haufen dreckiger Wäsche und las *Das Geheimnis glücklicher Kinder: Ein Elternratgeber für die neue Generation.* Gekenterte Tupper schwammen im Bad, das in einem Zustand war, in dem es sich nur bei Kerzenlicht sehen lassen sollte. Ich ging wieder nach unten und las die Seite noch mal.

Ich konnte nicht glauben, dass so eine Frau sprach, deren Baby mitgenommen und getötet worden war. Wie konnte sie sich um Mary scheren, wenn Alexander tot war? Aber wenn er nicht tot war, warum sollte man ihr die Erinnerung an den restlichen Tag ersparen wollen? Vielleicht war er verletzt auf einem Felsvorsprung gefunden worden und vor dem Zubettbringen in ihren Armen gestorben. Mrs. Buchans Geschichte war eine Parabel für Mütter: Der Preis für Ruhe und Alleinsein ist, und wenn es nur um eine Dreiviertelstunde geht, das Leben deines Kindes. Sie wirkte zu gefasst, äußerte sich zu klar, war zu ruhig, als dass Alexander tot sein konnte. Wenn jemand das mit Moth machen würde, ihn mir wegnehmen und – ich ging wieder nach oben. Ich hätte noch zehn Minuten für mich haben können, aber ich nahm ihn hoch, immer noch schlafend, ließ mich in den Sessel sinken und lehnte mich zurück, während er auf meiner Brust weiterschlief.

»Mami! Der Polizist kommt über die Wiese.«

Raph erschien am Geländer. Ich versuchte einen Auflauf zu machen, mit Fleisch vom Boden der Gefriertruhe, dessen Jahrgang und Herkunft mir unbekannt waren, weshalb ich es für richtig hielt, es lange Zeit großer Hitze auszusetzen. Die Zwiebeln hatten gekeimt, die Brühwürfel waren abgelaufen, und in mir wuchs die Erkenntnis, dass es für alle besser wäre, wenn ich den Nachmittag damit verbrachte, irgendwas Bedeutungsvolles mit den Kindern zu spielen, und zum Abendessen Bohnen auf Toast servierte, abgesehen davon, dass wir kaum noch Brot hatten und vermutlich nicht mal Moth Bohnen auf Knäckebrot essen würde.

Moth schob ein Plastikschaf auf das Schneidebrett.

»Kommt ein Bi-Ba-Butzemann. Schaf will eine Zwiebel.«

»Aber wahrscheinlich hätte es noch lieber eine Möhre.« Ich gab Moth das Schaf und eine biegsame Möhre und wusch mir die Hände, obwohl es Ian MacDonald wahrscheinlich gefiele, wenn meine Hände dreckig waren von ehrlicher Arbeit.

»Raph? Willst du hochgehen und lesen? Ich glaube, das wird bestimmt sehr langweilig.«

Ich sah nach draußen. Der Himmel zog eilig nach Osten, und Ian MacDonald ging gerade an dem Loch in der Mauer vorbei. Ich schätzte, die Chancen, dass Judith Fairchild die Anwesenheit der Polizei entging, waren sehr gering.

»Nein«, sagte Raph. »Wieso sollte ich. Ich glaube, das wird ziemlich interessant.«

Ich ging zur Tür und öffnete sie, ehe er klopfen konnte.

»Mrs. Cassingham. Ist Ihr Mann in der Nähe? Wir haben Neuigkeiten zu den sterblichen Überresten.«

»Kommen Sie rein«, sagte ich. »Ich habe gerade angefangen, Abendessen zu machen. Giles ist bei der Papageientaucherkolonie. Unsere ersten Gäste sind eingetroffen, im Blackhouse.«

»Die Fairchilds.« Er stand in der Halle. »Ich weiß. Den Jungs geht es gut?«

»Kommen Sie und sehen Sie selbst«, sagte ich. »Möchten Sie eine Tasse Tee?«

Kommen Sie und sehen Sie, wie normal ich bin. Er blickte die Treppe hinauf, als stünde oben Lady Macbeth, bereit für die Beichte.

»Danke.«

Ich wischte Suppe vom Tisch und bot ihm Giles' Stuhl an, in der Hoffnung, er würde die Zeichen häuslicher Arbeit erkennen.

»Das Papas Stuhl«, sagte Moth.

»Hallo, Timothy. Hallo, Raphael.«

»Papas Stuhl.«

Raph sah nicht von *Alles über Erdbeben* auf.

»Also dann.« Mir war bewusst, dass er mich dabei beobachtete, wie ich den Wasserkessel füllte. Sicher waren nicht einmal viktorianische Physiognomiker der Ansicht, dass es eine kriminelle Art und Weise gab, einen Kessel zu füllen. Ich wollte genug ordentlichen Tee haben, um welchen anbieten zu können. Er wartete, bis ich mich umdrehte.

Er sah mich an. »Sie sind ganz sicher, dass Sie mir nichts sagen können?«

»Worüber?«

Er sah sich um. »Raphael, ich hab dir die Instandhaltungsanleitung für das Polizeiboot mitgebracht, aber ich glaube, ich habe sie auf den Boden gelegt, als ich auf der Wiese stehen geblieben bin, um meine Jacke anzuziehen. Würdest du sie holen? Sie ist in einer durchsichtigen Plastiktüte.«

Raph stand auf. »Zieh deine Jacke an, Liebling«, sagte ich.

Wir sahen ihm nach, bis sich die Tür hinter ihm schloss.

»Über alles, was Ihnen im Zusammenhang mit sterblichen Überresten eines Babys in Ihrem Garten relevant erscheint. Was auch immer Sie gehört oder worüber Sie sich Gedanken gemacht haben.«

Ich drehte mich um und goss das Wasser in die Teekanne. Die Teebeutel stiegen nach oben und schaukelten wie umgekippte Boote. Das Gras draußen bog sich im Wind. Was, wenn ein Sturm aufkäme und Ian MacDonald auf der Insel festsäße? Er würde vermutlich den Hubschrauber kommen lassen. Und Raph das aufregendste Erlebnis des Jahres bescheren.

»Ich habe mich gefragt – ich meine, ich bin sicher, Sie haben auch schon daran gedacht … und bestimmt ist es auch nicht … aber es ist doch nicht das, das von der Klippe gefallen ist, oder?«

Ich ging zum Kühlschrank. Die Milchflasche klebte am Boden fest. Giles, der nie irgendwas sauber macht, hat eine Statistik aus der Zeitung zitiert, der zufolge die Leute ihren Kühlschrank seltener putzen als die Toilette, was mir vollkommen vernünftig erscheint, da man nicht mal in unserem Haushalt in den Kühlschrank kackt. Ian MacDonald wartete.

»Das Baby, das von der Klippe gefallen ist?«

Ich reichte ihm eine Tasse Tee. »Während des Krieges. Mrs. Buchans Baby.« Meine Hand zitterte. Mir kam der Gedanke, dass Mrs. Buchan noch am Leben sein könnte.

»Verstehe. Nein, wir glauben nicht, dass es Alexander Buchan war.«

»Oh.« Ich drückte meinen Teebeutel am Rand der Sternentasse aus. Giles mag den Tee so schwach, dass er die Beutel wiederverwendet. »Also ist es ein Mädchen?«

»Wie kommen Sie darauf?«

»Oder woher wissen Sie, dass es nicht der Junge von den Buchans ist? Obwohl das Skelett eines Neugeborenen vermutlich nichts über sein Geschlecht verrät.«

Er sah mich an. »Ihnen scheint es sein Geschlecht verraten zu haben. Ein Neugeborenes?«

»Ein kleines Baby. Ich weiß es doch nicht.« Ich füllte meinen Mund mit Tee, um mich am Reden zu hindern. Er beobachtete, wie ich schluckte. »Ich kann nicht aufhören, daran zu denken. An die Mutter. Wie sie weitermachen konnte. Ich will die Geschichte kennen, das ist alles. Ich weiß, dass ich es nicht war. Ich weiß, Sie wissen das nicht, aber ich weiß es. Sie ja vielleicht auch. Und wenn es nicht Alexander Buchan war und ich auch nicht und wir außer Acht lassen, dass jeder hier jederzeit hätte anlegen und irgendwen oder irgendwas begraben können, dann stammt es mit ziemlicher Sicherheit aus der Zeit vor dem Krieg, aber nicht besonders lange vor dem Krieg, denke ich, weil die Wolle so gut erhalten war, und ich weiß zwar nicht viel über Textilien und ihre Stadien des Verfalls, aber ich würde vermuten, dass es höchstens aus dem späten neunzehnten Jahrhundert stammen kann.«

Er seufzte und stellte seine Tasse woandershin. Zwischen strafrechtlichen und historischen Recherchen verläuft eine Grenze, aber ich weiß nicht, wo.

»Wissen Sie, seit wann es die Verpflichtung gibt, eine Totgeburt zu melden? Denn ich dachte, es könnte ja auch jemand ganz legitim eine Totgeburt hier begraben haben, oder eine späte Fehlgeburt.«

»Das wäre nicht legitim, Mrs. Cassingham. Haben Sie Erfahrungen mit dem Thema Fehlgeburt?«

Ich spürte, wie ich rot wurde.

»Nein«, sagte ich. »Habe ich nicht. Im neunzehnten Jahrhundert war es nicht verpflichtend, eine Totgeburt zu melden. Es war ein Hintertürchen, und viele Kindsmörder wurden beschuldigt, die genutzt zu haben. Ich weiß nicht, wann das Gesetz geändert wurde.«

Er trank einen Schluck Tee. »In der Tat. Ich treffe gleich Ihren Mann, und Sie wollen vermutlich wieder zu Ihren Kindern. Oder sich wieder an die Arbeit machen. Können Sie mir eine Kopie des Stammbaums Ihres Mannes geben?«

»Nein«, sagte ich. »Aber er gibt Ihnen bestimmt eine. Er kann ihn wahrscheinlich auch auf einen Felsen zeichnen, wenn Sie Kreide mitnehmen.«

Offenbar war die Polizei den Cassinghams auf der Spur.

Ich habe für die Cassingham-Dynastie nie viel Interesse aufgebracht. Giles aber hat in einem Hotelzimmer in einer neuen Stadt nichts Besseres zu tun, als im Telefonbuch nach Cassinghams zu suchen, in der Hoffnung, einen verlorenen Cousin oder Zweig der Familie zu entdecken, der dachte, er wäre entkommen. Dabei ist er selbst peinlich berührt, wenn Leute ihn fragen, ob er mit dem Kabinettsmitglied Guy verwandt ist, was immer wieder vorkommt. Ein entfernter Cousin, sagt er, und politische Zugehörigkeiten seien nicht genetisch bedingt. Lügner. Ich habe es in beiden Schwangerschaften genossen, Hugo und Julia vorzuschlagen, dass das Baby meinen Nachnamen bekommt. Giles hat die Familienbibel mit hierhergebracht, einen in Leder gebundenen viktorianischen Folianten, umhüllt von einem weiteren Leinentuch. Vielleicht sind es Totenhemden. Kleine Totenhemden. Diese Bibel fällt für ihn nicht in die Kategorie »Bücher«, sie gehört zu den »geweihten und rituellen Gegenständen« oder den »Göttern der Vorfahren«, deshalb fing ich in der geschnitzten Eichentruhe neben seinem Bett an zu suchen und nicht in den Bücherregalen. Ganz oben lag Giles' alte Spielzeugkatze, die der Schüler, der in Giles' erster Nacht im Internat die Aufsicht über den Schlafsaal gehabt hatte, aus dem Fenster geworfen hatte. Ich gab sie Moth.

»Mamakatze. Mamakatze hat Penis?«

»Glaube kaum«, sagte ich. »Guck mal nach.«

Die Truhe ist der Ort, an dem er Geheimnisse aufbewahren würde, wenn er welche hätte, aber ich war so sicher, dass Giles' Geheimnisse nichts beweisen würden, dass ich mich nicht schämte, als Raph hereinkam.

»Was machst du da?«

»Das ist eine Mamakatze. Wo ist eine Babykatze?«, fragte Moth und rammte mir Giles' Katze in den Schoß.

»Ich suche die Familienbibel.« Aus einem blauen Lederkästchen fielen ein paar Kragenspitzen aus Elfenbein. »Ich dachte, du könntest einen Familienstammbaum zeichnen. Und dann gucken wir, was wir über deine Vorfahren herausfinden.«

»Oh.«

Nicht benutzte Schuhspanner, in purpurroten Filz gewickelt. Etwas Schweres aus Stoff, in Seidenpapier gewickelt, das so alt war, dass es zerfiel.

»Babykatze in einer Kiste?«

»Was ist das?«

Ich packte es aus. Es war eine Flagge mit dem Familienwappen der Cassinghams, gelb auf blauem Grund, mit vergilbten weißen Schleifen und Kringeln. Raph beugte sich aus dem Fenster, um den Fahnenmast auf dem Dach zu sehen.

»Verdammte Scheiße«, murmelte ich. Die Familienflagge.

»Gewisse Leute mögen es nicht, wenn du solche Worte benutzt. Kann ich sie hissen?«

»Nein«, sagte ich. »Die Queen ist gerade nicht hier. Und du könntest aus dem Fenster fallen.«

»Mami Babykatze finden!«

Obwohl es einen Versuch wert wäre, um Judith Fairchild zu ärgern. Erst die Polizei und dann eine Familienflagge. Langsam sah es aus, als träumte Giles heimlich davon, ein viktorianischer Paterfamilias zu sein.

»Gehören die Papa?«, fragte Raph.

Ein Paar rote Samthausschuhe, verziert mit dem Wappen der Cassinghams, in Gold. Mir wurde klar, was diese Sammlung zu bedeuten hatte.

»Nein. Die gehören wohl Großpapa Hugo. Großmama Julia muss sie Papa gegeben haben. Das gehört alles Großpapa Hugo. Ich habe keine Babykatze, Liebling. Ist nicht in der Spielzeugkiste unten eine?«

»Aber er ist tot«, sagte Raph.

»Ich weiß. Ich vermute, deshalb möchte Papa seine Sachen behalten. Sie erinnern ihn an seinen Papa.«

»Und eine Papakatze?«

Hatte Giles sich die Sachen angesehen, wie Grendel, der seinen Schatz befingert, wenn ich arbeitete oder mit Moth schon aufgestanden war? Ganz unten lag ein flaches Päckchen, mit modernem Papier umwickelt und versiegelt mit dem Aufkleber des Buchbinders in der St. Michael Street.

»War Großpapa Hugo Papas Papa?«

»Papakatze ist bei der Arbeit.«

Ich sah auf. »Ach, Raph, das weißt du doch. Moth, vielleicht ist das die Papakatze, und die Mamakatze ist bei der Arbeit.«

Moth drückte die Katze an seinen Bauch. »Mamakatze nicht bei der Arbeit. Mamakatze kümmert sich um Babykatze. Wo ist Babykatze?«

Ich zerriss das Papier rund um den Aufkleber.

»Sollst du das machen?«

»Ich gehöre auch zur Familie Cassingham, weißt du?« Nein.

Darin lag eine blaue Papphülle, wie es sie in Bibliotheken gibt, um seltene Bücher zu schützen. Ich löste die Bänder, und da war er, der rote Lederhefter, den Hugo mir in seinem getäfelten Arbeitszimmer gezeigt hatte, als er unsere Hochzeit und dann die Geburt der Kinder eingetragen hatte. Giles Hugo Fitzwilliam Cassingham, verehel. Anna Louise Bennet, 1) Raphael James Bennet Cassingham, Oxford, 2) Timothy Miles Bennet Cassingham, Oxford. Er hatte Platz für mehrere weitere Kinder gelassen.

»Da bin ich!«

»Da bist du.«

Moth kam gucken. »Und ich. Und Moth.«

Raph lehnte sich an meine Schulter. Thea Clementine und Camilla Beatrix. Es gab eine Linie, die über die Seite hinausführte, und ein paar weitere Blätter, aber an der Spitze unseres

Baumes stand die Hochzeit des ersten Hugo Giles Cassingham, geb. Bringham Hall 1820, verehel. Esme Fitzwilliam, geb. Chatton Hall 1833 und gest. Bringham Hall 1854, jünger als ich und einen dreijährigen Sohn, Hartley, und eine Tochter hinterlassend, die drei Tage vor Esmes Tod geboren worden war. Hartley wurde erwachsen und ging die Ehe mit Adeline James ein, geb. 1879, der die zu früh verstorbenen Söhne Edwin und Nigel entsprangen, außerdem die Töchter Violet und Clementina und ein weiterer Sohn, der 1) Giles' Großvater (ebenfalls Hugo) zeugte und 2) Großtante Edith of Bath. Wenigstens habe ich nicht zugelassen, dass sie Raph den Namen Hugo geben. Welchen Namen Moth bekam, hatte sie nicht mehr besonders interessiert; ich glaube, Julia betrachtet ihn immer noch als »Reserve«. Ich legte meinen Arm um Raphs Schulter. Der Baum im Garten raschelte und seufzte im Wind.

Es hätte jede von ihnen sein können – eine jugendliche Unbesonnenheit von Großtante Edith, nach der sie nicht mehr zu verheiraten gewesen wäre. Allerdings hätte es auch jeder von den Männern sein können, der sich auf seiner feudalen Insel die Hörner abstieß. Ein verführtes oder vergewaltigtes Mädchen von hier, das seine Schande beiseiteschaffte, oder vielleicht eine adelige Tochter, die auf eine abgelegene Insel verfrachtet wurde, um ihre skandalöse Schwangerschaft zu Ende zu bringen, und bei der Geburt eines toten Babys gestorben war. Standardfutter für Schundliteratur, obwohl das Baby für gewöhnlich überlebt und, von der aristokratischen Familie verleugnet, in der romantischen schottischen Wildnis zu einem schönen, tugendhaften Wesen heranwächst und irgendwann das Schicksal des Hauses Cassingham rettet. Dann stellt sich heraus, dass die Eltern doch heimlich verheiratet waren und unsere Heldin tatsächlich die legitime Erbin ist. Woraufhin sie einen Cousin heiratet und alle glücklich bis an ihr Ende leben, nur jammerschade um die tote Mutter.

»Die haben lustige Namen«, sagte Raph.

»Die haben immer wieder dieselben Namen. Und vielleicht klingt deiner ja in hundert Jahren auch komisch.« Mein Sohn ist nicht der einzige Raphael in der Grundschule St. Peter in Oxford.

»Was bedeutet das ›gest.‹?«

»Das ist das Jahr, in dem sie gestorben sind.«

Er stand auf. »Du meinst, die sind alle tot?«

»Raph, sie haben vor langer Zeit gelebt. Die, die tot sind.«

»Großpapa Hugo hat nicht vor langer Zeit gelebt.«

Giles hatte das Datum von Hugos Tod ergänzt. Der König ist tot; es lebe der König.

»Doch. Als er geboren wurde, gab es noch keine Computer, und es hatten erst wenige Menschen ein Auto.«

»Da gab es noch Dampfloks.«

»Das stimmt.«

Raph begann wieder mit den Armbewegungen, die aussahen, als würde er Flugzeugen den Weg weisen.

»Eigentlich muss man, um Dampf zu einer umweltfreundlichen Technologie zu machen, nur Abfall so verbrennen, dass die Giftstoffe nicht als Rauch in die Luft steigen. In Schweden gibt es einen Zug, der Müll verbrennt, aber das Problem ist, dass es mit Plastik immer noch nicht funktioniert.«

Ich blätterte in der Bibel. Die Ränder waren abgegriffen, aber innen wirkte sie unberührt. Ein heiliges Andenken, nicht zum Lesen gedacht. Ich war nicht sicher, ob ich irgendetwas in Erfahrung gebracht hatte. Ich fing an, die Sachen wieder in die Truhe zu räumen.

»Mami?«

»Ja, Liebling.«

»Mami?«

Ich schloss die Truhe.

»Was?«

»Mami, wenn Großpapa Hugo gestorben ist, und er war Papas Papa, heißt das, dass Papa auch sterben wird?«

Die Anwesenheit der Fairchilds ließ Giles, wie mir klar wurde, nur die Wahl, seine Abende draußen im Dunkeln mit den schlafenden Papageientauchern zu verbringen oder bei uns im Haus mit mir. Das bedeutete, dass er wahrscheinlich abwaschen würde, aber es würde für mich auch schwieriger werden, schon zu schlafen, wenn er ins Bett kam.

»Was wollte Ian MacDonald?«, fragte ich. Er wusch das Geschirr ab, und ich trug nasse Kleidung von der Waschmaschine zum Wäscheständer, als würde ich annehmen, dass sie darauf trocknete.

Er hörte auf abzuwaschen und starrte in das nachtdunkle Fenster über der Spüle.

»Ach.«

»Was?« Ich schlug ein T-Shirt aus.

»Na ja, er hat ... ach. Er hat mir von dem DNA-Test erzählt. Der DNA von dem Baby.«

Unsere Blicke trafen sich in der spiegelnden Fensterscheibe, die Gesichter verzerrt von den Wellen in dem viktorianischen Glas.

»Und?«

Er nahm eine Pfanne zur Hand und begann sie zu schrubben.

»Scheint ein Cassingham zu sein.«

Ich ließ ein paar nicht zusammenpassende Socken fallen.

»Was meinst du mit ›scheint‹?«

»Es hat unsere DNA. Meine DNA.«

Ich bückte mich, um die Socken aufzuheben, mir war übel. Giles? Giles' DNA? Giles' Baby?

»Deine?«

Er stellte die Pfanne hin und drehte sich um. »Nicht meine natürlich. Ich meine, nicht meine persönliche DNA. Die von der Familie. Die von den Cassinghams.«

»Zeitraum? Das müssen sie doch sagen können.«

Er zuckte mit den Schultern. »Hat er nicht gesagt. Er hat nach den Nachkriegsjahren gefragt. Der ist nicht dumm, der Mann. Ihm ist klar, dass es sehr viel wahrscheinlicher ist, dass das Kind es überhaupt nicht bis in den Stammbaum geschafft hat.«

Ich dachte an die Apfelbäume, die arglos Äste trieben. Ich habe auch einen Familienstammbaum, obwohl bisher niemand die Notwendigkeit gesehen hat, ihn auf das Vorsatzpapier einer Bibel zu zeichnen oder ihm zu Ehren eine Flagge zu hissen. Es gab fünf Socken, die alle Moth gehörten, aber nicht eine passte zur anderen. Wenn sie Grund zu der Annahme hätten, dass es Giles' Baby wäre, würde er vermutlich nicht abwaschen, sondern in einem Verhörraum in Inversaigh sitzen und Fragen beantworten. Ich glaube, er ist mir treu. Ich war nie misstrauisch, obwohl ich mir vorstellen kann, dass Verschwiegenheit in solchen Dingen in seinen Genen verankert ist. Möglicherweise lernt man das in Eton. Aber Giles hatte fünfzehn fruchtbare Jahre, bevor er mich kennenlernte. Ich zog eine Socke nach der anderen lang. Die nächstgrößeren lagen immer noch in einer Kiste in Oxford.

»Gibt es irgendwas, das ich wissen sollte?«

Er stellte die Pfanne auf das Abtropfbrett. Ich sah einen Rest von den Dosentomaten an der Außenseite kleben.

»Was meinst du damit?«

»Ach, du weißt schon. Eine zugrunde gerichtete Schönheit im Wandschrank. Das ist das Hauptthema viktorianischer Literatur: Der Gutsherr bringt die Dienstmagd in Schwierigkeiten und flüchtet zurück nach London.«

»Anna, das ist geschmacklos, sogar für deine Verhältnisse.«

Ich dachte an Moth, der oben ruhig atmend in seinem Kinderbett lag, mit herausgestrecktem Po, und an Raph, der sich an sein Kissen gelehnt in *Schiffe und Schiffsbau* vertiefte. Wir hatten, als Raphael zur Welt kam, beide Angst, ihn auf den Arm zu nehmen, einen roten Außerirdischen mit einem Kopf, der abzufallen drohte. Moth aber hatte Giles seine ersten Sachen angezogen, auf dem Schlafzimmerboden, während ich die Plazenta gebar. Ich dachte nicht an die Zellen, die sich zu einem weiteren Baby multipliziert hätten.

»Fragst du mich gerade, ob ich ein totes Baby habe, von dem ich dir nie erzählt habe?«

»Natürlich nicht.« Ja.

»Sondern?«

»Macht es dir nichts aus? Ich meine, machst du dir deshalb keine Sorgen? Es könnte deine … deine Cousine sein oder so.« Deine Schwester. Deine Nichte. Deine Tante.

Er spülte ein Weinglas mit tomatenhaltigem Wasser und stellte es auf das Abtropfbrett.

»Lass uns doch einfach abwarten, ja? Aller Wahrscheinlichkeit nach ist es doch viel älter.«

Ich verstehe nicht, wie er das machen kann, seine Gefühle zurückstellen, eingehende Informationen nicht bearbeiten. Obwohl ich verstehen kann, dass es das Leben bequemer macht.

»Aber kümmert es dich nicht? Ich meine, es kann frühestens 1860 gewesen sein, weil deine Leute die Insel erst dann gekauft haben, oder?«

Er nahm das nächste Glas in die Hand. »1860 ist lange her. Wenn ich mir um alles Sorgen machen würde, was meine Familie seit 1860 getan hat – na ja, dann hätte ich nicht viel Zeit für anderes.«

Er hatte natürlich recht. Ein paar Hungerwinter auf Colsay, ein paar Fehler während des Ersten Weltkriegs, die für andere gravierende Folgen hatten, ein paar Cousins, die während der Apartheidsjahre in Südafrika vollkommen glücklich zu sein schienen und danach nicht mehr so sehr. Von den ganzen Wahlen gar nicht zu reden.

»Du meinst, am Stammbaum der Familie klebt so viel Blut, dass ein Baby mehr keine Rolle spielt?«

»Ach, Anna, hör auf. Ich hab nur gesagt, dass wir abwarten müssen. Wenn die Polizei denken würde, es wäre neueren Datums, wäre ich nicht hier, oder?«

Es kamen Schritte den Weg entlang, und jemand hämmerte mit dem Türklopfer an die Tür.

»Ach, verdammte Scheiße.«

Oben schrie Moth auf, und Raph kam die Treppe heruntergefegt, als Giles zur Tür ging.

»Mami, das ist diese Fairchild-Frau.«

Ich hörte sie in der Halle. Ich zog es vor, wenn die einzigen Leute, die abends zu Besuch kamen, Produkte der Fantasie wären.

Giles kam zurück. »Kein Nussknacker«, sagte er.

Sie erschien im Türrahmen. An ihrer Nase hing ein neuer Tropfen und in der Luft hing Whisky.

»Mein Gott, Ihre Kinder sind noch wach.«

»Jetzt wieder«, sagte ich. »Entschuldigen Sie, ich muss Moth beruhigen.«

Sie blieb im Türrahmen stehen.

»Sie schreien nur, um Aufmerksamkeit zu bekommen, wissen Sie.«

»Genau darum gehe ich hin.«

Sie bewegte sich nicht.

»Sie müssen lernen, dass sie nicht immer das bekommen, was sie wollen, wenn sie gerade wollen. Wenn Sie jedes Mal hingehen, ruft er die ganze Nacht nach Ihnen. So kommen Sie nie zum Schlafen.«

Ich mied Giles' Blick.

»Warum können wir nicht haben, was wir wollen?«, wollte Raphael wissen. Er trug ein rosa T-Shirt von mir, das ich schon länger nicht gesehen hatte, und seine Badehose, auf der Fische sind und die bei keiner Art Polizei als Schlafanzughose durchgeht.

»Weil Erwachsene manchmal andere Dinge zu tun haben. Und überhaupt ist das Leben einfach nicht so, und je eher du das akzeptierst, desto besser.«

»Oh«, sagte Raph. »Meins schon.«

»Komm«, sagte ich. »Ab ins Bett. Und wir beruhigen Moth.«

»Wir haben gesehen, dass Sie vorhin Besuch hatten«, hörte ich sie sagen, als wir nach oben gingen. »Ich hoffe, es ist alles in Ordnung?«

Nachtwache, 02:11 Uhr

Ich wache von hicksendem Schluchzen auf. Ich bin seit achtundzwanzig Minuten wieder im Bett. Giles ist dran, Giles ist seit Wochen dran. Ich rüttele an seiner Schulter, und er schnaubt und wälzt sich auf die andere Seite. »Giles! Wach auf.«

Er zieht sich die Decke über die Ohren. Moths Bestürzung schraubt sich einen Ton höher. »Giles, Moth schreit.«

Ich könnte ihn treten, denke ich. Ich könnte einen Waschlappen mit kaltem Wasser über seinem Gesicht ausdrücken. Ich könnte ihn mit einem Mahagonistuhl vom Esstisch zusammenschlagen. Aber in der Zwischenzeit weint Moth. Der Flur ist immer noch kalt und immer noch sandig. Ich hülle mich in Giles' gestreiften Seidenmorgenmantel, dessen Enden hinter mir herschleifen. Ich halte die Augen auf den Boden gerichtet, als ich die Treppe passiere und das Schreien lauter wird. Es gibt Kriege, die um Öl geführt und nie ein Ende haben werden, es gibt spaltbares Material, das sich in den falschen Händen befindet, und durch die Atmosphäre jagen Asteroiden von der Größe Belgiens. Ich nehme ihn auf den Arm.

»Mami!« Er schnieft und reibt seine Nase an meinem Schlüsselbein. Er hört auf zu weinen. Mami ist magisch, Mami nimmt der Welt ihre Sünden. Jeder sollte eine Mami haben.

»Schh, Liebling. Es ist alles gut. Mami ist hier.«

Ich wiege ihn.

»Mamis Liebling.«

»Schlaf, Kindlein, schlaf, der Vater hüt' die Schaf, die Mutter schüttelt 's Bäumelein, da fällt herab ein Träumelein, schlaf, Kindlein, schlaf.«

Wir gehen. Die Insel draußen ist ruhig, birgt die Fairchilds in ihrem Kokon aus Teak und Stein, die Dorfbewohner auf dem Friedhof und diese älteren, seltsameren Wesen in ihren steinernen Hügelgräbern. Und dahinter liegt das Meer, auf dem Lichter leuchten, die ganze Nacht, automatische Lichter, die immer anbleiben, ob die Menschen wach sind oder schlafen, und Schiffe sind unterwegs in den hohen Norden und nach Amerika, und die Schiffe unterhalten sich miteinander und mit Satelliten, ein Netz aus Gesprächen über dem dunklen Wasser. Wir sind nicht allein.

»Mami Grüffelo singen.«

»Nein, Liebling. Schlaf jetzt.«

Ich streichele sein Haar. Über seinem Ohr ist es von der Suppe verfilzt.

»Nicht an Moths Haaren ziehen.«

»Entschuldige. Schlaf jetzt.«

»Die Maus ... Mami singen.«

»Schlaf jetzt.«

»Maus spazierte im Wald umher!«

»Die Maus spazierte im Wald umher. Der Fuchs sah sie kommen und freute sich sehr.«

Im Blackhouse brennt noch Licht, und hinter dem bodentiefen Fenster mit Panoramablick aufs Meer bewegt sich jemand. Zoe? Ich kann mir nicht vorstellen, dass Judith der Schlaflosigkeit frönt. Wenn ich mal ein Unternehmen führen sollte, das Menschen glücklich machen möchte und jeder ihrer Launen nachkommt, bevor sie sie aussprechen, wenn ich, kurz gesagt, plante, Erwachsene für Geld zu bemuttern, würde ich nicht versuchen, Judith Fairchilds Traumküche zu bauen (überhaupt sollte jeder, der von Küchen träumt, so lange gequält werden, bis er was Interessanteres träumt). Nein, ich würde eine Zufluchtsstätte für Mütter eröffnen. Einen Rückzugsort. Siebzigerjahre-Sichtbeton, antifamiliäre Architektur ohne Schnörkel. Niedrig, mit großen Fenstern und breiten Fluren und Teppichen, die Geräusche dämpfen. Vom Flur gehen fünf oder sechs Zimmer ab, jedes mit einer Wand aus Glas und Schiebetüren mit Blick auf einen kalten, grauen Strand. Jedes Zimmer hat in der Ecke ein Einzelbett, einen Tisch und einen Stuhl. Man kann sein Laptop mitbringen, aber es gibt keinen Internetzugang und kein Telefon. Es gibt Bücher mit null Todesopfern, in denen niemand unter acht Jahren leidet. Ein Kino, in dem alles, was man in den letzten acht Jahren sehen wollte, zu einer Zeit gezeigt wird, die es einem erlaubt, danach früh ins Bett zu gehen. Und das Essen, die Art Essen, mit der man während der Mahlzeit so zufrieden ist wie danach, wird von einem Koch zubereitet – einem kinderlosen, männlichen Koch – und aufs Zimmer gebracht. Man darf ihn zu jeder Tages- und Nachtzeit um Kekse bitten, seine Tasse zurückgehen lassen, weil man die Form des Henkels nicht mag, und seine Meinung ändern, nachdem man das Abendessen bestellt hat. Und es gibt einen von unten beleuchteten Swimmingpool, in einem warmen Raum mit niedriger Decke ohne Fenster, der nur von einer Mami zur Zeit genutzt werden darf, damit sie sich in die Träume schwimmen kann. Ach, Scheiße, erstelle ich da etwa einen Businessplan für eine Gebärmutter mit Aussicht? Na und? Ich nenne es Hôtel de la Mère, und das einzige echte Problem ist die Kinderbetreuung. Nicht anwesende Kinder erzeugen Schuldgefühle und Sorgen, die mit dem Anliegen des Hôtel nicht zu vereinbaren sind; sind sie anwesend, verhindern sie Nachdenken oder Schlaf, und noch viel mehr Schwimmen und den Verzehr von Keksen. Wir müssen sie für ein paar Tage abstellen, sperren, wie einen Computer. Sie in den Winterschlaf versetzen. Man kann die Erfindung von Kindern genauso wenig rückgängig machen wie die der Atombombe.

Colsay House

16. Nov. 1878

Lieber Papa,
Du sollst, dachte ich mir, mal einen Brief ganz für Dich allein haben! Ich sah die Frauen heute stricken und fühlte mich an Deine webende Penelope erinnert, an all die warmen Braun- und Grautöne, und ein bisschen auch an ihren Gesichtsausdruck, denn die Frauen hier haben auch Grund, an die Gefahren des Meeres zu denken, während ihre Hände tätig sind, obwohl ich nicht glauben kann, dass jemand über die furchtbare Schinderei, aus der das Leben auf Colsay besteht, je ein Epos verfassen wird.

Ich hatte einen kleinen Vortrag über häusliche Säuglingspflege vorbereitet, den ich den Frauen aus dem Dorf heute halten wollte, auch wenn sie wohl kaum die Mittel, vielleicht nicht mal das Verständnis haben, das umzusetzen, was ich ihnen sagen könnte – dabei habe ich die Vorschläge, die ich zu Hause mache, schon umfassend abgeändert, da Rinderbrühe und saubere Leintücher hier ein Ding der Unmöglichkeit sind. Aber ich wollte aus diesen kleinen Vorträgen eine Reihe machen und hoffte, von der Säuglingspflege auf die Hygiene zu kommen und schließlich zu den Handlungen, die die Niederkunft begleiten. Ich habe versucht, geschickt vorzugehen! Aber natürlich ist auch dieser Weg versperrt; ich hatte angeboten, hier im Esszimmer zu sprechen, in der Annahme, dass die Kirche für die Anspielungen, die ich zwangsläufig zu machen wünsche, in den Augen der Frauen nicht der geeignete Ort wäre und dass es zu viel verlangt wäre, für diesen Zweck eine ihrer Hütten zu nutzen, in denen ohnehin kaum Platz genug für die Tiere und Menschen ist, die dort schlafen müssen. Und vielleicht hoffte ich auch, dass die Neugier auf das Große Haus diejenigen verlocken könnte zu kommen, denen ein längeres und gesünderes Leben nicht Anreiz genug ist, und das scheint für die meisten zu gelten. Ich hatte zwei Uhr angegeben und machte mir zunächst keine Gedanken, als niemand kam, da ich weiß, dass sie keine Möglichkeit haben, die Uhrzeit in Erfahrung zu bringen. Eine halbe Stunde später war immer noch niemand da, und um drei machte ich mich auf die Suche nach meiner Zuhörerschaft. Die Straße war leer – kein Wunder, da der Regen aus den Pfützen spritzte –, also wappnete ich mich und begann, an die Türen zu klopfen. Ich glaube, es ist hier nicht üblich, ich glaube, sie betreten die Häuser der anderen ohne Umschweife, aber es scheint mir für mich nicht angemessen zu sein, solche Sitten und Gebräuche zu übernehmen – schließlich möchte ich auch nicht, dass sie mein Schlafzimmer ohne Vorwarnung betreten! In den ersten beiden Häusern rührte sich nichts, ich sah nicht einmal eine verräterische Bewegung hinter dem Fenster, aber im dritten traf ich auf vier Frauen, die zusammenstanden, während das Feuer, über dem an einer Kette ein Topf hing, aus dem übel riechender Dampf aufstieg, die Nadeln in ihren Händen beständig aufblitzen ließ.

Ich wünschte ihnen einen guten Tag, machte derjenigen, die ich für die Dame des Hauses hielt, ein Kompliment für die groben Schnitzereien ihrer Kommode und fragte, ob ich mich ihnen für ein Weilchen anschließen dürfe. Ich musste ihr Schweigen als Zustimmung deuten, und es folgte der merkwürdigste Nachmittagsbesuch meines Lebens, bei dem ich selbst das ganze Gespräch bestritt. Du hättest gelacht, wenn Du gehört hättest, wie May mit sich selbst über das Wetter diskutierte, aber sie strickten die ganze Zeit über eilig weiter, und so zogen an meinem geistigen Auge, während mein Mund von Regen, Jahreszeiten und den Segnungen des Herbstes oder ähnlichem Unsinn schnatterte, Bilder von Deinen Mühen mit dem Bild von Penelope vorbei. Ist am Ende irgendjemand mit dem Weben fertig geworden? Ich erinnere mich, dass Mama sagte, es wäre ein Jammer, wenn die unfertigen Arbeiten verschwinden würden, und dass

Du nicht so viel für Wolle hättest ausgeben müssen. Ich stelle fest, ich vermisse das Gefühl, dass Dinge gefertigt werden, was dumm ist, da die Frauen sich von früh bis spät mit nichts anderem befassen, aber Du weißt, was ich meine, Papa. Ich vermisse Deine Arbeit, vermisse es, an einem Ort zu leben, an dem immer irgendein Vorhaben ansteht, an dem es immer ein neues schönes Werk zu bewundern gibt und Freunde vorbeikommen, um sich darüber zu unterhalten. Ich frage mich, wie es mit Aubreys Ikarus vorangeht. Ich würde gerne seine Farben sehen, das Blau und das flammende Rot, denn Colsay ist ein Gemälde, für das man nur Braun und Grau braucht.

Herzlichste Grüße, *wie immer,*
May

Liebesfähigkeit

> Das in den ersten Lebensmonaten auftauchende Bedürfnis, eine Beziehung zu einer mütterlichen Person herzustellen, bleibt im Anstaltsleben mehr oder weniger unbefriedigt. Sein weiteres Schicksal kann verschieden sein: manche Kinder geben nach den ersten Enttäuschungen die Suche nach einem Mutterersatz auf und ziehen sich auf sich selbst zurück; ihre Liebesfähigkeit, die in der Beziehung zur Mutter eine erste entscheidende Frühblüte entfalten sollte, verkümmert für das ganze spätere Leben.
>
> Anna Freud und Dorothy Burlingham, *Heimatlose Kinder*

Als wir frühstückten, tauchte Judith Fairchild erneut auf. Sie hatte sich Striche in einem dunkleren Orangeton auf die Wangen gemalt.

»Oh, tut mir leid, ich dachte nicht, dass Sie immer noch frühstücken. Der Tagesablauf verschiebt sich, wenn keine Schule ist, nicht? Aber Sie haben Glück, dass die Universität Sie so lange Ferien machen lässt. Muss eine Riesenvergünstigung sein.«

Ich bot Moth einen Löffel Brei an, den er wieder ausspuckte.

»Die Frau soll weggehen.«

»Schh, Moth«, sagte Giles. »So was sagen wir nicht. Können wir Ihnen helfen, Judith?«

»Zwischen Ferien und Semesterferien gibt es einen Unterschied«, sagte Raph, den Mund voll Toast und Erdnussbutter. »Wenn die Leute keine Zeit hätten zu forschen, gäbe es nichts, was sie den Studenten beibringen können.«

Sie sah mich an, als hätte sie den Brei angeboten bekommen. »Schh, Raph«, sagte ich. »Iss dein Frühstück.«

»Aber das sagst du sonst immer!«

»Ich hoffe, Sie hatten eine angenehme Nacht«, wandte ich mich an Judith.

»Warum das?«, fragte Raph.

Moth malte mit dem Finger in dem ausgespuckten Brei, in dem sich rote Flecken befanden, die sich bei näherer Betrachtung als Marmelade erwiesen.

»Oh, na ja, uns war ein bisschen warm. Es ist komisch, nicht, da kommt man auf die Hebriden, und obwohl man die ganze Nacht die Fenster offen stehen lässt, wird es heiß – und diese Decken sind sehr kuschelig für den Sommer, nicht?«

»Es gibt eine Kondensationsanlage«, sagte Raph. »Sie soll für eine gleichmäßige Temperatur sorgen. Und die Fenster sind dreifach verglast.«

Giles stand auf. »Ich komme jetzt mit rüber und stelle Ihnen den Thermostat neu ein. Das ist kein Problem. Gibt es noch etwas?«

»Wir hatten gehofft, von Rothkinnick aus den Rundwanderweg gehen zu können. Nur müssten wir dorthin gebracht werden.«

»Natürlich«, sagte Giles. »Wann wollten Sie los?«

»Wir sollten das gute Wetter nutzen, nicht?« Sie betrachtete demonstrativ den Himmel. »Nachher soll es regnen.«

»Wann immer Sie so weit sind.« Giles trank seinen Tee aus und hielt ihr die Tür auf. Ich konnte die Papageientaucher traurig vor seinem inneren Auge dahinziehen sehen.

Ich hob Moth aus seinem Stuhl und begann, das Frühstück abzuräumen. Ich wusste, es wäre vernünftig, nicht weiter nach dem Baby zu suchen. Es war nicht Alexander Buchan, es sei denn, seine Mutter hätte während des Krieges eine Affäre mit Nigel oder Edwin gehabt und irgendeinen Grund, weshalb sie ihn am falschen Ort begraben sollte, was kaum einleuchtete, nachdem sie offiziell in die Aufklärung von Marys Tod einbezogen gewesen war. Ich glaube nicht, dass Julia oder Thea ein Baby auf Colsay beiseiteschaffen würden, nicht mal ein tot geborenes. Warum sollten sie? Es konnte ein beliebiges kleines menschliches Wesen sein, erwünscht oder verschmäht, das Wut oder einem Unfall oder Verzweiflung zum Opfer gefallen war, eins jener kurzen und undokumentiert bleibenden Leben, die es nie bis zum Taufbecken schaffen, geschweige denn zu einem Bericht in Ich-Form im Internet oder in einem Tagebuch, das im Kühlraum irgendeines Stadtarchivs aufbewahrt wird. Die Cassingham-DNA änderte eigentlich nichts daran; eine späte Fehlgeburt, eine Totgeburt, das kam heute noch oft genug vor, und es galt umso mehr für das neunzehnte Jahrhundert. Ich fragte mich, auf welche Weise es die Welt verändert hätte, wenn die Kindersterblichkeit zufällig woanders aufgetreten wäre und beispielsweise Einstein, Freud und Stalin ausgelöscht hätte, während diejenigen ihrer Zeitgenossen, um die nur ihre Mütter trauerten, sofern sie trotz der hohen Kindersterblichkeit noch Mütter waren, zu redegewandten Erwachsenen herangereift wären. Statt Psychoanalyse und Relativitätstheorie und Gulags – was?

»Moth Kacka macht.«

Ich nahm ihn hoch, an Schultern und Knien. Nie eine volle Windel einquetschen.

»Raph? Ich wechsele Moth die Windel und dann gehen wir zur Landspitze, okay? Ich will euch da was zeigen.«

»Was denn?«

»Überraschungsprojekt. Das wirst du sehen, wenn wir da sind.« Einen interaktiven Vortrag über »Die Beerdigungspraktiken auf Colsay im Wandel der Zeit«, falls mir bis dahin nicht noch etwas Besseres einfiel.

Wir konnten Schauer über das Meer ziehen sehen, die den Horizont verschwimmen ließen, als sähe man durch eine schmierige Linse, aber der Himmel über Colsay war silbern und das Gras trocken. Die Luft roch nach Algen und Torf. Ich schob Moth auf die andere Hüfte und machte meine Regenjacke auf; das Haus ist so kalt, dass ich oft zu viel anziehe, wenn ich rausgehe. Raphael war vorgelaufen und dann von etwas an einer trockenen Steinmauer aufgehalten worden.

»Was ist da?«, rief ich.

»Moth runter. Moth gucken.«

Ich setzte ihn ab und sah ihn kleiner werden, als er über das Gras lief. Normalerweise sehe ich Moth aus einer so geringen Entfernung, dass ich sie, wenn er das Gleichgewicht verliert, überwinden kann, bevor er auf dem Boden aufschlägt. Ich gehe nicht zu weit weg, damit ich das Essen in seinem Haar und das Kacka in seiner Windel riechen kann. Er ist so klein, dass ich ihn auf einem freien Feld verlieren könnte.

Als wir die Ruine der Kirche erreichten, waren blaue Flecken am Himmel zu sehen, und im Meer spiegelte sich zögerlich die blasse Sonne. Die Kirche steht am Ende der »Straße«, abgenutzte Steine zwischen zwei Häuserreihen. Ich weiß nicht, ob es nie Bänke gab oder ob sie entfernt wurden, aber hoch oben in der östlichen Mauer ist ein kleines Fenster, und sogar ich muss mich unter dem Torbogen ducken. An sommerlichen Sonntagen muss dies ein dunkler Ort gewesen sein, wenn draußen die

Vögel schrien und vom Himmel schossen, das Meer blau war und das Gras sich im Sonnenlicht wellte.

»Vorsichtig, Raph. Wir wissen nicht, ob die Mauern sicher sind. Ich wollte mir den Friedhof ansehen.«

»Warum?«

»Ich dachte, es wäre interessant zu gucken, ob wir die Inschriften lesen können. Moth, Liebling, geh nicht da durch.«

»Warum?«

»Moth, komm her!« Ich kroch hinter einen Stein. »Kuckuck!«

Er kam angelaufen. »Kuckuck!«

»Warum, Mami?«, wiederholte Raph.

»Weil wir dann etwas über die Menschen herausfinden können, die hier gelebt haben. Das ist Geschichte.«

Er strich über den Rand eines Grabsteins, der abgenutzt war und schräg stand.

»Sind die Knochen immer noch da?«

»Wahrscheinlich. Knochen brauchen lange, um ... um zu verschwinden.« Um zu verfaulen.

»Kuckuck!«, schrie Moth.

Raph befingerte seine eigenen Augenhöhlen. Schatten zuckten über das Gras, das hier von einem helleren Grün war als irgendwo sonst auf der Insel. Zwei Raben glitten über unsere Köpfe, krächzten und stürzten dann den Himmel hinauf, drehten sich wie Stunt-Flugzeuge.

»Komm. Wir gucken mal, ob wir welche finden, die wir lesen können.«

Die meisten Steine waren von Wind und Regen so verwittert, dass man kaum erkennen konnte, ob sie jemals eine Inschrift besessen hatten. Es lagen Menschen dort begraben, deren einzige Hinterlassenschaft ihre Nachkommen waren, oder vielleicht hallten die Geister ihrer Ungeduld, ihrer schlechten Laune und Unfähigkeit, die Leistungen ihrer Kinder anzuerkennen und Fehler einzugestehen, immer noch in den Ohren von Eltern in Colla und Neufundland und Sydney wider.

»Guck mal, Raph, siehst du das? Sogar Stein wird am Ende von Wind und Regen abgetragen. Guck mal, wie viel rauer sie auf dieser Seite sind, wo der Wind vom Meer kommt.«

»Runter«, sagte Moth. »Moth will einen Keks.«

Ich zog die Folienverpackung aus meiner Tasche und bot ihm einen Haferkeks an.

»Kein Haferkeks. Keks.«

»Okay, Keks, und Mami guckt sich in der Zeit noch ein paar Steine an, in Ordnung?«

»Steine Keks.«

Ich gab ihm den Ingwerkeks, der sich unter den Haferkeksen befand, und hatte somit nichts mehr, womit ich ihn auf dem Rückweg bestechen konnte.

Die neueren Gräber sind weiter von der Kirche entfernt, näher an den Felsen.

»Ich kann immer noch keine Buchstaben erkennen.« Raph kniete vor einem der Steine und fuhr mit dem Finger an den Rillen entlang.

»Ich glaube, das hier könnte ›Mary‹ heißen«, sagte ich. »Ich bezweifle, dass sie sich die Mühe langer Inschriften gemacht haben. Es wird sowieso jeder gewusst haben, wer wo zu finden ist.«

Es kam mir immer unwahrscheinlicher vor, dass wir Alexander Buchan oder irgendeine andere Lebensgeschichte finden würden, die sich in einem so einfachen Grab hinter einer Bruchsteinmauer verbarg. Es gab viele Hügel in allen Größen, und es war schwer zu sagen, welche menschengemacht waren und welche natürlich, ganz zu schweigen von der Größe der Knochen, die sich darunter befanden. Ich mag die Friedhöfe in Sussex, die einem Namen verraten und Verwandtschaftsverhältnisse und Todesursachen, man merkt, dass die Überlebenden die Leute wissen lassen wollten, was sie empfanden; aber vielleicht ist das nur ein weiterer Versuch, die Sterblichkeit zu leugnen. Vielleicht wäre es für die Lebenden besser zu akzeptieren, dass die Geschichte in unseren Köpfen begrenzt und wahrscheinlich unabgeschlossen ist, besser, sie nicht in Stein zu meißeln und in die Zukunft zu verlängern.

Raph strich über einen umgefallenen Grabstein. »Der ist kaputt.«

»Er steht wahrscheinlich schon sehr lange hier. Der Friedhof kann noch älter sein als die Kirche.«

Ich beugte mich über einen kleinen Hügel mit einem kniehohen Stein. Unter den Flechten waren drei Buchstaben eingraviert, vermutlich Initialen, als sollten Passanten daran erinnert werden, wer dort lag. Wenn auch nur die Mehrheit derer, die im Laufe der Jahrhunderte auf Colsay geboren worden waren, auch hier gestorben war, dann mussten irgendwo noch sehr viel mehr Tote liegen. Die Raben landeten auf der Kirche, und einer von ihnen schrie etwas zu uns herunter.

»Mami? Wo ist Moth?«

Mein Herz setzte einen Schlag aus. Wo?

»Moth! Moth! Wo bist du?«

Ein kleiner Kopf, der auf den Felsen aufschlug, kleine Finger, die unter einem umgefallenen Stein scharrten. Genau das hatte ich schon immer verdient.

»Moth!«

»Mami, wo ist er?«

»Ich weiß es nicht. Hilf mir suchen. Sieh hinter alle Steine.« Aber er wäre inzwischen rausgekommen.

»Moth!«

Wo würde er hingehen? Normalerweise nicht von mir weg, nicht freiwillig. »Moth!«

Raphael lief von Stein zu Stein, als würde Moth dort wirklich hocken bleiben, wenn er ihn rief. Ich kletterte die Bruchsteinmauer hoch. Das ist der Anfang, so fühlt es sich an, zu einer dieser Geschichten zu werden. Alexander Buchans Geschichte.

»Mami, nicht, die kann umkippen.«

Er war nicht da.

»Moth!«

In der Kirche. Nein. Ich lief um die Außenmauer herum. Ich wusste, was als Nächstes kommen würde.

»Moth!«

Er war weg. Moth war weg. Keine Spur von ihm auf den Felsen, kein Körper, der wie weggeworfenes Plastik schaukelnd auf den Wellen trieb. Kein – kein Blut.

»Moth! Moth, komm wieder her! Moth!«

Raph gab einen Klagelaut von sich. Ich sah ihn an und hatte nichts zu sagen.

»Moth!«

Ich wusste nicht, was ich noch machen sollte. Zu Giles und seinem Telefon rennen, aber ich wollte den Ort nicht verlassen, an dem wir Moth zuletzt gesehen hatten. Weitersuchen, aber wir wussten, dass er nicht da war. Ihn finden.

Ich hörte jemanden rufen. Nicht Moth.

»Anna! Ihm geht es gut. Ich habe ihn.«

Zoe. Zoe kam die Straße herauf, und Moth trottete neben ihr her, an ihrer Hand. Ich lief zu ihm.

»Da ist meine Mami.« Er klang, als hätte er mich erwartet.

Ich nahm ihn auf den Arm und hielt ihn so fest, dass ich spürte, wie sich seine Rippen bogen. Meine Augen wurden feucht. Nie außer Sichtweite, nie wieder. Er zappelte.

»Er ist nur durch die Häuser gestromert«, sagte Zoe. »Er war in Sicherheit, hat vor sich hin geplaudert.«

Ich vergrub meine Nase in seinem Haar. Zoes Mund nahm die Form eines Lächelns an.

»Ja, er plaudert immer vor sich hin. Aber ich hatte Angst. Ich hab hochgeguckt und er war nicht mehr da.«

Sie warf ihre Haare zurück. »Er war da. Nur nicht dort, wo Sie dachten.«

»Schlimm genug. Glaub mir.«

Raph kam näher. Er hatte Tränen im Gesicht. »Kann ich ihn auch drücken?«

»Natürlich kannst du das.«

Ich kniete mich hin, Moth auf meiner Hüfte, und legte den anderen Arm um Raphael.

»Drück ihn nicht zu fest.«

Raph strich über mein Haar. »Das hast du aber gemacht.«

»Moth Raph an den Haaren zieht«, sagte Moth. Ich befreite seine Finger und stand auf. »Moth runter!«

»Noch nicht.« Meine Hände zitterten. Ich versuchte, tief einzuatmen. Es gelang mir nicht.

Zoe sah Raph an. »Hallo. Ich bin Zoe. Ich habe gerade euer Dorf erkundet.«

Er betrachtete prüfend ihre Kleidung. An dünnen Achtzehnjährigen haben noch alle Moden überzeugend gewirkt, von Ballonärmeln und Schutenhüten bis zu engen Jeans und der Art Oberteil, die ich vage mit amerikanischen Ballspielen in Verbindung bringe, aber ihr war offensichtlich kalt, ihre Hände waren fleckig, die Lippen blass. Ihre Beine, dünn wie Lutscherstiele, endeten in hohen Segeltuchschuhen, die nass und matschig waren. Ich ertappte mich bei dem Gedanken, dass ihre Mutter sie dazu hätte bringen sollen, Gummistiefel anzuziehen, als würde ich Raph nicht selbst den halben Winter über erlauben, ohne Jacke rauszugehen. Ihr Haar hing strähnig um ihr Gesicht und hatte den Karamellton, den Frauen Ende dreißig oft wählen, der als natürliche Haarfarbe aber nicht oft vorkommt. Ich verspürte den untypischen Drang, sie einzuwickeln, zu wärmen, zu füttern.

»Warum erkundest du es?«, fragte Raph.

Sie lächelte. »Weil ich ein verlassenes Dorf cool finde und weil ich nichts anderes zu tun habe.«

»Heute ist es warm. Die Römer haben Häuser gebaut, in denen es im Sommer kühl blieb, sogar in Neapel. Ich hab meine Jacke ausgezogen.«

Ich sah mich um. Ausgezogen und irgendwo liegen lassen, aber man kann Schlimmeres verlieren als eine Jacke.

»Runter!«, sagte Moth. Ich setzte ihn ab, hielt aber seine Hand fest.

»Es ist schön heute«, sagte Zoe zustimmend. »Kannst du mir etwas über euer Dorf erzählen?«

Die Sonne schien Raph ins Gesicht, und er sah mit zusammengekniffenen Augen zu ihr auf. Ich hätte versuchen sollen, sie mit Sonnencreme einzuschmieren. Es gibt die Regel, dass Babys und Kinder sich zwischen elf und fünfzehn Uhr überhaupt nicht im direkten Sonnenlicht aufhalten sollten, und die gilt in Schottland genauso wie an den Stränden des Mittelmeeres.

Moth zog an meiner Hand. »Komm, Mami!«

»Ein bisschen was kann ich dir erzählen«, sagte Raph. »Bis nach dem Krieg haben dort Menschen gelebt, aber nicht viele, und dann sind sie weggegangen und gestorben. Und wir können die Grabsteine nicht lesen.«

»Nein«, sagte sie. »Die sind bestimmt inzwischen ziemlich verwittert.«

Ich folgte Moth bis zu einem der Häuser und blieb an der Tür stehen, um ihn zu beobachten, als er hineinging. Die Kinder der Inselbewohner müssen sich frei bewegt haben, aber einige von ihnen sind sicherlich auch von den Felsen gefallen. Und im Winter waren sie drinnen eingepfercht wie Tiere im Kuhstall.

»War dir nicht nach einem Spaziergang?«, fragte ich Zoe.

»Mir war nach einem Spaziergang. Deshalb bin ich hergekommen. Mir war nur nicht danach, den Tag mit meiner Mutter zu verbringen.«

Fast rutschte mir heraus, dazu hätte ich auch keine Lust. »Manchmal ist es schön, ein bisschen Zeit für sich zu haben«, sagte ich stattdessen.

Moth kam wieder zur Tür. »Hoch! Mehr Kekse!«

»Kekse alle weg«, sagte ich zu ihm. »Haferkeks.«

»Kein Haferkeks!«

»Kekse alle weg.«

Er wälzte sich auf dem Boden herum. »Moth will einen Keks! Kein Haferkeks! Nein!« Seine Füße traten gegen meine Stiefel und ich machte einen Schritt zur Seite.

»Das ist ganz schön cool«, sagte Zoe.

»Ja. Das denke ich auch immer.« Ich sah sie an. Ich hatte sowieso keine Hoffnung mehr, vor dem Mittagessen noch irgendwas zu schaffen. »Hast du Lust, mit zu uns zu kommen und Tee zu trinken oder so? Wenn du möchtest, kannst du auch zum Mittagessen bleiben, wir sind allerdings kein Gourmetrestaurant.«

»Okay. Danke. Nur, ich bin Vegetarierin.«

»Ach, wir essen zum Mittag kein Fleisch. Ich bin keine Köchin.« Ich nahm Moth hoch und hielt ihn fest, als er gegen mein

Schambein trat. »Au, Moth, nicht Mami treten. Raph! Komm, Schatz, ich glaube, wir gehen besser nach Hause zum Mittagessen.«

Er steckte seinen Finger in ein Loch in der Wand. »Kann ich hierbleiben? Ich mach auch keine Dummheiten.«

Nein. Weil Gespenster aus der Jungsteinzeit aus ihren Löchern kommen und dich hineinziehen werden. Weil dir der Himmel auf den Kopf fallen könnte. Weil diese Mauern eines Tages einstürzen werden und ich nicht möchte, dass du jemals in ihre Nähe kommst. »Ich sehe keinen guten Grund, warum nicht. Aber Zoe kommt mit uns nach Hause.«

Seine Schultern entspannten sich. »Okay, ich komm auch mit.«

Moth hörte auf zu treten. »Raph kommt auch und kriegt einen Keks.«

Ab und zu wird mir klar, dass sie sich, genau wie ich, eine etwas freiere Welt wünschen.

»Soll ich meine Schuhe ausziehen?«, fragte Zoe.

Ich starrte sie an. »Warum? Deine Füße würden wahrscheinlich am Boden festfrieren.«

Sie zuckte mit den Schultern. »Mom besteht zu Hause darauf. Sie sagt, sie will das, worauf die Leute auf dem Bürgersteig treten, nicht auf ihrem Teppich haben.«

Ich setzte Moth ab und er blieb stehen, hielt meine Hand und sah zu Zoe auf.

»Hier gibt es ja keine Bürgersteige. Und ich schätze, wenn Giles von seinen Papageientauchern hierher zurückgelaufen ist, hat er nicht mal mehr Vogeldreck an den Schuhen. Davon abgesehen gibt es hier aber auch keinen Teppich.«

»Zoe«, sagte Raphael. »Magst du Brücken?«

Sie lächelte ihn durch ihre Haare hindurch an. »Ich stehe gerne auf Brücken und sehe aufs Wasser. Spielst du Stöckchen schwimmen lassen?«

Er ging ins Spielzimmer. »Ich mag, wie sie gebaut werden. Weißt du, wie sie die Senkkästen befestigen?«

Er hielt ihr sein *Brückenbau*-Buch hin und sie ging zu ihm.

»Ich mache dir einen Tee«, sagte ich.

Allein in der Küche, aß ich eine getrocknete Aprikose und roch an abgelaufenem Frischkäse, mit dem ich hoffte Zoe füttern zu können. Er war nicht mehr gut genug, aber es gab Eier, die nur ein paar Tage über das Datum waren, das auf ihre Schalen gestempelt war.

»Magst du Rührei?«, fragte ich.

»Ich nicht«, sagte Raph.

»Eier sind eklig«, fügte Moth hinzu.

»Euch hab ich nicht gefragt. Es ist noch genug Suppe für zwei da.«

»Klar«, sagte Zoe. Sie saß auf dem Boden zwischen ihnen und half Moth, die Tiere in die Arche zu schieben. »Aber ich habe keinen großen Hunger.« Sie hatte den Körper von jemandem, der schon sehr lange sehr hungrig war.

Ich ging wieder in die Küche und schlug die Eier auf, die in Ordnung zu sein schienen. Ich musste Moth nicht überzeugen, sich absetzen zu lassen, während ich Milch und Pfeffer einrührte, und ich musste nicht über Raph und sein Buch steigen, um an den Kühlschrank zu kommen. Es wurden mir keine Spielzeugautos zwischen die Füße geschoben und niemand verlangte, mit der Milchtüte und ihrem Verschluss zu spielen oder den Hebel vom Toaster herunterzudrücken. Ich hätte das Radio anstellen und Nachrichten hören können oder – ich sah auf die Uhr – vielleicht sogar das tägliche Hörspiel, ohne Rücksicht auf kleine Seelen, die sich noch in der Entwicklung befanden. Ich ging zum Spielzimmer und sah hinein.

»Alles in Ordnung, Zoe? Du brauchst nicht das Gefühl zu haben, dass du dich um die Kinder kümmern musst.«

Sie sah auf. Mrs. Noah (hat diese Frau keinen eigenen Namen?) stand auf dem Dach der Arche, als verhandele sie mit dem Elefanten, der drohte, vom zweiten Stock des Parkhauses zu springen.

»Eins, zwei, drei, spring!«, sagte Moth. »Oh, Scheiß-Arche.«

Zoe grinste. »Mir geht's großartig. So gut wie seit Wochen nicht mehr.«

»Zoe war in einem Regenwald«, sagte Raph. »In einem gemäßigten Regenwald in Kanada. Mit Bären. Nicht der Regenwald am Amazonas. Die Menschen roden den Regenwald am Amazonas immer weiter, und der macht die Hälfte des Sauerstoffs auf der Erde. Wenn sie nicht aufhören, haben wir also keinen Sauerstoff zum Atmen mehr und müssen alle sterben.«

Ich strich ihm über den Kopf. »Ich bin sicher, sie lassen sich was einfallen. Irgendwem wird irgendwas einfallen. War es schön in Kanada, Zoe? Wo warst du, an der Westküste?«

Ihre Haare fielen ihr ins Gesicht. »Vancouver Island. Eine Weile war es schön. Dann bin ich nach Hause zurück.«

»Essen fast fertig?«, fragte Moth.

»Gleich, Moth. Ich muss wieder zu den Eiern. Ich würde gern mehr hören von Kanada, ich komme ja nirgends mehr hin.«

»Das ist viel zu viel für mich«, sagte Zoe.

Ich schob den Großteil ihres Rühreis auf meinen Teller. »So?«

Sie zuckte mit den Schultern. Ich bin absolut gewillt, Essen zu verschwenden, wenn ich im Austausch dafür Kinderbetreuung bekomme.

»Du bist also gerade aus Vancouver zurück?« Ich wollte von einem anderen Ozean hören, vom Geruch anderer Bäume, vom Klang anderer Dialekte. Ich tat etwas Käse auf Moths Gabel, in der Hoffnung, dass Experimente mit dem Besteck ihn dazu bringen würden, ihn zu essen. »Hast du dir nach der Schule ein freies Jahr genommen?«

Zoe schob ihr Rührei herum, und Raphael sah ihr dabei zu, als wären Essstörungen eine Art Avantgarde-Kunst.

»Was ist ein freies Jahr?«, fragte er.

»Wenn man mit der Schule fertig ist und vor der Universität ein Jahr lang reist, allein oder mit Freunden.«

»Oh. Warum?«

»Weil es interessant ist«, sagte ich. »Bären zu sehen.« Oder den Regenwald zu retten.

»Ja«, sagte Zoe. »Nur hab ich es abgebrochen.«

»Gebrochen. Kaputt!«, sagte Moth.

»Du hast dein freies Jahr abgebrochen?«

»Meine Mutter findet das überhaupt nicht lustig. Sie ist … Sie ist ständig hinter mir her, damit ich Cambridge nicht auch abbreche … oder gar nicht erst dorthin gehe.«

»Du gehst nach Cambridge?«

Sie schnitt eine Scheibe Toast durch und schob sie unter das Rührei. »Eigentlich soll ich nächstes Jahr anfangen. Sie sagt, wenn ich mit einem freien Jahr nicht zurechtkomme, soll ich schon im Oktober anfangen. Sie denkt wohl, dass die jemand anders rauswerfen, damit ich meine Meinung ändern kann. Oder sie sie für mich ändern kann.«

»Wofür hast du dich denn eingeschrieben?« Ich strich noch mehr Butter auf mein Brot.

»Jura.«

Jura war nicht gerade das, was jemand wählen würde, der

seine Mutter hasste. Englische Literatur vielleicht, die voller böswilliger Eltern ist (warum werden all diese Geschichten von Kindern erzählt?), oder eine moderne Sprache, für die man viele Monate lang weit weg fahren muss. Die undurchdringlichen Bereiche der Physik oder das geheime Königreich der Mathematik.

»Freust du dich darauf?«

Sie zuckte mit den Schultern. »Es ist noch so weit weg.«

In fünfzehn Monaten würde Raph neun sein und Moth ein Mensch, der erste Anzeichen von Altruismus aufwies, seinen Darm unter Kontrolle hatte und einen Haarschnitt. Er zerdrückte den Käse auf seinem Toast, bis er wie Zahnpasta zwischen seinen Fingern hervorquoll.

»Mach das nicht«, sagte Raph. »In Afrika gibt es Kinder, die überhaupt nichts zu essen haben.«

Ich setzte mich aufrecht hin. »Es gibt in Afrika auch Kinder, die zu satt sind, um ein zweites Eis zu essen. Es ist immer noch ein Kontinent, kein Flüchtlingslager, Raph.«

Moth begann den zerdrückten Käse in den Tisch zu reiben.

»Moth will Eis.«

»Ich habe kein Eis. Wir haben nur darüber gesprochen.«

»Mehr Eis?«

»Es ist kein Eis da.«

Er schlug seinen Kopf auf den Tisch.

»Moth will Eis!«

»Ich weiß, dass Moth Eis will, aber es ist keins da. Wie wäre es mit einem Keks?«

»Kein Keks. Mag keine Kekse.«

»Doch, du magst Kekse«, sagte Raph. »Du willst ständig Kekse.«

Moths Teller und Tasse flogen auf den Boden, als wäre ein

Tornado über den Tisch gefegt. Er trommelte mit den Füßen und riss die Arme hoch, als würde er gleich in Zungen reden.

»Moth will *jetzt* Eis! Jetzt!«

Ich zog Moth aus seinem Hochstuhl, damit er nicht den Kopf dagegenschlug. Raph steckte sich die Finger in die Ohren.

»Zoe«, rief ich, »esst in Ruhe auf.«

Sie nickte. Ich trug Moth ins Spielzimmer, wo ich die Zeit damit verbrachte, über mein Buch nachzudenken, bis sich der Sturm legte.

Zoe half mir, die Küche aufzuräumen, und beglückwünschte Moth dazu, dass er Holztiere in tierförmige Löcher in einem Holzwürfel steckte, während ich die Waschmaschine befüllte und ein paar Teller wegräumte, die schon seit Tagen an der Luft trockneten. Sie bot an, mit Raph zu spielen, damit ich arbeiten könnte, wenn Moth Mittagsschlaf hielt, und als die sich ausbreitende Stille mich über das Geländer gucken ließ, sah ich sie auf dem Bauch liegen und eine weitere dem Untergang geweihte Lego-Großstadt bauen. Ich ging zu meinem Laptop, das erwartungsvoll wie ein Hund auf dem Bett saß.

> Obwohl es theoretisch möglich war, Kinder aus der Heilanstalt zurückzuholen, kehrte faktisch nur ein Prozent derer, die in ihre Obhut gegeben worden waren, in die größere Gemeinschaft zurück. Die Zahlen sind so niedrig, dass sich schwer Verallgemeinerungen daraus ableiten lassen (und es darf nicht vergessen werden, dass 70 Prozent der Findelkinder das erste Jahr in der Heilanstalt in diesem Jahrzehnt nicht überlebten), aber im Allgemeinen waren diejenigen, die wieder abgeholt wurden, jünger als sechs Monate, waren weniger als drei Monate in der Heilanstalt

gewesen und wurden ihren Müttern zurückgegeben, denen sie häufig aufgrund von Krankheit, Armut oder Trunkenheit gewaltsam genommen worden waren.

Ich rollte mich vom Bett und ging zur Tür, um zu lauschen. Ich konnte Raph etwas über Feuerwehrautos sagen und Zoe lachen hören. Ich ging über den Flur, vorsichtig, um die knarrenden Dielen zu meiden, und schlich mich an den Rändern der Stufen nach unten. Als ich klein war, bin ich immer aus dem Bett gestiegen und nach unten geschlichen, um sicherzugehen, dass meine Eltern sich nicht stritten, was sie aber trotzdem taten. Es war irgendwie, als würde ich ihrem Streit eine Grenze setzen, indem ich ein Publikum abgab und somit gewährleistete, dass die Knoten in meinem Magen und die Rohheit meiner abgekauten Finger nichts Verheerenderes offenbarten als meine eigene Angst. Solange ich auf der Treppe kauerte, würde keiner von beiden gehen. Zoe baute etwas Rechtwinkliges mit einem Turm an einem Ende, wie eine angelsächsische Kirche, und Raph machte auf der anderen Seite des Zimmers das Feuerwehrauto startklar. Es gibt Orte auf der Welt, an denen Menschen in Kirchen getrieben wurden und werden, die dann verschlossen und in Brand gesetzt werden, aber für gewöhnlich kann man an solchen Orten und zu solchen Zeiten nicht die Feuerwehr rufen.

Es ist natürlich unmöglich, das weitere Leben dieser Babys im Einzelnen nachzuverfolgen, obwohl die Pfarrregister (vgl. Kenton und Johnson, 2002, S. 112–18) nahelegen, dass die Sterblichkeitsrate nach der Rückkehr unverhältnismäßig hoch war. Ob das ein Resultat anhaltender physischer Probleme ist, die auf die in der Heilanstalt verbrachte Zeit zurückgehen, oder ob es die ökonomischen und sozialen Probleme widerspiegelt, die ursprünglich zur Einlieferung der Kinder geführt haben, lässt sich nicht mehr rekonstruieren; das Leben und Sterben armer Kinder aus dieser Ära scheint sich den grundlegendsten Aufzeichnungen zu entziehen.

Der Himmel war grau. Kein bestimmtes Wetter, keine Vögel. Ich konnte Zoe Feuerwehrgeräusche machen hören, mit einer gewissen Gehemmtheit in der Stimme, wie eine Grundschullehrerin, die Lieder singt *pour encourager les autres*. Ich öffnete den »Obstgartenbaby«-Ordner.

Mr. Webb dankte Mrs. Buchan nochmals und kündigte an, dass am Nachmittag Jamie Norman und John Peterson befragt würden.

Mr. Norman und Mr. Peterson bestätigten, dass sie Mary Homertons Leiche aus dem Wasser gezogen hatten. Sie waren mit ihrer Jolle an der Nordspitze der Insel, als sie hörten, dass die Kinder vermisst wurden und man Mary mit Alexander am Nachmittag an der Kirche gesehen hatte, und sie dachten: »Von unten hat man einen besseren Blick auf die Klippen als von oben.« Sie sahen, wie auf der Landspitze nach den Kindern gesucht wurde, und begannen, das Wasser genau zu betrachten, der Strömung um die Biegung Richtung Inversaigh folgend. Es herrschte leichter Ostwind und die Wellen waren nicht der Rede wert, und sie folgten den Klippen bis zu der Höhle, wo sie etwas im Wasser schaukeln sahen. Sie errieten sofort, was es war. Mr. Peterson hob den Körper mit dem Bootshaken an und die beiden Männer zogen ihn hinein. Er hatte mit dem Gesicht nach unten im Wasser gelegen, sie wussten also, dass es keinen Sinn hatte zu versuchen, das Mädchen wiederzubeleben, aber sie versuchten es trotzdem. Sie hatte keinen Puls, und sie schafften es nicht, sie wieder zum Atmen zu bringen. Sie winkten nicht und riefen den Suchenden an Land nichts zu, aus Sorge, sie würden es so verstehen, dass Mary am Leben war. Als sie sicher waren, dass sie tot war, verbrachten sie einige Zeit damit, nach Alexander zu suchen, aber da er so viel kleiner war, war er schwer zu finden, und nach ungefähr einer Stunde beschlossen sie, dass sie die Leiche an Land bringen sollten.

Als Nächstes erschien Dr. Welling. Er war bei den Suchenden gewesen und wurde gerufen, sobald das Boot in Sicht kam. Er bestätigte, dass die Todesursache wahrscheinlich Kopfverletzungen waren, die sie mit ziemlicher Sicherheit beim Sturz von der Klippe erlitten hatte, gefolgt von Ertrinken. Zu diesem Zeitpunkt war schwer zu sagen gewesen, ob der Tod vor oder nach dem Eintauchen ins Wasser eingetreten war, allerdings deutet inzwischen die Leichenschau darauf hin, dass Mary ertrunken ist. Schürfwunden an Händen und Armen lassen vermuten, dass sie versuchte, ihren Sturz aufzuhalten, wenngleich Dr. Welling damit nicht sagen wollte, dass dies auf einen Unfall verweise; es sind Fälle bekannt, in denen Instinkt oder vielleicht eine Meinungsänderung Selbstmörder, die recht deutliche Briefe hinterlassen hatten, unter ähnlichen Umständen dazu brachten, sich solche Verletzungen zuzuziehen.

Mr. Webb fragte Dr. Welling, ob er meine, die Tragödie hätte irgendwie verhindert werden können. Er antwortete, dass ein sicherer Zaun Unfälle verhindern und übrigens auch den Verlust von Viehbestand auf der Insel verringern würde, aber unter den gegenwärtigen Umständen sei klar, dass ein solches Vorhaben nahezu unmöglich umzusetzen sei, und kein technisches Hindernis werde einen entschlossenen Selbstmörder umstimmen. An diesem Punkt erschien jemand mit der Nachricht, dass Dr. Welling dringend woanders gebraucht werde; Mr. Webb bestätigte, dass er keine weiteren Fragen habe, und der Fall wurde vertagt.

FALL MARY HOMERTON: ZUSAMMENFASSUNG

Mr. Webb schloss heute den Fall Mary Homerton und erinnerte das Gericht daran, dass es bei der Befragung nicht darum gehe, Schuld im moralischen oder juristischen Sinne zuzuweisen, sondern lediglich um Empfehlungen, was getan werden könne, um die Wahrscheinlichkeit zu verringern, dass sich ein solcher tödlicher Unfall wiederhole. Es liege in der Natur von Unfällen, dass sie nicht hätten passieren müssen und dass sie nicht passiert wären, wenn sich die Ereignisse anders abgespielt hätten; in diesem Fall sei beispielsweise klar, dass die Dinge einen anderen Ausgang hätten nehmen können, wenn die Person, die Mary mit Alexander das Dorf verlassen sah, sie gefragt hätte, wohin sie gehe und warum. Aber vielleicht hätte sie eine einleuchtende Antwort gegeben – vielleicht hatte sie tatsächlich einen einleuchtenden Grund – und wäre weiter ihres Weges gegangen. Wir werden es nie wissen, und viele Beteiligte haben in ihren Aussagen von ihren Selbstzweifeln und den Fragen, die sie sich stellen, berichtet. Dies sind natürliche Sorgen, wenn sie auch nicht nützlich sind.

Mr. Webb schlug vor, die Schlossschule solle überdenken, wie viel unbeaufsichtigte Freizeit jenen Mädchen gestattet wird, die bekanntermaßen unglücklich oder fragil sind, gestand aber zu, dass jede Institution in vernünftigem Rahmen selbst das Gleichgewicht zwischen der Freiheit aller und der Sicherheit weniger finden muss; seiner Ansicht nach hat das besondere Ethos der Schlossschule bei dieser Gelegenheit nicht den entscheidenden Ausschlag gegeben. Er werde mit der Familie Cassingham über die Möglichkeit sprechen, die Klippen einzuzäunen, habe aber nicht den Eindruck, dass zum gegenwärtigen Zeitpunkt Grund zu einer dringenden oder förmlichen Empfehlung bestehe.

Das Baby musste also irgendwie überlebt haben. Musste es doch, oder? Draußen auf dem Meer lag ein Flecken Sonnenlicht, und hinter den Wolken war es hell. Ein Rabe glitt über die mit Gras betupften Steine am Strand, jede Feder seiner Flügel hob sich deutlich vor dem blassen Himmel ab. Die Klippen sind natürlich immer noch nicht eingezäunt, und ich kann mir kaum vorstellen, dass irgendeine Begrenzung den winterlichen Stürmen standhalten würde. An dem Abschnitt über der Kirche stehen Reste einer Bruchsteinmauer, was bedeutet, dass dort jemand entlangbalanciert sein und Steine geschleppt haben muss, während das Meer gegen die Felsenwand platzte, so weit unten, dass man einen Rettungsring nur an seiner Form erkennen konnte (Giles hatte gewartet, bis er mit der Strömung in die Bucht trieb, und war dann hingegangen, um den Schiffsnamen, der darauf stand, zu überprüfen und ihn der Küstenwache zu melden, als müsse man auf Colsay den Regeln der Seefahrt gehorchen). Raph und ich haben mal ein Lamm von den Klippen stürzen sehen, als sie auf Shepsay die Schafe zusammentrieben. Es sprang und hüpfte in der Senkrechten, wie im Schnelldurchlauf einer Parodie frühlingstrunkenen Herumtollens, bis es mit gebrochenen Knochen auf einem Felsvorsprung lag. Die Lämmer wurden auf das Festland gebracht, um geschlachtet zu werden, das wussten wir, am Abend zuvor hatten wir Lammkoteletts gegessen, und ich wusste – sagte es Raph aber nicht –, dass dieser erschütternde Flug ein besserer Tod war als der, der es zwei Tage später erwartet hätte. Er kommt immer noch manchmal in meinen Träumen vor, dieser eine Fehltritt, der den Tod zur Folge hatte. Die Babys, die über die Glasklippe in die Arme ihrer Mutter krabbelten, haben am Ende vielleicht recht: Wir verbringen unsere Tage auf dem Glas, wir alle, und wenn wir nach unten sähen, würden wir erstarren. Ich hörte, dass Moth sich rührte, und ging zu ihm; Kinder brauchen die Mutter auf der anderen Seite des Abgrunds, sonst verharren sie, hängen zwischen der Vergangenheit und der Zukunft wie der Wolfsjunge von Aveyron.

Ich nahm ihn hoch. Er legte die Arme um meinen Hals und rieb sein Gesicht an meiner Schulter.

»Hallo, mein Schatz. Mami muss nur noch was an ihrem Computer fertig machen.«

Er hob den Kopf. »Puter. Moth Knöpfe drücken.«

»Jetzt nicht.«

Ich trug ihn in unser Schlafzimmer. Die Sonne stand bereits tief am Himmel. Ich klappte den Computer zu und nahm ihn mit nach unten, wo Zoe Raphs Lego-Kirchgänger entschlossen mit einem Aufzieh-Feuerwehrauto rettete, das von einer grinsenden Plastikkatze gesteuert wurde.

Theorien über die historische Spezifität emotionaler Bindungen zwischen Eltern und Kindern sind in den letzten Jahren höchst unmodern geworden, und ein zufriedenstellender alternativer Bericht über den Anstieg der Zahl von Internaten in dieser Zeit lässt sich nur schwer finden. Durch das Aufkommen befestigter Straßen und die Ausweitung des Postkutschennetzes wurden Menschen mittleren Standes sehr viel mobiler, als sie es im vorigen Jahrhundert gewesen waren, während die Art Wissen, die wertgeschätzt wurde – vor allem bei Jungen, in geringerem Ausmaß aber auch bei Mädchen, insbesondere Mädchen aus sozial aufstrebenden Familien –, mit den täglichen Beschäftigungen der meisten Eltern wenig kompatibel war. Es ist relativ leicht, einem Kind beizubringen, was man tut, während man es tut, aber schwieriger – und oft ökonomisch ineffizient –, mit dem, was man tut, aufzuhören, um ein Kind doppelte Buchführung oder französische Grammatik zu lehren. Die größere Wertschätzung, die diesen Fähigkeiten vor dem Hintergrund der sich urbanisierenden und industrialisierenden Welt des mittleren bis späten achtzehnten Jahrhunderts entgegengebracht wurde, war an sich schon ein Grund, Kinder in Institutionen zu schicken, in denen solche Dinge bekannt waren und wirksam weitergegeben werden konnten. Gleichzeitig funktionierte dieses »Schicken« immer reibungsloser. Beide Aspekte erklären jedoch nicht in ausreichendem Maße die Verschiebung in dem, was wir heute »Erziehungskultur« nennen würden – eine Verschiebung, der sich zeitgenössische Beobachter vollkommen bewusst gewesen zu sein scheinen.

Ich war kurz davor, die veraltete Ansicht, dass Kinder ihren Eltern kostbarer erschienen, als ihr ökonomischer Nutzen nachließ, umzudrehen. Zeugt es von größerer Zuneigung, seine Kinder bei sich zu behalten, ungebildet und auf ein Leben manueller Arbeit beschränkt, das dem eigenen gleicht, oder äußert sich größere Zuneigung darin, die Kinder zu erheblichen Kosten wegzuschicken, damit sie eine andere Lebensform kennenlernten? Mir war alles andere als klar, dass sich elterliche Liebe zuverlässig durch Taten manifestiert, und anstatt die Geschichte der Liebe zu schreiben, sollte man vermutlich lieber sein eigenes Feld bestellen. Ich löschte die doppelte Buchführung, weil ich ehrlicherweise zugeben musste, nicht zu wissen, was das war.

»Anna?«, rief Giles von oben, wo er Raph vorlas.

»Was? Ich arbeite.«

Schritte im Flur. »Kannst du an die Tür gehen?«

Ich sah auf. Das Gras auf dem Hügel leuchtete im Licht der tief stehenden Sonne, und über dem Meer vollzog sich wahrscheinlich ein fotogener Sonnenuntergang. Jemand klopfte an die Tür, und bedauerlicherweise konnten das weder der Pizzabringdienst noch die Zeugen Jehovas sein. Ich sicherte das Dokument und ging durch die Halle. Der Himmel war tatsächlich von einem schmelzenden Rosa, das die Wolken rahmte und sich im Meer spiegelte, und ich fand, von Judith, die für die freie Natur so weit gereist war, konnte man vernünftigerweise erwarten, dass sie ihm ihre Beachtung schenkte.

»Judith. Keine weiteren Probleme, hoffe ich.«

Sie trug einen Rock mit Liberty-Peacock-Muster. Ich habe meinem Vater mal eine Krawatte mit dem Muster geschenkt, gekauft bei meinem ersten Ausflug nach London, aber er trug sie nie, und als wir nach der Beerdigung seine Kleidung durchgingen, war sie nicht dabei.

»Nein«, sagte sie. »Nicht mit dem Haus. Ich habe die Aussicht genossen.« Wieder Whisky, und ihre Aussprache war schleppend.

»Gut.«

Sie holte Luft. »Anna. Kann ich mit Ihnen sprechen? Ich meine, könnte ich bitte reinkommen? Es geht um Zoe.«

»Oh.« Es verstößt gegen den Geist des Hôtel de la Mère, sich auf die Sorgen anderer Leute einzulassen. Ich war bereit, Platz und Mahlzeiten gegen Ad hoc-Kinderbetreuung einzutauschen, aber eine Beratung war nicht Bestandteil des Vertrags.

»Natürlich«, sagte ich. »Ich mache uns Tee.«

Sie folgte mir durch die Halle und stieß dabei einmal gegen die Wand. »Haben Sie Pfefferminztee? Oder irgendwas anderes ohne Koffein? Sonst kann ich nicht schlafen.«

Ich stellte mich vor meine Rotweinflasche und schob sie hinter den Toaster. Meiner Erfahrung nach wirkte Alkohol stärker als Koffein, aber da sie Tee wollte, war ich nur allzu bereit, ihr den von Giles anzubieten statt meinen.

»Hier«, sagte ich. »Giles hat einen ganzen Schrank voller Teebeutel.«

Ich gab ihr die Vogeltasse. Ich lehnte mich an die Arbeitsplatte, und sie stand mitten im Raum, die Füße ein Stück auseinander, wie eine Immobilienmaklerin, die versuchte, die Größe der Küche einzuschätzen.

»Zoe war fast den ganzen Tag bei Ihnen.«

Ich wärmte die Hände an meiner Tasse. »Fast den ganzen Nachmittag jedenfalls.«

»Ging es … ging es ihr gut?«

Wir wissen beide, in welchem Ausmaß es Zoe nicht gut geht.

»Judith, ich kenne sie nicht. Sie wirkte ganz glücklich.« Sie war nicht geistig verwirrt.

»Es ist nur … Also, ich weiß nicht, ob Ihnen aufgefallen ist, wie dünn sie ist.«

»Es ist mir aufgefallen. Ich habe leider schon einige magersüchtige Studentinnen gesehen.«

»Deshalb mache ich mir Sorgen um sie.«

Ich wartete, schlürfte etwas Koffein. Ich fragte mich, ob sie das Gespräch am nächsten Morgen bereuen würde.

»Und mit mir redet sie nicht. Wir haben sie dazu gebracht, zum Arzt zu gehen, aber sie sagt, sie hat kein Interesse an einer Behandlung, und Brian sagt, sie ist nicht krank genug, um in eine psychiatrische Klinik eingewiesen zu werden, und davon blieben die Menschen zwar am Leben, aber es ginge ihnen nicht besser.« Sie sah auf und verschüttete etwas Tee. »Nur ... Wissen Sie, sie ist mein Kind. Es wäre mir ganz lieb, wenn sie am Leben bliebe. Entschuldigung. Ich wische das auf, wenn Sie mir sagen, wo ein Lappen ist.«

»Nicht nötig«, sagte ich. »Zurzeit läuft Teeverschütten bei mir unter Saubermachen. Kommen Sie, setzen Sie sich. Möchten Sie einen Keks dazu?«

Hinten im Schrank war eine halbe Packung mit Ingwer-Bestechungskeksen, auch wenn Giles immer noch denkt, die Kinder naschen Reiswaffeln und Karottensticks.

Sie nickte. »Danke. Ich sollte eigentlich nicht. Zu Hause habe ich so was gar nicht da.«

Und Sie und Ihre Tochter sind Vorbilder für uns alle. »Weder Ihr Arzt noch Ihr Mann scheinen davon auszugehen, dass Zoe in unmittelbarer Gefahr ist.«

Sie zuckte mit den Schultern. »Es ist nur so unsinnig, zu warten, bis es so weit ist. Bis sie in Gefahr ist. Das würden Sie doch auch nicht, wenn Sie sähen, dass Timothy auf einen Fluss zuläuft oder versucht, ein Tablettendöschen zu öffnen. Ich bin ihre Mutter. Und ich habe darüber gelesen: Manchmal brechen Menschen ganz plötzlich zusammen und es scheint einfach ...

Anna, es ist so eine Vergeudung. Ich meine, sie waren immer so gut in allem. Will, mein Sohn, wissen Sie, er studiert Medizin. Am King's College.« Sie trank einen Schluck, als wäre es Gin. »Und sie ist so hübsch, wenn sie nicht so dünn wäre, und sie hat so gute Noten, und sie war immer so höflich. Alle meine Freundinnen waren neidisch, ihre Kinder haben mit Drogen und Trinken angefangen und ihre Hausaufgaben nicht gemacht, und mich hat beunruhigt, dass sie zu hart arbeitet. Und dann hat sie angefangen zu joggen, das hat mir Sorgen gemacht, aber ich durfte sie stattdessen ins Fitnessstudio fahren, jeden Tag nach der Schule, und dann diese dumme, dumme Idee, nach Kanada zu gehen. Ich wusste, dass sie allein nicht zurechtkommen würde, ich hab es ihr wieder und wieder gesagt, aber sie hat nur gemeint, ich würde sie kontrollieren und sie nicht ihr eigenes Leben führen lassen. Und jetzt muss ich einfach zusehen, wie ihr Leben den Bach runtergeht. Die ganzen Jahre. Gerade, als wir dachten ... Ich meine, gerade, wenn man denkt, man hätte seinen Job erledigt.«

Tränen liefen ihr über das Gesicht. Das Make-up war wasserfest. »Vielleicht wollte sie versuchen, es ohne Hilfe zu schaffen«, schlug ich vor. Vielleicht wollte sie nicht bloß jemandes Job sein.

»Zoe! Ich glaube nicht, dass sie auch nur weiß, wie man eine Waschmaschine bedient oder ein Spiegelei macht. Der Gedanke, nach Kanada abzuhauen ...«

»Ach, wir kriegen alle mit der Zeit heraus, wie man Waschmaschinen bedient und Spiegelei macht. Ich meine, Moth kann mit der Waschmaschine umgehen, er tut nur nicht immer Klamotten in die Trommel. Und, wissen Sie, einiges davon wird sie in Cambridge auch machen müssen.«

Es sei denn, Judith hatte vor, sich während des Semesters im Hilton einzuquartieren. Bei uns gab es damals eine Mutter, die das tat, und mich erstaunte am meisten, dass ihr Sohn es akzeptierte, als wäre es vollkommen natürlich, dass seine Mutter kein eigenes Leben hatte, als wäre ihm nicht aufgefallen, dass die Eltern der anderen wieder in ihre eigene Welt verschwunden waren.

Judith begann, unsere ungeöffneten Rechnungen zu stapeln. »Ja, im College, wo Leute nach ihr sehen und ich nur einen Telefonanruf weit weg bin. In Wills erstem Semester habe ich auch seine Wäsche gewaschen, und dann hatte er, glaube ich, eine Freundin.«

Ich biss mir auf die Lippe. Für Will war es sowieso zu spät.

»Meinen Sie nicht, wenn er als Mediziner praktizieren will, sollte er auch mit Haushaltsgeräten umgehen können?«

Sie sah mir zum ersten Mal in die Augen. »Die Auffassungsgabe seines Vaters scheinen sie zu übersteigen, und der ist ein anerkannter Herzchirurg.«

Wir hörten Giles die Treppe herunterkommen.

»Ich gehe besser«, sagte sie. »Entschuldigung. Ich wollte Sie nur fragen, wie Zoe auf Sie gewirkt hat. Weil ich … weil ich im Moment nicht zu ihr durchzudringen scheine. Hat sie irgendwas gegessen?«

Ich trank meinen Tee und wischte die Kekskrümel auf den Boden, bevor Giles sie sah. »Ein bisschen was zum Mittagessen. Nicht viel.«

»Oh«, sagte Giles. »Hallo, Judith. Alles in Ordnung mit dem Haus?«

»Ja. Danke. Ich wollte gerade wieder rübergehen. Danke, Anna. Gute Nacht.«

Sie fand den Weg nach draußen allein und knallte die Tür hinter sich zu. Giles setzte sich. »Hattest du nicht eine Flasche aufgemacht? Anna, war sie betrunken?«

Ich holte den Rotwein wieder hervor und goss ihm ein Glas ein. »Jap. Cheers.«

»Cheers. Und was wollte sie? Fehlt Fischbesteck? Oder ein Milchaufschäumer?«

»Ach«, sagte ich. »Nichts Besonderes. Kein Grund zur Sorge.«

Er trank einen Schluck Wein und drehte das Glas am Stiel hin und her. »Also, hör zu. Anna?«

Ich gähnte. Ich war nicht sicher, ob ich in der Lage war, wach zu bleiben, falls ich versuchte weiterzuarbeiten. »Was?«

»Ich habe eine E-Mail von Sam bekommen.«

Ich lehnte mich auf dem Stuhl zurück. Mir fielen die Augen zu. »Wie geht's ihm?«

»Gut. Lässt dich grüßen. Anna, bist du wach?«

Ich schlug die Augen auf. Das Zimmer verschwamm, und sie fielen wieder zu. »Mehr oder weniger.«

»In Glasgow ist eine Stelle frei.«

Ich setzte mich auf. Er hörte auf, das Glas zu drehen, und sah mich an.

»Glasgow?«, sagte ich. Nicht mal Giles würde von hier aus so weit pendeln. Aber vielleicht plante er, mich mit den Kindern auf Colsay zurückzulassen, während er sich die ganze Woche in einer makellosen Neubauwohnung vergrub, mit Holzböden und einer blitzblanken Küche. »Was ist mit mir?«

Er trank noch einen Schluck. »Es geht um dich. Die suchen einen Historiker. Achtzehntes oder neunzehntes Jahrhundert, Interesse an Family Studies, Gender oder Kindheit ist besonders willkommen. Ein Traumjob, würde ich sagen, gerade im Moment. Keine Ahnung, wo sie die Mittel herhaben.«

»Oh.« Ich fuhr mit dem Finger am Rand meines Glases entlang. Eine neue Gelegenheit, mich von einem weiteren Stück meines Selbstbewusstseins zu verabschieden. Wenn ich Jobs nicht bekomme, die nicht perfekt zu mir passen, bewältige ich das, indem ich mir sage, dass man wahrscheinlich jemanden gefunden hat, der sich mit den napoleonischen Kriegen oder was auch immer wirklich auskennt, aber den Job nicht zu bekommen, den Giles beschrieb, würde bedeuten, dass es jemanden gibt, der genau dasselbe macht wie ich, nur besser. Oder vielleicht einfach mehr als ich, was nicht schwierig wäre.

»Ich dachte, das würde dich interessieren. Sam hat gesagt, er hätte sofort an dich gedacht.«

Ich würde die Stelle nicht kriegen. Es gibt zu viele Männer und kinderlose Frauen, die nach dem Seminar mit in die Bar gehen und die Wochenenden durcharbeiten. Glasgow mag ich allerdings. Schottische Unis sollen gut sein. Wenn wir das Haus in Oxford verkaufen würden – aber ich war mein ganzes Erwachsenenleben lang »in Oxford«, und ich glaube, ohne dieses Wort auf dem Namensschild an meinem Revers wäre ich ein anderer Mensch. Ich wäre weder die Achtzehnjährige, die von zu Hause auszog und die Straße zur Bushaltestelle hinunterging, mit einem so schweren Rucksack, dass es war, als würde ich Laufen lernen, während ich meine Mutter ignorierte, die winkend hinter dem Wohnzimmerfenster mit dem Rundbogen stand, noch könnte ich meine Zugehörigkeit zu dieser Institution wie eine geheime Schwangerschaft oder eine unsichtbare, tröstende Schmusedecke bei mir tragen. Die Schmusedecke, die keins meiner Kinder als Ersatz für meine nächtliche Aufmerksamkeit akzeptieren wollte, ist, wie ich kürzlich gelernt habe, ein »Übergangsobjekt«, ein materieller Ersatz für oder eine Erinnerung an die abwesende Mutter. Die Universität als Übergangsobjekt für Erwachsene, deren Bedürfnis nach Mami nie befriedigt wurde: Bitte erörtern Sie dieses Thema.

Giles, dessen Mutter ihn aufs Internat schickte, ehe er sich allein die Schuhe zubinden konnte, blies sich die Haare aus dem Gesicht.

»Also. Du solltest dich bewerben.«

»Damit du die Professorenstelle an der *Highlands and Islands*-Uni annehmen kannst? Ist dir klar, dass in Oxford alle denken werden, du bist verrückt geworden?«

Er zuckte mit den Schultern. Ich glaube, derart vornehm zu sein stattet Menschen mit einem so unerbittlichen Selbstwertgefühl aus, dass sie schwächelnde Demokratien endgültig stürzen, die Treppe herunterpoltern, während die Kinder schlafen, oder einfache Soldaten in Ypern über den Grabenrand schicken können, ohne sich im Mindesten davon betroffen zu fühlen. Es sollte nicht überraschen, dass es dann auch möglich ist, eine Stelle aufzugeben, für die andere Leute ihren Körper verkaufen würden, nur um zum Retter der Papageientaucher zu werden.

»Und wennschon. Ich bin dann ja nicht mehr da. Komm, Anna. Das wäre für uns alle gut. Denk drüber nach, okay?« Er stand auf. »Und wenn du den Job bekommst und wir umziehen, würdest du so viel verdienen wie ich.«

Ich gähnte wieder. Vielleicht könnte ich einfach den Kopf auf den Tisch legen und hier schlafen, weiter weg von den Kindern. »Würde dir das gefallen?«, fragte ich.

»Dir würde es gefallen. Komm, Schlafenszeit. Einschlafen kannst du auch im Bett.«

Ja, werde ich auch.

Colsay House,
Colsay

24. November 1878

Liebe Miss Emily,
bisher noch nichts Neues von dem neuen Inselbewohner! Mrs. Grice scheint es gut zu gehen, und obwohl ich ihr kein Versprechen abgenommen habe, glaube ich, dass sie mir genug Vertrauen entgegenbringt, um meine Anwesenheit zuzulassen, wenn ihre Pein beginnt, und ich weiß, Sie glauben mir, wenn ich sage, in dem Fall werde ich nichts gestatten, was ihrem Kind schaden könnte, egal, welcher Aberglaube und welche Sitten hier herrschen.

Nein, ich schreibe in einer Sache, die vielleicht von noch größerer Bedeutung ist. Sie haben womöglich von dem Vorschlag gehört oder gelesen, dass die Bewohner von Shepsay nach Kanada emigrieren sollen. Sie und Lord Hugo haben mich gebeten, Sie darüber in Kenntnis zu setzen, was ich für die Bevölkerung von Colsay für das Beste hielte, und dieses Versprechen würde ich brechen, wenn ich nicht jetzt, bevor im Frühjahr wieder gepflanzt wird, sagte, dass den Bewohnern dieser Insel meiner Meinung nach ein ähnliches Angebot gemacht werden sollte und dass sie ermutigt werden sollten, es anzunehmen. Sie leben wahrlich wie Wilde, wie Tiere, und besonders die Frauen leiden auf eine Weise, die im gegenwärtigen Jahrhundert kein Angehöriger einer zivilisierten Nation mit ansehen, geschweige denn ertragen sollen müsste. Zu emigrieren ist natürlich keine leichte Entscheidung, vor allem für ein Volk, das wie die Insulaner bekannt dafür ist, seiner vertrauten Umgebung zutiefst verbunden zu sein. Aber ich bin davon überzeugt, dass die Frauen, die ihre Tage damit verbringen, Vögel auszuweiden und wie Lasttiere durch den Regen zu stapfen, und die Männer, die bei der primitiven Jagd nach Seevögeln täglich ihr Leben aufs Spiel setzen, Ihnen, wenn die ersten

Hürden einmal genommen sind, ihr Leben lang dafür dankbar wären, an einen Ort mit Sonnenschein und Weizenfeldern verpflanzt zu werden. Ich weiß, die Kosten wären hoch, vielleicht sogar höher als jene, die nötig wären, um eine Schule zu bauen und zu unterhalten, aber da ich auch um den Einsatz Ihrer Familie weiß, mit dem Sie das Beste für diese Menschen wollen, die Ihrer Führung anvertraut sind, finde ich den Mut, Ihnen meine Ansichten darzulegen.

Natürlich habe ich dies niemandem auf Colsay gegenüber erwähnt, und falls Sie es für angebracht halten, meinen Vorschlag zu überdenken, wäre es sicher besser, meinen Namen in diesem Zusammenhang nicht zu erwähnen, denn es würde meine Arbeit hier gefährden und damit das Leben derer, die vielleicht in eine frohere Zukunft sehen, denn die Inselbewohner haben Vorbehalte gegen die Emigration, die angesichts von Unwissenheit und Aberglauben wohl verständlich sind.

Ich werde gewisslich wieder schreiben, sobald es Neuigkeiten gibt.

Mit freundlichen Grüßen
Ihre May Moberley

Sie ansehen, ohne zu starren

> Bei jedem Test stand der Tester, den die Tiere gut kannten, in der Nähe des Käfigs. Bei einem Test bot er ihnen Bananenstücke an; bei einem anderen stand er ruhig da und sah sie an, aber ohne zu starren; bei einem dritten Test zog er sich eine Maske und einen Umhang über und machte einige Bewegungen.
>
> John Bowlby, *Trennung; Angst und Zorn*

Sehr erhebend, dieser weite Himmel, nicht?«, sagte Judith. Sie schniefte, aber der Tropfen fiel trotzdem herab. DNA auf dem feuchten Gras. »Das muss ein echter Kontrast zu Oxford sein. Mir hat es ja im Süden leider nie gefallen. Diese Horden von Menschen überall. Und man kann nirgendwo parken. Zoe, weißt du noch, wie du kreuz und quer durch Cambridge gefahren bist? Ich dachte, uns geht gleich das Benzin aus.«

»Du gehörst auch der menschlichen Rasse an, weißt du? Und bist ein Teil dieser Horden. Außerdem sagst du immer wieder, ich soll nach Cambridge gehen. In den Süden«, sagte Zoe. »Ups, Moth.«

Judith blieb stehen. »Zoe, mir gefällt diese Grobheit nicht. So solltest du nicht reden.«

»Ich mag Oxford«, sagte ich. »Ich vermisse es. Vor allem die Bibliotheken.«

Judith ging weiter. Wir waren auf dem Weg zum Bootssteg, weil Judith für sich eine Führung durch die Brennerei von Inversaigh organisiert hatte, und ich hatte für mich organisiert, dass ich noch mal ins Archiv konnte, um dieses Mal nach allen drei verschollenen Kindern zu fahnden: Mary, Alexander und Eva. Was konnte Marys Mutter geschrieben haben, dass ihre Tochter sich von der Klippe stürzen wollte? Ich war am Abend zuvor noch einmal zu der Klippe gelaufen. Giles hatte ich gesagt, ich wäre fast den ganzen Tag drinnen gewesen und wollte den Wind auf dem Gesicht spüren, ehe ich mich an meine Fußnoten machte, denn so etwas findet Giles plausibel, selbst nach neun Jahren Ehe, in denen er ausreichend Gelegenheit hatte zu beobachten, dass ich mich eher mithilfe von DVDs französischer Filme erquicke, die in beneidenswerten Pariser Apartments spielen und in denen rein gar nichts passiert. Ich hatte so nah am Rand gestanden, wie ich es niemand anderem raten würde, und auf weiße Vögel hinuntergesehen, die sich zusammenscharten und miteinander schwatzten; ein paar von Giles' Papageientauchern trudelten durch die Luft wie überladene Flugzeuge kurz vor dem Absturz, und unter ihnen, unter den Soden mit wogendem Gras und Heide, nach denen eine stürzende Hand vielleicht vergeblich greifen würde, unter den scharfen Vorsprüngen, an denen man sich auf dem Weg nach unten den Kopf aufschlagen und die Haut aufreißen würde, glitzerte das Meer im Abendlicht. Ich fragte mich, ob es möglich wäre, so weit zu springen, dass man direkt im Meer landete wie eine hinabstürzende Möwe, und falls ja, ob ich warten müsste, dass die Wellen mich gegen die Felsen schleuderten, bis ich tot war, oder ob mich ein gnädigerer Tod umschließen würde, wenn ich ins Wasser eindrang. Ich denke nicht, dass Fallen an sich zum Tode führt, nicht vor der Landung, und das Wasser ist so tief, dass ein menschlicher Körper tief eintauchen und noch wieder auftauchen könnte. (In welcher Phase sterben die Menschen, die aus

Flugzeugen geschubst werden?) Ich fühlte mich nicht sonderlich selbstmordgefährdet, aber die Tiefe hatte etwas Hypnotisierendes, und manchmal ist doch die Gelegenheit an sich schon fast ein ausreichendes Motiv für eine Sünde. Vielleicht besonders für ein Kind, das die Endgültigkeit des Todes gar nicht begreifen kann. Vielleicht wollte Mary nur sehen, was passieren würde, wenn sie näher heranging, und noch näher, und vielleicht wand sich Alexander in diesem Moment in ihren Armen. Vielleicht starb sie bei dem Versuch, ihn zu retten. Nichts davon erklärte, was sie überhaupt dort oben mit dem Baby machte.

»Natürlich sind wir in Cheshire ziemlich verwöhnt, nicht, Zoe? Es ist so viel ruhiger als im Süden. Ich glaube wirklich nicht, dass ich es ertragen könnte, in Oxford zu leben.«

Brian war zu Hause geblieben, um zu arbeiten, wahrscheinlich ohne darüber nachzudenken, dass Giles ebenfalls entschuldigt war, als wäre Colsay ein Gentlemen's Club. Ein Hôtel du Père, wobei ich nicht sicher bin, ob Giles und Brian überhaupt einen Unterschied zwischen dem Hôtel du Père und dem sonstigen Alltag feststellen würden. Alle Mahlzeiten und Kinderbetreuung sind gewährleistet, die Wäsche wird gemacht, es gibt reichlich Gelegenheit, privaten Beschäftigungen nachzugehen. Warum machen wir das, Judith und ich?

»Vielleicht könnten die Leute im Süden dich auch nicht ertragen«, murmelte Zoe. »Vielleicht bist du so giftig, dass du überhaupt nirgendwo sein solltest, wo mehr als zwei Menschen pro Quadratkilometer leben.«

»Mami, guck mal, da ist eine Raupe. Die ist ganz haarig.«

»Wo Raupe? Raupe aß einen Apfel.«

»Zoe, also wirklich. Wie kannst du so was sagen? Weißt du, wie ich mich dann fühle?«

»Die essen in Wirklichkeit keine Äpfel, das ist nur eine Geschichte.«

»Und eine Scheibe Salami und eine Gurke und eine Scheibe Schweizer Käse. Kann Moth eine Gurke haben?«

»Und wenn du noch einen passiv-aggressiven Satz von dir gibst, ehe wir in Colla sind, schreibe ich eine E-Mail ans Trinity College und sage meinen Platz ab.«

Es gibt Bibliotheken, in denen darf man nicht reden. In denen darf man, sobald man eingetreten ist, still dasitzen und lesen und so langsam denken, wie man mag. Raph nahm meine andere Hand.

»Boot!« Moth lief voraus.

»Vorsicht, Stein, Moth«, rief ich. Er stolperte und fiel auf das Gras, sah sich um und fing an zu heulen. Ich lief los, um ihm aufzuhelfen.

»Armer Moth. So ein Schreck. Mami küsst es weg.«

Ich drückte einen lauten Kuss auf sein Knie aus rotem Cord und er kicherte. »Anneres auch.« Ich hob ihn hoch und küsste das andere.

Judith stieß Luft aus wie ein überraschtes Pferd. »Du hast nicht geguckt, wo du hinläufst, was, Timothy?«

»Das liegt daran, dass er ein Kleinkind ist«, erklärte Raphael. »Sie lernen durch Erfahrung.«

»Nur, wenn man ihnen erlaubt, Erfahrungen zu machen«, sagte Zoe. Ihr Gesicht war sehr blass und um den Mund herum bläulich. Ich bemerkte Judiths Blick und sah woandershin.

Ich gab vor, Judith und Zoe im Motorenlärm nicht zu verstehen. Raph saß in der Schiffsnase, weil er das Auf- und Abhüpfen und die spritzende Gischt mag, und Zoe hielt für mich Moth fest. Er kann sich nicht an seine Schwimmweste gewöhnen. Ich mag solche Bootsfahrten, genau wie ich Fahrten auf der Autobahn mag, solange ich mir einreden kann, meine Kinder wären nicht in Gefahr. Der Süden, oder in diesem Fall der Atlantik, winkt aus weiter Ferne. Man konnte einfach weiterfahren, abgesehen davon, dass die Passagiere Kekse brauchen würden und Windeln und einen Schluck Wasser und sehr bald danach anfangen würden zu schreien, bis man sie rausließ. Ich fuhr ein bisschen schneller, und Raph drehte sich um und strahlte mich an. Judith sagte etwas.

»Anna, Entschuldigung, meine Liebe, aber Sie sind doch dafür ausgebildet, dieses Boot zu lenken, oder?« Wir waren inzwischen im Windschatten der kleinen Landzunge, über die sich ein paar Kühe kunstvoll verteilt hatten.

»Geprüft und bescheinigt«, sagte ich. Was sollte sie machen, darauf bestehen, den Schein zu sehen?

»Gut.« Sie zog ihre Kapuze herunter. »Ich bin nur sicher, dass die Überfahrt mit Giles ruhiger war.«

»Da war es nicht so windig«, log ich. »Er ist beschäftigt. Wir arbeiten beide. Ich muss heute ins Archiv, etwas recherchieren.«

Das Wasser glitzerte in der Sonne und das Gras über uns war leuchtend grün. Der Hügel auf Colsay war von der Heide ganz violett, und ich konnte die Klippen sehen, auf denen Giles, wie ich wusste, arbeitete.

»Wimmweste aus!« Moth zog am Kragen, der dafür entwickelt wurde, einen kleinen Kopf über Wasser zu halten. Vorausgesetzt, er saß überhaupt noch auf dem Hals.

»Gleich«, sagte ich. »Gleich, an Land.«

Zoe ging mit Raph und Moth in die Kinderabteilung der Bibliothek, damit Raph am Computer spielen konnte, ohne die Arbeit von irgendwem zu zerstören, und Moth Bücher ansehen konnte, in denen Eisbären, ungeachtet der Geografie, mit Pinguinen plaudern.

»Bist du sicher, dass das in Ordnung ist?«, fragte ich. »Ich will unsere Gäste nicht als Kindermädchen ausnutzen.«

»Ich mach das gerne. Alles gut. Die beiden sind lustig. Wenn es ein Problem gibt, finden wir Sie ja gleich. Wenn es ein größeres Problem gibt, hören Sie es wahrscheinlich sowieso.«

Ich ging in die Hocke, um mit Moth zu reden. »Mami arbeitet da drin nur ein bisschen, okay?« Ich zeigte ihm die Richtung. »Es dauert nicht lange.«

»Mami nich weggehen.«

Raph saß schon an einem der Computerterminals.

»Ich gehe nicht weg. Ich arbeite nur ein paar Minuten.«

Er hielt meinen Arm fest. »Nein. Moth mitkommen.«

Ich sah Zoe an.

»Guck mal, Moth.« Sie streckte eine Hand aus. »Hier ist ein Buch mit Tigern. Grrr, macht der Tiger. Hier ist ein Babytiger. Siehst du?«

Er ließ meinen Arm los.

»Und hier ist der Mamitiger, oben im Baum.«

Er sah mich an und ging zu Zoe.

»Und hier ist ein Babylöwe und ein Papalöwe.«

Moth lehnte sich an ihren Arm und sah ins Buch. Seine Haare, fiel mir auf, reichten inzwischen bis zum Halsausschnitt. Kindern die Haare zu schneiden fühlt sich an, als würde man etwas stehlen. Komm wieder her, dachte ich. Ich hab meine Meinung geändert. Ich schwöre dem Denken ab. Ich lese kein Buch mehr, bis du fünf bist. Ich ging zur Buchausgabe und stellte erfreut fest, dass Fiona Firth ganz davon in Anspruch genommen war, Küchenmaschinen auf Amazon zu vergleichen, allerdings trug sie einen glänzenden, asymmetrischen Rock, den es sicher nur in einem Laden gab, der sich mindestens in Glasgow befand.

»Hallo«, sagte ich. »Tut mir leid, wenn ich störe …«

Sie zuckte zusammen und schloss das Fenster. Fenster schließen sich langsamer, wenn man etwas zu verbergen hat. »Anna. Dr. Bennet. Entschuldigung. Es war so ruhig.«

»Natürlich«, sagte ich. »Das passiert mir auch immer. Ich wollte fragen, ob ich das Pfarrregister aus den Kriegsjahren sehen dürfte. Von Colsay, meine ich.«

Sie sah an meiner Schulter vorbei. »Und mit den Kindern ist so lange alles okay?«

Sicher bin ich nicht die schlimmste Mutter in der Gegend von Colla und Inversaigh. Es muss im Einzugsbereich der Bibliothek statistisch gesehen zahlreiche Kinder geben, die geschlagen und unzureichend ernährt und verbal wie emotional misshandelt werden, was, jedenfalls juristisch betrachtet, schlimmere Vergehen sind, als sich zu wünschen, dass sie den Mund halten und weggehen, damit ich lesen kann.

»Zoe ist bei ihnen«, sagte ich. »Sie macht mit ihren Eltern im Blackhouse Urlaub.«

»Gut, wenn das für Sie in Ordnung ist.«

Sie kam um die Tischplatte herum, und ich folgte ihr in den Raum mit den Heimatkundematerialien.

Ich sah mich mit gerecktem Hals um. Raph war vermutlich wieder auf der NASA-Webseite und würde nicht mal bemerken, wenn Zoe auf dem Bauernhof-Teppich hinter ihm anfinge, auf rituelle Art Ziegen auszuweiden, und Moth stand immer noch an sie gelehnt da und verfolgte eine Geschichte über eine Giraffenfamilie, die im Regenwald zu leben schien.

»Das Pfarrregister, sagten Sie?« Fiona Firth stand geschäftig vor einem Aktenschrank. »Suchen Sie etwas Bestimmtes? Denn Sie wissen sicher, dass die Gemeinden 1918 zusammengelegt wurden, oder? Also wollen Sie das Register von Colla?«

»Ja«, sagte ich. Nein. Regen begann gegen das Fenster zu prasseln. Es ist besonders schwierig, etwas herauszufinden, das man schon wissen sollte. »Und danach wurden die Menschen hier bestattet?«

Sie sah auf. »Nein. Es gibt immer wieder Leute, die auf der Insel beerdigt werden wollen, auf der sie geboren sind.« Sie zog eine weitere Schublade auf. »Mit Erlaubnis des Grundstückseigentümers natürlich.«

Scheint, als hätte Giles die Angewohnheit, sich in Geburten, Hochzeiten und Todesfälle von Menschen einzumischen, die er nie zuvor gesehen hat.

»Ich dachte, mein Mann hätte deutlich gesagt, dass jeder auf die Insel kommen kann, wann er möchte, genau wie überall sonst. Hat er je angedeutet, dass die Leute um Erlaubnis bitten müssen, um irgendwo hinzugehen?«

Sie schob die Schublade zu und gab mir einen blauen Dokumentenkasten, der mit Klebeband verschlossen war. »Sehr freundlich von ihm. Setzen Sie sich doch. Ich hoffe, Sie finden, was Sie suchen.«

Regen ließ den Berghang verschwimmen, der nur ein paar Meter entfernt lag.

Ich wusste nicht so recht, wonach ich suchte. Nach Alexander, immer noch. Vielleicht nach Mary, nach einem Streiflicht auf ihr Leben, durch das die Geschichte Sinn ergeben würde, zumindest in meiner Vorstellung. Vielleicht nach Einzelheiten darüber, wie sich Miss Bower und Miss Leach anschließend gefühlt hatten, obwohl es unwahrscheinlich schien, dass sie sich dem Pfarrer anvertraut hätten. Das Buch war in rotes Leder gebunden, das nicht richtig gelagert worden war und allzu nachgiebig, fast pelzig in meiner Hand lag. Die Seiten waren gelb und rau wie trockene Haut. Die ersten Einträge zeugten vom Lebensrhythmus auf der Insel:

> Dezember 1903: Starke Stürme haben dem Dach der Kirche solchen Schaden zugefügt, dass es notwendig wurde, den Gottesdienst in Colsay House abzuhalten, was die gütige Lady Cassingham gestattete … März 1904: Es herrscht große Sorge um die Besatzung der *Lady Jane*, die zuletzt am vergangenen Dienstag gesehen wurde, als sie in Schwierigkeiten war und sich der Nebel herabsenkte … April 1904: Lady Cassingham hat Bücher geschickt, zehn Schiefertafeln und Landkarten für die Schule. Taufe von Alison Petrie, geb. 26. März, am Ostertag …

Zwei Besatzungsmitglieder der *Lady Jane* hatten das Ufer in der Nähe von Inversaigh schwimmend erreicht, nachdem das Boot im Nebel an den Felsen zerschellt war, die Leichen von zwei der verbliebenen vier wurden ein paar Tage später nahe Rothkinnick an Land geschwemmt. Gelegentliche barmherzige Taten von Lady Cassingham, die Giles' Urgroßmutter gewesen sein muss. Ihre genau bedachten Spenden zeugten von einem vorsichtigen Umgang mit den vorhandenen Mitteln, die in keiner Weise meine Vorstellung vom Leben in Bringham Hall während der letzten Tage edwardianischer Pracht widerspiegelten. Auf Julias Dachboden gibt es Hüte, die fast zu schweben scheinen, geschmückt mit den Federn von Vögeln, die inzwischen beinahe ausgestorben sind, und ein handgeschriebenes Buch mit Familienrezepten, die typischerweise mit »Man nehme 5 Pinten der besten Sahne« beginnen und für die man außerdem Biskuit, besten Sherry und kandierte Rosenblütenblätter benötigte. Frühe Fotografien zeigen so große Familien, dass die Frauen angesichts der ersten Veröffentlichung von Marie Stopes zum Thema Geburtenplanung ein paar Jahre später dankbar auf die Knie gesunken sein müssen – Mütter, Kindermädchen, Gouvernanten und Kinder beiderlei Geschlechts, geschmückt mit Spitze und Sonnenschirmen und aufwendigen Biesen und Paspeln. Das war kein Haushalt, der sich mit dem Preis von Schiefertafeln befasste.

Ich sah auf die Uhr und blätterte durch den Ersten Weltkrieg. Der Pfarrer hatte notiert, wann jede Familie die Nachricht erhielt, die sie fürchtete. Sechs junge Männer waren »auf dem Feld gefallen« und vier waren »vermisst und totgeglaubt«. Colsay musste mehr als die Hälfte seiner männlichen Jugend verloren haben. Noch ein weiteres schiffbrüchiges Fischerboot, und die nächste Generation wäre verschwunden. Eine Hochzeit während des Krieges, und sechs Monate später fiel der Bräutigam, zwei Geburten auf der Insel, und vier Menschen zwischen neunundfünfzig und zweiundachtzig starben. Nach 1918, im nächsten Buch, schrumpften die Notizen zu kurzen *aide-mémoires* über Geburten (vier zwischen 1918 und 1940), Todesfälle (elf) und Hochzeiten (zwei). Ich las genauer. Während des Zweiten Weltkrieges waren drei Todesfälle verzeichnet: George Petrie im Alter von neunundsiebzig, Margaret Maclean im Alter von sechsundsiebzig, Hannah Grice im Alter von zweiundsechzig, und eine Geburt, Alexander Buchan, November 1942. Also war er sieben Monate alt gewesen. Hatte wahrscheinlich sitzen können, bestimmt lächeln und brabbeln und mit dem Finger zeigen, krabbeln vermutlich noch nicht. Heutzutage wäre er noch nicht alt genug für Eiercreme (aus Angst vor Salmonellen, denn wenn man das, was Giles »echte Eiercreme« nennt – als wäre die aus der Dose unecht – aufkocht, dann gerinnt sie), aber alt genug, um mit einem kleinen Mädchen zu spielen. Alt genug, um zu klatschen und eine Bandbreite von Gefühlen auszudrücken, die der eines Neugeborenen weit überlegen ist, ob es verstört ist oder nicht. Was ich an kleinen Babys am wenigsten mochte, war die Tatsache, dass man sich noch so sehr ein Bein ausreißen konnte, die eigene Herkulesarbeit würde niemals eine größere Belohnung zeitigen, als dass das Baby für ein paar Minuten nicht aufgebracht war. Aber mit sieben Monaten sind sie schon auf dem Weg zum Menschsein. Und jung genug, um über die Glasklippe zu krabbeln, ohne die leiseste Ahnung von ihrer Sterblichkeit. Alexanders Tod wurde nicht erwähnt, und auf Mary Homerton gab es überhaupt keinen Hinweis. Ich sah auf. Der Regen lief am Berghang und am Fenster herab und der Wind blies gegen die Mauern. Mir fiel das Boot wieder ein, die Überfahrt zurück durch die Meerenge, deren sandiger Boden übersät ist mit Knochen von Menschen, die wussten, dass der Wind auffrischte, aber zum Abendessen zu Hause sein wollten und glaubten, das Glück wäre ihnen hold. Zeit zu gehen.

»Und«, sagte Fiona, »haben Sie gefunden, wonach Sie gesucht haben?«

Ich kniete auf dem Boden und versuchte Moth die Jacke anzuziehen. »Nein, Moth, den Arm hier rein. Nein. Aber immerhin habe ich festgestellt, dass es nicht da ist. Moth, bitte steck deinen Arm hier rein.«

Moth schüttelte seine Jacke vom Arm, den ich gerade eingefädelt hatte. »Keine Jacke. Ist warm, Sonne scheint.«

»Nein, Moth, es ist nicht warm. Es ist kalt.«

»Keine Jacke.«

»Du musst eine Jacke anziehen, es regnet.«

Er entwand sich mir und drehte sich dann um und sah mich an. »Mami soll machen, dass Regen aufhört.«

»Das kann ich nicht. Glaub mir, wenn ich übernatürliche Kräfte hätte, sähe die Welt anders aus. Moth, bitte, zieh deine Jacke an.«

»Keine Jacke.«

Wir sahen uns in die Augen. Die Theorie, dass ich das Sagen habe, wird durch seine Bereitschaft unterminiert, sich schreiend auf den Boden zu werfen, an einem öffentlichen Ort in einer Stadt, in der man glaubt, ich wolle Medea wie eine besonders eifrige Anhängerin von Remo Largo aussehen lassen.

»Na gut. Wie du willst.«

»Haben Sie denn eine Antwort gefunden?«

»Nein.« Ich stand auf und hielt Moth meine Hand hin. »Ich glaube, ich muss die Frage noch einmal neu formulieren. Aber es hat mir weitergeholfen. Komm, mein Schatz. Wir gucken mal, was die Wellen machen.«

Raph hatte an der Tür gewartet und kam jetzt wieder zu uns. »Vermutlich schlagen sie an den Strand. Komm jetzt, Mami. Sonst kann ich genauso gut noch mal an den Computer gehen.«

Fiona hielt mir ein Buch hin. »Wollen Sie dies hier mitnehmen? Könnte Ihnen bei Ihren Nachforschungen helfen.«

Ich setzte Moth auf meine Hüfte. »Ich habe keinen Bibliotheksausweis.«

»Das ist meins«, sagte sie. *Colla, Inversaigh und Colsay von der Besiedelung bis in die Gegenwart.* »Geben Sie es mir zurück, wenn Sie fertig sind. Und wissen Sie, wenn es Ihnen um Geburten und Todesfälle geht, sollten Sie es mal mit der Webseite *Scotland's People* versuchen.«

»Mami, komm jetzt.«

»Okay«, sagte ich. »*Scotland's People*. Danke. Und Fiona, danke für das Buch. Ich gebe es Ihnen bald zurück.«

Das Boot schlug gegen den Steg, der Rammschutz eierte an der Seite entlang. Ich hatte ein mulmiges Gefühl.

Raph beobachtete ein Fischerboot, das auf seinen Liegeplatz zuschlingerte. »Das wird bestimmt sehr schaukelig, oder?«

»Moth schwimmen?«

Ich hielt ihn fest. »Heute nicht. Zu kalt. Ja, der Wind wird stärker. Wenn Judith nicht bald kommt, sollten wir es wohl lieber nicht riskieren.«

»Was, sollen wir hierbleiben?«, fragte Raphael.

Nach Gesprächen wie diesen wurden die Menschen tot in der Bucht von Rothkinnick angespült.

Zoe betrachtete stirnrunzelnd den Horizont. »Ich gehe nicht mit meiner Mutter in ein Hotelzimmer.«

»Es gibt kein Hotel«, sagte ich. »Ist das da nicht euer Auto?«

Ein roter Volvo schlängelte sich über die Uferstraße wie ein Panzer, der sich einem unverteidigten Dorf nähert.

»Ja«, sagte Zoe. »Ich geh mal kurz was kaufen. Bin in einer Minute wieder da.«

»Aber Zoe!«

Die Wellen diesseits der Landzunge begannen zu brechen. Judiths Whisky würde in ihrem Auto warten müssen. Vielleicht sollte Judith, die so viel wiegen musste wie Zoe und die Kinder zusammen, auch in ihrem Auto warten.

»Moth müde.« Er legte den Kopf an meine Schulter.

»Ich weiß, Liebling. Bald zu Hause.«

»Keks?«

Ich hatte einen Becher Hüttenkäse in der einen Tasche und

einen vernünftigen Tupper (Judiths) in der anderen. Der Hüttenkäsebecher barg, wie sich herausstellte, ein nicht identifizierbares biologisches Risiko.

»Kann ich das haben?«, fragte Raph.

»Nein.« Ich warf den Becher in einen Mülleimer. SCHOTTLAND STRAHLEND SAUBER HALTEN. »In diesem hier sind Kekse, Moth.«

»Mami, jetzt kommt der Becher auf die Müllkippe und braucht Tausende von Jahren, um zu verrotten und dabei PCB in den Boden abzugeben.«

»Na ja. Schon gut. Da ist ja Judith. Und da kommt auch Zoe.«

Ich fühlte mich wie ein kleiner Staat, der zwischen zwei Supermächten eingekeilt ist. Zoe trug eine große Plastiktüte von Spar.

»Was hast du gekauft?«, fragte Judith.

»Kümmer dich um deinen eigenen Kram.« Zoes Haare wehten ihr ins Gesicht, als der Wind über das Wasser blies.

»Judith«, sagte ich. »Das Wetter macht mir Sorgen. Der Wind wird stärker. Ich denke, wir müssen sofort losfahren und uns darauf einstellen umzukehren, falls es auf dem Meer zu stürmisch ist. Und, tut mir leid, aber wenn in den Kisten da Whisky ist, sollten wir sie bis zum nächsten Mal hierlassen. Ich will kein Extragewicht im Boot haben.«

Sie hielt in jeder Hand eine Kiste mit einem Plastikgriff. Niemand braucht acht Flaschen Whisky, nicht mal, um die Wirksamkeit einer Überdosis sicherzustellen. Und wenn Zoe meine Tochter wäre, hätte ich lieber keine acht Flaschen Whisky im Haus.

»Wirklich?«, sagte sie. »Aber da es auf der Insel keinen Laden gibt, werden die Leute doch ihre Einkäufe mit rübernehmen wollen.«

»Ich weiß«, sagte ich. »Aber die Sicherheit steht an erster Stelle. Und Sie kommen doch sicher ein, zwei Tage zurecht, oder? Wenn wir vielleicht ein oder zwei Flaschen mitnehmen?«

Zoe kicherte.

»Natürlich. Aber mit Blick auf die Sicherheit ist es wohl kaum zu empfehlen, Flaschen mit Whisky für jeden sichtbar im Auto zu lassen, oder?«

Und die Anwesenheit dieser Frau ließ Giles glauben, sein Projekt wäre realistisch; beförderte seine Vision von ererbtem Landbesitz im einundzwanzigsten Jahrhundert. Ich atmete tief ein – die Luft war nasser, als mir lieb war.

»Tun Sie sie in den Kofferraum, wenn Sie sich Sorgen machen«, sagte ich. »Wir schließen unser Auto hier nicht mal ab. Kommt. Raph, Moth, zieht eure Schwimmwesten an. Zoe, würde es dir was ausmachen, Moth wieder zu nehmen?«

Ich brachte Raph und Moth dazu, sich einen Sicherheitsgurt anlegen zu lassen, und klammerte sie am Boot fest. Wenn es sinkt, sinken sie mit, aber Boote sinken langsamer als Kinderwagen, und wenn es nicht sinkt, sind sie leichter zu finden. Judith wollte gerade die Leiter hinunterklettern, als die Bibliothekarin durch den Hafen gelaufen kam. Ich hielt das Boot an der Mauer.

»Habe ich was vergessen?«, rief ich. »Wir haben es ziemlich eilig.«

Sie war außer Atem. »Ich habe Sie beobachtet. Es ist zu stürmisch da draußen. Mit den Kleinen. Ich habe Alec angerufen. Meinen Cousin. Er fährt Sie mit seinem Boot. Ihres können wir mit an Bord nehmen. Wir werden nicht zusehen, wie Sie sinken.«

Judith verharrte, einen Fuß im Boot. »Ich glaube, wir kennen uns noch nicht …«

Die Bibliothekarin lächelte unter der Kapuze, ihr Rock und ihr Haar wehten im Wind. »Fiona Firth.«

»Vielen Dank«, rief ich. Ich begann, das Boot wieder zu vertäuen. »Nein, setz dich hin, Raph. Ich habe mir auch Sorgen gemacht. Für eine sichere Überfahrt würde ich einiges geben.«

»Sprechen Sie mit Alec«, sagte sie. »Ich helfe mit den Kindern. Und dann muss ich zurück. Da ist Alec ja schon.«

Ein weißhaariger Mann mit gelber Latzhose ging an der Mauer entlang. Ich erinnerte mich, irgendwo gelesen zu haben, dass Fischer immer noch ungern Frauen mit in ihre Boote nehmen, obwohl es da, glaube ich, um die griechischen Inseln ging, vielleicht auch um die Bretagne.

»Sie müssen Anna sein. Gut, dann zurren wir sie mal fest.«

Ich drückte Moth Zoe in die Arme und kletterte wieder in das Boot hinunter, um die Ruder zu sichern.

»Wer wird festgezurrt?«, fragte Raph und sah Judith an.

Ich stützte ihn, als er auf eine Sprosse stieg.

»Euer Boot«, sagte Zoe. »Boote sind immer weiblich.«

»Warum?«

»Tradition«, sagte ich. »Fertig.«

»Na bitte«, sagte Alec. Sein Körper bewegte sich mit dem Boot, als wäre er kardanisch aufgehängt, wie der Kompass und der Ofen in der Kajüte. »Wir wollten nicht, dass Sie sich da draußen quälen. Die Klippen sind bei Ostwind nicht zu empfehlen.«

Ich sah ihn an. »Sie sind sehr freundlich, Mr. …?«

»Buchan. Alec Buchan. Nennen Sie mich Alec, Anna, wir nennen uns hier nicht beim Nachnamen.«

Ian MacDonald schon. Eine Handvoll Gischt wehte mir ins Gesicht. »Alexander Buchan?« Mein Magen hopste, als würden wir zu schnell über eine hügelige Straße fahren.

»Alec, habe ich doch gesagt. Alec.«

Ein weißer Vogel flog durch die Wellen. Ich umfasste Moth fester.

»Und Sie sind Jahrgang 1942?«

Sein Blick zuckte weg vom Bug des Bootes, durchpflügte das Meer und traf meinen. »Ganz genau. Warum?«

Ich schluckte. »Ich habe ein bisschen recherchiert. Colsay während des Krieges. Fiona wird es Ihnen sagen, ich dachte, ich könnte eine kleine Broschüre für die Gäste schreiben.«

»Und da sind Sie auf die arme kleine Mary Homerton gestoßen.«

Das Boot schlingerte umso mehr, je näher wir der Landspitze kamen. Er stellte sich anders hin und begann sich wieder mit dem Boot zu bewegen, als höre er langsame Musik.

»Ja. Und es klang, als ... als ... Na ja, ich habe nicht erwartet, Sie kennenzulernen.«

»Sie haben mich schlafend auf einem Feld entdeckt. Weit weg von der Klippe. Allerdings erst, nachdem sie Marys Leiche gefunden hatten, Sie können sich also vorstellen, in welchem Zustand meine Mutter war.«

Ich schob meine Hand durch einen der Riemen von Moths Schwimmweste.

»Sind Sie gekrabbelt?«

»Was? Gekrabbelt? Gerobbt, sagte meine Mutter. Das machen die doch, oder?«

Raph hat es gemacht, immer ein Bein nachziehend, was auf Teppich überhaupt nicht funktionierte. Moth krabbelte wie ein Bär, ein schneller Bär, der in der Zeit, die ich brauchte, um ans Telefon zu gehen, den ganzen Flur und die halbe Treppe hinter sich brachte.

Alec Buchan drosselte den Motor, als wir in die Bucht fuhren.

»Meine Mutter glaubte, dieses Robben hätte mich gerettet. Ich konnte das unebene Gras wohl nicht überwinden. Hab vermutlich aufgegeben und bin am Ende eingeschlafen.«

»Was ist passiert?«, fragte Judith. »Worüber sprechen Sie?«

»Eine alte Geschichte«, sagte er. »Nur eine alte Geschichte.«

Sein Blick ruhte auf dem Horizont, während das Boot sich hob und senkte.

»Ich weiß«, sagte ich. »Aber, wenn ich fragen darf – ist Ihre Mutter ...«

»Ist vor zehn Jahren gestorben. Krebs. So sieht's aus.«

Ist Ihr Vater zurückgekommen, wollte ich fragen. Haben Sie Geschwister? Hat sie Ihre Geschichte oft erzählt, oder mussten Sie sie zwingen, an diese Stunden, in denen sie ihr Baby verloren hatte, zurückzudenken? Konnte sie über diejenigen lesen, die verschollen blieben oder schlimmer? Wie viele Monate brauchte sie, um Sie aus ihren Armen zu geben, um nicht mehr die ganze Zeit an Ihrem Haar zu riechen und Ihre Apfelbäckchen so lange nicht zu berühren, dass sie aufs Klo gehen oder die Wäsche aufhängen konnte? Hat sie jemals wieder einen Mittagsschlaf gehalten? Ich wühlte in meiner Tasche. »Sie sind sehr freundlich. Bitte sagen Sie mir, was ich Ihnen schulde.«

»Ah.« Er wandte sich um Richtung Bootssteg. »Schicken Sie mir ein Exemplar von dem Buch, wenn es fertig ist.«

»Was, mein Buch? Über die Kindheit im achtzehnten Jahrhundert? Oder die Broschüre?«

»Ich würde gerne Ihr Buch sehen. Ich glaube, über Colsay weiß ich genug.«

»Es wäre mir ein Vergnügen. Interessieren Sie sich für die Kulturgeschichte des achtzehnten Jahrhunderts?«

»Ja«, sagte er. »Tue ich.«

Wahrscheinlich hatte er auch eine Kaffeemühle, unten in der

Kajüte bei den Protokollen der Forschungsgruppe Postkoloniale Theorie von Colla und Inversaigh. Ich küsste Moths Wange, die kalt wie Stein war, und streichelte seine roten Finger. In zwei Stunden könnten die Kinder im Bett sein, und Judith und Zoe wären weg, und ich könnte in einem heißen Bad liegen und die Augen zumachen.

»Anna?« Zoe hatte ihren Arm um Raph gelegt, der auf dem Sitz kniete und die vorbeieilenden Wellen beobachtete. »Ich komme mit Ihnen nach Hause und passe auf die Kinder auf, während Sie Abendbrot machen, wenn Sie wollen. Ich habe Eis für sie gekauft.«

Jetzt, wo ihr der Wind die Haare aus dem Gesicht blies, konnte ich sehen, wie ihre Wangenknochen arbeiteten.

»Oh, danke«, sagte ich. »Das ist ein ganz süßer Vorschlag, aber du musst müde sein. Ich glaube, Giles ist sowieso zurück – siehst du, da brennt Licht. Wir müssen sie nur noch füttern und zu Bett bringen.«

Moth sah auf. »Und Abendbrot.«

»Und Abendbrot.«

»Du kommst mit mir ins Haus«, sagte Judith. »Ich bin sicher, Anna kann eine Pause gebrauchen.«

»Ach, hör auf, Mom. Konzentrier du dich auf deinen Whisky.«

Raph sah von einer zur anderen, als gucke er Tennis.

»Zoe hat mir sehr geholfen«, sagte ich. »Ohne sie wäre ich nicht in der Lage gewesen, meine Arbeit zu machen.«

Judith blickte ihre Tochter an. Hätte Zoe ihre Augen geschlossen und meinen Sohn losgelassen, hätte sie ausgesehen wie tot. »Ich freue mich, dass sie irgendwem mal hilft.«

Alexander Buchan schaute zum Ufer, an dem die Wellen Weiß auf die Felsen kritzelten.

»Nimmt immer noch zu. Das wird noch schlimmer, ehe es besser wird.«

Ich nahm eine Packung M & Ms mit in die Badewanne, und obwohl das Wasser so heiß war, dass meine Haut sich rot färbte, blieb die Luft so kalt, dass sie nicht schmolzen. Ich lehnte mich zurück, die Ohren unter Wasser, und lauschte auf die verstärkten Geräusche, die beim Zerkauen der Nüsse entstanden. Als sie alle waren, setzte ich mich auf, drapierte mein Handtuch über die Packung, falls Giles hereinkam, und machte mir die Hände sauber. Ich, die mal auf dem Sozius eines Motorrads von Cambridge ins wildeste West-Wales zu einer Party gefahren war, die in Zoes Alter in den frühen Morgenstunden aus Nachtclubs nach Hause geradelt war, durch Stadtteile, an deren Fenstern Bretter statt Gardinen hingen, durch Straßen, auf denen ausgebrannte Autos standen, betrachte es inzwischen als verwegen, in der Badewanne Schokolade zu essen und dabei geliehene Bücher zu lesen.

Ich überflog die ersten Kapitel von *Colla, Inversaigh und Colsay von der Besiedelung bis in die Gegenwart*. Geologie ist eine noble Wissenschaft; Wordsworth und Darwin und viele andere große Geister des neunzehnten und, soweit ich weiß, auch des zwanzigsten Jahrhunderts waren von der in Stein gemeißelten Vorgeschichte ganz fasziniert. Aber für mich ist es, als würde ich in Ländern Urlaub machen, in denen die Währung so in die Höhe getrieben wurde, dass man für eine sechsstellige Summe kaum noch ein Eis bekommt – ich kann nicht in Zahlen denken, die über die Zeit der historischen Aufzeichnungen hinausgehen. Die normannische Eroberung und die Geburt Jesu sind meine Dezimalen, auch wenn ich Letztere für fiktiv halte. Der Fall Trojas ist ein Wegweiser im wabernden Nebel, durch den ich manchmal vielleicht noch die Bronzezeit erkennen kann. Frühere (angebliche) Ereignisse liegen jenseits meines Horizonts. Meines Erachtens braucht man für Welten, die nur aufgrund ihrer physischen Überreste bekannt sind, eine andere Sprache. Der erste Mensch, der einen schriftlichen Bericht über Colsay hinterlassen hat, war William Tabb, der im Jahr 1637 drei Wochen hier verbrachte, im Rahmen einer Reise entlang der Westküste, die er offenbar nur aus dem Grund unternahm, um *Erzählung einer Reise entlang der Westküste Schottlands* zu schreiben. Er erreichte die Insel beim dritten Versuch, nachdem der Skipper seines gemieteten Bootes zwei Mal umgekehrt war, »aufgrund der Hoheit und Weiße der Wellen, die in diesen Breiten, wie man sagt, ein untrügliches Anzeichen für aufziehenden Sturm sind«. Schließlich legte sich der Wind und »es wurden Völker von Geflügel im Fluge gesichtet, was Ruhe aus dem Westen versprach«.

Wie Reverend MacFarland in seinem Buch berichtet, wurde William Tabb »auf eine Weise begrüßt, die mir als ruhiges Wohlgefallen erschien«, und zu einem »Lager aus Stroh« geführt, wo ihm Eier und Geflügel angeboten wurden, »beide länger gekocht und an Jahren fortgeschrittener, als sie irgendwo sonst verzehrt werden«. Er notierte, dass die Menschen in der »schlimmsten Armut lebten, in dieser überaus rauen Umgebung kaum ein Dach über dem Kopf hatten und ihre Nahrung durch die Gnade der tobenden See erhielten«. Die Männer der Insel »sind gezwungen, ihre Tage auf diesen furchterregenden Klippen zu verbringen, wo sie mit Geschicklichkeit und äußerstem Fleiß arbeiten, um Eier zu finden und Geflügel zusammenzutreiben, während sie nur an einem äußerst dünnen Seil über der tobenden See hängen, das oft reißt und sie in den Tod stürzen lässt«. Selbst das Trinkwasser kam aus »einer

Quelle, zu der kein Fremder den Aufstieg wagen würde, und die Jungen, die für die Klippen als zu jung gelten, setzen ihr Leben an diesem Orte aufs Spiel«.

Ich richtete mich auf, legte das Buch vorsichtig auf das Handtuch und ließ heißes Wasser nachlaufen. Über der Kirche befindet sich ein Brunnen, mit ziemlicher Sicherheit jünger als siebzehntes Jahrhundert, aber es gibt noch eine Quelle bei der Höhle der Einsiedlerin und viele Flecken samtigen Mooses, in deren Nähe es irgendwo frisches Wasser geben muss. Wie sollten kleine Jungen Wasser in zweckdienlicher Menge von einem steilen Felsen herunterbringen, wenn nicht durch ein beständiges Geklettere mit Ziegenlederflaschen (gar keine schlechte Idee, dachte ich, aber auch nicht besonders wahrscheinlich). Mir kam in den Sinn, dass Tabbs Informanten seine Leichtgläubigkeit vielleicht ausgenutzt hatten.

Ich lehnte mich wieder zurück. William Tabb fand die Frauen von Colsay »überaus ungestalt und verschmutzt, denn tatsächlich haben sie nur wenig Gelegenheit, sich oder ihre Kleidung zu waschen, und die Härte ihres Lebens muss sie vor ihrer Zeit altern lassen«. Weder er noch der Reverend MacFarland zeigten Interesse daran, womit die Frauen ihre Zeit verbrachten oder was sie über ihre Art zu leben dachten. Sie behaupteten, dass die Kinder »in einem solchen Zustande der Verschmutzung lebten, dass es unmöglich war, Gesichter zu erkennen«, ferner »wurde ihnen erlaubt, ihre natürlichen Bedürfnisse auf dem Boden oder wo immer sie wollten zu verrichten wie unverständiges Vieh«.

Wenn das so war, dann waren sie die ersten Menschen, von denen ich so etwas hörte, und selbst manch »unverständiges Vieh« legt die Fähigkeit an den Tag, diese Dinge zu kontrollieren. Ich fragte mich, ob William Tabb ein oder zwei Kleinkinder auf den Boden hatte pinkeln sehen, ohne dass sie sofort bestraft worden wären, und daraus geschlossen hatte, dass es sich um eine unzivilisierte Gesellschaft handelte, die Art Welt, die kleine Kinder Anna Freud zufolge für sich einrichten würden, wenn man sie nicht an die Regeln des zivilisierten Lebens gewöhnte. Ich blätterte an den Anfang des Buches, wo eine Tabelle die demografische Entwicklung im Laufe der Jahrhunderte zeigte. Reverend MacFarland schätzte – mir war nicht klar, auf welcher Grundlage –, dass in den Vierzigerjahren des siebzehnten Jahrhunderts ungefähr fünfzig Menschen auf Colsay lebten. Schon sieben Menschen, die auf dieser Insel zusammenleben sollen, müssen sich zusammenraufen, und das, obwohl es Internet gibt, ein Boot und mehr Zimmer als Menschen. Wenn es fünfzig waren, die in Ein-Zimmer-Hütten lebten und nicht darum kämpften, wer sich an Bord von William Tabbs Boot schmuggeln durfte, wussten sie etwas, was wir nicht wissen, und zwar über das Verhältnis von Individuen und Gemeinschaften.

»Kommst du bald ins Bett? Es ist fast Mitternacht, und du hast gesagt, du wärst total müde.«

Ich sehe keine schmeichelhafte Art, Giles mitzuteilen, dass Verheiratetsein und Anklopfen sich nicht ausschließen. Wenn man vor jemandes Augen ein Kind zur Welt bringt, bedeutet das nicht, dass man auf Dauer keine Würde mehr besitzt.

»Komme bald. Aber wenn ich schlafen gehe, ist das Nächste, was ich mitbekomme, dass Moth weint. Ich darf mir doch wohl ein bisschen Freizeit gönnen.«

Er setzte sich auf den Rand der Wanne. Ich zog den Bauch ein. »Ich hab nichts dagegen gesagt. Was liest du?«

Ich hoffte, die M & M-Packung würde nicht knistern. »Ach, nur Lokalgeschichte. Die Bibliothekarin dachte, das könnte mich interessieren.«

»Ich dachte, du hasst Lokalgeschichte.«

Ich habe ein Mal einen Großteil der drei Stunden, die wir brauchten, um von Julias Umtrunk nach Hause zu fahren, damit verbracht, Giles meine tiefe Verachtung für einen pensionierten Anwalt mit Messingknöpfen am Jackett zu erklären, der glaubte, seine im Selbstverlag erschienene Arbeit über die Geschichte von Monckton Pava qualifiziere ihn dafür, die Entwicklung der Frauengeschichte einfach vom Tisch zu fegen.

»Sie hat ihre Berechtigung. In den Sechzigern gab es ein paar großartige Bücher. Von richtigen Historikern.«

Nachtwache, 05:24 Uhr

Nicht Moth, aber Raphael. Ich warte eine Minute. Es ist ein Wehklagen, als wäre vor langer Zeit etwas Schlimmes passiert, das heute noch genauso schlimm ist. Draußen ist es hell, hell genug für alles, und die Treppe zum Dachboden liegt im blassen Sonnenschein.

»Raph?« Er sitzt aufrecht im Bett, in seine Decke gehüllt, als wäre es kalt. »Was ist los?«

Ich berühre die Tränen auf seinen Wangen, aber er sieht mich nicht an.

»Raph? Warum bist du so traurig?«

Als wüsste er nicht, dass ich hier bin.

»Raphael, Liebling. Warum weinst du?«

Er erschaudert, starrt die Wand an.

»Geht es wieder um das Baby?«

Er nickt und rutscht in meine Arme und ich drücke ihn, als wäre er Moth, der sich den Kopf gestoßen hat.

»Es ist alles gut, Liebling. Das ist vor langer Zeit passiert.«

Sein Haar riecht nach Shampoo, und er scheint vollständig angezogen zu sein.

»Ich habe die Knochen gesehen«, sagt er an meiner Schulter. »Ich hab sie in der Erde gesehen, und jetzt wünschte ich, ich hätte sie nicht gesehen. Und eines Tages liege ich in der Erde und du auch und Moth auch und wir sind alle tot.«

»Das ist noch sehr lange hin«, sage ich, als spielte das eine Rolle. Schließlich bringe ich ihn dazu, sich hinzulegen, sitze auf seinem Bett und lese *Unsere kleine Farm*, so leise und monoton es mir möglich ist, und endlich geht sein Atem ruhiger. Dann husche ich über den Flur und sehe in Moths Zimmer. Er ist noch da, sein Nest aus Decken hebt und senkt sich noch, seine Seesternhand umfasst seinen Teddy.

Es hat keinen Sinn, nach fünf Uhr morgens wieder ins Bett zu gehen. Ich bewege mich ganz langsam am Rand der Stufen entlang, vermeide die, die knarren, öffne die Haustür, die Giles nicht imstande war abzuschließen, und trete hinaus in den Morgen. Der Schatten der Hügel hinter dem Haus erstreckt sich über den Garten, über den Strand und bis hinaus aufs Meer, aber dahinter gleißen die Wellen eisig weiß. Ich zittere. Unten am Ufer bewegt sich jemand, rennt, als wären die Wikinger mit gezogenen Schwertern hinter ihm her. Brian, der dafür sorgt, dass sein Herz in einem guten Zustand bleibt.

Colsay

28. Nov.

Lieber Aubrey,
ich verletze jede Etikette und alles, was man jungen Damen rät (denn ich habe immer noch keinen Brief von Dir erhalten), nur unter den dringlichsten Umständen: Ich habe das Polarlicht gesehen! Erfüllt Dich das nicht mit Neid auf meine aus Hafer und Meeresvögeln bestehende Kost, auf meine Abende an einem recht kleinen Feuer mit zweifelsohne dilettantischem Strickwerk, das den Eindrücken der unheimlichen Geschichten entgegenwirken soll, die Mrs. Barwick so gerne erzählt, und auf meine Arbeit, die sogar noch schwerer auszuführen ist als Deine Medusa? (Denn wenigstens ist es ein Kampf zwischen Dir und Deiner Muse, einer Dame, die sehr viel leichter mit sich reden lässt als diejenigen, von deren Zustimmung abhängig ist, was ich hier erreichen kann.)

Ich war auf dem Weg ins Bett, als ich das Licht fröhlich tanzen sah (eine weitere Verletzung der Etikette: Ich bin sicher, junge Damen schreiben ihre Briefe an junge Gentlemen nicht in etwas so Unpassendem wie einem Bett) und stehen blieb, um die Vorhänge zu richten, die sich durch das, was natürlich nur der Luftzug ist, oft auf beunruhigende Weise bewegen. Du wirst lächeln, wenn ich gestehe, dass ich mir angewöhnt habe, mich beim Zubettgehen zu vergewissern, dass sich hinter den Vorhängen oder unter dem Bett nichts Unziemliches befindet, nur spart es wirklich Zeit, wenn ich in den frühen Morgenstunden aufwache und mir Mrs. Barwicks Geschichten wieder einfallen! Jedenfalls war die Maßnahme bei dieser Gelegenheit gerechtfertigt, denn vor dem Fenster erstreckten sich über den ganzen Himmel breite Schwaden aus grünem Licht, schwebend und flimmernd, als wären es die Hände von Atlas selbst, die sie bewegten. Ich ging natürlich nach draußen, obwohl Mrs. Barwick bereits die Tür verriegelt hatte und keinen Hehl aus ihrer Geringschätzung meines Vorgehens machte, und stand an der Gartenmauer, zitternd vor Kälte, und dann, als das Licht über meinem unbedeckten Kopf immer tiefer und tiefer zu sinken schien, auch vor einer seltsamen Angst. Es war, als würden das Meer und die bloßen Hügel nach sterblichen Sündern abgesucht, als kehre der Gott des Alten Testaments mit Zeichen zurück, die weniger uneindeutig sind als der brennende Busch oder selbst die Sintflut. Denn schließlich kann ein Baum Feuer fangen, und Regen ist auch nur natürlich, wohingegen grüne Lichtstreifen entschieden absonderlich sind.

Nachdem ich diesen Anblick nun mitgeteilt habe, werde ich umgehend wieder die Gestalt der wohlerzogenen jungen Dame annehmen und diese unzulässige Korrespondenz umgehend beenden. Aber ich denke an Dich, Aubrey, und bleibe

Deine Dir tief verbundene
May

Irrationelle Gefühlserlebnisse

> Aber die normale Entwicklung eines Kindes beruht nicht auf der Vermeidung von irrationellen Gefühlserlebnissen, sondern auf der immer mühsamen und unlustvollen Verarbeitung und Bewältigung der vom Leben untrennbaren positiven und negativen Affekte.
>
> Anna Freud und Dorothy Burlingham, *Heimatlose Kinder*

Ich war nicht überrascht, als Zoe wieder vor der Tür stand, während ich noch den Frühstückstisch abräumte.

»Hallo! Darf ich reinkommen?«

»Natürlich.« Ich ließ Wasser in den Brei-Topf laufen. Ich halte viel davon, Sachen einweichen zu lassen.

»Zoe?« Raph sah von *Entdeckungen der Raumfahrt* auf. »Zoe, wusstest du, dass menschliche Knochen schwächer werden, wenn es keine Schwerkraft gibt?«

Sie setzte sich neben ihn. »Hallo, Moth. Ja. Muskeln auch. Wir brauchen etwas, gegen das wir anarbeiten können.«

Raph beobachtete, wie ich unter *Einfrieren heute* (es geht ums Kochen, nicht um Polarforschung), der aktuellen *Zeitschrift für Sozialgeschichte* und einer Zeichnung von Moth, die angeblich ein großes Boot und einen Spaten zeigte, meine Haarbürste ausgrub.

»Wie bürsten sich Menschen im Weltraum die Haare?«

»Ich hab keine Ahnung. Moth, Schatz, könntest du aus dem

Schrank rauskommen? Nein, legst du das bitte wieder zurück?« Ich gab das mit dem Haarebürsten auf. »Moth, sieh mal, spiel stattdessen hiermit.«

»Oh, Scheißmehl«, sagte Moth. Er setzte sich, und eine kleine Wolke stieg auf.

»Nein, Schatz. Nicht mit Mehl spielen.«

Ich nahm ihn auf den Arm und er schrie. Raph steckte sich die Finger in die Ohren und las weiter.

»Moth?«, sagte Zoe. »Sieh mal!« Sie zog einen Topfhandschuh unter einem zwei Wochen alten *Guardian* hervor und jagte mit der einen Hand die andere über den Tisch. Moth kicherte. Der Topfhandschuh schnappte sich einen Briefumschlag von der Steueraufsichtsbehörde Ihrer Majestät und begann ihn knurrend zu fressen.

»Noch mal!«, sagte Moth.

Ich fing an, den Boden zu fegen.

»Weißt du, ob ihr das Boot heute braucht, Zoe?«

Sie zuckte die Achseln. Der Topfhandschuh krabbelte auf Moth zu. »Ich brauche es nicht. Meine Mutter wird vermutlich feststellen, dass sie es braucht, wenn sie denkt, dass sie Ihnen dadurch Unannehmlichkeiten machen kann. Sie können Nein sagen, wissen Sie.«

Ich strich das Mehl in den Mülleimer. »Ihr seid unsere Gäste, Zoe. Wir haben einen Fährdienst angeboten. Sie hat schon recht.«

»Nein, hat sie nicht, sie ist eine Zicke, die nur rumjammert und nicht sagt, was sie denkt, wenn man ihr nicht eine Pistole an den Kopf hält. Was ich machen würde.«

»Das heißt nicht, dass sie nie recht hat.« Ich verstaute den Handfeger. »Nein, Schatz, guck doch mal, ob du den blauen Traktor findest. Du scheinst sehr wütend auf sie zu sein.«

Moth schlenderte Richtung Spielzeug, und der Topfhandschuh sank auf dem Tisch in sich zusammen wie der sterbende Schwan.

Zoe warf ihr Haar zurück. »Sie hasst mich. Sie hat mich immer gehasst. Sie hat mich nur gemocht, als ich ein Baby war und alles gemacht habe, was sie wollte.«

Ich guckte ins Spielzimmer, in dem Moth Spielzeugautos auf die Arche zufahren ließ: Noahs persönlicher Fährservice.

»Man kann Babys nicht dazu bringen, alles zu machen, was man will«, sagte Raph. »Man kann Babys überhaupt nicht dazu bringen, irgendwas zu machen.«

Zoe schniefte. »Jedenfalls hat sie mich immer gehasst.«

Raph sah auf. »Sie ist deine Mami.«

»Menschen können manchmal sehr wütend auf ihre Mamis sein. Aber du hast recht, Schatz. Mamis hassen ihre Kinder nicht.«

»Sie schon«, sagte Zoe.

Ich warf ihr einen warnenden Blick zu.

»So ist es nun mal.«

»Ich würde sagen, sie liebt dich und sie ist wütend auf dich.«

Raph schob seinen Stuhl zurück und ging nach oben, immer noch lesend.

»Tut mir leid.« Zoe drehte die *Zeitschrift für Sozialgeschichte* um. »Müssen Sie hinterhergehen?«

»Nein. Er wird mir später sagen, wenn es ihn beunruhigt.« Ich seufzte. Irgendwann im Laufe der Woche würde ich mir etwas über Zoe und ihre Mutter anhören müssen, aber in meiner eigenen Küche konnte ich wenigstens als Köchin und Therapeutin gleichzeitig tätig sein.

»Warum machst du eigentlich mit ihnen Urlaub?«

Ich öffnete leise den Schrank, um Moth nicht darauf aufmerksam zu machen, dass Manschereien in Reichweite waren. Zoe spielte an ihren Haaren herum.

»Sie würden nicht zulassen, dass ich allein zu Hause bleibe. Und woanders kann ich nicht hin.«

»Großeltern?«, fragte ich. Meine waren ein wunderbarer Zufluchtsort, als das Leben in der Kleinfamilie erdrückend wurde.

Sie schüttelte den Kopf. »Tot oder dement.«

»Oh.« Ich schüttete Mehl in die Schüssel. Ich fragte mich, ob sie eine bezahlte Beschäftigung in Betracht zog. »Wo genau hast du dein freies Jahr verbracht?«

»Clayoquot. Vancouver Island. Waren Sie mal da?«

Ich nickte. Jahrestagung der Vereinigung für nordamerikanische Frauengeschichte, 1999, Universität von British Columbia. Eine Zurschaustellung von kunstgewerblichem Schmuck und Selbstgestricktem, die mir die Augen öffnete. »In der Gegend jedenfalls.«

Ich ließ das Wasser laufen, bis es lauwarm war, und füllte einen Krug. Ich hoffte, Raph stand nicht auf der Treppe und hörte zu. Mir kam der Gedanke, dass seine Pubertät womöglich nur noch fünf Jahre entfernt war.

»Meine Freundin hatte vor, in einer Schule in Kerala zu helfen, und ich wollte mitkommen, aber Mom hat gesagt, sie würden mir die Uni nur bezahlen, wenn ich nicht in ›irgendein von Krankheiten befallenes Dritte-Welt-Land gehe, in dem an jeder Ecke Bomben hochgehen‹, womit sie ungefähr alles meint, was nicht Knutsford ist. Oder Wilmslow. Also hab ich gesagt, gut, dann nehm ich eben ein Darlehen auf, und sie hat gesagt, gut, in dem Fall könnte ich ja selbst für meinen Lebensunterhalt aufkommen und sie hätten nicht all die Jahre gearbeitet, damit ich meine Möglichkeiten alle in den Wind schlage, und ich hab gesagt, manche Eltern wären froh, wenn ihre Kinder einen Job haben wollen, und sie hat gesagt, nur arme Leute wollen, dass ihre Kinder bei Tesco an der Kasse sitzen, statt etwas zu lernen.«

Ich rührte in der Hefe und warf einen Blick auf Moth. Noah saß am Steuer eines Feuerwehrautos, und die Tiere grasten im Spielzeugkrankenhaus, abgesehen von der Giraffe, deren Hals im Aufzugschacht des Parkhauses steckte.

Zoe streifte wieder den Topfhandschuh über. »Tut mir leid, langweile ich Sie?«

»Überhaupt nicht. Es beunruhigt mich nur, wenn Moth so still ist. Ihm geht's gut.« Ich gab etwas Leinsamen dazu, der lebenswichtige Nährstoffe enthalten soll, die vielleicht das fehlende Biofleisch für die Kinder wettmachen, das ich nicht in der Lage bin zu beziehen. »Du warst also auf Vancouver Island?«

Sie zuckte die Achseln. »Mom hat gleich gesagt, dass es mir nicht gefallen würde. Weil ich für ein Umweltschutzprojekt im Regenwald arbeiten sollte und Gartenarbeit nicht mag. Und sie hat gesagt, nur ein verwöhnter Teenager könnte es als befreiend empfinden, mit den Händen zu arbeiten, und ich hab gesagt, weil du denkst, dazu gehören ein Korb und Gummistiefel mit rosa Rosen, und sie hat gesagt …«

»Was ist mit deinem Vater?« Ich stellte die Hefe ans Fenster, das dank des wässrigen Sonnenlichts noch am ehesten der »warme Ort« war, von dem das Rezept sprach. »Ihn hast du noch gar nicht erwähnt.«

Der Handschuh machte wellenförmige Bewegungen. »Ach, Dad.«

Moth sagte etwas. Ich sah ins Spielzimmer, wo er *Lucy und Tom gehen zur Schule* verkehrt herum hielt und *Das Grüffelokind* deklamierte.

»Dad arbeitet einfach. Die ganze Zeit. Es ist, als hätte er uns gezeugt und sich dann wieder im Büro eingeschlossen und wäre seitdem da geblieben. Meistens ist er auch wirklich dort, aber manchmal kann Mom ihn dazu bringen, Urlaub zu machen, solange er einen Internetanschluss hat und so tun kann, als wäre er immer noch bei der Arbeit. Mom geht ihm total auf den Leim, sie verhält sich, als würde, nur weil er arbeitet, die Sonne nicht auf die Erde krachen oder so. Dabei ist das nur eine Ausrede, mit der er sich vor Mom versteckt, um im Internet zu surfen. Er scheint immer sämtliche Zeitungen der ganzen Welt gelesen zu haben. Warum? Dachten Sie, sie hätte ihn von der Klippe geschubst?«

»Natürlich nicht. Wir haben ihn nur kaum zu Gesicht bekommen, seit ihr angekommen seid. Und du erwähnst ihn nicht.«

»Nein. Na ja, er tut nichts, was erwähnenswert wäre. Es sei denn, man lebt in der Welt der Kardiologie. Will hat mal gesagt, es würde sich für uns nichts ändern, wenn er tot wäre, vorausgesetzt, er hat eine gute Lebensversicherung. Er hält sich für so wichtig, dass er meint, er hätte nicht mal Zeit, Mom davon abzuhalten, mich emotional zu misshandeln.«

Vermutlich machen wir uns alle der emotionalen Misshandlung schuldig. Vermutlich fallen die meisten menschlichen Beziehungen unter emotionale Misshandlung. Die Alternative wäre, zum Einsiedler zu werden. Davon abgesehen leuchtet es mir ein, dass man Herzoperationen Priorität einräumt, statt Zoe vor einer Mutter zu retten, die sie drängt, genug zu essen, damit sie bis Semesterbeginn am Leben bleibt.

»Will ist dein Bruder?«

Sie zuckte die Achseln. »Er studiert Medizin am King's College. So ein guter Junge.«

Die Hefe warf ein oder zwei Blasen. Ich fand, sie könnte auch später im Teig noch weiter aufgehen, wenn die Kinder sich nicht allein beschäftigten, und schüttete sie ins Mehl.

»Vermisst du ihn?«

Ihre Haare fielen ihr ins Gesicht. »Ja. Wir haben uns viel gestritten, aber wenigstens war er da.«

Im Spielzimmer krachte es. »Oh, Scheißbücher.«

Ich ging hinein. Die letzten paar Bücher rutschten vom Regal. »Moth? Willst du mitkommen und Mami helfen, den Teig zu kneten?«

Ich balancierte ihn auf meinem Knie, während ich seine Hände wusch. »Oh, Scheißwasser.«

»Hoppala, Wasser.« Ich setzte ihn ab, und er stellte sich auf meinen Fuß. »Hoch, hoch, will was sehen!«

Ich nahm ihn wieder auf den Arm, und er griff nach der Schüssel. Brotteigkneten ist eine der wenigen Tätigkeiten in der Küche, die ich nicht mit einem Kleinkind auf der Hüfte durchführen kann. »Moth, ich vermische erst mal alles und dann bekommst du ein bisschen Teig, okay?«

Ich versuchte ihn abzusetzen, und er baumelte an meinem Hals. »Au. Moth, willst du einen Keks?«

Er klammerte sich mit den Knien an meine Taille. »Nein. Heute kein Keks.«

»Moth«, sagte Zoe. »Guck mal, ein Topfhandschuhfisch!«

»Nein«, sagte Moth. »Heute kein Topfhandschuh. Mami kuscheln.«

Ich streichelte sein Gesicht.

»Okay«, sagte Zoe. »Warum kuscheln Sie nicht mit Moth und ich knete den Teig?«

Ich konnte sämtliche Knochen ihrer Hände sehen.

»Man braucht ganz schön Kraft dafür«, sagte ich. »Bäckerinnen waren mal große, starke, muskulöse Frauen.«

»Ja, gut, dann verbrenne ich ein paar Kalorien. Schließlich kann ich hier nicht ins Fitnessstudio gehen.«

Moth und ich rieben unsere Nasen aneinander. »Raph arbeitet daran.«

Wir stellten die Schüssel auf den Boden, damit Moth sehen konnte, was wir machten, und ich zeigte ihr, wie man den Teig drückte und knetete, drückte und knetete, bis die klebrige Masse glatt und seidig wurde.

»Haben Sie Ihr Brot schon immer selbst gebacken?«, fragte sie. »Mom hat das früher auch gemacht, aber sie hat damit aufgehört, als Will in die Pubertät kam und jeden Tag einen ganzen Laib gegessen hat.«

Ich hielt Moth an den Händen, während er auf meinen Schoß kletterte. »Nein. Ich halte das für kriminelle Zeitverschwendung. Nirgendwo in Europa ist man davon ausgegangen, dass die Menschen ihr eigenes Brot backen, erst im neunzehnten Jahrhundert, als Frauen in der Küche eingesperrt wurden. Deshalb gab es im Mittelalter Bäckergilden, aber keine Suppenkoch- oder Rübenkochgilden. Jeder, der konnte, kaufte fertiges Brot, weil es zu viel Mühe machte, es zu Hause zu backen. Außerdem hatten die meisten gar keinen Ofen. Aber Giles möchte nicht, dass die Kinder das industriell hergestellte Brot von Spar essen, und er hat wahrscheinlich recht, wegen der Zusatzstoffe, obwohl er selbst im Internat weiß Gott genug davon gegessen hat, aber wenn ich nicht arbeite, kann ich auch Brot backen. Wenigstens produziere ich so irgendetwas. Wie macht deine Mutter das heute mit dem Brot?«

Der Logik von laienhaften Kuchenverzierern und Sockenstrickerinnen im ganzen Land zufolge ist es per se eine moralische Art, seine Zeit zu verbringen, wenn man etwas produziert. Als brauchte die Welt noch mehr Zeug. Giles hat mal seine eigenen Tortellini gemacht, bevor die Kinder da waren, als Kochen noch eine kreative Beschäftigung sein konnte und nicht dazu diente, im industriellen Maßstab Überschuss und Reste zu erzeugen, und damit etwas, das er sich am Wochenende vorzunehmen bereit war. Ich habe an meinem Schreibtisch die Zeit gestoppt, während ich einen Aufsatz über Modejournalismus im achtzehnten Jahrhundert und sein Verhältnis zu frühindustriellen Gender-Ideologien schrieb, und ausgerechnet, dass jedes mit Schweinefleisch und Pilzen gefüllte Pasta-Dreieck für fünfundzwanzig Minuten seiner Zeit stand, oder für rund 18 Pfund nach Abzug von Steuern und staatlicher Krankenversicherung, die Zutaten nicht eingerechnet. Einige von ihnen fielen beim Kochen auseinander, was mit den plastikverpackten nicht passierte. Er sagte, was ich täte, wäre auch nicht nützlicher, und hatte damit nicht ganz unrecht.

Zoe kniete sich hin und drückte den Teig zusammen. Ihre Knöchel sahen aus, als würden sie gleich durch die Haut dringen. »Keine Ahnung, ich esse nicht mit denen.«

Sehr geehrter Herr Professor James,
ich schreibe Ihnen, um mich für den Lehrauftrag in Neuerer Geschichte zu bewerben, der kürzlich im *Times Higher Education Supplement* ausgeschrieben war. Ich habe meine Dissertation mit dem Titel *»Der ungeformte Lehmklumpen der Menschheit«: Theorien zur Kindheit in Großbritannien von 1760 bis 1820* im Jahr 2006 in Oxford abgeschlossen und habe seitdem ein Forschungsstipendium in St. Mary Hall. Ich erwarte täglich, fristlos entlassen zu werden, weil ich vor dem Dekan meine Brüste entblößt habe, ein Fehler, den ich noch verschlimmert habe, indem ich ins äußerste Schottland gezogen bin. Ich vertraue darauf, dass Sie die Lücken in meiner Publikationsliste auf zweimaligen Erziehungsurlaub und die damit einhergehenden Störungen

zurückführen statt auf den Niedergang meines intellektuellen Pflichtgefühls. Ich kann Ihnen versichern, dass ich das Muttersein in der Praxis nicht genieße und sehr froh wäre, meine Energie stattdessen Ihrer Fakultät zur Verfügung zu stellen, an der es sicher möglich ist, aus dem Fenster zu starren und nach Belieben heiße Getränke zu konsumieren; außerdem dürfen Graduiertenkollegs und dergleichen gelegentlich Grund bieten, nicht rechtzeitig zum Zubettbringen zu Hause zu sein.

Mit Bedauern löschte ich alles nach dem zweiten Satz und fing von vorn an. Ich wollte ein Rücktrittsgesuch verfassen, oder vielleicht zwei Rücktrittsgesuche, eins an das College und eins an die Mutterschaft, und vielleicht auch noch eins an die Ehe, obwohl ich gegebenenfalls bereit wäre, weiterhin mit Giles Sex zu haben. Computer haben ein Gedächtnis, das der Polizei irgendwie zugänglich ist, obwohl Computerdienste keine Möglichkeit haben, Dokumente wieder aufzufinden, die man nicht nur gelöscht, sondern gar nicht erst gespeichert hat. Ich beauftragte den Computer, den Papierkorb zu leeren, aber ich weiß nicht, wohin er all diese gelöschten Gedanken und klugerweise nicht versandten Briefe entleert. Gibt es irgendwo im Internet eine Mülldeponie? Zeig mir deine gelöschten Dokumente, und ich sage dir, wer du bist. Und wer du nicht sein willst.

Ich trank einen Schluck Tee und sah über den Tisch hinweg Giles an. Sein Gesicht wirkte im Schein seines Laptops irgendwie ungewohnt, sein Blick war auf etwas gerichtet, das nicht da war. Auf seine Papageientaucher, seine aus rätselhaften Gründen abwesenden Papageientaucher. Wenn sie weniger werden, nimmt man naheliegenderweise an, es wären welche gestorben, aber sie könnten auch woanders hingeflogen sein, wofür es dann wahrscheinlich einen Grund gibt, von dem Ornithologen glauben, er wäre dem menschlichen Verstand zugänglich, obwohl ich es für arrogant halte anzunehmen, dass wir wie Vögel denken können. In Fiona Firths Buch steht, dass die Insulaner Zehntausende Papageientaucher töteten, einige, um sie zu essen, die meisten aber wurden als Dünger verwendet. Ich frage mich, ob Giles einen essen würde. Früher habe ich mich für solche Dinge interessiert, für das drohende Aussterben der Tiger und die Zerstörung des Regenwalds am Amazonas, und man sollte meinen, dass man sich noch mehr dafür interessiert, wenn man Kinder hat. Aber es ist nicht so. Ich rief meine E-Mails auf und sah eine neue Nachricht.

> Liebe Anna, wollte nur fragen, ob Du heute Abend schon was vorhast. Ganz herzliche Grüße von einem heimlichen Verehrer

Ich blickte auf. Er schaute so konzentriert auf seinen Bildschirm, als würde er den *Guardian* online lesen. Ich schrieb ebenfalls eine E-Mail.

> Für Verehrung würde ich meine Pläne ändern. Was schwebt Dir vor?

Sein Gesichtsausdruck veränderte sich nicht, als er tippte. Ich wurde rot. »Giles! Das ist meine berufliche E-Mail-Adresse.«

»Na dann?«, sagte er. »Mach ihn aus. Komm her.«

»Warte mal. Ich muss das löschen. Was, wenn die das an der Uni gesehen haben?«

Er hob meine Haare an und küsste meinen Nacken. »Die benutzen da immer noch Brieftauben.« Er legte die Hände auf die Tastatur, seine Arme zu meinen Seiten. »So. Weg ist es.«

Auf dem Treppenabsatz blieb ich stehen. Alle Lichter im Blackhouse waren aus. Ich stellte mir vor, wie Judith auf dem Hügel an der Landzunge stand und gebannt in die Dunkelheit starrte, und dachte daran, wie tot Zoes Gesicht im Boot ausgesehen hatte. Und an Brian, der in seinem Quasi-Büro die Jalousien heruntergelassen hatte.

Giles legte die Hand an meine Taille. »Alles okay?«

Ich ließ meine Schultern kreisen. »Ja. Ich mach mir ein bisschen Sorgen um Zoe.«

»Ist sie so fertig, wie sie aussieht?«

»Wenn es ihr gut geht, ist sie bestimmt hübsch. Aber ja, ich glaube, sie ist ein bisschen aufgeschmissen. Und an Menschen mit Bedürfnissen habe ich nicht gerade einen Mangel.«

Er nahm seine Hand weg. »Was meinst du denn damit?«

»Die Kinder. Natürlich.« Und Mary Homerton. Und das tote Baby. »Eroberst du mich jetzt, oder was?«

Ein Kinderhusten tippelte über den Flur. Wir erstarrten. »Schhh.« Ein lauteres Husten.

»Mami! Moth will trinken!«

»Ach, Scheiße.« Ich lehnte mich gegen Giles.

»Ich gehe«, sagte er.

»Wirklich? Willst du so dringend vögeln?«

»Geh ins Bett. Ich bin in einer Minute da.«

Die Stimme der Unerfahrenheit.

Die Wolken hatten sich verzogen, und es waren Sterne zu sehen, und das Mondlicht war so hell, dass das Fensterkreuz und die langfingrigen Äste des Baumes Schatten auf das Bett warfen, allerdings nicht so hell, beschloss ich, dass die weißen Gummiwürmer sichtbar waren, die aus meinen BH-Trägern hingen. Ich schob Giles' Kissen vom Bett und streckte Arme und Beine aus. Vielleicht sollte das Hôtel de la Mère doch Doppelbetten anbieten, nur nicht mit zwei Kissensätzen, die immer eine Anspielung auf die Ehe sind. Vielleicht sollte die Hälfte der Zimmer ein Bett haben, in dem Mütter wie Kleinkinder schlafen konnten, lang ausgestreckt, wie am Ende von »Die Räder vom Bus«, wenn das Lied in lang ersehnte Stille übergeht. Ich überlegte, was das Hôtel noch anbieten könnte. Keine Massage, keine kosmetischen oder »Verwöhn«-Behandlungen. Knöpfe annähen, Schuhe putzen. Chemische Reinigung, damit all die milchbefleckten Oberteile wieder ihren Dienst aufnehmen konnten, die seit Monaten am Boden des Wäschekorbs lagen. Vielleicht sollte es einen Friseur geben. Beratung in Ehefragen, Scheidungsrecht, Karrieredingen, Seminare zum Thema Lebenslauf, Finanzplanung, Rente. Was wollen Frauen? (Die gleichberechtigte Verteilung von Pflichten wie Rechten wäre in Ermangelung gleicher Bezahlung für gleiche Arbeit – die utopisch ist – ein ganz akzeptabler Ansatzpunkt, der Freud seltsamerweise entgangen war und leider auch nicht zu den Geschenken des Hôtel gehören würde.) Ich dachte daran, wie Rebecca, die Beraterin für postnatale Depression, in ihrem überheizten Büro mit Blick auf die Bushaltestelle saß und mich darüber reden hörte, dass ich nie wieder etwas lesen oder schreiben würde. Feministinnen geben Freud an vielem die Schuld, aber das Aufkommen der Psychoanalyse hat zumindest bewirkt, dass die Menschen wahnsinnigen Frauen manchmal zuhören. Wenn sie dafür bezahlt werden.

Ich drehte mich um. Ich konnte Moth »Old MacDonald« singen und Giles den disharmonischen Kontrapunkt brummen hören. In Gottes Namen, sei still und geh schlafen. Aber Gott gibt sich während dieser Nachtwachen seltsam konsequent, schließlich wird ein Wesen, das gegen die Verzweiflung palästinensischer Kinder, des Volks der Ogoni und der trauernden Mütter von Bihar immun ist, uns zuliebe kaum in Sachen schlaflose Kleinkinder intervenieren. Ich schätze, es gibt noch andere Wesen, in Whitehall oder dem Weißen Haus zum Beispiel, von denen wir vernünftigerweise erwarten dürfen, dass sie Verantwortung für die Schlamassel auf dem Planeten übernehmen, aber, wie Raphael sagt, man müsste allmächtig sein, um ein Baby zum Einschlafen zu bringen. Was Giles nicht ist. Ich zog den BH aus, dessen Bügel schon vor mehreren Wäschen aus ihren Tunneln gerutscht waren, und zog ein Nachthemd aus dem Haufen dreckiger Klamotten am Fuß des Bettes.

Nachtwache, 03:56 Uhr

Wieder Raph. Der ein Geräusch macht, das nicht oder jedenfalls nicht in erster Linie Aufmerksamkeit einfordert. Ich schiebe mich aus dem Bett, wobei die Erinnerung an gewisse frühere Momente dieser Nacht die ungewohnte Sorge um Giles' ungestörten Schlaf nach sich zieht. Der Sommer geht dem Ende entgegen, und obwohl es hinter den Hügeln im Osten grau schimmert, ist in Raphs Zimmer kein Licht, und ich muss nach seinen Schultern und Haaren tasten, um sein Gesicht tief im Kissen vergraben zu finden. Er will nicht gehalten werden, reagiert nicht auf Streicheln oder seine Babykosenamen, die mir seit Jahren nicht über die Lippen gekommen sind. Ich sitze auf dem Bett, der Luftzug vom Fenster streicht um meine Schultern, und frage mich, ob es ihm lieber wäre, wenn ich wieder ins Bett ginge.

»Raph. Ist es wieder das Baby? Wir müssen aufhören, uns

ihretwegen Sorgen zu machen, weißt du? Sie ist schon sehr lange tot, und ich bin sicher, die Menschen haben damals um sie geweint. Es ist nicht unser Baby, Raph.« Nicht direkt jedenfalls. Du wirst in deinem Leben genug trauern müssen. Es werden Todesfälle auf dich zukommen, und wenn nicht, dann aus anderen Gründen, an die ich jetzt nicht denken kann. Meine Hand umspannt seine Schulter fester, fährt über die knochigen Flügelansätze an seinem Rücken. »Wir sind alle am Leben, jetzt und noch sehr lange. Raph?« Ich weiß nicht, wen ich tröste, ob der Tod, von dem ich spreche, allgemein ist oder ein bestimmter. Er reagiert nicht, und ich sitze da und reibe und tätschele seinen Rücken, wie ich es getan habe, als wir unsere Nächte damit verbrachten, im Zimmer auf und ab zu gehen und zu weinen.

Colsay House

2. Dez.

Liebste Allie,

das Kind wurde gestern Abend geboren und ich bin nicht gerufen worden. Ach, Al, alle Frauen waren dort, sogar Mrs. Barwick, und ich nicht! Mir wurde nicht gestattet, es zu sehen – ich ging mit der Babykleidung hin, die Du eingepackt hast, sobald ich mit dem Frühstück fertig war, bei dem Mrs. Barwick es mir sagte –, aber es wird ohne Zweifel bald schwächeln, wenn es das nicht schon tut. Ich musste die kleinen Kleider Mrs. Barwick überlassen, die bereits dort war und eigens an die Tür kam, um mir zu sagen, dass Mrs. Grice meine Gesellschaft nicht wünscht. (Ich habe ihr auch die Decke gegeben, die ich gemacht habe – sie ist nicht fein, könnte aber jedenfalls dazu beitragen, dass das Kind in seinen wenigen Lebenstagen nicht von Kälte und Schmerzen gepeinigt wird, und es gab keine bessere Strickerin, die ähnliche Vorkehrungen getroffen hätte.) Als sie schließlich zurück nach Hause kam, machte ich Mrs. Barwick Vorwürfe, ich konnte nicht anders. Sie weiß, ich bin der einzige Mensch auf dieser Insel, der Mrs. Grice von einem Kind hätte entbinden können, das überlebt, und ich habe ausdrücklich die Anweisung hinterlassen, dass man mich rufe, sobald ihre Mühsal beginnt, sei es bei Tag oder bei Nacht. Mrs. Barwick sagte: Ja, Miss May, das ist mir bekannt, aber eine Frau kann in einem solchen Augenblick doch wohl selbst ihre Gesellschaft wählen, und verzeihen Sie mir, Miss May, aber sie hat nicht Sie gewählt, und das lag nicht daran, dass es ihr nicht angeboten worden wäre. Ich muss Dir leider schreiben, dass ich daraufhin das Zimmer verließ und die Tür zuschlug. Es ist schlicht böse, ein Kind auf diese Weise zu töten, und Mrs. Grice und diese bösen Frauen hätten den Säugling auch gleich erwürgen oder ertränken können. Was wird Miss Emily sagen? Und Aubrey? Ich habe mein Bestes getan, aber ich konnte kaum jeden Abend auf ihrer Türschwelle warten für den Fall, dass die Wehen einsetzen, und selbst wenn ich es getan hätte, hätte man mich nicht unbedingt hineingelassen. All die grauenhaften Wochen hier, um jetzt zu scheitern! Und ich kann mich nicht mal irgendwo verstecken, denn wenn ich Tee möchte, muss ich die Treppe hinuntergehen und Mrs. Barwick wieder gegenübertreten. Ich hoffe, Lord Hugo schickt sie alle nach Kanada, unter den unfreundlichsten Bedingungen; ich habe von einem Ort hier in der Nähe gehört, an dem die Menschen mit Hunden zusammengetrieben wurden wie Schafe und in die Boote gedrängt, und es wurde ihnen nicht einmal erlaubt, an Deck zu gehen, bevor sie längst auf dem Weg nach Westen waren. Nicht mal Tiere töten ihre eigenen Jungen, und wie undankbar denen gegenüber, die mich zu ihnen geschickt haben, aus dem einzigen Grund, ihnen Kummer zu ersparen!

Ich weiß nicht, ob ich weinen oder mit Gegenständen um mich werfen soll, und sag nicht, denk nicht mal, dass keines von beiden helfen wird. Wie Mrs. Barwick sagen würde: Das ist mir sehr gut bekannt.

Wie soll ich jetzt hier weitermachen?

Die Bedürfnisse des Kindes

Es ist Aufgabe der Mutter, auf die Bedürfnisse des Kindes zu achten (im Hinblick auf Nahrung, Schlaf, Wärme, Bewegung, Geborgenheit, Geselligkeit), sie nicht misszuverstehen oder zu verwechseln und sie zu erfüllen, und zwar nicht, indem sie ihrem eigenen Tempo und Rhythmus folgt, sondern indem sie ihr Handeln dem des Kindes anpasst.

Anna Freud, *Indications for Child Analysis and Other Papers*

Im achtzehnten Jahrhundert gab es auf der Insel Colsay zwei größere Krisen. 1724 lief im dichten Nebel ein aus Glasgow kommender Schoner in den Schären im Nordosten der Insel auf Grund. Bis in dieses Jahrhundert hielten sich die Gerüchte, nach denen das Interesse der Insulaner an der Fracht der *John Frederick* größer war als ihre Menschlichkeit den Überlebenden und insbesondere den Leichen der Besatzung gegenüber. Diese Gerüchte lassen sich heute unmöglich belegen oder entkräften, sicher ist jedoch, dass die Bewohner von Colsay bald Grund hatten, jede Verbindung mit dem schicksalhaften Schiff zu bereuen. Es brachen die Pocken aus –

»Ach so«, sagte Giles. »Du bist beschäftigt.«

Ich sah auf. »Klar bin ich beschäftigt.«

»Ist das dein Buch?«

»Ja.«

»Wirklich?«

»Es ist mein Buch, Giles. Ich produziere unsterbliche Prosa, die die Geschichtsschreibung des achtzehnten Jahrhunderts verändern und meine Karriere aus dem Sumpf von Windeln und ausgespuckten Keksen erretten wird, in den sie geraten ist.«

»Tja.«

Der Hüpfball verstummte und Raph erschien neben Giles in der Hintertür.

»Kann ich auch reinkommen?«, fragte er.

»Judith und Brian wollen nach Colla gebracht werden.« Giles lehnte sich an den Türrahmen. »Ich hatte gehofft, noch eine Datensammlung fertig zu machen.«

Ich sah zu dem Geschirrtuch über der Schüssel, das der aufgehende Teig nach oben drückte. RETTET DIE KATHEDRALE VON CANTERBURY. Allerdings führte das Geschirrtuch nicht weiter aus, vor welcher Bedrohung die Kathedrale von Canterbury gerettet werden musste.

»Judith gefällt mein Fahrstil nicht. Und das Brot muss in der nächsten Stunde geformt und gebacken werden, wenn Moth wach wird. Warum nimmst du Raph nicht mit in die Bibliothek? Fiona Firth hat gesagt, sie würde noch mehr Weltraumbücher für ihn besorgen. Und wir haben fast kein Olivenöl mehr, ich hab vergessen, welches zu bestellen, also müssen wir das beste nehmen, das Spar zu bieten hat.«

Er stand auf. »Okay, okay, wir fahren.«

»Und noch eine Packung Feuchttücher, damit wir über die Runden kommen. Und wenn du heute Abend Salat willst, solltest du einen Kopf mitbringen. Avocados haben wir noch.«

»Komm, Raph. Wir gehen in den Pub, du kannst Chips essen, wenn du magst.«

»Und betrink dich nicht und schubs Judith ins Meer!«, rief ich hinter ihnen her.

und obwohl keine Augenzeugenberichte vorliegen, steht fest, dass es wenige überlebende Erwachsene gab. Die Anfälligkeit kleiner Inselvölker für Infektionen ist gut dokumentiert, das naheliegendste Beispiel ist hier die »Schiffsgrippe«, die die Bewohner sowohl von St. Kilda als auch von der Insel Pitcairn nach jeder der seltenen Gelegenheiten heimsuchte, da sie Kontakt zu Menschen von anderswo hatten. Nichtsdestotrotz ist der Tod fast aller ortsansässigen Erwachsenen überraschend, wenn man in Betracht zieht, dass Colsay selbst vor zweihundert Jahren keineswegs isoliert war. Die Meerenge ist ein trügerisches und unberechenbares Gewässer, aber nur in dichtem Nebel ist Colsay vom Festland aus unsichtbar und vice versa, und obwohl nur wenige sich wünschen dürften, täglich überzusetzen, waren die meisten Bewohner von Colla vermutlich mit der Geografie von Colsay ebenso vertraut wie mit ihren eigenen Feldern. Es scheint sich demnach um einen besonders ansteckenden Pockenerreger gehandelt zu haben, unter dem auch die Bewohner von Colla sehr litten, denn von dort ist eine Todesrate von rund 60 Prozent überliefert. Möglicherweise war sie auf Colsay höher, denn die Epidemie kam im März, gegen Ende der »Hungerzeit«, als die Menschen besonders geringe Widerstandskräfte hatten.

Antonia Rivett hätte den Reverend aufgegeben. Demnach, möglicherweise, vermutlich, es scheint. »Sparen Sie sich Ihre Energie dafür auf, das zu erklären, was Sie auch wirklich wissen.« Sie wollte nichts zu tun haben mit Theorien, die nahelegten, dass wir eigentlich überhaupt nichts wissen, und hat dieses epistemologische Schlupfloch – vielleicht zu Recht – als Unvermögen beschrieben, das den meisten menschlichen Bemühungen gemein ist und uns, betrachtete man es nicht auf die angemessene Weise, alle in stupider Stille versinken ließ. Wie der Tod. Willentliche Dummheit ist die Basis intelligenten Denkens. Ignorier den Abgrund unter deinen Füßen.

> Einer meiner Vorgänger, Reverend Adamson, der das Amt von 1718 bis 1732 innehatte, wurde auf die traurigen Umstände aufmerksam, als James und Elizabeth Grice, acht und zehn Jahre alt, in einem der kleinen Fischerboote der Gemeinde eintrafen. Er notierte im Kirchenbuch: »Diese Kinder erzählten eine so schaurige Geschichte, dass ihnen zunächst kaum Glauben geschenkt wurde, aber bald überzeugten sie uns von der Tragödie, die der Insel widerfahren war, auf der sie selbst eben erst ihre Mutter in einem dürftigen Grab beigesetzt hatten, da niemand anders da war, der ihnen diesen Dienst hätte abnehmen können.« Reverend Adamson hatte einige Mühe, gesunde Männer zu finden, die bereit waren, ihn zusammen mit diesen bedauernswerten Kindern nach Colsay zu begleiten

»Anna?« Zoe stand im Türrahmen. »Oh, Entschuldigung. Sie arbeiten. Ich dachte, Moth sollte vielleicht aufstehen.«

14:37 Uhr. »Ach du Scheiße. Du hast recht, das sollte er. Sonst schläft er heute Abend nie ein.«

Ich steckte das Buch in meine Laptoptasche und ordnete den Stapel Monografien, der meine Aufmerksamkeit hätte in Anspruch nehmen sollen. »Setz dich, wenn du magst. Mach dir Tee. Ich bin in einer Minute unten.«

Moth schlief, als wäre weit und breit kein Land in Sicht, trieb dort, wo das Unbewusste von Kleinkindern treiben muss, wo auch immer das ist. Schließlich nahm ich ihn auf den Arm und trug ihn, schlaff und immer noch schlafend, nach unten, um ihn mit der Neuigkeit zu wecken, dass Zoe da war.

»Ich hab Ihnen Tee gemacht«, sagte sie. »Und ich glaub, der Teig geht über. Soll ich ihn noch mal durchkneten?«

Ich setzte mich und rückte Moth, schlaff wie eine Puppe, auf meinem Schoß zurecht. Er schlug die Augen auf und sah Zoe an, als wäre sie gerade vom Pluto gekommen.

»Ja, bitte. Wenn es dir nichts ausmacht. Und könntest du den Ofen anstellen? Auf zweihundert?«

Zoe löste die Kathedrale von Canterbury vom Teig und begann ihn zu kneten. Hoffentlich waren ihre Hände sauber.

»Du brauchst mehr Mehl. Ist im unteren Schrank.«

Moth nahm meine Hand und saugte an einem Knöchel, als wäre er voll Milch.

»Moth, Schatz, möchtest du was trinken?«

Er rieb sein Gesicht an meinem Pullover und ich drückte ihn. Er wird nicht immer auf meinem Schoß sitzen wollen. Ich küsste sein Haar und sah auf, um zu gucken, ob Zoe uns beobachtete.

»Das ist so süß. Meine Mom hat das nie gemacht, das weiß ich.«

»Zoe, ich bin sicher, sie hat es gemacht. Alle Mütter machen das. Es hat nicht mal mit Liebe zu tun, es ist nicht so kompliziert oder fordernd wie Liebe, es ist einfach reine Körperlichkeit.«

Sie streute Mehl auf den Teig. »Die Körperlichkeit meiner Mutter richtet sich nur aufs Essen. Und aufs Trinken. Das Eis, das ich für die Kinder gekauft hab, wissen Sie? Als ich morgens danach geguckt habe, war es weg. Sie hat nicht mal die Packung recycelt, sie war im Mülleimer. Vermutlich dachte sie, da würde ich nicht gucken. Ein Liter von dem Zeug hat ungefähr dreitausend Kalorien.«

Ich nippte am Tee und fühlte mich müde. Moth wand sich auf meinem Schoß. »Moth auch kneten?«

»Kannst du ihm ein Stück geben, Zoe? Nur eine kleine Handvoll.«

Moth rutschte nach unten und wankte zu ihr hinüber, und dann setzte er sich auf den Boden und drückte an seinem Teig herum.

»Keine Sorge, das Stück essen wir nicht.« Ich sah zu, wie ihre Hände sich wie Krabben im Teig bewegten. »Zoe, ist alles in Ordnung? Drüben im Blackhock?«

Ich wäre mit achtzehn nie mit meinen Eltern in Urlaub gefahren. Sie hätten mich aber auch nie dazu eingeladen. Ich konnte sehen, wie sich die Muskeln in Zoes Armen bewegten und die Sehnen zwischen Knochen und Haut. Sie warf ihre Haare zurück. Ein weiteres Gesundheits- und Sicherheitsproblem *betr.* Brot.

»Nein. Sie wollten halt, dass ich mitkomme. Jetzt sagt sie dauernd, ich soll dankbar sein, weil sie so viel Geld ausgegeben hat, um mich mitzunehmen. Für das Haus haben sie sowieso bezahlt, und es ist ja nicht so, dass das Auto viel mehr Benzin verbraucht, weil ich mit drin sitze. Nicht, solange sie vorne sitzt.«

Ich hatte eine Vision von den dreien auf der Autobahn: Brian am Steuer, während Judith fortwährend missbilligende Kommentare von sich gab, über die Landschaft, andere Fahrer, die mangelnde Voraussicht derer, die Tankstellen benutzen mussten und keine eigenen geschmierten Brote mitgebracht hatten, über das Wetter und was ihr sonst noch in den Sinn kam, als könnte sie sich die Gesundheit ihrer Tochter verdienen, wenn sie sich nur überlegen genug gab. Und Zoe hinten, die stur immer dünner wurde, und ein leerer Platz, wo früher Will saß. Es ist ein weiter Weg von Manchester nach Colla.

Moth warf seinen Teig auf den Boden. »Platsch! Drück den Teig!«

»Ja, aber nicht draufstellen, bitte. Guck mal, knete ihn wie Zoe.«

»Platsch!«

Ich stand auf. »Setz dich und trink ein bisschen Tee. Ich mache das. Du siehst, ehrlich gesagt, nicht aus, als wärst du für die Arbeit geeignet.«

Sie sah weg. »Mir geht es gut. Ich war heute Morgen laufen. Mom ist diejenige, die nicht fit ist.«

»Na ja, ich glaube kaum, dass sie das glücklich macht.« Ich bestäubte die Schüssel mit Mehl und begann zu kneten. »Und, hast du für das nächste Jahr Pläne? Oder wartest du ab, ob du im Oktober nach Cambridge gehen kannst? Wenn jemand den Notenschnitt nicht geschafft hat, kriegst du ja vielleicht einen Platz.«

Sie strich mit dem Finger über den Rand der Tasse. »Wenn ich mich überhaupt entscheide, da hinzugehen.«

»Old MacDonald!«, sagte Moth. »Old MacDonald hat 'nen Drachen!«

»Versuch es doch einfach«, sagte ich. »Hinschmeißen kannst du immer noch.« Ich konnte förmlich hören, wie mich die Jura-Dozenten vom Trinity College verfluchten. »Es geht dir dort sicher besser als zu Hause. Freust du dich auf die Arbeit? Old MacDonald hat 'ne Farm, hia-hia-ho. Und auf der Farm hat er 'nen Drachen, hia-hia-ho.«

»Ja. Ich hab andere Gründe, als Sie denken.«

»Mehr Drachen!«

»Mit 'nem Schnaub, Schnaub hier und 'nem Schnaub, Schnaub

da, hier Schnaub, da Schnaub, überall Schnaub. Was denke ich denn?«

»Dass ich Jura studieren will, um zum Establishment zu gehören und viel Geld zu verdienen.«

»Old MacDonald hat 'nen Leopard.«

»Old MacDonald hat 'ne Farm, hia-hia-ho. Überhaupt nicht. Vielleicht willst du in einem Frauenhaus arbeiten oder mit sozial benachteiligten Kindern. Ich nehme an, das würde deine Mutter ärgern. Und auf der Farm hat er 'nen Leopard, hia-hia-ho.«

»Mir gefällt einfach die Vorstellung. Es ist ein Gerüst, das dem, was Menschen tun, einen Sinn gibt. Ich meine, man kann herumfahren und irgendwas hören und darüber nachdenken, ob man sich ein Paar Schuhe kaufen soll, und wenn man das bei neunundzwanzig Meilen pro Stunde macht, ist man unschuldig, und wenn man es bei sechsunddreißig Meilen pro Stunde macht, ist man schuldig. Ich meine, wir tun, als wäre das objektiv, dabei geht es nur darum, Geschichten zu erzählen. Leute vor den Zug zu schubsen ist illegal, aber wenn sie gerade versucht haben, einen zu erstechen, ist es wahrscheinlich okay. Bananen zu essen ist völlig in Ordnung, es sei denn, man hat sie nicht bezahlt. Aber in dem Moment sieht es genau gleich aus, ob man sich nun gerade strafbar macht oder nicht. Mir gefällt das, wie das Recht dem Verhalten der Menschen einen Sinn abgewinnt. Irgendwie hat es was Beruhigendes.«

»Leopard macht ruaa! Leopard auf der Farm!«

»Mit 'nem Ruaa, Ruaa hier, und 'nem Ruaa, Ruaa da. Hia-hia-ho.« Babys zu töten ist verkehrt, aber wenn es das eigene Baby ist, ist man vielleicht wahnsinnig, und dann ist es keine Straftat. Ich zerteilte den Teig in drei halbwegs gleich große Stücke. »Ja«, sagte ich, »ich verstehe, dass das einen Reiz hat. In der Geschichtswissenschaft geht es letztlich auch um Erzählungen. Darum, ob die Lücken und das Schweigen etwas zu bedeuten haben. Obwohl die Folgen der Geschichten, die man erzählt, viel allgemeiner sind. Es geht um das kulturelle Gedächtnis und nationale Identität, nicht darum, wer ins Gefängnis muss. Und es bringt einen dazu, etwas anders über den Einzelnen nachzudenken.«

»Wolf im Bus.« Moth hielt seinen Teig hoch, der jetzt grau war und in den er eine kleine Feder eingedrückt hatte. »Moth Brot macht.«

»Danke, Moth.«

»Wolf im Bus!«

»Der Wolf im Bus macht mampf mampf mampf, mampf mampf mampf, mampf mampf mampf. Der Wolf im Bus macht mampf mampf mampf, und das den ganzen Tag.« Ich trank einen Schluck Tee. »Nicht dass er in den letzten Monaten einen Bus gesehen hätte.«

»Es gibt Menschen, die wegen des kulturellen Gedächtnisses und der nationalen Identität ins Gefängnis gehen«, sagte Zoe. »Bei den meisten Arten von Terrorismus geht es es irgendwie um das kulturelle Gedächtnis, oder? Darum, die Fehler der Geschichte wiedergutzumachen? Am Ende geht es überall darum, Geschichten zu erzählen.«

»Ja«, sagte ich. »Weißt du, Zoe, du wärst eine gute Studentin.«

»Vermissen Sie Oxford?«, fragte sie.

Ich bestäubte die Brotbackformen mit Mehl.

»Inzwischen nicht mehr so sehr«, sagte ich. »Inzwischen nicht mehr so sehr.«

Ich legte die Laibe in die Formen und stellte sie wieder beiseite, damit sie weiter aufgingen.

»Moth, sollen wir dein Brot backen?«

Er sah entsetzt aus, als hätte ich vorgeschlagen, ihm die Nase zu putzen oder seine Haare zu kämmen.

»Nein. Moth kümmert sich um Brot.«

Er trug es ins Spielzimmer, die Hände darumgelegt wie um einen kleinen Vogel oder ein Insekt, und sah sich nach mir um, voller Staunen über meine barbarischen Ideen.

»Komm, Moths Brot. Wir spielen mit Tieren im Parkhaus.«

Vielleicht sorgt Raph für die Apokalypse, und Moth spielt den nuklearen Winter, der darauf folgt, mit Tieren, die in Parkhäusern weiden und ihre Nester in Bürogebäuden bauen, die aufgebrochen sind wie Ostereier.

Ich füllte die Rührschüssel mit heißem Wasser. Zoe pulte an ihrer Nagelhaut.

»Und was ist in Kanada passiert? Du hast bei einem Umweltschutzprojekt mitgearbeitet?«

Sie sah aus dem Fenster, hinter dem sich im Norden regenschwere Wolken sammelten. Giles und Raph sollten in Colla in Sicherheit sein, eingehüllt in die Wärme der Bibliothek oder des Pubs, wo sie den Duft von Pommes und Bier einsogen. Der Abwasch schien sich unerklärlich vermehrt zu haben, wie er es tut, wenn die Leute es unterlassen, die Teller noch einmal zu verwenden, von denen sich leicht ein paar Krümel streichen ließen. Ich goss Zoe noch etwas Tee nach.

»Am Anfang war es toll. Wir waren zu sechst. Lauter Freiwillige. Die anderen waren alle Kanadier. Und dann gab es noch Bill. Bill leitet das Ganze. Wir haben in seiner Holzhütte geschlafen, mit Veranda, man konnte morgens einfach in den Wald gehen. Die Bäume waren höher, als ich je welche gesehen habe, höher als dieses Haus, es war wie in einem Gewächshaus. Mit einer Decke aus Kiefernästen und darunter einer riesigen

Fläche für Pflanzen. Und nachts konnten wir das Meer hören. Es war so total weit weg von zu Hause. Es war so cool zu denken, dass meine Eltern genau auf der anderen Seite der Erde sind. Ich hatte den Pazifik vorher noch nie gesehen. Ich meine, man denkt, es sind alles nur Ozeane, aber das war anders, die ganzen Muscheln und so waren anders. Alles roch nach Bäumen und Regen. Und einer von den Typen, Hayden, wir sind zusammengekommen. Ich mochte ihn wirklich.«

Sie strich mit dem Finger über die Innenseite des Henkels. Im Spielzimmer hörte ich Moth singen.

»Das klingt wunderbar.« Ich begann das Mehl abzuschrubben, das in der Rührschüssel getrocknet war. Als ich achtzehn war, haben nur wenige sich ein freies Jahr genommen, die Reichen und Unentschlossenen haben eine Grand Tour gemacht. Giles zum Beispiel. Ich bin als Au-pair nach Frankreich gegangen und habe meiner Mutter gesagt, dass ich das Geld für mein Studium sparen wollte.

»Und dann habe ich eines Tages so eine Frau kennengelernt. Ich war allein spazieren und hatte ein bisschen Angst, auf einen Bären zu treffen. Es gibt dort so Schilder, auf denen steht, was man dann machen soll, aber es ist ziemlich offensichtlich, dass es dabei nur darum geht, sich zu beschäftigen, bis der Bär einen auffrisst. Also, Lärm machen, in der Gruppe bleiben und so. Da stand zum Beispiel: ›Üben Sie besondere Vorsicht, indem Sie gegen den Wind oder in die Nähe eines Gewässers gehen‹, aber wie, das stand da nicht. Und wenn man dann auf einen trifft, soll man langsam rückwärtsgehen und beruhigend auf ihn einreden. Können Sie sich das vorstellen? Keine Sorge, Bär, ich gehe schon weg. Friss mich nicht. Und wenn das nicht funktioniert, soll man seinen Kopf mit dem Rucksack schützen. Ich meine, hätte man nicht lieber, dass der Bär den Kopf zuerst frisst? Und wenn man seinen Kopf noch hat, kann man versuchen, auf Bäume zu klettern, nur dass Schwarzbären besser auf Bäume klettern können als Menschen. Und wenn man dann mit dem Bären zusammen im Baum sitzt, soll man ihn einschüchtern. Das waren eigentlich keine Ratschläge, sondern eine Anleitung für einen ziemlich üblen Tod.«

Moth steckte seinen Kopf durch die Tür. »Mami lacht«, bemerkte er missbilligend, als hätte Mami ihren BH auf die Bühne geworfen.

»Na, jedenfalls wollte ich mir von diesen lächerlichen Schildern keine Angst machen lassen, aber ich wollte auch nicht als Mittagessen eines Bären enden, ehe ich überhaupt in Cambridge angekommen war, und da war weit und breit niemand, also hab ich beim Gehen gesungen. Auf den Schildern steht ja, man soll Lärm machen. ›Jerusalem the Golden‹. Auf so eine Schule bin ich gegangen. Und dann hab ich diese Frau getroffen und es war mir peinlich und sie fand es total lustig und wir kamen ins Gespräch. Und es stellte sich raus, dass sie eine Kampagne gegen Abholzung und Fischzucht leitete. Und da habe ich es kapiert.«

Sie strich sich die Haare aus dem Gesicht. Sie hatte Tränen in den Augen, und ihre Stimme klang schrill.

»Das ist alles nicht real, Anna. Es gibt praktisch keinen Urwald mehr. Es ist alles abgeholzt und ein bisschen was haben sie nachwachsen lassen, weil sie am Meer mit Tourismus mehr Geld verdienen können als durch Abholzung. Im Inneren der Insel, wo keine Touristen hinkommen, sieht es über Hunderte von Meilen aus, als wäre eine Atombome explodiert. Die haben den Wald einfach total ausradiert. All die Jahrhunderte langsamen Wachstums. Die nehmen diese schrecklichen Bagger, die so ziemlich jeden Berg hochkommen, und reißen den Regenwald nieder. Alles. Und die blauen Buchten, die ich so mochte, sind voll mit Fischzuchtanlagen, durch die Antibiotika und Pestizide ins Wasser gelangen, die auch alles andere vergiften, und die Züchter töten alle Seehunde und Bären, die sie in die Finger kriegen, damit sie die gezüchteten Fische nicht fressen.«

Sie schlug sich die Hände vors Gesicht.

»Die erschießen sie noch nicht mal immer. Da waren ein paar Babybären – ich mag gar nicht dran denken. Ich meine, ich weiß, es ist ziemlich sentimental, wegen Babybären die Fassung zu verlieren, weil sie total süß sind, aber darum geht es nicht, es geht um die Berge und das Meer. Ich meine, ich bin da hingefahren, weil ich dachte, es wäre was Echtes, wissen Sie, einer der wenigen Orte auf dem Planeten, die wir nicht total zugrunde gerichtet haben, und ich hab mich getäuscht. Er ist zugrunde gerichtet, aber wir sind jetzt so gut darin, den ganzen Planeten zugrunde zu richten, dass wir es tun und immer noch Geld verdienen können mit Trotteln wie mir, die denken, die kultivierten Landstriche am Rand wären was Echtes. Und jetzt ist es zu spät. Die Generation meiner Eltern hat die Erde komplett zugrunde gerichtet, und es gibt keine Möglichkeit mehr, sie zu retten. Und wenn sie damit fertig sind, mit ihrer Rente neue Gartenmöbel aus Teakholz zu kaufen und nach Neuseeland zu fliegen, weil Sechzig die neuen Dreißig sind und man immer noch Bungee-Jumping machen kann, sterben sie, und die, die übrig sind, können sich gegenseitig umbringen, weil es nicht mehr genug Wasser und Öl gibt. Ich meine, Gott, Anna, wie können Sie Kinder bekommen, wenn doch für sie nichts mehr übrig sein wird, weil meine Mutter alles aufgegessen hat?«

Ich spülte die Schüssel aus und baute den Stapel nassen Geschirrs auf dem Abtropfbrett um, damit sie darauf Platz hatte. Man würde nicht von etwas essen wollen, das auf unseren Geschirrhandtüchern getrocknet war.

»Wir haben darüber auch nachgedacht«, sagte ich. »Die Leute haben immer Angst gehabt, dass es ein schlechter Zeitpunkt ist, um Kinder in die Welt zu setzen, sogar im achtzehnten Jahrhundert. Und im siebzehnten. Da stammt das Zitat mit den Geiseln des Schicksals her. Bacon. Wir wollten Kinder. Das ist der einzig gute Grund, ein Baby zu bekommen. Es sind Menschen, die gewollt sind. Zumindest am Anfang. Und man weiß ja nie, vielleicht verändern sie die Welt.«

Sie strich sich die Haare zurück. »Das müssen sie vielleicht sogar.«

»Na ja«, sagte ich, »dann werden sie es auch schaffen. Die Menschen tun für gewöhnlich das, was sie tun müssen. Ich meine, Raph arbeitet schon daran. Und für mich klingt es, als hättest du ausgezeichnete Gründe, eine richtig gute Anwältin zu werden. Geh nach Cambridge und spezialisier dich auf Umweltgesetzgebung oder arbeite für Greenpeace oder so.«

»Es ist zu spät«, sagte sie. »Verstehen Sie das nicht? Es gibt nichts mehr zu retten.«

Ich beobachtete, wie sich das Wasser am Rand des Abtropfbretts sammelte. Der Abfluss war mit etwas Braunem verkrustet. Das Problem mit der Logik der Verzweiflung ist, dass sie richtig ist, sie ist nur nicht nützlich.

»Es gibt auf der Welt sechs Milliarden Menschen, oder wie viele auch immer. Und du musst etwas aus deinem Leben machen. Du kannst nicht anders als konsumieren, also kannst du auch etwas Nützliches produzieren. Du bist jetzt hier.«

Ich klang wie die Anführerin einer Pfadfindergruppe. Ich sah die Rippen, die durch ihren Pullover stachen. Es gibt natürlich Wege, nichts zu konsumieren, allerdings bin ich sicher, dass eine ausgewachsene Anorexie am Ende eine höhere CO_2-Bilanz hat als Giles' Art zu essen. Man denke nur an die ganzen Kunststoffschläuche. Aber das moralische Argument, weniger zu konsumieren, ist unanfechtbar, und ich weiß nicht, ob ich recht habe und wirklich noch genug Zeit ist, die Welt zu retten.

Regen spritzte gegen das Fenster. Die Wolken hatten den ganzen Himmel eingenommen. »Weißt du noch, wie du zu deiner Mutter gesagt hast, sie wäre kein überlegenes Wesen? Du bist doch auch keins. Du hast einen Körper und ein Gehirn wie jeder andere auch. Als Einsiedlerin hat man heutzutage keine Karrierechancen.«

Sie sah mich an. »Ich bin nicht wie meine Mutter. Sie denkt, sie wäre was Besseres. Sie denkt, Judith Fairchild wäre der Maßstab für die gesamte Menschheit und niemand anders würde ihr gerecht.«

»Na ja«, sagte ich. Mit Blick auf die Knochen ihrer Hände dachte ich, ich könnte sie ruhig wütend machen. Noch weniger konnte sie ja nicht essen. »Du bist aber auch nicht der Messias. Du kannst genauso gut dazu beitragen, etwas anders zu machen. Nach welchem Maßstab auch immer.«

Im Spielzimmer herrschte alarmierende Stille.

»Es ist zu spät.« Sie verdrehte ihre Finger ineinander.

Ich streckte ihr meine Hand hin, als wäre sie Moth.

»Komm, wir gucken mal, was Moth treibt. Und dann möchte ich zum Anleger runter und nach dem Boot sehen. Mir gefallen diese Wolken nicht.«

Als wir Moth seinen Matschanzug und die Gummistiefel angezogen hatten, musste ich Licht anmachen, um mir die Schuhe zuzubinden. Die tief am Himmel hängenden Wolken waren violett eingefärbt. Der Regen war ein Provisorium, ein Vorspiel für die Sturzbäche, die wir über das Meer auf die Insel zueilen sahen. Raph würde es vermutlich genießen. Ich schob Moth auf die andere Hüfte.

»Runter!«, sagte er.

Er wackelte auf den Kiesstrand zu. Ich bin sicher, er würde nicht wirklich ins Meer gehen. Die Wellen, die auf die Steine krachten, waren höher als er, eine offensichtlichere Gefahr als eine Glasklippe, und selbst Kleinkinder müssen noch den Rest eines atavistischen Selbstschutzes haben, andernfalls wäre es schwer zu verstehen, wie wir überhaupt in das Chaos der Überbevölkerung hineingeraten konnten. Das Boot kam um die Landspitze herum, tief im Wasser liegend. Giles steuerte auf einen Punkt am Horizont zu, der weit von Colsay entfernt lag, womit er vermied, seitlich in die immer höheren Wellen zu geraten. Ich konnte Raphael sehen, eine rote Linie in einem grauen Seestück. Er kniete an seinem Lieblingsplatz im Bug, und Judith und Brian waren eine weiße Masse in der Mitte. Ich hoffte, Giles hatte daran gedacht, Raph eine Schwimmweste anzuziehen und ihn anzugurten.

»Deine Eltern tragen keine Schwimmwesten«, sagte ich.

Zoe zitterte im Wind. »Mom glaubt wahrscheinlich, sie könnte auf dem Wasser gehen.«

Moth baute Türme aus kleinen Steinen. Erstickungsgefahr. Ich ging zu ihm, den Blick weiterhin auf das Boot gerichtet.

»Moth, willst du das Boot sehen? Mit Papa und Raph drin?«

Er sah auf. »Nein. Moth baut einen Zug. Wo ist Moths Brot?«

Verdammt, das Brot. Schon wieder vergessen. Ich sah auf das Meer hinaus. Giles hatte die Richtung geändert und hielt auf den Anleger zu. Raph winkte.

»Halt dich am Boot fest«, murmelte ich. »Du brauchst nicht zu winken.« Ich winkte zurück.

»Moth, möchtest du Raphael winken?«

»Nein.«

Dass ich zusah, würde das Boot nicht über Wasser halten, andererseits könnte ich von den Steinen springen und Raph retten, falls sie in Ufernähe sanken. Vorausgesetzt, Moth rührte sich währenddessen nicht vom Fleck. Vorausgesetzt, Raph war nicht an das Boot angegurtet. Vorausgesetzt, es gelänge mir, die Wellen zu überwinden. Auch auf dem Rückweg. Ich beschloss, dass diese Chance es wert war, den Teig übergehen zu lassen. Ich stand am Strand, mit Moth zu meinen Füßen, bereit, ein Kind vorm Ersticken und das andere vorm Ertrinken zu retten, während Giles das Boot an Land brachte. Der Regen wurde stärker und traf zischend aufs Meer. Ich dachte, Zoe habe etwas gesagt.

»Was?«, rief ich.

»Mir geht es nicht gut. Macht es Ihnen was aus, wenn ich reingehe?«

Ich nahm Moth auf den Arm und ging auf sie zu.

»Runter! Moth will in Regen!«

»Warte mal«, sagte ich. »Wir gehen zu Zoe. Zoe, alles okay?«

Sie setzte ein Lächeln auf. Ihr Gesicht unter der Kapuze war weiß wie Knochen.

»Ich glaube, ich muss mich hinlegen.«

Das Boot war jetzt in der Bucht, fast in Rufweite. In Schwimmweite.

»Leg dich aufs Sofa«, sagte ich. »Ich bin gleich da. Ich bringe deinen Dad mit.«

Sie ging langsam über das Gras, in den Regen geneigt, gekrümmt und steif wie eine alte Frau.

»Da ist Boot!«, sagte Moth. »Hallo, Boot.«

Er zappelte. Ich setzte ihn ab und wir gingen Hand in Hand

den Anleger entlang. Ich lächelte Giles zu, half Raph heraus und legte meinen Arm um ihn.

»Brian«, sagte ich. »Zoe ist gerade zurück zum Haus gegangen. Sie wollte sich hinlegen. Sie sah aus, als ginge es ihr nicht so gut.«

Judith schnaubte. »Heute Morgen ging es ihr noch gut. Ich hoffe, sie hat Sie nicht den ganzen Nachmittag belästigt.«

Moth versuchte meine Haare zurück in die Kapuze zu schieben.

»Nein«, sagte ich. »Sie hat mir beim Brotbacken geholfen.«

»Ich gehe«, sagte Brian. »Das überrascht mich nicht.«

Wir blieben zurück, als er mit den beschwingten Schritten eines Langstreckenläufers zum Haus joggte.

»Alles in Ordnung mit ihr?«, fragte Giles.

Ich drückte Raph an mich. »Ich hätte sie nicht allein zurückgehen lassen, wenn ich geglaubt hätte, dass sie zusammenbricht. Als könnte ich das erkennen! Kommt, ihr beiden müsst euch aufwärmen.«

Ich ließ Giles zurück, damit er das Schiff klarmachen konnte, und brachte die Kinder ins Haus. Judith folgte mir.

»Hattet ihr Spaß, Raph?«, fragte ich.

Er nickte. »Ganz viel. Papa hat mir im Pub Pommes bestellt, und ich soll dich von Fiona Firth grüßen und Bis bald sagen.«

»Bis bald?«

Er zuckte mit den Schultern. »Das hat sie gesagt.«

Zoe lag auf dem Sofa und las *Das Mittagsmahl des Leuchtturmwärters*. Brian hing an ihrer Seite wie eine Möwe. Seine Hand, unbehaart wie meine eigene und leicht gebräunt, lag auf ihrer Schulter. Ich setzte Moth ab und fing an, ihm die Stiefel und den Anzug auszuziehen.

»Alles klar?«, fragte ich sie.

»Sie will nicht, dass ich ihren Blutdruck messe«, sagte Brian. »Zoe, bitte iss etwas. Oder trink was.«

»Ich habe Tee getrunken.« Sie hob ihren Blick nicht vom Buch. »Frag Anna.«

»Lapsang ohne Milch«, sagte ich.

»Zoe«, sagte Brian. Er strich ihr über das Haar. »Wenn du einen Zusammenbruch hast, müssen wir einen Hubschrauber rufen. Und der bringt dich ins Krankenhaus, wo sie dich an den Tropf hängen. Mit Zucker drin. Ich möchte wirklich nicht, dass du eingewiesen wirst, und ich möchte wirklich nicht, dass mit dir irgendwas ohne unsere Zustimmung geschieht. Du hast nicht mehr viele Möglichkeiten, Süße.«

Ja, dachte ich, aber sie braucht einen Grund, um am Leben zu bleiben, nicht nur eine Methode, und soweit ich weiß hat nicht mal Freud Überzeugenderes zu bieten als Sitten und Gebräuche. Oder vielleicht Liebe, aber das ist für eine kluge Achtzehnjährige nicht intellektuell genug.

»Ist es das, was du willst?« Judith stand in der Tür und Wasser tropfte aus ihrer Windjacke auf den Boden. »Also, Zoe? Wärst du etwa lieber im Krankenhaus als bei uns? Was glaubst du, wie ich mich fühlen würde, wenn ich dich auf irgendeiner dreckigen Krankenstation besuche, voll mit Pennern und Schizophrenen und Drogenabhängigen? Wo du in Cambridge sein könntest? Denk nicht, wir machen das diesmal privat. Du würdest Bettpfannen kriegen, auf einer gemischten Station statt dem Trinity College. Und weiß Gott, was die Leute denken, die für die Zulassung zuständig sind. Ich bezweifle, dass die Menschen nach Cambridge lassen, die direkt aus der Psychiatrie kommen.«

Zoes Gesicht rötete sich, aber sie blätterte die Seite um. Sie wird eigene Kinder bekommen müssen, um zu verstehen, dass sich mütterliche Ängste als Ärger äußern, Ärger darüber, dass das Leben die Herrlichkeit unserer Kinder nicht erkennt, dass jeder Schritt in die gefallene Welt sie einen Schritt von der unmenschlichen Perfektion der zehn neuen, faltigen, roten Finger des Neugeborenen entfernt, von den neuen Augenbrauen, die auf ein neues Gesicht gezeichnet sind. Ihr Blick wanderte über die Seite. An jedem Morgen machte Mrs. Grinling für den Leuchtturmwärter ein köstliches Mittagsmahl. Und die Grenze zwischen der Psychiatrie und den Colleges von Oxbridge ist durchlässiger, als Judith glaubt.

Brian wirkte müde. Ich hätte vielleicht von Anfang an mehr Mitleid mit ihm haben sollen. »Judith, das ist nicht hilfreich.«

Sie schniefte. Der Alkoholgeruch, der in der kalten Luft nur zu ahnen gewesen war, erreichte meine Seite des Zimmers. Moth kam zu mir und streckte die Arme aus. »Hoch!«

»Ich gehe«, sagte Raph. »Ich mag das nicht.«

Zoe blätterte noch eine Seite um. Mrs. Grinling schickte das Mittagsmahl in einem Korb zum Leuchtturm.

»Weil du ja weißt, was den Kindern hilft, nicht?«, sagte Judith. »Ich habe bloß gar nicht bemerkt, dass du in den letzten zwanzig Jahren da warst, um mir zu helfen.«

Moth verbarg sein Gesicht. Manchmal konnte man den Eindruck bekommen, als Verheiratete brauchte man sich nicht zusammenzureißen.

Brian stand auf. »Falls es deiner Aufmerksamkeit entgangen ist, ich habe ›geholfen‹, indem ich dir das Haus gekauft, jeden Monat deine Kreditkarte ausgeglichen und die Schulen bezahlt habe, die du ausgesucht hast. Ach, und ich habe jede Woche ein paar Menschen das Leben gerettet. Du hast in all den Jahren dafür gesorgt, dass Zoe von dir abhängig ist, bloß um die Tatsache zu ignorieren, dass du nichts mit deinem Leben angefangen hast, abgesehen davon, das Geld auszugeben, das ich verdient habe. Und jetzt kann sie nicht mehr damit umgehen und du trinkst, weil dir sonst nichts bleibt.«

Judiths Gesicht verdüsterte sich. Ihre Stimme wurde schriller, und ich wusste, dass sie keine Argumente mehr hatte. »Du denkst, du wüsstest, was ich mit meinem Leben angefangen habe? Ich habe deine Kinder großgezogen und deine Scheiße aus der Toilette geschrubbt und deine Socken vom Boden aufgehoben, ein verdammtes Jahr nach dem anderen!«

Brian tat, als müsse er lachen. »Falscher Film, Schatz, du vergisst, dass du seit zwanzig Jahren eine Putzfrau hast.«

Ich sah mich im Zimmer um, weil ich überprüfen wollte, womit sie nach ihm werfen könnte. Es war nichts Unersetzbares zur Hand. Moth griff nach meinen Haaren, als fiele er durchs Geäst. Ich küsste seinen Kopf und ging mit ihm nach oben, um Raph zu suchen. Stimmen dröhnten durch die Decke, während ich die Fragen beantwortete, die Raphs Durchsicht des Weltatlasses aufwarf, und schließlich erlaubte, dass auf dem Bett gehüpft wurde – als Alternative dazu, vom Logenplatz aus bei einem Familienkollaps zuzuschauen. Ich fragte mich immer wieder, ob Zoe in der Lage sein würde, vom Sofa aufzustehen, und ob der Hubschrauber hier im Dunkeln landen könnte. Endlich schlug die Haustür zu und auf der Treppe waren Schritte zu hören. Giles kam herein, als die Kinder gegeneinanderprallten und zu einem kichernden Haufen zusammensanken. Ich setzte Moth auf Raphael und sah auf.

»Sind sie weg?«

»Judith ist weg. Brian fragt, ob Zoe heute Nacht hierbleiben kann. Aber deshalb bin ich nicht raufgekommen. In der Post war ein Brief für dich.«

Er streckte mir einen zerknitterten weißen Umschlag entgegen. Einen dicken zerknitterten weißen A5-Umschlag aus Glasgow, der mehr Blätter enthielt, als nötig waren, um jemandem für sein Interesse an der freien Stelle zu danken und zu bedauern, dass er bei dieser Gelegenheit leider nicht in die engere Auswahl gekommen war.

»Oh.« Ich nahm ihn mit auf den Flur; ich konnte es nicht ertragen, dass die drei mich beobachteten, wenn ich ihn öffnete. Sehr geehrte Frau Dr. Bennet, ich schreibe, um Sie einzuladen – ich spürte, wie ich rot wurde.

»Giles! Giles, ich hab ein Vorstellungsgespräch. In Glasgow. Aber es ist nächste Woche.«

Er erschien in der Tür. »Siehst du, ich hab dir doch gesagt, du kannst das. Gut gemacht.«

»Ich werde die Stelle nicht kriegen«, sagte ich. »Wahrscheinlich müssen sie wenigstens eine Frau in die engere Auswahl nehmen.«

»Du meinst, sie dachten, es wäre die billigste Möglichkeit, die Gleichstellungsgesetze zu erfüllen, wenn sie dir die Anreise und das Hotel bezahlen?«

Giles hat in Oxford in Berufungsgremien gesessen und kennt sich vermutlich mit so was aus.

»Ich kann nicht über Nacht bleiben«, sagte ich. »Was ist mit den Kindern?«

Raph kam zu uns. »Was ist mit uns? Wo fährst du hin?«

»Mami hat ein Vorstellungsgespräch«, sagte Giles. »In Glasgow. Und wenn sie den Job bekommt, und das wird sie, dann können wir alle hierherziehen.«

Raph sah von Giles zu mir und wieder zurück. »Aber sie hat gesagt, sie will nicht hier wohnen. Können wir das wirklich? Bitte?«

Moth kam und schlang seine Arme um mein Bein. »Wo is Zoe hin?«

Ich nahm ihn auf den Arm. »Ich werde nicht hier wohnen. Nicht auf der Insel. Also, es sei denn, Papa will mit euch hierbleiben, wenn ich nach Glasgow fahre.« Ich könnte diejenige mit der makellosen Wohnung sein. Ich könnte dort Fertigmahlzeiten essen und ein sauberes Badezimmer haben und mein Gehalt für Schnittblumen ausgeben, die dafür gedacht sind, zu sterben und weggeworfen und ersetzt zu werden.

»Das kannst du nicht machen!« Raph kam und hielt sich ebenfalls an mir fest, als wäre körperliche Kraft vonnöten, um mich davon abzuhalten, in die Großstadt abzuhauen.

»Nein.« Giles strubbelte Raph durch die Haare. »Mami macht Spaß. Nein, wir finden ein Haus für uns alle. Größer als das in Oxford. Und eine neue Schule für dich.«

»Moth auch neue Schule.«

»Und einen neuen Kindergarten für dich.«

»Wenn ich den Job bekomme«, sagte ich. »Vergiss nicht, wahrscheinlich bekomme ich ihn nicht. Jedenfalls kann ich nicht über Nacht wegbleiben. Und ich habe nichts anzuziehen.«

Giles grinste. »Dann musst du wohl über Nacht wegbleiben, nicht? Um dir ein neues Kostüm zu kaufen. Wir kommen schon zurecht, weißt du, sechsunddreißig Stunden lang.«

Unten waren Schritte zu hören. »Hallo?«, rief Brian.

Giles beugte sich über das Geländer. »Entschuldigung, Brian. Wir sind abgelenkt worden. Ich bin gleich unten.«

Er führte uns alle wieder in Raphs Zimmer. »Anna, bist du einverstanden, dass Zoe heute Nacht bei uns bleibt?«

»Hier kann sie nicht schlafen«, sagte Raph. Er stieg auf sein Bett und schlug *Das große Mammutbuch der Technik* auf, das weniger nützlich ist, als ein Buch mit diesem Titel vermuten lässt.

»Weil sie zu schwach ist, um ins Blackhouse zu gehen, oder weil er es nicht erträgt, wenn sie und Judith unter einem Dach sind?«

Giles runzelte die Stirn. »Letzteres. Er meint, sie würde etwas essen, wenn sie sich nicht mit Judith auseinandersetzen muss. Und wenn er sie aus Judiths Nähe bekommen könnte, ohne sie ins Krankenhaus einzuweisen, würde er das tun, aber sie ist in keinem Zustand, in dem sie allein irgendwo hin kann. Für mich klingt es, als hätten die beiden sich eine Menge zu sagen, was Zoe nicht unbedingt mit anhören muss.«

Das Letzte, was Zoe braucht, ist, dass sie sich noch mächtiger fühlt als ohnehin schon. Im Mittelalter wurden Frauen, die hungerten, als Heilige verehrt, für ihre wundersame Fähigkeit, zu leben, ohne zu essen, was es erschwert haben muss, wieder etwas zu essen. Ich seufzte. Es entspricht nicht dem Ethos des Hôtel de la Mère, Menschen zu ermutigen, Verantwortung für die dysfunktionalen Pubertierenden anderer Leute zu übernehmen. Obwohl einen die Übernahme von Verantwortung für die dysfunktionalen Pubertierenden anderer Leute eigentlich auch zu einem besonders langen Aufenthalt berechtigen könnte. Ich stellte mir vor, wie Zoe durch den Regenwald ging, »Jerusalem the Golden« sang und dabei beschloss, dass es ihr lieber wäre, wenn ihr Kopf als Erstes gefressen würde. Und wie sie auf unserem Sofa lag, weil sie keine Energie mehr hatte, um aufzustehen. Judith konnte wahrscheinlich auch ein paar Wochen im Hôtel gebrauchen. »Ach, okay. Ich mache ihr eine heiße Schokolade oder so. Aber sie muss mit am Tisch sitzen, wie alle anderen auch. Ich spiele nicht das Dienstmädchen, während es Zoe auf dem Sofa immer schlechter geht.«

»Ich gehe rüber zu Brian und sage Bescheid. Du solltest in deinen Schrank sehen, und denk dran, eine Fahrkarte zu buchen.«

Ich wusste schon, was in meinem Schrank war (ziemlich wenig; die meisten Klamotten ziehe ich wieder an, ehe sie richtig trocken sind, und der Rest wird in einem Anfall von bizarrem Optimismus feucht über Stühle und Heizkörper drapiert). Noch dringender, dachte ich, sollte ich darüber nachdenken, was ich sagen würde, und das ließ sich halbwegs mit Kochen vereinbaren.

Die Kinder glaubten, wenn Zoe kurz vor dem Abendessen heiße Schokolade trinken durfte, dürften sie es auch, und nachdem ich ihnen das zugestanden hatte, war der einzige Grund, warum ich selbst keine haben konnte, dass wir keine Milch mehr hatten und wieder die Meerenge würden überqueren müssen. Der Wind war stärker geworden und der Regen schlug gegen die Fensterscheiben. Wir mussten wahrscheinlich in den nächsten Tagen sowieso noch häufiger nach Colla, um Judith die flächendeckende Erforschung sämtlicher Destillerien der Westküste zu ermöglichen. Der Teig war übergequollen, also belegte ich ihn mit Dosentomaten, Knoblauch und Cheddar, von dem ich die blauen, pelzigen Stellen abschnitt, um Nahrung zu kreieren, die von der Idee der Pizza inspiriert war. Zoe aß mehr als Moth.

Ich wachte im Tageslicht auf. 07:08 Uhr. Moth musste krank sein. Vielleicht war nachts etwas auf ihn draufgefallen, vielleicht war die Decke eingestürzt. Vielleicht hatte er die »Pizza« verschmäht, weil er eine beginnende Meningitis hatte, die sich verschlimmert hatte, während ich schlief wie ein Bär. Vielleicht war er aufgewacht und hatte geweint, und ich war zu schlaftrunken und zu zufrieden mit mir selbst gewesen, um es zu hören, oder vielleicht hatte er versucht, aus seinem Gitterbett zu kommen, und war auf den Kopf gefallen. Vielleicht hatte ich das Band an seinem Teddy nicht so fest angenäht, wie ich dachte, und es hatte sich in der Nacht um seinen Hals gewickelt. Giles schlief noch, als wäre ihm egal, dass Morgen war und sein eigener Sohn seit fast elf Stunden still. Ich schleuderte die Decke weg und Giles grunzte und tastete herum.

»Giles! Warst du heute Nacht bei Moth?«

»Was?«

»Hast du heute Nacht nach Moth gesehen?«

Er zog die Decke um sich, sodass nur noch ein Büschel Haare zu sehen war.

»Nein. Glaube nicht.«

Ich berührte mit den Zehen den Boden. Die letzten Sekunden meines normalen Lebens, ehe ich Moth finden und mir würde ansehen müssen, was geschehen war. Ich ging leise zu seiner Tür. Er atmete. Ich ging hinein. Er lag auf dem Bauch, die Beine unter dem Po, wie immer, der Daumen war aus seinem Mund gerutscht, die andere Hand umklammerte seinen Teddy. Ich berührte seine Wange. Nicht wärmer, als sie sein sollte. Ich zog die Vorhänge auf, damit ich sehen konnte, ob er blass oder blau um den Mund war.

»Mami. Jetzt Brei?«

Er setzte sich auf, das Gesicht rosa und schlafverschmiert.

»Hallo«, sagte ich. Ich zog ihn hoch und drückte ihn. »Du hast die ganze Nacht geschlafen.«

Er betrachtete stirnrunzelnd den grauen Himmel.

»Jetzt ist Morgen.«

»Ich weiß«, sagte ich. »Komm, das müssen wir Papa erzählen.«

Ich ließ ihn auf unser Bett fallen. Er kicherte.

»Auf Mamis Bett hüpfen?«

Ich setzte mich hin und zog die Füße unter meine Oberschenkel; die Kälte drang durch die Falten meines Nachthemds. »Such Papa.«

Er krabbelte über das Kissen, zog Giles an den Haaren und wühlte sich unter die Decke.

Giles setzte sich auf. »Verdammt, wie spät ist es?«

»Sieben Uhr«, sagte ich. »Er hat durchgeschlafen. Ich musste ihn wecken.«

»Du musstest *was?*«

Moth zog Giles an der Nase. »Piep!«

»Ihn wecken. Ich hab mir Sorgen gemacht. Aber er würde nach dem Mittagessen nicht schlafen, wenn ich ihn jetzt nicht geweckt hätte. Oder erst um Mitternacht ins Bett gehen.«

»Papa, piep!«

»Piep«, sagte Giles. »Und, stehst du jetzt mit ihm auf?«

Ich legte mich hin und breitete die Arme aus. »Komm, mit Mami kuscheln. Nein, ich dachte, das könntest du machen.« Moth krabbelte über meinen Bauch und rieb seine Nase an meiner Schulter, wobei er eine glänzende Spur hinterließ. »Das musst du wohl, oder? Falls ich nächste Woche nach Glasgow fahre?«

Giles sah zu mir herunter. »Du fährst nach Glasgow. Und natürlich kann ich mit ihm aufstehen. Was machst du dir Sorgen? Du bist doch auch zu dieser Konferenz gefahren, oder?«

Ich streichelte Moths Kopf. »Da waren sie in der Schule und im Kindergarten. Und ich habe dir vorher Checklisten geschrieben.«

»Glaubst du wirklich, ich könnte mich nicht sechsunddreißig Stunden lang um meine eigenen Kinder kümmern?«

Ich habe keine Beweise dafür, dass du es kannst, dachte ich.

Moth stach mir ins Auge. »Mami hat blaue Augen.«

»Ich bin sicher, Zoe hilft dir.« Ich fing Moths nächsten Stoß ab. »Raph mag sie wirklich gern.«

Giles stieg aus dem Bett.

»Mami nich wegfahrn«, sagte Moth. »Moth mitkommen.«

Während wir frühstückten, klopfte es an der Tür. Zoe schlief noch im Gästezimmer, in Julias altem Bett mit der Rosshaarmatratze und der seidenen Tagesdecke, die jedes Mal runterrutscht, wenn man sich bewegt. Auch sie atmete noch, hatte die richtige Farbe und war wärmer als meine Hand, auch wenn es im Leben, wie ich weiß, mit achtzehn um Komplizierteres geht als das.

»Ich gehe«, sagte ich.

Die Zeitung raschelte. Er musste im Pub einen *Guardian* erbeutet haben. »Das wird Brian sein.«

Es war Judith, in Liberty-Peacock-Rock und Windjacke, die Lider mit dem Stahlgrau der Kriegsschiffe bemalt, die manchmal durch die Meerenge fahren. Ich stand in der Tür. Zoe über Nacht zu beherbergen schien mir kein ausreichender Grund, warum ich mich vor dem Frühstück mit Judith auseinandersetzen sollte.

»Ich wollte nur gucken, ob mit Zoe alles in Ordnung ist.« Sie blickte an mir vorbei, die Treppe hoch. »Ich hab mir die ganze Nacht Sorgen gemacht.«

»Sie schläft. Ich habe gerade nach ihr gesehen. Sie ist warm und rosa und atmet gleichmäßig. Ich nehme an, sie braucht Ruhe.«

»Hat sie … hat sie was gegessen?«

»Ja«, sagte ich. Die Sonne brach durch die Wolken und beschien weiß das Meer, und es duftete nach warmem Gras. Eine Brise glitt an Judith vorbei und bewegte die Seiten eines Buches über Wale, das Raph offen auf dem Boden liegen gelassen hatte.

»Mami!«, rief Moth. »Runter! Mami suchen!«

Ich gab auf. »Möchten Sie reinkommen? Wir frühstücken gerade.«

Judith scharrte mit ihren schweren Stiefeln. »Hat sie gegessen, was Sie gekocht haben?«

»Ja«, sagte ich.

»Mami! Wo is Mami hin?«

»Kommen Sie rein, Judith.«

Sie legte ihre Hand an die Tür. »Ich bedaure das. Mit Zoe.«

Ich dachte: Wem sagen Sie das. »Kein Grund zur Sorge. Familien sind eine schwierige Angelegenheit. Man kann Kinder nicht kontrollieren.«

Sie wollte etwas sagen, ließ es dann aber bleiben. »Danke.«

Ich ließ sie in der Halle zurück und ging wieder in die Küche.

»Alles in Ordnung, Schatz. Mami ist nur an die Tür gegangen.«

Moth streckte die Arme nach mir aus. »Nich Tür. Nich hingehen.«

Der *Guardian* flatterte wie eine nervöse Möwe. »Wo ist sie?«

Judith erschien in der Tür. Sie trug rosa Frotteesocken, die an den Zehen abgetragen waren.

»Oh Gott«, sagte Raph. »Nicht die schon wieder. Ich geh nach oben.«

»Raphael!«

Er sah sich um. »'tschuldigung.«

Moth strich mir über die Wange. »Raph weggegeht.«

»Er kommt wieder«, sagte ich. »Judith, Tee?«

Sie betrachtete die Teekanne, als wäre sie eine Handgranate. »Ist da Earl Grey drin?«

»Nein«, sagte ich.

Giles ließ die Zeitung sinken. »Ich hab zu arbeiten. Wir sehen uns später.«

»Nicht so schnell. Ich hab auch zu arbeiten.«

Er stand auf. »Ich muss die Vögel beobachten.«

»Ich muss ein Buch schreiben. Und meinen Vortrag.«

Judith las einen Kontoauszug. Ich griff danach und drehte ihn um.

»Haben Sie kein Ablagesystem?«, fragte sie.

»Nein«, sagte ich. »Ich bin zu sehr damit beschäftigt, Bücher zu schreiben.«

»Ich finde, es spart Zeit.«

»Zweifellos. Giles, ich übernehme den Vormittag, wenn du mich heute Mittag ablöst. Auf die Weise kriegst du den Mittagsschlaf.«

»Kein Mittagsschlaf«, sagte Moth. Ich sah ihn finster an.

»Ich habe nie von Brian erwartet, dass er sich um die Kinder kümmert.«

»Nein«, sagte ich. »Nun. In Ihrer Generation war das was anderes, nicht? Sie konnten eine Hypothek mit einem Gehalt bedienen. Und hatten keine Studiengebühren abzuzahlen.«

Sie schniefte. »Wir sind mit unserem Geld vorsichtig umgegangen.«

»Ich bin bald wieder da.« Giles ging.

Ich umarmte Moth einen Augenblick lang, ließ die Zeit stillstehen, wie sie es tut, wenn Erwachsenengespräche das Haus verlassen.

»Moth, hilfst du Mami beim Abräumen?«

Er sah mich ungläubig an. »Abräumen?«

»Ach, lass ruhig. Meinst du, du findest die Arche? Und die Tiere?«

»Nein.« Er hängte sich an mein Bein.

»Guck mal, ob du ein Feuerwehrauto findest. Ein lautes Feuerwehrauto.«

»Nein.«

Ich griff nach dem Edelstahl-Pastatopf und nahm ihn vom Haken.

»Okay, dann spiel Kochen. Hier ist ein Löffel.«

Er setzte sich hin, drehte den Topf um und fing an, mit dem Holzlöffel daraufzuhauen. Wenn Kleinkinder nicht ein so unkompliziertes Verhältnis zu ihrer Wut hätten, hätte man meinen können, er widme sich einer Art Primärtherapie. Ich nahm an, dass nicht mal Judith da mithalten konnte. Immerhin war das Haus so solide gebaut, dass es Zoe vermutlich nicht wecken würde.

Judith las wieder unsere Post.

»Setzen Sie sich«, rief ich über den Lärm hinweg. »Oder gehen Sie Zoe wecken.«

Sie setzte sich. Ich stellte die Teller übereinander.

»Anna?«

»Was?«

»Was hat Zoe gegessen?«

Ich drehte den Heißwasserhahn auf.

»Sie hat heiße Schokolade getrunken und etwas vom Abendessen gegessen.«

»Was für ein Abendessen?«

Kein Wunder, dass das Mädchen hungerte.

»Eine Art Pizza.«

Judith runzelte die Stirn.

»Gibt es in dem Laden Mozzarella?«, schrie sie.

Moth verdoppelte seine Anstrengungen.

»Nein«, schrie ich zurück.

»Was dann, tiefgefrorene Pizza?«

»Nein.«

Sie runzelte wieder die Stirn.

»Was für heiße Schokolade?«

Ich legte die Schrubbbürste hin.

»Judith, glauben Sie nicht, sie wäre glücklicher, wenn Sie weniger ... neugierig wären?«

»Was?«

Ich kniete mich neben Moth. »Moth, Schatz, können wir das ins Spielzimmer bringen? Das ist laut.«

»Nich Spielzimmer.«

»Wenn du damit ins Spielzimmer gehst, kannst du noch die Glocken dazunehmen. Komm. Und die Maracas.«

Ich ging zurück in die Küche. Die Kakofonie war noch lauter, aber weiter weg.

»Glauben Sie nicht, da sie so darauf achtet, was sie isst, macht es die Sache nur schlimmer, wenn sie sich die ganze Zeit beobachtet fühlt? Ich meine, ich esse mehr, wenn ich allein bin. Sie nicht?«

Falscher rhetorischer Ansatz. Offensichtlich tut sie das, sonst wäre sie nicht so dick.

»Nein. Das kann ich nicht behaupten.«

Ich wandte mich wieder dem Abwasch zu. »Na ja, vielleicht wäre es bei Zoe so. Bei mir wäre es so.«

Judith stieß mit ihrem Daumennagel in das obere Glied ihres Zeigefingers.

»Ich weiß nicht, warum sie aus Kanada zurückgekommen ist. Wenn es nach mir gegangen wäre, wäre sie nie hingefahren.«

»Haben Sie sie gefragt?«

Die Sonne war jetzt kräftiger. Draußen auf dem Gras erschienen Schatten.

»Sie sagt, ich wollte die ganze Zeit, dass sie scheitert.«

»Und, wollten Sie das?«

»Natürlich nicht. Aber ich wusste, dass sie nicht zurechtkommen würde, und das habe ich ihr gesagt.«

Ich wartete, aber Judith hatte keinen Sinn für den Nutzen von Selbstkritik.

»Und jetzt hat sie sich in einen Zustand gebracht, in dem sie vermutlich auch in Cambridge nicht mehr zurechtkommt.«

»Vielleicht geht es ihr dort ja besser«, sagte ich. »Ich habe jedenfalls Studenten unterrichtet, die an der Universität ruhiger und beständiger waren als zu Hause.«

»An Zoes Leben zu Hause ist nichts verkehrt. Mein Sohn macht seine Sache sehr gut. Er studiert Medizin, am King's College.«

»Ich weiß. Sie haben es mir erzählt. Und Zoe auch. Judith, sehen Sie, ich will Sie nicht ärgern. Aber Sie haben mich gefragt, was ich darüber denke.«

Ich wusch die Teller fertig ab und wandte mich den Messern zu.

»Sie war so ein süßes kleines Mädchen«, sagte Judith. »So hübsch. Wir sind immer zusammen shoppen gegangen. Jetzt sagt sie, ich hätte sie angezogen wie eine Puppe, aber sie erinnert sich nicht, wie es war, sie hat jede Minute genossen. Und jeder hat gesagt, was für gute Manieren sie hat.«

»Das sagten Sie bereits.« Ich fragte mich, wo sie ihre Manieren herhatte. »Sie ist süß«, sagte ich. »Sie wird ihre Sache in Cambridge gut machen. Sie ist alt genug, um nach Kanada zu gehen und wieder nach Hause zu kommen und zu studieren und ganz eigenständig grob oder höflich zu sein. Sie hat gute Eigenschaften, auch wenn es nicht die sind, die Sie sich für sie gewünscht haben. Es wird Spaß machen, sie zu unterrichten. Aber vielleicht müssen Sie sie loslassen.«

Judith sah auf. »Wohl kaum. Sie würde nicht genug essen, um am Leben zu bleiben. Ihre Kleidung ist schrecklich, ich musste ihr für das Gespräch in Cambridge ein Kostüm aufzwingen. Sie ist in Kanada nicht zurechtgekommen und sie ist entsetzlich grob. Ehrlich, Anna, sie ist noch nicht so weit, dass sie ausziehen könnte. Ich bin erstaunt, dass sie überhaupt die Flüge allein überstanden hat. Wir haben sie in Vancouver von einem Kollegen von Brian abholen lassen. Weiß Gott, was die Leute in Cambridge denken werden.«

Ich trocknete mir die Hände ab. Bei Moth war es still geworden. »Sie müssen ihr vertrauen. Oder sich jedenfalls so verhalten, als täten Sie es.«

»Sie würde sich umbringen«, sagte Judith. »Sie wäre innerhalb von sechs Wochen tot.«

Ich fragte mich, ob Zoes Lebenserwartung unter dem aktuellen Regime bedeutend höher war. Auf der Treppe waren leise Schritte zu hören, als hätte das Gespenst endlich beschlossen, in Erscheinung zu treten.

»Da kommt sie«, sagte ich. »Ich gehe zu Moth.«

Er saß auf dem Boden und blätterte in einem von Raphs Schulbüchern.

»Moth, Schatz, alles in Ordnung?«

Er sah auf und hielt mir das Buch hin. »Mami Sternlein singen.«

Viele Sterne, die man am Nachthimmel sieht, sind in Wirklichkeit größer als unsere Sonne. Sie sind so weit weg, dass wir die Entfernung in Lichtjahren messen.

»Mami Sternlein stehen.«

Ich setzte ihn mir auf die Knie und fing an zu singen. Er fiel ein, und über unsere Disharmonie hinweg hörte ich Zoe ihre Mutter begrüßen.

»Was hast du denn hier zu suchen?«

Judiths Stuhl schabte über den Boden.

»Ich habe mir Sorgen um dich gemacht. Zoe, ich will doch nur, dass es dir gut geht. Das ist alles, was ich mir je für dich gewünscht habe.«

Das ist alles, was wir alle uns für unsere Kinder wünschen, aber da nicht mal wir selbst das schaffen, scheint es eine unverhältnismäßig schwere Last zu sein, die wir der nächsten Generation da aufbürden.

»Komm«, sagte ich zu Moth. »Wir suchen Raph und gucken, wie es den Apfelbäumen im Garten geht.«

4. Dez.

Da ich Mrs. Barwick im Moment kaum um den Gefallen bitten kann, diesen Brief zu verschicken, habe ich ihn noch nicht verschlossen. Also, das Kind ist krank. Ich habe heute erneut versucht, es zu besuchen, und wurde wieder an der Tür abgewiesen, aber als ich Mrs. Gillies am Wasser getroffen und sie befragt habe, hat sie bestätigt, dass das Baby, ein Mädchen, nicht trinkt und daliegt und schreit, als hätte es starke Schmerzen, die es zweifellos hat. Ich konnte die Schreie auf der »Straße« draußen hören, und als ich durch die Tür lugte, lag das Kind in einer Schachtel auf dem Tisch, und es war niemand in der Nähe. Es schien in einen Mehlsack gewickelt zu sein, und von unserer Säuglingsausstattung war keine Spur.

Ich hatte vor, den Hügel hinaufzugehen und vielleicht oben an der Klippe entlang, wo manchmal Schiffe auf dem Weg nach Amerika und Kanada zu sehen sind, aber obwohl der Morgen recht klar war, empfand ich den Wind bald als so stark, dass ich mich gezwungen sah umzukehren. Ich dachte, von Winden, die so stark sind, dass sie einen Erwachsenen zu Boden werfen, spräche man nur als Redewendung, oder es wäre jedenfalls eine Erfahrung, die nur diejenigen machen, die sich den weniger einladenden Gegenden des Globus aussetzen, aber so ist es nicht; ich drehte um, als eine Bö mich flach auf das Gras drückte, wenn auch mit mehr Schaden für meine Würde und meinen Reifrock (was, wie ich feststellen muss, gelegentlich eng zusammenhängt) als für andere Bereiche meiner Anatomie! Nur gut, dass die Einheimischen zu vernünftig sind, um sich solch unbarmherzigen Elementen auszusetzen, denn so wurde niemand Zeuge meiner Liederlichkeit, obwohl man aus dem Blick, den mir Mrs. Barwick bei meiner Rückkehr zuwarf, schließen könnte, dass sie in den Felsen Spione hat, die ihr von meiner Vermessenheit und den Folgen berichten.

Du kannst Dir vorstellen, dass Mrs. Barwick und ich im Augenblick ganz wunderbar miteinander auskommen. Ich habe seit der Geburt keine saubere Bettwäsche erhalten und bin nicht mal in den Genuss von Fladenbrot gekommen, das eine Abwechslung von Trockenfisch und Haferbrei bieten würde – denk an mich, wenn Deine Weihnachtsvorbereitungen voranschreiten! (Keine Sorge, ich bin nicht eigentlich hungrig, nur gelangweilt von der ewiggleichen Ernährung, die mir nicht schaden und, auf das ganze Leben gesehen, wahrscheinlich sogar nützen wird.) Ich würde Miss Emily schreiben, um mich über Mrs. Barwicks Anmaßung zu beschweren – allerdings kam mir der Gedanke, dass meine Briefe an sie womöglich gar nicht abgeschickt werden.

Die Partnerschaft zwischen Mutter und Kind

> Allerdings ist diese Partnerschaft zwischen Mutter und Kind nicht von langer Dauer. Die Bereitwilligkeit zu bewundern und zu loben ist bei vielen Müttern nur dem Kleinkind gegenüber vorhanden und verwandelt sich mit dem Heranwachsen des Kindes oft ohne Übergang in das Gegenteil. Die exhibitionistischen Werbungen des größeren Kindes werden dann abgewiesen, Kritik und Tadel treten an die Stelle von Stolz und Bewunderung, die sich jetzt einem jüngeren Geschwisterchen zuwendet. Dieser Wandlung im Benehmen der Mutter folgt eine Triebumwandlung im Kind. Schüchternheit, Ungeschicklichkeit in den Bewegungen tritt an die Stelle der früheren Freiheit im Benehmen.
>
> Anna Freud und Dorothy Burlingham, *Heimatlose Kinder*

Abends um zehn war am westlichen Himmel immer noch Licht zu sehen, und die Äste des Baumes, der sich davor abzeichnete, bewegten sich nicht. Ich streckte mich und überlegte, noch einmal rauszugehen, über das Gras zu laufen, das jetzt ganz feucht war, und der Einsiedlerin einen kleinen Besuch abzustatten. Wenn wir nach Oxford zurückkehren, werde ich mir vermutlich wünschen, mehr Zeit da oben bei ihr verbracht zu haben und weniger damit, daran zu scheitern, am Küchentisch mein Buch zu schreiben.

Der Nachmittag war windstill gewesen, und wir hatten ihn vollständig draußen verbracht, mit der glitzernden Sonne auf dem Meer und dem vor Insekten summenden Gras, aber nachts allein draußen zu sein ist anders. Die Gerüche in der Luft sind geschichtet: Meer und Blumen, aber auch kalter Stein, und im Wind ein arktischer Hauch, eine Andeutung von Winter. Wenn man von hier aus in einer geraden Linie nach Westen reiste, würde man nicht nach Boston oder New York gelangen, sondern nach Grönland. Unsere Sommernachmittage bringt der Golfstrom, eine warme Meeresströmung, die über unseren tatsächlichen Breitengrad hinwegtäuscht. Bisher. Raphs Vorhersagen wechseln sich ab, mal endet das Leben in Europa durch Erfrieren, mal durch Verglühen.

Mein Bildschirm hatte es aufgegeben, darauf zu warten, dass ich meinem Buch noch etwas hinzufügte. Ich blätterte in der Geschichte von Colsay bis zu dem Pflaster, das ich offenbar benutzt hatte, um mir zu merken, wo ich aufgehört hatte zu lesen.

> Die Ankunft der Familien aus Inversaigh auf der Insel scheint bemerkenswert reibungslos vonstattengegangen zu sein. Reverend Adamson, der die Überfahrt organisiert und die Waisenkinder unter den ankommenden Familien aufgeteilt hat, notierte: »Ende der Woche hielt ich einen Erntedankgottesdienst ab, dem alle guter Stimmung beiwohnten.« Der Boden in Inversaigh warf nicht viel ab, und es gab nicht viel Fischfang, weil die nächste sichere Anlegestelle bei den üblichen Winden in Colla lag, das heute zehn Minuten Fahrt vom Dorf Inversaigh entfernt liegt (es wurde 1838 geräumt und gehört heute zu den stimmungsvolleren Orten der West Highlands), das man damals aber nur mühsam und durch schwieriges Gelände erreichte. Die neuen Insulaner dürften für den relativen Überfluss Colsays recht dankbar gewesen sein, denn am Ende des ersten

Jahres war der Besitz der McColls zum ersten Mal seit fast einem Jahrzehnt vollständig vermietet.

Antonia Rivett hätte vom Text des Reverends nicht viel gehalten, aber ich war dankbar, daran erinnert zu werden, dass die Cassinghams nicht für alle Not und Mühsal verantwortlich waren, die im Laufe der Jahrhunderte auf Colsay geherrscht hatten. Giles' Urur-was-weiß-ich-Großvater erwarb die Insel von Julius McColl, der alles verkaufte, um die Schulden seines verstorbenen Vaters zu begleichen. Es leben immer noch McColls in der Gegend, und ich fragte mich, ob sie ebenfalls das Gefühl hatten, dass ihr Stammbaum durch die Gier ihrer Urgroßeltern beschmutzt worden war. Wir würden alle lieber von Opfern abstammen, die wir mit den Unschuldigen verwechseln, obwohl es für gewöhnlich die Aggressoren sind, die überleben. Die letzten Unschuldigen auf britischem Boden waren (möglicherweise) die Pikten, die der Sprache ein paar Ortsnamen, in der Bevölkerung aber keine nennenswerten Spuren hinterlassen haben. Durch unser aller Venen fließt Schuld.

Das tote Baby war eine Cassingham, die DNA ihres Unterdrückers durchzog den Boden von Colsay, in dem sie lag. Aber sie war natürlich nicht zu hundert Prozent eine Cassingham. Nicht mal Cassinghams sind fähig zur Parthenogenese.

»Giles«, sagte ich. »Hat die Polizei dich um eine DNA-Probe gebeten?«

Er sah auf. »Du wolltest doch deinen Vortrag schreiben.«

»Ja. Das mache ich aber nicht. Haben sie dich um eine Probe gebeten? Denn mich haben sie nicht danach gefragt.«

Er sicherte sein Dokument und sah in die Nacht hinaus. Wir hatten die Kinder im Schlafanzug mit in den Garten genommen, um gemeinsam die Sterne aufgehen zu sehen, und Raph hatte mir drei Sachen erzählt, die ich über Astrophysik nicht wusste.

»Ich hab mich schon gewundert, dass du nicht fragst.«

»Ich frage jetzt.«

Giles fummelte am Kabel seines Laptops herum. »Es ist nicht schlimm. Ich meine, ich habe kein dunkles Geheimnis.«

Es gibt natürlich die nationale DNA-Datenbank. Die, soweit ich mich erinnere, jeden enthält, der seit den frühen 1990er-Jahren verhaftet wurde, selbst wenn er für unschuldig befunden oder gar nicht erst angeklagt worden war. Ich erinnerte mich, davon gelesen zu haben und im Interesse meiner Söhne empört gewesen zu sein, da Jungen, die in der Stadt aufwachsen, sehr wahrscheinlich irgendwann in den nächsten fünfzehn Jahren Kontakt mit der Polizei haben werden. Ich habe auch von Frauen gelesen, die von der gewalttätigen Vergangenheit ihres Partners erst erfahren, wenn sich die Geschichte wiederholt.

»Giles?«

»Bevor wir uns kennengelernt haben. Ich war gerade mit der Schule fertig.«

»Das Jahr, in dem du gereist bist?«

Er nickte. Ich wartete. »Mein Gott, Anna, es ist nicht so, dass ich einen Mord begangen habe.«

»Gut.«

»Ich bin mit ein paar Freunden hergekommen. Eine Art letztes Abenteuer, ehe wir alle woanders hingehen.«

»Um euch selbst zu finden«, murmelte ich. »Welche Freunde?«

»Bertie ist der einzige, den du kennengelernt hast. Und einer hieß Charles.«

»Natürlich.«

»Und … ein paar Mädchen.«

»Unvorsichtig, nicht genau für jeden eins mitzunehmen.«

Er grunzte. So äußert man Ärger über seine Frau, wenn man auf einem privaten Internat war.

»Danke. Wir sind überwiegend auf der Insel geblieben. Es war eigentlich ganz schön. Gutes Wetter. Wir sind ein bisschen geschwommen. Haben am Strand Lagerfeuer gemacht. Bertie war schon mal hier gewesen, er war im Sommer ein paarmal mitgekommen. Pa hatte eine Kiste Wein geschickt. Und dann beschlossen wir, nach Colla zu fahren. Eins der Mädchen dachte, es wäre nett, die Einheimischen kennenzulernen.«

Mein Computer surrte und schlief ein.

»Und, war es das?«

»Wir sind abends hingefahren. Es war so lange hell. Wir haben im Pub ein paar Gläser getrunken. Ich meine, mir war klar, dass uns Leute zuhörten, aber wir waren nicht laut. Nur fand Pippa …«

»Pippa?«

»Pippa fand ihren Akzent so süß.«

»Das ist bestimmt sehr gut angekommen.«

»Genau. Also haben wir versucht, sie da wegzubekommen. Sie war … na ja, ziemlich blond, und sie hatte so eine Lache und sie hat wirklich die ganze Zeit gelacht. Sie trank normalerweise nichts, aber sie … sie wollte Charley irgendwas beweisen und hatte ganz schön was intus. Jedenfalls haben wir sie zum Hafen runtergebracht und sind in das Boot gestiegen, und sie saß da und hat sie nachgemacht. Es war windstill. Du weißt ja, wie weit Stimmen dann tragen. Wir haben versucht, sie zum Schweigen zu bringen, aber es war ziemlich lustig, und wir hatten alle ganz schön viel Bier getrunken. Und vorher Wein. Und Bertie hatte Gras dabei.«

»Ihr hättet also überhaupt nicht in dem Boot sein sollen.«

Giles rieb seinen Fuß an seinem Hosenbein. »Wenn unsere Jungs nichts Schlimmeres machen, können wir doch froh sein.«

Ich sah Raph und Moth vor mir – die sich in meiner Gebärmutter geformt hatten, die ich in den Armen gehalten und gestillt und abends zugedeckt hatte –, wie sie in einem kleinen Boot die Meerenge durchquerten, high und betrunken.

»Niemals. Nicht meine Babys.«

»Wir waren keine Babys mehr. Und unsere Eltern waren Hunderte von Meilen entfernt.«

»Ich lasse sie nirgendwo hinfahren, bis sie vernünftig genug sind, um so was nicht zu machen.«

Giles sah mich an. »Sind das nicht Judiths Worte?«

Am Himmel war die Milchstraße zu sehen, ein Zeichen menschlicher Bedeutungslosigkeit. Aber meine Kinder auf meiner Insel auf meinem Planeten in meinem Sonnensystem sind trotzdem der Mittelpunkt des Universums.

»Was ist dann passiert?«

»Dann kamen ein paar Jungs. Jünger als wir, aber es waren mehr. Es war ziemlich … kannst du dir ja vorstellen. Es wurde ziemlich grob. Jemand fiel ins Wasser.«

»Jemand?«

»Einer von den Jungs. Er war betrunken. Es war kein Rettungsring da. Wie immer.«

»Also ist er ertrunken?«

Giles sah auf. »Nein, natürlich nicht. Charley ist reingesprungen und hat ihn oben gehalten und jemand hat Hilfe geholt. Aber die Polizei kam. Wir sind alle verhaftet worden. Wegen Trunkenheit und öffentlicher Ruhestörung.«

»Die Einheimischen auch?«

Er schüttelte den Kopf. »Darüber hat Pa sich ziemlich aufgeregt. Nein. Nur wir. Sie haben uns aufs Revier in Inversaigh gebracht und uns über Nacht dabehalten. Und am nächsten Tag kamen Pa und Berties Dad und haben uns mit nach Hause genommen. Es wurde keine Anklage erhoben.«

»Berties Dad, der Kronanwalt?«

»Das hat wohl geholfen. Aber ich bin drei Jahre nicht mehr hergekommen. Und in den Pub bin ich erst wieder gegangen, als wir angefangen haben zu renovieren.«

Ich war in dem Pub nur mal, um die Toilette zu benutzen, die mit einem wild gemusterten Teppich ausgelegt und deren Klobrille von ausgedrückten Zigaretten vernarbt war, wie in vielen altmodischen Pubs im ganzen Land.

»Und wie war das?«

»Ganz gut, eigentlich. Ich meine, es wurde ein bisschen still, als ich reinkam. Ich hab eine Runde ausgegeben und ein paar Leute um Rat gebeten. Als ich Raph jetzt mit hingenommen habe, haben sie ihn Bier zapfen lassen.«

»Giles!«

»Er fand die Schläuche interessant. Keine Sorge, ich hab ihn probieren lassen und er hat es gehasst. Er wird sich jahrelang davon fernhalten.«

»Was, wenn er es gemocht hätte?«

»Hat er aber nicht. Bier mag beim ersten Mal niemand.«

»Das hält aber auch niemanden davon ab, es ein zweites Mal zu probieren.«

»Pa hat mich sonntags nach dem Mittagessen Portwein trinken lassen, seit ich denken kann. Er wird nicht dem Suff verfallen, bevor er zehn ist.«

»Dann gib ihm keinen Alkohol. Ich meine es ernst, Giles. Er ist zu klein.«

Wir sahen uns an. Ich hätte nicht müde sein sollen, nachdem ich schon wieder sieben Stunden am Stück geschlafen hatte.

Seit Moths Geburt hatte ich angenommen, dass mich Schlaf wieder in die schlanke Forschungsmaschine verwandeln würde, die ich mich dunkel erinnerte vor den Kindern gewesen zu sein, aber so schien es nicht zu funktionieren. Vielleicht ist der Schaden, den das Hirn durch das Großziehen von Kleinkindern nimmt, doch dauerhaft.

Ich gähnte.

»Denk einfach dran, dass wir nicht in den Siebzigern leben und er nicht nach Eton geht. Ich geh schlafen.« Ich ging um den Schreibtisch herum und umarmte ihn. Sein Pullover lag rau an meiner Wange. »Und ich bin froh, dein dunkles Geheimnis zu kennen.«

Er strich mir über das Haar. »Woher willst du wissen, dass das mein einziges dunkles Geheimnis ist?«

Ich tätschelte seinen Hintern. »Woher willst du wissen, dass ich keins habe?«

»Weil deine DNA nicht in der Datenbank der Polizei ist. Quod erat demonstrandum. Los, geh schlafen. Ich muss noch ein bisschen was machen.«

Ich ging langsam die Treppe hoch. Es bringt nichts, es ihm jetzt zu sagen.

Nachtwache, 02:05 Uhr

Irgendetwas hat mich geweckt, aber es ist nichts zu hören. Ich setze mich auf. Der Regen pfeift in der Dachrinne, und die Wellen rauschen. Mein eigener Herzschlag, Giles' ruhiger Atem und ein wischendes Geräusch, als würde etwas an der Wand entlangstreichen. Ich steige aus dem Bett und gehe zur Tür. Auf der anderen Seite ist schweres Atmen zu hören. Ich öffne sie.

»Raph. Was machst du denn hier?«

Er zittert, hat Gänsehaut. Er ist offenbar schon lange nicht mehr im Bett.

»Komm, Schatz. Ab ins Bett.«

Ich nehme seine Hand, führe ihn durch den dunklen Flur in sein Zimmer und trete auf etwas Warmes, Pelziges. Ich schreie auf, was nicht hilfreich ist. Er klammert sich an mich.

»Mami, Mami, was ist das? Was?«

Ein Teddy, natürlich. Der Teddy, den meine Mutter ihm gemacht hat, ehe er geboren wurde, der Teddy, der im Hintergrund fast sämtlicher der zweihundert Fotos zu sehen ist, die wir in den ersten zwei Wochen seines Lebens gemacht haben – damals noch heller und mit markanteren Gesichtszügen.

»Nur dein Bär, Schatz. Entschuldige.«

Aber unter meinen Füßen sind noch mehr kleine, pelzige Körper. Ich komme nicht an den Lichtschalter, ohne auf sie draufzutreten. Es ist sehr dunkel.

»Raph, kannst du dein kleines Licht anmachen?«

Er lässt meine Hand los und macht Licht. Er kauert auf dem Bett, zitternd, und alle seine Kuscheltiere, und ein paar von Moth, liegen in Reihen auf dem Rücken auf dem Boden, massenweise Opfer, die auf ihre Beerdigung warten.

»Wo ist dein Schlafanzugoberteil?«

Er zuckt mit den Schultern. Ich nehme die Decke und lege sie ihm um.

»Soll ich die Tiere wieder ins Bett tun?«

Er zieht sich die Decke über das Gesicht. Ich hebe sie auf und verteile sie großzügig über das Bett.

»Warum bist du wach, Liebling? Es ist mitten in der Nacht.«

Ich streichele die Decke dort, wo seine Schulter sein müsste. Er zittert immer noch.

»Du glaubst mir ja eh nicht.«

Ich versuche ihn zu umarmen, aber er ist ganz steif.

»Sag es trotzdem. Ich glaube dir, dass es sich echt anfühlt. Und wichtig.«

Er zieht die Decke noch weiter nach oben und spricht durch sie hindurch.

»Mir ist so kalt.«

»Ich weiß. Wenn du möchtest, mache ich dir heiße Milch.«

Er schüttelt den Kopf. »Geh nicht weg.«

Ich sitze da und warte. Der Wind pfeift, und ich höre ein Schlurfen, oben auf dem Dachboden. Raph hat immer noch die Decke über die Ohren gezogen. Nach einer Weile legt er sich hin, und ich höre das Geräusch wieder.

»Mami?«

»Ja, Schatz?«

»Ich höre immer das Baby. Nachts.«

»Ach, Raph.« Ich versuche, es richtig anzugehen. *Nein, tust du nicht*, würde ihn mit seiner Angst allein lassen. *Ja, das glaube ich*, bestätigt sie. »Ich glaube, du hörst es in deinem Kopf. Weil du viel an das Baby denkst. Wenn ich nicht bei dir bin und an dich denke und dich vermisse, kann ich auch manchmal deine Stimme hören. Du bist noch in der Schule, oder bei Papa oder so, aber ich kann hören, wie du mit mir sprichst.«

Er spricht in sein Kissen. »Aber ich bin nicht tot.«

»Nein. Keiner von uns ist tot. Und das Baby ist schon sehr lange tot.«

»Und eines Tages bin ich auch tot. Und du und Moth und Papa auch. Und Großmama. Großpapa ist schon tot. Und wenn Menschen tot sind, dann kommen sie nie wieder und wir sehen sie nie wieder und sie liegen einfach in der Erde.«

Vor mir liegt gähnend eine weitere lange Nacht. Und Raph hat recht, auf dem Dachboden ist wieder etwas.

Ich erwartete Judith oder Zoe seit vor dem Frühstück. Nachdem Moth versucht hatte, die Seiten eines in Leder gebundenen Weltatlasses von 1928 umzublättern, den Raph seit fast einer Stunde studierte, und Raph sich rächte, indem er Moth den Pullover über den Kopf zog, während ich sie vernachlässigte und den Wäscheständer nach draußen schleifte, um aus dem, was man noch nicht ganz als Sonnenschein bezeichnen konnte, das Maximum herauszuholen, lief ich mitten am Vormittag über das Gras Richtung Blackhouse. Die Vorhänge waren aufgezogen, aber ich konnte hinter den Fensterscheiben weder Licht noch Bewegungen sehen.

»Mami, du hast gesagt, wir könnten heute irgendwo hingehen. Du hast gesagt, wir könnten einen besonderen Ausflug machen.«

Ich lief auf sie zu. Raph balancierte im Garten mit einer Hand den Atlas auf dem Kopf, während Moth an seinem T-Shirt zog.

»Moth will das haben! Raph soll abgeben!«

»Nein, Schatz. Raphs Buch. Eigentlich ist es wohl Papas Buch, aber Raph sieht es sich an. Komm, wir gehen rein und ich suche für dich *Peter Hase*.«

»Nein.«

Raph nahm die Hand weg. Ich fing das Buch auf, als es herunterfiel, und ging wieder in die Küche. Ich sah auf die Uhr. Zum Mittagessen hatten wir nur Brot und Käse, und wir schienen schon sehr lange Brot und Käse zu essen. Der Gedanke, dass Giles von den Papageientauchern zurückkommen und erwarten könnte, ein Mittagessen serviert zu bekommen, um dann festzustellen, dass ich nicht dazu gekommen war, machte mir nicht besonders zu schaffen.

»In Ordnung. Wir fahren nach Colla und essen im Pub, und dann dürft ihr aussuchen, was wir am Nachmittag machen, okay? Der Tank vom Auto ist noch ungefähr zu einem Viertel voll.«

In Colla gibt es keine Tankstelle, und wenn die Tankanzeige auf Rot steht, reicht es nicht mehr, um nach Inversaigh zu kommen. Mrs. McConnell von Spar würde etwas von ihrer Notration verkaufen, aber sie sorgte dafür, dass man kein gutes Gefühl dabei hatte.

»Können wir zum Friedhof?«, fragte Raph. »Zu dem richtigen, neben der Kirche, wo auf den Steinen was draufsteht?«

Seine nackten Zehen wurden langsam blau. »Ach, Raph. Was ist mit dem Spielplatz in Inversaigh? Mir macht es nichts aus, euch hinzufahren. Und dann könnten wir auch zu den Glasbläsern gehen.«

Mir gefallen die Glasbläser noch besser als ihm. Ich bin eine Bäuerin aus dem Mittelalter, für die das, was Hitze mit geschmolzenem Sand anstellt, ein Spektakel der Transsubstantiation bleibt, während diese heißen Lichtblasen für Raph, den Wissenschaftler, so vorhersehbar sind wie Wasser, das bergab läuft, oder Kupfer, das grün anläuft. Und ich gebe zu, dass sich die verantwortungsvolle Erziehung eines neugierigen Kleinkindes in unmittelbarer Nähe zu Glasbläsern kaum umsetzen lässt.

»Ich würde lieber zum Friedhof, bitte, Mami.«

»Wir fahren zu der Buchhandlung in Inversaigh.« Sie ist zwar nicht wie Blackwell's in der Broad Street, aber die Leute hier oben lesen viel, und somit ist sie besser, als man erwarten würde. Als ich erwartet habe. Mir fallen bereits ein paar Sachen ein, die ich mir selbst kaufen könnte.

»Kann Moth ein Buch haben?«

»Nein.« Raph stand auf und sah finster aus dem Fenster, als würde das, was ihn ärgerte, von draußen hereinsehen. »Du hast gesagt, ich darf es mir aussuchen. Und ich hab dir gesagt, was ich machen möchte.«

»Moth auf den Spielplatz?«

Vielleicht hatte es eine Art kathartische Wirkung. Vielleicht war es das, was er brauchte.

»Na gut. Wenn du wirklich lieber den Friedhof von Colla sehen willst, als in Inversaigh auf dem Spielplatz zu spielen und zu Bramley's und in die Buchhandlung zu gehen – wie du willst.«

Bei Bramley's gibt es Buttertoffees. Über der High Street hängt der Duft von Butter und Zucker, und sogar Giles erlaubt von Zeit zu Zeit eine kleine Überzuckerung.

»Ich würde lieber zum Friedhof fahren.«

Auf dem Weg guckten wir im Blackhouse vorbei, um zu fragen, ob jemand nach Colla gebracht werden wollte, und sicherzugehen, dass alle noch am Leben waren, obwohl ich mich, falls nicht, vielleicht lieber davonschleichen und für Jake irgendein Problem mit den Rohren erfinden würde, als die offizielle Entdeckerin weiterer Leichen auf Colsay zu sein. Ich klopfte und wartete.

»Moth Waschmaschine spielen und Knöpfe drücken?«

»Nein, Schatz.«

Ich klopfte noch mal. Oh Gott, vielleicht war wirklich irgendwas schrecklich schiefgegangen. Man kann auf einer kleinen Insel nicht einfach »nicht da« sein. Ich drehte mich um und suchte das Ufer nach Raph ab, der am Boot warten wollte und mir mehr oder weniger glaubwürdig versprochen hatte, nicht hineinzuklettern oder die Halteleinen anzufassen, bis ich kam.

Ein Schatten erschien hinter dem Mattglas-Türfenster, ein großer, männlicher Schatten. Brian, den ich für das wahrscheinlichste Opfer gehalten hatte, öffnete die Tür.

Er wolle nicht, danke, er arbeite an etwas, aber er glaube, dass – nein, gesehen habe er sie heute Morgen beide noch nicht, aber er habe auch sehr früh angefangen zu arbeiten. Er werde sie fragen. Er ging nachsehen. Brian musste noch besser darin sein als Giles, seine Familie zu ignorieren, während er arbeitete, wenn ihm im Blackhouse zwei Menschen entgehen konnten.

»Moth jetzt Waschmaschine besuchen?«

»Nein, Schatz. Jetzt nicht.«

Moth begann auf und ab zu hibbeln, die Bewegung, die einem Trotzanfall vorausgeht. »Mit Zoe Waschmaschine gucken!«

Brian erschien wieder in der Tür. »Meine Frau sagt, Zoe schläft noch und sie will bei ihr bleiben. Aber vielen Dank. Und – äh – Entschuldigung wegen … na ja, wegen neulich.«

»Ach, das.« Moth begann, nach mir zu treten. »Kein Problem. Ich meine, wir haben uns alle schon mal gestritten.«

Er sah aus, als wäre ich ihm auf den Fuß getreten. »Ja, vermutlich. Gut, ich möchte Sie nicht aufhalten.«

»Nein. Natürlich. Aber Brian? Geht es Zoe gut?«

Er wirkte abgespannt. »Es ist nett von Ihnen, dass Sie sich Sorgen machen. Ich gehe nicht davon aus, dass sie in unmittelbarer Gefahr schwebt. Bisher. Sie schläft. Sie ist im Moment oft müde.«

»Mami! Aufhören!«

Ich sah keine Möglichkeit, ihm zu vermitteln, dass ich mich für ihre geistige Gesundheit interessierte.

Ich setzte Moth ab und hielt seine Hand fest, als er auf Brian zuwackelte.

»Waschmaschine!«

»Okay. Grüßen Sie sie schön von mir. Und wenn sie später Lust hat vorbeizukommen – ich habe massenweise heiße Schokolade.«

»Moth will Schokolade!«

»Danke, Anna. Auf Wiedersehen.«

Ich konnte Raph am Rand des Anlegers sitzen sehen. Er schwimmt gut, zumindest tat er das, als wir Oxford verlassen haben, aber die Kraft der Wellen kennt er nur in der Theorie.

»Komm«, sagte ich zu Moth. »Mal sehen, wie schnell wir laufen können.«

Er setzte sich hin. Die dänische Regenkleidung für Kinder, die ich liebevoll im Internet ausgesucht hatte, während ich hätte arbeiten sollen, hat den Nachteil, dass Kinder, die unter fünf Jahre alt sind, so lange die freie Natur genießen können, ohne sich viel zu bewegen, dass ihre erwachsenen Aufsichtspersonen an Unterkühlung und Selbstmordgedanken zugrunde gehen. Ich hob ihn hoch und behielt ihn unter dem Arm.

Moth blieb zornig, im Boot, im Hafen und auf der Hauptstraße. Er ließ sich nicht besänftigen, weder von zwei kleinen Hunden hinter einem Tor noch von Raphs Aufforderung, in einer kaffeefarbenen Pfütze neben dem Briefkasten auf und ab zu springen, nicht mal, oder jedenfalls nur kurz, von meinem Angebot, eine alte Fahrkarte aus meiner Tasche zu verschicken. Ich nahm ihn auf den Arm, eilte in den Spar und kehrte mit einer Packung Schokoladentropfen zu Raph und der Pfütze zurück.

»Was würde Papa dazu sagen?«, fragte Raph und streckte die Hand aus.

Der Tag, an dem Papa mit euch beiden mittagessen geht, während ich arbeite, wird der Tag sein, ab dem er berechtigt ist, eine Meinung zu diesem Thema zu haben. »Ich weiß es nicht«, sagte ich. Moth ließ geschmolzene Schokolade auf seine dänische Regenkleidung tropfen und streckte die Hand aus, um noch mehr zu bekommen. »Was macht er, wenn Moth einen Trotzanfall hat?«

»Kein Tropfanfall«, sagte Moth. »Mehr.«

Raph patschte mit seinem Stiefel in die Pfütze. »Ich glaube, dann ruft er nach dir.«

Ich aß ein paar Schokoladentropfen. Bei meiner Großmutter durfte ich mir früher ein Sandwich aus gesalzenen Chips und Schokoladentropfen machen – einer der besten Snacks der Achtzigerjahre.

»Na bitte. Nimm dir noch was.«

Die Kirche von Colla stammt aus dem neunzehnten Jahrhundert und wurde aus Sandstein gebaut, für Menschen, die ästhetisches Vergnügen für eine Form der Prasserei hielten. Hier gab es keinen gewundenen Pfad, der an efeuumrankten Lebensgeschichten auf verwitterten Steinen vorbeiführte, sondern vorstadtartige Reihen aus rotem Marmor, schimmernd wie Pastetenscheiben in Aspik, verziert nur durch aufgesetzte Metalllettern. Auf einigen Gräbern standen Plastikblumen, auf anderen tote Nelken, und der Gesamteindruck erinnerte mich an die weitläufigen Gartencenter mit Musikberieselung, die meine Mutter so mochte.

»Schöne Blumen«, sagte Moth und ging in die Hocke, um an ihnen zu riechen.

»Die sind aus Plastik.« Raph stieß eine mit dem Fuß an.

»Mach das nicht. Die hat hier jemand als Erinnerung an jemanden hingestellt, den er geliebt hat.«

Raph trat noch einmal dagegen. »Warum?«

Ich vermutete, dass wir genau wegen dieses Gesprächs hergekommen waren.

»Hallo, blaue Blume.« Moth strich mit seinem Schokoladenfinger darüber. »Willst du eine Raupe haben?«

Ich beschloss, dass Raphs Interesse an Trauerritualen größere Priorität hatte als Moths Fehleinschätzung des Verhältnisses, in dem Blumen und Raupen in der Nahrungskette zueinander standen. Ich schloss das Tor, und das Scheppern kam als Echo vom Berghang zurück.

»Guck mal, ob du eine Raupe findest, Moth. Für die Blume. Ich weiß nicht genau, warum, Raph. Es ist wohl an den meisten Orten, an denen Blumen wachsen, Tradition, welche aufs Grab zu pflanzen. Ich nehme an, weil Blumen aus Samen wachsen und weil sie blühen und dann verwelken, aber wenn sie verwelken, vermodern sie und werden zu Kompost für ihre eigenen Samen, die wachsen und blühen und so weiter. Sie sind also hübsch und duften gut, aber sie sind auch eine Möglichkeit, sich über das Geborenwerden, das Leben und Sterben Gedanken zu machen, darüber, wie das Ökosystem funktioniert.« Ich hoffte, der Richter über das Muttersein machte sich Notizen.

»Aber die hier verwelken und vermodern nicht. Die sind aus Plastik.«

»Na ja, ich vermute, bei diesem Wetter würden sich frische Blumen nicht lange halten. Oder vielleicht kann derjenige, der sie hergebracht hat, auch nicht so oft kommen, möchte aber gerne, dass es schön aussieht.«

Er trat mit dem Fuß gegen das Gras. »Und die haben auch keine Samen. Man kann sie nicht mal recyceln, die landen auf der Müllkippe und brauchen ungefähr zweihundert Jahre, um zu zerfallen, und PCB gelangt in die Erde und hindert andere Sachen am Wachsen.«

Moth krabbelte hinter die nächste Reihe aus Steinen, und ich bewegte mich, um sein Fortkommen zu verfolgen, als fürchtete ich, eine der Pastetenscheiben könnte auf ihn drauffallen. Als glaubte ich, ich könnte ihn mir schnappen, falls das passierte.

Raph trat die Plastikblumen um. Weiße Kügelchen rieselten auf das Grab.

»Nein, Raph. Stell sie wieder hin. Die sind jemandem sehr wichtig.«

Er trat gegen den Grabstein. Andrew McConnell, 1933–2001.

»Raphael, hör auf damit. Sonst gehen wir. Du kannst dich auf einem Friedhof nicht so benehmen. Stell die Blumen wieder hin.«

»Nein. Die sind dumm. Und der Stein ist dumm und Andrew McConnell ist dumm.«

Moth kam angelaufen. »Mami, Raph hat dumm gesagt!«

»Stell die Blumen wieder hin, Raph. Jetzt.«

Er warf sie gegen den Grabstein. Der Plastiktopf zerbrach und der Rest der Kügelchen fiel auf das Grab. Die Blumen wurden davongeweht, und Moth flitzte hinter ihnen her.

»Gut. Wir gehen. Sofort.«

Ich fasste Raph an der Schulter und schob ihn auf das Tor zu. Er stolperte, sträubte sich, und ich drückte ihn gegen die Mauer.

»Au«, sagte er. »Hör auf, Mami.«

»Du bleibst jetzt hier stehen und rührst dich nicht, ist das klar? Ich bringe das Chaos in Ordnung, das du auf dem Grab dieses armen Mannes angerichtet hast.«

»Er ist nicht arm, er ist tot!«, schrie Raph. »Und es ist dumm, Mitleid mit ihm zu haben, weil er in Atome zerfällt und es nicht mal weiß!«

Ich atmete tief ein, wie es die Erziehungsratgeber empfehlen, die keinen konkreteren Rat für eine Mutter haben, die auf einem Friedhof mit ihrem Siebenjährigen streitet, und ging wieder zu Moth. Wir sammelten die Blumen ein, die wir finden konnten. Mein Haar wehte mir ins Gesicht und Moth schob es zurück und berührte meine Wange.

»Raph hat dumm gesagt. Mami wütend.«

Ich drückte ihn. In mancher Hinsicht lässt sich mit Menschen, die auf dem Boden liegen und schreien, wenn die Welt nicht ihren Erwartungen entspricht, besser leben als mit Menschen, die über den Tod nachgrübeln.

»Komm. Wir sorgen dafür, dass Raph sich besser fühlt.«

Aber Raph sprach mit jemandem, oder zumindest sprach jemand mit ihm. Vor ihm stand eine alte Dame, die blattreiche rosa Rosen und eine Gartenschere in der Hand hielt und ein rotes Plastikkopftuch trug, das genauso viel PCB (was immer das ist) abgeben und genauso lange brauchen würde, um zu zerfallen, wie eine künstliche Pflanze. Ich nahm Moth an der Hand und eilte zu ihnen. Das Kopftuch wurde ergänzt von einem himbeerroten Pullover und einer roten Cordhose.

»Guten Tag«, sagte ich erwartungsvoll. Moth duckte sich hinter meine Beine, hielt sich an ihnen fest und zog besorgt an meinem Hosenbund.

Raph starrte mich an und trat gegen die Mauer hinter sich.

»Er spricht nicht viel, oder?« Sie deutete auf ihn.

»Oje. Ich hoffe, er war nicht unhöflich. Er … er …« Ist von Geburt an unsozial? Das Ergebnis mütterlicher Vernachlässigung, von der emotionalen Misshandlung gar nicht zu reden? Ein bisschen aufgebracht?

»Macht ein bisschen Theater? Na ja, ein Friedhof ist auch nicht der richtige Ort für einen kleinen Jungen, oder? Ich nehme an, Sie suchen jemanden? Die Cassinghams liegen hier nicht, wissen Sie?«

Moth streckte seinen Kopf hervor. »Hallo.«

»Nein«, sagte ich. »Raph wollte herkommen. Ich habe angeboten, mit ihnen auf den Spielplatz in Inversaigh zu gehen. Es war sein Wunsch.«

Sie wandte sich wieder an Raph. »Und warum ist das so?«

Er trat wieder gegen die Mauer. »Ich wollte ihn einfach sehen. Das ist alles. Aber es ist dumm. Es spielt keine Rolle. Die sind immer noch alle tot.«

Die Frau sah ihn an. Moth streckte wieder seinen Kopf vor.

»Hallo, du«, sagte sie. Sie klemmte sich die Gartenschere unter die Achsel und hielt Raph die andere Hand hin. »Der Friedhof ist für die Lebenden. Aber es gibt hier nicht nur Blumen und alte Damen. Wenn du willst, zeige ich dir Henrysons Grab.«

Raph sah auf. Ein Flecken aus Sonnenlicht breitete sich über den Hang aus und kam näher, auf meinem Gesicht lag leichte Wärme. Ich legte den Kopf in den Nacken und schloss die Augen. Nimm Vitamin D auf, wann immer du es kriegen kannst.

»Was ist das?«, fragte er.

»Da sind viele Menschen sehr ärgerlich geworden. Man sagt, dass ... Komm mal näher.« Sie beugte sich zu ihm hinunter und flüsterte etwas. »Man sagt, dass die Leute aus dem ganzen Umkreis gekommen sind, um auf sein Grab zu pinkeln!« Sie lächelte und nickte, als hätte sie uns gerade erzählt, wo es Teekannenwärmer im Angebot gibt.

»Was?«

»Ich bin sicher, dass sie es nicht wirklich getan haben, nicht auf dem Friedhof. Aber sie hatten es vor.«

»Wann war das?«, fragte ich. So eine alte Dame wäre ich gern.

»In den Achtzigerjahren des neunzehnten Jahrhunderts. Er war übrigens der Verwalter von Hugo Cassingham.«

Raph wirkte verwirrt. »Großpapa Hugo?«

Ich nahm Moth auf den Arm und öffnete den Mund, um Raph vor den Sünden seiner Vorfahren zu bewahren. Vor den Hugos. Sie stand zwischen uns.

»Nein, nicht dein Großpapa. Das ist länger her. Die Familie

lebte damals in London, nicht wahr, Anna? Und kam nur in den Sommerferien her, wie ihr. Nur dass ihnen damals mehr als die Insel gehörte, und sie hatten einen Verwalter, der, während sie weg waren, das meiste aus dem Land rausholen sollte.«

»Entschuldigung«, sagte ich. »Mrs …?«

Sie hob eine Hand, wie Queen Mom. »Ich erzähle ihm das nur eben gerade. Und dieser Mann, Henryson, der hat die Menschen hier ausbluten lassen. Die Kinder sind mit leerem Magen zur Schule gegangen und die kleinen, wie dein Bruder hier, haben nach Brei geschrien, denn etwas anderes kannten sie gar nicht. Und dann sollte die Insel geräumt werden und alle sollten mit einem Schiff nach Kanada geschickt werden, und es waren doch sowieso schon so viele Häuser verlassen. Jedenfalls, was ich dir erzählen wollte, als der alte Mistkerl endlich gestorben ist und sie ihn begraben haben, sagten die Leute, sie wollten ihn hier nicht haben, neben denen, die er hatte hungern lassen und die er aus ihren Häusern geworfen und früh ins Grab gebracht hatte. Aber der Pfarrer sagte, er wäre ein Christenmensch gewesen und werde in christlichem Boden liegen wie der Rest von uns auch und es sei Sache des Herrn, das Urteil über sein Leben zu fällen.«

»Alter Mistkerl«, sagte Moth genüsslich.

»Aber in Colla hatten sie nichts davon gehört, und als der Tag der Beerdigung kam, herrschte auf dem Friedhof ziemlicher Radau, und die alte Virginia Grice von der Insel hat einen Fluch verhängt und gesagt, dass die Leute meilenweit reisen würden, um auf sein Grab zu pinkeln. Du siehst also, junger Mann, das hier ist ein Ort, an dem man auch wütend sein kann, nicht nur traurig.«

»Waren die Menschen wütend auf Hugo Cassingham?«, fragte Raph.

»Das war damals etwas anderes …«, sagte ich.

Sie fiel mir ins Wort. »Ja. Waren sie. Er blieb unten in London und wusste gar nicht, was in seinem Namen hier vor sich ging. Oder noch schlimmer, er wusste es. Seine Schwester wusste es, nach allem, was ich gehört habe.«

»Emily?«, fragte ich. Hatte Emily Cassingham sich in Colsay House aufgehalten? Ehe sie heiratete?

»Emily. Hat sich in alles eingemischt, wie meine Großmutter immer sagte.«

Moth zog an meiner Hand. »Moth will essen. Mehr Schokolade?«

»Wir geben ihnen normalerweise keine Schokolade. Das war nur zum Naschen, nicht, Raph?«

»Kann ich das Grab sehen? Das, auf das die Leute draufgepinkelt haben?«

»Moth auf Grab pinkeln?«

»Nein«, sagte ich. »Ganz bestimmt nicht.« Die Cassinghams haben mich heute schon genug beschämt.

Wir folgten ihr um die Kirche herum. Henrysons Grab verkörperte eine weitere Variante schlechten viktorianischen Geschmacks, die Variante mit Strebebögen und Stalagmiten aus Pilzstein.

»Das sieht aus wie diese Klos in Paris«, sagte Raph. »Weißt du noch, Mami? Die, die nur für Männer waren.«

»*Pissoirs*«, sagte ich. »Die waren dagegen noch fast unauffällig.«

Unsere örtliche Sibylle lachte. »Die kenne ich. Mein Neffe lebt dort, in Paris. Ich gehe zum Grab von meinem Robert. Du kannst deinen Vater von mir grüßen. Er war mal bei mir zu Hause, weißt du, als er ungefähr so alt war wie du. Aber er wird sich nicht mehr daran erinnern.«

»Danke«, sagte ich. »Ich richte es ihm aus.«

»Tun Sie das.« Sie sah zu Raph hinunter, der mit seinem Finger die eingravierten Buchstaben entlangfuhr. »Ich habe gehört, ihr habt in eurem Garten etwas gefunden.«

»Knochen«, sagte Raph. »Menschenknochen von vor langer Zeit.«

»Wir mussten die Polizei auf die Insel rufen.« Ich strich Moth über den Kopf. »Das passiert in der Gegend wohl häufiger. Archäologische Überreste.«

»Ja. Normalerweise allerdings keine Knochen. Aber man hält schon die Augen offen, wenn man baut. Giles wird Ihnen sicher von Andrew MacDonald erzählt haben?«

»Andrew MacDonald?«, fragte ich.

Raph wandte sich uns wieder zu. »Wer ist dein Robert?«

»Robert ist ein Schwein«, brummelte Moth, dem das fiktive Schwein eingefallen war, das in einen Ententeich fällt.

»Robert war mein Bruder, Raphael. Er ist seit vier Jahren tot, und ich habe ihm immer noch Dinge zu sagen.«

»Oh.« Raph ging um den Stein herum und betrachtete seine Rückseite.

»Ihr Giles hat Andrew MacDonald ins Hafenbecken geschubst. Vor zehn Jahren. Vielleicht eher vor zwanzig. Hat er Ihnen das nicht erzählt?«

»Ist Andrew MacDonald mit Ian verwandt? Dem Polizisten?«

»Brüder«, sagte sie. »Ich war nicht sicher, ob Sie das wissen. Ich bezweifle, dass Giles die beiden unterscheiden kann. Und jetzt, bye-bye.«

Es ging also überhaupt nicht um mich oder um mich als Mutter, ich war in eine ganz andere Schlacht geraten. In eine weitere Schlacht. Die Hafenbeckengeschichte war schließlich auch nicht besonders angenehm.

Ich streckte den Rücken durch und nahm die Kinder an den Händen. »Kommt jetzt. Wir gehen in den Pub und bestellen Pommes, okay?«

Raph rieb meine Hand an seiner Wange. »Tut mir leid, dass ich die Blumen getreten habe, Mami.«

Ich küsste ihn auf den Kopf. »Tut mir leid, dass ich dich an die Mauer gedrückt habe. Willst du zu den Pommes Hähnchen oder einen Burger?«

So machen Kinderschänder das, sie entschuldigen sich und kaufen was zum Naschen und dann tun sie es wieder.

Doch noch in derselben Generation hatte diese kleine Insel einen weiteren schweren Schiffbruch zu verkraften. Einer der Vermissten war James Grice – der Junge, der mit seiner Schwester durch die Meerenge gerudert war, nachdem er ihr geholfen hatte, die Mutter zu begraben. Der Verlust von vierzehn der einundzwanzig Männer zwischen sechzehn und fünfzig Jahren war ein schwerer Schlag für die Insel.

Der Sommer des Jahres 1769 war prächtig. Iain McColl, der im Juni jenes Jahres von Inversaigh an seine Schwester in Edinburgh schrieb, hielt fest: »Die Menschen sagen, sie könnten sich nicht erinnern, dass sie in den letzten zehn Jahren oder länger so viele Fische gefangen hätten, die Heringe springen fast aus dem Wasser in die Boote, und des Nachts lassen sie das Fischen gänzlich sein, damit die Schiffe nicht unter dem Gewicht ihrer Reichtümer sinken, und die Frauen sind Tag und Nacht mit Pökeln beschäftigt.« Das Volk von Colsay, das in Ermangelung einer sicheren Anlegestelle traditionell kein Fischervolk ist, hatte Teil an diesem Überschuss und überließ die Landwirtschaft nun vollständig den Frauen.

Reverend Mitchell, der das Amt im Jahr zuvor von Reverend Adamson übernommen hatte, notierte, dass er die Männer von Colla zweimalig rügen musste, weil sie an einem Sonntag mit ihren Booten hinausfuhren, und am 3. Juli widmete er seine Predigt diesem Thema. Er scheint ein Prediger alter Schule gewesen zu sein, der Gift und Galle spuckte, und die Predigt war zweifellos ergreifend, aber bedauerlicherweise nicht ebenso ergreifend wie der Gedanke an die Heringsschwärme, die das Wasser unterhalb der alten Kirche zum Schäumen brachten.

In der darauffolgenden Woche standen die meisten Männer auf Colsay inmitten der hellen Sommernacht auf, ehe die strenggläubigen Älteren sich von ihrem wohlverdienten Schlaf erhoben, und begaben sich mit dem größeren der beiden Inselboote weiter in den Norden als üblich, weil die erfahreneren Fischer aus Inversaigh dort auf große Makrelenschwärme gestoßen waren. Die Männer aus Inversaigh waren dazu übergegangen, mit ihren Sechs-Mann-Ruderbooten so weit zu fahren, dass sie lange kein Land mehr sahen, sie orientierten sich an den Wolken und dem Kurs der Seevögel in der Luft, woraufhin sie sich irgendwann in der Nähe der norwegischen Küste wiederfanden. Vielleicht hatten sich die Männer von Colsay von den Geschichten inspirieren lassen, die sie an Sommerabenden beim Ceilidh gehört hatten. Es überlebte niemand, der hätte erklären können, was die Männer sich gedacht haben, als sie ihre schlafenden Ehefrauen, Mütter und Kinder zurückließen.

Das Wetter auf Colsay blieb ruhig und klar, wie es zu dieser Jahreszeit manchmal sein kann, und einige Wochen lang hielt die Hoffnung an; vielleicht waren die Männer durch den Wind vom Kurs abgekommen (angenommen, sie hatten überhaupt einen Kurs), vielleicht waren sie auch von einem Schiff aufgenommen worden, das in Richtung Westen unterwegs war, und erarbeiteten sich die Reise nach Hause. Als die Herbststürme kamen, konnten einige Familien ihre Sorge nicht mehr verhehlen, doch man wusste von anderen Fällen, in denen Männer, Jahre nachdem sie verschollen waren, wiederkehrten. Und so murmelte die Mutter von Matthew Dunnet noch zweiundzwanzig Jahre später auf ihrem Totenbett: »Matty kommt sicher bald nach Hause.« Tatsächlich sah und hörte man jedoch nie wieder von den Männern, die an jenem Tag aufgebrochen waren, und noch heute spürt man die Folgen, die dies für die Insel hatte.

Ich nippte an meinem Wein. Die Wolken waren dabei, sich rosa zu färben, und der Hügel leuchtete im Abendlicht. Je mehr ich über die Vergangenheit der Insel las, desto beleidigender erschien es mir, eine Regen- und Nebeldusche einzubauen und Türen zu knallen, wenn der Strom ausfiel. Ich musste an die Frau denken, die sich im Museum des jüdischen Gettos in Venedig mal über die Qualität des Kaffees beschwert hatte. Na ja, hatte Giles gesagt, sie verkaufen Kaffee, und er ist nicht gerade billig, und warum sollte schlechter Kaffee auch historischem Antisemitismus entgegenwirken? Es ist ein Affront gegen das ästhetische Empfinden, das ist alles, und den nimmst du, Anna, sehr viel ernster als bloße Verletzungen der Gebote. Jetzt gib es zu, du würdest eher die Ehe brechen, als einen großen Fernseher oder Spitzengardinen anzuschaffen. Das käme darauf an, sagte ich und sah zu ihm auf, wen du als meinen Bettgenossen vorschlägst, und nachdem dieses Gespräch noch eine

Weile so weitergegangen war, gingen wir zurück ins Hotel, wobei er offenbar vergaß, dass er mit einer Frau ins Bett ging, die mit Spitzengardinen aufgewachsen war und deren Mutter gerade einen großen Fernseher gekauft hatte. Und bei der Renovierung des Blackhouse hat Giles sehr darauf geachtet, keinen Affront gegen das ästhetische Empfinden zu begehen, sehr viel mehr als seine Vorfahren darauf geachtet haben, kein Land zu stehlen und keine Kinder hungern zu lassen … Ich stand auf, ließ meine Schultern kreisen und ging zum Fenster. Zoe saß am Strand.

Sie sah sich um, als meine Füße über die Kieselsteine knirschten.

»Hi.«

»Hi.« Ich setzte mich neben sie. Die Wellen waren dunkelblau, in ihrem Schaum fing sich das Rosa der Sonne. Ein Geschwader weißer Vögel surfte auf den Brandungswellen. Die Steine waren nicht dafür gedacht, auf ihnen zu sitzen. »Bekommst du von den Kieseln keine blauen Flecken am Po?«

Sie zuckte mit den Schultern. »Nein.«

»Die Mönche und Nonnen des Mittelalters haben sich Steine in die Schuhe getan, um sich zu kasteien.«

Zoe beobachtete einen Raben, der vor der untergehenden Sonne entlangflog. Die erblühenden Gräser, die sich bis zum Wasser erstreckten, wurden von hinten erleuchtet, und es bildete sich eine leuchtende, kupferrote Spur, die westwärts über das Meer verlief. »Das Gegenteil von der Prinzessin auf der Erbse.«

»Ja. Obwohl ein paar der Heiligeren aus ziemlich reichen Familien kamen. Vermutlich macht Entsagung weniger Spaß, wenn sie nicht freiwillig ist.«

Der Rabe ließ sich auf einem Felsen nieder und beäugte kritisch sein Revier.

Zoe zog sich zitternd die Ärmel über die Hände. »Sie denken, ich wäre eine Prinzessin.«

Ihre Schulterblätter stachen durch ihren gespannten Pullover. Ich berührte ihren Arm. »Ich denke nur nicht, dass du eine Heilige bist. Hattest du heute einen schönen Tag?«

Sie schüttelte den Kopf. »Ich habe mich mit Mom gestritten. Mir ist kalt. Können wir zu Ihnen gehen?«

Ich warf einen letzten Blick auf das Meer und den Himmel. »Komm. Die Kinder sind im Bett. Ich mache heiße Schokolade.«

Sie nickte. »Danke.«

Ich schüttete eine halbe Packung Ingwerkekse auf einen Teller und stellte ihn zwischen uns. Der Kakao war zum Trinken zu heiß, und ich ließ ihn vom Löffel zurück in die Tasse tröpfeln und beobachtete, wie sich die Spiegelung des Deckenlichts in konzentrischen Kreisen brach, als winzige Schokoladenwellen durch die Tasse liefen. Ich nahm einen Keks und tauchte ihn ein.

»Hast du darüber nachgedacht, was du nächstes Jahr machen wirst?« Ich klinge inzwischen genau wie meine Eltern.

Zoes Hand bewegte sich in Richtung des Tellers und trat dann den Rückweg an. Sie wärmte sie an der Vogeltasse. »Ich gehe nicht nach Cambridge.«

Ich hörte Giles auf der Treppe. Giles lehnt es ab, durch das Haus zu schleichen wie ein Einbrecher, und er hat auch keine Landkarte der knarrenden Dielen und knackenden Türklinken in sein Herz graviert.

»Hi, Zoe.« Er sah forschend in meine Tasse. »Hast du mir auch welche gemacht?«

Ich sah auf. »Ich dachte, du ziehst anspruchsvollere Erfrischungen vor.«

Er strich mir über das Haar. »Wenn du was anzubieten hast.«

»Ist im Spielzimmer. Hinter meinem Laptop. Könntest du mein Glas mitbringen?«

Zoe aß einen Keks.

»Aber du willst doch nicht zu Hause bleiben, oder?«, fragte ich.

Sie zuckte mit den Schultern. »Habe ich eine Wahl?«

Was ich mit einem freien Jahr anfangen würde: Trauben ernten, mit der Sonne im Rücken und dem Geruch der dunklen Blätter an den Händen. Paris: Damen mit Tüchern und kleinen Hunden unter gepflegten Bäumen im Park, wo sogar der Regen auf eine andere Weise fällt. Den Nachtzug nach Venedig nehmen, nicht um die goldene Menagerie des Markusplatzes zu besuchen, sondern wegen des Nebels, der die Steine in den Gassen einölt, und der Fresken, die in dunklen Kirchen aufflammen. Und dann, warum nicht nach Prag, Budapest, Istanbul, Sana'a, wenn die Blätter in Wien und München sich gold färben und die Bäume in London und Paris nackt unter den Straßenlaternen stehen.

»Zoe, du könntest doch alles machen.« Giles reichte mir ein Glas Wein und ich trank es fast leer.

»Zoe? Ein halbes Glas?«

Sie zuckte wieder mit den Schultern und nippte an ihrer heißen Schokolade. »Vielleicht später.«

Giles setzte sich und nahm einen Keks, den er umdrehte, wie um zu prüfen, ob er auf der Unterseite das Zeichen des Teufels trug.

»Die sind von Spar«, sagte ich. »Hauseigene Marke. Glukose und gehärtetes Pflanzenfett und ein paar ›E‹s.«

Er biss ab. »Und, Zoe? Wie läuft's?«

Giles hat natürlich auch Studenten, und wahrscheinlich

liege ich falsch, wenn ich denke, dass Ornithologen, wenn sie flügge werden, weniger komplizierte Nöte leiden als unsere ständig die Haare zurückwerfenden Historikerinnen.

Sie trank noch etwas Kakao und nahm sich einen zweiten Keks. Ihre Schultern hatten sich entspannt, und ihre Gesichtsfarbe war die eines Menschen, der gerade noch am Leben gewesen war. »Anna wollte mir eben sagen, was ich nächstes Jahr machen soll.«

»Nein, nein«, sagte ich. »Nichts dergleichen.«

Giles aß seinen Keks auf, verzog das Gesicht und trank einen Schluck Wein. »Was willst du machen?«

»Ich wollte nach Kanada gehen.«

»Du bist nach Kanada gegangen«, betonte ich. »Meinst du, du willst noch mal hin?«

Sie schüttelte den Kopf. »Auf keinen Fall.«

»Was sind denn die Rahmenbedingungen?«, fragte Giles. »Ich hab es so verstanden, dass du nächsten Herbst nach Cambridge gehst, wenn alles gut läuft. Musst du ein bisschen Geld verdienen?«

»Dad wollte mir Kanada bezahlen. Ich schätze, er würde für alles löhnen, was mich von Mom fernhält.«

Giles und ich tauschten einen Blick.

»Wo würdest du denn wirklich gerne hingehen?«, fragte ich. »Wenn du alles machen könntest, überall auf der Welt?«

Sie setzte die Tasse ab. »Ich weiß, ich sollte begeistert sein von all diesen Möglichkeiten und ich hab echt Glück und so, aber … Ich meine, man muss sich ja nur mal umgucken. Die Zeitung aufschlagen. Was kann ich denn tun, das irgendwas besser macht?«

Ich trank meine heiße Schokolade aus. Gründe eine Initiative, dachte ich. *Verbietet die Atombombe* oder *Stoppt den Krieg* oder *Beendet die Armut. Wahlrecht für Frauen.* Entscheide dich, was am wichtigsten ist, und überleg, was du dagegen tun kannst. So haben die Menschen die Sklaverei abgeschafft und das Wahlrecht erweitert und Universitäten und Krankenhäuser gegründet. Vielleicht ist Zoes – und sogar Raphs – Problem, dass sie übersättigt sind. Ich hoffte, ich würde meine Zeit im hohen Alter nicht damit verbringen, vor Kommissionen, die aus verzweifelten Jugendlichen bestanden, Rechenschaft über meine CO_2-Bilanz der vergangenen Jahre abzulegen. »Na ja, vielleicht macht es Spaß. Mehr Spaß, als mit deiner Mutter auf den Weltuntergang zu warten.«

Giles schenkte mir Wein nach. »Anna, erinnerst du dich noch an Peter Friedmann?«

»An deinen Physik-Professor am Keble College?«

Als ich Giles kennenlernte, stand er immer mitten in der Nacht auf – jedenfalls kam es mir so vor –, um mit dem Rad zum Fluss zu fahren und dort auf und ab zu rudern, während eine vogelähnliche Österreicherin namens Clara Anweisungen schrie, nach denen er sich richtete, wie auch die sieben anderen Männer mit verführerischen Schultern (die, jedenfalls in Giles' Fall, schon lange denselben Weg zurückgelegt haben wie mein straffer Bauch und meine himmelwärts gerichteten Brüste). Vielleicht, dachte ich, könnte Zoe Steuermann sein. Peter Friedmann war Claras Mann. Er war dünn, da er sich vegan ernährte, und leise, weil er lange Stunden damit verbrachte, sich mit einem Fachgebiet der Physik zu beschäftigen, das mir nie ordentlich erklärt worden war.

»Er hat gerade einen Lehrstuhl in Wien bekommen. Ich habe Kontakt zu ihm aufgenommen, weil sie ein Haus bauen, das CO_2-neutral sein soll. Bauen ihr eigenes Obst und Gemüse an und halten Hühner, soweit ich weiß. Sie haben drei Kinder, und

Clara hat gerade angefangen, wieder Vollzeit zu arbeiten. Ist wohl ziemlich anstrengend.«

Zoe sah ihn an, als käme er eben mit guten Neuigkeiten von der Westfront angaloppiert. »Brauchen sie ein Au-pair?«

Giles trank noch etwas Wein. »Er sagt, sie hätten darüber nachgedacht. Ich kann mal nachfragen, wenn du möchtest. Aber, Zoe, ich muss dir sagen, dass keine vernünftige Familie ein Au-pair will, das regelmäßig vor Hunger ohnmächtig wird.«

Sie blickte nach unten und die Haare fielen ihr ins Gesicht. Sie strich sie zurück. »Ich bin nicht ohnmächtig geworden. Bitte fragen Sie mal nach. Das klingt total cool. Und ich bin doch ganz gut mit Kindern, oder? Ich hab Deutsch gehabt. Ich würde gerne wieder Deutsch sprechen. Können Sie ihnen eine E-Mail schreiben? Oder anrufen? Sie können mein Telefon nehmen.«

Vermutlich konnte kein CO_2-neutrales Haus in der Nähe von Wien so schrecklich sein wie das Haus, in dem ihre Mutter wäre, wo auch immer.

»Was würden deine Eltern davon halten, Zoe?«, fragte ich. »Wären sie dafür?«

»Ach, Mom würde sagen, das ist so wie Dienstmädchen spielen oder so. Oder dass Ihre Freunde nur ein billiges Kindermädchen wollen. Und dass ich das eine Ende des Staubsaugers nicht vom anderen unterscheiden kann und man sich nicht auf mich verlassen kann, was Kinder angeht.«

»Aber hätten sie was dagegen, dass ich mich für dich erkundige?«, fragte Giles.

Sie aß ihren dritten Keks auf. »Ich bin über achtzehn, oder nicht? Wenn ich jemanden bitte, einem Freund eine E-Mail zu schicken, brauche ich ihre Zustimmung nicht. Bitte. Ehrlich, ich weiß, dass es mir dort besser ginge.«

»Okay«, sagte Giles. »Okay, ich kann fragen. Aber unter

zwei Bedingungen: Ich spreche offen mit ihnen über dein Problem mit dem Essen, und wenn Peter und Clara Interesse haben, handelst du alles selbst mit ihnen und mit deinen Eltern aus. Und wenn sie gesunden Menschenverstand haben, und den haben sie, und wenn sie einen Rat von Anna und mir annehmen, was sie tun werden, dann hängt es von deiner Gesundheit ab, ob du fahren und bleiben kannst. Du wirst das also angehen müssen, Zoe, wenn du nicht wieder zu Hause bei deiner Mutter landen willst.«

Sie strich sich die Krümel von den Fingern. »Okay, abgemacht. Versprochen.«

»Du weißt ja noch gar nichts darüber«, murmelte ich, obwohl ich mich ziemlich gut daran erinnerte, sogar noch weniger über die Leute gewusst zu haben, denen ich mein Wohlergehen für die nächsten zehn Monate anvertraut hatte, als ich mich auf den Weg nach Paris machte. Jedes Jahr schwappt eine Welle junger Mädchen über Europa, die glauben, dass andere Familien netter und vernünftiger sind als ihre eigene. Und wer weiß, vielleicht haben ein paar von ihnen recht; bei mir war es so.

Inzwischen hat das Schreien aufgehört, was kein gutes Zeichen ist, und ich darf immer noch nicht hingehen. Für ein Einschreiten meinerseits ist es wohl ohnehin zu spät, und das mit Sicherheit schon, seit die »kniende Frau« die Nabelschnur durchtrennt hat. Aber ich habe Laudanum und könnte die Not der Mutter wie auch des Kindes lindern, während sie auf das unvermeidliche Ende dieser traurigen Geschichte warten. Ich habe das Haus nicht verlassen und keinen Versuch unternommen, jemanden zu besuchen – es hat wirklich keinen Sinn, wenn sie so erpicht auf Tod und Zerstörung sind. Diese »kniende Frau« ist doch nicht besser als eine Hexe. Ich weiß nicht, ob es sich um dieselbe Person handelt, aber offenbar gibt es hier auch eine Frau, die jedem, der zu einer Seereise aufbricht, »guten Wind« verkauft und Menschen von gewissen Krankheiten heilt, mit Mitteln, die mein Informant vorzog nicht näher zu beschreiben. Sie alle gehen in die Kirche am Ende der Straße und verbringen dort zusammengedrängt an Sonntagen, an denen der Pfarrer die Meerenge überqueren kann, drei Stunden und lassen sich von ihm anschreien – diese Menschen sind wirklich nicht mal mittelalterlich.

Habe ich Dir erzählt, dass Hexen und auch Ehebrecherinnen hier in der alten Zeit nicht auf dem Scheiterhaufen verbrannt wurden, was zweifellos eine Verschwendung von wertvollem Holz gewesen wäre, sondern zusammengeschnürt, in mit Steinen beschwerte Säcke eingenäht und ins Meer geschleift? Sie wurden nicht mal mit dem Boot rausgebracht und über Bord geworfen, sondern einfach in die steigende Flut gezogen, während die Dörfler vom Strand aus zusahen. In einigen von Mrs. Barwicks Geschichten ging es darum, dass sie wieder erschienen sind.

Mitternacht.

Mrs. Barwick kam gerade in mein Zimmer, die Kerze unter ihrem

Kinn verlieh ihr eine verblüffende Ähnlichkeit mit den seltsamen Wesen aus ihren Erzählungen. Ich war bereits im Bett und wäre kaum in der Lage gewesen, Freunde zu empfangen, Feinde noch viel weniger, aber ich weiß ja schon, dass sie keine Gelegenheit auslässt, einige der feineren Anstandsregeln zu umgehen, seit sie ihre Position bei Miss Emily aufgegeben hat. Ich setzte mich auf und fragte, was ihr einfiele, mich zu dieser Stunde zu stören, und sie sagte, sie sei gekommen, um mir eine Geschichte zu erzählen. Ich sagte, ich sei nicht in der Stimmung für Geschichten, und sie gab zurück, das sei einerlei – wirklich, hätte ich einen Schleier am Ende des Bettes gehabt, hätte ich fast erwartet, dass sie ihn zerreißt und damit dann das Haus ansteckt (in jedem Fall kann ich mir vorstellen, wie Aubrey mich zurücklässt, während ich jemandem mit einem Schwamm das Blut abwische und ein Irrer in der Nähe herumschleicht, in der fröhlichen Überzeugung, mir ein Kompliment für meinen gesunden Menschenverstand zu machen, obwohl ich ihn sonst durchaus eleganter nennen würde als Mr. Rochester). Nachdem wir einmal übereingekommen waren, dass es ihr während dieser Szene nicht erlaubt war, auf meinem Bett zu sitzen, gestattete ich ihr fortzufahren. Sie war, wie es schien, gekommen, um mir von einer Lady Sands, floreat c. 1750–1770, zu erzählen.

Lady Sands war eine feine Dame aus Edinburgh – feiner als jede Amme aus Manchester, und wenn sie aus noch so guter Familie ist – und sie hat sich auch fein verheiratet. Sie war von Kind an dafür bekannt, Launen zu haben, und man sagt, dass ihr Vater den jungen Mann vor der Hochzeit beiseitenahm und ihm vermittelte, wenn er sie deshalb rau behandeln müsse, werde er von der Familie keine Beschwerden hören. Am Anfang ging alles gut – sie waren ein hübsches Paar, und natürlich kann eine reiche, schöne Frau Dinge tun, die dem gemeineren Volk verübelt werden. (Du musst Dir vorstellen, wie unsere Prophetin an dieser Stelle ihre Kerze Richtung Spiegel erhebt, als wolle sie mich daran erinnern, dass ich Lady Sands' Freiheiten nicht genieße.) Mit ihren Kleidern zog sie den Neid der Stadt auf sich, und wenn man auch sagte, sie gehe genauso oft in die Kirche, wie sie etwas Neues vorzuführen habe, so ist sie wohl kaum die einzige Frau, von der man solches sagen kann, damals wie heute, und besser als ihr Lord, der sein Gesicht kaum jemals zeigte, es sei denn, seine Mutter weilte zu Besuch. Jedenfalls wurde nach einem Jahr oder so ein Kind geboren, ein Junge, und es herrschte Jubel, als wäre der Herr selbst wiedergekehrt, und es gab im Lande nichts, was Ihre Ladyschaft nicht gefordert hätte, außerdem begann man darüber zu sprechen, dass Seine Lordschaft das Geld schneller durchbrachte, als es hereinkam. (Die alte Geschichte, sagte ich, und die Kerze wurde wieder erhoben. Mag sein, dachte sie wohl, aber keine, die ich schon kennte.)

Und dann verkündete Lady Sands, wieder guter Hoffnung zu sein, und dieses Mal, da sie malad und blass war und das Geld vielleicht nicht so locker saß wie beim ersten Mal, war Seine Lordschaft nicht ganz so schnell bereit zu springen, wenn sie Pfirsiche und eine weitere Zofe und eine neue Kutsche wollte, nachdem sie das Reiten unterlassen musste. Ein paar der Bediensteten waren nicht gut auf sie zu sprechen und sagten, sie hörten sie manchmal spätabends schreien und sie habe Blutergüsse an den Armen und vielleicht auch an anderen Stellen, wenn morgens der Tee hereingebracht werde, aber natürlich hegten sie inzwischen einen Groll gegen das Haus, und im Kerzenlicht war ihre Haut immer gleichmäßig schön.

Man sagt, zu der Zeit, als das Kind kam, habe Lord Sands in aller Offenheit Mrs. Mitchell zu Dinners und ins Theater und wer weiß wohin noch begleitet. Sie hatte bei der Geburt die Wehmutter dabei, und es war schwer diesmal, und sie war ohnehin nicht robust, und wenige Tage später wurde bekannt gemacht, dass es eine schlimme Wendung genommen habe und sie gestorben sei. Nun, es gab eine *große Beerdigung und jeder war sehr traurig, der Säugling wurde zu einer Amme gegeben, was sie jedoch auch mit dem ersten schon so gehalten hatten, und für den Jungen, der etwa drei Jahre alt gewesen sein muss, kam eine englische Gouvernante ins Haus. Und das war das Ende, abgesehen davon – (die Bühnenanweisung erfordert eine Pause und das Anheben der Kerze; das Publikum kann sich des Eindrucks nicht erwehren, dass ein weiteres Requisit die Vorstellung abwechslungsreicher gestalten würde, wenn dieses eine auch ganz vorzüglich ist, unter den gegebenen Umständen sogar bemerkenswert) nun, ich wisse doch von der Hütte ohne Dach in der Nähe der Kirche, oder nicht? (Tatsächlich ist es schwer, eine armselige Hütte von der anderen zu unterscheiden, und da der Pfarrer, seit ich hier bin, erst zwei Mal aus Colla gekommen ist und keiner der beiden Anlässe für mich in irgendeiner Weise erbaulich war, habe ich die Kirche nicht aufgesucht, aber ich bestätige es, da das Textbuch dieses so vorsieht.) Und ich wisse, dass das Haus Schandzügel genannt werde? (Das weiß ich nicht.) Es wird so genannt, weil Lady Sands hier gezügelt wurde; sie starb nicht im Kindbett, sondern wurde ins Haus ihres Schwagers gebracht, außerhalb der Stadt, von wo aus sie, nach der »Beerdigung«, etappenweise und bei Nacht, geknebelt und gefesselt nach Colsay gebracht wurde, wo sie die sieben oder acht Jahre verbrachte, die ihr noch blieben, bis sie den Pocken erlag, die bis auf fünf Menschen alle Insulaner töteten. (Die Rednerin starrt mit stechendem Blick ins Publikum.) Und was glaubte ich, wie sie diese Jahre verbracht habe? (Ich zucke die Achseln; ein eisiger Zug schlängelt um meine Schultern, denn mir wurde in meinem Schlafzimmer kein Feuer gewährt seit unserem Wortwechsel über Mrs. Grice' Niederkunft.) Sie tat rein gar nichts. Sie hatte weder Bücher noch Zeitungen, keine ihrer Stickarbeiten, konnte nirgendwohin. Lord Sands sagte den Inselbewohnern, sie sollten ihr etwas zu essen geben, wenn sie etwas übrig hätten, und sie verstecken, falls jemand auf die In-*

sel käme; er sagte nicht näher, wie und wo, hinterließ zur Sicherheit aber ein Seil und einen Hexenzügel, und man sagt, dass sie sich inzwischen so sehr verändert hatte, dass sie ohnehin niemand, der sie in der Blüte ihrer Jahre erlebt hatte, erkannt hätte. Er sagte, wenn sie fliehe oder irgendwem eine Nachricht zukommen ließe, werde er die Insel räumen lassen und jedem, der nicht gehen könne oder wolle, das Haus über dem Kopf abfackeln, und nur um dies zu verdeutlichen, warf er die McConnells raus und setzte das Dach in Brand, ehe sie noch in der Lage waren, das Bettzeug aus dem Haus zu holen, und wie es der Zufall wollte, war sie eine solche Wildkatze und führte sich auf wie die Königin persönlich, dass nach dem ersten Sommer trotz allem, was sie erlitten hatte, niemand sie mehr besonders bedauerte, so schlimm ihre Notlage auch war.

Als Esther Grice starb, boten die Frauen Mary Sands ihren Mahlstein und sogar ihr Spinnrad an, weil sie dachten, sie könnte etwas gebrauchen, was sie mit den Händen tun und womit sie etwas Geld verdienen könne, um Garn zu kaufen, mit dem sie ihre Kleider ausbessern könnte, und sie wurden für ihre Mühen geschlagen und angespuckt. Nun, danach war allen gleich, ob sie starb oder weiterlebte, und Du kannst gewiss sein, als das Fieber kam und die Kinder, die kaum groß genug waren, um einen Spaten anzuheben, ihre eigenen Eltern begraben mussten, machte sich niemand besondere Sorgen darum, was aus Ihrer Ladyschaft wurde. Man sagt, sie liegt auf dem alten Friedhof, aber ich bezweifle, dass man sich für eine wie sie um ein christliches Begräbnis gekümmert hätte, und einige haben aus der alten Hütte in einer Winternacht Schreie gehört. (NB: Man hört bei den Stürmen hier alle Stimmen der Hölle schreien, an gewöhnlichen Vormittagen ebenso wie bei Dunkelheit.)

Die Vorhänge bewegten sich und die Kerze flackerte und sie verstummte, um auf das nächste Stichwort zu warten. Ich zog mir mein Tuch fester um die Schultern und machte eine Bemerkung darüber, *was für ein Glück wir hätten, in der heutigen Zeit zu leben, in der solche Schandtaten undenkbar sind. Vielleicht sind sie das, sagte sie, vielleicht auch nicht. Ihnen eine gute Nacht.*

Al, ich glaube, ich möchte auch bald nach Hause kommen. Nicht, weil ich davon ausginge, dass Mrs. Barwick mich für den Rest meines Lebens in einer Steinhütte anbindet, nicht einmal, weil ich an die vergangene oder gegenwärtige Anwesenheit von Lady Sands glaubte, nur bin ich hier gescheitert. Ich kann nicht sagen, ob eine andere Frau erfolgreicher gewesen wäre; ich vermute, dass umsichtigeres Verhalten mehr gebracht hätte, aber ich bin gescheitert. Wenn der Säugling Grice in diesem Moment noch nicht tot ist, wird er in den nächsten ein oder zwei Tagen sterben, und es ist tatsächlich kaum vorstellbar – und um ehrlich zu sein, ist es auch keine weiteren vier Monate meiner Zeit und meiner Abwesenheit von der Gesellschaft wert, in der ich meine Kraft gut einzusetzen weiß –, dass mir gestattet wird, die nächste Geburt zu begleiten. Ich weiß nicht, was ich falsch gemacht habe, aber ich weiß jetzt, dass es mit meiner Sehnsucht nach zu Hause mehr auf sich hat, dass es nicht nur der maßlose Wunsch ist, mich in Gesellschaft derer zu wissen, die ich am meisten liebe. Es gibt bessere Arbeit, die ich machen kann.

May

Eine nächste Generation

Die Analyse der erwachsenen Neurotiker hatte eine steigende Zahl von schwerwiegenden Erziehungsfehlern aufgedeckt und über ihre Rolle bei der Neurosenbildung keinen Zweifel gelassen. Unaufrichtigkeit der Eltern in sexuellen Fragen, unrealistisch hohe moralische Anforderungen, übermäßige Strenge oder übermäßige Nachsicht, unnötige Versagungen, Strafmaßnahmen, frühe Verführungen offenbarten sich als pathogene Einflüsse, denen das Kind von seiten einer unwissenden Außenwelt ausgesetzt war. Es schien keine unmögliche Aufgabe, durch Aufklärung der erwachsenen Welt die Lage entscheidend zu verändern und eine nächste Generation von Kindern unter günstigeren Bedingungen aufzuziehen.

Anna Freud, *Wege und Irrwege in der Kinderentwicklung*

Das folgende ist sicher das dunkelste Kapitel in der Geschichte dieser Gegend. Zwischen 1800 und 1860 verringerte sich die Bevölkerung von Colla, Colsay und Inversaigh um 74 Prozent, und selbst diese Statistik verdeckt die vollständige Verwüstung der meisten kleineren Siedlungen, die brennend und ohne Dach zurückgelassen wurden, als hätte ein Krieg gewütet. Einige Gemeinden zogen *en masse* in die Neue Welt oder wurden dorthin geschickt, obwohl die Sterberate auf diesen Atlantiküberquerungen kaum niedriger war als auf den Sklavenschiffen, deren grauenvolle Überfahrten in dieser Zeit aufhörten; man erzählt sich von Widerstand leistenden Familien, die wie Füchse aus Höhlen und Bergfestungen gejagt wurden, um dann gefesselt und strampelnd auf diese Schiffe getragen zu werden. Andere Dorfbewohner wurden gezwungen, in Kleinstädten zu leben, die bereits überfüllt waren, in denen Hunger herrschte und deren sanitäre Anlagen für die wachsende Bevölkerung vollkommen unangemessen waren. Die Behelfsmittel, auf die die Menschen zurückgriffen, damit ihre Kinder etwas zum Anziehen und zu essen hatten, lassen in mancher Hinsicht an den verzweifelten Einfallsreichtum denken, den der Verfasser in den frühen 1970er-Jahren in Eritrea gesehen hat, und beide Fälle belegen Sens These, nach der eine Hungersnot die Folge relativen und nicht absoluten Mangels ist; es ist nicht so, dass es keine Lebensmittel gegeben hätte, nur gab es keine dort vor Ort. Das Problem lag eher in der Verteilung als im Angebot, eine Tatsache, die die Familie Cassingham stillschweigend eingestand, indem sie im Austausch für Arbeit am neuen Anleger einen Teller Suppe anbot.

Der Reverend in Eritrea? Vermutlich ein freiwilliger Dienst in Übersee, oder irgendeine Nachkriegsversion von Missionsarbeit. Er war im richtigen Alter, um für die Befreiungstheologie der Sechzigerjahre zu entflammen, deren Versprechen, göttliche Bestärkung mit radikaler Politik zu vereinen, sogar ich verlockend finde. Vielleicht könnte ich hier mit der Zeit doch Freunde finden, auch wenn ich mich in diesem Krieg auf der falschen Seite befinde. In Oxford kann ich – an einer staatlichen Schule ausgebildet, Mutter, aufgewachsen zwischen Spitzengardinen und Rollgaragentoren – das Banner meiner mutmaßlichen Unterlegenheit hochhalten, wenn es mir beliebt.

Hier bin ich Marie Antoinette und werde von denen bedroht, deren rechtmäßiges Erbe dafür sorgt, dass meine Kinder in Oxford weiterhin das Dach unseres Reihenhauses über dem Kopf haben. Obwohl in den Venen derer, die vertrieben wurden, das Blut der Wikinger fließt, die ihrerseits die Dächer über den Köpfen keltischer Kinder abfackelten und ihre Mütter an die schwarzen Strände Islands verschleppten, wo sie als Sklavinnen gehalten wurden. Und obwohl diejenigen, die Vertreibung und Emigrantenschiffe und die kalten Winter von Manitoba überlebten, ihr neues Leben auf dem Genozid Tausender amerikanischer Ureinwohner begründeten. Zoe hat recht: In moralischer wie praktischer Hinsicht sind wir alle am Ende. Ich hatte keine Lust mehr zu lesen.

Mir war kalt. Zieh dir noch einen Pullover an, würde Giles sagen, und erfreu dich daran, solange du kannst. Im Leben meiner Enkelkinder wird es keine Wollpullover geben, wenn die Welt so lange besteht, dass ich Enkelkinder bekomme, und bestimmt auch keine gestrickten Leibchen oder diese Strumpfhosen, die aus der unbehandelten Wolle einer besonders robusten Rasse grönländischer Schafe gemacht wurden. Ich ging in die Halle, lauschte auf die Stimmen der Kinder oben, wo Giles eigentlich das Wechseln der Bettwäsche überwachen sollte, eine Aufgabe, die, wenn sie von einem Elternteil mit genügend Einfallsreichtum durchgeführt wird, der zudem kein Bedürfnis hat, raus in den Regen zu gehen, zum vormittagsfüllenden Camping-Spiel werden kann. Moth kicherte und ich konnte Raph und Giles »Die britischen Grenadiere« singen hören, als wären sie bei *The Last Night of the Proms*. Ich ging nach oben.

»Ich dachte, du schreibst an deinem Vortrag«, sagte Giles. Er saß unter einer Decke, die über zwei Stühle drapiert war, und Raph stand davor Wache.

Ich sah mich um. »Wo ist Moth?«

Unter Raphs Bettdecke machte sich Unruhe breit. »Moth zeltet. Im Bett.«

Raph rührte sich. »Mami, Papa sagt, wir können zelten gehen.«

»Sagt er das? Papa kann gern mit euch zelten gehen, wenn er möchte.«

»Wirklich? Papa, machen wir das? Bitte?«

Giles guckte hinter der Decke hervor. »Ich habe nicht gesagt, wir gehen zelten, ich habe gesagt, fragt Mami.«

Womit er der gute und Mami der böse Bulle war. »Ich glaub, das ist einfach nicht mein Ding«, sagte ich. Moth krabbelte wieder in seinen Bau. »Vielleicht, wenn Moth keine Windel mehr braucht. Und nachts durchschläft. Ich glaube nicht, dass irgendjemand auf dem Campingplatz uns im Moment besonders dankbar wäre, wenn wir Moth mitnehmen.«

Giles krabbelte heraus und stand auf. »Man muss nicht auf einen Campingplatz gehen, weißt du. Es macht viel mehr Spaß, wild zu zelten.«

Langsam wünschte ich mir, ich wäre unten geblieben und hätte weiter darüber gelesen, was für unmenschliche Dinge Menschen anderen Menschen antun.

»Aber nicht in Nordschottland mit einem Kleinkind, das noch Windeln trägt. Noch mehr Spaß macht es, fließend heißes und kaltes Wasser zu haben. Und Zentralheizung und Fußböden, auf denen man spielen kann, von einem Dach über dem Kopf ganz zu schweigen.«

Raph war still geworden.

»Was ist, Liebling?«

Moth tauchte wieder auf. »Kuckuck!«

»Kuckuck!«, sagte Giles.

»Raph?«, fragte ich.

»Da ist dieses Ding auf dem Dachboden. Hör mal.«

»Ach, Raph …«, hob Giles an.

Aber Raph hatte recht. Etwas wischte flatternd an der Mauer entlang. Giles ging aus dem Zimmer und lief die Treppe hinauf.

Raph kam zu mir und umarmte mich. »Das ist da schon seit Ewigkeiten, und ihr habt mir nie geglaubt.«

Ich legte meinen Arm um ihn. »Wir können es jetzt alle hören. Papa sieht nach, was es ist.«

Moth kletterte aus dem Bett. »Moth auch kuscheln!«

Ich nahm ihn auf den Arm. Raph steckte seinen Kopf unter meinen Arm. »Es ist das Baby. Oder die Mami von dem Baby.«

»Nicht mitten am Vormittag«, sagte ich, als gäbe es Uhrzeiten, zu denen man davon ausgehen kann, dass sich längst verstorbene Familien auf dem Dachboden wiedervereinigen.

»Anna?«, rief Giles die Treppe hinunter. »Kannst du mir eine Taschenlampe bringen?«

Raph und ich sahen uns an, als hätte Giles den Ausbruch eines Feuers bestätigt oder ein Leck unterhalb der Wasserlinie. Dann griff Raph unter sein Kopfkissen und gab mir seine ausziehbare Taschenlampe, die auch über einen kleinen Kompass und ein Handyaufladegerät verfügt, falls der Weltuntergang sich nachts ereignet.

»Ich passe auf Moth auf«, sagte er. »Aber komm gleich wieder.«

Moth klammerte sich an mich wie ein Koalabär, also nahm ich ihn mit. Giles kniete neben der Belüftungsblende auf den Holzdielen und klopfte die Verkleidung des Abzugs ab. Etwas regte sich, dann war es still. Ich hielt so viel Abstand wie möglich und reichte ihm die Taschenlampe.

»Danke. Da ist ein Vogel drin.«

Mir stellten sich die Nackenhaare auf. »Oh Gott, er ist gefangen. Und flattert herum.«

Moths Beine schlangen sich fester um meine Taille.

Ich schluckte. »Wie … wie lange ist er schon da drin?«

Giles richtete den Strahl auf das Metallgitter. »Er ist noch ziemlich lebendig. Krähen können rein und wieder raus. Das muss nicht heißen, dass er da drin gefangen ist.«

Ich zog Moth auf meine Hüfte. »Der ist seit Wochen da. Raph hat ihn gehört.«

Er sah immer noch nach oben. »Krähen kommen und gehen. Es kann nicht seit Wochen dieselbe sein.«

»Ist es denn eine Krähe?«

Giles zuckte mit den Schultern. »Das kann ich durch den Kamin nicht sehen. Hat aber ungefähr die Größe.«

Mir fiel wieder ein, dass Raph wartete. »Lässt du ihn raus?«

Nicht in meinem Haus, nicht dass hier ein Vogel von einem Raum in den nächsten jagt.

»Wir geben ihm ein paar Stunden und gucken, ob er den Weg nach draußen von allein findet.« Er knipste die Taschenlampe aus und stand auf. »Willst du noch ein bisschen arbeiten oder kann ich jetzt zu den Papageientauchern?«

Ich dachte den ganzen Nachmittag über den Vogel nach. Ich konnte mir nicht vorstellen, wie er da drin sein sollte, ohne sich zu verletzen, wie er auf und ab flattern sollte, ohne sich an den rußigen Steinen die Flügel zu brechen. Er war im Dunkeln gefangen, in Panik. In meinem Haus. Mir wäre ein Gespenst lieber gewesen, aber Raph ging zum ersten Mal seit Tagen mit seinem Hüpfball nach draußen und machte mehrere Ausflüge auf den Dachboden, nach denen er mir und Moth jedes Mal berichtete, dass der Vogel immer noch da war und immer noch

Geräusche machte. Mir kam der Gedanke, dass wir nicht wüssten, ob der Vogel tot wäre, wenn die Geräusche aufhörten – und über Raphs schlafendem Kopf verweste, strotzend vor Parasiten, die sich über sein kaltes Gefieder hermachten –, oder ob er entkommen wäre.

»Weiterlesen, Mami!«

»Du kannst über das Feld gehen oder den Weg entlang, aber geh nicht in den Garten von Mr. McGregor: Dort hatte dein Vater einen Unfall, und Mrs. McGregor hat Pastete aus ihm gemacht. Geh jetzt los und begib dich nicht in Gefahr. Ich muss nun fort.«

»Mami?« Raph hing an der Türklinke. »Mami, essen Menschen Kaninchen?«

»Mami lesen!«

»Dann nahm die alte Mrs. Rabbit einen Korb …«

»Mami, ich habe gefragt, ob Menschen Kaninchen essen.«

»Ja. Großmama Julia macht Kaninchenpastete.«

»Essen Kaninchen Pastete?«

»Nein, Moth, Kaninchen fressen Gras und Gemüse. Peter Hase isst doch Salat, und er ist immer auf der Suche nach Kohlköpfen.«

»Aber ich bin gar kein Hase«, zitierte Moth verträumt. »Weiterlesen.«

»… und lief durch den Wald zum Bäcker. Sie kaufte einen Laib Graubrot …«

»Du meinst, sie macht sie aus Kaninchen?« Raph stand ganz still da.

»Natürlich. Kaninchenpastete.«

Er sah grünlich aus. »Aber ich dachte, das wäre so wie bei Lebkuchenmännern oder … oder Armen Rittern. Ohne tote Kaninchen.«

»Weiterlesen! Nicht reden, Mami.«

»... und fünf Korinthenbrötchen. Flopsi, Mopsy und Cottontail, die gute kleine Hasen waren, gingen den Weg entlang ...«

»Wo hat sie die Kaninchen her?«

Es klopfte an der Tür.

»Ich gehe!«, rief Raph, und Moth krabbelte von meinem Schoß, um ihm hinterherzulaufen.

Ich stand auf und ließ meine Schultern kreisen, streckte die Arme. Ich konnte den Vogel vom Spielzimmer aus nicht hören, aber ich wusste, dass er da war.

»Mami! Es ist Zoe. Können wir Kekse haben?«

Ich ging in die Halle. »Hi, Zoe. Nein, Raph, keine Kekse. Ich glaube, im Gefrierschrank sind noch ein paar Hefeschnecken, die könnt ihr später haben.«

»Moth einen Keks?«

»Wir haben keine Kekse, Schatz.«

Raph runzelte die Stirn. »Gestern hatten wir noch welche. Ich hab sie gesehen.«

Zoe und ich tauschten einen durchtriebenen Blick.

»Tja, heute gibt es Hefeschnecken. Es ist nicht gut, wenn man immer dasselbe isst.«

»Ist Giles bei den Papageientauchern?«, fragte Zoe.

Das Messer, mit dem ich versuchte, die gefrorenen Schnecken voneinander zu lösen, streifte meine Handfläche.

»Mal wieder. Obwohl, um nicht unfair zu sein, er hat heute Vormittag die Betten bezogen.«

Zoe fummelte an der Verpackung der Butter herum, die auf dem Tisch lag. »Ich glaube nicht, dass mein Dad in seinem Leben schon mal Betten bezogen hat.«

Ich steckte in jeden Schlitz des Toasters eine Schnecke.

»Ohne dem biologischen Determinismus das Wort reden zu wollen – den Mann, der ein Federbett in einen Bettbezug bekommt, muss ich erst noch kennenlernen. Aber das ist letztlich nur soziale Prägung. Oder Zufall.«

»Papa hat es versucht, aber am Ende hat er selbst im Bettbezug gesteckt«, sagte Raph. »Mami, wenn wir keinen Honig haben, können wir dann Zuckersirup nehmen, wie du, als du klein warst?«

Ich hatte Raph mal erzählt, dass ich früher, wenn ich aus der Schule kam, weißes Toastbrot mit Margarine und Zuckersirup gegessen habe, und er kann es bis heute nicht fassen.

»Da ist Honig, siehst du?«

Moth kam mit *Die Flopsi-Kaninchen* herein. »Mami lesen?«

»Mami macht euch gerade was zu essen.« Zoe streckte die Arme aus. »Zoe liest dir was vor.«

»Wusstest du, dass Menschen Kaninchen essen?«, fragte Raph.

»Ich nicht.« Zoe hob Moth auf ihr Knie, ihre Armmuskeln traten hervor wie Taue. »Ich esse überhaupt kein Fleisch.«

»Wirklich?«

»Das ist schlecht für die Umwelt. Wenn alle Vegetarier wären, müsste niemand hungern.«

»Wirklich? Auch nicht die Kinder in Afrika?«

Die Schnecken schossen nach oben, waren aber immer noch kalt wie der Tod. Ich drückte sie wieder nach unten.

»Das wollte ich machen«, sagte Raph.

»Tut mir leid.« Ich zog den Hebel wieder hoch und er kam, um ihn hinunterzudrücken.

»So einfach ist das nicht«, sagte ich. »Kalorien gibt es sowieso genug für alle Menschen. Global betrachtet gibt es einen Überschuss an Essen. Es geht um die Verteilung, nicht ums Angebot.«

»Man braucht zehn Mal so viel Land, um einen Beefburger zu

produzieren, wie man braucht, um dieselbe Proteinmenge mit Bohnen zu produzieren«, sagte Zoe. »Vom Methan ganz abgesehen.«

Raph stand auf den Zehenspitzen, um in den Toaster sehen zu können. Ich bin bekannt dafür, Schnecken anbrennen zu lassen. »Papa erlaubt uns nicht, Beefburger zu essen. Mami, kann ich Vegetarier werden?«

»Ups«, sagte Zoe. »Tut mir leid. Das wollte ich nicht.«

»Zoe lesen!«

»Als Benjamin Bunny älter wurde, heiratete er seine Cousine Flopsi. Sie hatten eine große Familie, und sie waren fröhlich und hatten keine Sorgen.«

»Ja, wenn du willst«, sagte ich. Die Schnecken tauchten wieder auf, nur ein bisschen schwarz an den Rändern.

»Wirklich, darf ich?«

Ich hielt ein marmeladenverschmiertes Messer vom Frühstück unter kaltes Wasser.

»Meinetwegen. Ich mache sowieso nicht gerne Fleisch. Über das Umwelt-Argument musst du noch mal mit Papa reden.«

»Ich kann mich gar nicht an die einzelnen Namen ihrer Kinder erinnern. Sie hießen immer nur ›Die Flopsi-Kaninchen‹.« Zoe schniefte. »Er muss global denken.«

Ich fing an, kalte Butterstückchen in die Schnecken zu stopfen. »Das bedeutet: keine Salami, keinen Schinken, keine Würstchen, kein Brathähnchen.«

Raph schnipste ein Butterflöckchen von dem verbrannten Etwas, das ich ihm anbot, und biss hinein. »Das macht mir nichts. Ich mag nichts Totes. Ich mag das nicht im Mund haben.«

Ich hielt Zoe den Teller hin, und sie nahm sich eine Schnecke. »Die Tiere werden trotzdem noch sterben.« Ich fächelte mit einer Schnecke durch die Luft, um sie für Moth abzukühlen. »Nur wirst du sie nicht essen.«

Tatsächlich wuchs die Bevölkerung von Colsay, wie die so mancher randständigen Gemeinde entlang der Küste, durch die Räumungen der 1840er-Jahre an. Die Insel selbst wurde nicht evakuiert – jedenfalls nicht, bis der letzte Bewohner sie in den 1960er-Jahren verließ –, obwohl dies das ganze neunzehnte Jahrhundert über drohte oder doch Gerüchte zumindest von dieser Bedrohung zeugten. Nach dem Verschwinden der *Helga* wurde die Hälfte aller Familien aus Rothkinnick nach Colsay umgesiedelt, allerdings verließen vier der sechs Haushalte sie innerhalb der nächsten zehn Jahre Richtung Glasgow oder Kanada. Drei oder vier Familien landloser Kleinbauern, die woanders vertrieben worden waren, kamen zu ihren Ackerbau treibenden Verwandten nach Colsay und blieben viele Jahre, offenbar eingegliedert in das weitgehend egalitäre Leben der dortigen Gemeinschaft. Andere Siedlungen, die sich gezwungen sahen, auf diese Weise Enteignete aufzunehmen, hatten sehr zu leiden, als der Hunger zum Dauerzustand wurde und nicht mehr jahreszeitlich bedingt auftrat und das akut wurde, was wir heute durch die Umwelt und die hygienischen Verhältnisse bedingte Gesundheitsprobleme nennen würden. Auf Colsay jedoch wurden diese Folgen bis zu einem gewissen Grad durch das aufgewogen, was manch ein Außenseiter als göttliche Beschränkung der Bevölkerungszunahme betrachtete, »von Gott bestimmt, damit das Volk dieses Eilandes seine Großzügigkeit nicht übertreibt«. Den Großteil des neunzehnten Jahrhunderts über lag die Kindersterblichkeit auf Colsay deutlich über

50 Prozent, zwischen 1865 und 1880 erreichte sie mit rund 85 Prozent ihren Höchststand.

Moderne Studien, die die Ansichten dieser unqualifizierten viktorianischen Beobachter bestätigen, liegen nicht vor, aber ein Vergleich mit der Geschichte anderer nordatlantischer Inseln (insbesondere der Westmännerinseln südlich von Island und der Färöer) legt genau wie zeitgenössische Anekdoten nahe, dass die Ursache wahrscheinlich Wundstarrkrampf war. Die Mehrzahl der betroffenen Kinder starb in den ersten acht Tagen ihres Lebens, unfähig zu trinken, apathisch und schließlich geplagt von Muskelkrämpfen, aufgrund derer ihre Körper unnatürlich verkrümmt waren. Die Insulaner scheinen erprobt darin gewesen zu sein, diese Verluste als Gottes Wille zu akzeptieren. Über ihre Ansichten gibt ein zeitgenössischer Bericht der Kommission der Highlands gewissen Aufschluss, dem die Aussagen einer Generation zugrunde liegen, die die Mehrzahl ihrer Cousins und Geschwister wenige Tage nach der Geburt verlor, aber keine eigene Erinnerung an diese kurzen Leben hatte, genauso wenig wie an die bezeichnend ungeschickte Reaktion der Familie Cassingham.

Die Berichte der Kommission der Highlands sprechen davon, dass Emily Cassingham, die unverheiratete Schwester Lord Hugos, die Insel besuchte und angesichts des dortigen Umgangs mit Geburt und Tod die Notwendigkeit sah zu handeln. Emily, die selbst kinderlos blieb, widmete sich in ihrem weiteren Leben zunehmend wohltätigen Unternehmungen und unterstützte drei Kinderkrankenhäuser in Edinburgh. Selbst zu diesem frühen Zeitpunkt scheint das Wohlergehen von Müttern und Säuglingen ihr wichtigstes Anliegen gewesen zu sein. Anstatt eine der einheimischen Frauen in Säuglingspflege und Geburtshilfe zu schulen, entschloss sich Lady Emily, ein englisches Mädchen auf die Insel zu schicken, das des Gälischen nicht mächtig war. Im Namen des Fortschritts und der Modernität wurden die Inselbewohner bedrängt, die Anwesenheit dieser unbekannten Außenstehenden in den intimsten Momenten ihres Lebens zu akzeptieren, und ihnen wurde mit Pachterhöhungen und selbst mit Vertreibung gedroht, falls sie weiterhin verfuhren wie bisher.

Es dürfte für die Inselbewohner – wenn auch nicht für die unglückseligen Babys im Zentrum dieses Konfliktes – erfreulich gewesen sein, dass die Amme nicht lange blieb. Sie ertrank mit drei der sechs Männer, die sie bestach, damit sie sie wider besseres Wissen zu dem Dampfer ruderten, der sie zu Weihnachten 1878 nach Hause bringen sollte, und während ihres Aufenthalts auf Colsay kam es zu keiner Niederkunft. Wäre es anders gekommen, wäre beides denkbar gewesen – dass die Frauen die fremde Amme abgelehnt hätten und dass die Familie Cassingham ihre Drohungen wahr gemacht und neue Maßstäbe für das schändliche Verhalten der Grundbesitzerfamilien in den Highlands gesetzt hätte. Sir Hugo war, wie später Hartley Cassingham, überzeugt, dass die Inselbewohner närrischem Aberglauben verfallen waren und zu ihrem eigenen Besten gezwungen werden mussten, in der modernen Zeit anzukommen.

Wenn wir bedenken, dass die Viktorianer die Bevölkerung der Highlands als »Wilde« bezeichneten, wird verständlich, worin diese Haltung wurzelt: Die Menschen, die auf diesen Inseln lebten, waren für sie eine weitere Gruppe ungebildeter Eingeborener, die durch Drohungen und Bestechung dazu gebracht werden musste, sich dem Industriezeitalter anzupassen. Auch können wir die gönnerhafte Wohltätigkeit von Miss Emily nicht gutheißen, der viktorianischen Dame, die, ohne eine eigene Familie zu haben, einen großen Teil ihres Lebens darauf verwandte, sich in das Leben von Familien einzumischen, die im Leben weniger Glück hatten als sie selbst.

Ich schob das Buch weg und starrte in die Nacht hinaus. Über dem Meer hing der Vollmond, und die Gartenmauer und die Felsen am Ufer reflektierten sein steinernes Licht. Ich ertappte mich bei dem Gedanken, dass Lady Emily doch nur versucht hatte zu helfen. Wer war der Reverend, zu behaupten, dass sie kein eigenes Leben hatte, nur weil sie nicht geheiratet hat? In jedem Fall gab es keinen Grund, eines dieser Babys in unserem Garten zu begraben. Gerade wenn es ein Zeichen der Rechtgläubigkeit war, die Behandlung abzulehnen, die die Kinder hätte retten können, wird man sie auf dem Friedhof begraben haben, mit vollen Ehren oder dem, was die damalige nonkonformistische Geistlichkeit darunter verstand. Hätte ich damals die Wahl gehabt, hätte ich die Hebamme, die mich während meiner ersten Niederkunft betreute, fortgeschickt. Sie drückte meine Beine mit ihren Ellbogen nach unten, als ich schrie und mich auf dem Bett krümmte, und Giles wandte sich verlegen ab. Danach ließ sie mich eine halbe Stunde lang dort liegen, die Beine immer noch gespreizt in den Haltebügeln, unfähig, das Baby zu berühren, während sie irgendetwas erledigte, Giles in einem Sessel schlief und eine Putzfrau rein- und rauslief. Wenn ich sie jetzt ertrinken sähe, würde ich lächelnd zuschauen. Es ist kein Wunder, dass Frauenkarrieren nach der Geburt eines Kindes einbrechen; wenn wir ein Podium besteigen oder ein

Meeting eröffnen, sehen wir uns selbst immer wieder vor uns, wie wir wimmernd und ausgeliefert auf einem Krankenhausbett liegen. Ich konnte ohne Weiteres verstehen, warum die Frauen von Colsay eine englische Amme zum Teufel jagten. Ich erinnerte mich auch an die letzten Wochen meiner Schwangerschaften und die Überzeugung (die immer stärker wurde, bis mein Kopf so voller Tod war wie mein Bauch voller Leben), dass das Baby oder ich sterben würden, dass die Wirklichkeit, die ich nicht länger verleugnen konnte, das Ende und nicht den Beginn des Lebens bedeutete. Und als der Moment das zweite Mal da war und ich Wehen bekam, schien es schließlich, als wären Geburt und Tod gar nichts so Unterschiedliches, als würde man vielleicht im besten der beiden Fälle wissen, was man tat, und sich ergeben, wie Gras sich dem Wind ergibt oder Sand sich dem Wasser.

Vielleicht war es für jene Mütter auch so, vielleicht war der Tod ihres Babys ein genauso elementarer Prozess wie seine Geburt. Es muss eine Zwischenzeit gegeben haben, ein paar Tage, in denen diese kleinen, noch nicht menschlichen Wesen zwischen dem Mutterleib und dem Grab hingen. Würdest du, fragte ich mich, kleine Anziehsachen vorbereiten, ein Bettchen? Oder würdest du eine Weile warten, Kräfte sammeln und abwarten, ob Gott dieses neue Geschöpf jetzt oder später zu sich holen wollte? Ich ließ Giles das Gitterbett erst aufbauen, als beide Babys groß genug waren, um Geschenke zu bekommen, einen Namen zu haben, Gäste, Grundzüge eines Platzes in dieser Welt, und selbst dann schien es noch, als wären diese Dinge dazu da, das Baby bei uns zu halten, es davon abzuhalten, an seinen eigenen Platz zurückzukehren, zu denen, die nicht lebendig sind. Und in den ersten Lebenswochen beider Kinder gab es Momente, in denen ich glaubte, ich wäre froh, sie sterben zu sehen, die Welt wiederherzustellen, die sich nicht um den Mund des Babys drehte. Die Neugeborenen und die Sterbenden sind nicht wie wir, und die Liebe und der Hass, die wir für sie empfinden, sind Geschichten, die wir uns erzählen, um die Nacht zu überstehen. Nur Einsiedler finden eine Möglichkeit, durchs Leben zu gehen, ohne täglich und stündlich den Tod zu leugnen. Einen Moment lang erkannte ich, aus dem Augenwinkel, warum die Mütter von Colsay den Tod ihrer Kinder gewählt haben könnten, und ihre Gründe hatten nichts mit Dummheit oder mangelnder Bildung zu tun. Aber sie erklärten auch keine heimliche Beerdigung.

Auf der Treppe waren Schritte zu hören.

»Hey, na?«, sagte Giles. »Sie schlafen beide. Oder sind zumindest still. Was liest du? Dieser verdammte Vogel ist leider immer noch da drin, ich werde das Lüftungsblech abnehmen und ihn rausholen müssen.«

Ich fühlte mich, als hätte jemand das Licht angemacht, während ich noch träumte. »Was?«

»Der Vogel. Er ist ruhiger, aber er ist immer noch da. Ich kann ihn da nicht noch eine weitere Nacht drinlassen.«

Flügel, die gegen Steine schlugen, reptilienartige Füße, die am Putz scharrten.

»Nein. Mir wäre lieber, er wäre weg. Aber Giles, was, wenn er rauskommt? Und durchs Haus fliegt!«

Sich gegen die Scheiben wirft, gegen Lampen stößt, Betten und Perserteppiche mit Kot besudelt.

Er wirkte überrascht. »Na, ich lasse ihn natürlich nicht. Bleib hier unten, wenn du es nicht sehen willst. Ich mache die Tür zu.«

Ich schlug das Buch wieder auf. »Und die Türen zu den Kinderzimmern auch, bitte.«

So deutlich die Inselbewohner die Versäumnisse von Hugo Cassingham als Grundherr auch empfanden, es herrschte keine Freude, als sein Sohn Hartley die Verantwortung für den Besitz übernahm, nachdem der alte Mann in den späten 1880er-Jahren hinfällig wurde. Es gab böse Gerüchte darüber, wie Hartley Cassingham sich in seiner Jugend einheimischen Mädchen gegenüber verhalten hatte; so sagte man, dass er während der Hungerjahre im Austausch für Mietminderung das *droit de seigneur* geltend machte – allerdings sagten dies diejenigen, die offensichtliche Gründe hatten, die Familie zu hassen und zu fürchten. Es ist unwahrscheinlich, dass an diesen Anschuldigungen etwas dran ist, denn Vergewaltigungsvorwürfe wären selbst für Lord Cassinghams Sohn eine ernste Angelegenheit gewesen, und warum hätte ein zügelloser junger Mann, der Zugang zu allen Salons und Hinterhöfen Londons und Edinburghs hatte, es für nötig befinden sollen, die Position der Familie aufs Spiel zu setzen, indem er sich die Hörner an den streng calvinistischen und unterernährten Jungfrauen von Colla und Inversaigh abstieß. Nichtsdestotrotz hört man über Hartley Cassingham auch hundert Jahre später noch solche Dinge

Die Eingangspforte schnappte zu und Judith stand wie Frankensteins Monster im Mondlicht. Es war halb elf.

»Verdammte Scheiße«, murmelte ich vor meinem Laptop. »Wir haben in dem Inserat nichts von Ferientherapie geschrieben.«

Obwohl wir, wenn man darüber nachdenkt, damit wahrscheinlich Profit machen könnten. *Stellen Sie sich Ihren Zwängen auf diesem friedlichen, altertümlichen Eiland! Lassen Sie den Geist un-*

serer Einsiedlerin über Ihre verwirrten Teenager wachen! Zwei Therapietermine pro Woche auf Wunsch.

Meine Eltern stritten sich schon bei der Urlaubsplanung so sehr, dass die Reise selbst fast überflüssig wurde. Wir verbrachten zwei Wochen an einer Reihe austauschbarer griechischer und spanischer Strände, an denen meine Mutter dem Ferienprogramm folgte, das in den Zeitschriften beschrieben wurde, mit denen sie die Wartezimmer der Ärzte versorgte, und mein Vater marschierte durch die Landschaft, als gehöre er einer geschlagenen Armee an und verstecke sich vor den Legionen von Frauen mit rosa Romanen, die uniforme Badekleidung trugen und spätnachmittags sonnenverbrannt und mit Blasen bedeckt über die gekachelten, sandigen Flure ins Hotel schlichen. Es war zu spät, um sich zu verstecken, aber ich ärgerte mich immer noch darüber, dass Judith die Haustür ignorierte und ans Fenster klopfte, als wäre sie Catherine Linton (die sich nur deshalb so benehmen darf, weil sie fiktiv und tot ist).

»Ich habe gesehen, dass Sie noch auf sind«, sagte sie. »Ist es okay, wenn ich auf einen kurzen Plausch reinkomme?«

»Ich war am Arbeiten.«

Sie blickte hinein, auf mein Laptop, das Weinglas, das tintig in einem Kreis aus Licht stand, den Turm aus Monografien zur Geschichte des achtzehnten Jahrhunderts. »Tut mir leid.«

Es war das zweite Mal, dass ich hörte, wie sie sich entschuldigte. »Macht nichts. Ich komme sowieso nicht besonders gut voran. Gehen Sie ums Haus herum, ich komme an die Tür.«

Ich trank mein Glas aus und versteckte die Flasche neben dem Mehl im Schrank, ehe ich Judith hereinließ.

»Danke.« Sie bückte sich, um die Schuhe auszuziehen, und bemerkte, dass ich welche trug. »Soll ich sie ausziehen?«

»Ist nicht nötig. Kommen Sie rein, Judith.«

»Tut mir leid. Ihre Abende sind kostbar, ich weiß. Brian hat natürlich den ganzen Tag gearbeitet.«

Ich folgte ihr in die Küche. Sie wirkte nicht betrunken, roch nach nichts Schlimmerem als Nelkenparfum. Von außen Museum, aber duftet nach Lyzeum. »Giles ist viel draußen bei den Klippen. Deshalb arbeite ich abends.«

Sie setzte sich und der Stuhl knarrte. »Ich habe immer sehr darauf geachtet, die Abende mit Brian zu verbringen, als die Kinder klein waren. Wenn er nicht zu beschäftigt war. Ich meine, die Ehe ist die Grundlage des Familienlebens, nicht?«

Ich füllte den Kessel. Draußen hatte sich der Mond hinter einen Baum verzogen, und im Westen hüllten Wolken die Sterne ein. »Diese Vorstellung entstammt einer bestimmten Zeit«, sagte ich. Judith stocherte in dem eingetrockneten Brei herum, der auf dem Tisch stand. »Und ich bin nicht sicher, ob sie besonders viel Gutes bewirkt hat. Anna Freud hat festgestellt, dass es einigen Kindern in intelligent geführten Institutionen besser ging als in ihren Familien.«

»*Anna* Freud?«

»Sigmunds Tochter. Hat sich auf die Psychoanalyse von Kindern spezialisiert. Sie war besonders daran interessiert, wie sich die Kinder entwickeln, wenn die Mütter arbeiten gehen. Oder davongelaufen sind.«

Sie drehte einen Brief vom Finanzamt um, damit sie ihn lesen konnte. »Nicht besonders, sollte man meinen.«

Ich machte Tee, Giles' Lapsang Souchong. Ich hatte nicht die Absicht, ihr einen Keks anzubieten.

»Wie geht es Zoe?«, fragte ich.

Der Brei löste sich von der Schale. Judith zuckte mit den Schultern. »Sie … sie ist immer noch gefährlich dünn.« Sie sah auf. »Wir haben sie schon mal ins Krankenhaus gebracht. Als sie sechzehn war. Jetzt will sie nicht mal zum Arzt gehen, und rechtlich können wir sie nicht zwingen. Ich würde sie einweisen lassen.«

»Auf mich wirkt sie nicht besonders verrückt.«

Judith schob ihren Tee weg, und er schwappte auf den Tisch, über den Brei. »Entschuldigung, Anna, sie hungert sich zu Tode.«

Zu Tode nicht, sie nähert sich ihm nur so weit, dass sie keine Verantwortung für ihr Leben übernehmen muss. Ähnlich wie die Einsiedlerin, die auf ihrer Klippe zwischen der Welt und der Ewigkeit schwebte, oder wie die Mütter, die im neunzehnten Jahrhundert auf Colsay gelebt haben und andere Dinge dringlicher fanden als das individuelle Leben und Sterben. Ich wischte den Tisch mit einem der Lätzchen ab, die Moth sich weigerte zu benutzen. »Das können Menschen auch tun, ohne verrückt zu sein. Hungerstreikende. Suffragetten. Menschen, die für Gott fasten. Vielleicht muss sie für sich herausfinden, wogegen sie protestiert. Ich meine, ihre Generation ist damit aufgewachsen zu hören, dass es mit dem Planeten zu Ende geht, wenn sie nicht den Konsum eindämmt, oder? Und dass sie alle übergewichtig sind? Es ist eine logische Reaktion.«

»Das würden Sie nicht sagen, wenn es um Ihr eigenes Kind ginge.«

Würde ich? Raphs Gesicht, in dem sich alle Knochen abzeichnen, sein Pulli schlabbert über seinen Rippen, Moth – aber ich kann mir Moth nicht anders als pausbäckig und nach Milch duftend vorstellen. »Das weiß ich nicht. Ich wäre bestimmt sehr in Sorge. Ich kann Ihnen nur sagen, wie es wirkt, wenn es nicht um mein Kind geht.«

»Es hat nichts mit Logik zu tun. So abstrakt ist das nicht.«

»Sie machen sich Sorgen, dass es mit Ihnen zu tun hat.«

Sie zog ihre Teetasse wieder zu sich heran und fuhr mit einem Finger über den Rand. »Ich habe alles aufgegeben. Ich habe einen Abschluss, wissen Sie. In Geografie. Ich hätte gerne einen Beruf ergriffen. Aber das konnte ich nicht, weil Brian Arzt war, und Ärzte haben vor zwanzig Jahren viel härter gearbeitet. Ständig Bereitschaft und die ganze Nacht wach. Er hat gearbeitet, und ich habe alles andere gemacht. Ich hab nicht nur Blumen arrangiert. Ich hab mich um die Versicherungen gekümmert und die Autos zur Inspektion gebracht und alle Umzüge organisiert und Geburtstagskarten gekauft, die er seiner Mutter schicken kann, und ihr Essen gebracht, als sie nicht mehr selbst kochen konnte. Und wenn ich etwas nicht richtig gemacht habe, hat er sich beschwert. Weil er so viel gearbeitet hat und ich nur zu Hause war. Er erwartet einen gewissen ... Standard.« Sie sah sich in der Küche um, betrachtete die Küche und mich mit Brians Augen.

»Wenn Giles möchte, dass der Boden gewischt wird, weiß er, wo der Schrubber ist«, sagte ich, obwohl ich bezweifle, dass einer von uns den Schrubber finden würde, und wenn, dann nur um festzustellen, dass er schimmelig war und stank. Ich glaube nicht, dass ich jemals einen Schrubber gekauft habe.

»Ich habe Installateure und Elektriker gesucht und ihnen Tee gekocht und mit ihnen geredet. Ich habe sämtliche Urlaube gebucht und mir dann Sorgen gemacht, ob es ihm auch gefallen würde. Ich habe für ihn gepackt, wenn er zu Konferenzen musste, und seine Anzüge in die Reinigung gebracht. Ich wusste, wann die Autos zur Inspektion mussten. Aber vor allem habe ich gekocht und eingekauft und mich um die Kinder gekümmert. Ich habe sie zum Klavier und zum Malen und zum Eislaufen gebracht, und ich habe Kostüme genäht und Kuchen gebacken, und ich war acht Jahre lang Elternvertreterin, weil niemand anders Lust dazu hatte, und ich habe sie beim Lesen abgehört und ihnen bei den Hausaufgaben geholfen, bis sie die besten Noten hatten, ich habe mir sogar selbst Deutsch beigebracht, weil Zoe es gelernt hat, und ich habe sie zu den Erstgesprächen an den Universitäten gefahren, von St. Andrews bis Sussex und … und so dankt sie es mir. Indem sie versucht, sich umzubringen.« Ihre Hand zitterte. »Indem sie mich hasst.«

Wie musste das sein, zwanzig Jahre lang Gegenstand der alltäglichen Arbeit eines anderen zu sein, über Nacht unter feuchten Tüchern zurückgelassen zu werden, geformt, geglättet, angepasst, poliert, bis man für wert befunden wurde, ausgestellt zu werden? Ich weiß einiges, was ich meiner Mutter vorwerfen kann, aber wenigstens hat sie mich nie zu einer Klavierstunde gefahren. Vielleicht hätte ich nicht versuchen sollen, Raph dazu zu bringen, dem Schachclub beizutreten. Ich dachte an die Ruhe im Hôtel de la Mère, an die glatt gestrichenen Betten, auf denen Bücher liegen und darauf warten, gelesen zu werden, an die gedämpften Schritte auf dem Flur, denn Mütter müssen vor Störungen gewissenhafter bewahrt werden als jeder viktorianische Invalide, für den die Straße draußen mit Stroh bedeckt wurde. »Judith, ich glaube nicht, dass sie versucht, sich umzubringen. Da gibt es direktere Wege.« Und ich habe sie durchgezählt wie gehortete Münzen. »Was auch immer sie tut, sie tut es sich an, nicht Ihnen. Vielleicht müssen Sie sie bloß gehen lassen.«

»Ich hätte kein Problem damit, sie gehen zu lassen, wenn irgendwas dafürspräche, dass sie sich um sich selbst kümmern kann und würde. Sie ist ungefähr so gut darauf vorbereitet auszuziehen wie Moth. Er isst wenigstens, wenn er muss.«

Oben war ein dumpfer Schlag zu hören, das Kreischen von Holz auf feuchtem Holz, als das alte Schwingfenster auf dem

Dachboden aufging, und, jedenfalls in meiner Vorstellung, das Flattern von Flügeln im dunklen Garten, hinaus in die Sternennacht.

»Giles«, sagte ich. »Im Schornstein steckte ein Vogel fest.«

»Brian war nie da, um sich um solche Dinge zu kümmern.«

Ich trank einen Schluck Tee. Wenn sie ging, würde ich den Wein wieder hervorholen. »Vögel sind Giles' Ding. Ich bekomme schon von der Vorstellung eine Gänsehaut.«

Das Fenster klapperte.

»Haben Sie mal über eine Therapie nachgedacht?«, fragte ich. Anna Freud gab Müttern die Schuld an »Ess-Schwierigkeiten«, die sich durch institutionelle Fürsorge beheben ließen, aber sie war auch sehr darauf bedacht, Heranwachsende von ihren Eltern zu befreien. Manchmal scheint es, als sei das Beste, was Mütter für ihre Kinder tun können, Abstand zu halten. Die nächste Generation wird genügend Probleme haben, auch ohne dass wir ihren Geist verformen.

»Brian sagt, das ist Quatsch. Pseudowissenschaft.«

»Brian muss es ja nicht machen.«

»Wohl kaum. Er wäre dagegen.«

Bisher hatte sie auf mich nicht den Eindruck gemacht, als gäbe sie viel auf die Meinungen anderer.

»Und können Sie nicht mit ihm darüber sprechen?«

Giles kam mit einem in Zeitungen gewickelten Päckchen herein. »Ach, Judith. Hallo.«

Er sah mich fragend an.

»Judith ist auf eine Tasse Tee vorbeigekommen«, sagte ich. »Was ist in der Zeitung drin?«

Er verzog das Gesicht. »Ein toter Vogel, tut mir leid. Muss da schon eine Weile gelegen haben. Den anderen hab ich rausgelassen.«

Mir wurde übel. Raphs Gespenst – ein Vogel, der langsam in der Dunkelheit verendet ist, flatternd und schwächer werdend, in den Mauern über seinem schlafenden Kopf. Sind Vögel intelligent genug, um sich dem Tod zu überlassen? Oder sorgt ihr Instinkt dafür, dass sie immer wieder mit stumpfen Flügeln gegen die Wand schlagen, mit gelben Füßen über die Steine scharren, bis sie sich nicht mehr bewegen können? Und der zweite Vogel, gefangen wie das Opfer in einem Schauerroman, neben dem verwesenden Körper seines Gefährten.

»Es ist nur ein Vogel, Anna. Du solltest einen Schutz auf dem Schornstein befestigen, wenn es dir so viel ausmacht.« Judith wirkte durch den Tod des Vogels wiederhergestellt – oder durch mein Entsetzen.

»Bin gleich wieder da«, sagte Giles.

»Das ist bisher noch nie passiert.« Ich drehte meine Tasse, sodass der Henkel auf die Ecke des Umschlags zeigte, auf dem in der Schrifttype Ihrer Majestät stand: WICHTIGE DOKUMENTE, UNVERZÜGLICH ÖFFNEN. »Raph hat ihn gehört. Er dachte, es wäre ein Gespenst.«

»Das kommt doch bestimmt öfter vor. Die Insel ist voller Vögel, und die nisten gern in Schornsteinen.«

»Nicht im August.« Ich stand auf. »Es tut mir leid, Judith, ich bin sehr müde. Tut mir leid, dass ich Ihnen wegen Zoe nicht weiterhelfen konnte.«

Sie blieb, wo sie war. »Ich mache mir solche Sorgen um sie. Sie werden es noch merken. Sie denken, es ist schwer, wenn sie klein sind, aber nachts aufzustehen ist nichts dagegen. Sie werden schon sehen.«

Ich griff nach den Tassen, ihre war noch halb voll. »Vielleicht sollten Sie mit jemandem sprechen, der das auch schon durchgemacht hat. Es muss doch Selbsthilfegruppen geben.«

Sie warf den Kopf zurück. »Ich brauche keine Selbsthilfegruppe, danke.«

»Okay. Gut. Judith, ich gehe jetzt schlafen. Gute Nacht.«

»Was?«, sagte sie. »Oh, tut mir leid. Gute Nacht.«

Ich ging nach oben, und als ich durch das Geländer sah, saß sie immer noch mit gebeugtem Kopf am Tisch und hielt sich an einem braunen Umschlag fest, als würde er sie über Wasser halten.

»Und, ist er weggeflogen? Mami, haben wir Erdnussbutter?«

Ich ging in die Hocke, um im Schrank zu kramen, und stieß mir den Kopf, als ich Moth über den Riegel seines Hochstuhls und das stilvolle skandinavische Treppchen herunterklettern sah (gebaut aus nachhaltig geschlagenem Holz, von Menschen, denen vermutlich nicht die Produktionsmittel gehören, die aber höhere Ansprüche auf Erziehungsurlaub und Kinderbetreuung haben als irgendwo sonst im uns bekannten Universum).

»Moth helfen Mamalade finden.«

»Ich will keine Marmelade, ich will Erdnussbutter.«

Zoe nahm eine zweite Scheibe aus dem Toaster. »In Kanada streichen die Leute Marmelade auf die Erdnussbutter.«

Moth schmiss sich gegen mich. »Hallo, Mamalade! Hallo, Sirup!«

»Mami, können wir dann Sirup haben?«

»Nein«, sagte ich. »Ich hab Erdnussbutter gefunden. Ist allerdings abgelaufen.«

»Können wir sie trotzdem essen? Kann ich Marmelade draufstreichen?«

»Moth eine Rosine haben?«

»In Kanada war es Traubengelee. Allerdings kein richtiges Gelee.«

»War das lecker?«, fragte Raph.

»Auf der ersten amerikanischen Konferenz, auf der ich war, habe ich fünf Tage lang Bagels mit Erdnussbutter gegessen.« Ich stand mit dem Glas in der Hand auf. »Das Hotel wurde mir bezahlt, aber das Essen nicht.«

»Nicht so lecker wie Erdnussbutter mit Marmite«, sagte Zoe kauend. »Aber es gibt sowieso kaum was Leckereres. Mom findet das widerlich.«

»Mir leuchtet ein, dass es dadurch begehrenswert wird«, sagte ich. Ich drehte den Deckel der Erdnussbutter ab. Sie roch ziemlich normal, und das Öl obendrauf sollte konservierende Wirkung haben. »Ich sehe keinen Grund, die nicht zu essen. Ich kann mir nicht vorstellen, dass Erdnüsse leicht verderben.«

»Moth hoch, gucken!«

Ich nahm ihn auf den Arm. »Aber die einzige Marmelade, die wir haben, ist, glaube ich, Julias Stachelbeermarmelade. Du kannst sie gern probieren.«

»Ja, bitte.«

»Moth eine Dachelbeere probieren!«

»Mom macht Stachelbeermarmelade. Mit Holunderblüten.« Zoe rümpfte die Nase, als hätte sie an einer vollen Windel gerochen. »Sie füllt sie in Gläser mit *Stoffkrausen* und *verschenkt* sie.«

»Wie nett«, sagte ich bestimmt.

»Warum?« Raph rührte mit dem Finger in seiner Milch.

»Nicht, Schatz.«

»Moth Mamalade probieren!«

Ich gab Moth einen Löffel voll Marmelade, was ihn so überraschte, dass er aufhörte zu reden. Wir hörten das Brummen von Giles' Telefon.

»Ich geh ran!« Raph fuhr von seinem Stuhl hoch, als erwarte er seit Tagen ein Jobangebot oder einen Heiratsantrag.

Die Erdnussbutter hatte die Konsistenz von Lehm, aber sie hielt das Brot zusammen, das von Anfang an trocken und krümelig gewesen und jetzt auch noch altbacken war. Ich schmierte braune Marmelade darauf.

»Kann ich auch welche haben?«, fragte Zoe.

»Moth auch haben!«

»Natürlich, Zoe. Moth, Schatz, du bist zu klein für Erdnüsse. Willst du noch mehr Marmelade?« Neueste Studien lassen vermuten, dass Kleinkinder, die Erdnüsse zu essen kriegen, seltener Allergien bekommen als diejenigen, die den aktuellen Richtlinien entsprechend davor geschützt werden, aber die vorherrschende Meinung ist immer noch, dass die gute Mutter ihrem unter Dreijährigen Erdnüsse vorenthalten sollte. Vermutlich, weil Mütter so einer der wenigen Proteinquellen beraubt werden, für die man nicht mehr hausfrauliche Fähigkeiten aufbringen muss, als ein Glas zu öffnen.

Moth versteifte sich auf meiner Hüfte. »Nein. Von Zoe.«

Zoe sah auf, den Toast auf halbem Weg zum Mund.

»Ach, meinetwegen.« Möchte man lieber in den Augen eines imaginären Besuchers vom Jugendgesundheitsschutz schlecht erscheinen oder in denen seines zornigen Kleinkindes?

Raph kam zurück, das Telefon so weit von sich gestreckt, als handele es sich um verdorbenen Fisch. »Das ist dieser Polizist. Du hast Zoe meinen Toast gegeben!«

»Eigentlich ist das mein Toast«, sagte Zoe. »Und ich teile ihn mir schon mit Moth. Welcher Polizist?«

Ich nahm ihm das Telefon ab und sah sie an. »Raph, deiner ist hier.«

Ich steckte mir den Finger ins andere Ohr und ging in die Halle, mich darauf verlassend, dass Zoe mich rufen würde, falls es zu einem allergischen Schock kam.

»Mrs. Cassingham.«

»Eigentlich Dr. Bennet.«

»Mrs. Cassingham, wir schließen den Fall bezüglich der Überreste aus Ihrem Garten ab. Ich dachte, Sie wüssten vielleicht gern, dass die Überreste tatsächlich historisch sind.«

Natürlich sind sie historisch, verdammt, sogar ich konnte sehen, dass sie nicht prähistorisch sind.

»Aha. Konnten Sie sie datieren?«

»Sie sind historisch«, wiederholte er. »Wir werden Sie nicht mehr belästigen müssen. Es sei denn, natürlich, es gäbe weitere Bedenken wegen der Jungen.«

In der Küche fiel etwas auf den Boden.

»Weitere Bedenken?« Er machte mir, stellte ich fest, keine Angst mehr, vielleicht weniger Angst, als ich haben sollte.

»Wir wollen es nicht hoffen. Auf Wiedersehen, Mrs. Cassingham.«

Ich ging zurück zu den Kindern. Er hatte mir nur gesagt, was ich ohnehin die ganze Zeit gewusst hatte, aber ich fühlte mich, als wäre mein Brustkorb weiter, als verzögen sich die Wolken am regnerischen Himmel. Als wären mir ein paar meiner Sünden erlassen worden.

Zoe sah vom Boden auf, wo sie mit einem alten *Guardian* vergossene Milch aufwischte. »Moth ist die Milch runtergefallen. Es scheint keine mehr da zu sein.«

Ich setzte mich und nahm Moth auf den Schoß. »Wahrscheinlich ist keine mehr da, ja. Raph, Ian MacDonald hat angerufen, um uns etwas über das Baby zu erzählen.«

Er erstarrte. Moth griff nach Raphs Toast und schob ihn dann weg.

»Das Raphs Toast«, sagte Moth zu sich selbst. »Das nich Moths Toast. Nein.«

»Wir hatten recht, Raph. Sie hat vor langer Zeit gelebt. Vor sehr langer Zeit, als alles noch sehr anders war.«

Er zog an seinem Toast, und der Erdnussbutterkleber an den Bruchstellen versagte. »Sie ist trotzdem gestorben. Nur vor langer Zeit.«

»Ja«, sagte ich. »Daran wird sich nichts ändern. Alle, die vor langer Zeit gelebt haben, sind gestorben.«

»Und eines Tages haben wir vor langer Zeit gelebt und sind alle tot.«

»Ja«, sagte ich. »Eines Tages.«

Moth rieb sein marmeladenverschmiertes Gesich an meinem Oberteil. »Moth auch tot?«

Ich strich über seine Satinhaare, seine klebrige Wange. »Eines Tages. Ja. Aber das ist noch sehr lange hin.«

Raph tupfte etwas Erdnussbutter ab. »Wenn du alt bist, am Ende deines Lebens. Zoe auch. Und Mama und Papa. Und Großmama. Wie Großpapa Hugo.«

Zoe ließ Daumen und Zeigefinger der einen Hand auf ihrem anderen Arm kreisen. »Und wie meine Großmama. Anna, worum geht es gerade? Welches Baby?«

»Raph und ich haben das Skelett eines Säuglings gefunden, als wir Apfelbäume gepflanzt haben.« Ich küsste Moth auf den Kopf. »Es kommt vor, dass die Leute hier was ausgraben. Die Insel war früher viel dichter besiedelt als heute, soweit es sich aus den Aufzeichnungen schließen lässt. Aber natürlich muss man trotzdem die Polizei rufen, wenn es menschliche Überreste sind.«

»Oh«, sagte sie. Sie aß ihren Toast auf. »Aber jetzt ist alles geklärt. Kann ich noch etwas Tee haben?«

Ich schenkte ihr welchen ein.

»Anna?«

»Ja.«

»Äh, Anna … darf ich Sie was fragen?«

Ich sah auf. Wie viel ich wiege? Warum Raphs Klamotten zerlumpt sind? »Ich schätze schon.«

Sie strich mit dem Zeigefinger über den Rand der Tasse. »Könnte ich, ich meine, falls ich nach Österreich gehe, könnte ich dann vielleicht bis dahin bei Ihnen bleiben? Ich meine, nur für ein paar Wochen oder so? Und dann würde ich nach Hause fahren und packen und alles. Ich meine, Entschuldigung. Das hätte ich wahrscheinlich nicht sagen sollen. Dad hat gesagt, ich soll Sie nicht fragen.«

»Yay!« Raph strahlte sie an. »Zoe soll bei uns bleiben!«

Moth schwenkte den feuchten Toast, von dem er die Marmelade abgeleckt hatte. »Hurraaa.«

»Zoe, wir hätten dich natürlich gern bei uns. Nur … Hör zu, wir können dich nicht vor deinen Eltern retten. Für deine Mom sind wir nur die Leute, die euch das Haus vermieten. Gibt es keine Freundin, bei der du bleiben kannst? Du weißt ja noch nicht, ob du nach Österreich gehen wirst, oder?«

Sie biss sich auf die Lippe. »Es wird schon klappen. Das weiß ich. Aber … bitte schicken Sie mich nicht zurück zu Mom. Ich meine … bitte.«

Sie schniefte. Raph betrachtete sie, ohne zu blinzeln, als demonstriere sie eine Fähigkeit, die er für lebensnotwendig hielt, um erwachsen zu werden.

»Ich dachte, es läuft jetzt etwas besser.« Ich wischte mit dem Finger Erdnussbutter von Moths Kinn und bot sie ihm wieder an. »Ich dachte, sie versucht, mehr Verständnis zu haben. Sie hatte Angst, weißt du, als du zusammengebrochen bist.«

»Warum?«, fragte Raph. »Warum hatte Judith Angst?«

»Weil Zoe krank war.«

Zoe trank einen Schluck Tee. »Das glauben Sie vielleicht. Ich meine, Verständnis, Anna? Verständnis für jemand anders? Meine Mutter? Die weiß gar nicht, was Verständnis ist.«

Nein, dachte ich. Nein. Ich kann das hier nicht. Beziehungen führen. Mich um Menschen kümmern und mich selbst aufteilen. Und wenn ich tatsächlich Partei ergreifen muss, wenn es hart auf hart kommt, bin ich nicht bereit, Judith zu hintergehen, ihr die Tochter zu stehlen, an der sie all die Jahre lang gearbeitet hat. Zoe muss ihr Zuhause verlassen und nicht von einer stellvertretenden Mutter gerettet werden. Eltern zu haben ist vielleicht nicht für jeden von Vorteil, aber da müssen wir alle durch. Und es ist Giles' Job, nicht Zoes, sich um die Kinder zu kümmern, während ich arbeite, was er vielleicht irgendwann auch noch merken wird.

Ich berührte ihre Schulter. »Zoe, es wäre für mich auch in vielerlei Hinsicht schön. Ich mag deine Gesellschaft und natürlich bin ich dankbar, dass du mir mit den Kindern hilfst, sonst wäre ich überhaupt nicht zum Arbeiten gekommen. Aber, guck mal …« Ich sah zu den Kindern. Raph hörte zu, als merke er sich jedes Wort, um es später zu analysieren, Moth kratzte mit dem Finger Erdnussbutter von seinem Toast. »Sagen wir einfach, deine Familie ist nicht die einzige mit … mit ein paar Aspekten, um die man sich kümmern sollte, okay? Es gibt vielleicht noch andere Leute, die auch … na ja, über Verantwortlichkeiten verhandeln.«

»Oh.« Sie sank über ihrer Tasse in sich zusammen. »Sorry.«

»Mami, wovon redest du?«, fragte Raph.

»Von Zoes Plänen für den Rest des Sommers.«

»Wir fahren am Wochenende nach Hause.« Sie pickte mit dem angefeuchteten Finger Krümel von ihrem Teller.

»Zoe, nimm dir noch, wenn du Hunger hast. Und komm uns

in den Weihnachtsferien in Oxford besuchen, okay? Wer weiß, vielleicht schaffen wir es ja, mal nach Wien zu kommen. Zum Weihnachtsmarkt oder so.« Vielleicht. Da wir diesen Plan allerdings in den acht Jahren, seit die Friedmanns dort sind, mindestens zweimal jährlich diskutiert haben und nicht mal so weit gekommen sind, nach Flügen zu gucken, bezweifle ich es. Wir werden in Oxford sein, unser Horizont physisch begrenzt von der Eisenbahn, dem Fluss und der M40, aber tatsächlich werden wir für den Rest unseres Lebens nicht weiter sehen als bis zu den eingemauerten Parkanlagen der Colleges.

Als Moth schlief, ging ich zur Höhle der Einsiedlerin und ließ Zoe und Raph einen Spielzeugflughafen bauen und an Giles' Telefon gehen. Es gab mindestens drei Bücher, die ich lesen sollte, und eins, das ich schreiben sollte, aber ich wollte stehen, wo sie gestanden hat, und das Meer und den Himmel mit ihren heiligen Augen sehen. Auf dem Weg nach oben dachte ich, dass sich nicht viel verändert haben konnte, dass tausend Jahre im geologischen Leben von Fels und Wasser weniger waren als der Flug eines Spatzen, aber als ich ankam sah ich, dass ich mich geirrt hatte. Zwischen Colsay und dem Horizont lagen drei Containerschiffe, der rot-weiß gestreifte Leuchtturm der Schären von Shepsay, und der Anleger mit unserem Fiberglasboot stach vor den Ruinen des Dorfs ins graue Meer. Ich ging den grasbewachsenen Abhang hinunter zum Eingang ihrer Höhle, die eher eine Felsspalte ist. Keine Steinzeitfamilie hätte sie als Behausung auch nur in Betracht gezogen, und ich kann mir nicht vorstellen, dass sie an Weihnachten nicht nach Hause gegangen ist oder sich – wenn ich an meine eigenen Weihnachtsbesuche zu Hause dachte – wenigstens in einen der nahen Schafpferche oder eins der Steiniglus zurückzog, die die Inselbewohner den

Großteil des letzten Jahrtausends über als Kornkammern benutzt haben.

Ich setzte mich hin, wo sie gesessen haben musste, und sah zwischen meinen Füßen hindurch. Die Klippen waren mit Vogelmist befleckt, und auf einigen Felsvorsprüngen wehten weiße Blumen wie Wimpel. Ein paar Möwen segelten vorbei, aber die Nester waren verlassen, ob saisonbedingt oder durch ein ökologisches Unglück, wusste ich nicht, und es gab keine Kakofonie der Vögel, kein Paar, das sich etwas zurief, keine kindlichen Forderungen, keine mütterlichen Ermahnungen. Die Einsiedlerin, wurde mir klar, hatte nicht allein gelebt, sondern – zumindest im Frühjahr – inmitten einer Vogelstadt. Müll und Treibholz schwammen wie Insekten auf den Wellen, die den Fuß der Klippen umspülten. Die Höhle war feucht, aber es gab so viel frische Luft, dass es niemals muffig riechen würde. Sie muss auf Heidekraut geschlafen haben, was bestimmt gemütlicher ist als die Rosshaarmatratzen der Cassingham-Vorfahren, und hätte sie nicht die dicksten Wolldecken gehabt, hätte sie es wohl kaum lang genug ausgehalten, um zum Gegenstand einer Legende zu werden.

»Klopf, klopf.«

Giles. »Wer da?«, sagte ich.

»Arthur.«

»Arthur wie?«

»Keine Ahnung, Raph konnte sich nicht mehr an die Pointe erinnern. Ich dachte doch, dass ich dich hier hochlaufen gesehen habe. Darf ich reinkommen?«

Ich rückte zur Seite. Der Einsiedlerin war die Möglichkeit, Herrenbesuch zu empfangen, aus Gründen der Logistik wie der Keuschheit verschlossen gewesen.

»Kümmert Zoe sich um die Kinder?«

»Nein, ich hab sie bei Brian gelassen. Natürlich kümmert Zoe sich um die Kinder. Aber ich muss gleich zurück, es wird Zeit, Moth zu wecken. Es sei denn, du meldest dich freiwillig.«

Sein Blick ruhte auf den Containerschiffen, die aufeinander zukrochen wie Schnecken. »Ich kann nicht. Heute nicht. Hör zu, Anna, als ich die Vögel aus dem Schornstein geholt hab …«

Ich erschauerte. »Ja?«

»Ich habe was gefunden.«

Noch ein Todesfall. »Giles, möchte ich das wissen?«

»Es ist ein Päckchen. Braunes Papier mit Schnur. Es sind Briefe.«

»Was für Briefe? Warum hast du mir das nicht erzählt?«

»Judith war da. Und dann hast du geschlafen. Sie sind geöffnet worden. Mit Briefmarken, aber ohne Poststempel. Pennymarken. Rot. Auf den meisten steht eine Adresse in Manchester. Ich habe nicht reingesehen.«

Die Schiffe trafen sich, wurden eins. »Du meinst, sie sind viktorianisch? Viktorianische Briefe?«

Er zuckte mit den Schultern, während er immer noch die Schiffe betrachtete und wartete, dass sie sich voneinander lösten, um zu sehen, dass es keine Kollision gegeben hatte. »Dein Gebiet, nicht meins. Alte Handschrift und rote Pennymarken.«

Ich stand auf. »Wo sind sie? Macht es dir was aus, wenn ich zurückgehe und sie mir ansehe?«

Er sah aus, als hätte ich ihn geschubst. »Ich möchte sie auch sehen. Immerhin ist es meine Familie.«

»Ja?« Die Containerschiffe trennten sich. »Sind es Briefe der Cassinghams?«

»Ich weiß es nicht. Sie sind in meiner Truhe. Aber warte auf mich, okay? Dann können wir sie uns zusammen ansehen.«

Viktorianische Briefe trugen Poststempel. Also waren diese vielleicht gar nicht abgeschickt oder verworfen worden, nachdem sie eine Briefmarke bekommen hatten und bevor sie abgeschickt worden waren. Und dann waren sie geöffnet worden.

»Mami«, sagte Raph. »Mami, gibt es heute ganze Zwiebeln? Und Moth isst einen Regenwurm.«

Die Rache der Verstorbenen. Ich dachte, eher würde ich ihn außer Sichtweite einen Regenwurm aufessen lassen, als mit einem halb aufgegessenen zurechtkommen zu müssen. Raph hatte recht: Ich hatte die Zwiebeln vom Schneidebrett in die Pfanne gekippt, ohne sie klein zu schneiden. Ich fischte sie heraus, warm und schleimig vor Öl.

»Na, kannst du ihm dann sagen, er soll aufhören? Ich hoffe, er hat keinen Proteinmangel.«

»Du hättest ihm mehr Erdnussbutter geben sollen«, sagte Raph. »Was kochst du?«

Die Zwiebeln rutschten herum, als ich mich mit einem von Julias alten Messern mit den Elfenbeingriffen über sie hermachte. »Weiß ich nicht«, gab ich zu. »Aber normalerweise fängt man mit Zwiebeln an. Ich glaube, im Schrank ist noch eine Dose Kichererbsen. Wenn nicht, dann weiß ich auch nicht weiter.«

Er wandte sich wieder der Tür zu. »Wir finden bestimmt noch ein paar Würmer.«

»Nicht gut, wenn du Vegetarier bist«, gab ich zu bedenken. »Aber so weit ist es ja noch nicht.«

»Ich hab es nur gesagt.«

»Ich weiß.« Im Schrank war nicht nur eine Dose Kichererbsen, sondern auch eine Dose Muscheln, allerdings sollte man die vielleicht besser nicht zusammen mit Würmern essen. »Aber wenn es ganz schlimm kommt, gibt es immer noch die

Frittenbude in Colla.« Wir könnten Giles die regional geernteten Biowürmer überlassen und losfahren, um im Süden gebratene Hähnchen aus Käfighaltung mit den Fingern zu essen und die Knochen in den rosa Styroporverpackungen liegen zu lassen.

Er überlegte. »Essen Vegetarier Fisch?«

Ja, dachte ich, ständig. Und Fischstäbchen sind eigentlich Gemüse. Ich fand den Dosenöffner, aber keine Tomaten. »Die meisten, die ich kenne, ja. Kannst du jetzt mal gucken, was Moth treibt?«

Giles machte große Augen, als er seinen Teller sah, sagte jedoch nichts, wie es sich gehört, wenn man spät nach Hause kommt und eine Mahlzeit auf dem Tisch vorfindet. Seine Gabel hielt er wie jemand, der in den Speisesälen von Eton erzogen wurde. Moth suchte sich mit den Fingern die Kichererbsen heraus und aß sie, und dann forderte er Kekse, von denen Giles glaubte, wir hätten sie nicht gekauft, und Raph erhob Einspruch gegen den Mord an Muscheln, wandte sich dem Rest aber mit mehr Mut zu, als ich aufbringen konnte.

»Keinen Hunger?«, fragte Giles.

»Irgendwie nicht genug«, gab ich zu.

Sein Mund zuckte, aber er aß noch eine Gabel, ehe er sie hinlegte. »Anna, mein Liebling, gab es für diese Zusammenstellung irgendein anderes Motiv als Verzweiflung?«

Ich stocherte in dem Hügel auf meinem Teller. Es sah aus wie das Erbrochene irgendeines gründelnden Fisches, nur trockener.

»Mami«, sagte Raph. »Ist das das Ekligste, was du uns je gemacht hast?«

»Ich weiß nicht«, sagte ich. »Giles, was ist mit deinem Geburtstagskuchen, als du dreißig geworden bist?« Natron, demonstrierte ich unseren versammelten Freunden bei der Gelegenheit, ist nicht dasselbe wie Backpulver, und das Haushaltshandbuch aus dem achtzehnten Jahrhundert, das vorschlug, Milch und Essig durch Buttermilch zu ersetzen, hatte sich entweder getäuscht, oder dies war ein Beispiel dafür, welchen historischen Veränderungen gewisse Ausformungen der materiellen Kultur unterworfen sind. Und wenn man die Butter in »Buttercreme« durch eine auf Olivenöl basierende Margarine ersetzt und es versäumt, den Puderzucker unklaren Jahrgangs zu sieben, wird das Ergebnis die vorhergehenden Fehleinschätzungen nicht verdecken. Giles' spätere Geburtstage wurden mit freundlicher Unterstützung der Patisserie Maison Rouge in Summertown gefeiert, die Kindergeburtstage mit Unterstützung von Marks & Spencer – Unternehmen, die schließlich von ihrer Fähigkeit leben, amateurhafte kulinarische Bemühungen zu einem konkurrenzfähigen Preis in den Schatten zu stellen. An meinem Geburtstag sorgt niemand für einen Kuchen, obwohl Giles und Raph jedes Jahr ihrer Überraschung und ihrem Bedauern Ausdruck verleihen, wenn sich keiner materialisiert.

Giles überlegte. »Nein, ich denke, Raph hat recht. Dies ist schlimmer. Anna, Schatz, darf ich dir was anderes machen?«

»Du darfst«, sagte ich. »Jederzeit, Giles. Jederzeit. Nur zu. Die Frage ist, wenn du mal in den Schrank gucken würdest, allerdings, ob du kannst.«

»Ach so.« Giles schob seinen Stuhl zurück und kniete sich vor den offenen Schrank. Raph rutschte herunter und hockte sich neben ihn, als starrten sie in den Bau eines möglicherweise essbaren Tieres.

»Mami, Keks!«, sagte Moth.

»Wie wäre es mit ein bisschen Obst? Mit einer schönen Banane?«

»Ich hasse Bananen. Schokolade?«

»Nein, Schatz. Nicht zum Abendessen.«

Giles drehte sich um. »Was ist im Gefrierschrank?«

»Ungefähr hundert Liter hausgemachte Vorräte deiner Mutter. Und es ist zu dunkel, um nach Colla zu fahren und Fish and Chips zu holen.«

»Ich wollte auch gar nicht nach Colla fahren und Fish and Chips holen. Ich koche was, okay?«

»Lass aber noch Vorräte für den nächsten Besuch deiner Mutter übrig.«

Moth gähnte, und ich nahm ihn in die Arme und drückte ihn. Es war acht Uhr.

»Ich kann Moth eigentlich ins Bett bringen, während du was machst. Ich glaube nicht, dass er irgendwas isst, das wir haben.«

Ich ließ Moth seine Plastikkühe durch die Badewanne ziehen, bis er bemerkte, dass das Wasser kälter geworden war und fragte, ob er rauskönne, und dann schuf ich einen bedauerlichen Präzedenzfall, indem ich den *Grüffelo* und *Peter Hase* vorlas sowie ein abschreckendes kleines Gleichnis über ein paar Eulenjungen, deren Mami davonfliegt. Acht Runden »Schlaf, Kindlein, schlaf« und ich war frei, obwohl ich noch eine Weile über dem Gitterbett hing und beobachtete, wie Moths Wimpern über der Rundung seiner Wange zur Ruhe kamen und die Finger sich von seinem Bären lösten. Im Flur war es bereits dunkel; man kann hier förmlich spüren, wie sich die Erde von der Sonne abwendet, wenn es auf die dunkleren Winterwochen zugeht, noch bevor zu Hause die Schulanfangsaufregung losgeht und die Blätter gelb werden. Ich hörte unten ein Messer auf das Schneidbrett hacken (wäre ich eine bessere Köchin, wenn ich mehr Aufheben darum machen würde?), und Raph stellte eine Frage.

Ich ging in unser Schlafzimmer. Durch einen Riss in der dunklen Wolke im Westen glühte es immer noch rosa, und im Zimmer war es hell genug, um ohne Licht auszukommen und auf diese Weise beiläufiger zu tun, was ich tat, als ich auf Giles' Kiste zuging. Der Wind fuhr durch den Baum draußen, der bereits seine Blätter verlor, aber das Meer war ruhig. Ich hob den Deckel an. Das Päckchen lag ganz oben, genau, wie er gesagt hatte. Abgenutztes braunes Papier, weich wie Haut und sandig vor Ruß, zugebunden wie ein Weihnachtsgeschenk mit hartem Bindfaden. Giles hatte ein Bindfadenviertel beiseitegeschoben und das Papier oben auseinandergeschlagen. Ich ließ die Briefe auf das Bett gleiten, ungefähr ein Dutzend. Die Schrift auf der Vorderseite war zu fein, als dass ich sie im Dämmerlicht hätte lesen können, aber ich sah, dass es sich um mehrere verschiedene Adressen handelte, und ich konnte die Farbe der Briefmarken kaum benennen, die unter meinen Fingerkuppen kälter und glatter waren als das Gewebe der teuren Umschläge. Keine Poststempel, und die Umschläge waren dort, wo sie aufgerissen waren, zerfleddert. Im neunzehnten Jahrhundert hatte man für gewöhnlich einen Brieföffner zur Hand. Einige waren viel schwerer als andere, voll mit alten Neuigkeiten.

Kondenswasser rann am Küchenfenster hinunter und hinterließ eine Spur aus dunklem Himmel und Sternen. Drei Töpfe standen auf dem Herd und es duftete nach Fisch.

»Raph?«, sagte ich. »Raph, Schatz, solltest du nicht ins Bett gehen?«

Er sah vom Tisch auf, wo er das *Guardian*-Kreuzworträtsel zu machen schien. »Ich hab noch kein Abendbrot gegessen.«

»Dauert nicht mehr lange!«, sagte Giles. Er hatte irgendwo eine Schlachterschürze gefunden und trug eine unsichtbare Kochmütze auf dem Kopf.

Ich sah mich um. »Wer macht den Abwasch?«

Giles tänzelte mit einem Gerät an mir vorbei, mit dem man, glaube ich, Petersilie häckseln kann. Ich glaube nicht, dass es auf Colsay jemals Petersilie gegeben hat.

»Sei kein Spielverderber. Das ist es ganz bestimmt wert.«

Ich begann, die Fischkotze, die ich vorher gemacht hatte, von den Tellern in den Mülleimer zu schieben, was Geschicklichkeit erforderte, denn der Müllbeutel war eigentlich schon seit Giles' Frühstücksteeblättern voll. Dann ließ ich Wasser in die Spüle laufen.

»Mami, was ist ein Scheidungsantrag?«

»Das, was Papa zugestellt wird, wenn er sagt, ich soll die Küche aufräumen«, murmelte ich. »Äh, das braucht man, wenn man nicht mehr verheiratet sein möchte.«

Raph legte den Stift hin. »Warum?«

Es schien mir unangebracht, dieses Gespräch zu führen, ohne dass man sich über eine tatsächliche Scheidung aufzuregen brauchte.

»Ich schätze, weil ... weil Dinge manchmal verkehrt laufen und die Menschen das erst merken, wenn es zu spät ist, um sie wieder in Ordnung zu bringen.«

Giles sah auf.

Raph drückte den Knopf des Kugelschreibers rein und raus. »Was für Dinge? Warum heißt das, dass Menschen nicht mehr verheiratet sein wollen?«

Ich ging zu Giles und lehnte mich an ihn, er legte den Arm

um mich. »Ach, ich weiß es nicht. Alle möglichen Dinge. Einer kann denken, dass etwas ungerecht läuft, aber der andere hört nicht zu. Oder einer kann über etwas sehr traurig sein und der andere ist zu beschäftigt, um es zu merken. So was kann man in Ordnung bringen, wenn die Leute sich mögen und rechtzeitig merken, was passiert, um es besser zu machen. Aber wenn es immer so weitergeht, vergessen sie vielleicht, warum sie überhaupt mal geheiratet haben.«

Giles' Arm umfasste mich fester, und er küsste mich aufs Haar. Ich rieb meinen Kopf an seiner Schulter. Er roch nach Giles, sauber und nach Gras und Wind, und sein Seemannspullover löste sich an den Löchern am Ellbogen auf. Er griff um mich herum, um in einem seiner Töpfe zu rühren.

Raph zeichnete ein Raumschiff in den Rahmen des Kreuzworträtsels, als wolle er sich daran erinnern, wo er herkam. »Als die Eltern von Rosie Roberts sich getrennt haben, hat sie gesagt, es liegt daran, dass ihr Dad jemand anders gevögelt hat.«

»Raph!«

Giles' Schultern ruckten, als er sich wieder dem Herd zuwandte.

»Was?«

»Äh … solche Worte benutzen wir nicht. Ach, schon gut. Leg doch die Zeitung weg und hilf mir beim Tischdecken, ja?«

Es war nach elf, als Raph ins Bett ging.

»Ich wasche morgen früh ab«, sagte Giles.

»Ja, klar.«

Er blieb stehen, der Tellerstapel in seinen Händen wankte. »Ich habe früher immer morgens abgewaschen. Ich hab immer abgewaschen, während du dein Bad genommen hast. Weißt du noch?«

Das stimmte. Bevor irgendjemand von uns es sich eigentlich leisten konnte, haben die Leute guten Wein mitgebracht, wenn Giles kochte, und bevor wir alle den ganzen Abend lang im Geiste den Zähler des Babysitters ticken hörten, sind die Leute immer lange geblieben. Giles hat mir manchmal ein Bad einlaufen lassen, ehe ich wach wurde, und wenn ich dann rosa und nach Kaffee Ausschau haltend erschien, sah unsere gemietete Resopalküche aus wie eine Abbildung in einer Ausgabe von *Good Housekeeping* aus den Siebzigern.

»*Früher*«, sagte ich.

Er stellte die Teller ab und kam zu mir. »Ich weiß. Entschuldige.«

»Entschuldige, ich habe vergessen, dass dein Erziehungsurlaub seit Monaten zu Ende ist, entschuldige, ich habe vergessen, dass du auch einen Beruf hast, entschuldige, dass ich dein intellektuelles Leben systematisch demontiert habe, bis du dich selbst nicht mehr erkannt hast, oder einfach entschuldige, dass ich dir die Küche überlassen und deine Anstrengungen dann runtergemacht habe?«

Er streckte die Hände nach mir aus und ich schob ihn weg. »Oder vielleicht entschuldige, dass ich mich verhalten habe, als würde Sex alles aufwiegen?«

Er drehte sich um und starrte aus dem Fenster. Das Kondenswasser war inzwischen in die Rille zwischen dem Fenster und dem Rahmen gesickert, und ich konnte sehen, wie er sich selbst anstarrte. »Das alles. Anna, es tut mir leid.«

Ich nahm die Teller und stellte sie neben die Spüle. Ich wusste, dass er nie so mit mir sprechen würde, wie ich gerade mit ihm gesprochen hatte. Ich hätte meine nächsten Worte an den Fingern abzählen können. »Es tut mir leid, dass ich deine Trauer nicht ernst genommen habe. Es tut mir leid, dass ich vor den

Kindern grob zu dir war. Es tut mir leid … es tut mir leid, dass ich so gereizt war.«

Er drehte sich nicht um. »Und ist es noch rechtzeitig, um es besser zu machen?«

Ich ging zu ihm und blieb hinter ihm stehen. Unsere Spiegelbilder starrten aus dem Obstgarten zurück, in dem die Apfelbäume schwarz vor dem dunklen Himmel standen und weder von Leben noch von Tod zeugten. Ich legte meine Arme um ihn, drückte mein Gesicht an seinen rauen Wollrücken.

»Ja«, sagte ich. »Ja. Aber es ist wahrscheinlich an der Zeit, es zu versuchen, oder was meinst du?«

Colsay House,
Colsay

7. Dez. 1878

Sehr geehrter Lord Hugo, sehr geehrte Miss Emily,
ich schreibe Ihnen, um meine Stelle hier niederzulegen, so traurig es mich macht. Das Grice-Baby wurde vor fünf Tagen geboren, des Nachts, und ich wurde nicht gerufen. Ich glaube, es ist noch nicht tot, aber ich muss leider sagen, dass der Sarg, den der Vater vorbereitet hat, von mehr Nutzen sein wird als die Decke, die ich an meinen Abenden gestrickt habe, da ich beobachtete, dass keine Vorbereitungen für ein lebendiges Kind getroffen wurden. Das Kind hat vor drei Tagen aufgehört zu trinken und liegt nun steif und blass da. Auf der Insel wird ein weiteres Kind erwartet, im März nächsten Jahres, aber ich bin nicht zuversichtlich, dass die Mutter meine Fürsorge zulassen würde, selbst wenn ich das Frühjahr hier verbrächte und versuchte, mich ihr freundschaftlich zuzuwenden.

Sir, wenn es Ihr Wunsch ist, die Kinder von Colsay zu retten, müssen Sie dieses Dorf entweder auflösen und seine Bewohner in ein fortschrittliches, der Zukunft zugewandtes Land schicken oder vielleicht eine von ihnen auf eine der hervorragenden Schwesternschulen in London oder Edinburgh entsenden, obwohl ich befürchte, dass letztere Maßnahme – falls Sie eine der hiesigen Frauen überzeugen könnten, dorthin zu gehen und, noch schwieriger, auf ihre schmutzige, Not leidende Heimatinsel zurückzukehren – nur dazu dienen würde, das ausgewählte Mädchen seinen eigenen Leuten zu entfremden. Es ist meine tiefe Überzeugung, dass die einzige Zukunft für dieses Volk fern von diesem Ort liegt.

Ich bedaure außerdem, dass das Verhältnis zwischen mir und Mrs. Barwick, die zu der Geburt gerufen wurde, nicht freundlicher Natur war und ich sogar in verschiedenen Belangen Grund habe, mich über ihr Verhalten mir gegenüber zu beklagen. Ich weiß natürlich, dass das Verhältnis zwischen einer Dame und ihrer Zofe notwendig ein vertrautes ist und dass sie zu Ihrer vollkommenen Zufriedenheit gearbeitet haben muss, da Sie sie in ihrem weiteren Leben nun so unterstützen, aber ich muss Sie darüber informieren, dass sie weit davon entfernt war, mir die Hilfe und Unterstützung bei meiner Arbeit zu sein, auf die ich gehofft hatte. Ich habe nur allzu viel Grund zu glauben, dass sie der »knienden Frau« (deren Name mir weiterhin unbekannt ist) die Treue gehalten hat, die ich doch hätte erwarten dürfen, nachdem ich von Ihnen beauftragt worden war.

Ich vertraue darauf, dass Sie meinen Wunsch, unter diesen Umständen sofort abzureisen, verstehen werden. Mir ist gesagt worden, der Wind lasse es nicht ratsam erscheinen, heute Vormittag mit dem Boot rauszufahren, aber ich bin entschlossen, mich den Männern gegenüber durchzusetzen, um das Oban-Dampfschiff zu bekommen, das am Donnerstag ausläuft, und ich habe noch ausreichend Mittel, um sie dazu zu bewegen.

Hochachtungsvoll
May Moberley

Was sich darin finden mag

In der Stille des Schlafzimmers heben wir den Deckel der Kiste an, und dort sind die Gerippe. Bei einem ruhigen Abendspaziergang erblicken wir in der Ferne ein verdächtig wirkendes Bündel, und darin ist der geschundene Säugling. Am Ufer des Kanals oder im Wasser finden wir das tote Kind. In der Einsamkeit des Waldes sind wir entsetzt von dem grausigen Anblick, wenn wir mit der Stadtbahn Zuflucht vor der Verschmutzung gesucht haben und am Ende unserer Reise feststellen, dass die vermodernden Überreste eines ermordeten Unschuldigen die gleiche Reise gemacht haben; und dass der Geruch jenes unverdächtigen Paketes allzu genau darauf verweist, was sich darin finden mag.

William Burke Ryan, 1862, zitiert von Hilary Marland,
Dangerous Motherhood: Insanity and Childbirth in Victorian Britain

Sie standen auf dem Parkplatz und sahen zu, wie ich den Motor anließ. Moth saß auf Giles' Arm und schaute mich an, als würde ich Teddy zerreißen oder mit einer Axt auf sein Gitterbett zukommen und all das zerstören, was ich doch eigentlich beschützen sollte. Er war so ruhig, als wäre er krank, und hatte die Augen weit aufgerissen. Ich legte den ersten Gang ein und löste die Handbremse. Es wäre leichter gewesen, wenn er geweint hätte, obwohl – als ich auf Raphs Wange eine Träne sah, dachte ich, vielleicht waren Tränen noch schlimmer.

»Es wird ihnen gut gehen«, sagte Giles. »Dir wird es auch gut gehen. Denk gar nicht an uns.«

Ich lehnte mich aus dem Fenster. »Ich rufe euch an, okay? Moth, Liebling? Du kannst am Telefon mit Mami sprechen. Und am Mittwoch, wenn ich zurückkomme, da schläfst du wahrscheinlich schon, aber ich komme nach dir schauen. Giles, denk dran, dass der Teddy Moth beim Baden zugucken muss. Und du musst noch Milch besorgen, bevor ihr zurückfahrt.«

»Ich bleibe auf, bis du wieder da bist«, sagte Raph. Er rieb sich mit dem Ärmel über die Augen.

»Ich denke die ganze Zeit an euch«, versprach ich. Als würde das eine Rolle spielen. »Moth? In zwei Tagen siehst du mich wieder, okay? Mami kommt ganz bald wieder.«

Moth verbarg sein Gesicht an Giles' Schulter.

»Fahr einfach«, sagte Giles. »Du verlängerst das Ganze nur. Komm, Raph, das ist doch albern. Als ich so alt war wie du, war ich auf dem Internat.«

Ich schaltete wieder in den Leerlauf. Konnte die sehr kleine Chance, diese Stelle zu bekommen, den psychologischen Schaden wert sein, den Giles in achtundvierzig Stunden womöglich anrichtete?

»Du hast versprochen, das nie zu ihnen zu sagen. Du hast gesagt, du würdest sie nie schlagen und ihnen nie mit Internat drohen«, sagte ich.

»Na, ich hab sie ja auch nie geschlagen und ich drohe ihnen nicht. Du musst aufpassen, dass du deinen Zug nicht verpasst, wenn du hier noch länger rumstehst und sie verrückt machst.«

Ich sah auf die Uhr. »Nein, Giles, ich habe massenweise Zeit.«

Raph schniefte. »Die Uhr im Auto ist noch auf Greenwich-Zeit. Du wolltest nicht, dass ich sie umstelle, weißt du noch?«

»Jetzt fahr trotzdem los«, sagte Giles. »Los. Spiegel kontrollieren, Blinker setzen, anfahren. Wir sprechen uns später. Tschüs.«

Raph winkte, aber Moth hob nicht den Kopf, als ich wegfuhr und ihn im Rückspiegel beobachtete. Ich fuhr am Spar entlang, zwischen den auf der Dorfstraße parkenden Autos hindurch und an der Bibliothek vorbei. Die Straße wurde breiter, ein Band, das sich vor mir über den grünen Hügel entrollte, aber ich fuhr langsam, der Motor stotterte, als ich mich dem Hügel näherte. Ich konnte das Band spüren, das mich mit Moth und Raphael verband, wie es länger und immer dünner und dünner wurde. Es ist unnatürlich, seine Kinder zurückzulassen. Es schmerzt. Ich schaltete einen Gang zurück. Vielleicht wollte ich die Stelle gar nicht. Warum sollte bezahlte Arbeit Erfüllung bringen? Ich überprüfte die Spiegel. Weil ich weiß, dass ein Dasein als Mutter sie nicht bringt, deshalb. Weil Marx – der nie fragte, was Frauen wollen, weil ihm gar nicht in den Sinn kam, dass es sich von dem unterscheiden könnte, was Männer wollen, der sah, dass Gleichheit, die mit gleichen Pflichten und Rechten einhergehen muss, die Basis einer gerechten Gesellschaft ist –, weil Marx mir ein besserer Freund ist als Freud. Die Straße führte jetzt durch die Heide und ich beschleunigte.

Als ich vor dem Bahnhof vorfuhr, war das Band nicht mehr so straff. Niemand weigerte sich, aus dem Auto zu steigen, bevor er sein Kapitel durchgelesen hatte, niemand blieb stecken, als er versuchte, durch die Lücke zwischen den Vordersitzen zu klettern, während ich mit seinem Bruder diskutierte, niemand lag schreiend auf dem Bürgersteig, weil ich ihm nicht erlaubte, mit dem Schlüssel etwas auf das Auto zu kritzeln. Ich stellte den Motor ab und es herrschte Stille. Ich musste nicht einmal um den Bahnhof herumgehen, um die Kinderwagenrampe zu finden, oder ein kleines Kind davon abhalten, über die Gleise zu hüpfen, während wir darauf warteten, dass uns ein Wärter hinübergeleitete, weil man mit dem Kinderwagen nicht die Fußgängerüberführung nehmen konnte. Ich ging die Stufen hoch, kaufte mir ein Thunfisch-Sandwich und eine Tüte Chips und ging weiter, bevor mir einfiel, dass es einem einzelnen Erwachsenen möglich ist, einen Becher heißen Kaffee und etwas zu essen und eine Tasche zu tragen. Auf dem Bahnsteig brachte ich so viel Abstand wie möglich zwischen mich und die Eltern mit Doppel-Buggy und Schulkind, das bereits von den Bänken sprang und versuchte, Tauben auf die Gleise zu jagen, und als der Zug einfuhr, vielversprechend pünktlich, stieg ich ein, ohne Gezanke darüber, wer auf den Knopf drücken darf, um die Türen zu öffnen, wer den Waggon zuerst betreten hat und ob das Spielzeugauto beinahe durch die Lücke gefallen wäre. Ich musste nicht darüber nachdenken, nah genug an einer Toilette zu sitzen, um Raph *in situ* belassen zu können, während ich Moths Windel wechselte, aber doch weit genug entfernt, um Raph davon abzuhalten, ihr um der Erforschung der Rohrleitungen willen unnötig viele Besuche abzustatten. Ich gönnte mir einen Fensterplatz an einem leeren Tisch, an dem ich vorhatte die nächsten viereinhalb Stunden mit meinem Laptop ruhig sitzen zu bleiben. Allein das, dachte ich, war die Mühe wert, mich um die Stelle zu bewerben.

Der Zug ruckte an und die grauen Steinstraßen von Inversaigh glitten dahin. In den meisten Gärten, die hinter den Gleisen lagen, standen Plastikrutschen und die Art Sandkästen, die Katzen als Toilette interpretierten. Eine optimistischere Frau als ich hängte mit einer Hand waschbare Windeln auf, während sie im anderen Arm ein ungefähr acht Monate altes Baby hielt. Die Mutter von Alexander Buchan muss das auch so gemacht haben, Tag für Tag, meistens über dem Ofen. Was, fragte ich mich, ist die beste Erfindung des zwanzigsten Jahrhunderts, solche Kleinigkeiten wie Antibiotika und den Sozialstaat mal nicht mitgezählt – die Waschmaschine oder die Pille?

Häuser wichen Feldern und dann Hügeln, deren Farne schon bronzen leuchteten, unterbrochen von einem rechteckigen Grundstück der Forstverwaltung, bestanden mit Kiefern, die so dunkel und spitz waren, als gehörten sie in einen der Wälder aus den Märchen, die Raph nicht vorgelesen bekommen wollte. Sie müssten jetzt wieder auf der Insel sein und dürften keinen Grund haben, die Meerenge noch einmal zu überqueren, bis ich zurückkäme. Giles dürfte in der Lage sein, Moth davon abzulenken, dass ich nicht da war, falls er daran dachte, es zu versuchen. Falls er seinen Blick nicht zur Zeitung wandern ließ oder zu seinem Computer und die Fragen der Kinder nicht ignorierte. Ich habe gehört, wie Raph Giles zwölf Mal dieselbe Frage stellte, zugegebenermaßen über das Innenleben eines bestimmten Raumanzugs aus den Siebzigerjahren, ohne dass er mehr als ein Grunzen zur Antwort bekommen hätte. Und Moth lässt sich leichter entmutigen, gibt das Sprechen vielleicht ganz auf, wenn er zu lange in Giles' Obhut bleibt. Wo Mami, wird er fragen. Wo Mami und wo Mami und wo Mami, und wenn Giles nicht antwortet, wird er denken, ich wäre fort, hätte ihn verlassen, wie ich es mir so oft sehnsüchtig vorgestellt habe. Meine Augen wurden feucht und ich holte mein Handy hervor, wählte. Ich starrte aus dem Fenster, wartete, dass Giles abnahm. Wenn sie oben waren, würden sie es auf dem Kaminsims nicht hören. Der Empfang ist schlecht, obwohl das vermutlich vom Wetter abhängt, das grau war, für Großbritannien vollkommen normal. Acht, neun. Raph hört es normalerweise. Elf, zwölf. Hallo, dies ist die Mailbox von Giles Cassingham. Ich legte auf. Der Zug fuhr bergauf, folgte einem rostfarbenen Fluss durch die Heide. Ein großer Vogel erhob sich aus dem Wasser und flatterte mit baumelnden Beinen davon. Wahrscheinlich machte Giles Moth nur eine neue Windel, oder vielleicht waren sie am Strand oder … oder … würde ein Telefon klingeln, wenn es unter Wasser wäre? Ist das, was der Anrufer hört, das Geräusch, welches das andere Telefon macht, oder eine Art elektronischer Ersatz? Ich konnte eine SMS schicken, aber da ich mich weigere, etwas zu schreiben, bei dem Grammatik und Zeichensetzung nicht korrekt sind, dauert es bei mir länger, als ich dafür brauchen würde, eine Brieftaube zu fangen und zu dressieren, und Giles würde sowieso nicht antworten. Wahrscheinlich war auf Colsay heute einfach kein Empfang. Wahrscheinlich ging es ihnen gut.

Ich klappte mein Laptop auf. Da der Reverend endlos aus dem Bericht der Kommission der Highlands zitierte, hatte ich ihn schließlich recherchiert – etwas, was ich schon längst getan hätte, hätte ich den Verdacht gehabt, dass Eva im neunzehnten Jahrhundert geboren und begraben worden sein könnte, und hätte ich eine Ahnung gehabt, dass es diesen Bericht gibt, was natürlich jeder Historiker wissen sollte. Ich hatte ihn online gefunden, digitalisiert vom Gälischen College für Erwachsenenbildung, und wollte ihn mir kurz angucken, um zu sehen, ob er irgendetwas über Colsay enthielt, bevor ich den Aufsatz über Kinder und den öffentlichen Raum durchsah, den ich für eine Konferenz geschrieben hatte und nun zu dem Vortrag umarbeiten wollte, mit dem ich mich vorstellen würde. Meine Ordner lagen auf einem Foto von den Kindern, auf dem sie in Oxford am Fluss schaukelten, das einzige Bild, das ich kenne, auf dem sie beide lächeln. Ich glaube, ich habe es als Bildschirmhintergrund gewählt, weil es ein Foto ist, das jemand nehmen würde, der lieber bei seinen Kindern wäre als bei der Arbeit. Vielleicht hatte Giles sie zum Mittagessen mit in den Pub genommen, ehe sie nach Hause fuhren. In dem Fall wären sie jetzt vermutlich im Boot, wo Giles wirklich besser nicht an sein Handy ging. Ich öffnete den Bericht der Kommission der Highlands, und dann klingelte mein Telefon.

»Giles.«

»Du hast angerufen. Alles in Ordnung?«

Wir waren jetzt hoch oben, fuhren über das nackte Moor wie ein Schiff über das offene Meer.

»Ich wollte dich nur daran erinnern, die Wäsche reinzuholen. Wegen des Regens.«

Ich hörte Moth im Hintergrund singen.

»Ach, regnet es da, wo du bist?«

Nein. »Hatte gerade angefangen, als ich dich anrief. Da fiel mir die Wäsche ein.«

Giles lachte. »Anna, die Wäsche ist in der Küche. Wo sie immer ist.«

»Ach so? Ich dachte, ich hätte sie rausgehängt.«

Ich hörte Raph. »Papa, kann ich mit Mami sprechen?«

»Uns geht es gut«, sagte Giles. »Ich geb dir Raph.«

»Mami, soll ich dir von meiner Idee erzählen? Wenn Flugzeuge in Formationen fliegen würden, wie Vögel, dann würden sie weniger Energie verbrauchen, oder? Und Kontrolleure für den Luftverkehr gibt es ja schon, die könnten die Flugzeuge also von einer Formation zur anderen leiten. Nur müssten die Fluglinien sich damit abwechseln, wer vorne fliegt, weil das Flugzeug mehr Treibstoff verbrauchen würde als die dahinter, und man bräuchte wahrscheinlich ein paar neue Sicherheitsbestimmungen, damit sie den richtigen Abstand voneinander halten. Mami, Moth will das Telefon haben.«

»Moth Knopf drücken!«

Das Gespräch wurde beendet.

Ich weckte meinen Computer. Ich hoffte, Giles wusste, dass Handys inzwischen auf 112 und 999 reagierten – das Risiko, dass ein Kleinkind den Notruf anrief, war also noch gestiegen, seit Raph klein war. Ich hoffte, er wusste, wie wichtig es war, sofort jemand anders anzurufen, sobald man sich beim Notruf entschuldigt hatte, damit das Kleinkind nicht auf Wahlwiederholung drückte und das Vergehen nochmal beging. Ich trank meinen Kaffee aus.

Kommission der Highlands, Colla,
Dienstag, 17. Mai 1888

JAMES McPHEE, Kleinpächter, geprüft

Seit wann sind Sie schon Kleinpächter?

Ich zahle seit achtundzwanzig Jahren zu Michaelis die Pacht.

Haben Sie die ganze Zeit auf Colsay gelebt?

Ja. Ich war nur manchmal zum Angeln weg.

Weg? Wo denn?

In der Nähe von Aberdeen.

Sie haben in Aberdeen gelebt?

Ich war während des Winters dort, um ein bisschen was zu verdienen.

Sie und Ihre Familie können also nicht von Ihrem Hof leben?

Nein. Zurzeit nicht.

Waren Sie und Ihre Familie jemals in der Lage, vom Hof zu leben?

Nicht, ohne große Not zu leiden.

Wie groß ist Ihre Familie?

Wir sind im Haus zu siebt, davon vier Kinder unter acht Jahren.

Geht es den Kindern gut? Haben sie es warm, sind sie gut genährt?

Es geht ihnen nicht schlechter als den Nachbarskindern.

Haben sie es warm, sind sie gut genährt?

Nein. Nein, das kann ich nicht behaupten.

Wann gab es bei Ihnen zu Hause zuletzt Fleisch, von Fisch und anderen Meerestieren abgesehen?

Kann ich nicht sagen. Es gab noch nie Fleisch.

Was essen die Kinder denn?

Im Frühjahr können wir ein bisschen Mehl kaufen, aber es hängt von Mr. Dunnets Wohlwollen ab, ob er uns anschreiben lässt.

Mr. Dunnet ist der Besitzer des Ladens in Colla?

Ja.

Und Sie haben Schulden bei ihm?

Wir versuchen zu bezahlen, was wir können.

Bekommen die Kinder Milch?

Nein. Wir haben keine Kuh.

Gibt es auf der Insel Kühe?

Ja. Aber sie gehören Henryson.

Henryson ist Lord Cassinghams Verwalter?

Ja.

Hatten Sie mal eine Kuh?

Mein Vater hatte eine. Ehe uns das Weideland genommen wurde.

Und haben die Kinder damals Milch bekommen?

Ja. Damals ging es den Kindern besser. Das weiß ich noch.

Hat Mr. Henryson Ihnen das Weideland genommen?

Meinem Vater. Uns allen.

Und mussten Sie danach weniger Pacht zahlen?

Nein, mehr.

Er hat Ihnen Land weggenommen und die Pacht erhöht?

Ja.

Warum hat er das gemacht?

Ich ziehe es vor, diese Frage nicht zu beantworten.

Zu den Beweggründen eines anderen kann ich nichts sagen.

Das ist bedauerlich. Fürchten Sie irgendwelche Konsequenzen, wenn Sie hier die Wahrheit sagen?

Ich möchte an Michaelis nicht feststellen, dass mein Haus brennt. Ich kann nicht über die Not meiner Leute sprechen, ohne auch über die grausamen Gewohnheiten gewisser Personen zu sprechen.

Sie haben den Eindruck, dass Sie und Ihre Familie vonseiten des Verpächters oder seines Verwalters Gefahren ausgesetzt wären, wenn Sie Ihre unabhängige Meinung äußern?

Ich habe gehört, dass es anderen so erging.

Mr. Henryson ist nicht hier, und wir sind nicht bemächtigt, in seinem Namen oder dem von Lord Cassingham irgendwelche Zusagen zu machen, aber ich kann Ihnen versichern, wir, als Abgeordnete der Regierung Ihrer Majestät, hoffen aufrichtig, dass jedermann uns die Wahrheit zu sagen wagt, ohne Vergeltung von denen fürchten zu müssen, die Macht über ihn haben, und dieser Hoffnung werden wir auch Ihrem Verpächter und seinem Verwalter gegenüber freimütig Ausdruck verleihen. Nachdem das gesagt ist, möchten Sie dieser Kommission weitere Hinweise geben?

Ich spreche weiter, ja.

Haben die Kinder Decken für ihre Betten?

Nein. In diesem Jahr haben sie nicht mal Heu, weil wir

nicht mal für den Esel genug Gras hatten. Sie schlafen unter den Mehlsäcken vom letzten Jahr.

Ist Ihre Ernte in diesem Jahr schlechter ausgefallen als im letzten?

Ernte kann man es nicht nennen. Ein dreijähriges Kind könnte sie an einem Tag einbringen.

Gehen die Kinder zur Schule?

Manchmal. Wenn sie Kleider am Leib haben und der Bach kein Hochwasser führt.

Sie müssen durch den Bach, um zur Schule zu kommen?

Ja. Im Sommer ist es recht sicher.

Gibt es keine Brücke?

Sie wurde letztes Jahr fortgeschwemmt.

Wurden die Kinder früher regelmäßiger unterrichtet?

Bevor das Schulgesetz erlassen wurde, hatten wir keine Schule.

Aber Sie sind doch des Lesens und Schreibens kundig?

Ich kann lesen und schreiben, ja.

Und Ihre Enkelkinder?

Ich kann nicht behaupten, dass sie es können.

Ich lehnte mich zurück. Die blasse Sonne glitzerte auf schwarzem Wasser, das sich an grauem Fels brach, und die steinigen Hänge waren so steil, dass ich erwartete, die Erschütterungen des vorbeifahrenden Zuges müssten Gerölllawinen in den See schicken. Es war bestimmt sehr tief, dieses dunkle Wasser, dessen Oberfläche sich kaum kräuselte, weil die Hügel das offene Meer vom Wind abschirmten. Ich stellte mir Gruppen von Menschen vor, die sich ihren Weg durch dieses Land bahnten, um zu den Schiffen zu gelangen, die sie über den Atlantik bringen sollten – Menschen in abgetragenen Baumwollkleidern, die sich aneinanderdrängten, weil sie keine Schafe mehr halten und keine Wolle mehr spinnen konnten, quengelnde Kleinkinder, die sich weigerten zu laufen, und Alte, derentwegen alle langsamer vorankamen, bis es schien, dass sogar die Jungen und Gesunden in Wind und Wetter sterben würden, bevor sie eine behelfsmäßige Unterkunft erreichten.

Der Zug fuhr nun landeinwärts durch ein leeres Tal. Ein Greifvogel schwebte am weißen Himmel, als hinge er von der Decke einer Kunstgalerie. Ein Teil eines Steindamms war mit gelben Flechten bedeckt, dann verstreut liegende Steine, die vielleicht mal eine Behausung waren, für Menschen oder für Schafe.

ALEXANDER M'CASKILL, Kleinpächter

Zahlen Sie Straßensteuer?

Seit zehn Jahren und länger.

Gibt es auf der Insel eine Straße?

Nein.

Wo befindet sich die nächste Poststraße?

Richtung Inversaigh. In Colla gibt es keine Straße.

Wenn Sie also Waren transportieren oder Briefe in den Süden befördern wollen, welcher Mittel bedienen Sie sich?

Wir müssen alles, was wir verschicken wollen, auf dem Rücken tragen oder die Kutsche bezahlen.

Haben Sie ein Pferd oder einen Esel?

Nein.

Hat irgendeiner der Kleinpächter solche Lasttiere?

Nein. Wir können keine Kühe halten und werden es wohl auch kaum versuchen.

Zahlen Sie auch für den Arzt?

Ja.

Gibt es auf der Insel keinen Arzt? Gibt es in Colla einen Arzt?

Nein. In Inversaigh.

Und gibt es eine Krankenschwester?

Nein. Vor ein paar Jahren wurde ein Mädchen auf die Insel geschickt, aber sie ist nicht geblieben.

Kann der Arzt nach Colsay kommen, wenn Sie ihn brauchen?

Vielleicht. Wenn die Erde nicht zu nass ist und das Wetter die Überfahrt über die Meerenge erlaubt.

Aber Sie wünschten, Sie hätten einen Arzt.

Wir wünschten, wir hätten eine Straße. Oder müssten jedenfalls nicht für eine Straße zahlen, die es nicht gibt.

Und haben Sie diesen Wunsch dem Verpächter gegenüber geäußert?

Seinem Verwalter gegenüber. Mr. Henryson.

Was hat er geantwortet?

Dass wir bleiben oder gehen können, ganz wie es uns beliebt. Dass es uns freisteht wegzugehen, sobald wir unsere Schulden bezahlt haben, falls wir glauben, dass es uns woanders besser ergeht.

Wie viele Menschen leben im Augenblick auf der Insel?

Im Augenblick sind es fünfundzwanzig Kleinpächterfamilien und vielleicht zehn Kleinbauern.

Und haben diese Familien sich natürlich vermehrt, oder sind sie von woanders gekommen?

Sie sind von Killantilloch und Shepsay hierher umgesiedelt worden.

Sie sind nicht freiwillig gekommen?

Nein. Hierher würde niemand freiwillig kommen, weil das Land so karg ist und das Leben so hart. Ihnen wären die Dächer über dem Kopf angezündet worden, wenn sie nicht gegangen wären. Viele sind nach Kanada und in den Süden gegangen, aber die, die blieben, und das waren wohl vor allem die Älteren und Schwächeren, wurden hierhergeschickt, und unsere Äcker wurden aufgeteilt.

Und Ihre Pacht wurde bei dieser Gelegenheit nicht gesenkt?

Die Pacht wurde erhöht.

Haben Sie Einspruch erhoben gegen diese Erhöhung?

Einige haben das getan.

Ist der Verpächter auf den Einspruch eingegangen?

Er hat uns die Überfahrt nach Kanada angeboten, wenn uns unsere Lage hier nicht gefällt.

Aber Sie haben sich entschlossen, nicht nach Kanada zu gehen?

Wir haben von denen, die dorthin gegangen sind, Unterschiedliches gehört. Wir wollen uns nur von unserem eigenen Land ernähren können, da, wo wir immer schon gelebt haben.

Wie konnte man nicht wegwollen? Er beschrieb Menschen, die nichts zu verlieren hatten, in einer Situation, die, wie sie selbst zugaben, nicht mehr schlimmer werden konnte. Ich hätte mir Moth auf den Rücken geschnallt und Raph an die Hand genommen und mich auf den Weg nach Glasgow gemacht, um von dort nach New York zu reisen. Der Zug bremste ab. Durch das Farnkraut auf dem Hügel zog sich eine Straße, und dann war da eine Mauer, eine Reihe Steinhäuser. Wir hielten, die Türen öffneten sich und ließen den Geruch von draußen herein, Heide und Diesel, dann schlossen sie wieder. Wir zuckelten weiter.

JAMES LOGAN, Lehrer

Sie sind Lehrer auf Colsay. Wie lange sind Sie schon dort?

Fünf Jahre.

Haben Sie vorher woanders unterrichtet?

Ja. Ich war Hilfslehrer in Lennoxtown, außerhalb von Glasgow.

Und würden Sie sagen, dass Ihre Schüler hier besser oder schlechter sind als dort?

Ich muss leider sagen, dass sie schlechter sind.

Die Kinder sind überwiegend sehr langsam.

Sprechen Sie im Unterricht Gälisch?

Nein, ich kann kein Gälisch.

Aber die Kinder sprechen Englisch?

Sie scheinen es ganz gut zu verstehen.

Können sie es sprechen?

Die meisten von ihnen können es ganz gut sprechen, wenn sie wollen.

Können sie es genauso gut wie Gälisch?

Dazu kann ich nichts sagen, da ich selbst kein Gälisch spreche.

Schreiben sie auf Englisch?

Ein bisschen. Recht langsam.

Und worauf führen Sie das zurück?

Auf die Gewohnheiten der Einheimischen. Faulheit.

Haben die Eltern mal den Wunsch geäußert, dass ihre Kinder auf Gälisch unterrichtet werden?

Sie sollten lieber dankbar sein, dass die Kinder Englisch lernen.

Haben Sie die nötigen Geräte und die Ausrüstung? Karten, Zirkel, Bücher und solche Dinge?

Es reicht aus. Die Kinder haben kein besonderes Talent für diese Dinge.

Sehen Sie an der Kleidung der Kinder Anzeichen für Armut? Tragen sie Schuhe?

Ihre Kleidung ist vor allem sehr dreckig.

Tragen sie Schuhe?

Sie gehen barfuß.

Im Winter auch?

Ja.

Im Schnee?

Ja.

Beunruhigt Sie das nicht?

Sie sind sehr zäh.

Wirken sie auf Sie gut genährt?

Das kann ich nicht beurteilen. Ich sehe sie nicht bei Tisch.

Bringen sie kein Mittagessen mit in die Schule?

Vielleicht tun sie das. Vermutlich müssen sie es, denn es ist zu weit, um mittags nach Hause zu gehen.

Aber Sie haben sie noch nie essen sehen?

Meine Position sieht nicht vor, dass ich mich in solche Dinge einmische.

Würden Sie sagen, dass es ihnen, materiell betrachtet, besser oder schlechter geht als den Kindern, die Sie aus den Lowlands kennen?

Die Kinder aus den Lowlands sind nicht so zäh wie diese hier und könnten kaum aushalten, woran diese von Geburt an gewöhnt sind.

Würden Sie Ihre eigenen Kinder so leben lassen wie diese?

Das kann ich nicht sagen. Ich bin nicht verheiratet.

Es waren jetzt mehr Häuser zu sehen, niedrige Betonhäuser, die vereinzelt an einer einspurigen Straße standen. Daneben lagen, von Stacheldraht umzäunt, rostige landwirtschaftliche Geräte, Autoreifen. Hunde bellten, und zwischen den Häusern grasten Schafe. Giles würde das Verhältnis der Kleinpächter zu »ihrem eigenen Land« vermutlich besser verstehen als ich. Sie hatten die Wahl. Warum haben sie die Gelegenheit nicht ergriffen, um ihrer Kinder willen? Irgendwas an dieser Sache mit dem Land und der menschlichen Verwurzelung begriff ich nicht.

JOHN BARWICK, Kleinpächter

Sie sind von Ihren Nachbarn beauftragt worden, vor dieser Kommission zu erscheinen. Sie haben die Aussagen von heute Vormittag gehört. Gibt es etwas, das Sie hinzufügen möchten?

Nur, was den Anleger betrifft, oder die Aufschleppe. Und ich erinnere mich an die Krankenschwester. Es wurde meiner Mutter aufgebürdet, ihr Unterkunft und Verpflegung zu stellen.

Was möchten Sie zu einem Anleger sagen?

Wenn man einen bauen würde, könnte man da den Fisch abladen. Die Männer haben schon oft darüber gesprochen.

Und haben Sie mit dem Verpächter darüber gesprochen?

Mit seinem Verwalter. Und uns wurde gesagt, es wäre das Geld nicht wert.

Haben die Dorfbewohner angeboten, selbst zu zahlen, oder haben Sie den Verpächter gebeten, es zu übernehmen?

Wir haben unsere Arbeitskraft angeboten. Steine gibt es genug, es fehlt nur an Zement.

Es würde auch etwas kosten, den Zement auf die Insel zu bringen, oder?

Ja. Aber wir würden ihn selbst aus Inversaigh holen, wenn es sein müsste. Wir bitten nicht um viel. Und der Fisch würde uns allen helfen.

Sie wollten über die Krankenschwester sprechen.

Ich wollte nur sagen, dass sie uns nicht geholfen hat. Meine Mutter, die selbst so was wie eine Krankenschwester ist, auch wenn sie natürlich nicht richtig ausgebildet ist, hat manchmal von ihr gesprochen. Sie hat die Frauen nicht besucht.

Sie wurde von Miss Cassingham geschickt, ist das richtig?

Ja. Aber sie ist nach ein paar Wochen abgefahren und konnte das Inselleben nicht ertragen. Sie ist in der Meerenge ertrunken, zusammen mit den Männern, die sie verleitet hat, sie zum Dampfer zu bringen, obwohl sie es zu gefährlich fanden.

Haben die Menschen sie denn überhaupt gerufen?

Wurden ihre Dienste in Anspruch genommen, als sie auf der Insel lebte?

Ich glaube nicht. Sie war vor allem geschickt worden, um den Frauen im Kindbett zu helfen, aber meine Mutter hat mir gesagt, dass es keine Geburten gab, solange sie da war.

Wurde sie nicht gebeten, Verletzungen zu behandeln oder sich um kranke Kinder zu kümmern?

Sie blieb nicht lange. In dem Jahr gab es nicht viele Krankheiten, und natürlich haben die Menschen lieber meine Mutter gefragt, die sich schon seit vielen Jahren um sie gekümmert hatte.

Es wurde angedeutet, dass es den Menschen widerstrebte,

ihre Dienste in Anspruch zu nehmen, weil der Verpächter Pachterhöhung oder die Umsiedlung angedroht hatte, falls sie sich nicht fügten. Können Sie dazu Auskunft geben?

Meine Mutter hat das immer gesagt. Man glaubte, dass die Schwester auch beurteilen sollte, ob wir nach Kanada oder Australien geschickt werden sollen. Dass sie Bericht erstatten sollte.

Und hat es einen solchen Bericht gegeben?

Nein. Nicht, dass wir auf der Insel davon gewusst hätten. Wenn sie Hugo Cassingham gesagt hätte, wir sollten umgesiedelt werden, dann wären wir zweifellos jetzt nicht mehr hier.

Und würden die heutigen Dorfbewohner es begrüßen, wenn eine ausgebildete Krankenschwester auf die Insel käme?

Das kann ich nicht sagen. Es kommt oft vor, dass der Doktor gebraucht wird, aber nicht zu uns kommen kann.

Es wäre doch vielleicht besser, wenn eine ausgebildete Krankenschwester bei Ihnen lebte.

Vielleicht, wenn es eine der Inselfrauen wäre. Nicht jemand, der von außerhalb geschickt wird.

Sie möchten, dass der Verpächter die Ausbildung einer einheimischen Frau bezahlt?

Nein, Sir. Wenn wir unsere eigenen Höfe und unser eigenes Land hätten, könnten wir selbst ein Mädchen aussuchen und bezahlen, wissen Sie? Sir, wir wollen genauso wenig immer um etwas bitten, wie Mr. Henryson immer für etwas bezahlen will. Wir wollen uns nur um unsere eigenen Angelegenheiten kümmern und die Ergebnisse unserer eigenen Arbeit so einsetzen, wie wir es für richtig halten.

Sie wünschten also, Sie wären in der Lage, dem Verpächter das Land abzukaufen?

Das können wir natürlich nicht. Dazu werden wir nie in der Lage sein. Wir möchten nur gerne sagen, dass wir nichts umsonst haben wollen, wir wollen nur auf unserem eigenen Land leben, auf unsere eigene Art und Weise, wie es Menschen im ganzen Königreich tun.

Vor dem Fenster zogen die Felder immer schneller vorbei.

»Wir fahren in wenigen Minuten in den Bahnhof Glasgow Queen Street ein. Bitte achten Sie darauf, sämtliches Gepäck mitzunehmen, wenn Sie den Zug verlassen.«

Ich sah auf. Mein Rücken und meine Schultern waren steif, wie sie es früher immer waren, als ich regelmäßig still sitzen und viele Stunden am Stück arbeiten durfte, und mir wurde klar, dass die letzte Landschaft, die ich bewundert hatte, irgendwo westlich von Fort William gelegen hatte, als ich die letzten Chips gegessen hatte. Ich schob mein Laptop in die Tasche, überprüfte, dass es nicht den gefütterten Umschlag mit den viktorianischen Briefen zerknitterte, den ich nicht hätte mitnehmen sollen, ging zur Tür und sah zu, wie die Stadt um mich herum zum Stillstand kam. Menschen standen auf dem Bahnsteig und warteten, Menschen, mit denen man sich unterhalten könnte, Menschen, deren Köpfe voller Ideen und Sorgen und Hoffnungen und wilder Fantasien waren, Menschen, die Computer mit sich herumtrugen, die ebenfalls voller Hoffnungen und Ängste und Ideen waren, und Bücher, geschrieben von alten und jungen Menschen in Paris und New York und Istanbul und Dakar, Menschen, die Musik aus Detroit und Delhi und Island hörten, Sachen aßen, die in China gewachsen und in Amerika verarbeitet und via Deutschland verschifft worden waren. Ich schlängelte mich durch die Menge, streifte Anzüge, Seidenkleider, Fußballtrikots und trat auf die Straße, wo sich Busse in der Sonne drängelten, die die Menschen nach Hause brachten, zu Hochhäusern mit Linoleumböden, mondänen und nicht mondänen viktorianischen Häusern, Betonbunkern aus den Sechzigerjahren, zu Doppelhaushälften mit Erkerfenstern aus den Dreißigern, in denen vor dreißig Jahren Mütter mit Schürzen und flauschigen Pantoffeln ihren Kindern mit originellen Formen von Gewalt und Demütigung drohten, die damals legal waren. Ich schob meine Ärmel hoch, spürte den Sonnenschein auf meiner Haut und atmete den staubigen Duft der sommerlichen Stadt ein. Irgendwo da draußen wäre auch das Haus, in dem wir leben würden, wenn ich die Stelle bekäme, eine Möglichkeit, die jetzt wahrscheinlicher wirkte als beim Besteigen des Zuges. Dem Brief, mit dem sie mich zu dem Gespräch eingeladen hatten, lag auch eine Karte bei, als erwarte man nicht, dass die Bewerber ein Handy hätten, das Fähigkeiten wie Kartenlesen überflüssig macht, aber ich musste mich nicht besonders beeilen. Ich bog links ab und folgte der Menge, die vermutlich Gründe hatte, in diese Richtung zu gehen.

Ich fand mein Hotel rechtzeitig, um zu duschen, mich umzuziehen und auf dem Bett zu liegen und fernzusehen, ehe ich wieder losmusste, um die anderen Bewerber und den Befragungsausschuss zum Abendessen zu treffen. Für manche Dinge ist Oxford nützlich: Die Vorstellung von einem Essen mit meinen Konkurrenten machte mich nicht besonders nervös. Plötzlich aber fand ich kein Vergnügen mehr daran, still unter heißem Wasser zu stehen, das jemand anders bezahlte, nicht mal daran, das Duschgel zu inhalieren, das jemand anders für meinen Gebrauch ausgesucht hatte, und ich trat auf die saubere Badematte, um meine Haare mit dem einen trockenen Handtuch zu umwickeln und meinen Körper mit einem anderen. Ich warf beide Handtücher auf den Boden und entschied mich wieder einmal für saubere Wäsche für mich allein statt für die Eisbären und hob sie, als mir einfiel, dass für das Zimmermädchen wahrscheinlich auch nie jemand die Wäsche machte, wieder auf. Noch schlimmer, als die einzige Frau unter den Bewerbern zu sein, wäre es wahrscheinlich, wenn die anderen kinderlose Frauen waren, die an Orten lebten, an denen es Friseure gab. Ich ging nackt durch das Zimmer, um abzukühlen. Ist es schlimmer, die Konkurrenz zu treffen oder sie sich vorzustellen? Ich machte das Licht über dem Spiegel aus und ermahnte mich, beim Abendessen unter keinen Umständen die Kinder zu erwähnen. Im Hôtel de la Mère gibt es wenige Spiegel, vielleicht auch gar keine.

Auf Colsay kann es auch nicht viele Spiegel gegeben haben, oder erst in den letzten Jahrzehnten, in denen die Insel bewohnt war. Wahrscheinlich gab es im neunzehnten Jahrhundert nur einen einzigen, den in unserem Haus. Wahrscheinlich hatte der Spiegel, der heute noch über dem Kamin hängt, schon die Taten von Giles' Urgroßvater und seinem Verwalter reflektiert. Ich sah auf die Uhr, die auf dem Nachttisch stand. Giles musste den Kindern ihr Abendessen machen. Ich hatte Nudelsoße in den Kühlschrank gestellt, um es Giles zu ersparen, sich gleichzeitig um die Kinder und ums Kochen kümmern zu müssen. Ich nahm mein Telefon zur Hand und legte es wieder weg. Später, damit er nicht versuchte, ans Telefon zu gehen, während er die Nudeln abgoss und Fragen nach »wo Mami« und der Software beantworten musste, mit der man mehrere Boeings 757 über dem Himalaja zu einer Formation anordnen konnte. Ich nahm meine neuen, in Seidenpapier eingeschlagenen Kleider aus ihren mit Kordelgriffen versehenen Papiertüten und entschied mich dagegen, das Seidenpapier für kunsthandwerkliche Projekte mit zurück nach Colsay zu nehmen. Es war die Art Kleider, deren Preisschilder an dünnen Satinbändern hingen, nicht an Plastikdrähten, und ich konnte mich nicht überwinden, die Bänder wegzuwerfen. Ich strich über eine cremefarbene Seidenbluse, die man niemals tragen könnte, wenn sich im Umkreis von zwanzig Metern ein Kind aufhielt. Ich werde, dachte ich, Make-up auflegen und meinen Rücken durchdrücken und mir vorstellen, ich hinge an einem Haken über meinem Kopf, wie es mir meine Pilates-Lehrerin beigebracht hatte, und vielleicht werde ich dann nicht unsichtbar, nicht ausradiert vom Geist des Kinderwagens im Flur. Ich hatte mir sogar einen neuen BH gekauft, als hätte ich vor, Ehebruch zu begehen, statt mir einen Job zu angeln.

Ich ging wieder ins Badezimmer, um mir die Haare zu fönen, zum ersten Mal seit der Konferenz in Kanada, da Föne, wie Staubsauger, in Raphs Kosmologie sogar noch negativer besetzt sind als ethnische Säuberungen. Dann schlug ich die Bettdecke zurück und lehnte mich an das Kissen, um eine Folge *Sex and the City* zu sehen, die ich vermutlich zum ersten Mal gesehen hatte, als Laptops noch rechtwinklige Kanten hatten und Handys groß genug waren, um als Waffen durchzugehen. Außerdem hatte das Badezimmerlicht dünne Linien in meinen Augenwinkeln gezeigt und der Fön graue Haare an den Schläfen, die noch nicht da gewesen waren, als wir Oxford verlassen hatten. Ich öffnete die Gratiskekse und dachte, dass das mittlere Alter wahrscheinlich sowieso mehr Spaß machen würde als meine frühen Dreißiger; ich konnte kaum weniger Schlaf bekommen, unsere Ehe würde entweder besser werden oder vergehen, und die Kinder würden zweifellos älter werden. Und vielleicht war ich dabei, eine neue Ära finanzieller Ebenbürtigkeit einzuleiten, die ich nutzen würde, um alle möglichen Abmachungen auszuhandeln. Die Falten waren nicht unvorteilhaft, und es ist möglich, sehr elegantes langes, graues Haar zu haben. Ich würde ohne Zweifel lieber weitergehen als wieder zurück, beschloss ich, als ich aufstand und meine neue Strumpfhose aus der Packung nahm – die erste Strumpfhose seit zwei Jahren, mit der ich nicht den ganzen Abend herumhumpeln würde, weil es erstaunlich wehtat, wenn der große Zeh den ganzen Abend in einem Loch steckte. Und es war gut, dass ich das so sah. Ich glitt mit den Armen in ein anthrazitfarbenes Mantelkleid mit einer schwarzen Rüsche an den Handgelenken, so seriös, dass es auf seinem eigenen wattierten Bügel hing und ein Seidenfutter hatte, das sich auf meiner Haut, die an Shetlandwolle und das Kratzen wütender Kinder gewöhnt war, wie Duftöl anfühlte. Ich begegnete im Spiegel meinem eigenen Blick und verließ das Zimmer.

Am nächsten Morgen folgte ich der Sekretärin durch den Flur. Meine Absätze ließen auf dem Holzboden einen vielversprechenden erwachsenen Klangeffekt entstehen, von dem ich nicht sicher war, ob ich ihn einlösen konnte. Ich berührte mein Haar, das ich gemäß meiner Entscheidung, mit der Würde einer Virginia Woolf zu altern, hochgesteckt hatte. Ich hatte mich gegen eine PowerPoint-Präsentation entschieden und stellte mich mit Falten, neuer Strumpfhose und allem ins Scheinwerferlicht. Vielleicht verließ ich mich zu sehr auf meine Haarnadeln. Ich erinnerte mich, dass Virginia Woolfs Schlüpfer ihr auf der Oxford Street mal heruntergerutscht war, und sie trat aus ihm heraus und ging weiter, vielleicht mit derselben Verve, mit der sie dreißig Jahre später in einen reißenden Fluss ging, ohne Schwimmbewegungen zu machen. Ich zog an meinem Rock, der nicht in meiner Strumpfhose steckte, und ging durch die Tür und hoch zum Rednerpult.

»Ich hatte vor, Ihnen eine erweiterte Fassung des Vortrags über Kinder, die Klassengesellschaft und den sozialen Raum zu halten, den ich letztes Jahr in London auf der Konferenz ›Geschichte der Kindheit‹ gehalten habe. Aber im Sommer habe ich an einem anderen, ganz unerwarteten Projekt gearbeitet, und da es in den letzten Tagen gereift ist, scheint es mir, als vermittle diese Arbeit, wenn sie auch noch ungeschliffen ist, einen besseren Eindruck meiner künftigen Forschung.

Ich möchte über einen Abschnitt der Geschichte von Colsay sprechen. Wie ich weiß, ist den meisten von Ihnen bekannt, dass Colsay eine kleine Insel südlich der Inneren Hebriden ist, die von der fernen Vorzeit bis in die frühen Sechzigerjahre des zwanzigsten Jahrhunderts bewohnt war. Die Bewohner wurden nie vertrieben, aber die Beziehungen zu der englischen Familie, der Colsay seit Mitte des neunzehnten Jahrhunderts gehörte, waren immer schwierig. Für die Methoden, die dafür sorgten, dass zwischen 1860 und 1880 fünfundachtzig Prozent der Babys, die auf Colsay geboren wurden, starben, ehe sie zwei Wochen alt waren, wurden sowohl koloniale Arroganz als auch einheimischer Aberglaube verantwortlich gemacht, und die Tatsache, dass beide Lesarten möglich sind, veranschaulicht sehr deutlich, dass Geschichte und Ideologie nicht voneinander zu trennen sind.«

Zoe hatte recht: Nichts beeinflusst die Ängste der nächsten Generation stärker als die Art, wie wir die Geschichten der Vergangenheit erzählen. Ich hörte mich über die politischen Implikationen der schottischen Geschichtsschreibung sprechen. Sie hörten zu, allerdings sehe ich hoffentlich auch aus, als würde ich zuhören, wenn ich tatsächlich darüber nachdenke, ob ich auf dem Nachhauseweg noch Windeln kaufen soll. Der Leiter des Instituts machte sich Notizen, allerdings schreibe ich manchmal Einkaufslisten und werfe dem Redner dabei gelegentlich aufmerksame Blicke zu. Vielleicht war es ein Fehler, keine PowerPoint-Präsentation zu machen. Zu spät.

Ich erzählte ihnen, die erste Person meidend, wie Evas Leiche entdeckt worden war, von dem DNA-Test und den historischen Begrenztheiten polizeilicher Ermittlungen.

»Die Cassinghams führen einen Stammbaum, in dem kein Baby vorkommt, das zum richtigen Zeitpunkt das richtige Alter gehabt hätte, was eine uneheliche, heimliche Niederkunft nahelegt. Allerdings gab es in diesen Jahren auf Colsay viele tote Säuglinge, die am Wundstarrkrampf starben, der auf Colsay verbreitet war, wie auch auf St. Kilda, den Westmännerinseln südlich von Island und in einigen Orten der Färöer. All diese abgelegenen Gemeinden im Nordatlantik litten zwischen 1840 und 1900 zeitweise jahrzehntelang unter einer Kindersterblichkeitsrate von über sechzig Prozent. Die beiden Medizinhistoriker, die dieses Phänomen untersucht haben, sind sich über die Ursache nicht im Klaren. Es sind alles Gesellschaften, die in hohem Maße vom Fang von Seevögeln abhängig waren, die im Haus gelagert und geschlachtet wurden. Die ersten Ärzte, die in diesen Gemeinden arbeiteten, glaubten, dass die Werkzeuge, die traditionellerweise dafür benutzt wurden, die Nabelschnur zu durchtrennen, mit dem Blut dieser Vögel verunreinigt waren oder dass der Nabelschnurrest mit dem Öl des Eissturmvogels eingeschmiert wurde, tatsächlich haben Überprüfungen der Behausungen und Artefakte aber ergeben, dass sich bei diesen Quellen kein Wundstarrkrampf nachweisen ließ. Wir können also nur sagen, dass etwas, das bei der Geburt gemacht wurde und das mit an Sicherheit grenzender Wahrscheinlichkeit mit der Behandlung der Nabelschnur zusammenhing, die so nur auf dieser Insel und nirgendwo anders praktiziert wurde, die Ursache der Krankheit war, an der bis zu neunzig Prozent der Neugeborenen langsam und schmerzvoll in den ersten zehn Tagen ihres Lebens starben. Das Kirchenbuch verzeichnet in unmittelbarer Folge jeder Geburt, die auf der Insel zwischen 1871 und 1878 stattfand, eine Beerdigung; erst dann überlebte ein Baby bis zum Ausbruch der Grippe im Jahre 1881.

Gleichwohl waren dies öffentliche Tragödien, die öffentliche Beerdigungen auf dem Friedhof nach sich zogen. Es gab somit keinen Grund, warum ein Kind, das an neonatalem Wundstarrkrampf gestorben war, in einem nicht gekennzeichneten Grab im Garten des Verpächters bestattet werden sollte. Weitere Recherchen haben noch andere Tragödien aufgedeckt, die sich auf der Insel abgespielt haben und in die Säuglinge involviert waren, aber keine davon lässt sich plausibel mit dieser Babyleiche an dieser bestimmten Stelle in Zusammenhang bringen. Und dann wurde ein Päckchen mit Briefen gefunden, versteckt im Schornstein von Colsay House.«

Ich griff in meine Tasche, nahm den Umschlag heraus und legte die Briefe sacht auf den weißen Plastiktisch vor mir. Hier sahen sie schmutzig aus, wie ein Beweisstück vom Schauplatz eines Verbrechens. Alle reckten die Hälse, überhaupt nicht wie Leute, die Einkaufslisten geschrieben und Windeln gezählt hatten. Ich hielt den ersten von Mays Briefen hoch. *Liebste Allie, ich hatte gehofft, in Inversaigh einen Brief von Dir vorzufinden.*

»Diese Briefe wurden von May Moberley geschrieben, der jüngeren Tochter des Künstlers Alfred Moberley und seiner

Frau Elizabeth Sanderson, einer frühen feministischen Aktivistin, die sich mit der Familie Pankhurst angefreundet hatte. Überraschenderweise schreibt Faith Stanley in seiner Biografie von Alfred Moberley nur wenig mehr über Mays Erwachsenenleben, als dass sie als Krankenschwester ausgebildet wurde und ihren Beruf in Manchester mehrere Jahre lang ausübte, denn diese Briefe zeugen farbenprächtig davon, was sich in ihrem Leben ereignete, ehe sie starb. Die meisten Briefe sind an Alethea adressiert, Mays Schwester, die gerade beschlossen hatte, sich der kleinen Gruppe von Frauen anzuschließen, die sich in Edinburgh zu Ärztinnen ausbilden ließen. Andere richten sich an Aubrey West, der von Alfred Moberley gefördert wurde, im Sommer 1878 die Hebriden bereiste und dessen Gemälde im Jahr darauf in der Royal Academy ausgestellt wurden. West, ein enger Freund der Familie Moberley, scheint die Bekanntschaft von Hugo Cassingham und seiner Schwester Emily gemacht und sie überzeugt zu haben, May anzustellen, um das Problem des Kinderwundstarrkrampfes in den Griff zu bekommen, da sie Erfahrung in städtischer Fürsorgearbeit hatte. Einige Textstellen in diesen Briefen sprechen dafür, dass May eher aus Ergebenheit zu Aubrey West einwilligte, als dass sie sich in irgendeiner Weise berufen gefühlt hätte; gewiss ist, dass sie über das Ziel ihrer Reise nicht viel in Erfahrung brachte, ehe sie Manchester verließ, und auch keinen Versuch unternahm, Gälisch zu lernen, während sie auf der Insel war. Die Aussagen, die zehn Jahre später, als alle Hauptbeteiligten dieser Geschichte tot waren, vor der Kommission der Highlands gemacht wurden, lassen vermuten, dass Sir Hugo May den Weg bereitete, indem er seinen Pächtern sagte, dass sie die Insel verlassen müssten, wenn sie es ablehnten, sich von ihr behandeln zu lassen. Und das ist, denke ich, der Grund dafür, dass dieses eine Baby keine

Beerdigung bekam und nicht auf dem Friedhof begraben wurde: Solange die Geburt und der Tod des Mädchens nicht amtlich belegt waren, gab es für Sir Hugo keinen Grund, seine Drohung wahr zu machen.

Im Moment der Niederkunft trafen Tradition und Moderne, großstädtisches und randständiges Verständnis der Welt aufeinander, hier konzentrierte sich die Spannung. Hätten sie Mays Unterstützung akzeptiert und wären sie zu den Vorträgen gegangen, die sie anbot, hätten die Frauen von Colsay einem fremden und kolonialen Eingreifen in das persönlichste und gleichzeitig politischste Lebensereignis zugestimmt: der Geburt eines neuen Inselbewohners. Lehnten sie es jedoch ab, hätten sie sich den Zorn eines Mannes zugezogen, der die Macht hatte, ihr Leben auf der Insel zu beenden. Indem sie das Baby heimlich begruben, verheimlichten sie ihre Verweigerung, und da May ungefähr zur selben Zeit starb wie das Kind, dem sie nicht auf die Welt helfen konnte, musste niemand jemals die ganze Geschichte von Mays Scheitern auf Colsay erfahren. Es wurde kein Versuch unternommen, May zu ersetzen, und das Leben auf der Insel wurde, verglichen mit dem auf dem Festland, immer härter, bis der letzte dauerhafte Bewohner sie in den späten Sechzigerjahren des zwanzigsten Jahrhunderts verließ.

Es scheint auf der Insel Gerüchte darüber gegeben zu haben, dass Sir Hugo sich für die Kindersterblichkeitsrate wenig interessierte, bis sein Sohn Hartley eine Beziehung zu einer Einheimischen einging, die zu einer Schwangerschaft führte. Mays Vermutungen über die Daten der Schwangerschaft, die sie zu begleiten versuchte, und die DNA der Knochen, die im Garten gefunden wurden, scheinen zu bestätigen, dass das fragliche Kind das Ergebnis einer solchen Liaison war.«

Und dann erzählte ich ihnen die Geschichte von May, Eva und Mrs. Barwick, nicht mehr ganz sicher, wessen Geschichte es war. Ich konnte mir Mrs. Barwick vorstellen, draußen im Garten, in den Tagen nach Mays Tod, wie sie dort gestanden hatte, wo Raph und ich gestanden hatten, und versuchte, den Spaten in die verfilzten Wurzeln im Rasen zu stechen, so wie ich es versucht hatte, neben ihr auf dem Boden ein Bündel in einer schlecht gestrickten Decke. Ob sie etwas gesagt hat, etwas Zeremonielles, ehe sie die Erde wieder über das dunkle Haar des Babys schaufelte und zusah, wie sie in die Falten der blassen Wolle rieselte? Ich erzählte ihnen von der Kommission der Highlands und von den Berichten über Mays Schiffbruch, die in der *Oban Times* gestanden hatten. Und dass das, was beim ersten großen Sturm im neuen Jahr am Strand von Invercarron angeschwemmt wurde, wahrscheinlich Mays Leiche gewesen war.

Der Leiter des Instituts hatte aufgehört zu schreiben und betrachtete mich, als würde ich gleich Mrs. Barwicks Zauberspruch gegen aufziehende Stürme aufsagen. Einen Zauberspruch, um eine Stelle zu bekommen. Hätte Virginia Woolf May unterstützt oder Mrs. Barwick? Wer von beiden ist die eigentliche Heldin?

Ich sah auf und legte meine Unterlagen übereinander. Ich war genau in der vorgesehenen Zeit fertig geworden. »Ich kann nicht sagen, warum das Baby im Garten seines Vaters begraben wurde und nicht anderswo auf der Insel. Es ist nur zu verständlich, dass Virginia Grice wissen wollte, wo ihre Tochter lag. Vielleicht hat Mrs. Barwick den Ort ausgesucht, vielleicht war es als Beleidigung oder Rache an Hartley gedacht. Die andere Frage, die ich nicht beantworten kann, ist: Was wäre passiert, wenn May an jenem Tag die Fahrt über die Meerenge überlebt hätte und in der Lage gewesen wäre, den Cassinghams ihre Geschichte zu erzählen? Obwohl sie ihre eigenen Männer verloren haben, kann dieser Schiffbruch einigen, die zu dieser Zeit auf Colsay gelebt haben, nicht unwillkommen gewesen sein.«

Ich kaufte mir für die Zugfahrt nach Hause einen *Guardian* und setzte mich wieder auf einen Fensterplatz, den ich ganz für mich hatte, mit der dritten Tasse heißem Kaffee in drei Tagen und dem neuen Gewinner des *Booker Prize* – das erste Mal, dass ich mir selbst ein neues gebundenes Buch kaufte. In meiner Tasche hatte ich, neben dem Laptop und dem gefütterten Umschlag, einen dieser Plastikbehälter mit Obst, per Luftfracht transportiert und von anderen Leuten geschält und geschnitten, damit ich es bequemer hatte. Die Stadt eilte vorbei, gedämpft durch die dicken Fenster und das Summen der Klimaanlage des Zuges. Am Ende dieses Tages wartete Colsay auf mich: der Klang des Meeres, der Geist der Einsiedlerin, der über uns alle wacht, die Kinder mit ihren klebrigen Händen und ihrem nächtlichen Aufwachen. Die Zeitung zeigte den aus Bauschutt herausragenden Torso einer Frau, obwohl es in der Überschrift, die ich sehen konnte, um einen amerikanischen Sänger ging, der seine Freundin mit einem Baseballschläger angegriffen hatte. Ich weiß nicht, ob es einen guten Grund gibt, Zeitung zu lesen.

Wir überquerten die Autobahn, und draußen begannen die Vororte. Regen spritzte diagonal gegen das Fenster, als wäre jemand wütend, und mein Kaffee schwappte gegen seinen Plastikdeckel. Vor meinem inneren Auge tauchte Raphael auf, als würde er gerade an mich denken, mich mit schierer Willenskraft zu sich nach Hause holen wollen. Es geht ihm nicht richtig gut. Er braucht irgendwie Hilfe, von irgendjemandem. Und Moth, der auf meiner Hüfte durch den Tag reitet, mir die Finger in die Ohren steckt und seinen Satinkopf an meinem Kinn ruhen lässt – Moth wird es gut gehen, denke ich, falls er keinen Unfall hat, nicht krank wird oder süchtig oder niederträchtigen Fremden in die Hände fällt, falls ihm die meisten Dinge nicht passieren, die im Leben passieren können. Wir ließen die Stadt hinter uns, ich und der Mann im Anzug, der auf seinem Laptop fernsah, und die Frau, die an ihrem iPod herumfummelte und in den Regen hinausstarrte, als würde das Lied sie gleich zum Weinen bringen, und der Junge, der mit den hyperentwickelten Daumen der Generation, die mehr als fünf Jahre nach mir geboren wurde, irgendeinen wichtigen Gedanken in sein Handy tippte.

Ich werde nie lernen, mit den Daumen zu tippen. Ich werde nie Kekse backen und Feuchttücher im Handschuhfach haben. Mein Bauch wird nie wieder flach sein. Ich werde nie freiwillige soziale Arbeit in Übersee leisten, nicht mal, falls es ein verarmtes und unterdrücktes Völkchen gäbe, dessen Probleme sich beseitigen ließen, indem man die Geschichte des neunzehnten Jahrhunderts anwendet, statt sie umzuschreiben. Ich werde die verlorenen Unschuldigen nicht retten können, die dadurch, dass sie als Kinder gestorben sind, den einzigen Weg eingeschlagen haben, auf dem sie keinen Schaden anrichten können – nicht mal mein eigenes.

Mein Telefon klingelte. Der Regen war stärker geworden, am Fenster, hinter dem sich das Heidekraut auf dem Moor im Wind neigte, liefen ganze Bäche herab. Ich zog das Handy zwischen den Unterlagen in meiner Tasche hervor. Es war nicht Giles, der mir sagen wollte, dass irgendetwas schiefgelaufen war, dass die Kinder mich jetzt brauchten, sondern der Institutsleiter aus Glasgow, der anrief, um mir eine andere Art der Dienstbarkeit anzubieten, und ein Zimmer für mich allein. Der Zug trug mich weiter, über das Moor, der Insel und der Klippe entgegen.

Ausgewählte Literatur

Colsay ist eine fiktive Insel, aber einige Leser werden Ähnlichkeiten zwischen der Geschichte Colsays und der von St. Kilda bemerkt haben. Über St. Kilda wurde viel geschrieben, und auf der Webseite der Insel gibt es eine umfängliche Bibliografie. Dies sind die Standardtexte:

Mary Harman, *An Isle Called Hirte: A Culture and History of St. Kilda to 1930* (Waternish, Skye: Maclean Press, 1997).

Charles Maclean, *Island on the Edge of the World: The Story of St. Kilda* (1972; revised edition, Edinburgh: Canongate, 2006).

Martin Martin, *A Late Voyage to St. Kilda* (London: 1698).

Tom Steel, *The Life and Death of St. Kilda* (London: HarperCollins, 1988).

Wissenschaftliche Fachtexte über neonatalen Wundstarrkrampf habe ich hier gefunden:

Peter Stride, »St. Kilda, the neonatal tetanus tragedy of the nineteenth century and some twenty-first century answers«, in: *The Journal of the Royal College of Physicians of Edinburgh*, April 2008, 38 (1), S. 70–77.

E. J. Clegg and J. F. Cross, »Aspects of the neonatal death in St. Kilda, 1830–1930«, in: *Journal of Biosocial Science*, Januar 1994, 26 (1), S. 97–106.

Die Geschichte der Räumungen ist gut erforscht. Folgende Texte fand ich nützlich für eine anekdotische Herangehensweise:

David Craig, *On the Crofters' Trail: In Search of the Clearance Highlanders* (London: Jonathan Cape, 1990).

Derek Cooper, *The Road to Mingulay: A View of the Western Isles* (London: Warner Books, 1992).

Eric Richards, *The Highland Clearances* (Edinburgh: Birlinn, 2002).

Um ein Gespür für das Leben auf Colsay im späten neunzehnten Jahrhundert zu bekommen, las ich:

Lynn Abrams, *Myth and Materiality in a Woman's World: Shetland 1800–2000* (Manchester: Manchester University Press, 2005).

Einige Leser haben sicherlich gemerkt, dass die Berichte der »Kommission der Highlands« von der Napier Commission inspiriert wurden, deren Protokolle sich auf der Webseite des Lochaber College in Mallaig finden:

http://www.whc.uhi.ac.uk/research/napier-commission

Zitatnachweise

S. 5: Anna Freud, *Wege und Irrwege in der Kinderentwicklung* (Klett-Cotta, Stuttgart, 1968), S. 157 f.
S. 13/14: Julia Donaldson und Axel Scheffler, *Der Grüffelo* (© 1999 Beltz & Gelberg in der Verlagsgruppe Beltz, Weinheim/Basel).
S. 28: Harlan Lane, *The Wild Boy of Aveyron* (Cambridge, Mass.: Harvard University Press, 1976), S. 39.
S. 37: Anna Freud, *Wege und Irrwege in der Kinderentwicklung* (Klett-Cotta, Stuttgart, 1968), S. 27, 29.
S. 54: Mark Jackson (Hg.), *Infanticide: Historical Perspective on Child Murder* (London: Ashgate, 2002), S. 177.
S. 78: Anna Freud und Dorothy Burlingham, *Heimatlose Kinder* (Frankfurt am Main: Fischer Verlag, 1971), S. 134.
S. 96: John Bowlby, *Trennung; Angst und Zorn* (© 2006 Ernst Reinhardt Verlag München/Basel, www.reinhardt-verlag.de), S. 115.
S. 116: Nyree Finlay, *Outside of Life: Traditions of Infant Burial in Ireland from Cillin to Cist* (World Archaeology, Vol. 31, no. 3), S. 407–22.
S. 124: John Bowlby, *Trennung; Angst und Zorn* (© 2006 Ernst Reinhardt Verlag München/Basel), S. 339.
S. 141/142: Julia Donaldson und Axel Scheffler, *Der Grüffelo* (© 1999 Beltz & Gelberg in der Verlagsgruppe Beltz, Weinheim/Basel).
S. 149: Anna Freud und Dorothy Burlingham, *Heimatlose Kinder* (Frankfurt am Main: Fischer Verlag, 1971), S. 88.
S. 177: John Bowlby, *Trennung; Angst und Zorn* (© 2006 Ernst Reinhardt Verlag München/Basel), S. 154 f.
S. 213: Anna Freud, *Infants Without Families: Reports on the Hampstead Nurseries, 1939–1945*, S. 175.

S.249: Julia Donaldson und Axel Scheffler, *Der Grüffelo* (© 1999 Beltz & Gelberg in der Verlagsgruppe Beltz, Weinheim/Basel).

S.254: Anna Freud und Dorothy Burlingham, *Heimatlose Kinder* (Frankfurt am Main: Fischer Verlag, 1971), S.80.

S.288: John Bowlby, *Trennung; Angst und Zorn* (© 2006 Ernst Reinhardt Verlag München/Basel), S.136.

S.315: Anna Freud und Dorothy Burlingham, *Heimatlose Kinder* (Frankfurt am Main: Fischer Verlag, 1971), S.105.

S.332: Anna Freud, *Indications for Child Analysis and Other Papers* (London: Hogarth Press, 1969), S.591.

S.369: Anna Freud und Dorothy Burlingham, *Heimatlose Kinder* (Frankfurt am Main: Fischer Verlag, 1971), S.121.

S.408: Anna Freud, *Wege und Irrwege in der Kinderentwicklung* (Klett-Cotta, Stuttgart, 1968), S.14.

S.453: William Burke Ryan, 1862, zitiert von Hilary Marland, *Dangerous Motherhood: Insanity and Childbirth in Victorian Britain* (Basingstoke: Palgrave Macmillan, 2004).

Der Verlag hat sich bemüht, die Inhaber aller Urheber- und Übersetzungsrechte der zitierten Texte ausfindig zu machen. Sollte dies in einzelnen Fällen nicht ausreichen oder sollten uns Fehler unterlaufen sein, bitten wir die Rechteinhaber, uns zu verständigen, damit wir berechtigten Forderungen unverzüglich nachkommen können.

Dank

Ich danke allen, die mir erlaubt haben, aus ihrem Werk zu zitieren, insbesondere Nyree Finlay, die alles Archäologische Korrektur gelesen hat, und Julia Donaldson, die es ermöglicht hat, dass Moth *Der Grüffelo* vorgelesen wird.

Ich danke meinen Kolleginnen und Kollegen an der University of Kent und der University of Iceland für ihre Unterstützung und ihr Interesse, während ich dieses Buch schrieb. In Kent gilt mein besonderer Dank Jennie Batchelor und Scarlett Thomas; in Island Mads Holm, Maeja Gardarsdottir, Matthew Whelpton, Messiana Tomasdottir und Peter Knutsson sowie allen Studenten und Studentinnen in meinen Schreibseminaren. Sinead Mooneys vielen Dank für ihre hoch geschätzten Kommentare.

Ein Dank geht auch an meine Agentin Anna Webber und an alle bei Granta, und vor allem an meine Lektorin Sara Holloway für ihre unerschöpfliche Geduld und ihr Urteilsvermögen, das wie ein Geschenk war, und an Amber Dowell für ihre Ermutigung (und rosa Drinks), wenn ich sie nötig hatte.

Wo Licht ist

Das große, kalte Haus im grauen Manchester lebt nur auf, wenn Allys Eltern hinter den verschlossenen Türen des Salons Gäste empfangen und Tee servieren. Gemeinsam mit ihrer kleinen Schwester May träumt sich Ally weit fort, auf fliegende Teppiche, über Ozeane hinweg und in fremde Länder. Die gestrenge Mutter widmet ihre ganze Zuneigung den Bedürftigen im Frauenhaus. Der Vater, ein Künstler, interessiert sich mehr für Farben und Stoffe als für seine Töchter. Ally bricht mit den Konventionen: Sie will als eine der ersten Frauen Englands Medizin studieren. Um ihr Ziel zu erreichen, muss sie in einer Männerwelt bestehen, in der schon der kleinste Fehler sie zu Fall bringen kann.

Zwischen den Meeren

Ally, eine der ersten Ärztinnen Englands, zieht mit ihrem Mann Tom nach Cornwall, in ein kleines, weiß getünchtes Cottage mit gestreiften Vorhängen und Rosen am Gartentor. Doch nur wenige Wochen nach der Hochzeit muss sich das junge Paar wieder trennen: Tom reist nach Japan, um Leuchttürme zu bauen, Ally tritt eine Stelle in einer psychiatrischen Einrichtung für Frauen an. Kritisch beäugt von ihren männlichen Kollegen und den misstrauischen Krankenschwestern, stürzt sie sich in die Arbeit. Während Tom versucht, sich an die so fremde wie reizvolle Kultur Japans zu gewöhnen, wird die Entfernung zwischen beiden immer größer und das Fundament ihrer jungen Ehe brüchig.

»Die innere Vielfalt von Sarah Moss' Werk ist bemerkenswert. Nur wenige Autoren kennen sich in den Felslandschaften von Kopf und Herz so gut aus wie sie.« *The Independent*

Claire Keegan im Unionsverlag

Das dritte Licht

Irland, zu Beginn der 1980er Jahre: An einem heißen Sommertag liefert ein Vater seine kleine Tochter bei entfernten Verwandten auf einer Farm im tiefsten Wexford ab. Seine Frau ist schon wieder schwanger, noch ein Maul wird zu stopfen sein. So findet sich das Mädchen bei dem kinderlosen Ehepaar John und Edna Kinsella. Es ist ein ungewohnt schöner und behaglicher Ort, es gibt Milch und Rhabarber und Zuwendung im Überfluss. Hier gibt es aber auch ein trauriges Geheimnis, das einen Schatten auf die leuchtend leichten Tage wirft, in denen das Mädchen lernt, was Familie bedeuten kann: Wirkliches Zusammenleben, Zuneigung, Zärtlichkeit.

Durch die blauen Felder

Mit Verlust kennen sie sich aus: der Priester, der seine Geliebte mit einem anderen verheiraten muss; der Bruder, der seine Schwester nicht beschützen kann; der Förster, der einen Hund verschenkt, der ihm nicht gehört; das Mädchen, das sich von ihrem Jugendfreund schwängern lässt. Liebe und Nähe sind rar: Die Männer verstehen zwar etwas vom Land, von Moor und Vieh; ihre Frauen aber, die »Regen riechen können und das Gras wachsen hören«, bleiben ihnen eher fremd.
Auf kleinstem Raum entfaltet Claire Keegan ganze Lebensdramen und lässt uns an dem Augenblick teilhaben, der vielleicht alles verändert.

»Keegan ist wohl die interessanteste Stimme der gegenwärtigen irischen Literatur.« *Frankfurter Allgemeine Zeitung*

Damals, jetzt und überhaupt

Die Sweets – Mutter, Vater, zwei Kinder – leben in einem Städtchen in Neuengland, wo auf den ersten Blick alles beschaulich erscheint. Jamaica Kincaid erzählt vom schwierigen Miteinander und allmählichen Auseinanderbrechen einer Familie. Sie scheut sich nicht, in die Abgründe der Seele zu leuchten, und sie kreist ein, was die Zeit mit den Menschen anstellt.

Die Autobiografie meiner Mutter

Claudette Richardson erzählt ihre Lebensreise in Dominica: Die eigene Mutter stirbt bei der Geburt, sie wächst bei einer Pflegemutter auf. Wie soll sie, gefangen in innerer Einsamkeit, lieben lernen? Stattdessen entdeckt sie ihren Eros und heiratet zuletzt einen reichen weißen Mann, der sie nie glücklich machen kann.

Lucy

Lucy, 19 Jahre alt, kommt von den Westindischen Inseln zum ersten Mal nach New York. Als Au-pair-Mädchen lebt sie bei Mariah und Lewis, einem wohlhabenden Ehepaar mit vier kleinen Töchtern. Alles ist neu für Lucy, sie entdeckt eine vollkommen fremde Welt, die Angst macht und erschreckt. Doch die junge Frau kämpft um ihre innere Unabhängigkeit.

»Die Geschichten, die uns Kincaid erzählt, entfalten eine nachhaltige Kraft, der man sich kaum entziehen kann.«
Frankfurter Allgemeine Zeitung

»Kincaid ist eine unserer tiefschürfendsten Autorinnen. Sie verfügt über ein poetisches Verständnis dafür, wie sich Politik und Geschichte, Privates und Öffentliches überschneiden und die Grenzen verschwimmen.« *The New York Times*

Mehr über Autorin und Werk auf *www.unionsverlag.com*

Im mareverlag erschienen

LYDIA SANDGREN *Gesammelte Werke*
Roman

Der Göteborger Verleger Martin Berg steckt in einer Krise: Die Verlagsgeschäfte stocken, Martins Frau Cecilia ist Jahre zuvor spurlos aus seinem Leben verschwunden, sein großes Romanprojekt liegt unvollendet in der Schublade und seine Freundschaft zu dem gefeierten Künstler Gustav Becker scheint endgültig erkaltet. Während Martin in Erinnerungen an seine Studienzeit in der Göteborger und Pariser Bohème versinkt, blickt seine Tochter Rakel an jeder Straßenecke in die Augen ihrer verschwundenen Mutter, deren Porträt das Plakat einer großen Gustav-Becker-Retrospektive ziert. Als Rakel glaubt, Cecilia in dem Roman eines Berliner Schriftstellers wiederzuerkennen, scheint es an der Zeit, den Schatten, der über ihrer Familie liegt, endlich zu vertreiben.

»Ein herausragendes Debüt und eine Hommage an das Lesen, die Literatur, die Kultur, die Sprache und das Schreiben.«
Borås Tidning
